茅盾文学奖
获奖作品全集

白鹿原

陈忠实 —— 著

人民文学出版社

图书在版编目（CIP）数据

白鹿原 / 陈忠实著. —2 版. —北京：人民文学出版社，2018（2025.2重印）
（茅盾文学奖获奖作品全集）
ISBN 978-7-02-013970-5

Ⅰ.①白… Ⅱ.①陈… Ⅲ.①长篇小说—中国—当代 Ⅳ.①I247.5

中国版本图书馆 CIP 数据核字（2018）第 046744 号

选题策划	刘　稚
责任编辑	黄彦博
装帧设计	刘　远
责任印制	张　娜

出版发行　人民文学出版社
社　　址　北京市朝内大街 166 号
邮政编码　100705

印　　刷　三河市鑫金马印装有限公司
经　　销　全国新华书店等

字　　数　489 千字
开　　本　890 毫米×1290 毫米　1/32
印　　张　20.375　插页 2
印　　数　98001—108000
版　　次　1993 年 6 月北京第 1 版
　　　　　1997 年 12 月北京第 2 版
印　　次　2025 年 2 月第 15 次印刷

书　　号　978-7-02-013970-5
定　　价　39.80 元

如有印装质量问题，请与本社图书销售中心调换。电话：010-65233595

出版说明

一九八一年三月十四日，病中的中国作家协会主席茅盾致信作协书记处："亲爱的同志们，为了繁荣长篇小说的创作，我将我的稿费二十五万元捐献给作协，作为设立一个长篇小说文艺奖金的基金，以奖励每年最优秀的长篇小说。我自知病将不起，我衷心地祝愿我国社会主义文学事业繁荣昌盛！"

茅盾文学奖遂成为中国当代文学的最高奖项，自一九八二年起，基本为四年一届。获奖作品反映了一九七七年以后长篇小说创作发展的轨迹和取得的成就，是卷帙浩繁的当代长篇小说文库中的翘楚之作，在读者中产生了广泛的、持续的影响。

人民文学出版社曾于一九九八年起出版"茅盾文学奖获奖书系"，先后收入本社出版的获奖作品。二〇〇四年，在读者、作者、作者亲属和有关出版社的建议、推动与大力支持下，我们编辑出版了"茅盾文学奖获奖作品全集"，并一直努力保持全集的完整性，使其成为读者心目中"茅奖"获奖作品的权威版本。现在，我们又推出不同装帧的"茅盾文学奖获奖作品全集"，以满足广大读者和图书爱好者阅读、收藏的需求。

获茅盾文学奖殊荣的长篇小说层出不穷，"茅盾文学奖获奖作品全集"的规模也将不断扩大。感谢获奖作者、作者亲属和有关出版社，让我们共同努力，为当代长篇小说创作和出版做出自己的贡献，为广大读者提供更多的优秀作品。

人民文学出版社编辑部

小说被认为是一个民族的秘史。

——巴尔扎克

第 一 章

　　白嘉轩后来引以为豪壮的是一生里娶过七房女人。
　　娶头房媳妇时他刚刚过十六岁生日。那是西原上巩家村大户巩增荣的头生女,比他大两岁。他在完全无知完全慌乱中度过了新婚之夜,留下了永远羞于向人道及的可笑的傻样,而自己却永生难以忘记。一年后,这个女人死于难产。
　　第二房娶的是南原庞家村殷实人家庞修瑞的奶干女儿。这女子又正好比他小两岁,模样俊秀眼睛忽灵儿。她完全不知道嫁人是怎么回事,而他此时已经谙熟男女之间所有的隐秘。他看着她的羞怯慌乱而想到自己第一次的傻样反倒觉得更富刺激。当他哄唆着把躲躲闪闪而又不敢违拗他的小媳妇裹入身下的时候,他听到了她的不是欢乐而是痛苦的一声哭叫。当他疲惫地歇息下来,才发觉肩膀内侧疼痛钻心,她把他咬烂了。他抚伤惜痛的时候,心里就潮起了对这个娇惯得有点任性的奶干女儿的恼火。正欲发作,她却扳过他的肩膀暗示他再来一次。一当经过男女间的第一次交欢,她就变得没有节制的任性。这个女人从下轿顶着红绸盖巾进入白家门楼到躺进一具薄板棺材抬出这个门楼,时间尚不足一年,是害痨病死的。
　　第三个女人是北原上樊家寨的一户同样殷实人家的头生女儿,十六岁的身体发育得像二十岁的女人一样丰满成熟,丰腴的肩膀和浑圆的臀部,又有一对大奶子。她要么是早熟,要么是婚前有过男女间的知识,一钻进被窝就把他紧紧搂住,双臂上显示着急迫与贪婪,把丰满鼓胀的奶子毫不羞怯地贴紧他的胸脯。这个像一团绒球的女人在他怀里缠磨过一年就瘦成了一根干枯的苞谷秆子,最后吐血而死了,死了也没搞清是什么病症。

第四个女人娶的是南原靠近山根的米家堡村的。对这个女人他几乎没有留下什么记忆。她似乎对他的所有作为毫无反应。他要来她绝不推拒,他不要时她从不黏他。她从早到晚只是做她应该做的事而几乎不说一句话。她死的时候,他不在家,到镇上去了,回来时看见她的嘴死死咬着被角儿,指甲抓掉了,手上的血尚未完全干涸,炕边和炕席上凝结着发黑的血污和被指甲抓抠的印痕。说是午后突然肚子疼,父亲找他不在就去镇上请来冷先生急救。冷先生断为羊毛疔,扎针放血时血已变成黑色的稠汁放不出来。她死得十分痛苦,浑身扭蜷成一只干虾。

连着死了四个女人,嘉轩怕了,开始相信村人早就窃窃着的关于他命硬的传闻,怕是注定要打一辈子光棍了。他的老子秉德老汉为他张罗再订再娶,他劝父亲暂缓一缓再说。秉德老汉把噘着的嘴唇对准水烟壶的烟筒,噗的一声吹出烟灰,又捻着黄亮绵软的烟丝儿装入烟筒,又噘起嘴唇噗地一声吹着了火纸,鼻孔里喷出两股浓烟,不容置疑地说:"再卖一匹骡驹!"

第二天上午,秉德老汉就牵着骡驹上白鹿镇去了,回来时天已擦黑,扔下那条半截铁链半截皮绳的缰绳,告诉儿子说:"媳妇说成了。东原上李家村木匠卫家的三姑娘。"这个女子是一个穷家女子,门不当户不对已经无从顾及。木匠卫老三养下五个女子,正愁养活不过,只要给高金聘礼,不大注重男人命软命硬的事。这时候,远远近近的村子热烈地流传着远不止命硬的关于嘉轩的生理秘闻,说他长着一个狗家伙,长到可以缠腰一匝,而且尖头上长着一个带毒的倒钩,女人们的肝肺肠肚全被捣碎而且注进毒汁。那些殷实人家谁也不去考虑白鹿村白秉德家淳厚的祖德和殷实的家业了,谁也不愿眼睁睁把女儿送到那个长着狗毬的怪物家里去送死;只有像木匠卫老三这种恨不得把女子踢出门去的人才吃这号明亏。当婚事按照祖传的严格程序和礼仪加紧筹办的重要关头,秉德老汉自己却突然暴死了。

那是麦子扬花油菜干荚时节,刚交农历四月,节令正到小满,脱下棉衣棉裤换上单衣单裤的庄稼人仍然不堪燥热。午饭后,秉德老汉叮嘱过长工鹿三喂好牲口后响该种棉花了,就躺下来歇息一会儿。每天午饭后他都要歇息那么一会儿,有时短到只眨一眨眼眯盹儿一下,然后跳下炕用蘸了冷水的湿毛巾擦擦眼脸,这时候就一身轻松一身爽快,仿佛把前半天的劳累全都抖落掉了;然后坐下喝茶,吸水烟,浑身的筋骨就兴奋起来抖擞起来,像一匝一匝拧紧了发条的座钟;等得鹿三喂饱了牲口,他和他扛犁牵马走出村巷走向田野的时候,精神抖擞得像出征的将军。整个后晌,他都是精力充沛意志集中于手中的农活,往往逼得比他年轻的长工鹿三气喘吁吁汗流浃背也不敢有片刻的怠慢。他从来不骂长工更不必说动手动脚打了,说定了的身价工钱也是绝不少付一升一文。他和长工在同一个铜盆里洗脸坐一张桌子用餐。他用过的长工都给他出尽了力气而且成了交谊甚笃的朋友,满原都传诵着白鹿村白秉德的佳话好名。秉德老汉刚躺下就滋滋润润地迷糊了。他梦见自己坐着牛车提着镰刀去割麦子,头顶忽地一个闪亮,满天流火纷纷下坠,有一团正好落到他的胸膛上烧得皮肉吱吱吱响,就从牛车上翻跌到满是黄土草屑的车辙里。惊醒后他已经跌落在炕下的砖地上,他摸摸胸脯完好无损并无流火灼烧的痕迹,而心窝里头着实火烧火燎,像有火焰呼呼喷出,灼伤了喉咙口腔和舌头,全都变硬了变僵了变得干涸了。他的女人大约听到响声跑进屋来抱他拉他都无法使他爬到炕上去,立即惊慌失措呼喊儿子嘉轩和长工鹿三。三个人把秉德老汉抬到炕上,一齐俯下身焦急而情切地询问哪儿出了毛病。可是秉德老汉已经不能说话,只是用粗硬的指头上的粗硬的指甲扒抓自己的脖颈和胸脯,嘴里发出嗷嗷嗷呜呜呜狗受委屈时一样的叫声。嘉轩和母亲全都急傻了,只有长工鹿三脑筋尚未混乱,忙喊:"快去请先生!"嘉轩得到提醒随即跑出院子,奔白鹿镇请先生去了。

　　白鹿镇在村子西边,一条小街,一家药铺,冷先生坐堂接诊,兼营中药。冷先生听嘉轩说了病状,心里就明白了八九成,从抽屉里取出一只皮包挂到裤腰带上,急忙赶到白家来。冷先生是白鹿原上的名医,穿着做工精细的米黄色蚕丝绸衫,黑色绸裤,一抬足一摆手那绸衫绸裤就忽悠悠地抖;四十多岁年纪,头发黑如墨染油亮如同打蜡,脸色红润,双目清明,他坐堂接诊,门庭红火。冷先生看病,不管门楼高矮更不因人废诊,财东人用轿子抬他或用垫了毛毯的牛车拉他他去,穷人拉一头毛驴接他他也去,连毛驴也没有的人家请他他就步行着去了。财东人给他封金赏银他照收不拒,穷汉家给几个铜元麻钱他也坦然装入衣兜,穷得一时拿不出钱的人他不逼不索甚至连问也不问,任就诊者自己到手头活便的时候给他送来。他落下了好名望。他的父亲老冷先生过世的时光,十里八乡凡经过他救活性命的幸存者和许多纯粹是仰慕医德的乡里人送来的金字匾额和挽绸挂满了半条街。冷先生坐上那张用生漆漆得黑乌锃亮的椅子,人们发现他比老冷先生更冷。他不多说话倒不急慢焦急如焚的患者。他永远镇定自若成竹在胸,看好病是这副模样看不好也是这副模样看死了人仍是这副模样,他给任何患者以及比患者更焦虑急迫的家人的印象永远都是这个样子。看好了病那是因为他的医术超群此病不在话下因而不值得夸张称颂,看不好病或看死了人那本是你不幸得下了绝症而不是冷先生医术平庸,那副模样使患者和家人坚信即使再换一百个医生即使药王转世也是莫可奈何。

冷先生一进门就看见炕上麻花一样扭曲着的秉德老汉,仍然像狗似的嗷嗷嗷呜呜呜地呻唤。他不动声色,冷着脸摸了左手的脉又捏了捏肚腹,然后用双手掰开秉德老汉的嘴巴,轻轻"嗯"了一声就转过头问嘉轩:"有烧酒没有?"嘉轩的母亲白赵氏连声应着"有有有",转身就把一整瓶烧酒取来了。冷先生又要来一只青瓷碗,把烧酒咕嘟嘟倒入碗里,用眼睛示意嘉轩将酒点燃。嘉轩满脸虚汗,颤抖的双手捏着火石火镰却打不出火花来。鹿三接过手只一下就打燃了火纸,噗地一口气就吹出了火焰,点燃了烧酒。冷先生从裤腰带上解下皮夹再揭开暗扣,露出一排刀子锥子挑钩粗针和一只闪闪发光的三角刮刀。冷先生取出一根麦秆粗的钢针和一块钢板,一齐放到烧酒燃起的蓝色火焰上烧烤,然后吩咐嘉轩压死老汉的双手,吩咐白赵氏压紧双腿,特别叮嘱鹿三夹紧主人的头和脖颈,无论发生什么情况都不能松劲。一切都严格遵照冷先生的吩咐进行。冷先生把那块钢板塞进秉德老汉的口腔,用左手食指一分就变成一个V形的撑板,把秉德老汉的嘴撬撑到极限,右手里那根正在烧酒火焰上烧得发红变黄的钢针一下戳进喉咙,旁人尚未搞清怎么一回事,钢针已经拔出,只见秉德老汉嘴里冒出一股蓝烟,散发着皮肉焦灼的奇臭气味。冷先生一边擦拭刀具一边说:"放开手。完了。"随之吹熄了烧酒碗里的火苗儿。秉德老汉像麻花一样扭曲的腿脚手臂松弛下来,散散伙伙地随意摆置在炕上一动不动,口里开始淌出一股乌黑的黏液,看了令人恶心,嘉轩用毛巾小心翼翼地擦拭着。这时候,秉德老汉渐渐睁开眼睛。四个人同时发现了这一伟大的转机,同时发现了微启的眼睑里有一缕显示生命回归的活光,像是阴霾的云缝泻下一缕柔和的又是生机勃勃的阳光。三个人同时惊喜地"哦呀"一声,不约而同地转过溢着泪花的眼来看着冷先生。冷先生还是惯常那副模样,说:"给灌一点凉开水。"三个人手忙脚乱又是小心翼翼地给那个阔大的嘴巴灌了几匙开水,秉德老汉竟然神奇地坐了起来,抓住冷先生的手说开了笑话:"哎呀!冷侄儿!我给阎王爷的生死簿子上正打钩哩!猛乍谁一把从我手里抽夺了毛笔,照直捅进我的喉咙。我还给阎王爷说'你看你看这可怪不了我呀'!原来是你。"三个人流着眼泪笑出了声。秉德老汉嗔怪老伴说:"还不快给先生拾掇茶饭——"白赵氏带着怠慢了恩人的歉意慌忙离去了,灶间传来很响的添水的瓢声和风箱声。

　　冷先生坐下也不说话,接过嘉轩递给他的秉德老汉的那把白铜水烟壶就悠悠吸起来。白赵氏端来一只金边细瓷碗,里面盛着三个洁白如玉的荷包蛋。冷先生只用一个手势就表示出不容置疑的坚决拒绝。白赵氏还想说什么体己关照的话,秉德老汉的手脚随着身子的突然仰倒又扭起了麻花,而且更加剧烈,眼里的活光很快收敛,又是一脸垂死的神色,嗷嗷呜呜狗一样的叫声又从喉咙里涌出来。已经完全解除了心理负载的女人儿子和长工大惊失色,骤然间意识到他们高兴得太早了,危机并没有根除,一下子又陷入更加沉重的二次打击之中。冷先生依然不慌不乱照前办理,重新在燃烧的烧酒的蓝色火焰里烧烤钢板和钢针。三个人不经盼咐已经分别挟制压死了秉德老汉的头手和腿脚。通红的钢针再次捅进喉咙,又是一股带着焦臭气味的蓝烟。秉德老汉又安静下来,继而眼里又泛出活光来,这回他可没说给阎王生死簿上打钩画圈的笑话。三个人的脸上和眼里的疑云凝滞不散。冷先生收拾起那只磨搓得紫红油亮的皮夹,重新系到裤腰带上,准备告辞。嘉轩和母亲以及长工鹿三一齐拉住冷先生的胳膊,这样子你咋敢走?你走了再犯了可咋办呀?冷先生平板着脸说:"常言说,有个再一再二没有再三再四。再不发生了算是老叔命大福大,万一再三再四地发生……我夺了他打钩画圈的笔杆也不顶啥了!"说罢就走出屋门走过院子走到街门外头来。嘉轩一边送行一边问父亲得下的是啥病,冷先生说:"瞎瞎病。"嘉轩几乎无力走进门楼。"瞎瞎病"不言自明的确切含义是绝症。

白秉德老汉死了。父亲的死是嘉轩头一回经见人的死亡过程。爷爷在他尚未来到人世就死掉了,奶奶死的时光他还没有任何记忆的智能。他的四个女人相继死亡他都不能亲自目睹她们咽下最后一口气,他被母亲拖到鹿三的牲畜棚里,身上披一块红布,防止鬼魂附体。父亲的死亡给他留下了永久性的记忆,那种记忆非但不因年深日久而暗淡而磨灭,反倒像一块铜镜因不断地擦拭而愈加明光可鉴。冷先生披着皮夹走回他在白鹿镇上的中医堂以后,嘉轩和他妈白赵氏以及长工鹿三在炕上和炕下把秉德老汉团团围定,像最忠诚的卫士监护着国王。他和母亲给病人喂了一匙糖水,提心吊胆如履薄冰似的希望度过那个可怕的间隔期而不再发作。秉德老汉用他十分柔弱十分哀婉的眼光扫视了围着他的三个人,又透过他们包围的空隙扫视了整个屋子,大约发觉冷先生不在了,迟疑一下就闭上了眼睛,再睁开时就透出一股死而无疑的沉静。他已预知到时间十分有限了,一下就把沉静的眼睛盯住儿子嘉轩,不容置疑地说:"我死了,你把木匠卫家的人赶紧娶回来。"嘉轩说:"爸……先不说那事。先给你治病,病好了再说。"秉德老汉说:"我说的就是我死了的话,你当面答应我。"嘉轩为难起来:"真要……那样,也得三年服孝满了以后。这是礼仪。"秉德老汉说:"'不孝有三无后为大'。你把书念到狗肚里去了?咱们白家几辈财旺人不旺。你爷是个单崩儿守我一个单崩儿,到你还是个单崩儿。自我记得,白家的男人都短寿,你老爷活到四十八,你爷活到四十六,我算活得最长过了五十大关了。你守三年孝就是孝子了?你绝了后才是大逆不孝!"嘉轩的头上开始冒虚汗。秉德老汉说:"过了四房娶五房。凡是走了的都命定不是白家的。人存不住是欠人家的财还没还完。我只说一句,哪怕卖牛卖马卖地卖房卖光卖净……"嘉轩看见母亲给他使眼色,却急得说不出口,哪有三年孝期未过就办红事的道理?正僵持间,秉德老汉又扭动起来,眼里的活光倏忽隐退,嘴里又发出嗷嗷嗷呜呜呜的叫声,三个人全都不知如何是好了。嘉轩的一只手腕突然被父亲捉住,那指甲一阵紧似一阵直往肉里抠,垂死的眼睛放出一股凶光,嘴里的白沫不断涌出,在炕上翻滚扭动,那只手却不放松。母亲急了:"快给你爸一句话!"鹿三也急了:"你就应下嘛!"嘉轩"哇"的一声哭了:"爸……我听你的嘱咐……你放心……"秉德老汉立时松了手,往后一仰,蹬了蹬腿就气绝了。嘉轩一声嚎哭就昏死过去,被救醒时父亲已经穿上了老衣,香蜡已经在灵桌上焚烧。鹿三说:"你不能再哭了,先安顿丧事。你不做主旁人没法举动。"嘉轩当即和族里几位长辈商定丧事,先定必办不可的事:派出四个近门子的族里人,按东南西北四路分头去给亲戚友好报丧;派八个远门子的族人日夜换班去打墓,在阴阳先生未定准穴位之前先给坟地推砖做箍墓的准备事项;再派三四个帮忙的乡党到水磨上去磨面,自家的石磨太慢了。下来就议到乐人的事,这需得主家嘉轩做主,请几个乐人?闹多大场面?继续多少时日?嘉轩说:"俺爸辛苦可怜一世,按说该当在家停灵三年才能下葬。俺爸临终有话,三天下葬,不用鼓乐,一切从简。我看既不能三年守灵,也不要三天草草下葬,在家停灵'一七',也能箍好墓室。叔伯爷们,你们指教……"远门近门的长辈老者都知道嘉轩命运不济,至今连个骑马坠灵的女人也没有,都同意嘉轩的安排。一位伯伯朗然说:"人说'瞻前顾后',前后总是不能兼顾,就只能是先瞻前而后顾后;生死不能同时顾全,那就先顾生而后顾死。"事情当即定下来,派一个人到邻近村里去找乐人班主,讲定八挂五的人数,头三天和后一天出全班乐人,中间三天只要五个人在灵前不断弦索就行了。

　　整个丧事都按原定的程序进行。七天后,秉德老汉就在祖坟坟地上占据了一个位置,一个新鲜的湿漉漉的黄土堆成的墓圪塔。他的坟堆按照长幼排在父亲坟堆的下首靠左的位置,右边不言而喻是留给白赵氏将来仙逝时的安居之地。这件悲凉的丧事总算过去了。屋里走了父亲一个人,屋院里顿然空寂得令人窒息。母亲一个人在上房里屋,他一个人在厦屋,长工鹿三一个人在马号里。如果母亲不咳嗽一声,这个有着三进房屋的四合院里整个晚上和白天都没有一丝声息。这天晚上母亲问他打算啥时候娶妻,他说起码得过了头周年以后。母亲说不要等了,等也是白等,家里太孤清了;况且她一个人单是扫屋扫院洗衣拆被做饭都支应不下来,再甭说纺线织布等家务了。他说:"那就过了百日再办吧。"母亲说:"百日也不要等了,'七七'过了就办。"实际的情况是过了两月,当麦子收割碾打完毕地净场光秋田播种之后的又一个仅次于冬闲的夏闲时节里,他娶回来第五房女人——木匠卫老三家的三姑娘。新婚之夜,溽暑难耐。嘉轩插上了厦屋木门的门闩,转过身就脱下了长袖布衫和长裤。端坐在炕席上的新娘突然爬跪在炕上,对他作揖磕头,乞求他再不要脱短袖衫和短裤了。他问她怎么了?她说她生来就命苦,在穷苦人家里的三姑娘就更苦了[①]。他似乎意识到一点什么,就追问她是不是听到什么闲话了?她说她知道他娶过四房女人,都死了;她还说她听人说过他不光是命硬,而且那东西上头长着一个有毒汁的倒钩,把女人的心肺肝花全都捣得稀烂,铁打的女人也招不住捣腾。她竟然瑟瑟抖颤着身子哭起来:"俺爸图了你家的财礼不顾我的死活,逢崖遇井我都得往下跳。我不想死不想早死想多多伺候你几年,我给你端水递茶洗脚做饭扫地缝连补缀做牛做马都不说个怨字,只是你黑间甭拿那个东西吓我就行了,好官人好大哥好大大你就容让我了吧……"嘉轩一下子愣坐

[①] 秦腔剧《五典坡》里的王宝钏排行为三,称三姑娘,乡间就把排行为三的女子视作命苦的人。

在椅子上,新婚之夜的兴味荡然无存。他早已听到过这个荒诞的流言却无法辩解,又着实搞不清别人的与自己的那个东西有什么区别。他曾经在逢集赶会时的公用茅厕里佯装拉屎尿尿偷偷窥视过许多陌生的男人,全都是一个毬样又是百毬不一样,结果反而愈加迷惑。这个木匠卫家的三姑娘可怜兮兮地乞求饶命,不仅没有引起他的同情,反而伤害了他的自尊,也激怒了他。他从椅子上站起来,一步跨上炕去,三下五除二就扒光了衣裤,把自己的东西亮给她看,哪有什么倒钩毒汁!三姑娘又羞又怕又哭又抖。她越这样他越气恼,赌气扒下她的衣裤。事毕后他问她伤了什么内脏,却发现她已闭气。他慌忙掐住她的人中。她醒来后就躲到炕角缩作一团。他好气又好笑,亲昵她爱抚她给她宽心。无论如何,她的心病无法排除,每到夜晚,就在被窝里发疟疾似的打颤发抖。半年未过,她竟然神情恍惚,变成半疯半癫,最后一次到涝池洗衣服时犯了病,栽进涝池溺死了。

　　埋葬木匠卫家的三姑娘时,潦草的程度比前边四位有所好转,他用杨木板割了一副棺材,穿了五件衣服,前边四个都只穿了三件。自然不请乐人,也不能再做更大的铺排,年轻女人死亡做到这一步已经算是十分宽厚仁慈了。嘉轩所以要对她稍显优厚待遇,完全是一种难以述说的心理因素。在这个女人被涝池的奇臭难闻的淤泥涂抹得脏污不堪的身子行将就木之前,他心里开始产生了一种负罪感。结婚那天,他在新房里揭去她的盖头巾的一霎,发现她不独漂亮而且壮健,红扑扑的脸膛,黑如乌珠似的两只机灵的眼睛,透着强健气魄的手臂。她的手掌上竟然有一层薄茧儿,那是木匠出门揽活挣钱,由她和母亲操持田间农活的印证。劳动练就的一副强健的体魄终究抵御不住怪诞流言的袭击……当他又是一个人躺在厦屋炕上的每一天夜晚,都挥斥不开她在新婚之夜给他磕头哀告的情景,总是想到她在他怀里瑟瑟发抖的冰凉的手和冰凉的腿,她肯定从未得到过做爱的欢愉而只领受过恐惧,她竟然无法排除恐惧而终于积聚到崩溃的一步。他现在有点心灰意冷,从田间回来就躺到空寂冷落的土炕上。这个土炕接纳过五个姿态各异的女人,又抬走了五具同样僵硬的尸体。订娶这五个女人花费的粮食棉花骡子和银元合计起来顶得小半个家当且在其次,关键是心绪太坏了。他躺在炕上既不唉声叹气也不难过,只是乏力和乏心。他觉得手足轻若片纸,没有一丝力气,一股轻风就可能把他扬起来抛到随便一个旮旯里无声无响,世事已经十分虚渺,与他没有任何牵涉。他躺在炕上直到天黑,听见母亲叫他吃晚饭他说不饿不想吃了。母亲又喊鹿三。鹿三不好意思独自吃饭,跑进厦屋来开导他。他劝鹿三快去吃饭不要等自己。鹿三在院里葡萄架下吞食饭菜的声音很响,吃得又急又快。他想不出世上有哪种可口的食物会使人嚼出这样香甜这样急切的响声。

母亲拾掇完灶间的事在院子里扑打身上的尘灰,喊他。嘉轩走进上房里屋,母亲坐在父亲在世时常坐的那把简化了的太师椅上,姿势颇似父亲的坐姿。他在桌子另一边的椅子上坐下,尽量做出不在心亦不在意的样子。母亲说她准备明天一早回娘家去,托他的舅舅们给他再踏摸媳妇。他劝母亲暂缓一缓。母亲问他为什么要缓?二十几岁的年龄了还敢缓!母亲说着就上了劲儿:"甭摆出那个阴阳丧气的架势!女人不过是糊窗子的纸,破了烂了揭掉了再糊一层新的。死了五个我准备给你再娶五个。家产花光了值得,比没儿没女断了香火给旁人占去心甘。"嘉轩再没有说什么。第五天,母亲从舅家归来,事情已有定局。南原上的一户姓胡的小康人家,赌场上掷骰子一夜之间输光了家当,赌徒们赶到家里来,上楼灌净了囤子里的粮食拉走了槽头的犍牛和骡子,用犍牛骡子拉着装满粮食的牛车走掉了。女人气得半死,赌徒羞愧难当,解下裤带吊到后院的核桃树上幸被人发现救活。这样一来答应以女儿许人,聘礼之高足使正常人咋舌呆脑,二十石麦子二十捆棉花或按市价折成银洋也可以,但必须一次交清。这个数字使嘉轩脊梁发冷,母亲却不动声色地说她已经答应了人家,下来该由充当媒人的二舅按照订婚的惯常程序去履行手续就是了。嘉轩惊异地发现,母亲办事的干练和果决实际上已经超过父亲,更少一些瞻前顾后的忧虑,表现出认定一条路只顾往前走而不左顾右盼的专注和果断。这样,赶在父亲的头周年祭祀到来之前一个月,正当桃花三月的宜人季节,第六个媳妇在呜哇呜哇的唢呐喇叭的欢悦的喜庆曲调里走进门楼来了。

第六个女人胡氏被揭开盖头红帕的时候,嘉轩不禁一震,拥进新房来看热闹的男人和女人也都一齐被震得哑了嘻嘻哈哈的哄闹。这个女人使人立即会联想到传说中的美女,或者是戏台上的贵妇人娇女子。当嘉轩从新房挤出来到摆满坐椅饭桌的庭院里的时候,有人就开始喊胡凤莲了,那是秦腔戏《游龟山》里一位美貌无双的渔女,几乎家喻户晓人人皆知。晚上,当他和她坐在一个炕上互相瞄瞅的美好时光里,她的光彩和艳丽一下子荡涤净尽前头五个女人潜留给他的晦暗心理,也使他不再可惜二十石麦子二十捆棉花的超级聘礼。然后同衾共枕。他很快发觉事情并不美妙。他抚摸她搂抱她亲她的脸亲她的嘴她都温顺地领受了,当他的手试图拉开她的短裤的系带时她跳了起来,从枕头下迅即摸出一把剪刀执在手中。那剪刀显然经过用心的打磨,锋利的刀刃在蜡烛的红光里闪出一道道血花。她跪在炕上,裸着两只翘翘的雪白的奶子,把剪刀的刀尖对准他说:"你要是敢扯开我的裤带,我就把你的那个东西剪掉。"

他妥协了让步了依允了胡氏。他觉得有这样一个女人陪睡在身边该当满足了,却又止不住夜夜遗憾。他甚至开始真的怀疑自己那个东西里头流出的货是否有毒,偷偷把那货抖落到猪食里观察猪吃了以后的动静,猪的活动毫无异常。他把自己的心事诉说给冷先生。冷先生听了就笑了,说他早就听到闲人们说的这个闲话了,纯属子虚乌有无稽之谈。在他行医的二十多年里经见过有精无精死精水精的男人,还没见过一个生有倒钩毒精的先例。冷先生笑毕说:"兄弟!干脆来个将错就错将计就计吧!"说罢铺纸捉笔蘸墨,开下一剂滋阴壮阳温补的药方,一次取了七服,并嘱连服百日。嘉轩拎着一捆药包回家交给胡氏,说这药是除毒的。胡氏喜不自胜,每日早晚煎熬,看着男人饮下。这一晚她偎在男人怀里动情地说:"你就忍着苦喝到百日,只要除了毒,你想咋样你要咋样就咋样,我一点为难你的坏心都没有。"嘉轩大为欢心,喝那苦咧咧的药汁如同喝着蜂蜜。百日尽头,嘉轩经过药物滋补,容光焕发,胡氏解除了心头禁讳也就扯去了裤带,俩人一样热烈一样贪婪一样不觉满足也不感困乏,直到把两页炕面的土坯弄塌,俩人又嘻嘻笑着挪一个地窝儿。

  胡氏放开腰禁后的狂热持续了整整三个通宵,俩人都累坏了。第四天夜里再也折腾不起,相依相偎着进入睡梦。酣睡里一声尖叫把嘉轩惊吓得不知所措,清醒后发觉胡氏紧紧缠抱着自己,浑身抖索如同筛糠,大气也不敢出。他急忙点着油灯,看见胡氏的眼睛里满是狐疑惊恐之色,目光恍惚游移不定。问她怎么了,她嘴里支支吾吾,好半天才挤出一句:"有鬼!"说罢把头埋进被窝,更加用力死抱住嘉轩。嘉轩听罢,顿觉头皮发麻后脊发冷,浑身暴起一层冷森森的鸡皮疙瘩。他问:"鬼在哪达?"胡氏颤着声说:"我不敢说,越说越害怕。"嘉轩挣脱开胡氏的手,勾上裤子光着上身赤着脚跑出厦屋爬上楼去挖来半升豌豆,一把连着一把摔打起来,从顶棚打到墙角,从炕上打到地下,一把把豌豆密如雨下,唰唰唰的响声令人毛骨悚然,炕上桌上地上撒满了绿莹莹的豌豆粒儿。小时候父亲就这样驱鬼为他压惊。经过这一番折腾,胡氏真个缓过气来,眼里有了活色,抱住他呜呜呜哭了起来,身子不再抖颤了。他抱着她坐到天明,她才敢于开口说出昨晚梦见的鬼怪。她说她看见他前房的五个女人了。那五个女人掐她拧她抠她抓她撕她打她唾她,都争着拉他去睡觉。令嘉轩大感不解的是,胡氏并没有见过死掉的任何一个女人,而她说出的那五个死者的相貌特征一个一个都与真人相吻合。嘉轩说给母亲,母亲当即说:"今黑就去请法官,把狗日的一个一个都捉了。"

法官隐名瞒姓,人称一撮毛,左腮下一颗神秘的黑痣上缀下尺把长的一撮黑毛。嘉轩诉说了闹鬼的经过。法官只问了他的住址就催他回去,说自己随后就到。嘉轩知道法官行路坐鬼抬轿神速如风,就急急匆匆小跑回家来。法官果然随后就到了,刚到门口就把一只罗网抛到门楼上,乃天罗地网。法官进得屋来,头缠红帕腰系红带脚蹬红鞋,扑上楼去又钻到脚地。胡氏吓得蒙了被子。法官最后从二门的拐角抓住了鬼,把一个用红布蒙口扎紧了脖颈的瓷罐呈到灯下,那蒙口的红布不断弹动,像是有老鼠往外冲撞。法官吩咐说:"给锅里把水添足,把狗日煮死再焙干!"鹿三和嘉轩俩人轮换拉扯风箱,锅开水滚后,一股臭气溢出来令人作呕,嘉轩先吐了,鹿三接着也吐了,吐了之后再烧,直到把那半锅水烧得一滴不剩,法官接了赏钱提了瓷罐收了天罗地网又坐鬼抬轿回岭上去了。此后果真不再闹鬼。胡氏的精神却再也没能恢复过来,日见沉郁日见寡欢日见黑瘦下去,吃了冷先生几十服中药也不见起色,直至流产下来一堆血肉,竟然卧炕不起,不久就气绝了。

嘉轩完全绝望了。冷先生开导他说:"兄弟,请个阴阳先生来看看宅基和祖坟,看看哪儿出了毛病,让阴阳先生给禳治禳治……"

第 二 章

　　第六房女人胡氏死去以后，娘俩发生了重大分歧。母亲白赵氏仍然坚持胡氏不过也是一张破旧了的糊窗纸，撕了就应该尽快重新糊上一张完好的。她现在表现出的固执比秉德老汉还要厉害几成。她说她进白家门的那阵儿，老阿公还在山里收购中药材，带着秉德，让老二秉义在家务农。那年秉义被人杀害，老阿公从山里赶回，路上遭了土匪，回到家连气带急吐血死去了。秉德把那两间门面的中药收购店铺租赁给一位吴姓的山里人就回到白鹿村撑持家事来了。她和他生下七女三男，只养活了两个女子和嘉轩一个娃子，另外七个有六个都是月里得下无治的四六风症，埋到牛圈里化成血水和牛粪牛尿一起抛撒到田地里去了。唯有嘉轩的哥哥拴牢长到六岁，已经可以抱住顶杆儿摇打沙果树上的果子了，搞不清得下什么病，肚子日渐胀大，胳膊腿越来越细，直到浑身通黄透亮，终于没能存活下来。嘉轩至今没有女人更说不上子嗣，说不定某一天她自己突然死掉，到阴地儿怎么向先走的秉德老汉交代？嘉轩诚心诚意说，所有母亲说到的关系利害他都想到了而且和母亲一样焦急，但这回无论如何不能贸贸然急匆匆办事了。这样下去，一辈子啥事也办不成，只忙着娶妻和埋人两件红白事了。得请个阴阳先生看看，究竟哪儿出了毛病。白赵氏同意了。
　　夜里落了一场大雪。庄稼人被厚厚的积雪封堵在家里，除了清扫庭院和门口的积雪再没有什么事情好做。鹿三早早起来了，已经扫除了马号院子里的积雪，晒土场也清扫了，磨房门口的雪也扫得一干二净,说不定有人要来磨面的。只等嘉轩起来开了街门,他最后再进去扫除屋院里的雪。嘉轩已经起来了,把前院后庭的积雪扫拢成几个雪堆,开了街门,给鹿三招呼一声,让他用小推车把雪推出去,自己要出门来不及清除了。他没有给母亲之外的任何人透露此行是去请阴阳先生,免得又惹起口舌。村巷里的道路被一家一户自觉扫掉积雪接通了,村外牛车路上的雪和路两旁的麦田里的雪连成一片难以分辨。他拄着一根棍子,脚下嚓嚓嚓响着走向银白的田野。雪地里闪耀着绿色蓝色和红色的光带,眼前常常出现五彩缤纷的迷宫一样的琼楼仙阁。翻上一道土梁,他已经冒汗,解开裤带解手,热尿在厚厚的雪地上刺开一个豁豁牙牙的洞。这当儿,他漫无目的地瞧着原上的雪景,辨别着被大雪覆盖着的属于自己的麦田的垄畦,无意间看到一道慢坡地里有一坨湿土。整个原野里都是白得耀眼的雪被,那儿怎么坐不住雪?是谁在那儿撒过尿吧?筛子大的一坨湿土周围,未曾发现人的足迹或是野兽的蹄痕。他怀着好奇心走过去,裸露的褐黄的土地湿漉漉的,似乎有缕缕丝丝的热气蒸腾着。更奇怪的是地皮上匍匐着一株刺蓟的绿叶,中药谱里称为小蓟,可以止血败毒清火利尿。怪事!万木枯谢百草冻死遍山遍野也看不见一丝绿色的三九寒冬季节里,怎么会长出一株绿油油的小蓟来?他蹲下来用手挖刨湿土,猛然间出现了奇迹,土层里露出来一个粉白色的蘑菇似的叶片。他愈加小心地挖刨着泥土,又露出来同样颜色的叶片。再往深层挖,露出来一根嫩乎乎的同样粉白的秆儿,直到完全刨出来,那秆儿上缀着五片大小不一的叶片。他想连根拔起来却又转念一想,说不定这是什么宝物珍草,拔起来死了怎么办?失了药性就成废物了。他又小心翼翼地把湿土回填进去,把周围的积雪踢刮过来伪装现场,又蹲下来挣着屁股挤出一泡屎来,任何人都不会怀疑这儿的凌乱了。他用雪擦洗了手上的泥土,又回到原来的牛车路上。

他当即转身朝回走去,踏着他来时踩下的雪路上的脚窝儿,缓两天再去找阴阳先生不迟。回到家里,母亲和鹿三都问他怎么又回来了,他一概回答说路上雪太厚太滑爬不上那道慢坡去,他们都深信不疑。他回到自己的厦屋,从箱子里翻出一本绘图的石印本《秦地药草大全》来,这是一本家传珍宝,爷爷和父亲在山里收购药材那阵儿凭借此书辨别真伪。现在,他耐着心一页一页翻着又薄又脆的米黄色竹质纸页,一一鉴别对照,终于没有查到类似的药名。他心里猜断,不是怪物就是宝物。要是怪物贸然挖采可能招致祸端,要是宝物一时搞不清保存炮制的方法,拔了也就毁了。他想到冷先生肯定识货,可万一是宝物说不定进贡皇帝也未免难说,当即又否定了此举。他于焦急中想到姐夫朱先生,不禁一悦。

朱先生刚刚从南方讲学归来。杭州一位先生盛情邀约,言恳意切,仰慕他的独到见解,希望此次南行交流诸家沟通南北学界,顺便游玩观赏一番南国景致。他兴致极高,乘兴南去,想着自己自幼苦读,昼夜吟诵,孤守书案,终于使学界刮目相看,此行将充分阐释自己多年苦心孤诣凿研程朱的独到见解,以期弘扬关中学派的正宗思想。再者,他自幼至今尚未走出过秦地一步,确也想去风光宜人的南方游览一番,以博见识,以开眼界。然而此行却闹得不大愉快,乘兴而去扫兴而归。到南方后,同仁们先不提讲学之事,连续几天游山玩水,开始尚赏心悦目,三天未过便烦腻不振。所到之处,无非小桥流水,楼台亭阁,古刹名寺,看去大同小异。整日吃酒游玩的生活,使他多年来形成的早读午习的生活习惯完全被打乱,心里烦闷无着,又不便开口向友人提及讲学之事。几位聚会一起的南北才子学人很快厮混熟悉,礼仪客套随之自然减免,不恭和戏谑的玩笑滋生不穷,他们不约而同把开心的目标集中到他的服饰和口语上。他一身布衣,青衫青裤青袍黑鞋布袜,皆出自贤妻的双手,棉花自种自纺自织自裁自缝,从头到脚不见一根洋线一缕丝绸。妻子用面汤浆过再用棒槌捶打得硬邦邦的衣服使他们觉得式样古笨得可笑;秦地浑重的口语与南方轻俏的声调无异于异族语言,往往也被他们讪笑取乐。他渐渐不悦他们的轻浮。一天晚宴之后,他们领他进了一座烟花楼。当他意识到这是一个什么去处时怒不可遏,拂袖而去,对邀他南行讲学的朋友大发雷霆:"为人师表,传道授业解惑。当今世风日下人心不古,吾等责无旁贷,本应著书立论,大声疾呼,以正世风。竟然是白日里游山玩水,饮酒作乐,夜间寻花问柳,梦死醉生……"朋友再三解释,说几位同仁本是好意,见他近日情绪不佳,恐他离家日久,思念眷属,于是才……朱先生不齿地说:"君子慎独。此乃学人修身之基本。表里不一,岂能正人正世。何来如此荒唐揣测?"当即断然决定,天明即起程北归,再不逗留。朋友再三挽留说,如果一次学也不讲就匆匆离去,于他的面子上实在难以支持。朱先生于是让步,讲了一回,语言又成为大的障碍,一些轻浮子弟窃窃讥笑他的发音而无心听讲。朱先生更加懊恼,慨然叹曰:南国多才子,南国没学问。他憋着一肚子败兴气儿回到关中,一气登上华山顶峰,那一口气才吁将出来,这才叫山哪!随即吟出一首《七绝》来:

  踏破白云万千重
  仰天池上水溶溶
  横空大气排山去
  砥柱人间是此峰

朱先生自幼聪灵过人,十六岁应县考得中秀才,二十二岁赴省试又以精妙的文辞中了头名文举人。次年正当赴京会考之际,父亲病逝,朱先生为父守灵尽孝不赴公车,按规定就要取消省试的举人资格。陕西巡抚方升厚爱其才更钦佩其孝道,奏明朝廷力主推荐,皇帝竟然破例批准了省试的结果。巡抚方升委以重任,不料朱先生婉言谢绝,公文往返六七次,仍坚辞不就。直至巡抚亲自登门,朱先生说:"你视我如手足!可是你知道不知道?你害的是浑身麻痹的病症!充其量我这只手会摆或者这只脚会走也是枉然。如果我不做你的一只手或一只脚,而是为你求仙拜神乞求灵丹妙药,使你浑身自如起来,手和脚也都灵活起来,那么你是要我做你的一只手或一只脚,还是要我为你去求那一剂灵丹妙药呢?你肯定会选取后者,这样子的话你就明白了。"方巡抚再不勉强。朱先生随即住进白鹿书院。

　　白鹿书院坐落在县城西北方位的白鹿原原坡上,亦名四吕庵,历史悠远。宋朝年间,一位河南地方小吏调任关中,骑着骡子翻过秦岭到滋水县换乘轿子,一路流连滋水河川飘飘扬扬的柳絮和原坡上绿莹莹的麦苗,忽然看见一只雪白的小鹿凌空一跃又隐入绿色之中再不复现。小吏即唤轿夫停步,下轿注目许多时再也看不见白鹿的影子,急问轿夫对面的原叫什么原,轿夫说:"白鹿原。"小吏"哦"了一声就上轿走了。半月没过,小吏亲自来此买下了那块地皮,盖房修院,把家眷迁来定居,又为自己划定了墓穴的方位。小吏的独生儿子仍为小吏。小吏的四个孙子却齐摆摆成了四位进士,其中一位官至左丞相,与司马光文彦博齐名。四进士全都有各自的著述。四兄弟全部谢世后,皇帝钦定修祠以纪念其功德,修下了高矮粗细格式完全一样的四座砖塔,不分官职只循长幼而分列祠院大门两边,御笔亲题"四吕庵"匾额于门首。吕氏的一位后代在祠内讲学,挂起了"白鹿书院"的牌子。这个带着神话色彩的真实故事千百年来被白鹿原上一代一代人津津有味地传诵着咀嚼着。朱先生初来时院子里长满了荒草,蝙蝠在大梁上像蒜辫一样结串儿垂吊下来。朱先生用方巡抚批给他的甚为丰裕的银饷招来工匠彻底修缮了房屋,把一块由方巡抚书写的"白鹿书院"的匾牌架到原先挂着"四吕庵"的大门首上。那块御笔亲题的金匾已不知去向。大殿内不知什么朝代经什么人塑下了四位神像,朱先生令民工扒掉,民工畏怯不前,朱先生上前亲自动手推倒了,随口说:"不读圣贤书,只知点蜡烧香,怕是越磕头头越昏了!"

然而朱先生却被当作神正在白鹿原上下神秘而又热烈地传诵着。有一年麦子刚刚碾打完毕,家家户户都在碾压得光洁平整的打麦场上晾晒新麦,日头如火,万里无云,街巷里被人和牲畜踩踏起一层厚厚的细土,朱先生穿着泥屐在村巷里叮咣叮咣走了一遭,那些躲在树荫下看守粮食的庄稼人笑他发神经了,红红的日头又不下雨穿泥屐不是出洋相么?小孩子们尾随在朱先生屁股后头嘻嘻哈哈像看把戏一样。朱先生不恼不躁不答不辩回到家里就躺下午歇了,贤妻嗔笑他书越念越呆了,连个晴天雨天都分辨不清了。正当庄稼人悠然歇晌的当儿,骤然间刮起大风,潮过一层乌云,顷刻间白雨如注,打麦场上顿时一片汪洋,好多人家的麦子给洪水冲走了。人们过后才领悟出朱先生穿泥屐的哑谜,痛骂自己一个个愚笨如猪,连朱先生的好心好意都委屈了。

有天晚上,朱先生诵读至深夜走出窑洞去活动筋骨,仰面一瞅满天星河,不由脱口而出:"今年成豆。"说罢又回窑里苦读去了。不料回娘家来的姐姐此时正在茅房里听见了,第二天回到自家屋就讲给丈夫。夫妇当年收罢麦子,把所有的土地全部种上了五色杂豆。伏天里旷日持久的干旱旱死了苞谷稻黍和谷子,耐旱的豆类却抗住了干旱而获得丰收。秋收后姐夫用毛驴驮来了各种豆子作酬谢,而且抱怨弟弟既然有这种本领,就应该把每年夏秋两季成什么庄稼败哪样田禾的天象,告诉给自家的主要亲戚,让大家都发财。朱先生却不开口。事情由此传开,庄稼人每年就等着看朱先生家往地里撒什么种子,然后就给自家地里也撒什么种子。然而像朱先生的姐姐那样得意的事再也没有出现过,朱家的庄稼和众人的庄稼一样遭灾,冷子打折了苞谷,神虫吸干了麦粒儿,蝗虫把一切秋苗甚至树叶都啃光吃净了。但这并不等于说朱先生不是神,而是天机不可泄露,给自己的老子和亲戚也不能破了天机。后来以至发展到丢失衣物,集会上走丢小孩,都跑来找朱先生打筮问卜,他不说他们不走,哭哭啼啼诉说自己的灾难。朱先生就仔细询问孩子走丢的时间地点原因,然后作出判断,帮助愚陋的庄稼人去寻找,许多回真的应验了。朱先生开办白鹿书院以后,为了排除越来越多的求神问卜者的干扰,于是就一个连一个推倒了四座神像泥胎,对那些吓得发痴发呆的工匠们说:"我不是神,我是人,我根本都不信神!"

白鹿书院开学之日,朱先生忙得不亦乐乎,却有一个青年农民汗流浃背跑进门来,说他的一头怀犊的黄牛放青跑得不知下落,询问朱先生该到何处去找。朱先生正准备开学大典,被来人纠缠住心里烦厌,然而他修养极深,为人谦和,仍然喜滋滋地说:"牛在南边方向。快跑!迟了就给人拉走了。"那青年农人听罢转身就跑,沿着一条窄窄的田间小道往南端直跑去,迎面有两个姑娘手拉着手在路上并肩而行,小伙子跑得气喘如牛摇摇晃晃来不及转身,正好从两个姑娘之间穿过去,撞开了她俩拉着的手。两位姑娘拉住他骂起来,附近地里正在锄麦子的人围过来,不由分说就打,说青年农民耍骚使坏。青年农民招架不住又辩白不清拔腿就跑,那些人又紧追不舍。青年农民情急无路,就从一个高坎上跳了下去,跌得眼冒金星,抬头一看,黄牛正在坎下的土壕里,腹下正有一只紫红皮毛的小牛犊撅着尻子在吮奶,老黄牛悠然舔着牛犊。他爬起来一把抓住牛缰绳,跳着脚扬着手对站在高坎上头那些追打他的庄稼人发疯似的喊:"哥们爷们,打得好啊,打得太好了!"随之把求朱先生寻牛的事述说一遍。那些哥们爷们纷纷从高坎上溜下来,再不论他在姑娘跟前耍骚的事了,更加详细地询问朱先生掐指占卜的细梢末节,大家都说真是活神仙啊!寻牛的青年农民手舞足蹈地说:"朱先生给我念下四句秘诀,'要得黄牛有,疾步朝南走;撞开姑娘手,老牛舔牛犊。'你看神不神哪!"这个神奇的传说自然很快传进白嘉轩的耳朵,他在后来见到姐夫时问证其虚实,姐夫笑说:"哦,看来我不想成神也不由我了!"

嘉轩一贯尊重姐夫,但他却从来也没有像一般农人把朱先生当作知晓天机的神。他第一次看见姐夫时竟有点失望。早已名噪乡里的朱才子到家里来迎娶大姐碧玉时,他才得一睹姐夫的尊容和风采,那时他才刚刚穿上浑裆裤。才子的模样普普通通,走路的姿势也普普通通,似乎与传说中那个神乎其神的神童才子无法统一起来。母亲在迎亲和送嫁的人走后问他:"你看你大姐夫咋样?"他拉下眼皮沮丧地说:"不咋样。"母亲期望从他的嘴里听到热烈赞美的话而没有得到满足,顺手就给了他一个抽脖子。

他开始敬重姐夫是在他读了书也渐渐懂事以后,但也始终无法推翻根深蒂固的第一印象。他敬重姐夫不是把他看作神,也不再看作是一个"不咋样"的凡夫俗子,而是断定那是一位圣人,而他自己不过是个凡人。圣人能看透凡人的隐情隐秘,凡人却看不透圣人的作为;凡人和圣人之间有一层永远无法沟通的天然界隔。圣人不屑于理会凡人争多嫌少的七事八事,凡人也难以遵从圣人的至理名言来过自己的日子。圣人的好多广为流传的口歌化的生活哲理,实际上只有圣人自己可以做得到,凡人是根本无法做到的。"房是招牌地是累,攒下银钱是催命鬼。"这是圣人姐夫的名言之一,乡间无论贫富的庄稼人都把这句俚语口歌当经念。当某一个财东被土匪抢劫了财宝又砍掉了脑袋的消息传开,所有听到这消息的男人和女人就会慨叹着吟诵出圣人的这句话来。人们用自家的亲身经历或是耳闻目睹的许多银钱催命的事例反复论证圣人的圣言,却没有一个人能真正身体力行。凡人们兴味十足甚至幸灾乐祸一番之后,很快就置自己刚刚说过的血淋淋的事例于脑后,又拼命去劳作去挣钱去迎接催命的鬼去了,在可能多买一亩土地再添一座房屋的机运到来的时候绝不错失良机。凡人们绝对信服圣人的圣言而又不真心实意实行，这并不是圣人的悲剧，而是凡人永远成不了圣人的缘故。

从白鹿村朝北走，有一条被牛车碾压得车辙深陷的官路直通到白鹿原北端的原边，下了原坡涉过滋水就离滋水县城很近了。白嘉轩从原顶抄一条斜插的小路走下去，远远就瞅见笼罩书院的青苍苍的柏树。白嘉轩踩着溜滑的积雪终于下到书院门口，仰头就看见门楼嵌板上雕刻着的白鹿和白鹤的图案，耳朵里又灌入悠长的诵读经书的声音。他进门后，目不斜视，更不左顾右盼，而是端直穿过院庭，一直走到后院姐夫和姐姐的起居室来。姐姐正盘腿坐在炕上缝衣服，一边给弟弟沏茶，一边询问母亲的安宁。不用问，姐夫此刻正在讲学，他就坐着等着和姐姐聊家常。作为遐迩闻名的圣人朱先生的妻子的大姐也是一身布衣，没有绫罗绸缎着身。靛蓝色大襟衫，青布裤，小小脚上是系着带儿的家织布鞋袜，只是做工十分精细，那一颗颗布绾的纽扣和纽环，几乎看不出针线的扎脚儿。姐姐比在自家屋时白净了，也胖了点儿，不见臃肿，却更见端庄，眼里透着一种持重、一种温柔和一种严格恪守着什么的严峻。大姐嫁给朱先生以后，似乎也渐渐透出一股圣人的气色了，已经不是在家时给他梳头给他洗脸给他补缀着急了还骂他几句的那个大姐了。院里一阵杂沓的脚步声，嘉轩从门里望过去，一伙伙生员朝后院走来，一个个都显得老成持重顶天立地的神气，进入设在后院的餐室以后，院子里静下来。姐夫随后回来，打过招呼问过好之后，就和他一起坐下吃早饭。饭食很简单，红豆小米粥，掺着扁豆面的蒸馍颜色发灰，切细的萝卜丝里拌着几滴香油。吃罢以后，姐夫口中嘬进一撮干茶叶，咀嚼良久又吐掉了，用以消除萝卜的气味，免得授课或与人谈话时喷出异味来。姐夫把他领到前院的书房去说话。

五间大殿,四根明柱,涂成红色,从上到下,油光锃亮。整个殿堂里摆着一排排书架,架上搁满一摞摞书,进入后就嗅到一股清幽的书纸的气息。西边隔开形成套间,挂着厚厚的白色土布门帘,靠窗置一张宽大的书案,一只精雕细刻的玉石笔筒,一只玉石笔架和一双玉石镇纸,都是姐夫的心爱之物。滋水县以出产美玉而闻名古今,相传秦始皇的玉玺就取自这里的玉石。除了这些再不见任何摆设,不见一本书也不见一张纸,整个四面墙壁上,也不见一幅水墨画或一帧条幅,只在西山墙上贴着一张用毛笔勾画的本县地图。嘉轩每次来都禁不住想,那些字画条幅挂满墙壁的文人学士,其实多数可能都是附庸风雅的草包;像姐夫这样真有学问的人,其实才不显山露水,只是装在自己肚子里,更不必挂到墙上去唬人。两人坐在桌子两边的直背椅子上,中间是一个木炭火盆,炭火在静静地燃烧,无烟无焰,烧过留下的一层白色的炭灰,仍然明晰地显露着木炭本来的木质纹路,看不见烟火却感到了温暖。姐夫一边添加炭棒,一边支起一个三脚支架烧水沏茶。他就把怎样去请阴阳先生,怎么在雪地里撒尿,怎么发现那一坨无雪的慢坡地,怎么挖出怪物,以及拉屎伪造现场的过程详尽述说了一遍,然后问:"你听说过这号事没有?"姐夫朱先生静静地听完,眼里露出惊异的神光,不回答他的话,取来一张纸摊开在桌上,又把一支毛笔交给嘉轩说:"你画一画你见到的那个白色怪物的形状。"嘉轩捉着笔在墨盒里膏顺了笔尖,有点笨拙却是十分认真地画起来,画了五片叶子,又画了秆儿把叶子连结起来,最终还是不无遗憾地憨笑着把笔交给姐夫:"我不会画画儿。"朱先生拎起纸来看着,像是揣摩一幅八卦图,忽然嘴一噘神秘地说:"小弟,你再看看你画的是什么?"嘉轩接过纸来重新审视一番,仍然憨憨地说:"基本上就是我挖出来的那个怪物的样子。"姐夫笑了,接过纸来对嘉轩说:"你画的是一只鹿啊!"嘉轩听了就惊诧得说不出话来,越看自己刚才画下的笨拙的图画越像是一只白鹿。

很古很古的时候（传说似乎都不注重年代的准确性），这原上出现过一只白色的鹿，白毛白腿白蹄，那鹿角更是莹亮剔透的白。白鹿跳跳蹦蹦像跑着又像飘着从东原向西原跑去，倏忽之间就消失了。庄稼汉们猛然发现白鹿飘过以后麦苗忽地蹿高了，黄不拉叽的弱苗子变成黑油油的绿苗子，整个原上和河川里全是一色绿的麦苗。白鹿跑过以后，有人在田坎间发现了僵死的狼，奄奄一息的狐狸，阴沟湿地里死成一堆的癞蛤蟆，一切毒虫害兽全都悄然毙命了。更使人惊奇不已的是，有人突然发现瘫痪在炕的老娘正潇洒地捉着擀杖在案板上擀面片，半世瞎眼的老汉睁着光亮亮的眼睛端着筛子拣取麦子里混杂的沙粒，秃子老二的瘌痢头上长出了黑乌乌的头发，歪嘴斜眼的丑女儿变得鲜若桃花……这就是白鹿原。

嘉轩刚刚能听懂大人们不太复杂的说话内容时，就听奶奶母亲父亲和村里的许多人无数次地重复讲过白鹿神奇的传说，每个人讲的都有细小的差异，然而白鹿的出现却是不容置疑的。人们一代一代津津有味地重复咀嚼着这个白鹿，尤其在战乱灾荒瘟疫和饥馑带来不堪忍受的痛苦里渴盼白鹿能神奇地再次出现，而结果自然是永远也没有发生过，然而人们仍然继续兴味十足地咀嚼着。那确是一个耐得咀嚼的故事。一只雪白的神鹿，柔若无骨，欢欢蹦蹦，舞之蹈之，从南山飘逸而出，在开阔的原野上恣意嬉戏。所过之处，万木繁荣，禾苗苗壮，五谷丰登，六畜兴旺，疫疠廓清，毒虫灭绝，万家乐康，那是怎样美妙的太平盛世。这样的白鹿一旦在人刚能解知人言的时候进入心间，便永远也无法忘记。嘉轩现在捏着自己刚刚画下那只白鹿的纸，脑子里已经奔跃着一只活泼的白色神鹿了。他更加确信自己是凡人而姐夫是圣人的观点。他亲眼看见了雪地下的奇异的怪物亲手画出了它的形状，却怎么也判断不出那是一只白鹿。圣人姐夫一眼便看出了白鹿的形状,"你画的是一只鹿啊!"一句话点破了凡人眼前的那一张蒙脸纸,豁然朗然了。凡人与圣人的差别就在眼前的那一张纸,凡人投胎转世都带着前世死去时蒙在脸上的蒙脸纸,只有圣人是被天神揭去了那张纸投胎的。凡人永远也看不透眼前一步的世事,而圣人对纷纭的世事洞若观火。凡人只有在圣人揭开蒙脸纸点化时才恍悟一回,之后那纸又浑全了又变得黑瞎糊涂了。圣人姐夫说过"那是一只鹿啊"之后,就不再说多余的一句话了,而且低头避脸。嘉轩明白这是圣人在下逐客令了,就告辞回家。

一路上脑子里都浮动着那只白鹿。白鹿已经溶进白鹿原,千百年后的今天化作一只精灵显现了,而且是有意把这个吉兆显现给他白嘉轩的。如果不是死过六房女人,他就不会急迫地去找阴阳先生来观穴位;正当他要找阴阳先生的时候,偏偏就在夜里落下一场罕见的大雪;在这样铺天盖地的雪封门槛的天气里,除了死人报丧谁还会出门呢?这一切都是冥冥之中的神灵给他白嘉轩的精确绝妙的安排。再说,如果他像往常一样清早起来在后院的茅厕里撒尿,而不是一直把那泡尿憋到土岗上去撒,那么他就只会留心脚下的跌滑而注定不敢东张西望了,自然也就不会发现几十步远的慢坡下融过雪的那一坨湿漉漉的土地了。如果不是这样,他永远也不会涉足那一坨慢坡下的土地,那是人家鹿子霖家的土地。他一路思索,既然神灵把白鹿的吉兆显示给我白嘉轩,而不是显示给那块土地的主家鹿子霖,那么就可以按照神灵救助白家的旨意办事了。如何把鹿子霖的那块慢坡地买到手,倒是得花一点心计。要做到万无一失而且不露蛛丝马迹,就得把前后左右的一切都谋算得十分精当。办法都是人谋划出来的,关键是要沉得住气,不能急急慌慌草率从事。一当把万全之策谋划出来,白嘉轩实施起来是迅猛而又果敢的。

第 三 章

　　吃罢晚饭,白嘉轩走进白鹿镇的中医堂,摆出的面孔和他的心境正好相反。他心里燃烧着炽烈的进取的欲火,脸孔上摆出的却是可怜兮兮的无奈,疲惫憔悴的神色令人望之顿生怜悯。他声音沉重凄楚地向冷先生述说家父暴亡妻子短命家道不济这些人人皆知的祸事,哀叹自己几乎是穷途末路了,命里注定祖先的家业要破落在他的手里了。这真是天灭白家,不可扭转。他走到这一步路已走绝,下一步是崖是井也得往下跳,只好卖掉祖宗的心头肉——河川里那二亩水地。把白鹿村挨家挨户捋码一遍,有力量一次买走这二亩水地的除非鹿子霖再数不出第二家来。希求冷先生老兄看在与先父交情甚笃的情分上,能出面与鹿家交涉,居中调节。说到此时潸然泪下,变卖祖先业产是不肖子孙啊!白嘉轩将在白鹿村以至白鹿原上十里八村的村民中落下败家子的可耻名声。冷先生听完冷冷地问:"你再想想不卖地行不行?"白嘉轩就更进一步数落起来,前头六个女人已经花光了父亲几十年来节俭积攒的银钱,而且连着卖掉了两匹骡子。槽头现有的红马和黄牛即使全拉到集上卖了,也不够订一个媳妇的聘礼,他现在订一个女人比先前订五个女人花的钱都多,再说卖了牲畜怎么种地?他翻来覆去想过无数次,只有卖地一条路可循。冷先生的面孔似有所动:"你只管托人做媒订亲娶妻,钱不够了从我这儿拿。地是不能卖。你卖二亩水地容易,再置二亩水地就难了。眼看着你卖地还要我做中人,我死了无颜去见秉德大叔呀!"嘉轩似乎更加伤情,默然不语。

冷先生的父亲老冷先生在白鹿镇开辟这个中药铺面坐堂接诊时,得助于嘉轩的爷爷的鼎力支持,要不然一个南原山根的外乡人就很难在白鹿镇扎住脚。嘉轩的爷爷用驮骡从山里运出中药材,老冷先生需要什么就卸下什么,从中药材的交易发展成相互之间的义气相交,传到冷先生和嘉轩的父亲秉德这时候,已经成为莫逆之交了。

冷先生的义气相助,使嘉轩深受感动又心生埋怨。白嘉轩谋的是鹿家的那块风水宝地,用的是先退后进的韬略;深重义气的冷大哥尚不知底里,又不便道明。他仍然委婉地说:"先生哥,借下总是要还的。按我目下的家景运气,你敢给我我还不敢拿哩!万一娶下女人再有个三长两短咋办呢?我爸在世时不止一百回给我说过,咱两家是义交而不是利交,义交才能世交。万一我穷败破产还不了账咋办?我无论如何也不能……"嘉轩诚恳的话把义气的冷先生说得改变初衷,唉叹一声终于答应了去找鹿子霖串说,又郑重声明仅此一回,以后要是再卖家业就不要来找他,他不忍心经办这号伤心的事。

这件事冷先生根本不用预测就可以料到结局。河川地是一年两季收成的金盆盆,鹿家近几年运道昌顺,早就谋划着扩大地产却苦于不能如愿,那些被厄运击倒的人宁可拉枣棍子出门讨饭也不卖地,偶尔有忍痛割爱卖地的大都是出卖原坡旱地,实在有拉不开栓的人咬牙卖掉水地,也不过是三分八厘,意思不大。冷先生出于礼仪的考虑,亲自走进了鹿家的院子。鹿子霖的父亲鹿泰恒一听白家要卖二亩水地,还以为自己的耳朵出了毛病,愣着神瞅着冷先生的冷面孔,才确信此人说话无诈无欺,脑袋一扬却说:"秉德兄弟虽不在世了,我咋能去置他的地哩!嘉轩侄儿这几年运气不顺,实在不行了来给我说一声。你给嘉轩把我的话捎过去,钱呀粮食呀要是急着用,从我这儿拿,地是千万不敢卖。"鹿泰恒完全是一位善良而又义气的长辈的亲柔心怀。冷先生就再三解释嘉轩卖地的动因,而且用自己要借钱给嘉轩的事来作证。鹿泰恒仍然是凛然不为所动的神色:"嘉轩侄子即当真心卖地,我也不能买。咋哩?让人说我乘人危难拾掇合茬便宜哩!我怎么对得住走了的秉德兄弟哩!嘉轩侄儿要卖水地我挡不住,可我不能买,让他卖给旁人去。"冷先生笑着说:"好我的大叔哩!白鹿村小家小户谁能一次置起二亩水地?你心里甭含糊,其实你买下这地是给侄儿嘉轩解危救急哩!你就不要再顾虑什么了。"到此,鹿泰恒心里完全踏实下来,初听到这个喜讯时的惊喜已经变成可靠无误的真实,他的心情随之也就平缓下来。经过这一番交谈,既排除了乘人危难掠夺家产的坏名声,又考实了嘉轩卖地属于真实而不会中途变卦,至于说让旁人去买的话那是料就白鹿村论实力非他莫属。鹿泰恒做出莫可奈何的口吻说:"既是这样说,那就那么办算啦!这事嘛,你下来跟子霖去交涉好了,他和嘉轩是平辈弟兄,话好说事也好办,我一个长辈怎么和娃娃说这号话办这号事哩!再说子霖也成人了,这是给他置地哩……"

冷先生指派药铺的伙计王相,到镇上的饭铺定下八个菜,又提来一瓶烧酒。他坐在上位,让白鹿两家的主事者各坐一侧,方桌剩下的一边坐的是老秀才鹿泰和。冷先生向来言简意赅,不见寒暄就率先举起酒盅与三位碰过一饮而尽,然后直奔主题:"事情不必再说,现在只说怎么弄,有话明说,过后不说。"一切都按着各人预定的轨道推进,没有差错。嘉轩摆出的自然是败家子羞愧的面孔,呷下一盅酒后,开口说:"踢卖先人业产,愧无脸面见人,怎敢争多论少?先生哥处事公正,你说怎么弄就怎么弄,我绝无二话。"鹿子霖早已领得父教,严谨地把握着自己的情绪,把买地者的得意与激动彻底隐藏,表现出对于白家兄弟不幸遭遇的同情与体恤,慷慨地说:"先生哥你就看着办吧!既然俺们兄弟俩信得下你,谁日后再说二话还算人吗？你说咋弄就咋弄。"冷先生连着喝下几杯酒，冷冷的面孔开始红润活泛起来，更见一副耿直不阿的风采："话怕明说。你们两家是白鹿村的大家户，二位令尊与家父都是义交。我虽无意偏袒任何一方，但话说回来，再准的尺子也都量不准布，还要二位贤弟宽谅。"说罢眼光锐利地瞅一瞅鹿子霖，鹿子霖以同样坚定的眼光作了回答。冷先生再转过头瞅着白嘉轩，白嘉轩却一把捂住腮帮，似乎要哭出来，低下头去。冷先生紧紧追问："嘉轩似有反悔之意？如是，现在还来得及。人说泼出去的水推倒了的墙——难收难扶。现在水还没泼墙还没倒，你说了不迟。"嘉轩抬起头来，头上竟沁出一层细汗，说："反悔倒不反悔，只是畏怯子孙的愤怨和乡党的耻笑。"随之吞吞吐吐说出换地的想法来：二亩水地还是卖给鹿子霖，鹿家原坡上那二亩慢坡地转到白家，好地换劣地的差价，由鹿家付给白家。嘉轩说出这个方案后忽地站起，手抚胸膛红着脸说："全是为了顾一张面子呀！还望先生哥和子霖兄弟宽容。"此话一出，毕竟是节外生枝，冷先生不大高兴地说："既有这话，你该早说，我也好与买方早早说透。不过现在说了也好……"说完就瞅一眼鹿子霖。鹿子霖原以为嘉轩事到临头要反悔要变卦了，单怕到手的二亩水地又黄了，听明白了是换地，就作出豁达的气魄说："这倒好！只要于嘉轩兄面子上好看，就那么办。"冷先生自己当然对两厢情愿的事不再有什么话说，只是这突然的变故打乱了他事先与两方交换过的关于地价的估计，随机应变的办法很快也就形成。"既然如此小有变故，这事也不难办。"冷先生说，"嘉轩的水地是天字号地，子霖的慢坡地是人字号地，天字号地和人字号地的价码，按朝廷征粮的数目就可以兑换出来。如果二位同意这个弄法儿，事情就简单不过了。"无论白嘉轩或是鹿子霖，最熟悉的可能不是自己的手掌而是他们的土地。他们谁也搞不清自哪朝的哪一位皇帝开始，对白鹿原的土地按"天时地利人和"划分为六个等级,按照不同的等级征收交纳皇粮的数字;他们对自家每块土地所属的等级以及交纳皇粮的数目,清楚熟悉准确无误绝不亚于熟悉自己的手掌。土地的等级是官府县衙测定的,征交皇粮的数字也是官家钦定的,无厚此薄彼之嫌,自然天公地道,俩人都接受了。冷先生取来算盘,推给老秀才说:"你给兑换算计一下。"老秀才噼里啪啦拨动着算盘上的珠子,连拨两遍,一亩天字号地大体可以折合四亩人字号地。这样就推算出鹿子霖应该净给白嘉轩的银两,如果按市价折合成粮食或棉花该是多少石多少捆。冷先生就歪过头对老秀才说:"现在该你忙活了。"老秀才这时接过药铺伙计王相送来的砚台,开始研墨。他被请来的职责很单纯,那就是双方把话说到以后写买卖土地的契约。

鹿子霖看着老秀才不慌不忙研墨的动作,心里竟是抑制不住的激动。只要能把白家那二亩水地买到手,用十亩山坡地作兑换条件也值当。河川地一年两季,收了麦子种苞谷,苞谷收了种麦子,种棉花更是上好的土地;原坡旱地一季夏粮也难得保收。再说河川地势平坦,送粪收割都省力省事,牛车一套粪送到地里了。他家在河川有近二十亩水地,全是一亩半亩零星买下来的,分布在河川的各个角落。最大的一块不过二亩七分,打了一口井,两季保种保收。其余都是亩儿八分的窄小地块,打井划不来,不打井又旱得少收成。嘉轩这二亩水地正好与自家的那块一亩三分地相毗邻,合在一块就是三亩三分大的一个整块了,整个河川里也算得头一块大地块了。春闲时节就可以动手打井,麦收后如遇天旱,就可以套上骡子车水浇地不失时机地播种了。他眯着眼装作瞅着老秀才写字,心里已经有一架骡子拽着的木斗水车在嘎吱嘎吱唱着歌。

白嘉轩双手抱成一个合拳压在桌子上,避眼不看老秀才手中的毛笔,紧紧锁着眉头瞅着那个密密麻麻标着药名的中药柜子,似乎心情沉痛极了。其实他的心里也是一片翻滚的波澜,那块蕴藏着白鹿精灵的风水宝地已经属于他了,只等片刻之后老秀才写完就可以签名了,世界上再没有第二个人知道此项买卖土地当中的秘密。

老秀才写好契约,冷先生先接到手看了一遍,又交给买卖双方的主人都看了一遍。冷先生把笔交给嘉轩,嘉轩捏着毛笔稍停了一下,似乎下了狠心才写上了自己的名字。鹿子霖接过笔很轻松地划拉了一阵。冷先生最后在中人款格下写上了自己的名字,落尾才由老秀才签名。冷先生取来印泥盒子,四个人先后用食指蘸了红色印泥,然后一齐往契约上按下去。一式两份,买方和卖方各据一份。冷先生给每人盅里斟上酒,一齐饮了。

这桩卖地或者说换地的交易完毕后的第二天早饭时,白嘉轩才把这事告知母亲。不等嘉轩说完,白赵氏扬手抽了他一个耳光,手腕上沉重的纯银镯子把嘉轩的牙床硌破了,顿时满嘴流血,无法分辩。鹿三扔下筷子,舀来一瓢凉水,让嘉轩漱口涮牙。白赵氏来到冷先生的中药铺,一进门刚吐出"那地……"两字就跌倒在地,不省人事。冷先生松开正在给一位农妇号脉的手,从皮夹里抽出一根细针,扎入白赵氏人中穴,白赵氏才"哇"的一声哭叫出来。冷先生这时才得知嘉轩根本没有同母亲商量,但木已成舟水已泼地墙已推倒,只能劝慰白赵氏,年轻人初出茅庐想事单纯该当原谅,多长几岁多经一些世事以后办事就会周到细密了。白赵氏的心病不是那二亩水地能不能卖,而是这样重大的事情儿子居然敢于自作主张瞒着她就做了,自然是根本不把她当人了。想到秉德老汉死没几年儿子就把她不当人,白赵氏简直都要气死了。白鹿村闲话骤起,说白嘉轩急着讨婆娘卖掉了天字号水地,竟然不敢给老娘说清道明,熬光棍熬得受不住了云云。鹿家父子心里庆幸,娘儿俩闹得好!闹得整个白鹿原的人都知道白家把天字号水地卖给鹿家那就更好了。白嘉轩抚着已经肿胀起来的腮帮,并不生老娘的气。

除了姐夫朱先生,白鹿精灵的隐秘再不扩大给任何人,当然也包括打得他牙齿出血腮帮肿胀的母亲。母亲在家里以至到白鹿镇中药铺找冷先生闹一下其实不无好处,鹿家将会更加信以为真而不会猜疑是否有诈。

遵照契约上双方拟定的协议,收罢麦子撂地,当年的夏粮由老主人收割,算是各人在自家原有土地上的最后一次收获,秋庄稼就要易地易主去播种了。鹿家父子扛着镢头铁锨踏进新买的二亩水地时,天色微明,知更鸟在树梢上空吵成一片,在这块已经属于自己的土地上,要做的第一件事就是挖掉白家的界石。为了这件不同寻常的事,父子俩亲自来干了,却把长工刘谋儿指派干其他活儿去了。父亲用脚指着地头一坨地皮说:"照这儿挖。"儿子只挖了一镢就听到铁石撞击的刺耳的响声,界石所在的方位竟然一丝一毫都无差错。那块刻有东西南北小字的青石界石湿漉漉的晾到熹微的晨光里,底下垫着的石灰和木炭屑末依然黑白分明。鹿子霖瞅着刚刚挖出的界石问:"爸,你记不记得这界石啥时候栽下的?"鹿泰恒不假思索说:"我问过你爷,你爷也说不上来。"鹿子霖就不再问,这无疑是几代人也未变动过的祖业。现在变了,而且是由他出面涉办的事。鹿泰恒背抄着结实的双手,用脚踢着那块界石,一直把它推到地头的小路边上。沿着界石从南至北有一条永久性的庄严无犯的垄梁,长满野艾、马鞭草、菅草、薄荷、三棱子草、节儿草以及旱长虫草等杂草。垄梁两边土地的主人都不容它们长到自家地里,更容不得它们被铲除,几代人以来它们就一直像今天这样生长着。比之河川里诸多地界垄梁上发生的吵骂和斗殴,这条地界垄梁两边的主人堪称楷模。鹿家父子已经动手挖刨这道垄梁,挖出来的竟然是一团一团盘结在一起的各种杂草的黄的黑的褐的红的草根,再把那些草根在镢头上摔摔打打抖掉泥土,扔到亮闪闪的麦茬子上,只需一天就可以晒得填到灶下当柴烧了。这条坚守着延续着几代人生命的垄梁,在鹿家父子的䦆头铁锨下正一尺一尺地消失,到后晌套上骡子用犁铧耕过,这条垄梁就荡然无存了,自家原有的一亩三分地和新买的白家的二亩地就完全和谐地归并成一块了。儿子鹿子霖说:"后晌先种这地的苞谷。"老子鹿泰恒说:"种!"儿子说:"种完了秋田以后就给这块地头打井。"老子说:"打!"儿子说他已经约定了几个打井的人,而且割制木斗水车的木匠也已打过招呼,这两项大事同时进行,待井打好了就可以安装水车。老子说:"这样干给工匠管饭省事。"日头已经射出灼人的光焰,该当回家吃早饭了。儿子突然问:"听说嘉轩准备给他爸迁坟哩?"老子冷漠地说:"越折腾越糟!爱迁就迁,爱折腾就折腾去!"

原坡地上的麦子开始泛出一层亮色的一天夜里落了一场透雨。临近天明时白嘉轩醒来,放声痛哭。哭声惊动了母亲。他说他梦见父亲了。搞不清父亲怎么弄得满身满脸都是泥水,浑身衣服湿漉漉往地上滴水,不住地打着冷颤。搞不清脚下怎么会有一个泥水聚积的深潭,父亲似乎就是从水潭里爬上来的,腿脚一抖索又跌下潭里,他怎么拽也拽不上来,眼看着父亲沉下去了,只露两只大手在水上摇。他大呼救命,越急越呼叫不出,急得大哭,突然惊醒了。母亲听罢,并不惊奇,只说了一句就回自己屋去了:"你到你爸坟上去看看。"

天明了,白嘉轩叫上长工鹿三扛着锨,踩着泥泞朝坟地走去。他围着父亲的坟堆查看了一番,发现了一个可能进水的洞穴,夜里落大雨时流水进入坟墓了。他向鹿三说了那个噩梦,鹿三连连称奇。他们用锨扎断了洞穴,堵死了水路,培高了土堆。嘉轩说:"墓道里进了水,父亲的仙骨被浸泡了,得迁坟。"

麦子收碾一毕,白嘉轩请来了阴阳先生,走遍了白家分布在原上的七八块旱地,选择新的墓地。令人惊佩的是,他没有向阴阳先生作任何暗示,阴阳先生的罗盘却惊奇地定在了那块用二亩水地换来的鹿家的慢坡地上,而且坟墓的具体方位正与他发现白鹿精灵的地点相吻合。阴阳先生说:"头枕南山,足登北岭;四面环坡,皆缓坡慢道,呈优柔舒展之气;坡势走向所指,津脉尽会于此地矣!"白嘉轩听了,心中更加踏实,晌午炒了八个菜,犒劳阴阳先生。他把阴阳先生的话一字不漏地沉在心底,逢人问起却摆出无可奈何的样子说:"嗜!跑遍了七八块地,没一块有脉气的,只是这慢坡地离村子近点,地势缓点,凑合着扎坟吧!"

新的墓穴称不得豪华,只是用青砖箍砌了墓室和暗庭。这期间鹿子霖已经完成了打井的壮举。新割制的木斗水车也已安装调试完毕,崭新的白光光的木头架子在伏天的艳阳里格外耀眼,骡子拉着木轮水车踏着欢快的步子,哗哗的水声听来再悦耳不过了。鹿子霖又挖来四棵柳树埋在水井的四个角上,树大之后就能遮住从三个方向射下的阳光,人和牲畜就可以不受暴晒之苦了。

白嘉轩在动手挖掘老坟的那一天,不分门户远近请来了白鹿村每一户的家长前来参加这个隆重的迁坟仪式。吹鼓手从老坟吹唱到新坟。三官庙的和尚被请来做了道场。鹿子霖和他父亲都被请来参加了被他们父子看作的瞎折腾。晚上回到家,鹿子霖又忍不住问父亲:"是不是瞎折腾?"并且说出自己的疑心:挖掘老墓时,他一直留心观察,墓室和墓道根本不见进水的痕迹,白嘉轩说他爸托梦要他迁坟,很可能是编造出来的一个幌子,这就不能不使人怀疑白嘉轩以好地换劣地的真实动机,是不是与阴阳先生取得默契之后玩了一个圈套?鹿泰恒心里赞赏儿子的分析,嘴上却仍然坚持自己的看法:"是瞎折腾。"他随之告诉儿子鹿子霖说:"你爷去世时我请来了老阴阳先生,看过那块慢坡地,说是从四面坡势走向看,形同涝池,难得伸展。现在这个阴阳先生比起他爸老阴阳来,充其量只够个'二眯儿'……"

白嘉轩把亡父的尸骨安置于风水宝地让白鹿精灵去滋润,然后就背着褡裢进山去了。盘龙镇中药材收购店掌柜吴长贵接待了他,像侍奉驾临的皇帝一样殷勤周到无微不至。俩人盘腿坐在终年也不熄火的热炕上,炕上铺着地道的榆林手工毛毯,小炕桌上摆满了热腾腾的菜,全是山地特产珍品。一盘透着一股烟味的熏野猪肉,一盘清蒸锦鸡,一盘红烧娃娃鱼,一盘费尽周折买来的熊掌,还有一盘猴头,白银耳黑木耳百合黄花等山地普通菜自然也不少。嘉轩心境很好,有意放纵自己多贪了几杯,酒酣微醉,叙说近几年来遭遇的凶事厄运,随之就直接说出了此行的目的。现在要在白鹿原上下找一个女人是很困难了,而且无法接受高出十倍十几倍的财礼要价。他说:"吴叔,这事拜托您了。"吴掌柜不假思索满口应承:"这不难。回去时你就把人引上。"

好多年前,嘉轩的爷爷领着嘉轩的父亲,在盘龙镇经营这个中药材收购店的时候,吴长贵只是一个经常前来出售药材的普通山民。引起他的命运开始发生转折的机缘,实际是一次不经意发生的差错。他交售了一大捆珍贵的黄芪以后,却发现多付了他钱,于是又背着背篓走回店铺对白嘉轩的父亲说:"白掌柜,您把账算错了,这是多付给我的钱!"说完把一摞铜元码到柜台上就走了。不料老掌柜在后边叫住他,把他叫进中药铺店里头去。此后他就成为这个铺店的伙计了。他认识秦岭山地生长的所有药材,他很快学会了对各种零散药材的粗加工手艺,继之又学会了打算盘和写字记账。他聪明的天资和诚实温厚的品性证明了白家父子辨识人的眼力功夫,因此他深得白家父子的信赖。促成他的命运发生重大转折的机缘,却是白家连续遭受的天灾和人祸。主持家事的老二白秉义在白鹿原发生的骚乱中被点了天灯,白掌柜赶回家去的途中又遭匪劫,不久就去世了,老大白秉德只好回白鹿原主持家政,盘龙镇中药材收购店就交给吴长贵料理,说定每年交多少银子,其余的盈利全归吴长贵。几年下来,吴长贵再不是那个背着背篓来交售药材的脏兮兮的山民了,很快成了盘龙镇四大富户中的一员。秉德老汉不幸暴死,他从山里赶来参加葬礼,趴在棺材上哭得比亲生儿子嘉轩似乎还厉害。他给秉德老汉挂了一杆十丈长的白绸蟒纸,飘飘摇摇像一条活蟒自天而降,令白鹿原上的穷人和富人震惊不已。人们见惯了用白纸和苇秆剪扎的蟒纸,尚未见过谁肯破费用白绸作蟒纸来吊唁祭奠死者,吴长贵真算得知恩知报的义气君子了。

　　吴长贵已经喝得满面煞白,虚汗如注,他一只手捏着酒盅,另一只手抓着条布巾。凭着这条布巾,他在盘龙镇从东头到西头挨家挨户喝过去从来还没有出过丑。他对白嘉轩说:"你把五女引走吧!"嘉轩也是绝无仅有的一次纵酒。他虽远远不是吴长贵的对手,而实际灌进的数量也令人咋舌。他的语言早已狂放,与在冷先生中医堂里和鹿子霖换地时羞愧畏怯可怜兮兮的样子判若两人。他大声说:"吴大叔那可万万使不得!我命硬克妻,我不忍心五女妹妹有个三长两短。你给我在山里随便买一个,只要能给我白家传宗接代就行了……"吴长贵说:"咱们现在只顾畅饮,婚事到明天再说。"

　　直到第二天晌午,白嘉轩才醒过酒来,昨晚的事已经毫无记忆。吴长贵这时才郑重其事地提出把五姑娘许给他。白嘉轩摇摇头,一再重复着与昨晚酒醉时同样的反对理由。吴长贵更加诚恳地说,他原先就想把三女儿许给他,只是想到山外人礼仪多家法严,一般大家户不娶山里女人,也就一直不好开口。既然嘉轩此次专程到山里来结亲,他原有的顾虑就消除了。吴长贵说:"只要你不弹嫌山里人浅陋……"白嘉轩再也无力拒绝了。吴长贵有二子五女,个个女子都长得细皮嫩肉,秀眉重眼,无可弹嫌。当下,白嘉轩站起打躬作揖,俩人的关系顷刻间发生了最重要的变化。

白嘉轩回到白鹿村，立即筹备结婚的大事。吴长贵用骡子驮着女儿和嫁妆赶前一天夜里进了白鹿镇，暂时住在冷先生的中医堂。冷先生被聘为媒人。结婚这天，白嘉轩跟着轿子到冷先生的中医堂迎娶了新娘，一切顺利。

　　这是第七个新婚之夜。嘉轩看着五女感到一阵尴尬和窘迫，这是他娶过的七个女人之中唯一在婚前见过面的一个。岂止见过面，而且熟悉如同姊妹。他每年都在农闲时光去山里一次两次，多在酷暑难耐的三伏，他一来为了照看中药材收购的生意，二来是到山里避一避暑热；吃住在吴大叔家里，与五女四女三女二女大女以及两个小弟情同兄弟姊妹，从来也不戒忌什么。现在骤然间面对一对闪闪发亮的红蜡烛，反倒拘束和不好意思了。仙草——五女的名字——已经耐不住山外伏天的酷热，从容不迫地脱去长袖衣裤，光洁细腻的胳膊和双腿裸露在他的面前，娇美的后腰里系着三个小棒槌，叽里当啷摇晃。嘉轩装作好奇去摸那小棒槌以排遣其窘迫。仙草转过身来，小腹的裤腰上也系着同样大小的三个棒槌。他问："仙草，你带这小棒槌做啥？"仙草毫不避讳地说："打鬼！"

　　白嘉轩猛地一颤，就呆若木鸡了。那棒槌肯定是用桃木旋下的了。桃木辟邪，鬼怕桃木橛儿。六个桃木棒槌对付六个从这个炕上抬出去的尚不甘心的鬼，可见仙草事先是做了充分准备的。他心头刚刚潮起的那种欲火又顿然熄灭了。仙草却不理会他，带着叽里当啷摇晃着的小棒槌躺下了，用一条花格单子搭在身上。他也心灰意冷地躺下来。那温馨的气息像玫瑰花香一样沁人心脾，心里的灰冷渐渐被逐出，又潮起一种难以抑制的焦渴。他鼓起勇气伸手把她揽进怀里，抚摸她的脖颈、丰腴的肩膀和最富诱惑的胸脯。她默默地接受了，没有惊慌也不反抗。她在他的怀里微微颤抖着身子，出气声变得急促起来。他受到鼓舞，就把手往腹部伸去，却触到了一只倒霉的小棒槌，心里又泛起一缕阴冷之气。她抓住了他的手告诉他,出嫁前,母亲备下酒席请来一位驱鬼除邪的法官,法官把六个小桃木棒槌留下就走了。她说:"法官说,戴过百日再解裤带。"白嘉轩一听就不由得火了:"又是个百日忌讳!"仙草却说:"百日又不是百年。你权当百日后才娶我。你就忍一忍,一百天很快就过去了。不为我也该为你想想,你难道真个还要娶八房十房女人呀……"他听着她友好的又是冷静的话,就抽出了被她抓着的手,把她紧紧搂住,心底却异常清醒。他坐起来,重新穿上衣服。仙草问:"你干啥呀?"嘉轩说:"我跟鹿三哥睡马号去,免得睡在一起活受罪。"仙草说:"那也好。你睡这儿我也难受。只是……你明晚去马号。今日是……头一夜。"嘉轩断然说:"算了,我今黑就去。"

嘉轩扯了一条被单夹在腋下,拉开门闩,走出门去。仙草迟疑一阵儿忽然跳下炕来:"等等。"她喊住他,又把他拽进门,反过身插上门闩,从他腋下扯走被单。嘉轩愣住了,怕她生气,反倒和颜悦色地说:"我听你的话,为我好也为你好……"仙草重新爬上炕,打断他的话:"算了!"说着,一把一个扯掉了腰带上的六个小棒槌,"哗"地一下脱去紧身背心,两只奶子像两只白鸽一样扑出窝来,又抹掉短裤,赤裸裸躺在炕上说:"哪怕我明早起来就死了也心甘!"

第 四 章

　　八月末的一天清早,白嘉轩起来洗脸漱口时,他的冒死破禁而且显出怀孕征兆的妻子仙草正坐在纺线车前嗡嗡嗡嗡地转动着车把儿,锭子上已经结下一枚荬白大小的白色线穗了。母亲也早已起来,在自个独居的里屋炕上摇转着纺车。他坐在父亲在世时常坐的那把靠背椅子上,喝着酽茶,用父亲死后留下的那把白铜水烟袋过着早瘾。父亲死后,他每天晚上在母亲落枕前和清早起床后都到里屋里坐一会儿。两架纺车嗡嗡吱吱的声音互相衔接,互相重合,此声间歇,彼声响起,把沉稳和谐的气氛弥漫到四合院的每一个角落。白嘉轩沉浸在这古老悠远而又新鲜活泼的乐曲里,浑身的筋骨和血液就鼓胀起来。

　　长工鹿三把犁铧套绳收拾齐备,从马号里牵出红马拴在院子里的石雕拴马桩上,扯着大步走进院庭,大声询问种子的事。嘉轩从里屋走出来:"你先喝口茶。"鹿三站在院庭里说他不喝,仍然询问麦子和豌豆掺和的比例,二八还是三七?嘉轩说:"这块地种药材。种子你甭管,我拿着。"说着喷出一口烟,吹净水烟筒里的烟灰,放下水烟壶,喝下最后一盅茶,就赳赳地走出街门,进入马号。鹿三解下红马牵着,套上犁杖。嘉轩扛起沉重的铁齿大耙子,腋下夹着一把镢头和一把竹条扫帚。鹿三回过头问:"你拿扫帚做啥?"嘉轩也不解释:"拿就是有用嘛。"鹿三就不再问。主仆二人走过街巷,出了村子,走下河滩,红马拖着空犁在田间土路上撞出噔噔噔的声响。

田野已经改换过另一种姿容,斑斓驳杂的秋天的色彩像羽毛一样脱光褪尽荡然无存了,河川里呈现出一种喧闹之后的沉静。灌渠渠沿和井台上堆积着刚刚从田地里清除出来的苞谷秆子。麦子播种几近尾声,刚刚播种不久的田块裸露着湿漉漉的泥土,早种的田地已经泛出麦苗幼叶的嫩绿。秋天的淫雨季节已告结束,长久弥漫在河川和村庄上空的阴霾和沉闷已全部廓清。大地简洁而素雅,天空开阔而深远。清晨的冷气使人精神抖擞。

红马拽着犁杖踏进自家的地头,鹿三把犁铧插进土地,回过头问:"种啥药?我可没种过。你说咋种?"嘉轩告诉他,还是像种麦子一样要细耕,种子间隔一大犁或两小犁沟溜下,又像种苞谷一样。为了撒播均匀,需得给种子里掺上细土或细沙,因为种子太小太小了。鹿三吆喝红马耕起来,一犁紧靠一犁,耕得比麦子的垄沟更精细。嘉轩看了看翻耕过的土壤又改变了主意:"先耕一遍,再耙耱一遍,把死泥块子弄碎了,再开沟播种。现在这样子下种不行。"经过夏天和秋天大水漫灌和收获时的踩踏,黏性的黄泥土地严重板结,犁铧上翻出大块大块的死泥硬块,细小的种子顶不破泥块就捂死在土层里了。鹿三禁不住问:"啥药材吗比麦子还娇贵?"白嘉轩说:"罂粟。"白嘉轩说罂粟就跟说麦子苞谷或者豌豆一样平淡。鹿三就不再问。他不懂得罂粟,自己并不奇怪,几百种中药材里,他连十个药名也记不清,罂粟想来也就不过是一种中药,或者属贵重稀欠一点罢了。

太阳升上白鹿原顶一竿子高了,这块一亩多点的土地耕翻完了,卸下犁具再套上铁齿耙,白嘉轩扯着两条套绳指挥吆喝着红马耙耱过一遍,地面变得平整而又疏松。鹿三又解下耙来再套上犁杖,在翻耕耙耱过的土地上开沟播种了。嘉轩每隔两小犁,跟着鹿三的屁股溜下掺和着细土的种子,然后用长柄扫帚顺着溜过种子的犁沟拖拉过去,就给那些细小娇弱的罂粟种子覆盖上一层薄土了。

　　这时候,好多在田地里劳作的男人都立在远远近近的地方瞧着这主仆二人的奇怪举动,怎的用扫场扫院的扫帚扫到犁沟里来了?庄稼汉对这些事兴味十足,纷纷赶过来看看白嘉轩究竟搞什么名堂。他们蹲在地边,捏捏泥土,小心翼翼地捡起几粒刚刚溜进垄沟的种子,在手心捻,用指头搓,那小小的籽粒儿被捻搓净了泥土,油光闪亮,像黑紫色的宝石。他们嘻嘻地又是好奇地问:"嘉轩,你种的啥庄稼?"嘉轩平淡地说:"药材。"他们还问:"啥药材?"嘉轩仍然像说到麦子苞谷谷子一样的口气说:"罂粟咯!"

　　大约过了十天,那一垄垄用扫帚漫过的犁沟里就有小小的绿色生命萌生出来,带着羞怯和娇弱的姿容呈现在主人的眼里,也使白鹿村的庄稼人见识了罂粟。"唔!罂粟就这样子?""嗯!像芥茉,也像菜子!"庄稼人的比喻总是恰当不过,罂粟的幼苗跟那呛人鼻膜的芥茉的幼苗几乎一般无二。如果白嘉轩说这是"鸦片烟",他们准会惊得跌个跟斗,再也不会去跟什么烂货芥茉相比较了。为了防备冬天冻死,嘉轩和鹿三用牛车拉了一车麦秸草撒到垄沟里,盖住了小小的幼苗。

　　第二年春天,从被雨雪沤得霉朽污黑的麦秸秆下蹿出绿翠晶莹的嫩叶来;清明过后开始拔节抽秆分出枝杈,更像芥茉或者油菜的株形了;直到开花才显出与后者的本质差别来。油菜和芥茉是司空见惯的碎金似的黄花,而罂粟却开出红的白的粉红的黄的紫的各色的花,五彩缤纷,花谢之后就渐渐长成一个墨绿色的椭圆的果实。

　　过些时候,人们看见,白嘉轩和他家的长工鹿三,以及很少下地的母亲,甚至身体相当笨重的妻子一齐到地里来了,用粗针或三角小刀刺破那些墨绿色的椭圆形果实,收刮下从破口里流出来的黏稠的乳汁一样的浆液。他们一家四口天天清早在微明时分出村下地,到太阳出来时就一齐回到屋里,这似乎更增加了这种奇异的药材的神秘色彩。谁也搞不明白收取那种乳白的浆液能治什么病,只是互相神秘莫测地重复说:"那是罂粟。罂粟就是罂粟。药嘛!"

夜晚,嘉轩按照岳父的指点要领在小铁锅里熬炼加工这些浆液的时候,一股奇异的幽幽的香气几乎使他沉醉,母亲白赵氏在里屋的炕上也沉醉了,坐在灶间拉风箱的吴氏仙草也沉醉了。幽幽的香气从四合院里弥漫开来,在四月温柔的夜风里扩散到大半个白鹿村,大人小孩都蹙着鼻孔贪婪地吸取着美好的空气,一个个都沉醉了。那是一种使人一旦闻到便不能作罢的气味,使人闻之便立即解脱一切心事沉疴而飘飘欲仙起来。第二天一早起来,在麻麻亮的街巷里,庄稼汉们似乎恍然大悟过来,一遍又一遍地重复着:"罂粟就是鸦片。"

白嘉轩把炼制加工成功的鸦片装进一只瓷罐,瓷罐装在一条褡裢里,搭在肩上,坐在牛车里进城去了。

白嘉轩从山里娶回来第七个女人吴仙草,同时带回来罂粟种子。人们窃窃议论那个十分水色的女子会不会成为白嘉轩炕头上的又一个死鬼,无论如何想不到也看不见他的蓝袍底下的口袋里装着一包罂粟种子。他的岳父吴掌柜决定把女儿嫁给他的同时,顺便把罂粟种子也交给了他。岳父说,他年初过商州下汉口时,花了黄货才弄到手这包罂粟种子。他说山里气候太冷,罂粟苗儿耐不过三九冰雪严寒,山外的白鹿原的气候正好适宜。罂粟和麦子一样秋末播种,来年麦收前后收获,凡是适宜麦子生长的土地和气候也就适宜种植罂粟。他强调说,他是专门为恩人白家买的,花黄货也花。他教给他种植管护采收尤其是熬炼加工的方法,至于销路那就根本不成问题了。无论是乡下或是城镇,有钱人或是没钱人,普通百姓或是达官贵人,都在寻找这种东西。有人吸食,有人倒卖,药铺里更不用说有多少收多少。至于种植罂粟的好处和辉煌的前景,岳父吴长贵只字不提。谁都知道这东西的分量,金子多贵鸦片就多贵。

白嘉轩背着褡裢走进康复元中药铺,这是爷爷领着父亲在盘龙镇收购中药材时建立的送货点,互相信赖的关系已年深日久。他先报了爷爷的名字,接着报了父亲的名字,最后报出岳父的名字,康复元的康掌柜专意接见了他,又指派伙计当下收购了鸦片,而且热心地指出他炼制质量不高的技术性毛病,并告诉他火候的把握至关重要。白嘉轩说这是头回试火,下回肯定就会弄得好些。他出门时心里不觉往下一坠,褡裢里头装的银元比来时装的那罐鸦片的分量沉重得多。

连续三年,白嘉轩把河川的十多亩天字号水地全都种上了罂粟,只在旱原和原坡地里种植粮食。罂粟种植的巨大收益比鸦片的香气更具诱惑。他在一亩水地里采收炼制的鸦片所卖的银元,可以籴回十几亩天字号水地实地所能生产的麦子,十多亩天字号水地种植的罂粟的价值足以抵得过百余亩地的麦子和苞谷了。白嘉轩当然不会愚蠢到用那些白花花当啷啷的银元全部买成麦子。他把祖传的老式房屋进行了彻底改造,把已经苔迹斑驳的旧瓦揭掉,换上在本村窑场订购的新瓦,又把土坯垒的前檐墙拆除,安上了屏风式的雕花细格门窗,四合院的厅房和厢房就脱去了泥坯土胎而显出清雅的气氛了。春天完成了厅房和厢房的翻修改造工程,秋后冬初又接着进行了门房和门楼的改建和修整。门楼的改造最彻底,原先是青砖包皮的土坯垒成的,现在全部用青砖砌起来,门楣以上的部分全部经过手工打磨。工匠们尽着自己最大的心力和技能雕饰图案,一边有白色的鹤,另一边是白色的鹿。整个门楼只保留了原先的一件东西,就是刻着"耕读传家"四字的玉石匾额。那是姐夫得中举人那年,父亲专意请他写下的手迹。经过翻新以后,一座完整的四合院便以其惹人的雄姿稳稳地盘踞于白鹿村村巷里。

马号是在第二年春天扩建的,马号里增盖了宽敞的储存麦草和干土的一排土坯瓦房;晒土场和拴马场的周围也用木板打起来一圈围墙。红马又生下一头棕红色的骡驹,在新圈起来的晒土场上撒欢。

榜样的力量是无穷的。三五年间,白鹿原上的平原和白鹿原下的河川已经成为罂粟的王国。滋水县令连续三任禁种罂粟,但罂粟的种植和繁衍却仍在继续。

这年春天,正当罂粟绽开头茬花蕾的季节,白鹿书院的朱先生站在妻弟新修的门楼下,欣赏那挺拔潇洒的白鹤和质朴淳厚的白鹿,以及自己题写的"耕读传家"的笔迹。白嘉轩从门里走出来,惊喜地礼让姐夫到屋里坐。朱先生却说:"你把我写的那四个字挖下来。"白嘉轩莫名其妙地愣住了。朱先生又说了一遍。白嘉轩连忙说:"哥呀,这倒是咋了?"朱先生仍不解释,第三次重复"把它挖下来"的话。白嘉轩为难地搓搓手:"哥呀,你今日专门为挖这四个字来的?"朱先生点点头。白嘉轩顿时生疑。朱先生又说:"要么你去用一块布把它蒙上。"白嘉轩预感到一种不祥之兆,就取来黑布,让鹿三搬来梯子,把"耕读传家"四个字严严实实蒙盖住了。朱先生仍不进屋,对嘉轩说:"把你的牛和马借我用一回。"嘉轩说:"这算啥事,你尽管拉去就是了。你用牲口做啥?"朱先生说:"你先把犁套好,套两㭎犁。"白嘉轩不敢怠慢,引着朱先生进了马号,和鹿三分头动手,给红马和黄牛都套上了犁杖。朱先生自己从墙上取下一根鞭子,从鹿三手里接过犁把,吆喝着黄牛出了马号,让嘉轩吆喝红马拉的犁杖一起走。鹿三好心好意要从朱先生手里夺过犁杖,让朱先生捉着犁杖从村里走过去太失体统了。朱先生执意不让,说他自幼就练成了吆牛耕地的本领,多年不捉犁把儿手都痒痒了。鹿三只好替换下嘉轩。嘉轩就空着手跟着,问:"哥呀,你到底套犁做啥?朝哪边走?"朱先生说:"你跟着只管走就是了。"村巷里有人发现了穿长袍的朱先生,而且奇怪他怎么捉着犁把儿,纷纷跑过来看才子举人朱先生耕田犁地。朱先生和谁也不搭话,一直吆着牛扶着犁走出街巷,下了河滩,走到白嘉轩最早种植罂粟的那块天字号水地边停下来。白嘉轩和鹿三看见,地头站着七八个穿黑色官服的人,才不由一惊。朱先生啥话不说吆着牛进入罂粟地,犁铧插进地里,正在开花的罂粟苗被连根撬起,埋在泥土里。白嘉轩跑到跟前,拉住缰绳:"哥呀,你这算弄啥?"朱先生一手捉着犁把儿,一手从怀里掏出一张硬纸示于嘉轩:"哥奉县令指示前来查禁烟苗。"白嘉轩一下愣住了,蹲在地边上,双手抱住头再也说不出话来。朱先生挥一下鞭子吆动黄牛,扶着犁杖在罂粟地里耕翻起来,地边上已经围满了吃惊的人群,远处还有人正往这儿奔跑。朱先生吆牛犁了一个来回,对白嘉轩说:"你把那犋犁吆上,进地吧!"白嘉轩从地上站起来,从鹿三手中接过犁把儿也进了地。朱先生回头赞许地点点头:"兄弟,你还可以。"两人一先一后,一牛一马拽着两犋犁杖,不大工夫就把那块罂粟捣毁了。朱先生喝住犁:"兄弟,把犁吆到另一块烟地里去。"

田间路上和翻耕过的罂粟地里已经聚集来了白鹿村全部男女,鹿子霖和他爸鹿泰恒也挤在人群里。鹿泰恒走到朱先生跟前,拱拳作揖说:"好!朱先生,好哇!"随之转过头呼叫儿子子霖和长工刘谋儿:"回去套牲口吆犁,进地把烟苗犁了!"朱先生丢下犁杖,双手攥住鹿泰恒的手:"请受我一拜!"朱先生随之站起,面对众人,宣读县府二十条禁烟令。最后又当着众人的面对嘉轩说:"这回你明白我叫你拿黑布蒙住门楼上那四个字的用意了吧?"

朱先生所作所为,顷刻之间震动了白鹿原。十天不过,川原上下正在开花的罂粟全都犁毁。这一威震古原的壮举不久就随着先生的一声长叹变得毫无生气。新来的滋水县令没有再聘用他,而是把这一肥缺送给了另外一个人。罂粟的红的白的粉红的黄的紫的美丽的花儿又在白鹿原开放了,而且再没有被禁绝。好多年后,即白嘉轩在自己的天字号水地里引种罂粟大获成功之后的好多年后,美国那位在中国知名度最高的冒险家记者斯诺先生来到离白鹿原不远的渭河流域古老农业开发区关中,看到了无边无际五彩缤纷的美丽的罂粟花。他在他的《西行漫记》一书里对这片使美洲人羞谈历史的古老土地上的罂粟发出喟叹:

"在这条从西安府北去的大道上,每走一里路都会勾起他对本民族丰富多彩的绚烂历史的回忆……在这个肥沃的渭河流域,孔子的祖先、肤色发黑的野蛮的人发展了他们的稻米文化,形成了今天在中国农村的民间神话里仍是一股力量的民间传说……

"在那条新修的汽车路上,沿途的罂粟摇摆着肿胀的脑袋,等待收割……陕西长期以来就以盛产鸦片闻名。几年前西北发生大饥荒,曾有三百万人丧命,美国红十字会调查人员,把造成那场惨剧的原因大部分归咎于鸦片的种植。当时贪婪的军阀强迫农民种植鸦片,最好的土地都种上了鸦片,一遇到干旱的年头,西北的主要粮食小米、麦子和玉米就会严重短缺。"

罂粟再次占据了这片古原大地,小麦却变成大片大片的罂粟之间的点缀了。人们早已不屑于再叫罂粟,也不屑于再叫鸦片,这些名字太文雅太绕口了,庄稼人更习惯称它为大烟或洋烟。大烟是与自己以往的旱烟相对而言,洋烟是与自己本土的土著烟族相对而言。丰富的汉语语言随着罂粟热潮也急骤转换组合,终于创造出最耀眼的文字:人们先前把国外输入的被林爷爷禁止的鸦片称作洋烟,现在却把从自家土地上采收,自家铁锅里熬炼的鸦片称为土烟,最后简化为一个简洁的单音字——"土"。衡量一家农户财富多寡的标准不再是储存了多少囤粮食和多少捆（十斤）棉花，而是多少"土"！白鹿镇每逢集日，一街两行拥挤不堪的烟土市场代替了昔日的粮食市场成为全镇交易的中心。

结婚一年后，这个小厢房厦屋的土炕上传出一声婴儿尖锐的啼哭。仙草心安理得地享受了婆婆白赵氏无微不至的服侍。坐满了月子，跳下炕来的时候，她容光焕发，挺着两只饱满肥实的乳房，完全是一个动人的少妇了。

庆贺头生儿子满月的仪式隆重而又热烈。所有重要亲戚朋友都通知到了，许多年已经断绝往来的亲戚也闻讯赶来了。嘉轩杀了一头猪，满心欢喜地待承亲朋乡友。他没有费多少心思就给孩子取下马驹的乳名，正如他的父亲给他取过拴狗的乳名一样的用意，越是贵重越是值钱的娃子越取那种丑陋的名字才更吉利；一当孩子度过多灾多祸的幼儿期进入私塾读书阶段，那时才应该费点心思取一个雅而不俗的官名，供其在一切公众场合使用。嘉轩听着众人不断重复着的恭维新生儿子的套话——再没有比这些套话叫人心里更快活的事了，他只是憨笑着更加殷勤更加诚挚地递烟让茶，对所有的亲朋乡友不分彼此不管亲疏不戒远近一律平等对待。

欢庆的日子虽然热烈却毕竟短暂，令人陶醉的是更加充实的往后的日月。妻子仙草虽然是山里人，却自幼受到山里上流家庭严格的家教，待人接物十分得体，并不像一般山里穷家小户的女子那样缺规矩少教养。只是山里不种棉花只种麻，割下麻秆沤泡后揭下麻丝挑到山外来，换了山外人的粮食和家织粗布再挑回山里去。仙草开始不会纺线织布，这是一个重大缺陷，一个不会纺线织布的女人在家庭里是难以承担主妇的责任的。嘉轩在订娶头几房女人时，媒人首先向他夸奖的总是那女子所受的家教如何严格，茶饭手艺如何利落精致,还会拿来纺下的线穗儿和织成的花格子布供人欣赏。临到娶仙草时,已经顾不了那么多,只考虑能传宗接代就行了。母亲白赵氏明白这个底里,表现得十分通达十分宽厚,一面教授一面示范给她,怎样把弹好的棉花搓成捻子,怎样把捻子接到锭尖上纺成线,纺车轮子怎么转着纺出的线才粗细均匀而且皮实。纺成的线又怎么浆了洗了再拉成经线,怎么过综上机;上机后手脚怎样配合,抛梭要快捷而准确;再进一步就是较为复杂的技术,各种颜色的纬线和经线如何交错搭配,然后就创造出各种条纹花色的格子布来。她教她十分耐心,比教自己的女儿还耐心尽力。仙草生来心灵手巧,一学即会,做出的活儿完全不像初试者的那样粗糙,这使白赵氏十分器重,嘉轩自然十分欢心。

孩子满月时,岳父从山里用骡子驮来满满两驮篓礼物,吃的穿的玩的一应俱全。一双精致的小银镯上系着一对山桃木旋成的小棒槌。百日以后,小马驹就把那小棒槌含在嘴里,像吮吸乳头一样咂得吱吱有声。嘉轩和仙草看着就会心地笑了,自然都联想到新婚头一夜系在她裤腰带上的那六个桃木棒槌。孩子刚刚过岁就断奶了,马驹双手抱着仙草的乳房却吸不出乳汁,昼夜啼哭。仙草尚无做母亲的经验,急得心神不安问婆婆怎么回事。白赵氏不仅不慌不急反而有些幸灾乐祸地说:"奶汁儿怕是给另一个暗里夺了吃光了。"仙草突然红了脸,又想起夜里丈夫和她做爱时吮咂乳房的情景。后来才悟出阿婆并没有取笑的意思,暗里夺了吃光了奶汁儿的是指自己肚里又有一个了。

第二个孩子出生以后取名骡驹,这个家庭里的关系才发生了根本性变化。由罂粟引种成功骤然而起的财源兴旺和两个儿子相继出生带来的人丁兴旺,彻底扫除了白家母子心头的阴影和晦气。白赵氏已经不再过问儿子的家事和外事,完全相信嘉轩已经具备处置这一切的能力和手段;她也不再过多地过问仙草管理家务的事,因为仙草也已锻炼得能够井井有条地处置一切应该由女人做的家务。她自觉地悄悄地从秉德死后的主宰位置开始引退。她现在抱一个孙子又引一个孙子,哄着脚下跟前的马驹又抖着怀里抱着的骡驹,在村巷里骄傲自得地转悠着,冬天寻找阳婆而夏天寻找树荫。遇到那些到村巷里来卖罐罐花馍、卖冰糖圪垯、卖花生的小贩儿,她毫不吝啬地从大襟下摸出铜元来。那些小贩儿久而久之摸熟此道,就把背着的馍篓子、挑着的糖担子停在白家门外的槐树下,高声叫着或者使劲摇着手里的铃鼓儿,直到把白赵氏唤出来买了才挑起担儿挪一个地摊。

　　白嘉轩把人财两旺的这种局面完全归结于迁坟。但他现在又不无遗憾。迁坟那阵儿是他最困窘的时候,只是箍砌了安置棺柩的暗庭和墓室,明庭却没能用青砖砌了。现在又不好再翻修了,灵骨不断移动万一冲撞惊扰了风水灵气,结果可能适得其反。他还是下决心采取补救措施,把坟堆周围整个儿用砖砌起来,再在墓堆上加修一座象征性的房屋,这不但可以使坟墓遮风避雨,也可以使白鹿的精灵安驻,避免割草挖柴的人到坟头滋扰。前几年植栽的柏树已很旺盛,后来,又移栽了几棵枳树,于是这墓地就成为一座最像样的坟茔了。

　　白嘉轩随之陷入一桩纠纷里。在给父亲修造坟墓时,一位前来帮忙搬砖和泥的鹿姓小伙,向他吐露出想卖半亩水地的意向,说他的父亲在土壕里掷骰子输光了家当就没有再进家门,如今死活都不知。白嘉轩爽快地说:"你去寻个中人就行了。你想要多少我给你多少,要粮食可以,要棉花也可以。你朝中人开个口我连回话都不讲。"这个鹿姓小伙儿自然找到冷先生做中人。冷先生向白嘉轩传递了卖主开口的要价,他听了后当即说:"再加三斗。"这种罕见的豁达被当作慈心善举在村民中受到赞颂。白鹿村的小姓李家一个寡妇也找到冷先生的中医堂,求他做中人卖掉六分水地给白家。白嘉轩更慷慨地说:"孤儿寡母,甭说卖地,就是周济给三斗五斗也是应该的。加上五斗!"

在契约上签名画押后的第二天早晨,白嘉轩来到新买的寡妇家的六分水地里察看,老远瞅见那块地里正有人吆着高骡子大马双套牲畜在地里飞梭似的耕作。此值初夏,日头刚冒出原顶,田野一片柔媚。骡马高扬着脖颈,吆犁人扶着犁把儿疲于奔命。地头站着一个穿黑袍的人,高个儿,手叉着腰,那是鹿子霖。白嘉轩不由心头一沉就加快脚步赶到地头。鹿子霖佯装不闻不见,双手背抄在后腰里,攥着从头拖到臀部的又黑又粗的大辫子,傲然瞅视着拽犁奔驰的骡马。白嘉轩一看就火了:"子霖,你怎么在我的地里插铧跑马?"鹿子霖佯装惊讶地说:"这是我的地呀!"白嘉轩说:"这得凭契约说话,不是谁说是谁的就是谁的!"鹿子霖说:"我不管契约。是李家寡妇寻到我屋里要把地卖给我。"白嘉轩说:"那是白说。昨日黑间李家寡妇已经签字画押了。"鹿子霖拖长声调说:"谁管你们黑间做下什么事!李家寡妇借过我五斗麦子八块银元,讲定用这块地作抵押,逾期不还,我当然就要套犁圈地了!"长工刘谋儿正吆着骡马赶到地头,鹿子霖从长工手里夺过鞭子接过犁把儿,勒回牲畜示威似的翻耕起来。白嘉轩一跃上前抓住骡马缰绳。两个年龄相仿的男人随之就厮打在一起。长工刘谋儿是外村人不敢插手,只顾去逮惊跑的牲畜。骡马拖着犁杖,在已经摆穗扬花的麦田里磕磕绊绊地奔跑着。两个男人从李家寡妇的地里扭打到地头干涸的水渠,同时跌倒在渠道的草窝里,然后爬起来继续厮打,又扯拽到刚刚翻过的土地里。这时候村子里拥来许多男女,先是鹿子霖的几个内侄儿插手上阵,接着白嘉轩的亲门近族的男子也上了手,很快席卷为白鹿两姓阵势分明的斗殴,满地都是撕破的布片和丢掉的布鞋。白赵氏和白吴氏婆媳俩颠着一双小脚跑来时,打斗刚刚罢场。

冷先生赶在白家婆媳二人之前到达出事地点,吆喝一声:"住手!"有如晴天打雷,震得双方都垂手驻足。冷先生一手撩着长袍走上前去,一手拉着白嘉轩,一手拉着鹿子霖朝镇子里走去。无论鹿姓或白姓的人看见主家被拽走了,也就纷纷四散。俩人被冷先生一直拖进他的中医堂。冷先生先关了门以免围观,随之打了两盆水,让他们各自去洗自己脸上手上的血污,然后给他们抓破的伤口敷了白药,止了血。冷先生说:"就此罢休的话,你俩现在都回去吃早饭;罢休不了的话,吃罢饭上县去打官司。"说罢拉开门闩,一只手作出请出门的手势。

白嘉轩随后即弄清,李家寡妇确实先把地卖给鹿子霖,而且以借的形式先灌了五斗麦子拿了八块银元,一俟签字画押再算账结清。这当儿看到白嘉轩给那位赌徒儿子的地价比鹿子霖给她的地价高出不少,心里一转就改变主意,要把地卖给白嘉轩,用白嘉轩给她的地款还了鹿子霖的借贷。白嘉轩弄清了这个过程就骂起李家寡妇来:"真正的婆娘见识!"但事已至此,他无法宽容鹿子霖。他在家里对劝解他的人说:"权且李家寡妇是女人见识。你来给我说一句,我怎么也不会再要她的地!你啥话不说拉马套犁就圈地,这明显是给我脸上撒尿嘛!"他主意愈加坚定,无论李家寡妇如何妇人见识,这本身与他无关;他现在手里攥着卖地契约,走到州走到县都是有理气长的官司。他已经向县府投诉。鹿子霖也向县府投诉。

李家寡妇与白嘉轩签字画押以后,鹿子霖当晚就知道了。当双方以及中人冷先生一齐按下蘸了红色印泥的食指的时候,鹿子霖已经作出明早用骡马圈地的相对措施了。鹿子霖把整个卖地的过程向父亲鹿泰恒学说一遍。鹿泰恒问:"你看咋办呢?"鹿子霖就说了他的办法,又对这办法作了注释:"倒不在乎李家寡妇那六分地。这是白嘉轩给我跷尿骚哩！"鹿泰恒说："能看到这一点就对了。"他默许了儿子已经决定的举措。在他看来，白秉德死了以后，白嘉轩的厄运已经过去，翅膀也硬了，这是儿子鹿子霖的潜在的对手。在他尚健在的时日里，应该看到儿子起码可以成为白嘉轩的一个对手，不能让对方跷腿从头上跷了尿骚！官司一定要打，打到底。倾家荡产也要打赢这场官司。

白嘉轩从滋水县投诉回来顺便走到白鹿书院，向姐夫朱先生诉说了鹿家欺人过甚的事，意在求姐夫能给知县提示一下，使这场肯定赢的官司更有把握。据嘉轩得知，每有新县令到任，无一不登白鹿书院拜谒姐夫朱先生。朱先生说："我昨日已听人说了你与鹿家为地闹仗的事，我已替你写了一件诉状，你下回过堂时递给衙门就行了。记住，回家后再拆看。"

白嘉轩急急回到家，在菜油灯下拆开信封，一小块宣纸上写下稀稀朗朗几行娃娃体毛笔字：

致 嘉 轩 弟

倚势恃强压对方，
打斗诉讼两败伤；
为富思仁兼重义，
谦让一步宽十丈。

白嘉轩读罢就已泄了大半仇气，捏着这纸条找到中医堂的冷先生，连连慨叹"惭愧惭愧"。冷先生看罢纸笺，合掌拍手："真是绝妙一出好戏！嘉轩你瞅——"说着拉开抽屉，把一页纸笺递给嘉轩。嘉轩一看愈觉惊奇，与他交给冷先生的那一页纸笺内容一样，字迹相同，只是题目变成"致子霖兄"。

三天后的一个晚上，冷先生把白嘉轩和鹿子霖一起邀约到中医堂，摆下一桌酒席，把他们交给他的相同内容的纸笺交换送给对方,俩人同时抱拳打拱,互致歉意谦词,然后举酒连饮三杯,重归于好而且好过已往。俩人谁也不好意思再要李家寡妇那六分地了,而且都慨然提出地归原主,白家和鹿家各自周济给李家寡妇一些粮食和银元,帮助寡妇渡过难关。冷先生当即指派药房伙计叫来李家寡妇,当面毁了契约。李家寡妇扑通跪到地上,给白嘉轩鹿子霖磕头,感动得说不出话只是流眼泪。

　　这件事传播的速度比白鹿两家打斗的事更快更广泛。滋水县令古德茂大为感动,批为"仁义白鹿村",凿刻石碑一块,红绸裹了,择定吉日,由乐人吹奏升平气象的乐曲,亲自送上白鹿村。一向隐居的朱先生也参加了这一活动。碑子栽在白鹿村的祠堂院子里,从此白鹿村也被人称为仁义庄。

第 五 章

二月里一个平淡宁静的早晨,春寒料峭,街巷里又响起卖罐罐馍的梆子声。马驹和骡驹听见梆子声就欢叫起来,拽着奶奶的衣襟从上房里屋走出来。白赵氏被两个孙子拽得趔趔趄趄,脸上却洋溢着慈祥温厚的笑容,两只手在衣襟下掏着铜子和麻钱。嘉轩跷出厦屋门槛,在院庭里挡住了婆孙三人的去路:"妈,从今日往后,给他俩的偏食断了去。"白赵氏慈和的脸顿时沉阴下来,瞅着儿子,显然是意料不及而愣住了。嘉轩解释说:"不该再吃偏食了,他俩大了。人说'财东家惯骡马,穷汉家惯娃娃'。咱们家是骡马娃娃都不兴娇惯。"白赵氏似有所悟,脸上泛出活色来,低头看看偎贴在腰上的两颗可爱的脑袋,扬起脸对儿子说:"今个算是尾巴巴一回。"嘉轩仍然不改口:"当断就断。算了,就从今个断起。"白赵氏把已经码到手心的铜子和麻钱又塞进大襟底下的口袋,愠怒地转过身去:"你的心真硬!"马驹和骡驹窝火委屈得哭丧着脸,被奶奶拽着手怏怏地往上房里屋走去。

街巷里的梆子声更加频繁地敲响,干散清脆的吆喝声也愈加洪亮:"罐罐儿馍——兔儿馍——石榴儿馍——卖唎——"仙草从织布机上转过头说:"你去把那个卖馍客撵走,甭叫他对着门楼子吆喝了,引逗得娃们尽哭。"嘉轩反而笑说:"人家在街巷里吆喝,又没有钻到咱们院子里来吆喝,凭啥撵人家?吆喝着好,吆喝得马驹骡驹听见卖馍卖糖的梆子铃鼓响,就跟听见卖辣子的吆喝一样就好了。"仙草咬着嘴唇重复一遍婆婆的话:"你真心硬!"

两个孩子已经长到该当入学的年龄。这两个儿子长得十分相像，像是一个木模里倒出一个窑里烧制的两块砖头；虽然年龄相差一岁，弟弟骡驹比哥哥马驹不仅显不出低矮，而且比哥哥还要粗壮浑实。他们都像父亲嘉轩，也像死去的爷爷秉德，整个面部器官都努力鼓出来，鼓出的鼻梁儿，鼓出的嘴巴，鼓出的眼球以及鼓出的眉骨，尽管年纪小小却已显出那种以鼓出为表征的雏形底坯。随着年龄的增长，这种鼓出的脸部特征将愈来愈加突出。

白嘉轩太喜欢这两个儿子了。他往往在孩子不留意的时候专注地瞅看那器官鼓出的脸，却说不出亲热的话也做不出疼爱亲昵的表示。孩子和奶奶形影不离，日夜厮守，他几乎没有背过抱过他们，更不会像一般庄稼汉把儿子架在脖子上逛会看戏了。现在，看看儿子已经该当读书了，他就不能再撒手由奶奶给他们讲猫儿狗儿了。白嘉轩正在谋划确定给白鹿村创办一座学堂。白鹿村百余户人家，历来都是送孩子到七八里地的神禾村去念书，白嘉轩就是在那里早出晚归读了五年书。他想创办学堂不全是为了两个儿子就读方便，只是觉得现在应该由他来促成此举。学堂就设在祠堂里。那座祠堂年久失修，虽是祭祀祖宗的神圣的地方，却毕竟又是公众的官物没有谁操心，五间大厅和六间厦屋的瓦沟里落叶积垢，绿苔绣织，瓦松草长得足有二尺高；椽眼里成为麻雀产卵孵雏的理想窝巢；墙壁的泥皮剥落掉渣儿；铺地的方砖底下被老鼠掏空，砖块下陷。白嘉轩想出面把苍老的祠堂彻底翻修一新，然后在这里创办起本村的学堂来。他的名字将与祠堂和学堂一样不朽。

祠堂和村庄的历史一样悠久，却没有任何竹册片纸的典籍保存下来。搞不清这里从何年起始有人迹，说不清第一位来到这原坡挖凿头一孔窑洞或搭置第一座茅屋的始祖是谁。频频发生的灾祸不下百次把这个村庄毁灭殆尽，后来的人或是原有的幸存者重新聚合继续繁衍。灾祸摧毁村庄摧毁历史也摧毁记忆，只有荒诞不经的传说经久不衰。泛滥的滋水河把村庄从河川一步一步推移到原坡根下,直到逼上原坡。相传有一场毁灭性的洪水发生在夜间,有幸逃到高坡上的人光着屁股坐到天亮,从红苕地里扯一把蔓子缠到腰际,遮住男女最隐秘的部位,在一片黄汤中搜摸沉入淤泥里的铁锨镢头和斧头;祠堂里那幅记载着列祖列宗显考显妣的宽大的神轴和椽子檩条,一齐被洪水冲得无影无踪,村庄的历史便形成断裂。

传说又一年三伏天降流火,大如铜盆小如豆粒的火团火球倾泻下来,房屋焚为灰烬;人和牛马猪羊鸡犬全被烧焦,无法搭救无计逃遁自然无一幸免;祠堂里的神轴和椽子檩条又一齐化为灰烬,村庄的历史又一次成为空白。至于蝗虫成精,疫疠滋漫,已经成为小灾小祸而不值一谈了。活在今天的白鹿村的老者平静地说,这个村子的住户永远超不过二百,人口冒不过一千,如果超出便有灾祸降临。

这个村庄后来出了一位很有思想的族长,他提议把原来的侯家村(有胡家村一说)改为白鹿村,同时决定换姓。侯家(或胡家)老兄弟两个要占尽白鹿的全部吉祥,商定族长老大那一条蔓的人统归白姓,老二这一系列的子子孙孙统归鹿姓;白鹿两姓合祭一个祠堂的规矩,一直把同根同种的血缘维系到现在。据说白鹿原当时掀起了一个改换村庄名称的风潮,鹿前村、鹿后村、鹿回头村、鹿鸣村、鹿卧村、鹿嚼草村、鹿角村、鹿蹄村,不一而足。一位继任的县官初来乍到,被这些以鹿命名的村庄搞得脑袋发涨,命令一律恢复原来的村名,只允许保留白鹿村和白鹿镇两个与鹿有关的名字,白鹿村的村民感到风光,更加珍视自己的村名。

改为白姓的老大和改为鹿姓的老二在修建祠堂的当初就立下规矩,族长由长门白姓的子孙承袭下传。原是仿效宫廷里皇帝传位的铁的法则,属天经地义不容置疑。老族长白秉德死后,白嘉轩顺理成章继任族长是法定的事。父亲过世后的头几年里，每逢祭日，白嘉轩跪在主祭坛位上祭祀祖宗的时候，总是由不得心里发慌尻子发松；当第七房女人仙草顺利生下头胎儿子以后，那种两头发慌发松的病症不治自愈。现在，白嘉轩怀里揣着一个修复祠堂的详细周密的计划走进了鹿子霖家的院子。

这是白鹿村乃至整个白鹿原最漂亮的一座四合院。它是鹿子霖的老太爷的杰作。那位老太爷过烂了光景讨吃要喝流逛到了西安城里，在一家饭铺先是挑水拉风箱，后来竟学成了一手烹饪绝技。一位南巡的大官路经西安吃了他烧的葫芦鸡，满心欢喜脱口赞叹："天下第一勺。"于是就发了财；于是就在白鹿村置买田地，于是就修建起白鹿原第一流的四合院。他的巨大成功启发着诱惑着一茬又一茬庄稼汉的后人，撂下镢头犁杖操起铁勺锅铲，由此掀起的学炊热历经一个世纪，白鹿原以出勺勺客闻名省城内外。然而自老太爷之后，到鹿子霖的四辈人当中，鹿家却再没有一个男人执勺弄铲，外人万万料想不到"天下第一勺"谢世时，竟然留下这样的遗嘱："我一辈子都是伺候人，顶没出息。争一口气，让人伺候你才算荣耀祖宗。中一个秀才到我坟头放一串草炮，中了举人放雷子炮，中了进士……放三声铳子。"鹿子霖的老爷爷爷爷父亲和他本人都没有实现老太爷的遗愿，除了雇来长工做务庄稼，均未成为让人伺候的人；尽管一代一代狗推磨儿似的居心专意供给子弟读书，却终究连在老太爷坟头放一串草炮的机运也不曾有过。老太爷的尸骨肯定早已化作泥土，他的遗言却似窨藏的烧酒愈久愈鲜。鹿子霖在儿子刚交七岁的那年正月就送他到神禾村学堂去启蒙，翻查了一夜字典才选定兆鹏作为儿子的学名，那寓意是十分殷切，也十分明朗的。二儿子兆海这年正月刚送去学堂，两个儿子每天麻麻亮就被他吼喊起来去上学。兆鹏兆海的脸冻皴了，手脚冻得淌黄水。做娘的抱怨孩子太小上学太早，鹿子霖毫不动摇地鼓着劲说:"我等着到老太爷的坟地放铳子哩!"

鹿子霖在厢房里听见一阵陌生的脚步声就走到庭院,看见白嘉轩进来,便忙拱手问候。白嘉轩停住脚说:"我找大叔说件事。"鹿子霖回到厢房就有些被轻贱被压低了的不自在。白嘉轩走进上房的屏风门就叫了一声:"叔哎!"鹿泰恒从上房里屋踱出来时左手端着一只黄铜水烟壶,右手捏着一截冒烟的火纸,摆一下手礼让白嘉轩坐到客厅的雕花椅子上。鹿泰恒坐在方桌另一边的椅子上,细长的手指在烟壶里灵巧地捻着金黄绵柔的烟丝,动作很优雅。白嘉轩说:"大叔,咱们的祠堂该翻修了。"鹿泰恒吹着了火纸,愣怔了一下,燃起火焰的火纸迅速烧出一截纸灰。鹿泰恒很快从愣怔里恢复过来,优雅地把火纸按到烟嘴上,优雅地吸起来,水烟壶里的水的响声也十分优雅,直到"噗"的一声吹掉烟筒里的白色烟灰,说:"早都该翻修了。"白嘉轩听了当即就品出了三种味道:应该翻修祠堂;祠堂早应该翻修而没有翻修是老族长白秉德的失职;新族长忙着娶媳妇埋死人现在才腾出手来翻修祠堂咧!白嘉轩不好解释,只是装作不大在乎,就说起翻修工程的具体方案和筹集粮款的办法。鹿泰恒听了几句就打断他的话说:"这事你和子霖承办吧!我已经老了。"白嘉轩忙解释说:"跑腿自然有我和子霖。你老得出面啊!"鹿泰恒说:"你爸在世时,啥事不都是俺俩搭手弄的?现在该着你们弟兄搭手共事了。"随之一声唤,叫来了鹿子霖:"嘉轩说要翻修祠堂了,你们弟兄俩商量着办吧。"

整个一个漫长的春天里,白鹿村洋溢着一种友好和谐欢乐的气氛。翻修祠堂的工程已经拉开。白嘉轩请来了第五房女人的父亲卫木匠和他的徒弟。整个工程由白嘉轩和鹿子霖分头负责。鹿子霖负责工程,每天按户派工。白嘉轩组织后勤。祠堂外的场院里临时搭起席棚,盘了锅台支了案板。除了给工匠管饭,凡是轮流派来做小工拉下手的人,也一律在官灶上吃饭。厨师是本村里最干净最利落的几个女人。男人们一边围在地摊上吃饭一边和锅台边的女人调笑打诨,欢悦喜庆的气氛把白鹿两姓的人融合到一起了。

白嘉轩提出的一个大胆的方案得到了鹿子霖爽快的响应:凡是在祠堂里敬香火的白姓或鹿姓的人家,凭自己的家当随意捐赠,一升不少,一石不拒,实在拿不出一升一文的人家也不责怪。修复祠堂的宗旨要充分体现县令亲置在院里石碑上的"仁义白鹿村"的精神。不管捐赠多少,修复祠堂所需的粮款的不足部分,全由他和鹿子霖包下。白嘉轩把每家每户捐赠的粮食记了账,用红纸抄写出花名单公布于祠堂外的围墙上,每天记下花销的粮食和钱款的数字,心里总亮着一条戒尺:不能给祖宗弄下一摊糊涂账。整个预算下来,全体村民踊跃捐赠的粮食只抵全部所需的三分之二,白嘉轩和鹿子霖两家合包了三分之一。

整个工程竣工揭幕的那天,请来了南原上麻子红的戏班子,唱了三天三夜。川原上下的人都拥到白鹿村来看戏,来瞻仰白鹿村修造一新的祠堂,来观光县令亲置在祠堂院子里的石碑,来认一认白鹿村继任的族长白嘉轩。那个曾经创造下白鹿原娶妻最高记录的白嘉轩原本没长什么狗毬毒钩,而是一位贵人,一般福薄命浅的女人怎能浮得住这样的深水呢?

这年夏收之后,学堂开学了。五间正厅供奉着白鹿两姓列宗列祖显考显妣的神位,每个死掉的男人和女人都占了指头宽的一格,整个神位占满了五间大厅的正面墙壁。西边三间厦屋,作为学堂,待日后学生人数发展多了装不下了,再移到五间正厅里去。东边三间厦屋居中用土坯隔开来,一边作为先生的寝室,一边作为族里官人议事的官房。

白嘉轩被推举为学董,鹿子霖被推为学监。两人商定一块去白鹿书院找朱先生,让他给推荐一位知识和品德都好的先生。朱先生见了妻弟白嘉轩和鹿子霖,竟然打拱作揖跪倒在地:"二位贤弟请受愚兄一拜。"两人吃了一惊,面面相觑忙拉朱先生站起,几乎同声问:"先生这是怎么了?"朱先生突然热泪盈眶:"二位贤弟做下了功德无量的事啊!"竟然感慨万端慷慨激昂起来:"你们翻修祠堂是善事,可那仅仅是个小小的善事;你们兴办学堂才是大善事,无量功德的大善事。祖宗该敬该祭,不敬不祭是为不孝;敬了祭了也仅只尽了一份孝心,兴办学堂才是万代子孙的大事;往后的世事靠活人不靠死人呀!靠那些还在吃奶的学步的穿烂裆裤的娃儿,得教他们识字念书晓以礼义,不定那里头有治国安邦的栋梁之材呢。你们为白鹿原的子孙办了这大的善事,我替那些有机会念书的子弟向你们一拜。"白嘉轩也被姐夫感染得热泪涌流,鹿子霖也大声谦和地说:"朱先生看事深远。俺俩当初只是觉得本村娃娃上学方便……"

朱先生的同窗学友遍及关中,推荐一位先生来白鹿村执教自然不难,于是就近推荐了白鹿原东边徐家园的徐秀才。徐秀才和朱先生同窗同庚,学识渊博却屡试不中,在家一边种地一边读书,淡泊了仕途功利,只为陶冶情性。两人拿着朱先生亲笔写的信找到徐家园,徐秀才欣然出马到白鹿村坐馆执教了。

辟作学馆的西边三间厦屋里,摆满了学生从自家屋里抬来的方桌、条桌、长凳和独凳。白嘉轩的两个儿子也都起了学名,马驹叫白孝文,骡驹叫白孝武,他们自然坐在里边。鹿子霖的两个儿子鹿兆鹏和鹿兆海也从神禾村转回本村学堂。男人们无论有没有子弟就学,却一齐都参加了学堂开馆典礼。

典礼隆重而又简朴。至圣先师孔老先生的石刻拓片侧身像贴在南山墙上,祭桌上供奉着时令水果,一盘沙果、一盘迟桃、一盘点心、一盘油炸馃子。两支红蜡由白嘉轩点亮,祠堂院庭里的鞭炮便爆响起来,他点了香就磕头。孩子们全都跪伏在桌凳之间的空地上,拥在祠堂院子里的男人们也都跪伏下来。鹿子霖和徐先生依次敬了香跪了拜,就侍立在祭台两边,关照新入学的孩子一个接一个敬香叩头,最后是村民们敬香叩首。祭祀孔子的程序完毕,白嘉轩把早已备好的一条红绸披到徐先生肩上,鞭炮又响起来。徐先生抚着从肩头斜过胸膛在腋下系住的红绸,只说了一句话作为答辞:"我到白鹿村来只想教好俩字就尽职尽心了,就是院子里石碑上刻的'仁义白鹿村'里的'仁义'俩字。"

按预定的程序本该结束,院里走进了两位老汉,手里托着一只红色漆盘,盘里盘着两条红绸。俩老汉走上祭台,把一条红绸披到白嘉轩肩上,把另一条披到鹿子霖肩头。老者说:"这是民意。"

傍晚,白嘉轩脱了参加学堂开馆典礼时穿的青色长袍,连长袖衫和长裤也脱了,穿着短袖衫和半截裤,一身清爽地走进了暮色四合的马号,晚饭前必须给牲畜铡好青草。鹿三用独轮小推车从晒土场往牲畜圈里推土垫圈,脸上眉毛上扑落着黄土尘屑,他见白嘉轩走来,忙扔下小推车揭起了铡刀。白嘉轩在铡墩前蹲下来,把青草一把一把扯过来,在膝头下将码整齐再塞到铡口里去。鹿三双手按着铡把,猫腰往下一压,"咔嚓"一声,被铡断的细草散落下来,铡刀刃上和铡口的铁皮上都染上一层青草的绿汁。"应该让娃娃去念书。"白嘉轩说。"那当然。念书是正路嘛!"鹿三说。"我说黑娃应该去念书。"白嘉轩说。"哦!你说的是黑娃?"鹿三说,"快擩草!甭只顾了说话手下停了擩草。"白嘉轩擩进青草说:"叫黑娃明早上就去上学。给徐先生的五升麦子由我这儿灌。先生的饭也由我管了。桌子不用搬,跟马驹骡驹伙一张方桌,带上一个独凳儿就行了。"鹿三嘲笑说:"那个慌慌鬼!生就的庄稼坯子,念啥书哩!""穷汉生状元,富家多纨绔。你可不要把娃娃料就了,我看黑娃倒很灵聪哩!"白嘉轩笑着说,"日后黑娃真的把书念成了,弄个七品五品的,我也脸上光彩哩!"鹿三说:"黑娃上了学,谁来割草呢?""你割我割,咱俩谁能腾出手谁去割。先让黑娃去上学。"白嘉轩说,"秋后把坡上不成庄稼的'和'字地种上苜蓿,明年就不用割草了。"

黑娃天不明又被父亲吼喊起来,他正要挎笼提镰去割青草,却听鹿三说:"把草镰和草笼撂下,掮上板凳上学去。"黑娃愣在院子里,似乎不大情愿地丢下笼和镰,说:"拿啥念哩?没有书,没有笔,也没有纸。"鹿三说:"你先坐到学堂盘一盘你的野性子。笔咧纸咧书咧缓两天再买。你要是盘不下性子,还是窝不住的野鹁鸽,花钱买书买纸我就白撂钱了。"

黑娃把一只独凳掮上肩膀,走进祠堂大门。徐先生穿着褐色长袍背抄着手在院子里踱步,他看见徐先生就不知所措。鹿三拉住儿子的手说:"给先生行礼。"黑娃弯腰低头鞠躬时,肩上的凳子摔了下来,正好砸了徐先生的脚背。鹿三顺手抽了黑娃一个抹脖子,骂道:"我把你这慌慌鬼……"徐先生忍着疼不在意地说:"送进去。嘉轩给我说过了。"鹿三拉着儿子进入学堂,找到马驹和骡驹的方桌,在一侧放下凳子。马驹把一摞仿纸,一根毛笔递给黑娃:"俺爸叫我给你。"鹿三竟然心头一热,鼻腔酸酸的,又狠狠地说:"黑娃你要是再不好好念书,我把你狗日……"

黑娃捉着那支毛笔,拔下笔帽,紫红的笔头使他想到了狐狸火红的皮毛。在山坡上割草记不清多少次撞见狐狸,有一次他猛然甩出手里的草镰,偏巧挂住了狐狸的后腿。那狐狸有一条火焰似的蓬松的粗尾巴。他拼命追赶,却眼看着它从崖坎里一条狭缝中跑掉了。他总是惦念着那只狐狸的跛腿好了没好?现在,他突然想到要是抓住那只狐狸,能裁多少毛笔呀!他的左手染着青草的绿汁,指头肚儿变成紫黑色,捏着光滑的笔杆和绵软的黄色仿纸总觉得怯怯的。徐先生进来,领着学生念书。黑娃没有书本,就跟着徐先生愣念:"人——之——初,性——本——善。"

学堂里坐的全是本村的娃娃,没有同学间的陌生,只有对于念书生活的新鲜。三五天后,随着新鲜感的消失,黑娃就觉得念书不再是幸事而是活受罪。母亲几乎天天晚上都要给他敲一次警钟:"黑娃,你要是不贪念书光贪耍,甭说对不住你大你妈,单是你白家叔叔的好心都……"黑娃不耐烦地说:"干脆还是叫我去割草。"

平日在村子里割草砍柴、浮水、掏雀蛋时建立的友谊,很快又在学堂里重现,孩子们自然地围拢到猴王黑娃的周围。黑娃对这种崇拜已经没有兴趣而且失掉自信,原因是他自己也崇拜起另一个人来,那是鹿兆鹏。鹿兆鹏是从神禾村转回本村学堂的,他年龄不算最大,书却读得最高。徐先生把他叫到自己的寝室单个儿面授,已经是《中庸》了。他很随和,一双深眼睛上罩着很长很黑的眼睫毛,使人感到亲近。他的弟弟鹿兆海也是这种深眼睛和长睫毛。他爸鹿子霖,他爷鹿泰恒都是这种长条脸深眼窝长睫毛。鹿兆鹏自小在神禾村念书,黑娃难得和他接触,现在坐到相邻的两个方桌跟前,他就无法摆脱那个深眼窝里溢出的魅力。黑娃不由得在心里将鹿兆鹏兄弟和白孝文兄弟进行比较,鹿兆鹏鹿兆海兄弟使人感到亲切,甚至他们的父亲鹿子霖也使人感到亲切。鹿子霖常常在街巷里猛不防揪住黑娃头上的毛盖儿,另一只手就抓住了他裆里的那个东西,哈哈大笑着胁逼他叫叔:"黑娃你崽娃子叫叔不叫?我把你这碎牛牛拔了去喂猫!"而白嘉轩大叔却永是一副凛然正经八百的神情,鼓出的眼泡皮儿总是使人联想到庙里的神像。黑娃知道白家对自家好却总是怯惧,他每天早晨和后响割两笼青草,匆匆背进白家马号倒在铡墩旁边又匆匆离去,总怕看见白嘉轩那张神像似的脸。他坐在白家兄弟的方桌上,看着孝文孝武的脸还是联想到庙里那尊神像旁边的小神童的脸,一副时刻准备着接受别人叩拜的正经相。孝文孝武念书写仿很用功,人也很灵聪,背书流利得一个栗子也不磕巴,照影格描写的大字满纸都被徐先生画上了红圈儿。黑娃已经取下一个文雅的学名叫鹿兆谦,名字是父亲求白嘉轩给取的。父亲说这娃儿野,又骚(顽皮),让他改改。白嘉轩说:"他养成了谦逊的品行,就不野也不骚了。谦谦君子嘛!他在鹿姓里属兆字辈,就叫兆谦,叫起来也顺口着哩!"徐先生点名鹿兆谦背书时,黑娃竟然毫无反应,惹得娃子们哄然大笑。学生们仍然叫他黑娃,兆鹏也叫他黑娃,只有孝文孝武记住了他爸起下的名字,每唤必是兆谦。每听到孝文孝武称呼的兆谦,黑娃就觉得增加了一分对白家兄弟的敬重,正像他惧怕白嘉轩而仍不失尊敬他一样。他终于耐不住白家兄弟方桌上的寂寞,把自己的独凳挪到鹿家兄弟的方桌边去了。

他一扬手接住鹿兆鹏扔过来的东西,以为是石子,看也不看就要丢掉。鹿兆鹏喊:"甭撂甭撂!"他看见一块白生生的东西,完全像沙滩上白色的石子,放在手心凉冰冰的。他问:"啥东西?"鹿兆鹏说:"冰糖。"黑娃捏着冰糖问:"冰糖做啥用?"鹿兆鹏笑说:"吃呀!"随之伸出舌头上正在含化的冰糖块儿。黑娃把冰糖丢进嘴里,呆呆地站住连动也不敢动了,那是怎样美妙的一种感觉啊!无可比拟的甜滋滋的味道使他浑身颤抖起来,竟然哇的一声哭了。鹿兆鹏吓得扭住黑娃的腮帮子,担心冰糖可能卡住了喉咙。黑娃悲哀地扭开脸,忽然跳起来说:"我将来挣下钱,先买狗日的一口袋冰糖。"

隔了几天鹿兆鹏又把一块点心小心翼翼地放到黑娃的手心里说:"水晶饼。比冰糖比平常的点心都好吃。"黑娃瞅着手心里的圆圆的水晶饼,酥松的白得像雪似的皮儿上缀着五个红色的俏花点儿,手心里已经落着松散的皮屑。他觉得身上又开始颤栗,而且迅速传导到全身。他咬一咬牙却把那水晶饼扔到路边的草丛里去了。鹿兆鹏惊呆了，水晶饼在他也是稀罕的吃食儿，他省下一个来让给黑娃，却遭到如此野蛮的回报。他一把揪住黑娃的衣襟："黑娃，你狗日的给我捡回来！"黑娃一伸手也揪住兆鹏的领口："财东娃！你要是每天都能拿一块水晶饼一块冰糖来孝敬我，我就给你捡起来吃了。"他随之突然气馁了瓦解了："我再也不吃你的什么饼儿什么糖了，免得我夜里做梦都在吃，醒来流一摊涎水……"鹿兆鹏松了手，似乎也颤栗了一下，就把一只手搭到黑娃肩头拥着走了。

　　冰糖给黑娃留下了难以磨灭的美好而又痛苦的向往和记忆，他愈来愈明晰，只有实践了他"挣钱先买一口袋冰糖"的狂言才能解除其痛苦。后来他果真得到了一个大洋铁桶装着的雪白晶亮的冰糖，那是他和他的弟兄们打劫一家杂货铺时搜到手的。弟兄们用手抓着冰糖往嘴里填往袋里装的时候，他猛然颤栗了一下，喝道："掏出来，掏出来！把吞到嘴里的吐出来！"他解开裤带掏出生殖器，往那装满冰糖的洋铁桶里浇了一泡尿。

　　除了兆鹏的冰糖，还有徐先生抽的一顿板子也给他留下了记忆。背不过书写错了字挨徐先生的板子已不算什么耻辱，学堂里几乎找不出一个侥幸者，兆鹏兄弟孝文兄弟虽然全是好学生，也照样被板子抽打手掌，只不过次数少些而已。那天后响，徐先生指派黑娃到河滩柳林里去砍一根柳树股儿。黑娃能被徐先生委以重任心里觉得很荣耀，又可以到柳絮吐黄的河滩里畅快一番。他看见兆鹏朝他挤眼儿，就向徐先生提出："让兆鹏一块去给我搭马架儿，柳树太高爬不上去。"徐先生应允了。他忽然觉得也应该让孝文分享一下这种幸运，就说："俺屋没有斧头，孝文家有一把，快得跟剃头刀一样。"徐先生又点头默许了。三个伙伴走出白鹿村村口，看见独庄庄场里围着一堆人，黑娃说："那儿给牛打犊给马配驹，看看热闹去。"

他们从围墙破缺的塌口看见,一头皮毛油光乌亮的黑驴正和一匹枣红马咬仗,咬脖子咬尻子咬嘴又不像是真咬,红马和黑驴都张着嘴露出宽扁的牙齿,又吊下一串串黏稠的涎水。庄场的主人白兴儿,伸出可笑的手把枣红马拽进围栏,拴住了缰绳,黑驴跟过来钻进围栏的敞口,就跳上了枣红马的脊背。孝文惊奇地说:"看看那只手!"黑娃用眼睛禁斥了孝文一下。

白兴儿的手指,像鸭子的脚掌一样,由一层薄皮连结在一起。白兴儿的爷爷是这种手,他的儿子生下来还是这种手,人叫白连指儿。据说这连指儿最适宜做牲畜配种的事。

三个人默默地离开庄场朝河滩走去,谁也不说话。黑娃突然伸出手在兆鹏裆里抓了一把:"噢呀!硬得跟驴毬一样!"兆鹏红了脸也在黑娃裆里报复了一下:"你也一样!"他们不好意思动手试探孝文,孝文比他们都小,只是逼问:"孝文你自个说实话,硬不硬?"孝文哇的一声哭了:"硬得好难受。"

他们轻而易举地砍了一根柳树股儿,又折了一堆柔软的柳条儿,捋下皮来,用白生生的柳枝编织蚂蚱笼儿,把黑驴压着红马的令人不舒服的事忘记了。回到学堂,已经放学,徐先生又让黑娃把那根柳木棍儿用斧头削平刮光,然后接到手掂了掂说:"你三个跪下,把手伸出来!"徐先生不偏不倚,一人一板,从左边挨个儿打到右边,再从右边挨个儿打到左边。三个人谁也不招认在去河滩以前曾经到庄场看过黑驴和红马配驹儿的事,黑娃因此佩服孝文也是个硬头货。徐先生打了每人十个板子,说:"你们啥时候说了实话再起来。"就背抄着手在庭院里悠悠然踱着方步。三个人偷偷交换一下眼色,黑娃悄悄说:"咋么也没想到砍柳树股儿是为做板子。"天擦黑时,三个人的家长不约而同找到学堂,看见了一排溜儿跪在祠堂台阶下的儿子。刚直不阿的徐先生背抄着手冷着脸说:"问问你们的娃子到啥场合去了。"白鹿村三个最珍爱面子最要脸皮的人一下子气得脸孔蜡黄,手直哆嗦。随和可亲的鹿子霖率先抽了兆鹏一记耳光。这完全出乎黑娃的意料,他想绝对应该是火暴脾气的父亲先动手揍他,或者是令人敬畏的白嘉轩大叔先教训孝文……继兆鹏被连续几个耳光击倒之后,黑娃觉得自己屁股上挨了重不可负的一击就狗吃屎似的趴下了,眼前霎时一片金光又一片黑暗。

当他醒来时,已经是一个温馨的早晨,睁开眼看见了白嘉轩大叔的脸,和蔼地笑着。这是黑娃第一次看到白嘉轩大叔的笑颜,不禁奇怪起来,这张脸原来也会笑,笑起来也十分动人。母亲破例给他煮了三个荷包蛋,催他吃下。白嘉轩笑着说:"黑娃,夹上书上学去。"父亲在旁边说:"算了算了!这东西不成器不说,倒把孝文给引坏了!"白嘉轩收了笑容说:"我说让他弄个五品七品是说笑,念些书扎到肚子里却是实情,你该明白'知书达理'这话?知书以后才能达理。"说着就抓住黑娃的手,拽着走了。黑娃无法拒绝那只粗硬有力的手,一直把他拽进学堂。那只手给他留下了复杂的难忘的记忆。

这年冬天,兆鹏兆海兄弟俩离开白鹿村,到朱先生坐馆的白鹿书院念书去了,刘谋儿赶着青骡拉着的木轮大车,车上装着被卷和一口袋面粉,鹿子霖坐在车厢里亲自送儿子去高等学馆。徐先生也来送行。兆鹏兆海恭恭敬敬地向徐先生作揖鞠躬。兆鹏跑过来抓住黑娃的手捏了捏,就上车去了。黑娃又感到一阵痛苦的颤栗,兆鹏把一块冰糖留在他的手心里了。两年之后,孝文孝武兄弟俩也坐上父亲鹿三赶着的黄牛拽着的大车到白鹿书院去了,车上照样装着铺盖卷和一口袋面粉。他送他们上路以后,就从学堂里提着独凳走出来,向徐先生深深地鞠躬,很诚恳地说:"先生啥时候要砍柳树股儿,给我捎一句话就行了。"徐先生嘴巴两边的肌肉扭动了两下,没有说话。黑娃扛起独凳就走出了祠堂的大门。

第 六 章

　　白嘉轩第三个儿子降生以后,取名为牛犊。在二儿子骡驹和三儿子牛犊之间,仙草按照每年一个或三年两个的稀稠生过三男一女,全都没有度过四六厄运就成为鹿三牛圈里的鬼。四个孩子的死亡过程一模一样,如出一辙:出生的第四天开始啼哭,日夜不断,直到嗓子嘶哑再哭不出。到第六天孩子便翻起白眼,眼仁上吊。仙草看见那翻吊的白眼仁就毛骨悚然。白赵氏冷冷地说:"还是一个短命的。"其实在孩子刚刚发生尖锐的啼哭时,她就料就了这种结局。她拿一撮干艾叶在手心搓捻成短短的一炷,栽到孩子的脑门上,用火点燃。那冒着的烟和燃着的火渐渐接近头皮,可以听见脑门上的嫩皮被炙烤的吱吱声,烧焦的皮毛散发出一股刺鼻的焦臭气味。白赵氏不管抽搐扭动的孩子,硬着心肠又把同样的艾叶栽到孩子的两边脸颊上,烧出两块黑斑。这四个孩子都经过艾叶的炙烤,却没有一个能活到第七天。仙草每一次都忍不住掉泪,尤其是那个女儿。白赵氏不哭也不劝她,每次都只是一句话:"注定不是阳世的人。"

　　白赵氏一生生过的男孩和女孩多数都死于四六风,唯一能对付的就是那一撮艾叶,大约只有十之一二的侥幸者能靠那一撮艾叶死里逃生,脑门上和嘴角边却留下圆圆的疤痕。白赵氏从炕上抱走已经断气的孩子,交给鹿三,鹿三便在牛圈的拐角里挖一个深坑,把用席子裹缠着的死孩子埋进去。以后挖起牲畜粪时,把那一坨地方留着,直到多半年乃至一年后,牛屎牛尿将幼嫩的骨肉腐蚀成粪土,然后再挖起出去,晒干捣碎,施到麦地里或棉田里。白鹿村家家的牛圈里都埋过早夭的孩子,家家的田地里都施过渗着血肉的粪肥。

牛犊注定是阳世之物。白赵氏的三炷艾叶挽住了他的小命,脑门和嘴角留下三个圆溜溜的疤痕,笑的时候倒添了一种妩媚。白赵氏据此训斥对艾叶失去信心的仙草说:"你不信,这下你信不信?老辈子人传下的办法能错了?"仙草却不无遗憾:"牛犊要是个女子就合人心上来了。"

白嘉轩有一晚站在炕下对正在给牛犊喂奶的妻子说:"你给白家立功了。白家几辈子都是单崩儿。我有三个娃子了,鹿子霖……俩。那女人这二年再不见生,大概已经腰干①了?"

隔了一年多点儿,仙草又坐月子了,这是她第八次坐月子。她现在对生孩子坐月子既没有恐惧也没有痛苦,甚至完全能够准确把握临产的时日。她的冷静和处之泰然的态度实际是出于一种司空见惯,跟拉屎尿尿一样用不着惊慌失措,到屎坠尿憋的时候抹下裤子排泄了就毕了,不过比拉屎尿尿稍微麻烦一点罢了。她挺着大肚子,照样站在案板前擀面条,坐在木墩上拉风箱,到井台上扯着皮绳扳动辘轳拐把绞水,腆着大肚子纺线织布,把蓝草制成的靛搅到染缸里染布。按她自身的经验,这样干着活儿分娩时倒更利索。

这天她正在木机上织布,腹部猛然一坠,她疼得几乎从织机上跌下来,当眼睛周围的黑雾消散重新复明以后,她已经感觉到裤裆里有热烘烘的东西在蠕动。她反而更镇静,双手托着裤裆下了织布机,缓缓走过庭院。临进厦屋门时,头顶有一声清脆的鸟叫,她从容地回过头瞥了一眼,一只百灵子正在庭院的梧桐树上叫着,尾巴一翘一翘的。跨过厦屋门槛,她就解开裤带坐到地上,一团血肉

---

① 腰干:俗说断止月经。

圪垯正在裤裆里蠕动。丈夫和鹿三下地去了,阿婆抱着牛犊串门子去了。剪刀搁在织布机上。她低下头嚼住血腥的脐带狠劲咬了几下,断了。她掏了掏孩子口里的黏液,孩子随之发出"哇"的一声哭叫。刚才咬断脐带时,她已经发现是个女子。她把女儿身上的血污用裤子擦拭干净,裹进自己的大襟里爬上炕去,用早已备置停当的小布单把孩子包裹起来,用布条捆了三匝,塞进被窝。她擦了擦自己腹上腿上和手上的血污,从容地溜进被窝,这才觉得浑身没有一丝力气了。

白嘉轩回家来取什么工具,看见厦屋脚地上一片血污一股腥气,大吃一惊。他摇醒她问怎么回事,她眼也不睁手也不抬只是说:"快烧炕。"他扯来麦秸塞进炕洞点着火就烧起来。青烟弥漫,仙草呛得咳嗽起来。他问她:"人好着哩?"她说:"渴。"他又钻到厨房烧了一碗开水给她端来。她嘴唇不离碗沿一气饮尽,感动得流下眼泪,这是她进这个门楼以后男人第一次为她烧水端水。她缓过一口气来,就忍不住告诉他:"是个女子!"嘉轩说:"这回合你心上来了,也合我心上来了。稀欠稀欠!"仙草又忍不住说了孩子落草时有百灵子叫的事,嘉轩背抄着手在脚地上踱步,沉吟着:"百灵……百灵……白灵……白灵……就是灵灵儿娃嘛!"

白灵顺顺当当度过了四六大关,顺顺当当出了月子,仙草绷紧的神经才松弛下来,如此顺当地躲过四六灾期反倒使她心底不大踏实。这天晚上,她将一月来反复琢磨着的一件心事提出来:"给灵灵认个干大。"嘉轩听了,"嗯"了一声,随即附和,表示赞同。他现在偏爱这个女儿的心情其实不亚于仙草,单怕灵灵有个病病灾灾三长两短,认个干大就有护荫了。他说:"认谁呢?"仙草说:"这由你看着办。"嘉轩先提出冷先生。仙草说:"你去问问咱妈,咱妈说认谁就认谁。"

吃罢晚饭,白嘉轩悠然地坐在那把楠木太师椅上,把绵软的黄色火纸搓成纸捻儿,打着火镰,点燃纸捻儿,端起白铜水烟壶,捏一撮黄亮黄亮的兰州烟丝装进烟筒,"噗"的一声吹着火纸,一口气吸进去,水烟壶里的水咕嘟咕嘟响起来,又徐徐喷出蓝色的烟雾。他拔下烟筒,"咻"的一声吹进气去,燃过的烟灰就弹到地上粉碎了。

白赵氏已经脱了裤子,用被子偎着下半身,一只手轻轻地拍着依偎在怀里的小孙子牛犊,嘴里哼着猫儿狗儿的催眠曲儿,轻轻摇着身子,看着儿子嘉轩临睡前过着烟瘾。她时不时地把儿子就当成已经故去的丈夫,那挺直腰板端端正正的坐姿,那左手端着烟壶右手指头夹着火纸捻儿的姿势,那吸烟以及吹掉烟灰的动作和声音,鼻腔里习惯性地喷出吭吭吭的响声,简直跟他老子的声容神态一模一样。他坐在他老子生前的坐椅上用他老子留下的烟具吸烟,完全是为了尽守孝道:他白天忙得马不停蹄,只有在临睡前就着油灯陪她坐一阵儿,解除她一个人生活的孤清,夜夜如此。他一般进屋来先问安,然后就坐下吸水烟,说一些家事。她相信儿子在族里和在家里的许多方面都超过了父亲;她恪守幼时从父母出嫁从丈夫老来从儿子的古训,十分明智地由儿子处理家务和族里的事而不予干涉。嘉轩过足了烟瘾,就说起了给女儿认干大的事。白赵氏没有确认两代交好的冷先生,说:"就认鹿三好。"

嘉轩收拾了烟壶,捏灭了火纸到马号去了。鹿三正在马号里给牲畜喂食夜草。马号宽敞而又清整,槽分为两段,一边拴着红马和红马生下的青骡,一边拴着黄牛和黄牛生下的紫红色犍牛。槽头下用方砖箍成一个搅拌草料的小窖,鹿三往草窖里倒进铡碎的谷草和青草,撒下碾磨成细糁子的豌豆面儿,泼上井水,用一只木锨翻捣搅拌均匀,把粘着豌豆糁子的湿漉漉的草料添到槽里去。黄牛和犍牛舔食草料时,挂在脖子上的铜铃丁当当响着。鹿三背对门口做着这一切,放下木锨,回过头来,看见嘉轩站在身后注视着他的劳作。他没有说话,更不用惊慌,仍然按他原先的思路在槽头忙着。白嘉轩也站在槽头前,背抄着双手看骡马用弹动的长唇吞进草料,牙齿嚼出咯噔咯噔的声音。他又挪步到牛槽边站住,看着黄牛和犍牛犊用长长的舌头卷裹草料。鹿三转身走到炕沿边坐下来,抽着旱烟,主人不说话,他也不主动说什么。嘉轩几乎每天晚上陪老娘坐过之后都要到马号来,来了就那么背抄着手站着看牛马吃草嚼料,甚至连一句话也不说,看着牲畜吃光整整一槽草料才回去睡觉。白嘉轩从槽边转过身走到鹿三当面:"三哥,你看我那个小女儿灵灵心疼不心疼?"鹿三说:"心疼。"白嘉轩说:"给你认个干女儿你收不收?"鹿三惊奇地睁大了不大灵活的黑眼睛,随之微低了头,捏弄着烟锅,脑子里顿时紧张地转动起来,综合,对比,肯定,否定,一时拿不定主意。白嘉轩诚恳地说:"我们三人商量过了,想跟你结这门干亲。当然……这是两厢情愿的事,你悦意了顶好;不悦意也没啥,咱们过去怎样,日后还是怎样。你今黑间思谋思谋,明儿个给我见个回话。"说罢就走出马号去了。

鹿三捉着短管烟袋依然吸烟,烟雾飘过脸面,像一尊香火烟气笼罩着的泥塑神像。这是一个自尊自信的长工,以自己诚实的劳动取得白家两代主人的信任,心地踏实地从白家领取议定的薪俸,每年两次,麦收后领一次麦子,秋后领一次苞谷和棉花,而白家从来也没有发生过短斤少两的事。在他看来,咱给人家干活就是为了挣人家的粮食和棉花,人家给咱粮食和棉花就是为了给人家干活,这是天经地义的又是简单不过的事。挣了人家生的,吃了人家熟的,不好好给人家干活,那人家雇你干什么?反过来有的财东想让长工干活还想勒扣长工的吃食和薪俸,那长工还有啥心劲给你干活?这样,财东想要雇一个本分的长工和长工想要择一家仁义的财东同样不容易。白家是仁义的。麦收时打下头场麦子,白秉德老汉就说:"鹿三取口袋去,先给你灌。你屋里事由紧,等着吃哩!一石麦子按十一斗量,刨一斗水分。"秋后轧下头一茬棉花,白秉德还是那句话:"先给你称够背回去,叫女人看该咋样用,天冷了。"遇到好年景,年终结账时,白秉德慷慨地说:"今年收成好,加二斗麦,鹿三你回去跟娃们过个好年。"鹿三自己只有二亩旱地,每年种一季麦子,到了播种麦子的时节,白秉德就说:"鹿三,你套上犁先把你那二亩地种了。"他用白家的牲畜和犁具用不了一响时间就种完了。春天,女人鹿张氏提着小锄去锄草,麦子不等黄透就被女人今日一坨明日一坨旋割完了,一捆一捆背回家去,在自家的小院里用棒槌一个一个捶砸干净。鹿三整个夏收期间都一心注定给白家收割碾打晾晒麦子和播种秋田。麦子成熟进入洪期,白秉德临时从白鹿镇雇来几个麦客抢时收割,鹿三自然成为麦客们的头领,引着他们辨认白家的地块,督察他们不要偷懒怠工和割麦留下太高的茬子。鹿三有时也忍不住发火:"你看你割过的麦茬像不像人割的?贼偷也留不下这么高的茬口!出门给人干活就凭这本事?掌柜的算瞎了眼叫下你这号二道毛!"鹿三的庄稼手艺在白鹿村堪称一流,他看见那些做得不入辙的活计就由不得发火。白秉德死了以后,鹿三和平辈的白嘉轩关系更加和谐。白嘉轩很真诚地称他为三哥,他对他不称主家不称掌柜的而是直呼其名,自然是官名白嘉轩。鹿三一般不参与白家家庭内部的事务,不像有些浅薄势利之徒,主家待他好了自个就掂不来轻重也沉不住气了,骚情得恨不能长出个尾巴来摇。他只恪守一条,干好自己该干的事而决不干他不该干的事。给白家宝贝女儿当干大还是不当呢?鹿三权衡了当这个干大和不当这个干大的种种利弊之后,仍然拿不定主意,最后只是反复想着一句话:嘉轩已经开了口,这个脸不能伤。

为女儿灵灵满月所举行的庆贺仪式相当隆重,热烈欢悦的喜庆气氛与头生儿子的满月不相上下。亲戚朋友带着精心制作的衣服鞋袜和各种形状的花馍来了,村里的乡党凑份子买来了红绸披风。白嘉轩杀了一头猪,做下十二件子的丰盛席面,款待亲朋好友和几乎整个村庄里的乡党。在宴席动箸之前,点亮了香蜡,白嘉轩当众宣布了与鹿三结下干亲的决定。仙草一手抱着灵灵,跪拜三叩,代孩子向鹿三行礼。席间顿然出现了混乱,男人女人们一拥而上,把从锅底上摸来的黑灰和不知从哪儿搞来的红水一齐抹到白嘉轩的脸上,又抹到鹿三的脸上,妇人们几乎同时把仙草也抹得满脸黑红了。鹿三憨笑着挤出人群,跑回马号,用木瓢在水缸里舀水洗脸,看见儿子黑娃坐在炕上,像个大人似的用一只手撑着腮帮,眼里淌着泪花。他问儿子怎么了?黑娃不吭声。他拉黑娃到白家去坐席,黑娃斜着眼一甩手走掉了。谬种!鹿三自言自语骂着,这狗日是个谬种。

唯一的缺憾是冷先生没有到场。白嘉轩很郑重地邀约了冷先生。冷先生被一位亲戚攀扯到城里给一位亲戚去看病,顺便给灵灵买一件礼物,讲定来去三天,一定赶在满月喜庆日子的前一天回来,结果没有回来,过了十天也没有回来。这时候开始传播着一个扑朔迷离的消息:城里"反正"了!第十二天夜里冷先生回到白鹿镇的中医堂,立即指派跑堂抓药的伙计叫来了白嘉轩和鹿子霖。俩人几乎异口同声问:"先生哥,你可回来了。"冷先生坐在他的那把罗圈椅子上:"差点儿回不到咱原上来了。"

白嘉轩问:"是不是反了正了?"

冷先生答:"反了正了。"

鹿子霖又接口问:"'反正'是咋回事?"

冷先生说:"反皇帝,反清家,就是造反哩嘛!说是反了正了,还说是革了命了。"

白嘉轩问:"那皇帝现时……"

冷先生说:"皇帝还在龙庭。料就是坐不稳了。听说是武昌那边先举事,西安也就跟着起事,湖广那边也反正了,皇帝只剩下一座龙庭了,你想想还能坐多久?"

鹿子霖问:"是要改朝换代了?"

冷先生说:"人都说是反正,革命……"

白嘉轩问:"反正了还有没有皇帝?"

冷先生说:"怕很难说。城里清家的官们跑了,上了一位张总督。"

鹿子霖问:"总督是个啥官职?"

冷先生说:"总督就是总督。管咱一个省,该是二品……"

白嘉轩说:"没有皇帝了,往后的日子咋样过哩?"

鹿子霖说:"皇粮还纳不纳呢?"

冷先生抿了一口茶,没有回答,他也不知道没有了皇帝的日子该怎么过,却神秘地讲起他在城里经历的惊心动魄的事件。

那一夜,他给亲戚看了病,早早吃了饭,亲戚家人领他去三意社看秦腔名角宋得民的《滚钉板》。木板上倒扎着一拃长的明灿灿的钉子,宋得民一身精赤,在密密麻麻的钉子上滚过去,台下一阵欢呼叫好声。此时枪声大作,爆豆似的枪声令人魂飞魄散。剧场大乱。宋得民赤着身子跑了。冷先生和亲戚已经失散,他跑上大街,被一声沉闷的爆炸吓得蹲下身子,然后慌慌张张钻进小巷。回到亲戚家里,病人已经死掉,枪声把人活活吓死了。亲戚一家既不敢烧香点蜡摆设灵堂,连哭也不敢大声。城门已经关死,连续多日,进城的人进不去,出城的人出不来,冷先生后来随着亲戚家发丧的灵柩才出了城门。冷先生带着劫难余生的慨叹笑着说:"我的天!我在大街小巷钻着跑着,枪子儿在头顶咕儿咕儿响,要是有一颗飞子撞上脑袋,咱弟兄们也就没有今日了。"

白嘉轩说:"先生哥,你再甭出远门了。就坐在咱们白鹿镇上,谁想看病谁来,你甭出去。"

鹿子霖附和道:"这是实实在在的话。先生哥,你大概还不知道,原上出了白狼了!"

"知道。我回来一路上听过十遍八遍了。"冷先生说,"皇帝再咋说是一条龙啊！龙一回天,世间的毒虫猛兽全出山了,这是自然的。"

城里的反正只引起了慌恐,原上的白狼却造成最直接的威胁。白狼是从南原山根一带嘈说起来的,几天工夫,白狼可怖的爪迹已经踩踏了整个白鹿原上的村庄。那是一只纯白如雪的狼,两只眼睛闪出绿幽幽的光。白狼跳进猪圈,轻无声息,一口咬住正在睡觉的猪的脖子,猪连一声也叫不出,白狼就噘着嘴吸吮血浆,直到把猪血吸干咂尽,一溜白烟就无影无踪地去了。猪肉猪毛完好无损,只有猪脖下留着几个被白狼牙齿咬透的血眼儿。人们把猪赶出猪圈,临时关进牛棚马号里,有的人家甚至把猪拴到火炕脚地的桌腿上。可是无济于事,关在牛棚马号里的猪和拴在火炕脚地上的猪照样被白狼吮咂了血浆而死了,谁也搞不清那白狼怎样进出关死了门窗的屋子。南原桑枝村桑老八就是把猪拴在炕下的方桌腿上,装作熟睡,故意拉出牛吼似的鼾声。夜半时分,桑老八就听见炕下有吱儿吱儿的声响,像娃儿吮奶汁的声音。桑老八悄悄偏过头,睁开眼朝脚地一瞅,一道白光穿过后墙上的木格窗户掼出。待他点上油灯,光着屁股下炕来看时,猪已断气,尚未吸吮净尽的血冒着气泡儿从猪脖下的血口子里汩汩涌出来。最有效的防范措施终于从白狼最早作孽的南原创造成功,人们在村庄四周点燃麦草,彻夜不熄。狼怕火,常见的野狼怕火白狼也怕火。白鹿原一到夜幕降临就呈现出前所未有的壮观,村村点火,处处冒烟,火光照亮了村树和街路,烟雾弥漫了星空。

白嘉轩说:"咱们白鹿村只靠那个跛子老汉打更怕是不行了。堡子的围墙豁豁牙牙,甭说白狼,匪贼骑马进村也无个挡遮!"

鹿子霖说:"修吧。把豁口全部补齐,晚上轮流守夜,立下罚规,不遵者见罚。"

第二天一早，白嘉轩提着大锣，从白鹿村自东至西由南到北敲过去，喊过去，宣告修补村庄围墙的事。人们丢下活计，扔下饭碗就集中到祠堂院子里。白嘉轩一宣布修补破残围墙的动议，就得到一哇声的响应。整个村子骤然形成灾祸临头的悲怆激昂的气氛，人人都热情而又紧张地跑动起来了。

按照修建祠堂的惯例，白嘉轩负责收缴各家各户的粮食，鹿子霖负责指挥工程。围墙工程经过短促的准备，当天后响就响起石夯夯击黏土的沉闷的声音。民众的热情超过了族长和工头，一致要求日夜不停，轮换打夯，人停夯不停。白嘉轩和鹿子霖商量一下就接受了。翻修祠堂时拆掉的锅台又垒盘起来，日夜冒着火光，风箱昼夜呱嗒呱嗒响着，管晚上打夯的人吃两顿饭。五天五夜连轴转过，围绕村庄的土墙全部修补完好。白嘉轩和鹿子霖又把十六岁以上的男人以老搭少划分成组，夜夜巡逻放哨。放哨的人在围墙上点燃麦草，手执梭镖和铁铳，在高至屋脊的围墙上严阵以待。有一夜，白嘉轩睡得正香，猛然被一声沉重的铳响惊醒。他爬起来抓起靠在炕头墙上的梭镖，拉开门就冲了出去。村巷里脚步踢踏，人影闪动，奔到围墙的出口，那儿已被手执梭镖的村民围得水泄不通。值班巡逻的人说，他看见白狼蹿上围墙，就放了一铳，一道白光又掼出围墙去了。"白狼来了！"凶讯像沉重的乌云笼罩在白鹿村的上空，村民们愈加惊恐，愈觉修复堡子围墙的举措非常英明十分及时。成功地修复围墙不仅有效地阻遏了白狼的侵扰，增加了安全感，也使白嘉轩确切地验证了自己在白鹿村作为族长的权威和号召力，从此更加自信。

白嘉轩背着褡裢朝县城的方向走去。秋末冬初的黎明像一个行动迟缓的老人凝滞不前。冬走十里不明。浓雾笼罩着的村庄仍然有驱狼的火光明明灭灭。雄鸡的啼叫没有往日的雄壮，而显得黏稠滞涩,像是鸡脖子里全都塞满了鸡毛。白狼的凶讯持续流传。后来又传闻朱先生凭一张嘴,一句话,就解除了从甘肃反扑过来的二十万清军,朱先生因此被张总督任命为第一高参。白嘉轩忙于修复围墙而不闻姐夫朱先生的种种传闻,是昨天晚上鹿子霖带着一脸惊奇询问他关于朱先生的消息时才知道的。他带着验证传闻和反正以来的种种疑惧和慌乱去找朱先生,听他断时论世。

朱先生在他的书房里接待白嘉轩,他一如往常,看不出任何异样的神态。白嘉轩脑子里顿时蹦出"处世不惊"四个字来。他忍不住说起乡间关于白狼的传言,朱先生笑笑说:"无稽之谈。今日防了白狼,明日又嘈出一条白蛇,一只白虎,一只白狐狸,一只白乌鸦,你将防不胜防。"姐夫对白狼的冷漠,使白嘉轩感到扫兴,他随之问起朱先生斥退二十万清军的事。朱先生用像冷漠白狼一样的口气说:"传言而已。"白嘉轩不好再问,却又忍不住:"哥。我想你是不会为张总督当说客的。"朱先生却笑了:"你又猜错了,我这回乐意当了张总督的说客。"

那天清晨,朱先生正在书房里诵读。诵读已经不是习惯而是他生命的需要。世间一切佳果珍馐都经不得牙齿的反复咀嚼,咀嚼到后来就连什么味儿也没有了;只有圣贤的书是最耐得咀嚼的,同样一句话,咀嚼一次就有一回新的体味和新的领悟,不仅不觉得味尝已尽反而觉得味道深远;好饭耐不得三顿吃,好衣架不住半月穿,好书却经得住一辈子诵读。朱先生诵读圣贤书时,全神贯注如痴如醉如同进入仙界。门房老者张秀才来报告,说省府衙门有两位差人求见。朱先生头也不抬:"就说我正在晨诵。"张老秀才回到门口如实报告:"先生正在晨诵。"两位差官大为惊讶,晨诵算什么?不就是背书念书吗?念书背书算什么搁不下的紧事呢?随之就对门房张秀才上了火:"我这里有十万火急命令,是张总督的手谕,你问先生他接也不接?"张秀才再来传话,朱先生说:"我正在晨读。

愿等就等，不愿等了请他们自便。"差官听了更火了，再三申明："这是张总督的手谕，先生知道不知道张总督？"张秀才说："皇帝来也不顶啥！张总督比皇帝还高贵？等着！先生正在晨诵。"两位差官只好等着，张秀才不失礼仪为他们沏了茶。

朱先生晨诵完毕，挽着袍子来到门房，接了差官的信，果然是张总督的亲笔手谕。张总督的信慷慨陈词，婉约动人，言简意赅地阐释了反正举事的原义，摆置出目下严峻的局势，又说反正时逃跑的清廷巡抚方升，从甘肃宁夏拢集起二十万人马反扑过来，大军已压至姑婆坟扎下营寨，离西安不过二百里路，要决一死战。张总督说他的革命军同仇敌忾，士气高昂，完全可以击败方升的乌合之众，只是战事一起，市民百姓必遭涂炭，古城必遭毁灭，于理不通于心亦不忍。因此想请朱先生前往姑婆坟，以先生之德望，以先生与方升之交谊，劝方升退兵，这里亦不追击，由他自去陇西。如果方升情愿留住西安，张总督可以保护其颐养天年。

朱先生看罢，对两个差人说："儒子只读圣贤书，不晓军事，又无三寸不烂之舌，哪有回天之力。回去告知张总督，免得贻误战机。"说罢就转身走了。两个差官气得脸色骤变，让司机发动了汽车，气呼呼跳上车走了。朱先生听得门口清静下来，立即告诉妻子："快点给我收拾行李。"朱白氏担心地问："你到哪达去？不是说不去吗？"朱先生说："我得出去躲几天。我算定张总督还要派人来缠的。"朱白氏放下心来，给他换了一身干净衣服，朱先生夹了一把黄油布伞就出了白鹿书院。午时，两位差官果然又驾着汽车来了，而且带来了一位大官，是张总督的秘书。门房老者张秀才仍然以礼相待，如实相告："走了。先生走了。躲走了。"

傍晚时分，在张总督的总督府门前，一位背着褡裢夹着油伞的人径直往里走。荷枪实弹的卫兵横枪挡住。那人说："我找张总督。"卫兵只瞧了一眼就不打算再瞧一眼，嘴里连续呼出五个"去去去去去!"那人就站在门口大声呼叫起张总督的名字,而且发起牢骚:"你三番两次请我来,我来了你又不让我进门。你好不仗义!"这时候一辆汽车驶到门口停下,车上跳下两个人来,顺手抽了卫兵一记耳光,转过身就躬下腰说:"朱先生请进。"朱先生一看,正是早晨破坏他晨诵的那两位差官,便跟着差官走进总督府见了张总督。张总督挽着朱先生坐下,亲昵地怨嗔道:"先生你是腿上的肉虫儿不得死了?放着汽车不坐硬走路。"朱先生说:"我是土人,享不了洋福,闻见汽油味儿就恶心想吐。"张总督说:"我真怕你不来哩!正准备三顾茅庐,我亲自去你的书院哩。"朱先生笑说:"纵是孔明再生,看见你这身戎装,也会吓得闭气,何况我这个土人。"

第二天一早,张总督起来时,已经找不着朱先生,连连叹惋:"这个呆子书呆子!"随之带了一排士兵乘车追出城去。

朱先生已经踏上咸阳大桥,一身布衣一只褡裢一把油伞,晨光熹微中,仍然坚持着晨诵,连鸣鸣吼叫的汽车也充耳不闻,直到张总督跳下车来堵住去路,朱先生才从孔老先生那里回到现实中来,连连道歉:"总督大人息怒。我怕打扰你的瞌睡就独自上路了。"张总督好气又好笑说:"这十二个卫兵交给你,请放心,我已经给他们交代过了。"朱先生转过身瞅一眼站成一排溜儿的兵士,摇摇头说:"这十二个人不够。把你的兵将一满派来也不够。要是你能打过方升,你还派我做什么?回吧回吧,把你这十二个兵丁带回去护城吧。"张总督不由脸红了说:"那你总得坐上汽车呀!"朱先生不耐烦了:"我给你说过,我闻不惯汽油味儿……"说罢一甩手走了,嘴里咕咕嘟嘟又进入晨诵了。张总督追上来再次相劝,要他坐上汽车,带上十二名经过特种训练的卫士以防不测。朱先生却轻轻松松地说:"你诵一首咸阳桥的诗为我送行吧。"张总督心不在焉又无可奈何地诵道:

渭城朝雨浥轻尘,

  客舍青青柳色新。
  劝君更进一杯酒，
  西出阳关无故人。

朱先生击掌称好之后，自己也吟诵起来：

  车辚辚，马萧萧，行人弓箭各在腰。爷娘妻子走相送，尘埃不见咸阳桥……

朱先生吟诵至此，热泪涌流，转过身扯开步径自走了。

日暮时分，朱先生走到一条小河边，隔水相望，那边已是穿着清家服装的兵勇。他走过木板吊桥，就被兵勇们截住，喝问不止。朱先生放下肩头的褡裢，取出一方纸呈给兵勇们的头目，那是方升当巡抚时亲笔题赠给他的一帧条幅：学为好人。朱先生考中头名举人那年，曾经连续三次婉言辞谢了方巡抚提拔他的既定公文。方升不仅不恼，反而更加器重他的品格，就择取朱先生复信中的一句话"孺子愿学为好人"题书回赠。这帧条幅现在成了通行证，在剑拔弩张的两军对垒中显示奇效，兵勇们既不放心又不敢得罪他，于是就把他带有强迫性地弄上汽车。朱先生真的闻不得汽车的汽油味儿，一路上吐得搅肠翻肚。

方巡抚在他的行营里接见了朱先生，并备下一桌丰盛的晚餐，朱先生却远远坐着不上餐桌。方巡抚谦和地说："先生屈就便餐。待我平定逆贼收复西安之后，再请先生。"朱先生摇摇头，仍不动身。方巡抚问得紧了，朱先生才说："我害怕。"方巡抚问："这里就你和我，怕什么？"朱先生嗫嚅道："我没见过你的这身打扮。我看见你这一身戎装就好像看见了白刀子进去红刀子拔出。我害怕。我一害怕就吃不进饭。巡抚你脱下征衣穿便服吧！"方巡抚听罢哈哈大笑："哎呀先生！不瞒你说，我从陇西起身时把便衣全都烧了。好！今日我破例一次。"说罢便脱下戎装。朱先生这才坐到桌前说："这才像个人了。"

席间,朱先生一双筷子只攫素菜,不动荤菜更不动酒,见方巡抚刚放下筷子,便从褡裢里掏出一只瓦罐,把盘中剩下的荤菜素菜倾盘倒进瓦罐里去。方升皱了皱眉问:"先生,你……"朱先生憨憨地说:"我把这些好东西带回家去,让孩子尝尝。"方巡抚惊问:"何至于此?"朱先生说:"天下大乱,大家都忙着争权逐利,谁个体恤平民百姓?我今日专程求恩师讨活路来了。"方巡抚顿然激愤起来:"先生为关中大儒,既已困拮如此,百姓更是苦不堪言。我正为此披挂戎装,平叛讨贼,重振朝纲,百姓正翘首以待。"朱先生模棱两可地问:"你能平定关中,我深信不疑。武昌呢?湖广各省呢?谁去平叛?"方升说:"我为清臣,誓为朝廷尽忠。我丢掉的江山,由我收回。至于武昌湖广,那非我辖地,鞭长莫及。"朱先生笑说:"一树既老且朽,根枯了,干空了,枝股枯死,只有一枝一梢荣茂,这一枝一梢还能维系多久?"方巡抚听了,警惕地打量着朱先生:"先生是……替叛贼当说客来了?"朱先生坦然地说:"我刚才已经说过,是向你讨活路来了。恕我直言,清廷犹如朽木难得生发,又如同井绳难以扶立。你纵然平复关中,无力平复武昌湖广。你一枝一梢独秀能维持多久?如再……恕我直言……再次被撵出关中,怕是难得立足之地了。"方升听到此时,脸色骤变,站起身来:"先生免言!我原以为你清高儒雅,想不到已改投门庭,为叛贼充当说客!"朱先生坐着不动,稍微提高了话音:"恩师听我坦白。张总督反正文告二十八条,我只领受三条,一为剪辫子,一为放足,一为禁烟。我仍矢守白鹿书院,月里四十不曾下山,晨诵午习,传道授业解惑;仍然恪守'学为好人'的宗旨。"说着就掏出方升题赠的条幅。方升怒气难平:"我只要亲自腰斩了那个负义之徒,宁可肝脑涂地亦不顾及。"朱先生听了不以为然地笑了:"不义之徒自有灾池等着他,何必你兴师动众?"

张总督和朱先生是同一年经方巡抚亲自监考得中的举人,那是方巡抚到陕赴任第一年的事。次年,方巡抚力荐当时的张举人官费赴日本国留学,他在日本参加了孙中山先生的同盟会,回陕后就成为方巡抚的头号政敌,直到反正成功,方巡抚仓皇逃出关中。朱先生说:"恩师常言'顺时利世',在秦为政多年,颇获人心。而今挟刃领兵几十万进入关中,腰斩的岂止张某一人?目下城里城外惊慌失措,谣传恩师要洗城。战事一起,遭伤害的是百姓,你就要落千古骂名了。"说到此,朱先生背起褡裢就告辞了。方升挽留说:"天明再行。"朱先生笑说:"我一身粗布衣,匪贼看不上,囊中无一文钱,谁杀我图不得财又赚不得物,划不着啊!"说罢径自去了。

朱先生是夜宿于他的老师家中。老师姓杨,名扑,字乙曲,是关中学派的最后一位传人。朱先生住了两日回到省城复命张总督,张总督一见面就跪下了:"我代表免遭屠城的三秦父老向先生一拜。"朱先生这时才得到确凿消息,方巡抚已经罢兵,带领二十万大军撤离姑婆坟,回归甘肃宁夏去了。

张总督立即传令备置酒席,为朱先生接风洗尘压惊庆功。朱先生从褡裢里掏出瓦罐,抱着罐子大吃大嚼起来。张总督难为情地说:"先生这不寒碜我吗?"朱先生不以为然地笑着:"朋友之交,宜得删繁就简。"吃罢喝了一杯热茶,背起褡裢告辞。张总督死拉住不放:"我还想请先生留下墨宝。"朱先生又放下褡裢,执笔运腕,在宣纸上写下两行稚头拙脑的娃娃体毛笔字:

　　脚放大,发铰短
　　指甲常剪兜要浅

张总督皱皱眉头不知所云。朱先生笑说:"我这回去姑婆坟,一路上听到孩童诵唱歌谣,抄录两句供你玩味。"说罢又背起褡裢要走。张总督先要用汽车送,又要改用轿子,又要牵马驮送。朱先生说:"不宜车马喧哗。"

白嘉轩由不得大声慨叹,姐夫的姑婆坟之行太冒险了。说罢白狼,白嘉轩就提出诸多疑问,没有了皇帝的日子怎么过?皇粮还纳不纳?是不是还按清家测定的"天时地利人和"六个等级纳粮?剪了辫子的男人成什么样子?长着两只大肥脚片的女人还不恶心人?朱先生不置可否地听着妻弟发牢骚,从抽屉里取出一份抄写工整的文章,交给嘉轩:"发为身外之物,剪了倒省得天天耗时费事去梳理。女人的脚生来原为行路,放开了更利于行动,算得好事。唯有今后的日子怎样过才是最大最难的事。我这几天草拟了一个过日子的章法,你看可行不可行?"白嘉轩接过一看,是姐夫一笔不苟楷书的《乡约》:

一、德业相劝

德谓见善必行闻过必改能治其身能修其家能事父兄能教子弟能御童仆能敬长上能睦亲邻能择交游能守廉洁能广施惠能受寄托能救患难能规过失能为人谋事能为众集事能解斗争能决是非能兴利除害能居官举职凡有一善为众所推者皆书于籍以为善行。业谓居家则事父兄教子弟待妻妾在外则事长上结朋友教后生御僮仆至于读书治田营家济物好礼乐射御书数之类皆可为之非此之类皆为无益。

二、过失相规

犯义之过六:一曰酗酒斗讼二曰行止逾违三曰行不恭逊四曰言不忠信五曰造谣诬毁六曰营私太甚。犯约之过四:一曰德业不相劝二曰过失不相规三曰礼俗不相成四曰患难不相恤。不修之过五:一曰交非其人所交不限士庶但凶恶及游惰无形众所不齿者若与之朝夕游从则为交非其人若不得已暂往还者非二曰游戏怠惰游谓无故出入及谒见人止多闲适者戏笑无度及意在侵侮或驰马击鞠之类怠惰谓不修事业及家事不治门庭不洁者三曰动作无仪进退疏野及不恭者不当言而言当言而不言者衣冠太饰及全不完整者不衣冠而入街市者四日临事不恪主事废妄期会后时临事急慢者五日用度不节不计家之有无过为侈费者不能安贫而非道营求者以上不修之过每犯皆书于籍三犯则行罚。

三、礼俗相交

…………

白嘉轩当晚回到白鹿村,把《乡约》的文本和朱先生写给徐先生的一封信一起交给学堂里的徐先生。徐先生看罢,击掌赞叹:"这是治本之道。不瞒你说,我这几天正在思量辞学农耕的事,徐某心灰意冷了;今见先生亲书,示我帮扶你在白鹿村实践《乡约》,教民以礼义,以正世风。"

白嘉轩又约请鹿子霖到祠堂议事。鹿子霖读罢《乡约》全文,感慨不止:"要是咱们白鹿村村民照《乡约》做人行事,真成礼仪之邦了。"三人当即商量拿出一个在白鹿村实践《乡约》的方案,由族长白嘉轩负责实施。当晚,徐先生把《乡约》全文用黄纸抄写出来,第二天一早张贴在祠堂门楼外的墙壁上;晚上,白鹿两姓凡十六岁以上的男人齐集学堂,由徐先生一条一款,一句一字讲解《乡约》。规定每晚必到,有病有事者须向白嘉轩请假;要求每个男人把在学堂背记的《乡约》条文再教给妻子和儿女;学生在学堂里也要学记《乡约》,恰如乡土教材。白嘉轩郑重向村民宣布:"学为用。学了就要用。谈话走路处世为人就要按《乡约》上说的做。凡是违犯《乡约》条文的事,由徐先生记载下来;犯过三回者,按其情节轻重处罚。"

处罚的条例包括罚跪,罚款,罚粮以及鞭抽板打。白鹿村的祠堂里每到晚上就传出庄稼汉们粗浑的背读《乡约》的声音。从此偷鸡摸狗摘桃掐瓜之类的事顿然绝迹,摸牌九搓麻将抹花花掷骰子等等赌博营生全踢了摊子,打架斗殴扯街骂巷的争斗事件再不发生,白鹿村人一个个都变得和颜可掬文质彬彬,连说话的声音都柔和纤细了。

白嘉轩从街巷里走过去,瞥见白满仓之妻坐在街门外的捶布石上给娃子喂奶,扯襟袒脯,两只猪尿泡一样肥大的奶子裸露出来,当晚就在众人聚集的祠堂里当作违反礼仪的事例讲了。白满仓羞得赤红着脸,当晚回去就抽了丢人现眼的女人两个耳光。从此,女人给孩子喂奶全都自觉囚在屋里。

白嘉轩又请来两位石匠,凿下两方青石板碑,把《乡约》全文镌刻下来,镶在祠堂正门的两边,与栽在院子里的"仁义白鹿村"竖碑互为映照。这镌刻工程继续多日,两个石匠叮叮咣咣凿石刻字,白嘉轩不管田间劳作多么紧张多么疲累,每天至少要到祠堂来查看一回。

这天后晌,他坐在一只小凳上看着石匠刻字,鹿子霖走进祠堂来,笑嘻嘻地告诉他:"嘉轩哥,县府任命兄弟为白鹿镇保障所乡约了。"白嘉轩问:"乡约怎的成了官名了?"鹿子霖说:"人家就这么称呼。"

第 七 章

　　鹿子霖一上任乡约就施展出非凡的办事能力和组织才能。他用白鹿仓拨给他的十分有限的经费,在白鹿镇买下一院破落户的民房。房屋已经破败不堪,庭院里散发着一股酸滋滋臭烘烘的气味。他雇请来卫木匠,向所辖的十个村子摊派小工,把三间大厅和两间厢房全部翻修一新。把临街的已经歪扭的门楼彻底拆除,用蓝色的砖头垒成两个粗壮的四方门柱,用雪白的灰浆勾饰了每一条砖缝,然后安上两扇漆成黑色的宽大门板。在右首的门柱上,挂出一块白底黑字的牌子:滋水县白鹿仓第一保障所。多年来一直破败不堪的居民小院,完全焕然一新了,在灰暗衰老的白鹿镇上,立即昭示出一种奇异的气质。

　　皇帝在位时的行政机构齐茬儿废除了,县令改为县长;县下设仓,仓下设保障所;仓里的官员称总乡约,保障所的官员叫乡约。白鹿仓原是清廷设在白鹿原上的一个仓库,在镇子西边三里的旷野里,丰年储备粮食,灾年赈济百姓,只设一个仓正的官员,负责丰年征粮和灾年发放赈济,再不管任何事情。现在白鹿仓变成了行使革命权力的行政机构,已不可与过去的白鹿仓同日而语了。保障所更是新添的最低一级行政机构,辖管十个左右的大小村庄。

　　当白鹿仓的总乡约田福贤要鹿子霖出任第一保障所的乡约那阵儿,鹿子霖听着别扭的"保障所"和别扭的"乡约"这些新名称满腹狐疑,拿不定主意,推诿说自己要做庄稼,怕没时间办保障所里的事。当他从县府接受训练回来以后,就对田福贤是一种知遇恩情的感激心情了。

　　鹿子霖在县府接受了为期半月的任职训练。受训结束的前一天,县长史维华再一次到场训示,发给每人一身青色制服,换上了一色一式制服的各仓总乡约和各保障所的乡约们一起同史县长合影留念,这无疑是滋水县历史上别开生面的一张历史性照片。鹿子霖脱下长袍马褂,穿上新制服到大镜前一照,自己先吓了一跳,几乎认不出自己了。停了片刻,他还是相信这个穿一身青色洋布制服的鹿子霖,仍是那个穿长袍马褂的鹿子霖:长条脸,高额头,深陷的眼睛,长长的眼睫毛,统直的鼻子,俊俏的嘴角,这个鹿子霖比那个鹿子霖显得更精神了。

　　一天后晌,两个正在朱先生的白鹿书院念书的儿子闻讯跑到县府来看望他,看见他一身制服就惊得愣呆呆地瞅着。鹿子霖哈哈笑着搂住儿子说:"爸革命咧!"大儿子兆鹏说:"爸!你都革命了,还让我念古书?我想到城里的新学堂去念书。科举考试早都废止了,再念老书没一点点儿用处了。"二儿子兆海也附和哥哥说:"好几个生员都走了,到城里的新学堂念书去了。我跟哥哥一块去。"鹿子霖很爽快地说:"去。你俩一搭去。史县长说来,咱县上也正筹划新学堂哩!"

　　鹿子霖日暮时回到白鹿村,在街巷里遇见熟人,全都认不出他来了。他对这种反应已不奇怪,作出无所谓的样子回答他们的询问:"在县府受训。满了。十五天满了。这衣裳……制服嘛!"走进自家院子,他的女人端着一盆泔水正往牛圈走,吓得双手失措就把盆子扣到地上了。鹿子霖走进上房向父亲请安。泰恒老汉眨巴着眼睛把他从头到脚瞅盯了半晌,惊奇地问:"你的辫子呢?"鹿子霖早有准备:"凡是受训的人,齐茬儿都铰了。保障所是革命政府的新设机构,咋能容留清家的辫子?"泰恒老汉闭嘴闷声了。

　　白鹿仓总乡约田福贤邀请鹿子霖出任第一保障所乡约的时

候,鹿泰恒出于自家在白鹿村处境的考虑,支持儿子到白鹿村外边去闯世事,现在自然不能为儿子丢掉辫子再说二话。鹿子霖恭恭敬敬向父亲汇报了在县府受训的情况,泰恒老汉听了说:"甭忘了你老太爷的话。"鹿子霖说:"那忘不了。"第二天鹿子霖就着手交办买房修房创建保障所的事。他在白鹿村和白嘉轩搭手修造祠堂,创立学堂,修补堡子围墙,结果却只是增加了族长白嘉轩的功德;现在他将第一次出面独立行事,就决心要办出个样子来。在白鹿村,他的财富可以累加,却与族长的位置无缘;现在,他是保障所的乡约,下辖包括白鹿村在内的十个村庄,起码不在白嘉轩之下了吧?他按照县府规定给保障所的编员人数,物色聘请了一位书手,姓王,是大王村的一位学子,写得一手好字,人也精干。到保障所修建完成,他和王书手就在厅房里坐下来摆出办公的架势了。

　　第一保障所创建成功,并举行了隆重的庆祝活动。鹿子霖首先约请了顶头上司总乡约田福贤,还邀请了第一保障所所辖管的十个村子里的官人——包括白嘉轩在内的各村的族长,又邀请了白鹿仓另外八个保障所的乡约;再就是镇子上的几位头面人物,中医堂的冷先生,杂货铺的葛掌柜,粮店的崔掌柜等;本保障所辖管的十个村子的绅士和财东,也都一个没有遗漏。第一项仪式是挂牌。白鹿仓总乡约田福贤把挽着红绸的木牌挂在右首的四方门柱上,然后鞭炮齐鸣,又三声铳响,把人们震得耳鸣心跳。在乱糟糟的恭贺气氛里,鹿子霖却想起老太爷的话:"中了秀才放一串草炮,中了举人放雷子炮,中了进士放三声铳子。"他现在是保障所的乡约,草炮雷子铳子都放了,老太爷在天之灵便可得到慰藉了。

　　鹿子霖在镇子的饭馆包下五席饭菜,跑堂的掌着红漆木盘把菜送到保障所里。酒过三巡,鹿子霖致词欢迎,田总乡约作指示,各位同僚,各位头面人物相互祝贺恭维。白嘉轩坐在这里很难受,听这些人说话更难受,他怎么也消除不了心里的疑团:"这些人在这儿吃谁的?"他几次想把姐夫朱先生写给张总督的民谣念出来,却又几次作罢。他清楚鹿子霖不是张总督,他自己也不是朱先生,念了也没有用。他应酬着坐了一阵子,再也坐不下去,就起身告辞了。鹿子霖捏着酒盅走过来,拉他再饮:"嘉轩哥,日后还望你宽容兄弟之不周。"白嘉轩装出豁达的样子说:"这话再不能往下说,再说就见外了。我有事得先走一步。"鹿子霖热情地拉住不放:"啥事紧得要走?"白嘉轩挣脱了手臂,离开桌椅说:"黄牛寻犊子咧,我得去配种。"鹿子霖扫兴地闭了嘴,再不挽留。

白嘉轩得到通知到保障所开会,十个村的官人全都到齐后,鹿子霖传达了县府史维华县长的命令,要对本县的土地和人口进行一次彻底清查,先由保障所逐村逐户核查造册,再由白鹿仓汇总之后统一到县府加盖印章,一亩一章,一丁一章,按土地亩数和人头收缴印章税。白嘉轩还没听完,就突然想到保障所挂牌吃喝那天自己没有说出口的话:这些人在这儿吃谁的?他然后做出一副轻松的样子,对鹿子霖开玩笑说:"子霖兄弟,是不是挂牌那天吃下窟窿了?"鹿子霖正怀着上任后第一次执行公务的神圣和庄严,一时变不过脸来,虽然被这话噎得难受,却只能是玩笑且当它玩笑:"嘉轩兄谝什么闲传,这是史县长的命令。"但心里却不由懊恼起来。印章税收齐后,县府、仓和保障所按七二一比例开成,上交县府七成,仓里抽取二成,保障所留下一成,作为活动经费以及官员们的俸禄。因为没有各村官人的份儿,所以此条属内部掌握,一律不朝下传达。鹿子霖恢复平静以后,就强烈地意识到,现在不能示弱,否则以后事情就难办了,于是说:"各位,咱们官事官办,私事私了。属于兄弟和各位私人交情的事,咋都好说好办,属于官事,就得按县府的条律执行。史县长再三说,必须服从革命法令,建立革命新秩序。"有人问:"谁要是实在没钱交咋办?"鹿子霖说:"让他们自己想办法。"又有人说："要是想不下办法咋办？现在青黄不接，去年秋里遭了旱，村里多半人吃食接不上新麦……"鹿子霖说："办法只要想，总是能想到的。各位回村以后，牙口得放硬点。"

白嘉轩就不再说话，领了鹿子霖散发的通告，径直走回白鹿村。

白嘉轩从皂荚树上用铁锨铲下几束皂荚刺，把署有史维华县长名字的通告扎到祠堂外的墙壁上，然后敲锣，把通告的内容归纳成最简洁的几句话，从村子里一边敲过，一边喊："一亩一章，一人一章，按章纳税，月内交齐，抗拒不交者，以革命军法处治。"白嘉轩绕村一匝，回到祠堂放下大锣的时候，通告前已经围满了村民。大家议论纷纷，听不清楚，只听得一句粗话："这反正倒反成个胺子了！这县长倒是个胺子县长……"

祠堂门外的嘈杂声，搅扰了徐先生的安宁。后晌放学以后，孩子们背上竹笼，提上草镰去给牲口割草，徐先生就到河边去散步。杨柳泛出新绿，麦苗铺一层绿毡，河岸上绣织着青草，河川里弥散着幽幽的清新爽朗的气息。他一边踱着步，一边就吟诵出长短句来。待回到祠堂里，就书记到纸上。现在已有一厚摞了，题为《滋水集》。

徐先生到白鹿村来坐馆执教，免除了在家时沉重的田间劳作之苦，过一种平静无扰的清闲生活。他沿着河岸悠悠漫步，眼前总是飞舞着祠堂门外那张盖着县府大印署有县长姓名的通告，耳畔又响起村民们的议论和粗鲁的谩骂，心里竟然怦怦搏响。清廷的皇帝也没有征收过如此名目的赋税，只是缴纳皇粮就完了。"苛政猛于虎！"徐先生不觉说出口来，随之就吟出一首长短句词章。在他的吟诵山川风月的《滋水集》里，这是唯一一首讽喻时政的词作，别具一格。

徐先生保持着早睡早起的良好生活习惯。他刚刚吹灯躺下，就听到叩击祠堂大门铁环的响声。他穿戴整齐之后，又叠了被子才去开门。黑暗里听出是白嘉轩，忙引入室内。

白嘉轩说："我想起事。"徐先生忙问："你……起什么事？"白嘉轩说："给那个死（史）人一点颜色瞧瞧，臊一臊他的脸皮。"徐先生急问："咋样闹呢？造反？""我一个笨庄稼汉，一不会耍刀，二不会弄棒，快枪连见也没见过，造啥反哩！"白嘉轩说，"按人按亩收印章税，这明明是把刀架在农人脖子上搜腰哩嘛！这庄稼还能做吗？做不成了。既是做不成庄稼了，把农器耕具交给县府去，交给那个死（史）人去，不做庄稼喽！"徐先生沉默不语。白嘉轩接着说："你是知书识礼的读书人，你说，这样弄算不算犯上作乱？算不算不忠不孝？""不算。"徐先生回答，"对明君要尊，对昏君要反；尊明君是忠，反昏君是大忠。""好哇！徐先生，我还担心你怕惹事哩！"白嘉轩说，"我想请你写一封传帖。""鸡毛传帖？写。"徐先生竟是凛然慷慨的气度，"你说怎么写？我听老人们说过鸡毛传帖的事，可没见过。""谁也没见过。我也是听老辈子人说过那年杀贼人就用的鸡毛传帖。"白嘉轩说，"你想着写吧。只要能把百姓煽起来就行咧。怕不能太长。"

徐先生取了一张黄纸，欣然命笔，似乎早已成竹在胸，一气呵成："苛政猛于虎。灰狼啖肉，白狼吮血……"写罢装进一个厚纸信封，交给白嘉轩。白嘉轩说："徐先生，这事由我担承，任死任活不连累你。"徐先生说："什么话！君子取义舍生。既敢为之，亦敢当之。"

白嘉轩未进院门，直接走进对过儿的马号。鹿三悄声问："写好了？"白嘉轩说："好了。"白嘉轩掏出三封同样的传帖，往开口里分别插进三根白色的公鸡翎毛，对鹿三说："你先到神禾村，进村西头头一家，敲响门，从门缝把传帖塞进去，只给主家招呼一声'货到了'就走,甭跟人家照面。记下了没?"鹿三说:"这好记。"白嘉轩接着吩咐:"剩下这两份,你送给贺家坊村的贺老大贺德敖,贺家村街心十字南巷西边第六家。下来你就甭管了。来回路上碰不见熟人不说,碰见熟人装作不认得低头快走。记下了没?"鹿三说:"贺家坊的贺氏兄弟我闭着眼都能摸到,你放心。"说着把三份传帖接过来,扎进蓝布腰带里,又在腰里缠了三匝,外边再套上一件夹衫,说:"我走了。你睡去。明早见话。"白嘉轩说:"我等你,就在这儿。听着,万一路上碰见熟人躲不过了,就说你给我舅送牛去了。"鹿三倒有点不耐烦:"哎呀嘉轩。你把我当成鼻嘴娃子,连个轻重也掂不出来?"说罢就走出马号去了。白嘉轩突然觉得浑身松软,像被人抽掉了筋骨,躺在鹿三的炕席上。

鹿三早已取掉了苇席下铺垫的麦草,土坯炕面上铺着被汗渍浸润得油光的苇席,散发着一股类似马尿的汗腥味儿。他枕着鹿三的被卷,被卷里也散发着类似马尿的男人的腥膻气息。他又想起老人们常说的鸡毛传帖杀贼人的事。一道插着白色翎毛的传帖在白鹿原的乡村里秘密传递,按着约定的时间,各个村庄的男人一齐拥向那几个匪贼居住的村庄,把行将就木的耄耋和襁褓裹包着的婴儿全部杀死。房子烧了,牛马剥了煮了,粮食也烧了⋯⋯

骡马已经卧圈,黄牛静静地扯着脖子倒沫儿,粗大的食管不断有吞下的草料返还上来,倒嚼的声音很响,像万千只脚在乡村土路上奔跑时的踢踏声,更像是夏季里突然卷起的暴风。白嘉轩沉静下来以后,就觉得那踢踏声令人鼓舞,令人神往了。

白嘉轩后来觉得终生遗憾的是没有听到万人涌动时的踢踏声。四月初八在期待中到来。初七日夜里,白嘉轩一宿未曾合眼。他把那个白铜水烟壶端到鹿三的马号里,俩人坐着抽了一夜烟。天刚麻明,鹿子霖领着田福贤堵在门口。田福贤说:"嘉轩,赶快敲锣。给大声吆喝,一律不要上县,不要听逆贼煽动。"白嘉轩冷冷地说:"那锣我不敢敲。"田福贤说:"你是官人又是族长,怎不敢敲?"白嘉轩说:"传帖上写的明明白白,谁不去县府交农具,谁阻挠去交农具,一律砸锅烧房。我不敢。我怕砸了锅烧了房。"田福贤说:"谁敢!真的有谁烧了你的房,我让谁给你赔。"白嘉轩蔑视地说:"你吹啥哩!传帖连县长都敢反敢弄,谁把你个总乡约当啥。"田福贤的脸臊红了。鹿子霖也觉得被轻视了不大自在。白嘉轩说:"锣和锣槌在祠堂放着,要敲你们去敲。我今日个不敲。"这当儿村里传来三声惊天动地的铳响,邻近村子也连续响起铳子的轰鸣。白鹿村一片开门关门门板磕碰的噼啪声,杂乱无章的脚步声在清晨寂静的村巷里回响,一个个扛着犁杖,夹着权耙扫帚的男人,在蛋青色的晨光里跃进,匆匆朝村子北边的道路奔去。白嘉轩站在门外的场地上说:"决堤洪水,怎么掩挡?谁这会敲锣阻挡……非把他捶成肉坨儿不可!"田福贤煞白着脸:"硬挡挡不住,咱们好言相劝或许可以?走吧!"白嘉轩推诿不过,跟着鹿子霖和田福贤在村巷转着。村里已经变成女人的世界,没有一个成年男人了。没有男人的村巷就显出一种空虚和脆弱。白嘉轩心急如焚,那些被传帖煽动起来的农人肯定已经汇集到三官庙了,而煽动他们的头儿却拔不出脚来,贺家兄弟一怒之下还不带领众人来把他砸成肉坨!白嘉轩情急之下就拉下脸说:"二位忙你们的公务,我失陪了。"说罢就走。田福贤跑上前来堵住说:"嘉轩,实话实说吧!有人向县府告密,说你是起事的头儿。我给史县长拍了胸膛,说你绝对不会弄这号作乱的事。既然挡不住也劝不下,让他们去吧!你可万万去不得。"鹿子霖则笑嘻嘻地说:"我根本不信嘉轩哥会跟那些人在一块闹事。走走走!嘉轩哥,到你屋里坐下,让嫂子给咱沏一壶茶。"

白嘉轩再也找不出借口,就硬着头皮回到屋里,心里只希望贺氏兄弟领头进县城交农器了。但他尚不知,贺氏兄弟跟他一样,此刻也被田福贤安排的几位官员和绅士缠住而不得出门。这原是史县长的精心安排。

时势和机运却促成了鹿三人生历程中的一次壮举。他扛着一架没有安装铁铧的犁杖,走出白鹿村就拥入从各个村子涌出的庄稼人当中,同认识的和不认识的都打起招呼。人往往就这样,一个人的时候是一种样子,好多人汇聚到一起又完全变成另一种样子。临近三官庙,从四面八方通三官庙的大道小路上,人群汇成一股股黑压压的洪流。三官庙小小的庭院早已挤得水泄不通,门外的场地上也拥挤着人群,齐腰高的麦子被踏倒在地,踩踏成烂泥的青苗散发着一股清幽幽的香气。鹿三刚停住脚就听到了一个可怖的流言,说起事的人被吓破了胆不敢出头了。又说起事的人收受了史县长的赏金被收买了。最可怕的是说不愿意收受贿赂的两个头儿被史县长抓走了,现在正捆绑在城墙上示众。谁也无法证实,因而也无法辨别其虚实,但举事的头目没有出面却是既成的事实。随之最粗野的不堪入耳的咒骂不再对着收印章税的史县长,而是集中到鸡毛传帖的起事人头上,但至今谁也搞不清究竟是哪个村的张三李四王麻子煽起了这场事件。于是,纷乱而愤怒的庄稼汉们哄哄嚷叫着要去惩治起事的人。人群开始骚乱,朝来时的大道小路上倒流。鹿三心里急得像火烧,却终究束手无策。

这时候,从三官庙的院墙里突然传出了欢呼声:"起事的人出头露面了!"消息像风一样卷过去,倒流的人又从大道小路上折回来。鹿三看见人群从三官庙的大门里流水一样涌泄出来,农具被踩断的咔嚓声,夹杂着被踩倒的人的惨叫,围墙上不断有人翻跳下来。一伙人架着一个光头秃脑的和尚从庙门里卷到场地中间。和尚踩着两个人的肩膀,左手扶着举到空中的一把木叉,右手在空中大幅度挥舞着那只插着白色翎毛的传帖:"苛政猛于虎!灰狼啖肉,白狼吮血……"和尚有一副好嗓门儿,朗诵起传帖,嗓音洪亮,抑扬顿挫,感情炽烈:"贪官不道,天怒人怨,黎民百姓无计无路,罢种罢收……"众人鸦雀无声。鹿三忽然羡慕起和尚来了。和尚诵完传帖说:"我一人孤掌难鸣。各位父老再举荐三个头儿,带领众人进城交农具去。有哪位好汉自告奋勇站出来更好……"鹿三听了大叫一声:"白鹿村鹿三算一个。"话音未落,他立即被身旁的人抬了起来。鹿三站在陌生人的肩膀上,高高地俯视着乌压压的一片黑脑袋,忽然觉得自己不是鹿三而是白嘉轩了。直到死亡,鹿三都没有想透,怎么会产生那样奇怪那样荒唐的感觉。众人又推举出两个人来,和尚随之宣布包括自己在内的四个头目为东西南北四路领头儿。和尚吼道:"东原的人进东门,西原的人进西门,南原的人进南门,北原的人进北门。史县长不收回成令,誓不回原。"嗷嗷嗷的吼声混合着咒骂,人流像洪水一样滚向县城,土路上扬起滚滚黄尘,大道两旁的麦子被踩踏得像牛嚼过的残渣。

　　鹿三赶到城墙下,城门已经关死,吼声震天。几十个人抱着一根木头撞击大门,门板被撞碎,却发现里头已经用砖封死了。鹿三喊着拆墙扒砖。人拥人挤,效率极低,有人把扒下的砖头掷进城墙里去,有的砖头掉下来砸破了自己人的脑袋。这时候,城墙上响起锣声,一个人敲着锣喊:"县长向大家见礼。"一伙随员簇拥着史县长出现在城墙上,县长跪下了,作揖叩头。打锣的人大声宣布:"史县长令,收盖印章税的通令作废。请父老兄弟回乡。"砖头飞上城墙,县长的随员们耍杂技似的凌空逮住砖块,保护着县长。史县长又带着随员们跟着敲锣的人顺城墙走了。鹿三倒不知该怎么办了,憋在胸间的怒气尚未完全爆发释放出来却已宣告完结。没有经过多少周折而顺利地达到目的取得胜利,反倒使人觉得意犹未尽不大过瘾。围在城墙下的人立即把矛头回转过来,纷纷吼喊着现在该当实践传帖上的戒律,立即惩治那些没有前来交农具的人,骂他们不冒风险而分享斗争的胜利果实比死(史)人更可憎。鹿三顺从了众人的意向,回原路上所过的村庄,凡是没有参与交农的人家都受到严厉的惩罚,锅碗被砸成碎片,房子被揭瓦捣烂(本应烧掉,只是怕殃及邻舍而没有点火)。有两家乡性恶劣的财东绅士也遭到同样的惩治。鹿三回到白鹿村,白嘉轩在街门口迎接他,深深地向他鞠了一躬:"三哥!你是人!"

四月十三日,白鹿镇上贴出两张布告,一张是罢免史维华滋水县长的命令,同时任命一位叫何德治的人接任。布告是由省府张总督亲自签署的。白鹿镇逢集,围观的人津津乐道,走了一个死(史)人,换了一个活(何)人;死的到死也没维持(维华)得下,活的治得住(德治)治不住还难说。白鹿原人幽默的天性得到了一次绝好的表演机会。并贴的另一张布告的内容就不大妙了,那是逮捕拘押闹事主犯的告示,其中包括鹿三在内的领头进城的四个人,还有写传帖的徐先生,煽动起事的贺氏兄弟。围观的人看罢第二张告示的观感是,摔了一场平跤。

白嘉轩比起事以前更难受。一个最沉重的忧虑果然被传言证实了:他的起事人的身份早已不是秘密,而他幸免于坐牢的原因是他花钱买通了县府;说他一看事情不妙就把责任推到那七个人身上,还说他的姐夫朱先生的大脸面在县里楦着,等等。白嘉轩从早到晚阴沉着脸,明知枣芽发了却不去播种棉花。他走了一趟贺家,又走了一趟徐先生家,他对他们的苦楚的家人并不表示特别的热情,只是冷冷地重复着同一句话:"我马上到县府去投案,我一定把他们换回来。"他对哭哭啼啼的鹿三的女人说:"三嫂,你甭急,我要是救不下三哥就不来见你。"

白嘉轩第二天一早就起身奔县府。县府里的一位年轻的白面书生对他说:"交农事件已经平息。余下的事由法院处理,你有事去法院说。"白嘉轩放下褡裢,掏出一条细麻绳说:"我是交农的起事人。你们搞错了人。你们把我捆了让我去坐监。"白面书生先是一愣,随之就耐心地解释:"交农事件没有错。"白嘉轩吃了一惊,又觉得抓住了对方的漏洞:"没错为啥抓人?"白面书生笑着向他解释:"而今反正了,革命了,你知道吧?而今是革命政府提倡民主自由平等,允许人民集会结社游行示威,已经不是专制独裁的封建统治了。交农事件是合乎宪法的示威游行,不犯法的。那七个人只是要对烧房子砸锅碗负责任。你明白了吗?快把麻绳装到褡裢去。你要还不明白,你去法院说吧。"白嘉轩不是不明白,而是愈加糊涂。他又去找了法院,又掏出麻绳来要法院的人绑他去坐监狱。法院的人说了与白面书生意思相同的话,宣传了一番新政府的民主精神,只是口吻严厉得多:"你开什么玩笑!快把你的麻绳收拾起来。谁犯了法抓谁,谁不犯法想坐监也进不来。快走快走!再不走就是无理取闹,破坏革命机关秩序。"白嘉轩收拾了麻绳,背起褡裢出了法院,就朝县城西边走来,决定去找姐夫朱先生想办法。

第二天微明,白嘉轩又背着褡裢走下白鹿原,胸口的内衫口袋里装着姐夫朱先生写给张总督的一封短信。总督府门前比县府严密得多,荷枪实弹的卫兵瞪眼不认人。白嘉轩情急之中就掏出姐夫的信来。卫兵们几乎无人不晓朱先生劝退二十万清军的壮举,于是放他进去。一位中年人接了信说:"张总督不在。信我给你亲交。你回吧。"白嘉轩说:"我要等见张总督。"中年人说:"你等不住。总督不在城里。你有事给我说。"白嘉轩把抓人的事说了,并带着威胁的口吻说:"要是不放人,我就碰死到大门上。"中年人笑说:"碰死你十个也不顶啥,该放的放,不该放的还得押着。你快走,我还忙着。"白嘉轩急了:"不是我姐夫劝退方巡抚,你多半都成了乱葬坟里的野鬼。你们现在官儿坐稳了,用不着人了是不是?"中年人笑了,并不反感他的措辞,反倒诚恳地说:"旁人的事权且忘了,朱先生的事怎么能忘?你回吧。要是七天里不见动静,你再来。"白嘉轩当晚就宿在皮匠二姐夫家里。

第二天傍黑回到家,看见鹿三徐先生贺家兄弟以及两个面熟却叫不上名字的人正坐在上房明间的桌子旁。六个人一见他,都齐刷刷跪下了。白嘉轩惊喜万分,一一扶起他们,才知张总督专门派人急告滋水县何德治县长放人。白嘉轩问:"和尚呢?"六个人全都默然,说不出口现在就押着和尚独独一个。白嘉轩不在意地说:"甭急甭怕。和尚下来再搭救,一个人也不能给他押着。咱们算是患难之交,今日难得相会,喝几盅为众位压惊。"说罢吩咐仙草炒菜,又回过头对鹿三说:"三哥,你先回去给三嫂报一声安,她都急死了。"鹿三笑说:"她知道我回来了。嘉轩,我这几天在号子里,你猜做梦梦见啥?夜夜梦见的是咱的牛马。我提着泔水去饮牛,醒来时才看见是号子里的尿桶……"

搭救和尚出狱费尽了周折。法院院长直言不讳地述说为难:"烧了人家房,砸了人家锅,总得有一个人背罪吧?"白嘉轩说:"办法你总比我多。"他不惜破费,抱定一个主意,用钱买也得把和尚买出来。徐先生把他的俸银捐赠出来。贺家兄弟也送来了银元。三官庙的老和尚胸膛上挂着"救吾弟子"的纸牌,到原上的各个村庄去化缘,把零碎小钱兑成大钱银元,交给嘉轩。白嘉轩把当当响着的银元送到法院院长的太太手里,院长果然想出了释放和尚的办法。和尚释放了。白嘉轩小有不悦的是,和尚获释后,既没有向搭救他出狱的他表示谢意,也没有向为他化缘集资的老和尚辞谢。他没有再回到原上的三官庙,去向不知。和尚成了一个谜。这时候,有人说和尚原先在西府犯了奸,才逃到白鹿原上来的,进三官庙不过是为了逃躲官府的追缉罢了;又有人说他原是一个无父无母的孤儿……在白嘉轩看来,这些已经无需追究,更无需核实,因为搭救他们出狱的总体目的已经达到,至于他还当不当和尚,却是微不足道的了。

第 八 章

"交农"事件经人们百次千次不厌其烦地议论过,终于淡漠下来了。有关白狼的嘈传中止了,却随着又传开了天狗的叫声。传说白狼原先在哪儿出现过,天狗的叫声就在哪儿响起。听到过天狗叫声的人还噘起嘴模仿着:"溜溜溜——溜溜溜。"细细的尖尖的叫声与庄户人养的柴狗汪汪汪的叫声大相径庭,一般人即使听到"溜溜溜"的叫声,也不会与狗的叫声联系起来。而狗们是能听懂的,每当它们听到"溜溜溜"的叫声,就像听到号角,得到命令一样疯狂地咬起来,整个村子,甚至相邻的几个村子的狗都一齐咬起来,白狼就不敢进宅跳圈了。

白鹿原又恢复了素有的生活秩序。牛拉着箍着一圈生铁的大木轮子牛车嘎吱嘎吱碾过辙印深陷的土路,迈着不慌不急的步子,在田地和村庄之间悠然往还,冬天和春天载着沉重的粪肥从场院送到田里,夏天和秋天又把收下的麦捆或谷穗从田地里运回场院。白嘉轩也很快把精力转移到家事和族事的整饬中来。

在闹"交农"事件的前后一年多时间里,《乡约》的条文松弛了,村里竟出现了赌窝,窝主就是庄场的白兴儿。抽吸鸦片的人也多了,其中两个烟鬼已经吸得倾家荡产,女人引着孩子到处去乞讨。他敲响了大锣,所有男人都集中到祠堂里来,从来也没有资格进入祠堂的白兴儿和那一伙子赌徒也被专意叫来。那两个烟鬼丧魂落魄的丑态已无法掩饰,张着口流着涎水,溜肩歪胯站在人背后。白嘉轩点燃了蜡烛,插上了紫香,让徐先生念了一些《乡约》的条文和戒律。白嘉轩说:"赌钱掷骰子的人毛病害在手上,抽大烟的人毛病害在嘴上;手上有毛病的咱们来给他治手,嘴上有毛病的咱们就给他治嘴。"白嘉轩先叫了白兴儿的名字。白兴儿"扑通"一声跪到祠堂供桌前:"我不赌了,我再不赌了。我再赌钱掷骰子就斫掉我的手腕子。"白嘉轩说:"起来起来。跟我来——"白嘉轩把白兴儿叫到祠堂院子的槐树下,"背过身子举起手。"白兴儿背靠着槐树举起双手,人们清清楚楚看见了白兴儿那手指间的鸭蹼一样的皮,白兴儿平时总是把手藏在衣襟下边羞于露丑。白嘉轩又连着点出七个人的名字,有白姓的也有鹿姓的,有年轻的也有中老年的,一律背靠槐树举起了双手。白嘉轩着人用一条麻绳把那八双手捆绑在槐树上,然后又着人用干枣刺刷子抽打,八个人的粗的细的嗓门就一齐哭叫起来。白嘉轩问:"说。各人都说出自个赢了多少输了多少。"白兴儿和那七个人都哭溜着声如实报了数。白嘉轩默默算计一番,赢的和输的数目大致吻合,可以证明他们尚未说谎,就说:"输了钱的留下,赢了钱的回去取钱。"白兴儿和另两个赢主儿被解下手,然后跑回家取了钱又跑来,按族长的眼色把银元掏出来放到桌子上。白嘉轩说:"谁输了多少就取多少。"那五个输家被解下来,做梦也没有想到会有失财复得的事,颤巍巍地从桌子上码数了银元,顾不得被刺刷打得血淋淋的手疼,便趴在地上叩头:"嘉轩爷(叔哥)我再也不……"白嘉轩却冷着脸呵斥道:"起来起来。你们八个人这下记住了没?记住了?谁敢信啊!把锅抬过来——"几个人把一只大铁锅抬来了,锅里是刚刚架着硬柴烧滚的开水。白嘉轩说:"谁说记下了就把手塞进去,我才信。"几个输家咬咬牙就把手插进滚水里,当即被烫得跳着脚甩着手在院子里打转转。白兴儿和两个赢家也把手插进滚水锅里,直烫得叫爸叫爷叫妈不迭。白嘉轩说:"我说一句,你们再记不下再赌的话,下回就不是滚水而是煎油。"

接着两个烟鬼被叫到众人面前,早已吓得抖索不止了。白嘉轩用十分委婉的口气问:"你俩的屋里人和娃娃呢?"俩人吭哧半晌,耷拉着脑袋嗫嗫嚅嚅地说:"回娘家去了。""要……要饭去了。"白嘉轩皱着眉头,痛苦不堪地说:"一个引着娃娃回娘家去了,一个引着娃娃沿街乞讨去了。你俩想想,一个出嫁的女人引着娃娃回娘家混饭吃是啥味气?一个年轻女人引着娃娃日里蹭人家门框夜里睡庙台子是啥味气?"白嘉轩说到这儿已经动心伤情,眼角润湿,声音哽咽了。众人鸦雀无声,有软心肠的人也开始抽泣抹泪。白嘉轩说:"我已经着人把你俩的女人和娃娃找回来了。你们来——"众人吃惊地看见,两个年龄相差不多的女人拖着儿女从徐先生的居室里出来了,羞愧地站在众人面前。那个讨饭的女人衣服破烂,面容憔悴,好多人架不住这种刺激就吼喊起来:"捶死这俩烟鬼!"白嘉轩说:"女人娃娃逢着这号男人这号老子就有遭不尽的罪。我想这两个女人丢的不光是自个的脸,也丢尽白鹿一村人的脸!我提议把祠堂官地的存粮给她俩一家周济几斗……大家悦意不悦意?"悦意的人先表示了悦意,随之就数落起烟鬼的无德;不悦意的人先斥责烟鬼的败家子行径,随之就表示根本不该予以同情,但究竟是人数不多。两个烟鬼羞愧难当,无地自容,跪趴在众人面前抬不起头,喊说:"族长,你用枣刺刷子抽我这号不要脸的东西。我再要是抽大烟,你就把我下油锅。"烟鬼们无以数计的丢脸丧德的传闻使白嘉轩根本不相信这些誓言,他还没听说过有哪一个烟鬼不是强迫而是自觉戒掉了这恶习的。他立时变了脸:"我刚才说了,你俩的毛病害在嘴上,得治嘴。我给你俩买下一服良药,专治大烟瘾。端来——"什么良药尚未端进门来,一股令人窒息的恶臭已经传进祠堂院庭,众人哗然,是屎啊!后来,两个烟鬼果然戒了大烟,也在白鹿村留下了久传不衰的笑柄。

一个连阴雨天的后响，雨住天开，云缝里泻下一抹羞怯的阳光，洒在湿漉漉的屋瓦上，令人心胸舒畅了些。白嘉轩把木头泥屐绑上脚就出了街门。街巷里的泥浆埋没了泥屐的木腿，他小心地走过去，背着手，走到镇上的中医堂门口就脱下了泥屐。冷先生一见面就慨叹："唉！今日才见了日头。人都快发霉了。"白嘉轩说："今年的棉花算是白种了。"坐下之后，冷先生说："我正想去找你哩。雨下得人出不了门。有一件事要求你哩。"白嘉轩说："只要我能办，那还有啥说的。"冷先生稍作沉思，就直言相告："子霖想给兆鹏订亲，托人打探咱的实底儿，想订咱的大女子。你看这事办得办不得？"白嘉轩毫不含糊地说："这有啥说的？只要八字合。"冷先生说："八字暗里先掐了一下，倒是合。你若是觉得可办，我就得请你出马，这媒得由你来撮合。"白嘉轩礼让道："村里有专事说媒联姻的媒婆媒汉，我可没弄过这号事。"冷先生执意道："媒婆媒汉的溜溜嘴，我嫌烦。我就相中你合适。"白嘉轩推辞说："为你老兄说媒联姻，兄弟机会难得哩！可这是两边的事，子霖那边好说不好说呢？"冷先生说："实话给你说吧，让你当媒人，我还没敢想劳驾你，是子霖的意思哩！"白嘉轩再也不好意思托辞推卸，就充当了一次媒汉的角色。在秋收秋播的大忙季节到来之前的消闲时日里，这桩婚事按照通行的婚俗礼仪订成了。

秋收秋播完毕到地冻上粪前的暖融融的十月小阳春里，早播的靠茬麦子眼看着呼呼往上蹿，庄稼人便用黄牛和青骡套上光场的小石碌碡进行碾压。麦无二旺，冬旺春不旺。川原上下，在绿葱葱的麦田里，黄牛悠悠，青骡匆匆，间传着庄稼汉悠扬的"乱弹"腔儿。白嘉轩独自一人吆喝着青骡在大路南边的麦田里转圈，石碌碡底下不断发出麦苗被压折的"吱喳"声。鹿子霖从大路上折过身踩着麦苗走过来，十月行步不问路，麦子任人踩踏牲畜啃。鹿子霖站在地头。白嘉轩一圈转过来，喝住牲畜，就和鹿子霖在地头蹲下来。鹿子霖说话爽快:"嘉轩哥,我给你还礼报恩来了。"白嘉轩不失庄重地说:"我哪有礼有恩啊。"鹿子霖热情洋溢地说:"你给咱兆鹏说下一门好亲。滴水之恩,当以涌泉相报。何况这是终身大事。"白嘉轩仍然不在意地笑笑。鹿子霖接着说:"冷大哥还有个二闺女,有意许给孝文。我向冷大哥自荐想从中撮合,八字也都掐了,没麻达。就看你老哥的意思了……"白嘉轩蹲在那里就哑了口。事情来得太突然。他说:"这事今日头一回说破,我得先给老人说了……过三五日,我给你见个回话。"

由鹿子霖做媒,把冷先生和白嘉轩联结成亲家的事也办得同样顺利。当一场凶猛的西北风带来厚可盈尺的大雪,立即结束了给冬小麦造成春天返青错觉的小阳春天气,地冻天寒,凛冽的清晨里,牛拉着粪车或牛驮着冻干的粪袋,喷着白雾往来于场院和麦田之间。冷先生的二闺女订亲给白家了,不过不是大儿子孝文,而是二儿子孝武。冷先生的大闺女订给鹿子霖的大儿子鹿兆鹏,白嘉轩觉得自己的大儿子订冷先生的二闺女有点那个,于是就提出了二儿子孝武。他回给鹿子霖的原话是:"我想给孝文订娶个大点的闺女。咱屋里急着用人(不便出口的一层意思是早抱孙子)。冷大哥的二闺女小了点儿。要是八字合,订给孝武。"鹿子霖急于联扯这门亲事,并不过多思考白嘉轩另外的意思,就说给冷先生。冷先生同意了。

冷先生十分满意两个女儿终身大事的安顿。他不是瞅中白鹿两家的财产,白鹿原上就家当来说,无论白家,无论鹿家,都算不上大富大财东;他喜欢他们的儿子,也崇敬他们的家道德行,都是正正经经的庄稼人;更重要的是出于他在白鹿镇行医久远之计,无论鹿家,无论白家,要是得罪任何一家,他都难得在这个镇子上立足;他也许不光凭他的冷峻的眼光看得出,而是凭他冷峻的神经感觉到了,"交农"事件之后白鹿两家不好愈合的裂痕。他像调配药方一样,冷峻地设计而且实施了自己的调和方案,不管白嘉轩或鹿子霖心里真恨假爱也不要紧,哪怕维持一种表面的和谐亲密也是好的。当两宗亲事完成以后,冷先生在一个冬夜,订了菜,温了酒,请来了两个亲家,以少有的热情和感慨说:"不结亲是两家,结了亲是一家。我这人话短言缺又不会拐弯,日后咱们无论谁和谁有啥成见,都当面说清,不许窝在肚里,我是挂面调盐——有言(盐)在先。我们仨人,我长几岁,权且充个大(音读斫)货,说几句老话:我看白鹿村缺不了嘉轩弟,也缺不得子霖弟。你俩人捏合好一好百好。我是钦服你们两家人的品行,可不是图地多房宽牛高马大。白鹿原上只有一个'仁义'村庄,甭忘了是县令亲自写的字栽的碑……"于是,由"交农"事件造成的白嘉轩和鹿子霖之间的芥蒂,不说化解,总之是被他们自觉自愿地深深地掩藏起来了。其实俩人都需要维持这种局面。

交上腊月,县长何德治骑着马上了白鹿原,专程来拜谒白嘉轩,自然由白鹿仓总乡约田福贤和第一保障所乡约鹿子霖引路作陪。田福贤对何县长说:"你坐在仓里喝茶,我让子霖把他叫来。"何县长说:"不用。我登门拜访。马拴在仓里喂着。"

县长的到来,使白嘉轩既感到突然,又深为感动,赶忙挪椅子抹桌子敬茶递烟。何县长站在祭祀白家祖宗的桌子前打躬作揖,然后坐下。这个举动使白嘉轩改变了对这个穿一身猴里猴气制服的县长的初步印象。县长戴一顶藏青色礼帽,方脸,天庭饱满,短而直的鼻梁儿,不厚不薄恰到好处的嘴唇,和蔼而又自信。白嘉轩瞅着县长心里不无遗憾,要是穿上七品官服就会更气魄,更像个县令了,可惜他却穿着一身猴里猴气的制服。何县长说:"白先生,我想聘请你出任本县参议会的议员。"白嘉轩头一回听到这个新名词,一时弄不清含义,又不好意思问,因而也不便表示同意或拒绝,但他几乎肯定猜断那是一个官衔,就说:"嘉轩愿学为好人。自种自耕而食,自纺自织而衣,不愿也不会做官。"何县长笑了说:"我正是闻听你是个好人,所以才请你作参议员。"随之点燃一支白色的烟卷,解释说:"卑职决心在滋水县推进民主政治,彻底根除封建弊政。组建本县第一届参议会,就是让民众参与县政,监督政府,传达民众意见。参议参议,顾名思义就是……"白嘉轩还是听不明白,什么民主,什么封建,什么政治,什么民众,什么意见,这些新名词堆砌起来,他愈加含糊。何县长似乎意识到这一点,语言就注意了通俗化,而且与习惯用语相对照相注释:"一句话,就是要民众(就是黎民百姓)管理国家大事(就是朝政),不是县长说了算,而要民众,就是百姓说了算。"白嘉轩听懂了,也就不当一回事了:"百姓乱口纷纷,咋个说了算?听张三的听李四的,还是听王麻子的?张三说种稠些好,李四说种稀点儿好,王麻子说稠了稀了随便种,你说听谁的,按谁说的下种子?古人说,家有千口,主事一人嘛!"何县长很感兴趣地说:"谁说的有道理就按谁说的办。主事的家长要是个不懂种庄稼的外行,或者就是个不务正业的二流子,你还能让他主千口之家的家事吗?封建弊政的关键就在这里,登基一个开明皇帝能兴几年,传给一个昏君就失丢江山,百姓跟着遭殃。反正以后的革命政府推进民主政治的核心正在于此,上至总统总督,下至鄙人在内,民众相信你就选举你,不相信你就罢免你……"白嘉轩起先惊奇地听着,随之就又不当一回事了:"我的天!越说越远,越没个边儿了。"何县长仍然认真地说:"白先生不相信这不要紧,将来的事实会证明我的话。我只说参议员不是当官,是代表民众说话。比方说,前任史县长收印章税的事,如果议员们通不过,就不会发出通告,自然也就不会引发交农事件。"白嘉轩听到这件实际的事例,似乎听出了眉目,不由得点点头:"这倒是一句实话。"何县长说:"白先生在原上深孚众望,通达开明,品德高洁,出任参议员属众望所归,请你不必谦让。顺便告知你,你的姐夫朱先生已经应允了。"白嘉轩觉得立马答应了还不是时候,就笑着说:"何县长,你叫我当参议员是替百姓说话是不是?好,我先替百姓说一句话,看你听得下听不下——"何县长豁朗大度地说:"十句百句你尽管说。"白嘉轩就说:"把白鹿仓里那一杆子出进都抱着烧火棍子的人撤走!"

白鹿仓里自"交农"事件后,悄悄来了七八个扛枪的人,他们穿着黑制服,腰里扎着皮带,白裹腿白帽圈儿,像死了人穿的丧服孝布。这些人每逢白鹿镇集日,就扛着酷似烧火棍子式的枪在人群里晃荡,趾高气扬,横鼻子瞪眼,吓得交易自家粮食布匹的农人躲躲闪闪。白嘉轩瞅着这一杆子人在集镇上晃荡,就像指头里扎着芒刺或是眼里钻进了沙粒儿一样别扭。

田福贤一直坐在一边听县长讲民主政治,没料到白嘉轩头一条就"参议"到自己头上,有点不悦,却不紧张。民团的组建是何县长的指令,枪是县里发的,田福贤不过物色来七八个团丁。何县长笑笑问:"为啥?这些人胡作非为坑害百姓?"白嘉轩说:"倒是还没见坑害谁。白鹿原上自古还没扎过兵营。清家也没在镇上驻扎过一兵一卒。那几个人背着枪在镇上晃荡,庄稼汉们看见了由不得紧张害怕。没有战事,要这些人做啥?"何县长爽然笑起来:"白先生,看不顺眼的事看多了就习惯了,这些团丁是为加强地方治安,保护民众正常生产的。"白嘉轩心想,庄稼人自古也没叫谁保卫过倒安宁。何县长凑近他压低了声音说:"你们不知,白狼闹得厉害,不能不防。"白嘉轩吃惊地说:"白狼?白狼早给天狗咬跑了。"何县长说:"白狼是个人,是一帮子匪盗的头领,闹得河南民不聊生。据传,白狼打算西来闯进潼关……这个白狼比嘈传的白狼恶过百倍。那个白狼不过吮咂猪血,这个白狼却烧杀奸淫无恶不作,有上万号人马,全是些白狼……你说,咱们该防不该防?"白嘉轩哑了口,他不晓得上千上万的白狼正在叩击关中的大门,这样严峻的事,使他不再非议不大顺眼的白鹿仓的团丁了。他答应了何县长的聘请,腊月中旬就参加了本县第一届参议会。

白嘉轩回到白鹿村,仍然穿着长袍马褂,只是辫子没有了。他进门就听见一阵杀猪似的嚎叫,令人撕心裂肺毛骨悚然,这是女儿白灵缠足时发出的惨叫。他紧走几步走进厦屋门就夺下仙草手里的布条,从白灵脚上轻轻地解下来,然后塞进炕洞里去了。仙草惊疑地瞅着他说:"一双丑大脚,嫁给要饭的也不要。"白嘉轩肯定地说:"将来嫁不出去的怕是小脚儿哩!"仙草不信,又从炕洞里挑出缠脚布来。白灵吓得扑进爸爸怀里。白嘉轩搂住女儿的头说:"谁再敢缠灵灵的脚,我就把谁的手砍掉。"仙草看着丈夫摘下帽子,突然睁大眼睛惊叫说:"老天爷!你的辫子呢?看看成了什么样子。"白嘉轩却说:"下来就剪到女人头上了。你能想来剪了头发的女人会是什么样子?我这回在县里可开了眼界了。"

正月里,皮匠领着妻女回乡下来拜年。嘉轩打他们一进门就闻到一股皮硝味儿,二姐碧霞已经剪了头发,仙草证实了丈夫说的女人也得剪掉发纂儿的话。二姐夫居然也穿上了一身制服,头上留着公鸡冠子似的直戳戳的硬发。白嘉轩原以为制服是革命政府发给各级官员的官服,想不到整天揉搓臭烘烘的牛皮猪皮的皮匠也堂而皇之地穿上了制服,于是这制服就在他眼里一钱不值。他心里想,你个做皮鞋的穿制服做啥?你穿上制服照样还是个皮匠,身上还是一股皮硝味儿。二姐更不入辙,人已经发胖了,却把衣服的腰身做得那么窄,胸脯上的奶子圆滚滚地鼓撑得老高,说话时不停地拨浪着剪到肩头的短发,言语间又不断冒出一些新名词,白嘉轩最反感这种烧包儿的言谈举止。

皮匠姐夫和新潮二姐虽然引着两个女儿回城了,但给这个家庭造下的影响却依然存在,孝文孝武受到上新式学堂的表妹的影响,也提出要进城念书,而且借口说:"兆鹏兆海早都进城念新书去了。书院里的生员不断减少。"白嘉轩说:"人家去城里让人家去。书院只要不关门,你就跟你姑父好好念书。"孝文孝武再不敢强求,背着被卷又去白鹿书院了。女儿白灵又大胆地提出:"爸,我也要念书。"并拿两位表姐作榜样,而且提出要进城去念新书。白嘉轩为难了,他对稀欠的宝贝女儿的要求难以拒绝,因为他不忍心看她伤心哭闹。灵灵长得太叫人心疼了,细嫩的皮肤,聪明稚气的两只忽闪水灵的大眼,胖乎乎的手腕,有多招人喜爱。白嘉轩常常忍不住咬那手腕,咬得女儿哎哟直叫,揪他的头发,打他的脸。他把疼哭了的女儿架上脖子在院子里颠着跑着,又逗得灵灵笑起来。仙草嗔怨说:"你把事儿弄颠倒了,女子该当严管,你可是尽性儿惯她。"白嘉轩怎能不知道娃子女子都应该严加管教的道理,只是他无论如何对灵灵冷不下脸来。仙草禁斥道:"念书呀?上天呀?快坐到屋里纺线去!"白嘉轩还是哄乖了灵灵,答应她到本村徐先生的学堂去念书,并说:"你太小,进城去大人不放心,等你长大了再说。"

白嘉轩领着灵灵走进学堂的时候,村里人一街两行围住看稀罕。灵灵大模大样跟着父亲,能引起那么多男女看自己,使她觉得很得意。

徐先生把白嘉轩前一天送来的方桌安排在自己的书案跟前,以便监视,也免得男孩子骚扰。虽然一切都安排得极为周到,却忽视了一个最不应该忽视的问题,白灵的拉屎尿尿问题。徐先生因人施教,凡是不受课的学生可以自由去上祠堂西墙外边的茅房,因为全是男孩子就没有分隔男女。白灵尿憋急了,又见徐先生不在,就跑到祠堂外,看见几个男孩子在茅房口解裤子,就又跑回来。一个男孩说,祠堂后边有个小茅房,没人去,白灵又跑到祠堂后边,果然有个断砖烂瓦垒的小茅房,早早解开裤带,刚跑进茅房口就急不可待地抹下裤子。不料徐先生正蹲在里头。徐先生"哎呀"一声,就慌忙提起裤子夺路而出。白灵看见了徐先生白亮亮的屁股,看见了威严的徐先生惊慌失措的样子,忍不住嘎嘎嘎笑起来。

这件事有声有色地在村子里传播,说徐先生情急之中把未拉下来的屎橛子带进裤裆里去了。仙草得知这件事后就要中止灵灵上学:"这还了得!这样惯下去不成疯子了?"白嘉轩找来一块小木牌,钻了孔,系了绳儿,一边写个"有"字,在另一边写个"无"字,让女儿进茅房时翻到"有"字的一面,出来时翻出"无"字。白灵觉得好玩,从茅厕出来故意不翻牌儿,自己就躲在祠堂角落里看徐先生怎么办。徐先生出来走到茅房门口看到木牌上的"有"字就折回来。她回到桌前刚坐下,徐先生就走出学堂门,急慌慌走过院子,到了夹道处竟跑起来。

无论这个女子怎么不像个女子,徐先生却惊奇地发现她十分灵聪,几乎是过目不忘,一遍成诵,尤其是那毛笔字写得极好。她照徐先生起下的影格儿只描摹了半年,就临帖字儿写起来了。两年下来,单是白灵的毛笔字就超过了徐先生的水平。徐先生说:"嘉轩,这是个才女。快送她到朱先生的书院去。"

这年新年前夕的腊月三十后响,白嘉轩研了墨,裁了红纸,让孝文孝武白灵三人各写一副对联:"谁写的好就把谁的贴到大门上。"结果自然是白灵独出风头,使两位哥哥羞愧难堪。

红纸对联贴在街门两边的门框上,白嘉轩端着水烟壶远远站着,久久赏玩,粗看似柳,细观像欧,再三品味,非柳非欧,既有柳的骨架,又有欧的柔韧,完全是自成一格的潇洒独到的天性,根本不像一个女子的手笔,字里划间,透出一股豪放不羁的气度。白嘉轩看着品着,不由地心里一悸,忽然想到了慢坡地里父亲坟头下发现的那只形似白鹿的东西。

这年春节,二姐和皮匠二姐夫照例带着两个女儿来拜年,那两个外甥女公开纵容灵灵到城里去上学。二姐和姐夫以及外甥女回城以后,白灵说:"爸吔!我今年该进城念书了。"白嘉轩第一次对白灵冷下脸来说:"你的书已经念够了。城里不去,徐先生那儿也不去了。现在该跟你妈学针线活了。"白灵一下子愣坐在那儿,"哇"的一声哭了:"你说等我长大了就进城念书……"白嘉轩不为情动,仍然冷着脸一字一板地说:"城里现在乱得没个象况,男子娃进城我都不放心,何况你。女子无才便是德。要哭你就扯开哭。"白灵一抹眼睛:"爸。我偏不哭。"她赌气似的坐到纺车下摇动把柄,纺车嗡儿嗡儿响起来。

十天后,白灵突然失踪。白嘉轩找到城里皮匠姐夫家,白灵和两个表姐正挎着书包放学回来。白灵说:"爸!你要是逼我回去,我就死给你看。"说着就抓起皮匠铰皮子用的一把大铁剪子支到脖子上。白嘉轩一句话没说就回到原上来。

白灵到城里上学以后,这个屋里像是减少了一大半人,显得空虚和冷寂,百灵子一样清脆的笑声没有了,跑前奔后呼妈喊爸吆喝奶奶的声音也绝响了。白赵氏已经忍受不住日夜思念的煎熬,向儿子嘉轩提出要进城去看看孙女。仙草却把对女儿的思念转变为怨气,有机会就向嘉轩发泄出来:"惯呀惯呀,这下惯得收拢不住了。"甚至连白灵的干大鹿三也有话说了:"嘉轩,你这个人真是明白一世糊涂一时。"白嘉轩只是在心里惊叹:这么小的娃娃居然敢把剪子搁到脖子上。那一刻,他似乎面对的不是往昔架在脖子上颠跑的灵灵,而是一个与他有生死之仇的敌人。

家里只剩下三儿子牛犊,在徐先生膝下念了好几年书还在念着,这娃子小小年纪就显出一股执拗的性子,对于念书,对于家里的任何变故,都是一副与己无关的冷漠神气。他对妹妹出走的事无动于衷,这使母亲仙草一瞅见他就忍不住发火,她对女儿越轨行为的气恼和对她的思念在牛犊脸上得不到任何呼应,她甚至怀疑阿婆那一撮干艾叶子烧坏了牛犊的某一道要紧的穴窍,落下了一个傻瓜呆子。

白嘉轩也留心观察牛犊的行为举止,发现这娃子对谁都不大亲近,既不任性地要什么,也不拒绝别人要他做什么。每天后晌放学回来就钻进马号里,把鹿三拌好的草料用木锨送到槽里去,扒在槽帮上看牛马吞嚼草料。鹿三牵着牲畜到村北的大涝池去饮水,他也跟着,而且不想拉牛,却要牵马牵骡子。有时他悄悄爬上大车,从鹿三手里夺过鞭子,手腕一甩,鞭子在空中飞旋起来,"啪"的一声脆响,鞭梢儿准确地抽到牲畜的耳朵尖上。当然,他不是生来就带着这一手功夫,他是常常在土场上捉着鞭子甩得叭叭响,抽击吊在房檐下的半截砖头练就的。白嘉轩几次从他手里夺下鞭子,让他回屋里去背书。他不恼也不怯,怏怏地走出马号,可第二天后晌又来了。白嘉轩气恼地说:"生就的庄稼坯子!"

牛犊对牲畜的爱抚使鹿三也对他产生了不可抗拒的亲近感,甚至想,如果不是给白灵而是给牛犊做个干大倒是不错。他讨厌那个被主人一家都宠惯着的女子,他首先发觉这个女子和这个家庭的不和谐。那女子有时跑进马号来,一扑就趴上鹿三的脊背,喊着"干大干大"。鹿三蹲在地上拣粮食里的土粒和石子儿,一任她爬着,勉强地应着。有一回下雨天,白灵圈在屋里玩得腻了,又跑进马号来,惊奇地叫起来:"干大干大,你看那是啥东西?"鹿三以为蛇呀老鼠呀青蛙跑溜进来,看来看去什么东西也没有,就问:"啥呀在哪儿?"白灵用手一指:"骡子肚子底下吊的那是啥东西?"鹿三不由地"哦"了一声,身上竟奇怪地不自在起来,瞅见骡子后裆里吊着的黑黢黢的丑陋而又无用的东西,随口就想出一句哄骗女子的话:"唔……那是尾巴。"白灵追住问:"骡子咋就长两条尾巴?"鹿三说:"就长两条,要不怎么是骡子。"白灵仍追问不休:"骡子长那么多尾巴做啥?"鹿三已经理屈词穷:"长尾巴……是打虻蝇的。"鹿三神经紧绷,把白灵哄着扶出门:"快回屋去,干大要拣粮食上磨子哩!"白灵走了,鹿三长长嘘出一口气,头上已经冒出虚汗来了,不由得自言自语:"要是我的亲生女子,早一巴掌抽上了,叫你胡问乱问。"白灵自行进城的举动,似乎验证了鹿三早就预料着的危险,而不难卜算的更大的危险还在后头。他甚至替白嘉轩着急,直言不讳地说:"城里而今乱得没个样样儿,咋能让个女子去?"

正月十五晚上,鹿三回到自家小院,把买来的猴儿漆蜡点燃,在前门后门窗台水道口院子四角都插上了,屋里院里一片光明。女人把油炸的馃子端出来,一家四口坐在火炕上咔嚓咔嚓咬着嚼着。鹿三似乎心情很好,对儿子黑娃咬文嚼字起来:"子长十五夺父志。黑娃,你今年交上十七岁了……"黑娃打断父亲的话:"我今年出门熬活呀。我早都盼着哩。我给我妈已经说好了。"鹿三扬起头瞪了儿子一眼:"说话太快。记住,无论到哪儿,无论跟谁说话,要想一句说一句,不准抢话说,没规矩。"

黑娃早已辍学。他在徐先生门下算不得好学生,却也认下不少字,也能拨拉几下算盘珠儿了。辍学后继续给白家割草,早晨和后响背一大笼青草送回马号。一年前他就向父亲提出不想再提草镰了,要出去给人家拉长工熬活挣钱。鹿三一来想让他再学一学耕作技能,二来也心疼儿子,想让他长得更壮实一些。现在交上十七岁了,完全可以当个人使了,他自己是十五岁就出门给财东当全套长工的。鹿三说:"黑娃,爸说你听着,你到嘉轩叔家去熬活;爸回咱家来,忙时做咱家的活儿,闲时出去打零工;即便找不下零工干,爸还有打土坯的本事……"

"爸,打土坯累死人,你不能再干了。"黑娃说,"你就在白家干你的,我出远门熬活吧。"

鹿三说:"你出远门到哪达?"

黑娃说:"到渭河北边。嘉道叔就在那边熬活。嘉道叔说那边大财东村村都有,不像咱原上尽是小财东。嘉道叔悦意给我寻个主儿家。"

"你看你……不懂规矩,这么大的事先不跟我说,就自拿主意了。犯上。"鹿三训斥说,"渭北人生地不熟。咱们给人熬活不管门楼高低,不管财东大小,要紧的是寻到一个仁义的主儿。"

黑娃说:"嘉道叔在那边人事熟套,打保票能给我寻个好主儿家。"

鹿三不耐烦了:"嘉道嘉道,你尽听嘉道的话。我给你说,像你嘉轩叔这样仁义的主儿家不好寻哩。我是眼见为信。你爷爷就在白家干了一辈子,连失牙摆嘴的事也没有一回。你就到白家去,趁我还没下世,也好经管你。"

黑娃耷下眼皮:"我不想……去白家。"

"咋咧?这话咋说?"鹿三也瞪大眼,"白家没亏待我也没亏待你嘛!你割草给你麦子哩嘛!"

黑娃说:"我不是说亏待不亏待谁的事……"

鹿三追着问:"那你为啥不去白家?"

黑娃噘口不语:"……"

鹿三又耐心地交底说:"白家人老几辈儿,都是仁义居家,人家的长工也不是随便雇的。"

黑娃说:"我没说嘉轩叔不好不仁义。我还记着嘉轩叔给我出钱让我念书。我还记着你不要我念了,嘉轩叔拉着我的手送到学堂……"

"对对对,这就对嘛!"鹿三说,"你既是记着嘉轩叔的义举,那为啥不去?"

黑娃嗫嗫嚅嚅:"我嫌……"

鹿三追着问:"你嫌啥不行?"

黑娃说:"我嫌……嘉轩叔的腰……挺得太硬太直……"

鹿三听了轻松地笑了:"哈呀,我的娃呀!我当是什么大事不得开交,咱熬活挣咱的粮食,只要人家不克扣咱不下看咱就对咧,咱管人家腰弯腰直做啥?"

黑娃恳求说:"爸,你在那儿干得好好的,就再干二年,甭打零工;我出去也顶个全挂长工。咱攒些钱买点地……"说着竟哭了。

母亲帮黑娃说话了:"他大,你就依了娃吧!娃不悦意就甭去了。娃说的也还在理。"

鹿三说:"也好也好。你出去闯荡二年,经见几家财东心里就有数了,不走高山不显平地嘛!到那会你就不会弹嫌……腰直腰硬的屁话了。"

黑娃跟着嘉道叔下了白鹿原,踏进一望无垠广阔恢宏的关中平原,又搭乘木船摆渡过了混浊的渭河……

不足一年,黑娃引着一个罕见的漂亮女人回到白鹿村,鹿三一下子惊呆了。鹿三从第一眼瞧见儿媳妇就疑云四起,把黑娃叫到一边严加审问:"哪儿来的?搭眼一看就知道不是穷家小户女子,怎么会跟你走?三媒六证了吗?说!给老子说清白。"黑娃说得从容不迫:熬活那家主人是个年近七十的糟老头子,有一大一小两个女人。老头子死了,大女人和统领家事的儿子就把小女人视作眼中钉,托长工头儿李某做媒把她嫁给他了。

鹿三半信半疑,将此事请教于白嘉轩,同时提出进祠堂拜祖宗的礼仪之事。白鹿村的新媳妇进祠堂拜列祖列宗是一项极庄严极隆重的仪式。白嘉轩对这件婚事不置可否,只是说:"你跑一步路,去问问嘉道,把事情弄清白。拜祠堂的事等你问了嘉道再说。"鹿三直叹自己是人到事中迷,把嘉道引黑娃出门的事都忽略了。第二天一早,鹿三就下了原去渭北找嘉道。当鹿三再回到白鹿村的时候,已经脸色如灰眼睛充血了,一进门就抽了黑娃一记耳光,自己同时也跌倒在地人事不省。鹿三被救醒后,断然说:"你快快把这个婊子撵走!你要是舍不下她,你就不是我的儿,你就立马滚出去。永生永世都甭进我的门。"黑娃求告无用,黑娃的母亲也哀告丈夫,都不能使鹿三回心转意。黑娃连夜引着媳妇出了门,走进村子东头一孔破塌的窑洞。他随之掏五块银元买下,安下家来。

第 九 章

　　黑娃落脚到渭北一个叫将军寨的村子里,给一家郭姓的财东熬活。将军寨坐落在一道叫做将军坡下的河川里,一马平川望不到尽头,全是平展展的水浇地。人说,下了将军坡,土地都姓郭。郭家是个大财东,一家拥有的土地比白鹿村全村的土地还多,骡马拴下三大槽,连驹儿带犊儿十几头。郭家的儿孙全都在外头干事,有的为政,有的从军,有的经商,家里没留住一个经营庄稼的。那么多的土地就租给本村和邻近村庄的佃农去耕种,每年夏秋两季收缴议定的租子。只是佃户租种不完的土地才雇长工耕种,剩下不足百亩土地,其实用不了那么多畜力,那些牲畜一年到头白吃草料,有的一年里几乎连一回使役也轮不上。财东郭老汉特别喜欢骡马,繁殖下小驹子,好的留下养,差的就卖掉了,槽头的高骡子大马全都是经过严格筛选汰劣存优的结果,一个个都像昭陵六骏。郭老汉是清朝的一位武举,会几路拳脚,也能使枪抡棍,常常在傍晚夕阳将尽大地涂金的时刻,骑了马在乡村的官路上奔驰,即使年过花甲,仍然乐此不疲。老举人很豪爽,对长工不抠小节,活儿由你干,饭由你吃,很少听见他盯在长工尻子上嘟嘟囔囔啰啰嗦嗦的声音。

　　黑娃来时,郭家已有两个长工,一个四十多岁的中年汉子姓李,在郭家已经熬过近十年活儿了,算是长工头儿。另一个是二十几岁姓王的小伙,还未娶妻,平素不大说话,见谁都抿嘴一笑,十分温厚。黑娃年龄最小,又极伶俐,脚快手快,常被长工头儿指使着去做许多家务杂活儿,扫庭院,掏茅厕,绞水担水,晒土收土,拉牛饮马。时日稍长,郭举人的两个女人也都很喜欢这个诚实勤快的小伙计,很放心地指使他到附近的将军镇上去买菜割肉或者抓药。郭举人本人也喜欢黑娃,有天傍晚又要出去遛马,接过黑娃备好了鞍子的缰绳,突然问:"黑娃,你会不会骑马?"黑娃说:"我骑过猪,没骑过马。"郭举人听了乐得哈哈大笑:"你想不想骑马?"黑娃说:"想。"郭举人说:"你去把那副鞍子给红马备上,你试着骑上遛遛。"黑娃骑上了红马,陪着郭举人在官道上遛着,竟然不觉一丝害怕。郭举人一边勒缰扬鞭,一边喊着指导着黑娃控制马的要诀,两匹马在乡村官路上奔驰。

  晚上,三个长工都睡在马号里的大炕上,一溜进被窝就开始说女人。这时候,沉默寡言的长工王相①就活跃起来:"头儿,今黑该说'四香'了。"长工头儿李相洋洋自得地笑起来,装得一本正经地说:"不说了不说了,把鹿相教瞎了咋办?鹿相娃娃还没见过啥哩。"王相却像背书一样说起了李相昨晚或前晚讲过的内容:"李相我说说'四硬'你看对不对?木匠的锛子铁匠的砧,小伙儿的腿子金刚钻。还有'四软',姑娘的腰棉花包,火晶柿子猪尿脬。对不对?"李相这时就被逗引起来:"'四香'嘛——你听着,头茬子苜蓿二淋子醋,姑娘的舌头腊汁的肉。香不香?都把人能香死!"王相就笑得几乎噎气,又重复诵记起来。黑娃却毫无察觉,甚至莫名其妙:"头茬苜蓿香,二淋子醋也香,腊汁肉我尝过一回,真香死人了。姑娘的舌头有啥味气?唾沫涎水还不恶心死人。"李相就对笑得失了声的王相说:"黑娃是个瓜蛋儿,咱们得给他启蒙。黑娃哎!你将来娶下媳妇了,你就尝出味儿来了,你就会明白最香的还不是腊汁肉……"长工头李相装了一肚子有关男盗女娼的酸溜溜故事,有的隐秘含蓄,有的赤裸裸毫无遮掩。黑娃有的听不明白,有的就听

---

① 关中地区的城镇和乡村,对被雇佣的工人、店员、长工称为相公,王相是日常口头称谓。

得浑身潮热。长工头李相煞有介事地问:"黑娃,你看咱们主儿家六十多快奔七十的人了,啥脸色?红堂堂;啥身板?硬邦邦;说话像敲钟,走路刮大风。你说人家为啥这么结实?你要是猜着了,我把一年的薪俸全给你;你要是猜不着,罚你天天晚上取尿桶,天天早起倒尿桶。"黑娃连着说出了主儿家吃白米细面,山珍海味,鸡鸭猪羊肉,以及遛马又不干重活这些人皆能想到的原因。李相绷着脸儿连续说着不对。王相涵性不足,忍不住开口先揭出谜底来,刚开口自己倒先笑得说不成话:"郭举人吃、吃、吃泡枣儿!"黑娃不以为然地说:"泡枣有什么好?烧酒泡人参才养人哩。"王相诡气地笑着:"泡枣儿比人参酒养人多了。你听李叔说怎么泡枣儿吧——"长工头压低声说郭举人娶下那个二房女人不是为了睡觉要娃,专意儿是给他泡枣的。每天晚上给女人的那个地方塞进去三个干枣儿,浸泡一夜,第二天早上掏出来淘洗干净,送给郭举人空腹吃下。郭举人自打吃起她的泡枣儿,这二年返老还童了。黑娃听了觉得心里很难受,说不出是一种什么感觉,憋得堵得胸脯发胀。王相突然伸过手来抓住了他的下身,嘻嘻笑着向李相报告:"李叔李叔,黑娃的牛牛挺得像根竹笋!"黑娃一下子羞了。

　　第二天一早,黑娃起来照例扛上长柄扫帚去打扫庭院,看见郭举人的小女人提着一只瓷盆倒尿回来,进了厢房,窗子里传出撩水洗脸的声音。黑娃竟然不敢抬头,当他扫完前院直起身准备走出院子的当儿,忍不住瞧了一眼敞开窗扇的窗户,小女人正在窗前梳理头发,黑油油的头发从肩头拢到胸前,像一条闪光的黑缎。小女人举着木梳从头顶拢梳的时候,宽宽的衣袖就倒捋到肩胛处,露出粉白雪亮的胳膊。黑娃又觉得气堵胸憋,可别把泡着的枣儿掉下来,慌忙转过身就要走掉。那女人在窗户里说话了:"鹿相,扫了地,给那棵玉兰树浇桶水。树旱了。"黑娃撂下扫帚挑起木桶,到过庭的井台上绞了一桶水浇到玉兰花树下,又浇了院庭中间的玫瑰花。他对小女人指派他做活儿感到很荣幸,他还想浇什么树什么花却没有了。他提着空桶别有兴致地欣赏着玉兰树,花儿早已谢了,墨绿色的扁圆的叶子滴着露珠儿;玫瑰花正含苞待放。他又给厨房的水瓮里绞了一担水,竟然有点依依不舍地离开了。回到长工们住的马号门口,长工头李相和王相已经扛着犁拉着牲畜要下地种棉花了。李相责问:"黑娃你碎驴日的扫地扫这长工夫?"王相蔫叽叽地说:"大概想讨一颗泡枣儿……"黑娃不由地红了脸,似乎自己真讨过泡枣儿一样,急忙解释说自己扫了院子又绞水浇花耽搁了时辰。李相说:"浇人也用不了这长工夫。"

收罢麦子进入伏天,郭举人就和他的大女人从厅房里屋搬进后院的窑洞去下榻。微明的时候,郭举人在院子里练一会拳脚,然后洗了脸喝了茶再回窑洞去睡个把时辰的套觉,此后就躺着或坐着抽烟喝茶,直到傍晚暑热减退才兴致勃勃地出去遛马。

大女人日夜厮守着老头儿,给他扇凉,给他点烟,给他沏茶,陪他说话儿,伴他睡觉。三顿饭由小女人做好,用紫红色的核桃木漆盘端进窑洞,晚上提尿盆,早上倒尿水,都是小女人的功课,除此小女人就没有什么正当理由进入凉爽的窑洞里去了。大老婆给举人订下严格的法纪,每月逢一(初一、十一、二十一)进小女人的厢房去逍遥一回,事完之后必须回到窑洞(平时在厅房)。郭举人身体好,精力充沛,往往感到不大满足,完事以后就等待着想再来一次,厢房窗外就响起大女人关怀至诚的声音:"你不要命了哇?"

自从郭举人和大女人搬进窑洞避暑以后,前边庭院就显得冷寂了,黑娃去扫院去绞水也觉得自如自在了。他同时发觉,小女人指派他做什么事的声音甜润了,脸上的神色活泛了,前院里的空气也通畅了。三个长工蹲在玉兰树的荫凉下吃饭,小女人坐在对面厨房里的小凳上,听见筷子刮响碗底的声音就走出来,用一只条盘托了碗回去,然后盛满了饭再用条盘端出来。这样的规矩是为了避免交接碗筷时男女间手指和手指接触的可能。黑娃和这个小女人的全部有幸和不幸,就是从递饭时破例废掉木盘开始的。

那天早晨,郭举人指派黑娃到十里外的潘家村去捉一对鸽子,那是老交情潘老大送给郭举人的一对棕红色的凤冠头儿,回来错过了饭时。李相和王相已经吃罢饭上地去了,黑娃一个人坐在玉兰树的荫凉下等待小女人端来馍饭。长工吃饭不准进入厨房自拿自舀,这也是郭家的规矩。小女人站在厨房门口说:"鹿相,你稍微等一下下儿,饭凉了我给你热一下再吃。"黑娃有点紧张,只剩下他一个人就有一种莫名的紧张,装出无所谓的口气说:"不怕不怕,不用热了不用热了。这热的天,吃凉饭才好哩!"小女人却说:"天热倒是热,冷饭还是不敢吃。你甭急,稍等一下下儿……"风箱响起来,房顶的烟囱冒出一股蓝烟。黑娃坐着等着,心却无端地一阵阵跳。小女人端着木盘走到玉兰树下,把一碟辣椒和一碟蒜泥放到青石桌上,一个竹编的浅篮里垒着四五个馍馍也放到石桌上,小女人戴着镂花银镯的光洁白净的手腕就一次又一次伸到黑娃眼前。小女人转身回到厨房又端来了小米稀饭。黑娃看见她省去了条盘,双手托着走来了,黑娃连忙站起去接。四只手交接在一只黄色大碗上。黑娃的手指触到了勾在碗底上的小女人的手指。那一瞬间,黑娃的心就猛地跳弹起来,竟然不敢看她的眼睛。她似乎毫不在意,叮嘱说:"鹿相,你款款吃。吃好。出门在外,饭要吃好。"黑娃吃不出饭的滋味,蒜不辣,辣子也不辣了,馍馍嚼着就像是一团泥巴。他的喉咙淤塞,胸腔憋胀,顿然没有一丝食欲了。小女人又走到玉兰树下,把一盘腌渍蒜薹放到石桌上说:"你看你看,我忘了给你搁菜了。"黑娃却站起来:"算咧算咧!我不吃了。"小女人眼里露出惊疑不定的神色:"你只吃了一个馍?米汤也没喝,这是咋咧?"黑娃淡淡地说:"我……我不饿。"小女人殷切地说:"咋能不饿？早起到这会儿啥也没吃呀……"黑娃就诚实地说："肚里刚才进门时还饿得慌慌哩，不知咋弄的这阵又吃不下。"小女人温和地说："许是路上受了热。天多热！你一会儿饿了再来取馍吃噢！"黑娃盯一眼小女人，僵硬地点点头，转身就要走了。小女人却问："鹿相，俺家掌柜的说没说你下来做啥？"黑娃说："掌柜的说来，不叫我到地里去了，叫我照看槽上的牲口，也叫我歇歇腿儿。郭掌柜人好。"小女人就如意地笑笑："你来回跑了二十多里路，这热的天，歇是该歇的。你给我再绞一担水，我洗衣裳呀！"黑娃就转过身走到井口上："好好好，绞十担八担也不费啥。"黑娃双手上下控制着辘轳，啪啦啦转着绽开井绳，然后绞动拐把，辘轳吱呀响着，绷紧的井绳一圈一圈缠在辘轳上。黑娃庆幸能有单独和小女人在一起的机会，心里潮起向小女人献殷勤的强烈欲望。他绞起一桶水来，欢悦地问："二姨把水搁哪儿？"小女人在厢房里说："就搁在井台上，我一会儿提。"说着，一只手拎着洗衣盆，一只手提着搓板，从竹帘里出来了。下砖头台阶的当儿，小女人脚下一拐，摔倒了，木盆在院庭的砖地上滚得好远。小女人跌坐在台阶下，起了三次才勉强站起来，手扶住墙却移不开脚步，轻声呻吟着。黑娃连忙把第二桶水绞上来，跑到跟前问："二姨，你咋咧？崴了脚腕子是不是？""怕是岔住气了。"小女人疼痛不堪地蹙着眉头，"哎哟疼死了！"黑娃站在旁边不知所措，小女人的痛苦使他心疼心焦："咋办呀？二姨，我去叫掌柜的。"小女人强忍着摇摇头："你扶我进去躺一会儿就没事了。"黑娃就搀住小女人的胳膊，扶她走上台阶，揭开竹皮帘子，刚跷脚进厢房门槛，小女人又"哎哟"一声，几乎跌倒。黑娃忙搭上另一只手，揽住小女人的腰。小女人借势扒住黑娃的肩膀，双手从后肩和前胸搂住黑娃的脖子。黑娃几乎是肩背着她往炕前挪步。黑娃浑身燥热，心似乎已经跳弹到喉咙口了。他跷进这个厢房的门槛时，就紧张得腿肚发抖。那温热的胸脯贴着他的腰，那柔软的头发蹭着他的脖颈,他已经浑身痉挛。他扶她坐到炕边上刚松开手,她又"哎哟"一声,几乎从炕边上翻跌下来。他急忙抱住她,她的胸脯紧紧贴着他的胸脯,黑娃觉得简直要焚毁了。他一用劲就把她托起来,轻轻放到铺着竹篾凉席的炕面上,他感到她搂扒着的手臂依依不舍地松开了。他慌忙抹一把汗,对小女人说:"二姨,你好好歇着,我饮牛去呀!"小女人歪过头说:"我的腰里有个老毛病,不小心就岔住气了,疼死人。你给用拳头捶几下就好了。"黑娃迟疑片刻就又走到炕边,问:"二姨,你说捶哪儿?"小女人用手指着腰肋下说:"就这儿。"黑娃就攥起拳头轻轻在她手指的地方捶击。小女人呻唤一声:"哎哟!太重了!"黑娃就更轻一点叩击。小女人怨怨艾艾地说:"黑娃你真笨!你轻轻揉一揉。"黑娃就松开拳头,用手掌抚摩起来。小女人穿着一件白色细格洋布衫,比家织的粗布衫儿绵软而光滑,温热的肌肤透过薄薄的洋布传感到黑娃粗硬的掌心,胸腔里便涨起汹涌鼓荡的潮水,他想跳上炕去把她压扁挤碎,又想一把揪起她来搂住。但他却压抑着种种念头轻轻问:"你好点了没有二姨?我该饮牛去咧。"小女人说:"好了好得多了。你再揉一下下就全好了。"黑娃就继续揉抚着。他看一眼小女人仰躺着的隆起的胸脯,小女人迷离的眼睛异样地瞅着他说:"黑娃,你日后甭叫我二姨了,你该叫我姐姐……娥儿姐。"黑娃忙说:"那不乱了辈分儿咧?你家郭举人我叫大叔,怎么能跟你叫姐呢?"小女人挖一眼他说:"你真是个瓜蛋儿!有旁人在场,你就还叫二姨;只有你跟我在一搭时,你叫娥儿姐。记下记不下?"黑娃似乎心领神会了一个信号,一个期待着的又是令人惊悸的信号,他的头发似乎倒提起来,手臂抖颤,喉咙憋得说不出话,只好点点头。小女人就悄着声说:"你试着先叫一声姐……"黑娃咬着嘴唇,自觉血已涌上脸膛,颤着声叫道:"姐咃——娥儿姐——"小女人听着一把抓住他的胳膊,从炕上翻坐起来,扑进他的怀里。黑娃双臂紧紧搂抱着小女人,那个美好的肉体在他怀里抖颤不止。他不知道怎么办,一股无法遏止的欲望催着他把她死死地箍抱到怀里,似乎要把她纳进自己的胸腔才能达到某种含混的目标。她的双臂箍住他的脖子,浑身却像一口袋粮食一样往下坠。他就这样紧紧地搂着她,不知道还应该做什么。她突然往上一蹿,咬住他的嘴唇。她痴迷地咧着嘴,示意他把她咬疼了,却又把嘴唇努着迎上来,暗示着他的嘴唇。他在这一瞬间准确无误地解开了那个哑语式的暗示,她同时就倒下去,背倚在炕边上,把他也坠倒了,压在她的身上。这当儿,他的浑身像遭到电击一样,一股奇异的感觉从腹下潮起,迅即传到全身,他几乎承受不住那种美妙无比的感觉的冲击,几乎要融化成水了。那种美妙的感觉太短暂了,像夏天的一阵骤雨,他一身松软一身疲惫一身轻松,喉咙里通畅了,胸腔里也空寂了,燥热退去了。他有点懊悔,站起来说:"二姨——噢——娥儿姐,我该饮牛饮马去了。"小女人跳起来猛地抱住他,又深深地在他的嘴上亲了两口:"好兄弟……"

院庭里很静,正午的阳光从玉兰树浓密的枝叶间隙投射到砖地上。两只盛满水的木桶搁在井台上,洗衣盆扣在墙根下,显得很凌乱。黑娃把木盆拎起来放到井台下的渗坑边上,那是小女人往常洗衣服的地方。看看庭院里没有任何异常的变化,他撩起布衫下襟擦擦脸上的汗,就走出了这个空寂安谧的院子。他一走进牛棚马号,顺手掩插了门板,扑通一声仰躺在大炕上,紧张的肌肉一下子松弛下来,心似乎这会儿才稳定在原来的位置上。他躺了一下就翻起身抹下裤子,这才看见裤裆里湿了一大片。他迅即系好裤子,把湿了的地方打个褶窝到里头,然后就动手去解缰绳,拉上骡马到涝池去饮水。

他牵着马缰绳走在村巷里,从容地回味着那紧张慌乱的时刻,咀嚼着那说不清比不准却十分诱人的舌尖。头茬子苜蓿二淋子醋,姑娘的舌头腊汁的肉。他现在回味长工头李相讲过的那许多酸故事,就由朦胧进入清晰的境界了。当他往返四五趟饮完牲口以后,他觉得沉寂下去的那种诱惑又潮溢起来,那种憋闷的感觉又充斥着胸腔,一种无形的力量又催逼他再回到井台上去。

　　他忍着,到了午饭时,李相和王相汗流浃背地从地里回来了,根本想不到黑娃已经发生的美妙的秘密,只是带着明显不饰的忌妒说:"黑娃,你狗崽子比郭掌柜的干儿子还牛皮!你跟掌柜的遛马耍鹁鸽……"黑娃嘿嘿嘿笑着不无得意:"这怪谁呢?掌柜的硬叫我陪他遛马,给他捉鹁鸽,我敢不去吗?"三个人就走进院子去吃午饭。黑娃瞧着小女人用木盘端来了盐碟辣碟醋碗和蒜罐儿,就不由得心跳;看见她戴着银镯的手腕,就回味到握着时的那种温柔和细腻;瞧见她颤动着的胸脯,就异常清晰地感到贴着时的痴迷和消融。小女人谁也不看,转身又用木盘托来了三只大碗,碗里盛着冒过碗沿儿的凉皮。这是暑热的天气里最可口的面食了。小女人放下碗就回厨房去了。黑娃嚼着凉凉的面皮,还是察觉到了李相和王相没有察觉出来的变化,小女人走路的步子轻盈了,两只秀溜的小脚麻利地扭着,胸脯上的那两团诱人的奶子就颤悠悠弹着,眼睛像雨后的青山一样明澈,往日里那种死气沉沉的神色已经扫荡净尽。

　　吃完午饭回到马号,三人就躺下来歇晌。李相贼气地说:"这个二婆娘今日个比往日不一样,大概举人昨黑个把她弄受活了,你看今日个走路都飘手飘脚的!"话说完就拉起鼾声。王相也傻笑一声就齁齁睡着了。黑娃却睡不着。

　　整个一个后晌,黑娃和李相王相在播种最后一块苞谷地。他有点神不守舍,吆犁犁歪了犁沟儿,点种又把不住稀稠。长工头竟破口骂起来:"黑娃,你崽娃子丢了魂了不是?"黑娃不在乎地笑笑。

愈接近天黑,他愈变得不可忍耐,直到吃罢晚饭,他也找不到单独和小女人说话的机会。三人吃了晚饭,抹着嘴起身走出院子时,小女人说:"黑娃,你把泔水桶捎过去。"黑娃心里得救似的喜悦,从灶房里提了装满泔水的木桶回到马号,用泔水饮了牛,再把桶送过来,对着正在洗锅刷碗的小女人说:"娥儿姐,我黑间来。"

　　黑娃开始实施他后晌种苞谷时反复琢磨过的行动方案:"李大叔,我今黑到王庄寻我嘉道叔去呀。让他回家时给我捎一双鞋来。"长工头李相毫不在意地应允了。黑娃到王村找着嘉道叔叔,确实说了让他捎鞋的事,又闲谝了半夜在郭家熬活儿的事,感激嘉道叔叔给他寻下一个好主家,并说郭举人瞧得起自己,让他陪他遛马放鸽子的快活事,嘉道高兴地叮嘱说:"这就好,这就好。人家待咱好咧,咱也要知好,凡事都多长点眼色,甭叫人家先宠后恼……"黑娃应着,早已心不在焉,看看夜深人静,告别嘉道叔回到将军寨。

　　按照白天观察好的路线,黑娃爬上墙根的一棵椿树跨上了墙头,轻轻一跳就进入院里了。郭举人和他的大女人在后院窑洞里,前院只住着小女人一个。黑娃望一眼关死的窗户,就撩起竹帘,轻轻推一下门。门关死着,他用指头叩了三下,门闩滑动了一下就开了,黑暗里可以闻见一股奇异的纯属女人身体散发的气味。小女人一丝不挂站在门里,随手又轻轻推上门闩,转过身就吊到黑娃的脖子上,黑娃搂住她的光滑细腻的腰身的时候,几乎晕眩了。他现在急切地寻找她的嘴唇,急切地要重新品尝她的舌头。她却吝啬起来,咬紧的牙齿只露出一丁点舌尖,使他的舌头只能触接而无法咂吮,使他情急起来。她拽着他在黑暗里朝炕边移动。她的手摸着他胸脯上的纽扣一个一个解开了,脱下他的粗布衫子。他的赤裸的胸脯触接到她的胸脯以后,不由地"哎呀"叫了一声,就把她死死地拥抱在胸前,那温热柔美的奶子使他迷醉,浑身又潮起一股无法排解的燥热。她的手已经伸到他的腰际,摸着细腰带的活头儿一拉就松开了,宽腰裤子自动抹到脚面。黑娃觉得从每一根头发到脚尖的指甲都鼓胀起来,像充足了气,像要崩破炸裂了。她已经爬上炕,他也被拽上炕去。黑娃不知该怎么办了,感觉到她把他导引到一个陌生的所在,脑子里闪过一道彩虹,一下子进入了渴盼想往已久却又含混陌生的福地,这一刻,黑娃膨胀已至极点的身体轰然爆裂,一种爆裂时的无可比拟的欢悦使他顿然觉得消融为水了。黑娃躺在光滑细密的竹皮凉席上,静静地躺在她的旁边。她也静静地偎在他的怀里,贴着他的耳朵说:"兄弟,我明日或是后日死了,也不记惦啥啥了!"

此后黑娃就陷入无法摆脱的痛苦之中。他白天和李相王相一块去翻耕麦茬地,晚上同在马号里的大炕上睡觉,难得与小女人再次重温美梦,不能再二再三撒谎去找嘉道叔呀!早晨他去扫院绞水的当儿,郭举人踢腿舞臂在院庭里晨练功夫,无法与小女人接近。唯一可钻的空子,就是晚饭后他拎了泔水饮罢牛马送还空桶的时候,在厨房里和小女人急急慌慌摸捏一下就做贼似的匆匆离去。

烦闷焦躁中,机会总是有的。麦茬地全部翻耕一遍,让三伏的毒日头曝晒,曝晒透了,如落透雨,再翻耕一遍,耙糖一遍,土地就像发酵的面团一样绵软,只等秋分开犁播种麦子了。苞谷苗子陆续冒出地皮,间苗锄草施肥还得半个月以后。财东家就给长工们暂付了半年的薪俸或实物麦子,给他们三五天假期,让长工把钱或麦子送回家去安顿一下,会一会亲人,再来复工,此后一直到收罢秋种罢麦子甚至到腊月二十三祭灶君才算完结。然后讲定下年还雇不雇或干不干,主家愿雇长工愿干的就在过罢正月十五小年以后来,一年又开始了。郭举人在他们耕完最后一块麦茬地那天晚上来到马号,摇着扇子爽朗地说:"前一阵子又收又种还要犁地,诸位都辛苦了。明日个李相王相就可以起身,今年你俩一搭走,回去把老的小的安顿好再来。目下地里没啥紧活儿,鹿相只要抚弄好牲口就行了。等你二位来了,鹿相再回家。鹿相屋里有指靠,迟回去几天没啥。"黑娃巴不得如此安排。李相和王相当晚灌好麦子,一夜竟然高兴得难以成眠,鸡叫三遍就推着木轮小车装着粮食上路了。黑娃欢跃鼓舞,也无法入睡,俟到天色微明就去扫除绞水。吃早饭的时候,他大胆抓住小女人的手,跳起来亲了一口,小女人吓得脸都黄了:"你疯了?"黑娃坐下来说:"等着。今黑好机会。"他回到马号就喂马,连着喂过两槽草料,把牛马和骡子牵出来拴到树荫下,用扫帚刷掉牲畜身上的土屑粪疤,回头又给圈里垫了干土,把水缸装满,吃罢午饭就躺下睡着了。后晌更加漫长,他索性背起大笼和草镰去割苜蓿。

  郭举人很赞赏他的勤快和主动性儿,也蹲下来往铡刀下搋苜蓿。黑娃压着铡刀把儿,瞅着眼皮底下郭举人银白头发的大脑袋,心里忽然懊悔起来:郭举人待他不错,早看得出他很喜欢他,让他陪他遛马,替他背上鸽子笼儿到这里那里去放鹁鸽,很放心地让他一个人侍喂骡马,他却偷偷地把人家的小女人睡了!他的漫荡着欢愉的胸腔开始冷寂,滋浮起一缕愧悔羞耻的灰败气氛……

  随着深夜的到来,黑娃在马号里第一次独自一人过夜,浑身又潮起那种催逼他翻墙跳院的欲望了。他脱光了衣服,用葫芦瓢儿从头顶往身上浇水,冲洗得清清爽爽,就走出了马号的门。

  走同样的路,翻同一道围墙,爬同一棵椿树,轻捷似猫儿一样钻进虚掩着门的厢房。朦胧的月光下,炕上躺着玉雕冰琢似的肉体。两张同样焦渴的嘴互相濡沫,两双都急欲捕捉对方的胳膊交缠在一起。黑娃已不再慌乱,也不陌生,小女人再不说"兄弟你瓜瓜娃"的话,痴迷地陶醉在黑娃越来越熟练的爱抚之中。他们现在跨越了羞怯慌乱和无知的障碍进入从容不迫的自由境界,接受对方的种种爱抚也把种种爱抚给予对方,愉悦地纵容对方做更进一步更大胆些的行动,第一次得到了同步销魂的最佳状态。他们已经从肉体感官越来越强烈的刺激需要进入感情抒发的需要,情切切意绵绵的呢喃自然流涌。"兄弟呀,姐疼你都要疼死了!""娥儿姐呀,兄弟想你都快想疯了!"他们一次又一次走向峰顶,一次又一次从峰顶销魂般下落,没有满足,直到鸡啼三遍才难舍难离地分手。

　　继来的一夜更加完满。他们从情意缠绵的胶着状态走进了轻松欢快的又一个新的境界,开始有兴致谈笑逗趣互相开心。黑娃把在马号里听到的长工头李相讲的酸故事复述给小女人,小女人乐得笑得几乎岔气,爱抚地拧着掐着捶着黑娃,嘴里嗔骂着:"黑娃你跟那些瞎熊长工学成瞎熊了。"黑娃得意地笑着问:"姐呀,听说你给郭掌柜泡枣儿是不是真事?"小女人顺手抽了他一个嘴巴,抽得很重不像玩的。黑娃哑了口,后悔自己忘乎所以说错了话。小女人随之就坐起来,把那个尿盆拿到黑娃跟前。黑娃欠起身一瞧,黄蜡蜡的尿里头漂着三颗枣儿,已经浸泡得肥大起来。小女人憎恨地说,提到泡枣的事她就像挨了一锥子。大女人每天晚上来看着监视着她把三只干枣塞进下身才走掉,她后来就想出了报复的办法,把干枣儿再掏出来扔到尿盆里去。"他吃的是用我的尿泡下的枣儿。"小女人说着,又上了气,"等会儿我把你流下的尿给他抹到枣儿上面,让他个老不死的吃去!"一提到郭举人,黑娃就有点怯。小女人气过之后就哭了:"兄弟呀,姐在这屋里连只狗都不如!我看咱俩偷空跑了,跑到远远的地方,哪怕讨吃要喝我都不嫌,只要有你兄弟日夜跟我在一搭……"黑娃压根没有想过往后的事,支吾说:"姐呀,你甭急……我还没想过跑……咱明黑间再说。"小女人说:"兄弟你甭害怕,我也是瞎说。我能跟你相好这几回,死了也值当了。"

　　黑娃有点沉重地回到马号,开始思谋怎么办。翻墙跳院偷偷摸摸的相会总不是长远之计呀。这时候,马号的门板敲响了,黑娃忙问:"谁?"一个沉稳平实的声音答:"我。"黑娃听出郭举人的声音就有点慌,瞬即侥幸地想:他要是发现了什么蛛丝马迹肯定到当场捉奸,不会等他回到马号的。他装出睡意惺忪的样子拉开门闩。郭举人走进来说:"点上灯。"黑娃怕自己脸色不好不想点灯,郭举人坚持要点灯,他就拼打火石点着了油灯。郭举人背抄着双手,站在对面说:"你刚才做啥去了?"黑娃慌了:"我肚子坏了上茅房……"郭举人冷冷地说:"茅房不在那边,再说也不用翻墙。"一切侥幸都被粉碎,事情完全败露了,黑娃眼前一黑,几乎跌坐下去:"掌柜的,你说咋样处治——"郭举人一摆头说:"要是想处治你,刚才我就当场把你捉住了,不会让你跑回马号来。处治你还不跟蹭死一只臭虫一样容易?这事嘛,我不全怪你,只怪她肉臭甭怪旁人用十八两秤戮。她一个烂女人死了也就死了,你爸养你这么大可不容易。门面抹了黑,怕是你娃娃一辈子也难寻个女人了。"黑娃这时完全崩溃了,抬不起头也说不出话。郭举人说:"这样吧,我把你前半年的工钱给你,你另到别处找个主家去。记住,日后再甭做这号丢脸丧德的事了。"说着从腰里摸出几块银元搁到炕边。黑娃忙说:"你不处治我就够了我的了,钱我不敢拿。掌柜的你真是个好人,我……"黑娃腿一软就跪下了。郭举人不以为然地说:"这事全当没有发生过。再不提了都不说了。你把钱拿上走吧。现在就走。"黑娃不敢拿钱又不敢不拿,把钱拿了装进口袋,背起来时的褡裢,向郭举人深深鞠了躬就走出马号的门去。

  黑娃走到村巷的转弯处不由得回头瞧瞧,马号的窗户仍然亮着灯火,郭举人今晚得亲自侍守牲畜了。他心里很难过,恨不得抽自己两个耳光:做下这种对不起主人的事,自己还算人吗?他出了村子就踏上往南去的路,忽然想到回去怎么给父亲交代?旋即又转折到往西的路上去了,走得愈远愈好,随便找一家缺人的主户熬活就行了。走到一条小河边,黑娃蹲下来脱鞋,听到后边有脚步声,回头一看,两个黑影朝他跑过来,边跑边喊着:"鹿相,等等有话说。"黑娃拎着鞋等着。星光下,黑娃辨出来人是郭举人的两个亲门侄儿,跑得气喘吁吁,一前一后把黑娃夹在中间。一个说:"你怎么松松泛泛就走呀?"黑娃说:"掌柜的叫我走的。"另一个插嘴说:"叫你走是叫你走远点,甭臭了一个村子。"黑娃什么已不再想,只觉得走投无路了。一个骂:"你个驴日下的六畜。"另一个骂:"今黑把你狗日的皮剥下来绷鼓!"骂着就拉开了架势。黑娃被打了一拳,背后又挨了一脚。他忍着躲着,终于瞅中机会,照一个的脸上迎面砸了一拳,手感告诉他击中了对方的鼻子,那个人趔趔趄趄退了几步被河滩上的石头绊倒了。他一扬腿就踢到另一个的裆里,那人哎哟一声蹲到沙滩上了。在他们重新扑上来之前,黑娃转身扑进水里,一蹿就顺水漂走了。

　　黑娃爬上岸时,辨不清到了什么地方,肚子饿得咕咕叫,循着甜瓜的气味摸到沙滩岸上的一个瓜园里,摸了几个半生不熟的甜瓜,又顺着河岸上的小路往前走。他嚼着有一股草汁味儿的尚未熟透的甜瓜,皮儿瓤儿籽儿全都咽下去了。郭举人暗地里派两个侄儿来拾掇他,掐死勒死或者用石头砸死扔到水里就消除一切痕迹了。黑娃现在再不觉得对不住郭举人了,这两个蠢笨家伙的行动反倒使黑娃解除了负疚感,只是在心里叫苦:娥儿姐不知要受啥罪哩?

　　他漫无目的地朝西走去,天明了仍不停步,走得愈远肯定愈安全。午饭时分,估摸已经走出百余里了,黑娃就在一个不大的村子里停下来,打听谁家需要雇长工,短工也可以。有人好心告诉他,前边一个叫黄家围墙的村子,有个叫黄老五的财东,刚刚辞退了一个长工正需要雇人,不过那主儿有点啬皮,年长人罢咧,年轻人怕受不下。黑娃已是饥不择食慌不择路,只要他是个人我就能受下。

在黄家围墙黄老五家干了半个月活儿,黑娃就看出黄老五啬皮果然名不虚传。黄老五天不明就呼喊他下地,三伏天竟然不歇晌,而且理由充足:"难得这么硬的日头,锄下草一个也活不了,得抓住这好日头晒草。"如果不是大雨浇得人睁不开眼,黄老五仍然有说词儿:"哈呀真好!下这种濛丝儿雨才凉快了,干活才不热了。"黑娃不在乎,再说黄老五本人也不歇晌也不避雨陪着他一样干。黄老五吃饭也是一天三顿陪着他,除了晌午吃一顿稀汤面全部都是杂粮,苞谷黑豆稻黍豌豆变换着蒸馍。苞谷馍倒罢了,黑豆面儿无论蒸的馍馍或是烙下锅盔,都改不了猫屎一样黑的颜色,也去不掉那股苦焦味儿;豌豆面馍馍茬口硬,咬一丁点就嚼得满口沙子似的硬粒儿,吃下以后就生屁。黑娃和黄老五上地去的路上屁声此伏彼起,黄老五自己也笑了:"黑娃你闻一闻这屁不臭。豌豆生下的屁不臭。麦子面生的屁臭得恶心人。"黑娃不久也就明白,黄老五其实也是个粗笨庄稼汉,凭着勤苦节俭一亩半亩购置土地成了个小财东,根本无法与郭举人相比。但最使他难以忍受的不是干活的劳累和吃食的粗劣,而是一种无法忍受的舔碗的习惯。在黄家吃头一顿饭时,黑娃就看见了黄老五舔碗的动作,一阵恶心,差点把吃下的饭吐出来。以后再吃饭时,他就加快速度,赶在黄老五吃毕舔碗之前放下筷子抹嘴走掉,以免听见他的长舌头舔出的吧唧吧唧的声响。这天午饭后,黄老五用筷子指点着凳子说:"鹿相你坐下,甭急忙走,我有话说。"黑娃重新坐下来。黄老五说:"把碗舔了。"黑娃瞅着自己刚刚吃完了糁子面儿的大碗,残留着稀稀拉拉的黄色的苞谷糁子,几只苍蝇在碗里嗡嗡着,说:"我不会舔。我自小也没舔过碗。"黄老五说:"自小没舔过,现在学着舔也不迟。一粒一粥当思来之不易。你不舔我教你舔。"说罢就扬起碗作示范。他伸出又长又肥的舌头,沿着碗的内沿,吧唧一声舔过去,那碗里就像抹布擦过了一样干净。一下接一下舔过去,双手转动着大粗瓷碗,发出一连串狗舔食时一样吧唧吧唧的响声,舔了碗边又扬起头舔碗底儿。黄老五把舔得干净的碗亮给他看:"这多好!一点也不糟践粮食。"黑娃说:"我在俺屋也没舔过碗。俺家比你家穷也没人舔碗。"黄老五说:"所以你才出门给人扛活儿!要是从你爷手里就舔碗,到你手里刚好三辈人,家里按六口人说,百十年碗底上洗掉多少粮食?要是把洗掉的粮食积攒下来,你娃娃就不出门熬活反是要雇人给你熬活啰!"黑娃的胃肠早已随着黄老五的舌头伸出缩进搅动起来,一阵阵恶心,话也说不出来。黄老五说:"鹿相你这娃娃事事都好,干活泼势又不弹嫌吃食,只有不会舔碗这一样毛病。你知道不知道?顿顿饭毕你先走了,我都替你把碗舔了。你只要从今往后学着舔碗,我就雇你干三年五年,工钱还可以往上添。"黑娃说:"哪怕不要工钱,我都不舔碗。"说罢就转过身走了,走到过道转过身,黄老五抱着他的碗舔得正欢。黑娃看见别人舔自己的碗更加难以容忍,"哇"的一声吐了。随后居然成了一种毛病,他一看见黄老五的嘴唇就想呕吐,整得他干脆拿上两个馍馍躲到牛圈里单独吃了。他终于忍受不住,咬咬牙舍弃了一月的工钱,吃罢早饭借着单独上地的工夫逃走了。

  他强烈地思念小女人。一月来她的日子怎么过?他沿着一条官道扯开步子再往东走,当夜静更深时分,黑娃已经站在那棵熟悉的椿树底下了。他爬上树,翻过墙,跳进院子,摸到西厢房门口,竹帘子卷在门楣上方,门上吊着一只黄铜长锁。黑娃不敢久停,沿着原路又出了院子,转身来到隔壁的马号。黑娃翻上土围墙,看见长工头李相和王相睡在马号院子里。他跳下去,摇醒了李相,吓得李相嘴里呜呜哇哇话不成串。黑娃悄声问:"李大叔,小女人呢?"李相说:"回娘家去了。"黑娃再问:"知道不知道约摸啥时候回来?"李相已完全清醒,恢复了活泼的天性:"你龟孙把人家日了,郭举人早把她休了,还回来个毬!"黑娃急问:"好叔哩!小女人娘家在啥村子?"李相说:"你还撑到人家娘家门上去日呀?"黑娃求告说:"好叔哩!啥时候呀你还尽说笑,快给我说一声。"李相说:"往北走,三十里,有个田家什字——"黑娃作个揖,亲昵地摸了一把还在酣梦中的王相,就拉开门闩出了马号院子。

第二天早饭时,黑娃踟蹰在田家什字的村巷里,打听谁家雇人熬活。人说,田秀才近日病倒,正需雇人管理棉田。黑娃找到田秀才家门口,正遇见秀才娘子:"婶呀,听说咱家想雇个人?"娘子看他一眼说:"你等一会儿,我去问问掌柜的。"娘子出来的时候就有了主意,说了工价,就引黑娃到屋里吃饭。端饭出来的果然就是那个令他牵肠挂肚的小女人,他的娥儿姐。她端着木盘走出厨房看见他的那一瞬间,脸色骤变,几乎失手丢了木盘。黑娃瞅了一眼就偏低了头,装作陌生人顺势在院子里的小木凳上坐下来。她瘦了!瘦得叫人心疼。

黑娃照例住进牛圈。田秀才家原有一个打长年的长工,姓孙,人很实受厚诚,黑娃很快就和孙相混熟了。他告诉黑娃,田秀才是个书呆子,村里人叫他"啃书虫儿"。考中秀才以后,举人屡考不得中,一直考到清家不再考了才没奈何不考了。田秀才仍然早诵午习,念书写字,只在农活紧密的季节才搭手作务庄稼。目下正是棉花生长顶费手的时节,田秀才却病倒在炕上,干不了活儿也啃不动书了。孙相悄声说:"秀才的女子跟个长工私通,给人家休了。秀才是念书人——要脸顾面子的人呀!一下就气得病倒炕上咧。"黑娃装出惊讶地"噢"了一声。孙相说:"田秀才托亲告友,要尽快尽早把这个丢脸丧德的女子打发出门,像用锨铲除拉在院庭里的一泡狗屎一样急切。可是,像样的人家谁也不要这个声名狼藉的女人,穷家小户又怕娇惯下的女子难以侍弄;人家宁可订娶一个名正言顺的寡妇,也不要一个不守贞节的财东女子。"黑娃听罢说:"孙叔,你去给田掌柜说,这女人我要哩!"孙相大惊道:"你年轻轻的小伙娃儿,要这号女人做啥?"黑娃撒谎说:"我爸穷得很,给我订不起媳妇呀!"孙相凛然说:"娃娃,拉光身汉也不要这号二茬子女人,哪怕办寡妇,实在不行哪怕到城里逛窑子,也不能收拾这号烂货!"黑娃说:"我思量过了。我家离这儿百把二百里,这女人名声再不好也吹不到俺村里,只要我日后把她看严点就行了。"孙相看黑娃执意要娶,话儿也不无道理,就答应了:"我去给田掌柜说句话不费啥事。我估摸田秀才一听准成,肯定连聘礼全都不要的。"

田秀才的态度正如长工孙相所料,当即拍板定夺,病气当下就减去大半。田秀才随即召见黑娃,不仅不要彩礼,反倒贴给他两摞子银元,让他回家买点地置点房好好过日月;只是有一条戒律,再不许女儿上门;待日后确实生儿育女过好了日子,到那时再说。黑娃全都答应了。第二天鸡啼时分,黑娃引着那位娥儿姐离开了田家什字,出村不远,俩人就抱在一起痛哭起来……

第 十 章

孝文和孝武一人背一捆铺盖卷儿回到白鹿村。因为学生严重流失,纷纷投入城里新兴的学校去念书,朱先生创立的白鹿书院正式宣告关闭,滋水县也筹建起第一所新式学校——初级师范学校,朱先生勉强受聘出任教务长。看着两个接受过良好教育的儿子归来,白嘉轩好生喜欢,有这样两个槐树苗儿一样壮健的后人顶门立柱,白家几辈受尽了单传凄苦的祖先可以告慰于九泉之下了。当晚,白嘉轩手执蜡烛,把两个儿子领到门楼下,秉烛照亮了镌刻在门楼上的四个大字"耕读传家",又引着他们回到院庭,再次重温刻在两根明柱上的对联:耕织传家久,经书济世长。白嘉轩问儿子:"记下了?"两个儿子一齐回答:"记下了。"白嘉轩又问:"明白不明白?"两个儿子答:"明白。"白嘉轩坐在厅房的桌子旁说:"明白了就好。明日早起把旧衣裳换上,跟着你三伯到地里务庄稼去。"两个孩子都顺从地答应了。白嘉轩告诫说:"从今日起,再不要说人家到哪儿念书干什么事的话了。各家有各家的活法。咱家有咱家的活法儿。咱只管按咱的活法儿做咱要做的事,不要看也不要说这家怎个样那家咋个样的话。"

白嘉轩随后进山去了一趟,和岳父商谈了让二儿子孝武来共同经营中药材收购铺店的事。白家的后人已经成人,由岳父代管的局面应该尽快结束。孝武随后受命进山去了。大儿子孝文留在家里。白嘉轩经过长期观察和无数次对比认定,由孝文将来统领家事和继任族长是合法而且合适的。两个孩子都是神态端庄,对一切人都彬彬有礼,不苟言笑,绝无放荡不羁的举止言语,明显地有别于一般乡村青年自由随便的样子。但孝文比孝武更机敏,外表上更持重,处事更显练达。

白嘉轩把二儿子孝武打发进山以后,就带着礼物走进了媒人的院子。他郑重提出过年时给孝文完婚的意图,让媒人去和女方的父母交涉。女方比孝文大三岁,已经交上十九,父母早已着急,只是羞于面子不便催白家快娶。因为是头一桩婚事,白嘉轩办得很认真,也很体面,特意杀了一头猪做席面。婚后半个多月,饱尝口福的乡党还在回味无穷地谈说宴席的丰盛。白嘉轩以族长的名义主持了儿子和儿媳进祠堂叩拜祖宗的仪式。这种仪式要求白鹿两姓凡是已婚男女都来参加。新婚夫妇一方面叩拜已逝的列位先辈,另一方面还要叩拜活着的叔伯爷兄和婆婶嫂子们,并请他们接纳新的家族成员。

鹿三参加过无数次这种庄严隆重的仪式,万万料想不到他的黑娃引回来一个小婊子,入不得祠堂拜不得祖宗,也见不得父老乡亲的面。他曾经讥笑过鹿子霖。鹿子霖给大儿子兆鹏也是过年时完的婚。早先三媒六证订下冷先生的大女儿,兆鹏突然不愿意了,赖在城里不回家。鹿子霖赶到城里,一记耳光抽得兆鹏鼻口流血,哭丧着脸算是屈从了。新婚头一夜,兆鹏拒食合欢馄饨,更不进新房睡觉,鹿子霖又一记耳光沾了一手血,把兆鹏打到新房里去了。第三天进祠堂拜祖宗,兆鹏又不愿意去,还是鹿子霖的耳光把他扇到祠堂里去了。完成了婚娶的一系列礼仪之后,鹿子霖说:"你现在愿滚到哪儿就滚到哪儿去!你想死到哪儿就死到哪儿去!你娃子记住:你屋里有个媳妇。"鹿兆鹏一句话没说就进城去了。鹿三对照了白鹿两家给儿子办婚事的过场,深深感叹白嘉轩教子治家不愧为楷模,而鹿子霖的后人成了什么式子。归根到底一句话:"勺勺客毕竟祖德太浅太薄嘛!"现在黑娃根本没有资格引着媳妇进入祠堂,鹿三再也不好意思讥笑人家鹿子霖了,这件事仿佛一块无法化释的积食堆积在他的心口上。

白嘉轩对鹿三的心病表示了最真诚的关切。他走进马号对鹿三说:"三哥,你一天到晚光哀叹不行。得想法儿解决。"鹿三气馁地说:"我说他不听。我一镢头把那货砸死还得偿命。"白嘉轩信心十足:"你去把他叫来,我跟他说。我不信他辨不来饭香屁臭。"鹿三对白嘉轩亲自出面的举动很感动,立即跑到村子东头那孔破窑洞前的坪场上,大声吼喊黑娃。黑娃跟着父亲来到白嘉轩家的马号里。白嘉轩开门见山地问:"黑娃,没让你跟那个女人进祠堂拜祖,你恨我不恨?"黑娃诚实地回答:"我知道族规。这不怪你。"白嘉轩朗然说:"好!黑娃不糊涂。叔再问你一句,你丢开丢不开那个女人?"黑娃没有料到白嘉轩会把话说得这样不留空隙,盯一眼就低了头。白嘉轩不急于要他回答,继续冷静地说:"这个女人你不能要。这女人不是居家过日子的女人。你拾掇下这号女人你要招祸。我看了一眼就看出她不是你黑娃能养得住的人。趁早丢开,免得后悔。人说前悔容易后悔难。"鹿三已经按捺不住:"你嘉轩叔说的全是实话好话。搭眼一瞅那货就不是家屋里养的东西。"黑娃为难地说:"我一丢开她,她肯定没活路了。"鹿三大声咂着嘴:"啧啧啧!这号烂货女人死了倒干净。不看看你死命催在尻子上,还管那货。"白嘉轩依然不急不躁,保持着长者的威仪:"你不要操心丢开她寻不下媳妇。你只管丢开她。你的媳妇我包了,连订带娶全由叔给你包了。"黑娃吃惊地盯着白嘉轩,已经没有不丢开她的任何托词和借口了。他突然蹲下去,圪蹴在马号的脚地上。

二十年前,白嘉轩的父亲白秉德出面掏钱为鹿三连订带娶一手承办了婚事,这件义举善行至今还被人们传诵着。黑娃的母亲也不隐讳这件事,自打黑娃能听懂话就不厌其烦地重复着:"黑娃你得记住,白家是善心人。"

想起了这些,鹿三就臊红了脸:"嘉轩你甭给他说那么多好话。哪怕拉光身汉也不能要那货。立马把那货撵出门,下边的事下来再说。"白嘉轩动情地说:"看在咱们两三辈人交好的情义上,叔真是不忍眼睁睁看着你把一个灾星招进门。我不逼你,你再想想。"黑娃站起来点点头,表示他要认真地想了,赶忙拔腿走出马号。

黑娃离去后,白嘉轩以哲人的口气说:"毕了毕了。我断定黑娃丢不开那个女人。要是能丢开,他当下就说丢开。没有法子。圣人能看一丈远的世事;咱们凡人只能看一步远,看一步走一步吧;像黑娃这号混沌弟子,一步远也看不透,眼皮底下的沟坎也看不见。你急也不顶用。让他瞎碰瞎撞几回,也许能碰撞得灵醒过来,急是没用的。"

白嘉轩真是不幸而言中。鹿三还侥幸着黑娃"想想"之后丢开那货哩,第二天晌午回家去,让女人再劝劝黑娃,不料从女人口里得知,黑娃扛着青石夯挂着木模,天不明就起身到外村给人打土坯去了。唉!

鉴于黑娃的严峻教训,白嘉轩愈加严厉地注视儿子孝文的行为规范。孝文是好样的,穿着旧衣服每天三晌跟鹿三到地里去学务庄稼,一身土一脸汗从不见叫苦叫累。只是这孩子脸色有点憔悴,断定不是农活太重的原因。白嘉轩晚上郑重地对仙草说:"看来这崽娃子贪色。你得给那媳妇亮亮耳。"仙草撇撇嘴角,斜瞅丈夫一眼。娶了儿媳,仙草初享做阿婆的人生滋味,在家庭里的地位自然就发生了变化,可以稍为轻松地与丈夫对话了:"管人家小两口那些事做啥?年轻时候都一样。你那会儿还不急得猴子摘桃一样。"白嘉轩仍很当真地说:"我那会多大。孝文这会才多大?刚交十六,正长身体哩。甭贪色贪得嫩撅了。"仙草笑着依顺了,而且想得更加周密:"这话我也不好开口。我给咱妈说一下,让她给她的孙子媳妇亮亮耳,话轻话重都不要紧。"白嘉轩一下猜中了仙草的用心:"你怕儿媳恼恨你是不是?让咱妈去说这号讨人嫌惹人恼的话?不过也没啥,会想事的人是知道为她好的。"

孝文结婚之前几乎没有接触过妈妈和奶奶以外的任何女人,结婚之后自然对女人一无所知,新婚之夜依然保持着晚读的良好习惯,气匀心静地端坐在桌前看书。一对烫金的大红蜡烛欢跃跳弹着火焰,新媳妇在炕上铺褥暖被,他感到局促不适。新媳妇暖好被褥,把一对绣着鸳鸯荷花的陪嫁枕头并排摆好,盘腿坐在炕上说:"你歇下吧,今日个劳了一天了。"孝文说:"你先睡。我看看书。"新媳妇忙溜下炕:"你喝茶不?我给你烧水。"孝文说:"不喝不喝。你睡去。"新媳妇就悄然睡下了。孝文读书累了也随之躺下了,他的光腿在被窝里撞着了她的光腿,就往一边躲了躲,很快睡着了。连着两夜都是这样。

第四天夜里,孝文夜半醒来尿尿,听到耳畔啜泣声。他忙问她:"你咋了?"她背着身子啜泣得更紧了。"你哪儿不滋润?有病了?"她的啜泣变成压抑着的呜咽。孝文有点不耐烦了:"你不吭声,半夜三更哭啥哩?丧模鬼气的!"她转过身来忍住了抽泣:"你是不是要休我?"孝文大为惊讶:"你因啥说这种没根没底儿的话?我刚刚娶你回来才三四天,干吗要休你?既然要休你,又何必娶你?"她沉静一阵之后说:"你娶我做啥呀?"孝文说:"这你都不懂?纺线织布缝衣做饭要娃嘛!"她问:"你想叫我给你要娃不?"孝文说:"咋不想?咱妈都急着抱孙子哩!"她的疑虑完全散释,语句开始缠绵羞涩起来:"你不给我娃娃……我拿啥给你往出要……"孝文愣愣地说:"娃娃咋能是我给你的?我能给你还不如我自己要。"她扑哧一声笑了:"你见过哪个没男人的女人要下娃了?"孝文哑了。她羞羞怯怯地说:"女人要下的娃都是男人给的。"孝文有所醒悟,随口轻松地说:"那你怎么不早说?你快说我怎么给你?你说了我立马就给你。"她咯咯咯笑着搂住了他的脖子,把肥实的奶子紧紧贴住他的身,她抓住他的一只手导向她的胸脯,随之示意他抚摸起来。孝文不由地"哎呀"一声呻唤,自觉血涌到脸上烧膘起来,浑身迅猛地鼓胀起来,巨大的羞耻感和洪水般涌起的骚动在胸腔里猛烈冲撞,对骚动的渴望和对羞耻的恐惧使他颤抖不止。他喘着气说:"甭这样……这不好!"她也微微喘息着说:"就这样就这样好着哩!"他慌乱地挺着,被她按到她奶子上的手僵硬地停在那儿,不忍心抽回也鼓不起勇气搓摸。她的那只手从他的胸脯轻轻地滑向他的腹部,手心似乎更加温热更加细柔;那只手在肚脐上稍作留顿,然后就继续下滑,直到把他的那个永远羞于见人的东西攥到掌心。孝文觉得支撑躯体和灵魂的大柱轰然倒掉,墙摧瓦倾,天旋地转,他已陷入灭顶之灾就死死抱住了那个救命的躯体。他已经不满足于她的搂抱而相信自己的双臂更加有力,他把那个温热的肉体拥入自己尚不宽厚的胸脯,扭动着身子用薄薄的胸肌蹭磨对方温柔而富弹性的奶子,他的双手痉挛着抚摩她的胳膊她的脊背她的肩头她的大腿她的脖颈她的肥实丰腴的尻蛋儿,十指和掌心所到之处皆是不尽的欢乐。他的手最后伸向她的腹下,就留驻在那儿,不由地惊叹起来:"妈呀!你的这儿是这个样子!"他感到她在他的抚摩下不安地扭动着,一阵紧过一阵喘着气。当他的手伸到那个地方的一瞬,她猛乍颤抖一下就把他箍住了,把她的嘴贴到他的嘴上,她的舌头递进他的嘴唇。他一经察觉到它的美好就变得极度贪婪。孝文觉得又探入一个更加美妙的境地而几乎迷醉。她的双手有力地拖拽他的腰,他立即意领神会她的意图,忙翻起身又躺下去。他急切地要寻找什么却找不到朦胧而又明晰的归宿,她的美妙无比的手指如期如愿,毅然把他导向他迫不及待要进入的理想的地域。他的腹下突然旋起一股风暴,席卷了四肢席卷了胸脯席卷了天灵盖顶,发出一阵灼伤的强光,几乎焚毁了。

孝文在盲目的慌乱和撕扯不完的羞怯中初尝了那种神奇的滋味,大为震惊,男人和女人之间原来是这么一回事哇!这种秘密一经戳破,孝文觉得正是在焚毁的那一刻长成大人了。他静静地躺着,没有多大工夫,那种初尝的诱惑又骚动起来,他再不需她的导引暗示而自行出击了。他不一而足,一次比一次更从容,一次比一次的结果更美好。他终于安静下来对她说:"这样好这么嫽的事,你前三天为啥不早说哩?"她已缠绵得难以开口,只是呢喃着贴紧他的身子……第二天晚上吃罢夜饭,孝文向婆(奶奶)问了安就回到自己的厢房,脱鞋上炕。新媳妇说:"你今黑不念书了?"他听出她揶揄的话味也不管了,抱住她的脖子贴着她的耳朵说:"我想日你。快!"

白赵氏接受了儿媳仙草传达的儿子嘉轩要指教孙子媳妇的话竟然有点按捺不住。三个孙子一个孙女都从她的牵引下挣脱了手,从她的火炕上像出窝的鸟儿一样飞走了,只有三娃子牛犊还在靠墙的被筒里睡觉。家里的事情由嘉轩撑持她很放心,因为耳朵半聋听不清晰,因此就不去过问。每天晚上嘉轩仍然坚持睡前陪她坐一阵尽其孝道。她从早到晚坐在纺车前纺棉花,再把那一个个线穗儿拐到工字形的线拐上去,交给仙草去浆线织布。她很明白地限制自己不再过问家事,只是单纯地摇车纺线。她自己不觉察而仙草却早已感觉出来,她不说话是不说话,一说话就又直又硬,完全不像过去那么慈和婉约了。她听了仙草的话,就觉得接到了最重要的使命,当下从纺车下站起来走到孙子媳妇的窗外:"马驹家的到后头来,婆给你说话。"孝文媳妇也在摇纺车,随之就跟着婆的脚后跟走进上房里屋。婆坐在太师椅上,孝文媳妇怯怯地站在当面。白赵氏说:"你比马驹大。你十九他才十六。你身子披挂雄实,马驹还是个树秧。你要处处抬协他。你听下了没?"孝文媳妇满口答："婆,我知道。我过门前俺妈也教导我,说要抬协他。他比我小我知道。"白赵氏说："那你给婆说,你到屋几个月了,你咋样抬协他来?"孝文媳妇说："我天天早起叮咛他,做活要可自家的力气,做不动的活甭硬做,小心伤了筋骨。"白赵氏问："你还咋样抬协他?"孝文媳妇说："我天天黑间劝他少念会儿书少熬点儿眼,白天上地黑间熬眼身子就亏下咧!"白赵氏仍不动声色问："还有啥呢?"孝文媳妇说："我常问他想吃啥饭,再给婆说了,就做他可口的饭。"白赵氏再问："还怎么抬协他来?"孝文媳妇再说不出也想不到更多的抬协的事例,一低头又有了心计："婆呀,你说该咋样抬协你的孙子?俺小辈人不懂啥,你老多指教才好哩!"白赵氏反问："我说了你能做到?"孝文媳妇笑脸相迎："婆说的话我不敢不做。"白赵氏再问："我说了你不恼?"孝文媳妇说:"我咋敢恼婆说的话?我再不懂规矩也不敢不听婆的话。"白赵氏点点头:"那我就说——"孝文媳妇诚恳地说:"婆你有啥尽管说。"白赵氏压低声一字一板说:"你黑间甭跟马驹稀得那么欢!"孝文媳妇听到时猛乍愣了一下,随之就解开了被婆强调了重音的稀,是被婆脱掉牙齿漏风泄气的嘴把那个最不堪入耳的字说转音了。她惊愕地瞪大了眼睛,刷地一下红赤了脸,羞得抬不起头来了。"话丑理端。"白赵氏不急不躁地说,"马驹十六还嫩着哩!你要是夜夜没遍没数儿地引逗他跟你稀——把他身子亏空了,嫩撅了,你就得守一辈子活寡!"孝文媳妇的头低垂得更下了:"婆……没有的事……""看看马驹的脸色成了啥样子?还说没有。"白赵氏紧逼不放,"婆跟你实话直说,那个事跟吃饭喝汤一样,吃饱了喝够了不想吃也不想喝了,过不了一晌克化了又饿了也渴了,又急着吃急着喝了。总也没个完。"孝文媳妇咬着嘴唇硬着头皮站着恭听。白赵氏说:"我给你说,十天稀一回。记下记不下?"孝文媳妇咯咯讷讷:"记下了。"

当天夜里睡下,她一次又一次推开孝文的手。孝文先不悦意,接着就恼了,问她咋回事,她就学说了白赵氏白天的训示。孝文说:"婆怎么连这事也管?"她说:"她是婆嘛!"接着又给孝文劝说:"婆的话说得粗鲁可是心好着哩,怕伤你的身子骨儿,你小。"孝文气躁躁地说:"既然我小,忙着给我娶你做啥?给我娶媳妇就是叫我日嘛!不叫日就不要娶。我想怎么日就怎么日,想啥时候日就啥时候日。"孝文一边气呼呼说着一边就做了起来,像是和婆赌气似的。

第二天,婆又把她唤进上房里屋。她这回有了充分准备。婆一见她就说她骗了自己。她就向婆艰难地述说孝文不听劝阻,自己也没办法:"婆呀……被窝里……又不能打墙呀……"白赵氏嗫嗫脱光了牙齿的嘴:"我来试着打这堵墙,看看打成打不成。"她不知婆将怎样给她的被窝里筑起一道隔墙。

当晚,孝文和她又进入那种欢愉销魂的时刻,窗外响起婆的僵硬的声音:"孝文,甭忘了你是个念书人噢!"随之就听见婆的小脚噔噔噔响到上房里去了。孝文突然从她身上跌滚下来,浑身憋出黏糊糊的汗液,背过身睡去了。她心里很难受,对婆憎恨在心里了。

白赵氏仍然不放心,连续十天里改变了天黑睡觉的习惯,吹了灯坐在被筒里打盹,一当发觉孙子孝文窗户纸上的灯光熄灭以后,她就溜下炕来走到庭院里,坐在孝文窗外的木马架上说:"马驹俺娃好好睡,婆给你挡狼。"这是孝文小时跟婆睡觉时的催眠曲。直到窗里传出孝文匀称的鼾声,白赵氏才回到自己的火炕上脱衣睡下。有一天早饭时,白赵氏接过孙媳侍候来的饭菜,把刚转身准备出门的孙媳叫住,很得意地问:"你说,婆给你被窝里把墙打成了没?"孙媳妇满脸绯红,低下头求饶似的喃喃说:"啊呀婆哩早都不……咧!"

尽管如此,孝文的脸色仍然发暗发灰,眼睛周围有一个晕圈儿,明显不过地呈现着纵欲过度的样子。白赵氏终于明白给被窝里打墙的做法完全失败,就变得恼羞成怒了。她再次把孙子媳妇传唤到上房里屋:"小冤家,你把婆给哄了。"孙子媳妇忙说:"没有没有。"白赵氏说:"马驹的脸色在那儿明摆着哩。"孙子媳妇低下头无言以辩。实际上孝文并没有因为婆的干涉而有半点收敛,几乎一夜也没空过,更谈不上遵守婆规定的"十天稀一回"的法令了。她本人也很吃惊,新婚三天连碰她也不碰的书呆子,一旦尝着了男女交媾的滋味就一下子上了瘾似的永无满足了。她现在也为孝文的身体担忧,真的这样下去,孝文嫩撅了,她就要守活寡了。她在被窝里规劝孝文:"细水长流好。你今黑忍一忍。等你长大了要怎样就怎样……"孝文却当作耳边风又做起自己想做的事。她对婆诚恳地说:"婆呀!打死我我也不敢哄你……我劝不下你孙子……"白赵氏说:"你跟他不要睡一头,两头睡下。"孙子媳妇说:"试过了……不行。他在那头还能……"白赵氏说:"你该给他另暖一条被筒,分开睡。"孙子媳妇说:"那办法我也试了……他把被子扔到脚地,又钻进我的被筒……"白赵氏眼一瞪,呵斥着:"嗬呀,说一千道一万全成我孙子的不是咧?你个碎尻就没一点错咧?你看你那俩奶!胀的像个猪尿脬!你看你那尻蛋子,肥的像酵面发喽!看你这样子就知道是爱挨毯的身坯子!"孙子媳妇连羞辱带委屈,低头哭了。白赵氏冷着脸狠着声说:"马驹的事我回头说。你先把你管住。你要是再管不住,我就拿针把你的碎尻给缝了!"

　　白赵氏训斥孝文媳妇的时间选择在后响,屋里的男人都下地去了,只有仙草抱着蒲篮在院子里做针线活儿,不用回避。仙草看见儿媳妇低着头从她面前贼溜似的走回厢房,倒可怜起儿媳妇来了,阿婆白赵氏明显袒护孝文而一味怪罪媳妇,不说不公平吧总是解决不了症结。她把听到的阿婆的话全部说给嘉轩。白嘉轩听着那些不堪入耳的粗秽的话脸红了又白了,说:"妈越老说话越不会拐弯了。"

白嘉轩当晚把孝文唤进自己的住屋,当着仙草的面训示儿子:"孝文,你说我花那么多钱财供你念书,图啥?"孝文说:"叫我明白事理懂得规矩学为好人。"白嘉轩说:"你倒是记着。做到做不到?"孝文坦诚地说:"我哪儿举止失措,礼义不规,爸你随时指教。"白嘉轩微微上火动气:"还用我指教!你婆苦心巴力为你身体着想,你听下听不下?"孝文倏然红了脸,低下头去了。白嘉轩干脆地说:"你要是连炕上那一点豪狠都使不出来,我就敢断定你一辈子成不了一件大事。你得明白,你在这院子里是——长子!"

孝文回到厢房,自甘就范钻进媳妇为他设置的那条被筒,悄然睡下。一月后,孝文脸上的气色果然好了,脸颊红润了,天庭也洁亮了,灰暗的气色完全褪尽。白赵氏不知道儿子训孙子的事,还以为是自己威胁孙子媳妇的结果,借着孙子媳妇送饭的时候,口气宽松地说:"俺娃你放心,婆不用针缝了……"

当白嘉轩闻知鹿子霖家有一本更难念的经的时光,孝文贪色的事就算不上一档子事了。

鹿子霖在一年多的时间里都打不起精神,儿子兆鹏婚后勉强在家住了三四天就进城去了,整整一年都没有回白鹿原上来,暑假和寒假也没有回来。鹿子霖不给他送钱送物,也阻挡女人给儿子捎东西,企图迫使兆鹏在没吃没穿的绝望中回到家里来。然而,当又一个新年佳节到来之际,兆鹏仍然躲在城里。鹿子霖的闷气无以诉说无处发泄,脾气也变得暴躁起来,严重地影响了他到保障所里办理公务的心思,除非一些非亲自经手亲自出面交办不可的事,其余一切大小事务都一概推给王书手去办了。这桩家庭隐患被全家成员自觉地包裹着不向外人泄漏,唯恐冷先生知道了真情。鹿子霖曾不止一回退一步想,如果兆鹏娶的不是冷先生的头生女而是别个任何人的女子,兆鹏实在不愿意了就休了算了,但对冷先生的女儿无论如何也不能这么做。冷先生是穷人和富人的共同的救星,高尚的医德赢得了极高的威望。结亲为好反成仇,其结果,遭受众人耻笑唾骂的必定是鹿子霖自己。一年来鹿子霖害着沉重的心病,外表上却显得愈加和气愈加宽容,显着十分谦和十分客气的样子与人说话,有时还自如轻松地和同辈人打诨调笑,却把心里隐伏着的危机掩饰起来了。他隔三差五地到冷先生的中医堂去,说一些他在各个村子里执行公务时听到的传闻或笑话,逗得亲家那张冷峻的脸绷不住就畅笑起来。他说给冷先生神禾村一个脏婆娘的真实故事:"狗娃妈,娃屙下,找不着褯子拿勺刮。刮不净,手巾擦。褯子撂哪达咧?咋着寻也寻不见。揭开锅盖舀饭时,一舀就捞起一串子烂褯子。你说脏不脏?脏!可那一家全都长得黑瓷圪垯样。人说不干不净吃了没病……"冷先生先是听着笑,接着发潮呕吐,吐了又忍不住笑。鹿子霖也赔着笑,笑毕就欣喜地说:"亲家兄,你猜你的宝贝女婿现时弄啥哩?嘿!一边上学一边给一家报馆干事,人家挣的钱还用不完。我前日为所里的事进城顺便去看了一下,给人家钱人家还不要,还给我盘缠哩!就是忙得受不了。"这样,关于兆鹏不回乡的种种可能的猜测全都合理地掩饰起来了。女儿偶尔来到中医堂,冷先生就冷着脸训诫说:"男儿志在四方。你在屋好好侍奉公婆,早起早眠。"女儿一脸忧郁,却什么也不说,问候了父亲又接受了父亲的训示就回到鹿家院子。

兆鹏媳妇对兆鹏以及公婆的隐痛毫无察觉。她被严严实实地包裹着。她不知道鹿兆鹏和她完婚是阿公三记耳光抽扇的结果,头一耳光是在城里抽的,她那时还没过门自然不知道;第二个耳光是阿公在刘谋儿的牛圈里抽的,兆鹏新婚之夜躲到那里要和长工刘谋儿伙一条被子睡觉,鹿子霖一声不吭就给了一巴掌,那时候她正处于新婚之夜的羞怯和慌乱中,对后来走进洞房的兆鹏的脸色无所猜疑;只有第三巴掌她看见了,阿公在祖宗牌位前抽的,兆鹏再拜了自家祖宗拒绝到祠堂里去接受族长白嘉轩主持的庄严仪式,阿公毫不客气地就抡开了胳膊。那是因为兆鹏说拜祭祠堂的仪式纯属"封建礼仪",并没有丝毫的迹象显示出他与她有什么不和。婚后一年,她再也没有见过他的面,她起初不觉得有什么,可现在却十分渴望他回到厢房里来。他和她新婚之夜仅有的一回那种事,并没有留下欢乐,也没有留下痛苦,他刚进入她的身体就发疟疾似的颤抖起来,吓了她一跳,以为他有羊痫风,甚至觉得很好笑。现在她已从无知到有知,从朦胧到明晰地思想着他的颤抖,渴望自己也一起和他颤抖。那是一个梦。梦里她和他一起厮搂着羊痫风似的颤抖,奇妙的颤抖的滋味从梦中消失以后就再也难以入眠,直到天不亮起来先给爷爷后给阿公阿婆去倒尿盆。她平时走进里屋看见阿公阿婆伙一条被子打对儿睡在两头无所反应,端了他们夜里排泄的黄蜡蜡的一盆尿就转身走了。这天早晨,当她照例去端尿盆时,看见闭着眼的阿公和阿婆,突然想到了那种颤抖,阿公和阿婆昨夜大概刚刚颤抖过了。她开始失眠,整夜睡不着,对于那种颤抖再不觉得好笑而变成一种焦灼的渴望。

她到场院的麦秸垛下去扯柴火,看见黑娃的野女人小娥提着竹条笼儿上集回来,竹条笼里装着一捆葱和一捆韭菜,小娥一双秀溜的小脚轻快地点着地,细腰扭着手臂甩着圆嘟嘟的尻蛋子摆着。她原先看见觉得恶心,现在竟然忌妒起那个婊子来了,她大概和黑娃在那孔破窑里夜夜都在发羊痫风似的颤抖。当她挎着装满麦草的大笼回到自家洁净清爽的院庭,就为刚才的邪念懊悔不迭,自己是什么人的媳妇而小娥又是什么样的烂女人,怎能眼红她。她相信丈夫是干大事的人,更相信他是忙得抽不出时间回乡,将来衣锦还乡才更荣耀。可是过年兆鹏未归,就引起了她的失望也引起了疑心,再忙也不会连过年都不回家呀。她在极度的失望和令人恐惧的猜测中度过新年佳节,强装笑颜接待亲戚。

鹿子霖看出了儿媳的笑颜是装出来的,他走了一趟西安回到屋里就向所有人自豪地宣布:"嘿呀!兆鹏到上海去了。"整个家庭里立即腾起欢乐的气氛。鹿子霖故意大声问回家来的二儿子兆海:"上海的路怎么走?听说还要坐火车?"兆海很详细地告诉父亲,先骑马出潼关,再坐船过黄河,再……

她的失望和猜疑一扫而空,情绪顿然焕发起来,当晚又梦见和兆鹏发羊痫风似的颤抖起来。颤抖过后,她惊奇地发现那个从她身上扬起的脸不是兆鹏而是兆海。第二天看见兆海从她手里接饭碗时就不由脸红心跳。随后她又梦见和黑娃在一搭颤抖,那是她清扫院庭到门外倒脏土时,看见黑娃于微明中扛着木模和青石夯走过村巷……更糟的是昨夜竟然梦见和阿公鹿子霖在一搭颤抖,阿公在她身上扬起脸时一下子羞了,仓皇跑了。种种怪梦整得她心虚气弱,不敢扬起脸看任何成年男人的眼睛,而那些乱七八糟的梦境却越来越频繁地出现。

春天,白鹿镇头一所新制学校落成,是由白鹿仓总乡约田福贤出面主持筹建的。县府出资,田福贤在本仓所辖的几十个村庄摊派民工,节约了开支,把原计划只能修建十间校舍的钱充分利用,增加到十三间,又无偿派工用黄土打起高高的围墙。田福贤把建校中用款用工的大小账项用黄纸公布于白鹿镇第一保障所门外的墙壁上,得到了地方乡绅和普通乡民的极大信任,尊为重要善举。为了不受市声和附近村民的骚扰,校址选择在白鹿镇南边几个村子之间的空间地带。

青稞和大麦黄熟时节,全部校舍完全竣工,一个校长领着三四个先生迫不及待地住进潮湿的房子,开始着手招收学生和开学的准备工作。校长是鹿子霖的儿子鹿兆鹏。一切有脸面的头面人物和普普通通的百姓都向鹿子霖表示最虔诚的祝贺和恭维。"鹿家出下一位校长了!"鹿子霖起初听到这个确凿消息时兴奋难抑,痛痛快快和亲家冷先生喝了一顿。除了可以预料的令人瞩目的新学校校长的巨大荣耀之外,他的心病也终于到了解除的时候了,兆鹏既然愿意回到白鹿原上来当校长,那就再无任何借口不回家了,学校离家最远也不过三里路嘛!但是,兆鹏刚一回来就把父亲潮起的欣慰之情粉碎了。

　　他是头天回来的,到家就向爷爷爸爸妈妈媳妇以及长工刘谋儿请安问候,显得十分客气和亲热。他穿一身新式制服,头上留着新式头发,眉高眼大,眼睛深邃,睫毛又黑又长,把鹿家血统的特征发挥到尽好的极致。一家人都激动得失掉了控制,有点紧张地注视着兆鹏的举动。他像和家人一样彬彬有礼地与媳妇打了招呼,进了厢房。媳妇完全手足无措地坐在炕边上,怯怯地瞅着做梦都在颤抖的丈夫,却说不出话也抬不起头来。兆鹏坐了一会儿就出去到马号里问候刘谋儿去了,在那儿倒待得很长。全家人都紧张地等待着天黑。日落时,兆鹏对爷爷对爸爸对妈妈说着同一句话:"我得回学校去,晚上开会。"爷爷爸爸妈妈也都重复着同一句话:"你开毕会回来。"结果是没有回来。连续一月,兆鹏住在潮湿的房子里,一直没有回来住过一夜。

　　这个家庭隐患再也包裹不住了,村里也由悄悄传说变成公开议论。鹿子霖觉得没脸再从中医堂门口走过。他到学校去找过儿子不下十回,强按着想撕碎那张校长模样的怒火劝导,劝导不下乞求,乞求不下就哭,反复着一句话:"你哪怕做做样子也该回去住两天,掩一掩众人的口声……"面对校长,鹿子霖再也无力举起手来抽出第四个耳光。

　　这一天,中医堂的伙计把绕道儿走着的鹿子霖叫住:"叔吔!俺伯叫你去一下有话说。"鹿子霖顿时头皮就麻了。冷先生仍然是那副冷面孔,声音却很平实,开口就不拐弯:"兄弟,你甭费心了。你给兆鹏说一句,让他写一张休书,算咧。那没啥。"鹿子霖按捺不住:"哥呀,你说哪儿的冷话!事情到这一步我也不瞒不盖。休书的事你再不要说第二回,说一回就够兄弟受一辈子了。你放心,他兆鹏甭说当校长,就是当了县长省长,想休了屋里人连门儿都没得。要是我今日说的话不顶事,我拿他的休书当蒙脸纸盖。"冷先生却仍然不动声色:"兄弟,不必。旁人觉得被休了就羞得活不成人了,我觉得没啥。咱们过去咋样往后还咋样。"鹿子霖情绪已无法控制:"不说了好冷大哥,你甭说了。我有办法,不是没办法。你先甭急。"

　　鹿子霖回家后就走进父亲鹿泰恒的单独住屋:"爸,现在这事包不住了也拖不下去了。我到学校再寻一回兆鹏,他再不给咱们饰脸,我就准备……"他没有说出他准备干什么。鹿泰恒能猜出他准备怎么办,很可能是揣一把剃头刀,按到脖颈上威胁,大概再没有比这更绝更厉害的办法了。鹿泰恒说:"你准备的办法搁到下一步再说,今晚我去叫一回,看看鹿校长赏脸不赏脸。"鹿子霖再三劝说,咋也不能让老父亲出面。鹿泰恒说:"该出面就得出面,咱们祖荫出了校——长——了!"

　　鹿泰恒拄着一根拐杖,平时只有出远门才动这根磨得紫黑光亮的拐杖。老汉走进学校院子大声吆喝:"鹿校长哎——鹿校长!"兆鹏闻声走到院子,笑着说:"爷呀,你胡喊乱喊啥哩!你怎么也叫校长?"鹿泰恒故意放大音量说:"哈呀我的天爷爷你是校长嘛!爷是平头百姓庄稼汉嘛!是官都得尊嘛!"鹿兆鹏窘红着脸扶住爷爷往自己房子走。鹿泰恒继续说:"你那衙门公馆,我这号平头百姓敢进吗?"几个教师站在台阶上直笑。兆鹏红着脸拽着爷爷走进了房子:"爷呀你有话就说呀!甭……"鹿泰恒说:"能想到的话,你爸早都给你说了,不顶放个屁嘛!既是不顶屁用,我就免了不放屁了。我说不下你……我就求你——"说着,鹿泰恒从直背椅上就溜下去,扑通一声跪倒在砖地上了。兆鹏大惊失色赶忙拽爷爷:"爷呀快起来,有话你尽管说,我不敢不听爷的话。"鹿泰恒说:"我求你跟我回去,再没二话。"兆鹏说:"你起来坐下慢慢说。"鹿泰恒老汉跪着不动:"你愿意跟我回去我就起来。你不答应不吐核儿的话,我就跪到院子中间去。"鹿兆鹏悲哀地叹一口气:"爷呀你起来。我跟你回去。"

鹿泰恒拄着拐杖走出了学校。鹿兆鹏跟着走。进入白鹿镇,鹿泰恒突然吆喝起来:"行人回避!肃静!鹿校长鹿大人鹿兆鹏驾到——"鹿兆鹏不知所措地奔前两步抓住爷爷的手杖:"爷呀你让我明日怎么见人?"鹿泰恒说:"你当了官了,爷爷给你鸣锣开道呀!鹿校长过来了!鹿校长过来了!"鹿兆鹏不知怎么糊里糊涂跟着爷爷走过白鹿镇又走进白鹿村的村巷。走进自家门楼,鹿泰恒仍然大声吆喝:"咱们的校长回来咧!子霖哇,我把你当官的儿子求拜回来了,欢迎啊!"鹿子霖和女人走到院子里,新媳妇也走出厢房来。兆鹏尴尬不堪地站在众人面前。鹿泰恒站在院庭中间,猛然转回身抡起拐杖,只一下就把鹿兆鹏打得跌翻在地上,半天爬不起来。鹿泰恒这才用他素有的冷峻口气说:"真个还由了你了?"

第十一章

　　一队士兵开进白鹿原,驻进田福贤总乡约的白鹿仓里。他们大约有三十几号人,一人背一支黑不溜秋的长枪,黑鞋黑裤黑褂黑制帽,小腿上打着白色裹缠布,显得精神抖擞威武严肃。人们很快给他们取下一个形象的绰号:白腿乌鸦。这队士兵突然开进白鹿仓的大门,哗啦一声散开,把那一排房子包围起来。一个人喊道:"出来出来,统都举起手出来!"屋里立即传出桌椅板凳掀翻了的嘈杂声响,夹杂着男人们惊慌失措的叫声。田福贤正和他的属下搓麻将,一下子都钻到床板底下或缩到墙角旮旯里不知所措。一阵枪声在房顶上掠过,一声蛮声蛮气的河南口音又喊:"再不出来就朝屋里开枪啦!"田福贤从墙角站起来,硬充好汉抖一抖肩膀就拉开门走出去,其他属下和那几个民团团丁也走出屋子。他们都高举着双手,只有田福贤很不在乎地垂着一只手另一只手叉着腰。一个士兵喊道:"把手举起来!"田福贤不失绅士风度地回话:"我是这儿的总乡约,有话进屋说,举手弄啥哩?"一个戴大檐儿帽子的军官走过来,手里握着一把短盒子枪:"你是总乡约?报上名字?"田福贤说了自己的名字又问:"老总是哪一部分的?"军官说:"镇嵩军。本人姓杨,杨排长。"随之那三十几个士兵从房前屋后全都集中过来,把田福贤的团丁的枪缴了。杨排长说:"本人受刘军长命令进驻白鹿仓。自即日起,一切服从刘军长命令。田总乡约,你愿意继续当总乡约我们欢迎,不愿意干你回家给老婆去抱娃,我们另找一个人就是了。"田福贤既不折气为他们卖命又不甘心就此下台。杨排长说:"你们的县长已经降服本部,愿意为刘军长效力。"田福贤随之说:"杨排长屋里坐,坐下好说话。"

白嘉轩和鹿三以及孝文正在锄头遍棉花,鹿子霖急匆匆跑到地头叫他回村里去敲锣,把村民召集到祠堂外的大场上,杨排长领着士兵征粮来了。白嘉轩说:"我不敲。"说罢转身重新回到自己锄草的棉苗垄行里,蹲下身用小铁锄锄起草来了。鹿子霖急了就跑进棉花地,蹲在白嘉轩旁边求告:"嘉轩哥你不敢硬碰,那一杆子兵都背着快枪。我也是给人家枪架在脖子上逼来的。"白嘉轩仍然手不停锄:"我知道你是被逼的,田福贤也是被逼着干的。可百姓只纳皇粮,自古这样。旁的粮不纳。这个锣我不敲。"

鹿子霖回村子里去了。田福贤接着跑来了,大声憋气地说:"嘉轩你咋瓜咧?好汉不吃眼前亏。这杆子河南蛋儿全是些饿狼二毬,杀人连眼都不眨。你是个明白人咋能硬顶硬碰自己吃亏?"白嘉轩说:"亏心事不能做,没道理的锣不能敲。就这话。"正说着,鹿子霖领着杨排长和三四个士兵走到棉花地里来了。杨排长问:"你是白鹿村的官人?叫白嘉轩是不是?"白嘉轩手里提着小锄,点点头。杨排长说:"回去敲锣,召集人到祠堂门口。"白嘉轩说:"村民的粮食我不管,这锣我不能敲。你们谁要敲谁去取锣。"白嘉轩从腰里摸出一个黄铜钩圈的钥匙,递给杨排长。杨排长用乌黑的枪管把白嘉轩的手拨开说:"马上回村给我敲锣。你再敢说半个不字,老子就打断你的腿,叫你爬着给我敲。"说着就拉开枪栓,推上子弹:"你是不是想尝尝洋花生的味儿了?"鹿三劝嘉轩。儿子孝文也劝。鹿子霖也劝。田福贤赔着笑脸劝杨排长息怒。鹿子霖鹿三和孝文推着拉着白嘉轩回村里去了。杨排长和他的士兵跟着。

白嘉轩敲了锣。白鹿村的男女老幼都被吆喝到祠堂门外的大场上。杨排长讲了话,征粮的规矩是一亩一斗,不论水地旱地更不按"天时地利人和"六个等级摊派,那样太麻烦。说罢就让村民观赏射击表演。士兵们把从村巷和农户院子里捉来的二三十只公鸡和母鸡倒吊在树杈上,那三十来个士兵站成一排,一片推拉枪栓的声音令人不寒而栗。杨排长首先举起缀着红绸带儿的盒子枪,"叭"的一声响过,就接连响起爆豆似的密集的枪声。士兵们的乌黑的枪管口儿冒着蓝烟,槐树下腾起一片红色的血雨肉雹,漫空扬起五彩缤纷的鸡毛。没有死下的鸡嘎嘎嘎垂死哀鸣,鲜血从鸡的硬喙上滴流下来,曲曲拐拐在地上漫流,几十条蚯蚓似的血流汇集组合,槐树下变成了血红的土地,散发出强烈的热血的腥气。祠堂门外的场地上鸦雀无声,女人们大都低垂着头,男人们木雕似的瞪着眼黑着脸,孩子压抑着的啜泣十分刺耳。杨排长把盒子枪插到腰里的皮带上,一绺红绸在裆前舞摆。他插枪的动作极为潇洒:"各位父老兄弟,现在回家准备粮食,三天内交齐。"

这种别开生面的征粮仪式和射击表演,从白鹿村开头,逐村进行。三十几名士兵按三个班分头进入不同的村庄,射杀一批吊起来的公鸡母鸡白鸡黑鸡芦花鸡杏黄鸡肉红鸡帽儿鸡,腾起一片血雨肉雹,扬起一片五彩缤纷的鸡毛,留下一摊血红的土地,然后宣布:一亩一斗,三天交齐。从各个村子通向白鹿镇的官道小路上,牛拉的硬木轮车和独轮手推车全都载着装满粮食的口袋壅塞了道路,各个村子送粮的人在白鹿镇汇集,排着队往镇子西边的白鹿仓里挪动。清朝那位有名的诗文皇帝设置的赈济灾民的义仓,在他死后不久就成了一个空仓,现在却空前富裕起来了。瓦顶的大仓房里倒满了黄澄澄的麦子,院子里临时用油布铺垫在地上也倒满了麦子,门外还拥着望不见尾的交粮的大车小车。

黑娃背着一条装着一斗麦子的口袋夹在拥挤的交粮车队中间,跟着熟人或陌生人缓缓朝大门口移动。他的眼前驻留着五彩缤纷的鸡毛和槐树下那一摊血肉的土地,鼻腔里总能闻见热血的腥气。他耐不住性子等待,背着粮袋从一架一架独轮车上跷过去,蹿进大门里去了,把口袋底儿倒提起来,麦子便刷啦一声流到麦堆上,从鹿子霖手里接过一张盖了章子的收条,就从临时挖开的后门里出来了。黑娃回到自己的窑洞,小娥问:"交咧?"黑娃从口袋摸出那块写着"鹿兆谦一斗"而且盖着白鹿仓印章的纸条交给小娥说:"把这条子搁好,人家日后还要查对。"小娥收了条子说:"你这几天甭出门了,我心里咋就慌慌的怕怕。"黑娃点点头说:"算了不出去了。看看再说。"黑娃其实比小娥更担心,那天在祠堂门外看士兵们的射击表演,他没有让小娥出门,用一把铁锁把小娥反锁在窑里。交一斗麦子固然可惜,而小娥好看的模样已经成为一种重负压在他心上。随着这队士兵的到来,关于他们种种劣迹的传闻悄悄地又是迅猛地在白鹿原上蔓延,传得最多的是他们如何如何糟践稍有几分姿色的女人的事。如果那么多的传说有一件能得到证实,那么这些打着白裹缠布穿着黑军服的士兵就无异于四条腿的畜生。

黑娃被父亲撵出门以后就住进了这孔窑洞。窑洞很破,原来的主人在里头储存饲草和柴火,夏天堆积麦糠秋天垒堆谷秆,安着一扇用柳树条子编织的栅栏门,防止猪狗进入拱刨或拉屎尿尿,窑门上方有一个透风的小小天窗。黑娃买下这孔窑洞居然激动了好一阵子,在开阔的白鹿原上,终于有了属于自己的一个窝儿一坨地儿了。黑娃借来一个石夯一架木模,在窑洞旁边的崖坎上挖土打下两摞(每摞五百块)土坯,先在窑里盘了火炕,垒下连接火炕的锅台,随之把残破不堪的窑面墙扒倒重垒了,从白鹿镇买来一扇山民割制的粗糙结实的木门安上,又将一个井字形的窗子也安上,一只铁锅和一块案板也都买来安置到窑洞里。当窑门和窗孔往外冒出炊烟的时候,俩人呛得咳嗽不止泪流满面,却又高兴得搂抱着哭了起来。他们第一次睡到已经烘干的温热的火炕上,又一次激动得哭了。黑娃说:"再瞎再烂总是咱自个的家了。"小娥呜咽着说:"我不嫌瞎也不嫌烂,只要有你……我吃糠咽菜都情愿。"

  黑娃买了一个石锤和一架木模就出门打土坯挣钱去了。在乡村七十二行的谋生手段里,黑娃选择既不要花费很多底本购置装备,也无须投师学习三年五载的打土坯行当是很自然的事。他在给自己打过两摞土坯以后,就无师自通了这项粗笨的手艺,信心十足地扛着石锤挑着木模出村去了,在那些熟悉而又陌生的村庄里转悠,由需要土坯换炕垒墙的主户引他到土壕里去,丢剥了衣裳,在黎明的晨曦里砸出轻重相间节奏明快的夯声。主人管三顿饭,省下些口粮,傍晚接过主人码给他的铜子和麻钱就回到窑洞交给小娥。整个一个漫长的春闲时月,除了阴雨天,黑娃都是早出晚归。临到搭镰割麦,他就提上长柄镰刀赶场割麦去了。先去原坡地带,那里的麦子因为光照直接加上坡地缺水干旱而率先黄熟;当原坡的麦子收割接近尾声,滋水川道里的麦子又搭镰收割了,最后才是白鹿原上的麦子。原上原坡和川道因为气候和土质的差异,麦子的收割期几乎持续一月。整整一个多月的麦收期间,黑娃做麦客赶场割麦差不多可以挣下平常两个多月的工钱。麦客和主家到地头按麦子的长势论价,割完以后用步量地,当面开钱。黑娃起早贪黑,专拣工价高的又厚又密的麦田下手,图得多挣几个麻钱。一年下来,除了供养小娥吃饭和必不可少的开销,他已经积攒下一笔数目可观的铜子和麻钱了。腊月里,他抓住一个村民卖地的机会,一下就置买来九分六厘山坡上的人字号缓坡地。他在窑门外垒了一个猪圈,春节后气候转暖时逮回一只猪娃。又在窑洞旁边的崖根下掏挖了一个小洞作为鸡窝,小娥也开始务弄小鸡了。黑娃在窑洞外的塄坎上栽下了一排树苗,榆树椿树楸树和槐树先后绽出叶子,窑院里鸡叫猪哼生机勃勃了,显示出一股争强好胜的居家过日月的气象。他早晨天不明走出温暖的窑洞,晚上再迟也要回到窑洞里来,夜晚和小娥甜蜜地厮守着,从不到村子里闲转闲串。阴雨天出不了门就在窑里做一些平时顾不上手的家务活儿,即使完全没有什么好做就躺在炕上看小娥纳鞋底儿,麻绳穿过鞋底的哒哒声响是令人心地踏实的动人的乐曲。黑娃在自己不易觉察中已经成熟了,他的脸颊开始呈现出父亲鹿三的轮廓,上唇和下巴颏上的茸毛早已变黑,眉骨隆起,眼里透出沉静的豪狠气色。他的双臂变得粗壮如椽,高兴时把小娥托起来抛上窑顶,接住后再抛,吓得小娥失声惊叫。他的胸部的肌肉盘结成两大板块,走起路时就有一股赳赳的气势。他的性欲极强,几乎每天晚上都空不得一次。窑洞独居于村外,小娥毫不戒备地畅快地呻唤着,一同走向那个销魂的巅峰,然后偎贴着进入梦境。

黑娃在窑门外的场院里用镢头耧破地皮,摊平,洒了水,再撒上柴灰,用一只木拨架推着小青石碌碡碾压场面,准备收割自己的麦子。村子里跑来一个小学生说:"叔哎!俺老师叫你到学校去。"黑娃停住手问:"你的哪个老师叫我?"小学生说:"鹿老师。鹿校长。"黑娃又问:"叫我啥时间去哩?"小学生迟顿一下:"啥时间没说。反正叫你去哩!"

俟到天黑以后黑娃才出窑门。黑娃走出窑门就想起鹿兆鹏把一块冰糖塞到他手里的情景。冰糖美妙的甜味儿使他痛哭。他对自己发誓说长大了挣下钱了就买一口袋冰糖。兆鹏第二回塞给他一块水晶饼他扔到草丛里去了。鹿兆鹏现在是令人瞩目的白鹿初级学校的校长,穿一身洋布制服,留着偏分头发,算是白鹿镇上的洋装洋人了。自己是个连长工也熬不成只能打短工挣零碎钱的穷汉娃,连祠堂也拜不成的黑斑头儿。他偶尔在打工归来路过学校旁侧的小路时撞见散步的兆鹏,匆匆打一声招呼就走掉了,一个堂堂的校长与一个扛活的苦工之间已经没有任何联系。直到走进学校的大门,黑娃仍然猜不着兆鹏找他的事由。学校里很静,三四个糊着白纸的窗户亮着灯光。黑娃问了人找着了兆鹏的房子。兆鹏穿着一条短裤正在擦洗身子,说:"啊呀稀客随便坐!"兆鹏出门泼了水回来登上长裤,给黑娃倒下一杯凉茶,俩人就聊起来。

"黑娃你咋搞的?也不来我这儿谝谝闲话?"

"你忙着教书,我忙着打土坯挣钱,咱们都没闲空儿。"

"你这两年日子过得咋样?"

"凑凑合合好着哩。"

"你打短工挣的粮食够吃不够?"

"差不了多少够着哩。"

"你住的那间窑洞浑全不浑全?"

"没啥大麻达倒塌不了。"

"你百事如意哟!"兆鹏揶揄地说,随之刻意地问,"你偷回来个媳妇族长不准你进祠堂拜祖,你心里受活不受活?脸上光彩不光彩?"

"你放屁!"黑娃像遭到火烧水烫似的从椅子上弹起来,脸色骤变,"你当校长闲烦了是不是?想拿穷娃寻开心了是不是?"

"骂得好黑娃。黑娃你骂得好。使劲骂,把你小时候骂过的那些脏话丑话全骂出来,我多年没听太想听你骂人了。"兆鹏笑着催促说,"你怎么只骂一句就不骂咧?"

黑娃鼻腔里哼了一声,转身朝门口走去。兆鹏赶过来抱住他的肩头:"对对对呀,这举动才像黑娃的举动。听不顺耳的话脖子一拧眼一瞪,拔脚转身就走,我记得黑娃你自小就是这号倔豆脾气。"

黑娃气躁躁地问:"你到底要干啥?"

"没事就不能叫你来谝谝吗?你忘了咱们哥儿弟兄的情分了。"兆鹏反倒责怪黑娃,"到我这儿来放得畅畅快快的,甭摆出拘拘束束的熊样儿。问啥都是'好着哩''差不多'。我跟你怎么说话？"

黑娃释然笑笑："你是校长嘛！"

兆鹏不介意地说："我当校长又没当你黑娃的校长，你躲我避我见了我拘束让人难受。"

黑娃解释说："你不知道哇，我天南海北都敢走，县府衙门也敢进，独独不敢进学堂的门，我看见先生人儿就怯得慌慌。你知道，这是咱们村学堂那个徐先生给我自小种下的症。"

"你真了不起黑娃。"兆鹏转了话题，"我在咱们白鹿村只佩服一个人，你猜是谁？就是你黑娃。"

"我？"黑娃撇撇嘴角自轻自贱地说，"黑斑头一个。"

"你敢自己给自己找媳妇——"兆鹏说，"你比我强啊！"

黑娃警觉地瞪起眼："你又耍笑我了？"

兆鹏从椅子上站起来，慷慨激昂地说："你——黑娃，是白鹿村头一个冲破封建枷锁实行婚姻自主的人。你不管封建礼教那一套，顶住了宗族族法的压迫，实现了婚姻自由，太了不起太伟大了！"

黑娃却茫然不知所措："我也辨不来你是说胡话还是耍笑我……"

"这叫自、由、恋、爱。"兆鹏继续慷慨激昂地说，"国民革命的目的就是要革除封建统治，实现民主自由，其中包括婚姻自由。将来要废除三媒六证的包办买卖婚姻，人人都要和你一样，选择自己喜欢的女子做媳妇。甭管族长让不让你进祠堂的事。屁事！不让拜祖宗你跟小娥就活不成人了？活得更好更自在。"

黑娃惊恐地瞪大眼睛听着，再不怀疑兆鹏是不是耍笑自己了，问："你从哪儿趸来这些吓人的说词？"

"整个中国的革命青年都这么说，这么做。乡村里还很封闭，新思想的潮水还没卷过来。"兆鹏真诚而悲哀地说,"我尽管夸赞你,我自个想自由恋爱却自由不了……我都有些眼红你,佩服你。"

"噢呀——"黑娃恍然大悟,被兆鹏的真诚感动了,"你娶下媳妇不回家,就是想自……"

兆鹏说:"我还没屈服,斗争比你复杂……"

黑娃深深地受了感染,对兆鹏的真诚信赖更为感佩:"你叫我来就为说这话吗?早知这样我早就来了。村里人不管穷的富的男的女的老的少的都拿斜眼瞅我,我整天跟谁也没脸说一句话。好呀兆鹏……你日后有啥事只要兄弟能帮得上忙,尽管说好咧。"

兆鹏就直率地说:"我准备烧掉白鹿仓的粮台。你看敢不敢下手?"

黑娃不由地"啊"了一声,从椅子上弹起来,吃惊地盯着兆鹏。如果这话由白鹿村任何一个愣头庄稼人说出来,他也许不至于如此意料不及;堂堂的白鹿仓第一保障所乡约鹿子霖的儿子,白鹿镇县立初级小学的校长鹿兆鹏怎么会想到要烧驻军的粮台?他家的粮食虽然也交了,但绝不会像穷汉家为下锅之米熬煎吧?他做先生当校长挣的是县府发的硬洋与粮台屁不相干,文文雅雅的先生人儿怎么想到要干这种纵火烧粮无疑属于土匪暴动的行径?他的脑子里一时回旋不过来,瞪着吃惊的眼睛死死盯着鹿兆鹏而不知说什么。

兆鹏问:"你知道不知道征粮的这一杆子队伍是啥货吗?"

黑娃说:"听人说,城里今日来一个姓张的头儿,明日又来个姓马的把姓张的赶跑了,后日又来个姓郭的把姓马的撵走,城墙上的旗儿也是红的换蓝的,蓝的又换黄的,黄的再换成红的。我一满弄不清,庄稼汉谁也闹不清。"

"这是一帮反革命军阀。"兆鹏说,"国民革命军正从广州往北打,节节胜利。北京军阀政府纠合全国的反动派阻止革命军北来,现在围城的刘家镇嵩军就是一股反革命军队。西安守城的李虎杨虎二虎将军,都是国民革命军。"

黑娃听不懂只是"噢噢"地应着。

兆鹏说:"镇嵩军刘军长是个地痞流氓。他早先投机革命混进反正的队伍,后来又投靠奉系军阀。他不是想革命,是想在西安称王。河南连年灾害,饥民如蝇盗匪如麻,这姓刘的回河南招兵说,'跟我当兵杀过潼关进西安。西安的锅盔一拃厚面条三尺长。西安的女子个个赛过杨贵妃……'他们是一帮兵匪不分的乌合之众。"

黑娃大致已听明白:"噢!是这么些烂货!"

兆鹏说:"把粮台给狗日烧了,你说敢不敢?"

黑娃倒显出大将风度:"烧了也就给他狗日烧咧。咋不敢。"

兆鹏说:"你要是愿意干,咱俩就放这把火。给白鹿原上的人看一场冲天大火。"

黑娃已经鼓舞起来:"烧那个粮台太容易了。那一杆子兵料就百姓给他们杀鸡的把戏儿镇住了,一个个放心地睡觉哩。一笼麦秸就把它烧光了。"

这当儿,从房子的套间走出一个人来,黑娃看出是韩裁缝,不由一惊。韩裁缝是去年迁到白鹿镇的客户,租下两间门面房,用脚踏机器给人缝衣服挣钱,谁也弄不清他是哪里人。赶集的人像看西洋景儿一样看他双脚踩动机器踏板,发出喳喳喳连续不断的响声,一支锃亮的针上下窜动,把布片缝结在一起。围观的人虽然很多而生意却十分萧条,只有学校教员和少数学生掏钱请他缝制制服,庄稼汉无论穷人富人都只是看看热闹而已。韩裁缝坦然笑笑说:"放火烧粮台,我也搭一手。"黑娃也就明白了,不需再问。三个人在煤油灯下进行具体实施方案的密谋,从哪儿翻墙进去,先烧哪里后点哪里,无论如何要把井绳给藏起来,点着了火吊不上水来。

三个人约定如何用暗号联系,具体分工都经过再三斟酌。黑娃拍拍脑门说:"你这洋油(煤油)灯有一股臭味儿,熏得我头昏脑涨直想吐。"

终于等来了一个刮风的夜晚。三个人从三面的围墙上分头爬上去。大门口有一个卫兵在转悠,院子里有一个卫兵在转悠。黑娃先跳进院子,绕着院里堆积的粮食转到卫兵身后,朝他脑袋上拍了一砖,卫兵就软软地倒下去。他从后腰里取下臭气熏人的煤油筒儿,拧开螺丝盖儿,把煤油泼在那一排房子的门板上,摸出了洋火匣。黑娃自小使用的是火镰火石拼打火星点燃煤纸,没有用过洋火。他在兆鹏屋里试着擦燃过两根黑色的洋火棒儿,比火镰火石方便多了,什么时候能买得起洋火就好了。黑娃按约定的方案划着了洋火,噗的一声冒出一股蓝色火焰,泼上煤油的木板门就腾起了火光。大门口的卫兵一声惊叫,放了一枪。黑娃已绕过房子跳上墙头,瓦顶粮仓和院中用油布苫着的粮堆几乎同时起火。黑娃爬上墙头并不急于逃走,看着那个卫兵在院子里呼喊、放枪,样子很狼狈。房子里的乌鸦兵开始嚷叫呼喊起来,率先冲出火门的兵们哇哇哭叫着在院子打滚灭火。黑娃看着迎风飞舞的火焰已经冲上仓库和那排房子的屋檐,就跳下墙走了。他跑回自己的窑洞,把正在熟睡的小娥拉起来,让她看火的壮观。小娥走出窑门就叫了一声:"妈呀!"西边的天空一片通红。黑娃说:"粮台烧着了。"小娥说:"真有胆大的冷娃哩,敢烧粮台!"黑娃说:"白狼放的火。"小娥问:"白狼在哪达?"黑娃说:"白狼在你尻子后头站着。"小娥惊疑地说:"你是白狼?你胡说……噢呀!怪道来我看你这几天鬼鬼祟祟的……"黑娃就不吭声了。

村庄里骤然骚动起来,传出嘈嘈杂杂说话的声音,男人女人们站在街巷里观赏大火的奇观。火焰像瞬息万变的群山,时而千仞齐发,时而独峰突起;火焰像威严的森林,时而呼啸怒吼,时而缠绵呢喃;火焰像恣意狂舞着的万千猕猴万千精灵。人们幸灾乐祸地看着自己送进白鹿仓里的麦子顷刻变成了壮丽的火焰。黑娃站在窑垴的崖畔上观赏自己的杰作,小娥半倚在他的臂弯里。村里传来士兵们气急败坏的嚷嚷声,拗口聱牙的河南口音听来愈觉别扭,逼赶人们去救火。士兵们忽视了村子外头崖坎下的窑洞,只在村庄里打门叫户厉声吆喝。黑娃跑回窑洞挑起两只木桶,挣脱了小娥的阻拦:"我到跟前去看看热闹。"他从村子中间的大涝池挑了两桶水,夹在担桶和端盆的男人们中间,走过村巷走过白鹿镇街道就无法前进了,大火炙烤得人的脸皮疼痛,滚滚浓烟呛得人睁不开眼睛,于是就把水随地泼掉挑着空桶往回走。那火已经无法扑救。赤臂裸腿的人根本无法靠近火堆一步。被烧着的麦粒弹蹦起来,在空中又烧着了,像新年时节夜晚燃放的焰火。大火烧到天亮,耀丽的光焰使东原上冒起的太阳失去魅力。

　　随后,白鹿镇最显眼的第一保障所的四方砖砌门柱上,发现了一条标语:放火烧粮台者白狼。字迹呈赭红色,是拿当地出的一种红色黏土泡水以后用笤帚圪垯刷写的,在蓝色的砖上很醒目很显眼。鹿子霖进门时看到门口围着那么多人尚不晓得发生了什么事,及至拨开人群看见赭红色的标语时,脸色就变得蜡打了一样。他没有进门就去找杨排长报告。杨排长腰里挎着盒子枪跑来了,满脸灰乌,两眼又红又黏像刚熬化的胶锅,插在腰里的盒子枪上的红绸已经烧得只留下短短一截。杨排长拔出盒子枪照空中放了一枪,咬牙切齿地喊:"滚开滚开,都滚他娘那个臭屁!"围观的人哗的一声作鸟兽散。杨排长立即命令士兵进行搜查,搜查与标语有关的人和器物。检查谁家有红土的遗留物,泡过红土的瓦盆铜盆和瓷盆,以及用来蘸红土浆写字的笤帚圪垯。

　　白鹿仓的所有房子和麦子一起化为灰烬,杨排长领着他的士兵驻进白鹿镇初级小学校里,学生们全都吓得不敢来上学了。士兵们从各个村庄农户家里搜来的盆盆罐罐笤帚圪垯堆满了宽大的庭院，却没有一件能提供任何可靠的证据。这个愚蠢的破案方法无论怎样愚蠢，三十几个士兵仍然认真地照办不误，从白鹿村开始搜查一直推进到周围许多村庄里去。三个纵火的"白狼"一个也没有被列为重点怀疑对象，韩裁缝照样把裁衣案子摆在铺子门口的撑帐下，用长长的竹尺和白灰笔画切割线，士兵们连问他的闲心都不曾有过。听到士兵们挨家挨户搜查罪证，黑娃就打发小娥躲到田地里装作挖野菜去了，他担心的不是纵火的罪证而是模样太惹眼的小娥。三个士兵趾高气扬走进窑洞翻腾完了就诈唬说："我看你这家伙像是放火来！"黑娃嘿嘿一笑："老总，你们又没撞我的嗓子，我伤老总弄啥？我给老总只交了一斗麦，又不是三石五石……"士兵们从鸡窝旁边拎起那个积着厚厚的一层尿垢的黑色瓦盆，摔碎了。

鹿兆鹏在杨排长头天晚上驻进学校时虽然表示了坚决拒绝，但终了还是接受了既成事实。杨排长对鹿子霖的校长儿子的不友好态度无心计较，却也不曾想到这位俊秀的校长就是纵火的"白狼"。过了两三天，鹿兆鹏晚饭后对焦躁不安的杨排长说："杨排长，能在纸上驰车奔马，才能在沙场上运筹帷幄——杀两盘？"杨排长很快列出一串纵火者的审查名单。

白嘉轩听到传讯以后肺都要气炸了，他不是害怕牵涉火案，也不是害怕蒙受冤枉，主要是不能忍受这样的侮辱。鹿子霖用极其同情的口吻传讯他时，白嘉轩正在自家上房明厅的大方桌旁吸水烟，"咚"的一声把水烟壶蹾到桌子上："这个河南蛋瞎眼了不是？"鹿子霖说："你去和杨排长解说一下，我也再给他解说解说。你可别硬顶——他可是烧疼了尻子的猴儿，急了就不管谁都抓。"说着，门外走进三个端着枪的士兵："还有白孝文，也是个会写字的，一块走。"

白家父子走出门了,陪着鹿子霖,跟着三个端枪的士兵。白嘉轩看着白鹿镇上驻足观看的行人,面子上的侮辱已使他煞白了脸,他愈加挺直了腰杆儿走着。杨排长在他的临时住屋里对白嘉轩父子说:"不要惊慌。请留下手迹就行了。"然后引着他们父子进入一间教室,桌子上放着一盆红黏土泡成的泥浆,盆里放着一只笤帚圪垯。教室的墙壁上已经写满了字,全是"放火烧粮台者白狼"。白嘉轩气冲冲捞起蘸了泥浆的笤帚写下同样一行字,白孝文也写了。白嘉轩写罢气不可揢,问:"常言说捉贼捉赃,抓奸抓双。老总你凭啥把我糟践这一程子?"杨排长也没好气地说:"怎么糟践你了?叫你写几个字也算糟践你?"白嘉轩冷笑说:"这算写的什么字!是红事的对联还是丧事的引路幡子?"杨排长突然转过身来,紧盯着白嘉轩:"你说话嘴放干净点儿。甭说你是什么狗屁族长、官人,你敢再说半句不三不四的话,老子就一枪把你撂倒……"鹿子霖立即劝着拉着杨排长收回枪,孝文推着父亲出了教室走到院子,杨排长追到台阶上还在嚷嚷:"你发鸡毛传帖煽动闹事交农,本来就不是个好东西!"白嘉轩被翻起老账更加气恨羞恼。

大火整整烧了三天三夜,白色的粉灰漫天飞扬,家家的屋瓦和院子里都沉下厚厚的一层白色粉末儿。明火熄灭以后,未燃尽的粮堆仍然在夜里透出灼人的红光,整个村庄和田野里都弥漫着一股馍馍被烤焦了的香味儿。一场骤来的暴雨彻底浇灭了余火,洗刷了屋瓦上树叶上和秋苗嫩叶上的灰粉。天晴以后,附近的村民套着牛车推着独轮小车挑着葛条笼去装灰,那些麦子烧过的灰烬和土粪掺搅以后施到田地里是庄稼和棉花的绝好肥料,他们争着装灰的劲头和往这里交麦子一样急迫。

大约过了半月,驻守白鹿仓的杨排长又领着他的士兵来了。杨排长先叫来总乡约田福贤,召集了九个保障所的九个乡约和九十八个大小自然村的官人,在白鹿镇的学校里开会。杨排长走路有点跛,那是团长下令打了二十军棍致成的骨伤。杨排长说:"在白鹿原烧掉的军粮,还得从白鹿原上补起来。烧了再征,叫他再烧,再烧再征。这回是一亩一斗一人一斗。再烧了再加。"有人求告说:"老总,军队要吃粮这道理很明白,自古军人由民人养也都明白,粮嘛烧了自然得再征。只是麦收后刚刚征过一茬,再连着征怕不好弄。是不是到秋收后再征?这样也好给百姓说……"杨排长一挥手就打断了他的话:"这号话再不要说。后日开始征粮,一律送到这个学校来。明日白鹿镇逢集,枪毙烧粮台的白狼。谁敢抗粮不交,不管是官人民人一律和白狼一样惩治。"

第二天,在白鹿仓围墙外的旷野里,三个被五花大绑着的人被缚在木柱上,蓬头垢面,衣服褴褛,垂头耷脑,实际已经奄奄一息了。人山人海般拥挤着看热闹的乡民。三十几个士兵排成一排,举起了枪,一片推拉枪栓的声音,架势和射鸡(击)表演一模一样。杨排长从腰里拔出盒子枪,枪把上已经换上一条新的火焰般耀眼的红绸,动作不再优雅而更显威武,朝天放了一枪,叭的一声响过,就接连响起密集的枪声。那三个"白狼"没有丝毫反应,没有哭也没有叫,看客们怀疑他们在挨枪子之前是否还活着?枪子击中他们身体的各个部位,拉出一条血流。他们连抖动一下的反应也没有,倒使围观的人觉得尚不如射杀活鸡场面热烈。

几天后,一个可怕的传言在各个村巷里不胫而走,那三个被打死的"白狼"其实是三个要饭的。

第十二章

朱先生已不再教学。生员们互相串通纷纷离开白鹿书院,到城里甚至到外省投考各种名堂的新式学校去了;朱先生镇静地接受那些生员礼仪性的告别,无一例外地送他们到白鹿书院的门口,看着他们背着行李卷儿走下原坡;后来朱先生就催促他们快些离开,及至最后剩下寥寥无几的几个中坚分子时,他索性关闭了书院。彭县长亲自招他出马,出任县立单级师范校长。干了不到半年他就向彭县长提出辞呈。彭县长大感不解:"我听说你干得很好嘛!他们都很敬重你呀!怎么……"朱先生笑笑说:"我是谁聘的校长哇?!"彭县长连连摇头否认:"那是先生多心了。"随之就询问起辞职的真实原因,是经费不足还是有谁闹事?如果有捣蛋的害群之马,把他干脆解聘了让他另择高枝儿就是了,何必自己伤情动气辞职?朱先生朗然笑着否认了县长的猜疑,自嘲地说:"原因在我不在他人。我自知不过是一只陶钵——"彭县长一时解不开。朱先生解释说:"陶钵嘛只能鉴古,于今人已毫无用处。"彭县长诚恳地纠正说:"先生太自谦了。这样吧,你干脆到县府来任职。"朱先生摇摇头说:"我想做一件适宜我做的事,恳请县长批准。"彭县长畅快地说:"只要先生悦意做的事尽可以去做,如需卑职帮忙尽管说出来。"朱先生就说出经过深思熟虑的打算:"我想重修本县县志。"

朱先生重新回到白鹿书院,组织起来一个九人县志编撰小组,自任总撰。另八位编撰人员全是他斟酌再三筛选的才富八斗的饱学之士,有他旧时的同窗也有他后来的得意门生;他们全是关中学派至死不渝的信奉者追求者,是分布在县内各乡灿若晨星却又自甘寂寞的名士贤达,仁人君子;他们在自己的家乡躬耕垄亩以食以帛,农闲时诵读批点自尝其味;他们品行端正与世无争童叟无欺,为邻里乡党排忧解难调解争执化干戈为玉帛,都是所在那一方乡村的人之楷模。朱先生一个一个徒步登门拜望,恳请出庐。他们对于编修县志的事十分合意,却几乎一律都要谦让自己才疏学浅,不堪如此重任,既然朱先生偏爱器重,当然是难得的学习机会,锻炼机会,也是为本县贡献微薄心力的机会。他们和朱先生聚集在白鹿书院,开始了卷帙浩繁的庞大工程。他们披阅历代旧志,质疑问难,订正谬误,删繁补缺,踏访民间,工作细密而又严谨。黄昏时分,他们漫步于原坡河川,赏春景咏冬雪;或纳凉于庭院浓荫之下,谈经论道,相得益彰。他们感激朱先生把自己从日趋混沌纷攘的世事里拉出来,得到了一个最适宜生存的环境和最可意的工作。

伏天一个溽热难熬的傍晚,树叶纹丝不动,湿热的气流从低洼的河川里膨胀起来,充溢到原坡的沟壑间,令人窒息。朱先生和他的同人们坐在院子里纳凉,书院四周和院庭里高可参天的古柏古槐和银杏树,层层叠叠的枝叶遮挡着灼人的光焰,在酷热喧嚣的伏天独辟一方清爽宜人的乐土福地。彭县长走进院子,慨然道:"这大概是全中国最宜人的一坨地方啰!"朱先生和诸位同人一齐站起来,礼让彭县长坐下。朱先生说:"彭县长难得闲暇……"彭县长苦笑着摇摇头,自嘲地说:"卑职县长徒具虚名,实实在在只是一名粮秣官儿了!"

近日,乌鸦兵的一个团长带着百余名士兵进驻本县指挥一切领导一切,实际上是一切都不领导也不指挥,只是领导指挥为围西安城的二十万人马征集粮草,彭县长以及他的全部官员都围绕着粮秣一件事奔忙。他气愤地说:"这些乌鸦兵肯定是世界上最坏的一杆子兵。他们连一年收几季庄稼都搞不清,只是没遍没数地征粮。粮秣已不是征而是硬逼,现在已经开始抢了。百姓从怨声载道到闭口缄言,怕挨枪把子啊!"彭县长说着就激奋起来,"我为民国政府一介县长,既然无力回天,只好为虎作伥。想来无颜见诸位仁人贤达,更愧对滋水父老啊!"说时喉哽语塞,热泪涌动。在座的先生们接连发出沉痛悲怆的叹息。朱先生说:"得熬着。"彭县长说:"熬不住了哇!我的国民县府成了乌鸦窝啰!那些白腿子乌鸦从早到晚出出进进吵吵呱呱骂骂咧咧,满嘴粗话浑身匪气,叫人听着硌耳看着碍眼,我出了县府大门就不想再进去。"朱先生还是重复着一句话:"还得熬着。"彭县长苦笑着说:"朱先生,我来跟你编县志行不行?"朱先生笑着说:"我敢要你吗?"彭县长发泄一通,唠嘈一通,倾吐一通,觉得心头松弛了,又轻声问:"朱先生,乡民盛传你能打签算卦,你给我掐算一下,乌鸦啥时候飞走?"朱先生故作神秘地说:"天机不可泄漏。"众人都笑了。彭县长又向朱先生索要一帧手迹。朱先生慨然应允,取来笔墨纸砚,在院中石桌上铺开宣纸,悬腕运笔,一气呵成四个大字:

好人难活

第二天清早,厨师从县城买菜回来告诉朱先生,县城纷传彭县长昨夜弃职逃走,下落不明。朱先生愣怔一下随之叹惋:"他熬不住了。"

末伏一个雷雨之后的傍晚,暑热驱散,天宇澄碧,朱先生和他的同人们倾巢而出到原坡上去散心,享受骤雨初霁后的山川气韵,结果一个个沾着满脚黄泥,满腿湿漉漉地回到书院。门房的徐秀才神情紧张地把一封信交给朱先生说:"两个兵送来的。"朱先生接住拆开一看,瞅着众位先生狐疑的脸色说:"唔!狼来了!"随之吩咐徐秀才说:"你到村子里去买两只狗来,买不下就借。要大狗恶狗。"徐秀才眨巴着眼问："先生买狗做啥?"朱先生笑说："狼来了就得狗咬嘛!"随之又吩咐厨师说："你明日给咱做一样菜,把豆腐跟肉熬成一锅。"厨师说："肉耐火豆腐不耐火,熬不到一起。"朱先生说："你就往一锅里熬。"

第二天,朱先生和他的八位编辑先生按部就班在各自的屋子里做事,院子里异常静谧。大家都在期待狗叫。两只蓝色颈羽的小鸟从银杏树枝上跳到房檐上,又飞落到院子里湿漉漉的方砖上,发出一串串金子似的叫声。第一声狗叫惊得两只小鸟箭一般射向空中。两只狗的叫声愈来愈疯狂,混沌狂乱的吠声在书院里的墙壁上碰撞回旋。狗咬了一阵就停息下来,大约来人退走离开了。突然狗又疯狂地咬起来,大约来人又踅摸到门口来了。八位先生全都站在各自的窗下瞅着大门口,又瞅瞅朱先生的书房。狗咬声又停下来。朱先生在两只狗第三次咬响的时候走出书房,疾步走过院子,左手习惯性地撩着长袍的衩口,喝退了狗,把来人领进大门,在院子里朗然宣呼："刘军长来看望诸位,快出来迎接。"同人们纷纷走出屋子与一身戎装的刘军长打躬作揖。刘军长说："打扰打扰。"朱先生说："哪里哪里。机缘难得。错失今日,怕是再也难得一睹将军风采了。"刘军长爽朗地说："待我坐定省城,一定常来拜望先生。"朱先生只顾招呼大家在院里石凳上坐下。刘军长问："听说先生在编县志?县志里头都编些啥呀?"朱先生说："上自三皇五帝,下至当今时下,凡本县里发生的大事统都容纳。历史沿革,疆域变更,山川地貌,物产特产,清官污吏,乡贤盗匪,节妇烈女,天灾人祸……不避官绅士民,凡善举恶迹,一并载记。"刘军长问："我军围城肯定也要记入你的县志了?"朱先生说："你围的是西安府不是围的滋水县,因之无权载入本志;你的士兵在白鹿原射鸡(击)征粮及粮台失火将记入本志;你的团长进驻本县吓跑县长,这在本县史迹中绝无仅有,本志肯定录记。"刘军长哈哈笑起来："是吗? 这个县长也太胆小了。"朱先生也打趣说:"县长软得像块豆腐。"

刘军长笑毕,说他今日来有三件大事求拜先生。头一件,围城成功进驻省城以后,将邀请朱先生给他做私人老师,教诲圣书习练笔墨,因他出身草莽识不下一箩筐大字。朱先生说:"我得先讲一条,你得脱了这身戎装,把枪扔了,我才敢伴君念书习字。我比彭县长的胆子更小哩!"刘军长满口答应:"一旦拿下西安,我就把枪撂到城河去,兵交给旁人去带。我只做省主席一席文官。"朱先生说:"那么这件事就等你进城以后再说。第二件呢?"刘军长说:"请先生赐赠一幅字画儿。"朱先生说:"我只会写字不会画画儿。人常说'乘兴挥毫',兴所至而毫生辉。待军长攻城成功,我定当挥毫庆贺。再说第三件吧!"刘军长不好强求,就说出第三件事来:"我一进关中就闻听先生大名,说先生能识天相,能辨风雨阴晦,能知吉凶灾变,能预测后事。请先生给我算一卦,何时围城成功几月进城?"朱先生不假思索一口回绝:"刘军长你进不了城。"

刘军长猛乍愣住,脸色骤变。同人们也都绷紧了脸瞪瓷了双眼气不敢出。朱先生随之款款地笑了:"我两只柴狗把门,将军尚不得入,何况二虎乎?"当作笑话说罢就哈哈大笑起来。众位先生也都轻轻呼出一口闷气。守城的两位将军的名字里都有一个虎字,人称二虎。军人尤其忌讳这个。刘军长说:"这种不吉利的玩笑,只有先生你才敢说到我当面。"朱先生接住说:"只有军长你来,我才有兴头儿开这玩笑。"

"既是玩笑,且不管它。"刘军长说,"那就请先生正儿八经给我算一卦,何时攻城成功?"朱先生扬起头闭上眼,用右手的大拇指在另外四个指头上灵巧地弹着掐着,口中念念有词:"城里守军二万不足,城外攻方二十万有余,按说是十个娃打一个娃怎么还打不过?城里被围五个月之久,缺粮断水,饿死病死战死的平民士兵撂成垛子,怎么还能坚守得住?噢噢噢,账还有另一个算法,城里市民男女老少不下五十万,全都跟二虎的将士扭成一股坚守死守。要把那五十万军人民人全部饿毙……大约得到秋后了。对!刘军长——"朱先生睁开眼说,"秋冬之交是一大时限。见雪即见开交。"刘军长听了忽然从石凳上跳起来:"先生真是神啊!见雪即见开交。正应了我的命!我的字是雪雅。"

朱先生当即招呼他们吃饭,厨师给每人送上一碗豆腐烩肉的菜和两个蒸馍。刘军长吃了一口就咧着嘴皱起眉头:"朱先生你的厨师是不是个生手外八路?"朱先生说:"这是方圆有名的一位高手名厨。"刘军长说:"豆腐怎能跟肉一锅熬?豆腐熬得成了糊涂熬得发苦肉还是半生不熟嚼不烂。哈呀竟是名厨高手?"朱先生说:"豆腐熬肉这类蠢事往往都是名师高手弄下的。"

是年初冬,围城的军队已经换上冬装,经过整整八个月的围困,仍然未能进城。刘军长眼巴巴等待着大雪降止,不料从斜刺里杀来了国民革命军的冯部五十万人马,一交手就打得白腿子乌鸦四散奔逃。刘军长从东郊韩氏冢总指挥部逃走的时候,漆黑的夜空撒落着碎糁子一样的雪粒儿。雪粒儿在汽车顶篷上砸出密集的刷刷啦啦的响声,刘军长忽然想起朱先生为他预卜的"见雪即见开交"的卦辞来,似乎那碗熬成糊涂熬得发苦的豆腐和生硬不烂的肉块也隐喻着今天的结局,喟然慨叹:"这个老妖精!"朱先生后来在县志"历史沿革"卷的最末一编"民国纪事"里记下一行:镇嵩军残部东逃过白鹿原烧毁民房五十七间,枪杀三人,奸淫妇姑十三人,抢掠财物无计。

杨排长和他的士兵从白鹿镇初级小学校撤走时没有给田福贤打招呼。田福贤睁开眼睛时立即感觉到奇异的寂静,他穿上棉袄蹬上棉裤跳下床来,院子里落着一层薄薄的雪花。他双手系着裤带用肩头抵开隔壁教室的门板,不由地"哦"了一声就停在门槛上。

士兵们已不见踪影,靠墙并拢的一排课桌上留着铺垫的稻草帘子。那些帘子是不久前由他从滋水川道产稻区征收起来用牛车拉上白鹿原来的。被褥揭光了。桌底下扔着穿洞的破鞋、朽断的裹腿布条、破旧的烂衫子烂裤头。他转身奔到杨排长住的单间房子,床板上也只留下一张稻草帘子,桌上地上七零八落扔着征集粮草的名单和条据之类。他断定这是永远的逃离而不是暂时的撤退。他一脚踢翻了木炭盆架,炭灰里滚出几粒枣核大小的红红的炭块。他疾步赶到鹿子霖家来。"子霖,晌午到你的保障所议事。"田福贤说,"咱们当狗的日子到今日个为止。"

"咱们当狗的日子到此为止。"田福贤在晌午召集的议事会上重复了这句话,"这杆子乌鸦兵把人折腾够了。"九位乡约再也压抑不住,敞开嗓子嘲骂那一杆子河南蛋全是瞎熊,诅咒他们注定不得好死。

狗的比方虽然刺耳却很准确。杨排长和他的白腿子乌鸦飞来白鹿原的整整八个月时间里,田总乡约以及属下的九位乡约实际都成了供杨排长驱遣的狗,他带着他们认村领路,到一家一户庄稼汉门楼里去催逼粮食草料,田总乡约在杨排长眼下常常流露出狗在凶残暴戾的主人面前的那种委屈和谄媚,他们九个乡约又何尝不是无奈的狗的眼色?田福贤很理解属下的心情,让他们把当狗的委屈酸辛和愤恨宣泄出来。整个白鹿原此刻都在宣泄着愤怒。白腿子乌鸦兵逃跑的消息像风一样迅速刮过大大小小的村寨,愤怒的宣泄随之就汹涌起来,被烧的房子被残害的死者和被奸淫的女人很自然成为人们议论的话题。田福贤郑重地说:"有两件急迫的事要做:一是给遭到逃兵烧杀奸掠的人家予以照顾,二是白鹿仓被烧毁的房子该修建了。"接着讲出了对这两件事的具体构想,乌鸦兵逃走时来不及带走贮存在学校教室里的粮食,正好可以用作这两项大事的开销。"各位乡约回去发个告示,告知乡民到山里去捐木料，丈椽两根付麦一升，丈五椽一根一升，檩条一根三升，独檩一根五升，其余大梁担子柱子按材料论麦，推土和泥搬土坯拉砖抛瓦一应打下手做小工杂活的每日工粮一升，管三顿饭。这样亏不亏下苦人？"九位乡约听罢全都惊叹咋唬起来，这样宽厚的工价无异于施舍赈济，怕只怕进山捐木料和前来做小工的人要碰破头了；有人嗔怨总乡约心太善了甚至可能要坏事，全都拥来混饭吃谁管得住？田福贤雍容大度地一挥手说："只要大家觉得不亏待乡民就成了，旁的事甭担心。"

关于照顾灾难户的事，田福贤是在听到各乡约谈到他们那里发生的事以后才想到的。他昨晚睡在小学校里一无所知，所以一时拿不出具体方案。九位乡约经过一番商议，决定对遭到火劫的三十多户人家视其损失大小给以五至八斗不等量的补偿，而在对那十几个被奸污的妇女的家庭要不要照顾的问题上发生了意见分歧，田福贤最后出来定夺，以不予照顾为好，避免这样的丑事因为照顾而再度张扬。

白鹿原骤然掀起一股短暂的进山捐扛木料的风潮，强壮的男人赤手空拳三五成伙地赶进秦岭深山，捐着用葛藤挽缚着的松椽或檩条走出山来，在被大火烧光的白鹿仓的废墟上卸下木料，接过验收人员用毛笔草画的收条，然后赶到白鹿镇初级小学校去领取麦子。人们扛着粮袋走出学校大门时抑止不住泛到脸上的喜悦之情，心悦诚服田总乡约虽然有一双凶厉的圆轱辘眼睛却怀着一腔菩萨的善心柔肠。九位乡约全都投入到这场庞大的工程里来，各司一职或验收木料或兑付麦子或领人施工，全都忠于职守，主动积极，而且对乡民和蔼谦恭。

新任的县长已经走马上任，姓梁。县党部的牌子也正儿八经地挂在县府门口，县党部书记姓岳。田福贤经常去县里开会，就将整个工程交由鹿子霖统领。鹿子霖对又要去县府开会的田福贤说:"你走你走,你尽管放心走,误了工程你拿我的脑袋是问。"田福贤才放心地离去。鹿子霖深眼睛里蕴含着微笑,走到正在盘垒地槽基础的乡民跟前:"干一阵就歇一会儿抽袋烟,谁要是饿了就去厨房摸俩馍咥喽!"结果惹得乡民们哈哈笑起来。大家干得更欢了,没有哪个人蹭皮搓脸好意思不到饭时去要馍吃。鹿子霖又背着双手走进学校储存粮食的教室,站在粮堆前瞅着给捐木料的乡民兑付麦子。粮食装满木斗后,发粮的人用一块木板沿着斗沿刮过去,高出斗沿的麦子被刮落到地上,这是粮食交易中最公正的"平斗"。鹿子霖说:"把刮板撂了。把斗满上。上满!"人们都轻松了许多,鹿子霖便又转身走掉了。

从射鸡(击)表演开始弥漫在白鹿原八个月之久的恐怖气氛很快消除了,田总乡约和他属下的九个乡约宽厚仁德的形象也随之明朗起来。赶在数九地冻之前,白鹿仓废址上的一排新房全部竣工,坍塌的土围墙的豁口也补修浑全,破旧低矮的大门门楼换成砖砌的四方门柱,显现出全新的景象。

白嘉轩在乌鸦兵逃离后的第五天鸡啼时分,就起身出门去看望在城里念书的宝贝女儿灵灵。

西安解围的头一天傍晚,白鹿村一个在城里做厨工的勺勺客回到村里。他一走进白鹿镇就被人们围住,纷纷向他询问被围期间城里的情况儿;他苦不堪言地应对几句就扯身走了,在白鹿村村巷里又遇到同样的围堵和同样的询问;他急慌慌走进家门,在院子撞见老娘就爬跪在地上哭得直不起身来,村民们又赶到院里来打听探望。勺勺客哭喊说:"妈呀!我只说今辈子再见不了你哩!"白嘉轩和母亲白赵氏妻子白吴氏先后三次到这个勺勺客家里来打问灵灵的消息,勺勺客的回答都是一句话:"没有见灵灵。"

接着两天,白鹿村在城里当厨工的、做相公(学徒)的、打零工的、抹袼褙的、拉洋车的,以及少数几个做生意开铺子的人,都先后回到村子来探望父母妻儿,带回并传播着围城期间大量骇人听闻的消息:战死病死饿死的市民和士兵不计其数,尸体运不出城门洞子,横一排竖一排在城墙根下叠摞起来。起初用生石灰掩盖尸首垛子,后来尸首垛子越来越多,石灰用尽就用黄土覆盖,城市里弥漫着越来越浓的恶臭。所有公用或私有的茅厕粪尿都满溢出来,城郊淘粪种菜的农人进不了城,城里人掏出粪尿送不出去就堆在街巷里。从粪堆上养育起来的蛆虫和尸首垛子爬出的蛆虫在街巷里肆无忌惮地会师,再分成小股儿朝一切开着的门户和窗口前进,被窝里锅台上桌椅上和抽屉里都有小拇指大小的蛆虫在蠕动。蛆虫常常在人睡死的时候钻进鼻孔耳孔和张着打鼾的嘴巴,无意中咬得一嘴蛆脓满口腥臭。

　　白嘉轩问遍了所有从城里回到村里的人,都说没有见过灵灵。那些令人起鸡皮圪墶又令人恶心呕吐的传闻,使四合院里的生机完全窒息,先是妻子白吴氏,后是老娘白赵氏,接着是白嘉轩自己,都在两天里停止了进食,灵灵的干大鹿三的饭量也减了一半,孝文和媳妇虽然还有部分食欲却不好意思去吃了。到解围的第四天,孝文媳妇向婆白赵氏请示早饭做什么?得到的是"做下谁吃?"她就没有再进灶房。

　　"四"是不吉祥的数字,隐含着"事"。仙草三天不进食,精神却仍然不减,一会儿去纺线,棉线却总是绷断,一会儿又去搓棉花捻子,又把棉网戳破了。白赵氏干脆站在镇子西头的路边无望地等待。可怕的期待延续到又一个天黑,仙草突然叫了一声"灵灵娃呀",就从炕边栽跌下去,孝文和媳妇闻声奔过来扶救。白赵氏还站在镇子西边的路口等待。白嘉轩从上房明间走进厢房时,孝文抱着母亲大声呼叫,孝文媳妇正从后纂上拔针刺人中。仙草"哇"的一声哭出来,从孝文的怀里挣脱出来扑向白嘉轩,接着被儿子和儿媳安抚着躺下来。白嘉轩说:"照看好你妈。我进城去。"

城里人吃早饭时,白嘉轩踏进皮匠二姐夫的铺面门。二姐以为来了顾客,迎到柜台边才发现是乡下弟弟,就惊呼欢叫起来。白嘉轩顿时一块石头落了地,如果灵灵儿进入尸首垛子,二姐一家肯定不会如此平静地吃早饭,也不会开铺门卖货。他坐到椅子上还是忍不住问:"灵灵呢?"

"抬死人去咧!"二姐说,像是看出了弟弟的惊诧,反而用轻淡的语调说,"大家都在抬。有的人挖坑,有的抬死人。坑在城东北墙根下,大得要装下一万多死人。"白嘉轩啊了一声,证实了回到白鹿村的那些人的话不是胡谝冒吹。"我昨个黑间挖了一夜坑,今个黑间还得去挖。"二姐夫说,"灵灵儿前两天也是挖坑,昨儿后晌又改换去抬尸首了。一边挖一边埋。好些尸首只剩下骨头架子,分不清谁的胳膊谁的腿,一混子装到架子车上拉去埋了。"白嘉轩对这些事已经麻木,只抱怨说:"二姐二姐夫你俩人也真是凉凉性子,咋就想不到叫灵灵回乡下去?她婆她妈都三四天水米不进快急疯了!""兄弟你这人原来不糊涂会想事的嘛!你想想灵灵在我这儿能出啥事?万一出点事我还能不给你说?娃没回原上就是娃平安着哩嘛!"皮匠姐夫说,"你咋连这点窍道都翻不开?"二姐说:"开围头一天我就催灵灵回去,娃说学校里不放假,要按虎将军的紧急命令行事,挖万人坑,抬埋死人,清扫满街满巷的脏物。"白嘉轩悲苦地说:"一家人连火都不烧了。"

正说话间,白灵走进门来叫了一声"爸"就站住了,她看见了父亲一双红肿怕人的鼓出的眼睛。白嘉轩一扬手就抽到她的脸上:"为你险忽儿送了三个人的命!"白灵捂着脸分辩说:"爸你打我我不恼。可我托兆海爷爷给你捎回话去了呀?"白嘉轩这时才知道鹿泰恒早已来过城里看望上学的孙子兆海。他这时才认出站在灵灵旁边的青年便是鹿子霖的二儿子兆海。鹿兆海有些羞怯地笑笑,证实说:"话是捎回去了。"

鹿兆海穿着一件藏青色制服,头上戴一顶圆制帽,硬质的帽舌上蒙有一层黑色光亮的面,深陷的眼珠和长长的睫毛显示着鹿家的种系特征。"灵灵跟鹿家的二小子怎么会在一起?"白嘉轩心生疑惑,随之闻见灵灵和鹿兆海身上散发出的怪味儿,那是尸首腐烂的气味,令人闻之就恶心,一下子证实了二姐夫说的"抬死人"的话。他说:"把衣服换了,把手上的死人气味洗掉,跟我回原上。"白灵说:"尸首还没抬完还在墙根下烂着,我怎么能走?"白嘉轩说:"等你把城里的死人抬完了,回家正好跟上抬你婆和你妈的尸首。"白灵说:"你回去给婆跟妈说我好好的没伤没病,她们就不急了也就放心了。"鹿兆海插嘴说:"叔呭!白灵当着运尸组的组长,她走了就乱套了。缓过一礼拜运完尸首让她回家,我也早想回咱原上,俺们俩一块回去。"白嘉轩并不理睬兆海,生硬地对灵灵说:"好哇灵灵,你敢不听我的话?"白灵说:"爸呀,我不是不听你的话。你看看那么多人战死了饿死了还在城墙根下烂着,我们受他们的保护活了下来再不管他们良心不安呀!我实话实说了吧,一礼拜也回不去,尸首抬完了埋完了,还要举行全城的安灵祭奠仪式,正在挖着的万人坑将命名为'革命公园',让子孙后代永远记住这些为国民革命献出生命的英灵……"白嘉轩吃力地听着这些稀里糊涂的新名词脑袋都木了。白灵说:"二姑给我取俩馍,我得走了。爸你歇一天脚明儿个回去。"白嘉轩想挡却没有再挡,看着二姐给灵灵和鹿家那个二货拿来了馍馍,俩人就出门去了。二姐说:"娃说的也对着哩!尸首不早点抬了埋了活人谁能受得了?快放寒假了,我跟灵灵还有你的俩外甥女儿一块回原上去,我也想咱妈了。"白嘉轩却直着眼珠追问:"鹿家那个二货跟着灵灵前前后后跑啥哩?"二姐猜着了他的意思,说:"人家是同学,又是革命同志,你那些老脑筋见啥都不顺眼。"白嘉轩说:"二姐你甭跟着瞎叨叨。我挑明了说,你给她说念书就一心一意念书,甭跟鹿家二货拉拉扯扯来来往往。"

白嘉轩草草吃了早饭就告别了二姐和皮匠姐夫,天黑定时踏进了自家的门楼。四合院里已经恢复生气。他昨晚背着褡裢走后不久,鹿泰恒就把灵灵安然无恙的话捎到了。仙草和母亲解除了沉重的负担反而更加思念女儿和孙女,甚至提出俩人结伴去城里看看灵灵瘦了还是胖了。白嘉轩说:"谁也不用去。去了也是白去。咱们为她担惊受怕险忽儿把心熬干,她可是谁也不想,只忙着抬死人埋死人。我远远跑去了,那贼女子连跟我多坐一会儿的工夫都没有。那——是个海兽!"

鹿兆海和白灵在街巷里一边走着一边嚼着馍,装着尸体的架子车擦脚而过,洒下满路的脓血肉汁。他们已经闻不见腥味儿,大口嚼咽香甜的馍馍。鹿兆海说:"白灵,嘉轩伯好像讨厌我?""那很正常。"白灵说,"他现在更讨厌我,你还看不出来吗?"鹿兆海说:"我一看见嘉轩伯就心怯。我自小好像就害怕大伯。我今日猛不防看见大伯,好像比小时候更心怯了。"白灵说:"怯处有鬼。你肯定是心怀鬼胎。"鹿兆海说:"白灵你听着,如果我壮起胆子跪到大伯脚下叫一声'岳父大人',你说大伯会怎么样?"白灵撇撇嘴说:"他把你咋也不咋。可他会一把把我的脖子拧断。"鹿兆海说:"那我就会再叫一声:'岳父大人,你放开白灵,把我的脖子拧断吧。'你信不信?我肯定会这样说这样做。"白灵佯装叹口气:"那好,我们都等着拧断脖子吧!现在,革命同志,快去抬尸首。"他们走到城墙根下尸体垛子跟前时,正好吃完了两个馍馍,拍拍手就去搬尸体。

围城不久教会学校就停办了。白灵在街上碰见了鹿兆海,俩人对视了半天终于认出同是一个村子里的乡党。鹿兆海说他所在的中学也停课了,学校里临时办起了国民革命培训班,培训军人市民学生和一切有志于革命的人。白灵跟兆海参观了他们的学校，才觉得自己所在的女子教会学校有点可怜。鹿兆海怂恿她不妨去培训班听听热闹，她就去了。鹿兆海悄声告诉她："讲课的这位教员是我们原先的国文教员，是国民党员。"又以同样的口吻告诉她说："这位教员原是我们的英文教员，是个共产党。"白灵问："你说国民党和共产党哪个……"鹿兆海说："都差不多。两党合作一致推进国民革命。"白灵从此天天来培训班听讲，有一天对兆海说："我决定转学到你们学校。"鹿兆海说："我已达到目的。"那天晚上兆海送白灵回家，忽然问："白灵，你想不想参加一个党？"白灵说："想。你想不想？或者……你早已参加了？"鹿兆海说："我也没有。咱们商量一下，参加哪个好？"白灵说："不。咱俩一人参加一个。"鹿兆海说："这样好，国共团结合作，我们俩也……"白灵说："那好，你先选择一个，剩下的一个就是我的了。""这样吧——"鹿兆海掏出一枚铜元说，"有龙的一面是'国'，有字的一面是'共'，你猜中哪面算哪个。"白灵觉得很有趣，从鹿兆海手里拿过铜元看了看说："我来抛，你先猜吧！"鹿兆海点头同意了。白灵又发觉了这个默契游戏中的漏洞："如果咱俩都猜中了一面呢？"鹿兆海说："那……命中注定，咱们就参加同一个党。"白灵把铜元郑重地在手心抚了抚再抛到有亮光的地面上，让鹿兆海猜。鹿兆海说："是字。"白灵说："我猜是龙。"两人同时蹲下去，借着店铺门里泻出的灯光观察，铜元正好显示出一条龙的图案，两人哈哈笑着跳起来。鹿兆海说："我是'共'你是'国'。谁先入进去，这枚铜元就归谁保存。"白灵笑说："现在让我先保存着，好玩的铜元。"他们一起投入到守城的斗争中去，和素不相识的市民搜集石块，就连铺地的青石条，居民宅院门口的石板，垒砌路边的沙石块，也都被挖下来撬起来抬到城墙上去，补堵被围城的军队用枪炮轰塌的城墙豁口。鹿兆海有一次抬石头上了城墙，围城的士兵打起枪来，子弹击中了右胳膊，险忽儿送命。白灵几乎天天都到临时抢救医院去看望他。白灵问:"你害怕不害怕?"鹿兆海说:"不害怕。真的。"白灵说:"你在我跟前吹大气,充好汉。"鹿兆海抚着绷扎的胳膊说:"这一枪把我打急了,我现在告诉你,我决定从军。当然,我还是想把中学念完。我要是害怕怎么会作出这个决定呢?"白灵歉然笑笑说:"我说着玩的,怎么就当真了?"鹿兆海即将出院的时候,学校的那位英文教员来看望他时正式通知他:"你被接纳为中共党员了。"白灵掏出那枚铜元递给鹿兆海。鹿兆海在手里抚摸了一会儿,又交给白灵说:"你保存着好。"俩人推让的当儿,英文先生转着好奇的眼睛:"定情物?"鹿兆海和白灵都红了脸,却极力否定说:"不是。它更有深意。"铜元最后还是留在白灵的掌心里。鹿兆海康复后就编进了由学生市民和手工业工人混成的准军事战斗队伍,接受军事训练,随时准备补充到守城的国民革命军的营垒里去,和白灵见面的机会很少了。白灵后来被抽调参加了文艺演出队,到守城的兵营和市民中间宣传鼓动,几次爬上城墙,为趴在掩体下的士兵唱歌。有一次演出给她留下最深刻的记忆,她在被慰问的民兵中看见了鹿兆海。那枚铜元装在她贴身的小口袋里,无论走到什么地方演出,跳起来舞起来的时候,那枚小铜元就轻轻撞击她刚刚隆起的小小的乳房……她没有料到那晚抛掷铜元的游戏,揭开了她和他走向各自人生历程中精神和心灵连续裂变的一个序幕。

　　白鹿仓的办公房如期竣工,统领监造如此庞大而又紧迫的工程显示了鹿子霖卓越的组织才能。田福贤和他的干事们迫不及待地搬进潮湿的新房。白鹿仓为重新挂牌办公举行了隆重的庆祝仪式。白鹿仓辖管的百余个村庄的官人,德高望重的绅士贤达,十几个大村的私塾先生和唯一一所新制学校的几名教员,济世粮店的丁掌柜和白鹿中医堂的冷先生等头面人物都在被邀之列。新任滋水县的梁县长和刚刚组建的国民党滋水县县党部书记岳维山亲临本仓。关中名儒朱先生更是田总乡约特邀的贵宾,重建白鹿仓的盛事将被朱先生载入正在编纂的新本县志。梁县长首先讲话:"白鹿仓的盛典标志着国民革命新秩序的完全建立。"县党部书记岳维山接着讲:"胜利粉碎刘匪乌鸦兵对革命的围攻,白鹿原以及滋水县的国民革命将展开新的一页。"他随之郑重宣布:"本县我党的第一个分部——白鹿区分部宣告诞生。田福贤任白鹿区分部书记。"与会者表示了热烈的祝贺而又显出惊奇,惊奇的是在四个委员中鹿家父子居然占了两位。岳维山不失时机地重点介绍了鹿兆鹏:"鹿兆鹏同志不仅是白鹿区分部委员,还是县党部委员,负责农运工作。鹿兆鹏同志是共、产、党员——"嗡嗡嘤嘤的议论顿时腾起,百余双眼睛一齐射住鹿兆鹏。鹿兆鹏尽量做出坦然自若的神情却总是显得不大自然。鹿子霖迅疾地瞅了儿子一眼就微偏了头,脸色比儿子还要紧张还要尴尬,因为众人如锥的眼光纷纷移射到他的脸上。近日里,乡村里悄悄流传着共产党是红头发红眼睛的妖匪,共人家房共人家田地共人家骡马牲畜,尤其是共人家婆娘女子的危言,乡民们感到比白狼可怕多了,可是谁也没有见过一个共产党。岳维山礼让鹿兆鹏讲话,会场骤然清静下来。鹿兆鹏憨里憨气地笑着说:"众位乡党,大家都多瞅我一眼,看清我跟你们以及你们的子弟一样,都是黑头发黑眼睛黄皮肤就行了。好了,岳书记你继续讲吧,我就开这一句玩笑。"会场顿时轻松活泼了,夹杂着释然化疑的笑声。岳维山雍容大度地笑笑说:"鹿兆鹏同志又是国民党员。共产党和国民党是同志是兄弟,共同推进国民革命。"说着抓住坐在旁首的鹿兆鹏的手站立起来,两只挽着的手形成一个拳头高高举过头顶停留在空中,显示着团结的真诚,象征着擎天立地的力量。这个生动的画面摄入每一个与会者的眼睛储存于他们的脑底,并为后来完全相反的结局发出历史性的感叹。

会议之后,朱先生顺理成章地跟着白嘉轩去看望老岳母。他向岳母白赵氏问了安就急说:"啊呀妈吔我饿坏了,快给我熬一碗苞谷糁子吧!你熬得那么又黏又香的糁子我再没喝过。"白赵氏亲自下到厨房,阻止了儿媳仙草又阻挡了孙媳,亲自添水烧火拂下糁子放进碱面儿,一会儿紧火,一会儿文火地熬煮起来。朱先生在庆典仪式之后的丰盛的宴席上,只是礼仪性地点了几下筷子就离开了。他不是出于清高而是他的胃肠只能接受清淡的五谷菜蔬却无法承受荤腥海味。白嘉轩满脑子都是疑问,迫不及待地问姐夫:"鹿家父子俩全是委员?鹿家兆鹏又入'国'又入'共'骑双头马?又是白鹿仓又是区分部,田福贤是总乡约又加个区分部书记。又是国民党又是共产党。啊呀呀!我这脑瓜子里全给搅成一锅糨子咧!"朱先生听了格格格朗声笑了:"你种你的庄稼你务你的牛犊儿骡驹儿就对了。你把那些名目那些关系捋码清了有啥用场?我都不大捋码得清,你伤那个脑筋做啥?国民党和共产党都开宗明义要给民人办好事,'扶助工农'。你只管放心过你的日子就是了。"白嘉轩心悦诚服地点点头,却仍然止不住发问:"哥呀,我心里总是毛乱草势的。俗话说,一个槽道拴不下两匹叫驴,一窝蜂里容不得两个蜂王。岳鹿二人挽着举到头顶的拳头分开了咋办?"朱先生听了更不经意地大笑了:"哈呀兄弟!咱妈给我把苞谷糁子端来了。我可不管闲事。无论是谁,只要不夺我一碗苞谷糁子我就不管他弄啥。"

鹿兆鹏不再是因为校长而是他公开的共产党身份招引得一切人注目。他仍旧住在白鹿镇小学校里,仍然身兼校长职务。学校已经恢复上课。刚开始他还不大习惯利用公开的身份进行活动。韩裁缝的身份没有公开,仍然像个手艺人那样穿着蓝布围裙手脚并用在轧轧响着的缝衣机器上,鹿兆鹏和他的工作关系不仅是秘密的而且是单线的。那是一个绝对忠诚的战友同志。鹿兆鹏充分利用合法的身份加紧工作,只是在处理需得极端保密的事情时才交给韩裁缝。

白鹿仓的庆典宴席结束后,父亲鹿子霖不大好意思地趋摸到他跟前,暗示他回家去一趟,他有话说。鹿兆鹏说:"我知道你想跟我说啥话。缓几天吧,我现在事情太忙。"鹿子霖鼓了鼓嘴就转身走了。

鹿兆鹏现在确实忙,中共陕西省委的全会刚刚开罢,党的决议亟待贯彻,今冬明春要掀起乡村革命的高潮,党的组织发展重点也要从城市知识层转向乡村农民,在农村动摇摧毁封建统治的根基。党在西安已经办起"农民运动讲习所",每期仨月轮番培训革命骨干。他决定把分配给滋水县的十个名额全部集中到白鹿原上,正好可以从每个保障所选送一个,避免撒胡椒面似的把十个人撒到全县。

这一构想刚刚形成,黑娃黑夜里突然闯进他的校长办公房,一进门就瞪着黑乌乌的眼睛问:"老天爷呀,没看出你是个共产党?!"一下子倒把兆鹏问愣住了。黑娃现在受雇于二原子上一户人家,给人家斩崖挖土打窑洞,知道满原都在摇铃般传说着他的朋友是共产党。雇主在吃晚饭时问他:"鹿乡约的共产党后人得是红眼睛红头发的洋种?""哈呀我说啥洋种不洋种的。他官名叫兆鹏,小名叫拴牢,跟我一个桌子念书,给我吃过冰糖,跟咱一模一样,是黑头发黑眼睛的土种。"黑娃津津有味地复述着,兆鹏听着就在黑娃腰里戳了一拳头,笑得几乎岔气:"好好好哇黑娃,你说得真好。我们都是土种,转一个音就是土著。"黑娃又瞪着眼问:"我只知道你是白狼。咱们烧粮台时你说是白狼。白狼就是共产党?那韩裁缝是不是共产党?"鹿兆鹏骤然变色嘘道:"黑娃,你记住一条儿,咱俩以后说话只说咱俩的事,旁人的事甭问也甭打听。"黑娃窝住兴儿不大欢愉了。兆鹏说:"我正想找你哩,你来了正好。"随之把物色他去参加"农讲所"的事说了。黑娃听了不感兴趣:"噢呀,我这回可不想跟你跑了。乌鸦兵跑了,进不进祠堂的事也过去了,我想蒙着头闷住声下几年苦,买二亩地再盖两间厦房,保不准过两年添个娃娃负担更重了。我已经弄下这号不要脸的事,就这么没脸没皮活着算毬了。我将来把娃娃送到你门下好好念书,能成个人人就算争了气了。"鹿兆鹏惊奇之后就以不屑的口气说:"我跟你说话不拐弯,你这些打算全都是空中楼阁痴心妄想,拿咱土种的话说就是没向。你只要想想你爷你爸就明白了。"黑娃还不信服:"俺爸俺爷是不行。可咱村有好多人比如嘉道叔的日子就一年强过一年。"鹿兆鹏说:"这样吧,你先去参加一回。你觉得有意思你回来咱俩继续共事,你觉得没意思你就过你的小日月。你受训这信月的损失我给你补上。"黑娃听到这话冒火了:"啥话!我就那么爱钱吗?我还顾虑我识不下几个字,又是个猪脑子,人家说啥念啥怕是解不开记不下。"鹿兆鹏说:"那不要紧,能解开多少算多少,能记下多少算多少。要是解不开记不下一句,权当逛热闹哩!你大概还没逛过城哩?"黑娃迟迟疑疑算是答应了。鹿兆鹏却说:"黑娃,我估计你这回去了还想再去一回。"

　　黑娃要去城里参加"农讲所"受训的消息在白鹿镇引起很大反响。白嘉轩得知这个情况后一直保持沉默,只在一天晚上在祭桌前对孝文说:"他坐在那儿看去像个先生,但一抬脚一伸手就能看清蹄蹄爪爪了。物以类聚人以群分。这就再明白不过了。"孝文说:"咋也想不到堂堂的校长能跟黑娃混搅在一搭。他选送的十个人个个都不干不净有麻达,这共产党究竟……"白嘉轩打断儿子的话:"从今往后,甭跟人说这样话。凡事看在眼里记到心里就行了。"

　　种种议论集中到田福贤那里。他对鹿兆鹏说:"岳书记再三给我敲过,让我注意国共合作,不要干涉兄弟党内务。我只想问问你,是不是把那十个人再慎重掂量一下?其他人有麻达还将就得过去,黑娃太那个了嘛!让人说,'共产党咋尽挑那些龟五贼六的货?连抢夺人妻的货也要抬举到省城里去?'听听!我担心这样下去对贵党影响不好。""他们是去城里接受培训,又不是做官。"鹿兆鹏解释说,"他们接受培训提高了觉悟,就会改掉自己的麻达。你忘了国父遗嘱说的'扶助农工'的话吗?扶助扶助是啥意思哩?"田福贤瞪起了眼睛……

黑娃从"农讲所"培训归来,在白鹿原掀起了一场风暴。那些议论黑娃的三纲五常的白嘉轩鹿子霖田福贤以及一切或穷或富的庄稼人,全都对他刮目相看,用土著们习惯的话说:瞪起了眼睛。

第 十 三 章

白嘉轩双肘搭在轧花机的台板上,一只肘弯里搂揽着棉花,另一只手把一团一团籽棉均匀地撒进宽大的机口里,双脚轮换踩动那块结实的槐木踏板。在咔嗒咔嗒的响声里,粗大的辊芯上翻卷着条条缕缕柔似流云的雪白的棉绒,黑色的绣着未剔净花毛的棉籽从机器的腹下流漏出来。踩踏着沉重的机器,白嘉轩的腰杆仍然挺直如椽,结实的臀部随着踏板的起落时而撅起。孝文走进轧花房,神色慌乱地说:"校长领着先生学生满街上刷写大字。满墙上都是'一切权力归农协'。'农协'是弄啥哩?"白嘉轩继续往机口里扔着棉花团儿,头也不转地说:"这跟咱屁不相干嘛!你该操心自己要办的事。"

白嘉轩驾着牛车从城里拉回来一架轧花机,在堆放垫圈干土的土房里扎垒起一道隔墙,隔出一间机房来安装机器,几经调试,这架透着生铁蓝光的轧花机就响起通畅和谐的咔嗒咔嗒的声音。白嘉轩下决心买回这架上海出的机器,主要是为了自家轧花方便,且不说每年轧花要花销一头牛犊的工价,单是把棉花用牛车送去拉回就太劳神了。轧花机买回以后却首先接揽了轧花生意,在没有主顾的间断时日里抽空儿给自家轧。他在轧花房的门口备下一把废旧的铁头木板锨,来人进入机房之前必须刮净鞋底的泥巴,棉花是干净东西。他算计过,只要机器一冬不停,挣下的轧花钱和自家省下的轧花钱,就可以买回半个轧花机,两个冬天过去就会把这架轧花机赚回来了。"这是一个里外账,一里一外两面算。"白嘉轩对孝文说，"过日子就得这样盘算，才能把日子过得浑全。"他时时处处不失时机地对儿子进行诸如此类的点化教育，以期他尽快具备作为这个四合院未来主人所应有的心计和独立人格。而言传身教不可偏废，白嘉轩挺着腰杆踩踏轧花机就是最好的身教。

轧花机开转以后，他和鹿三孝文三人轮换着踩踏，活儿多的时候加班干到深夜，有时鸡叫三遍以后又爬起来再干。房檐上吊着一排尺把长的冰凌柱儿，白嘉轩脱了棉袄棉裤只穿着白衫单裤仍然热汗蒸腾。过了多日，孝文又一次忍不住大声说："黑娃把老和尚的头铡咧！"白嘉轩转过脸依然冷冷地对惊慌失措的儿子说："他又没铡你的头，你慌慌地叫唤啥哩？"孝文抑止不住慌乱："哎呀这回真个是天下大乱了！"白嘉轩停住脚，咔嗒的响声停歇下来："要乱的人巴不得大乱，不乱的人还是不乱。"他说着跳下轧花机的踩板，对儿子说："上机轧棉花。你一踏起轧花机就不慌不乱了。哪怕世事乱得翻了八个过儿，吃饭穿衣过日子还得靠这个。"他粗大的巴掌重重地拍击到轧花机的台板上，随之从棉花垛上取下棉衣棉裤穿起来……

白嘉轩刚刚平息了四合院里发生的一场小小的内乱。内乱是他的宝贝女儿灵灵制造的。原上人吃腊八粥的那天傍晚，白灵出其不意地回到家里来，这是自围城以来头一次返乡回家，奶奶白赵氏一把把孙女搂到怀里，张口咬住脸蛋子久久不放，涎水从脸腮上流灌进脖颈里去，残缺不全的牙齿在孙女粉白红润的桃花脸上留下几个奇形怪状的窝痕。母亲白吴氏禁不住热泪涌流，疼爱地斥骂着："没良心的东西把老老少少一家人都给你折磨死了！"白灵从奶奶怀里跳起来，回头又在奶奶脸上亲了一口，掏出手帕又亲昵地给母亲沾去泪水，跳到屋子中间挺身一站："我不是好好的吗？我长得高了吃得胖了,你们尽操那些心做啥!"白嘉轩不失威严地挺坐在太师椅上,瞅见女儿窄巴的衣服绷紧的胸脯上隐伏着的两个乳房的轮廓,心里悸动了一下。白灵毫无察觉父亲的心思,环顾一圈屋里所有的人,得意忘形地宣布了一个消息,立时把屋子里亲昵的气氛扫荡净尽了:"我们把县长轰下台喽!这回大闹滋水县好痛快呀!国共两党的一条密传传下去,凡在省城的滋水籍的人无论男的女的,老的少的,念书的做饭的,当相公的拾破烂的,拉洋车的推菜车的,挑柿担儿的好几百人,全都拥回县城来游行示威,开会演讲,唱歌演剧,把个县府闹得翻了个过儿,把一块'滋水县人民自决委员会'的大牌子挂到县府门口。大家正欢庆斗争胜利的时光,县府里有人密告说县长正给省警署拟报抓人名单。众人炸了营,冲进县府从县长的桌屉里搜出了那个名单。好啊,捉贼捉赃,梁县长是个口是心非的两面派。我们拿着他的赃证去找省主席告状,于大胡子一看那个黑名单就火了,说'谁阻挡国民革命就把他踏倒'。接着一声令下把梁县长撤了……"

  白嘉轩磕了磕烟灰就站起身走出去了。白吴氏怯怯的目光送着丈夫的背影消失在门外,回过头禁止女儿说:"灵灵,你在城里要念书就好好念书,甭跟着旁人疯疯癫癫乱跑。记住,在屋里再甭说刚才说的那号话了,你说话也该瞅瞅你爸的脸色。"白灵说:"我瞅见我爸的脸色,他不悦意他不爱听。我偏说给他听,冲一冲他那封建脑瓜子。"她爽快地说着,忽然醒悟似的叫起来:"噢呀!兆海上军校去了,临走托我给他家里捎话,我差点忘了。"

  想起鹿兆海她的心情特别愉快。兆海已经实现了要做革命军人的志愿,围城结束不久就投身到守城的国民革命军里去了。他的热情,他的单纯,他的聪慧,尤其是他的文化素养,很快受到官长的器重,保荐他到河北省的一所军校去学习军事。兆海得到通知以后就把她约到一家照相馆门前:"你明白我约你到这儿来做什么?"白灵脸上泛起一层羞怯的红晕扭头率先走进去了。临行前,他从照相馆取出俩人的合影赶到白灵二姑家来。她和他相互签名,不约而同地都给对方写下了"国民革命成功"的临别赠言。那是入冬后一个晴朗而寒冷的夜晚,她送他走到二姑家皮货作坊门外的台阶下,他转身离去以后却又转过身来,猛然张开双臂把她搂进怀里。她似乎期待着这个举动却仍然惊慌失措。在那双强健的胳膊一阵紧似一阵的箍抱里,她的惊恐慌乱迅即消散,坦然地把脸颊贴着那个散发着异样气息的胸脯。他松开搂抱的双手捧起她的脸颊。她感觉到他温热的嘴唇贴上她的眼睛随之吸吮起来,她不由地一阵痉挛双腿酥软;那温热的嘴唇贴着她的鼻侧缓缓蠕动,她的心脏随着也一阵紧似一阵地蹦荡起来;那个温热而奇异的嘴唇移动到她的嘴唇上便凝然不动,随之就猛烈地吮吻起来;她的身体难以自控地颤栗不止,突然感到胸腔里发出一声轰响,就像在剧院里看着沉香挥斧劈开华山①的那一声巨响。她在经历了那一声内心轰鸣之后渐渐清醒过来,挣脱他的双臂,从内衣口袋里掏出了那枚雕饰着龙的铜元,塞进兆海的手心:"你带着好,甭忘我。"说罢伸开双臂,紧紧搂住他的肩膀,把火烧火烫的脸颊和他的脸偎贴在一起。他说:"我尝到了你的眼泪,是苦的涩的。"

白灵去了鹿兆海家,鹿子霖叔叔态度活泛,不住地向她打问城里许多有关革命的事。兆海的爷爷鹿泰恒纯粹是一种应付,言语和眉眼里对她的不屑和冷漠是明摆着的。她能原谅他也就不搁在心上。

她从这个与自己已经构成某种特殊联系的门楼下走出来,绕过自家门楼到白鹿镇小学校找鹿兆鹏去了。这是作为革命者的她

---

① 神话剧《劈山救母》结尾情节。

和他的第一次相见。她又一次抑止不住激动的情绪向他叙述了大闹滋水县的经过,而且抱怨作为革命的领导人的鹿兆鹏怎么能不参与?鹿兆鹏呵呵笑着默认了她的抱怨,没有向她说明自己实际上是那场斗争的策划组织者之一。她和他谈论三民主义和共产主义的共同点和不同点,谈论轰轰烈烈的北伐和各地的人民革命热潮。她说:"革命马上就要胜利了。一想到胜利的那一天,我就……"鹿兆鹏也以肯定的语气说:"没有什么人能阻挡北伐军的前进,胜利指日可待。"

这次接触给她留下这样一种印象,鹿兆鹏是一件已经成型的家具而鹿兆海还是一截刚刚砍伐的原木;鹿兆鹏已经是一把锋利的斧头而鹿兆海尚是一圪垯铁坯,他在各方面都称得起一位令人钦敬的大哥哥。

白灵天黑定时回到家里,父亲和母亲还没有歇息,看来是专意等待她。白嘉轩知道她的行踪仍然问:"你到谁家去了?"白灵说:"我先到子霖叔家后来又到学校找兆鹏哥去了。我明天要走,今晚不去再没时间了。"母亲惊讶地问:"明天就走?你一年没回来,刚回来连一整天也待不下?"白灵笑着向母亲赔情:"没办法呀,妈。革命形势紧迫,同志们约定明晚开会。等胜利了我回来跟你住整整一个月。"白嘉轩忍着冲到喉咙口的火气冷静地发问:"你现时还念书不念书?"白灵说:"念呀,怎么不念?"白嘉轩问:"你念了书日后做啥呀?"白灵说:"我喜欢教书。革命胜利了我就做个先生,教书。"白嘉轩说:"你现在甭念书咧,回家来行不行?""不行不行不行!"白灵不假思索一口回绝,"爸,我没有想到你现在会说这种话。"白嘉轩说:"那好,你现在睡觉去。"

第二天早晨,白灵起来时发觉小厦屋的门板从外头反锁上了。她还未来得及呼喊,父亲从上房里屋背着双手走下台阶,走过庭院在厦屋门前站住,对着门缝说:"王村你婆家已经托媒人来定下了日子,正月初三。"白灵嘴巴对着门缝吼:"王家要抬就来抬我的尸首。"白嘉轩已走到二门口,转过身说:"就是尸首也要王家抬走。"

白灵很快复原了活泼的天性,在小厦屋里大声演讲大声唱歌,婆呀爸呀妈呀大哥大嫂三娃子牛犊还有干大你们听我讲吧!国民党共产党领导国民革命形势大好!北伐军节节胜利,天下无敌,北洋军阀反动政府保不住驾啦!国民革命的胜利指日可待。打倒列强打倒列强除军阀除军阀,国民革命成功国民革命成功齐欢唱齐欢唱。| 5·6 54 | 31 | 5·6 54 | 31 | 25 | 1— | 25 | 1— |。妈吔快给我送俩馍来我饿了。

白赵氏踮着小脚站在庭院里斥问:"灵灵你疯了?"白吴氏仙草拿着俩馍馍走到厦屋门前,白嘉轩不失时机地赶到了,从仙草手里夺下馍说:"让她喊让她唱。她还有劲儿。"白灵从门缝里看见了院庭里发生的一切。她的腹腔里猫抓似的难受,接着口腔里开始发黏,终于喊不出也唱不出了,躺在炕上看冬日惨淡的阳光从房檐上悄然消失,冷气和黑暗一起笼罩了厦屋。

黑暗里窗户纸轻轻响了一下,什么东西滚落到肩头上,她一抓到手就毫不迟疑地吞嚼起来,两个半是麦子面半是玉米面的馍馍不经吃就完了,似乎还可以再吃下两个。她觉得胳膊和双腿顿时充满了活力,一骨碌从炕上跳下来,继续她的讲演。白嘉轩咣当一声拉开上房西屋的门闩,站在庭院里吼:"你再喊再唱,我就一镢头砸死你!"白灵对着门缝吼出于胡子的话:"谁阻挡国民革命就把他踏倒!"

直到深夜,白灵时喊时唱的声音才停止下来。天明以后,白嘉轩洗了脸喝了茶抽罢烟,吃了两个烤得焦黄酥脆的馍馍,雄赳赳地走进饲养场的轧花机房,脱了棉袄就跳上去,踩动踏板,那机器的大轮小轮就转动起来。咔嗒咔嗒的响声和谐通畅地响起来。

他一口气踩得小半捆皮棉,周身发热,正要脱去笨重的棉裤,仙草急急匆匆颠着小脚走进来:"灵灵跑了。"白嘉轩披着棉袄走出轧花房,走过街道再跨进自家门楼,厦屋的门锁已经启开,厦屋的山墙上挖开一个窟窿,白土粉刷的墙壁上用镢头尖刺刻下一行字:谁阻挡国民革命就把他踏倒!白嘉轩问仙草:"这镢头怎么在这里?"仙草说:"我不知道。大概是啥时候忘在柜下边了,那是个无用的废物嘛!"白嘉轩在吃早饭的时候向全家老少威严地宣布:"从今往后,谁也不准再提说她。全当她死了。"此后多年,白嘉轩冷着脸对一切问及白灵的亲戚或友人都只有一句话:"死了。甭再问了。"

白嘉轩丝毫也不怀疑孝文惊慌失措从外边传到轧花机房里来的消息的真实性。每天从川原上下背着棉花包前来轧花的人,也带来了四面八方各个村庄的动静,白嘉轩充分预感到了愈逼愈近的混乱,同时也愈来愈坚定地做好了应对的策略:处乱不乱。他不抢不偷,不嫖不赌,是个实实在在的庄稼人,国民党也好,共产党也好,田福贤也好,鹿兆鹏和鹿黑娃也好,难道连他这样正经庄稼人的命也要革吗?他踩踏着轧花机,汗水淋漓,热气蒸腾,愈加自信愈加心底踏实。

黑娃回到原上的那天晚上,正下着入冬以来的头一场大雪,强劲的西北风搅得棉絮似的雪花恣意旋转,扑打着夜行人的脸颊和眼睛,天空和大地迷茫一片。在踏上通往白鹿镇的岔路时,黑娃心头轰然发热,站在岔路口对另外九个同去同归的伙伴喊:"弟兄们!咱们在原上刮一场风搅雪!"他们十个人相约着走进了白鹿镇小学校的大门。鹿兆鹏正在煤油罩子灯下写着什么,见他们走来,便跳起来与他们一一握手:"同志们,我现在可以称你们为同志了。我掐着指头盼着你们回原哪！"黑娃代表受训的十个人表示决心："我们结拜成革命十弟兄了。我们十弟兄好比是十个风神雨神刮狂风下大雪，在原上刮起一场风搅雪！"兆鹏说："好呀风搅雪！你们十弟兄是十架风葫芦是十杆火铳，是十把唢呐喇叭，是十张鼓十面锣，到白鹿原九十八个村子吹起来敲起来，去煽风去点火，掀起轰轰烈烈翻天覆地的乡村革命运动，迎接北伐军胜利北上。国民革命就要成功了！"

黑娃等十弟兄回到他们所在的十个村子发动群众，按照鹿兆鹏的计划积极工作，每个人在各自的村子联络十个积极分子，在白鹿镇小学校举办为期十天的"农习班"。这件工作顺利中也有不顺利，十弟兄里头有两位回家以后就趴下不动了。黑娃大为恼火，找到其中一位开口就损就骂："你是个熊包，你是个软蛋，你是蜡枪，你是白铁矛子见碰就折了。仨月的受训白学了革命道理，不要钱的肉菜蒸馍白咥了。你不讲义气不守信用，结盟发誓跟喝凉水一样。"无论他怎么损怎么骂，那位弟兄双手掬着膝盖，脑袋夹到裆里蹲在地上一句不吭，黑娃连连吐着唾沫儿走了。他找到另一位弟兄家门口，那位弟兄的父亲蹲在门槛上抽旱烟，拒绝黑娃进门。老汉破裂开花的棉窝窝旁边搁着一把菜刀，对黑娃客客气气地说："黑娃你听我说，俺单门独户谁也不敢得罪。你要闹腾你尽管闹腾，俺娃绝不挡路，你再甭拉扯俺娃，俺娃闹腾不起咯。"黑娃忍着火气蹲下来对老汉宣传革命道理。老汉听不下几句就拒绝再听："你说的好着哩对着哩，俺家人老几辈都是猪都是鸡，靠嘴巴拱地用爪子刨土寻吃食儿，旁的事干不来弄不了咯！你要再拉扯俺娃，我就照脖子抹一刀——"老汉噌地站起来，把菜刀抓起来攥在手里。黑娃张了张口没有说话就转过身走了。老汉却一蹦子跑起来追到黑娃面前，伸开左手攥着的拳头，掌心里有两枚银元，解释说："这是饭钱。俺娃在城里仨月吃人家饭的饭钱。咱不白吃人家的。"黑娃铆劲儿朝那手心的银元吐一口唾沫儿:"给你这老不死的胆小鬼留下买寿衣置枋①去!"

更使黑娃恼火的是他自己在白鹿村发动不起来,他把在"农讲所"听下的革命道理一遍又一遍地讲给人家,却引发不起宣传对象的响应。眼看着鹿兆鹏的培训班开班时日已到,他仅仅只发动起来两个人,一个是开配种场的白兴儿,一个是他的女人田小娥。另外七个弟兄的成绩也参差不齐,有的发动下十四五个人,有的七八个,最少的四五个,反而都比黑娃成绩突出。尽管如此,弟兄们仍然尊他为大哥。鹿兆鹏宽慰他说:"黑娃你甭丧气,那不怪你。咱们白鹿村是原上最顽固的封建堡垒,知县亲自给挂过'仁义白鹿村'的金匾。"

第一期"讲习班"如期开班。开班那天请来了贺家坊的锣鼓班子。贺家坊的锣鼓班子敲的是瓷豆儿家伙,也叫硬家伙,雄壮激昂震撼人心,却算不得原上最好的锣鼓班子。在白鹿原最负盛名的锣鼓班子是白鹿村的酥家伙,其声细淑婉转,听来优雅悦耳。传说唐朝一位皇帝游猎至此,听见了锣鼓点儿就驻足倚马如醉如痴,遂之钦定为宫廷锣鼓,每逢皇家祀天祭祖等隆重活动时,都要进京献技。白鹿村锣鼓班子的班头是白嘉轩,敲得一手好鼓,鼓点儿是整个锣鼓的核心是灵魂是指挥,他自然不会领着锣鼓班子前来给黑娃们凑热闹。贺家坊的瓷豆家伙班子踊跃赶来了,领头打着龙旗的是策划过"交农"运动的贺家兄弟的老大。老二已经作古。贺老大一头黑白混杂的头发,一脸白黑相搅的串脸胡须,走到学校门口插下龙旗就对黑娃说:"黑娃你说敲啥?今日个由你点。"黑娃不假思索地说:"敲《风搅雪》。再敲《十样锦儿》。敲了《十样锦儿》再连着敲《风搅雪》。"忙得晕头转向的鹿兆鹏从屋子里小跑着赶到学校门口,双手握住贺老大的手说:"你那会儿用鸡毛传帖闹交农,咱

---

① 枋,棺材。

们这回敲锣打鼓闹革命。"贺老大说:"你们比我争①!"

鹿兆鹏特邀贺老大在开班典礼上讲话。贺老大讲了那场"交农"运动之后说:"娃子们你们比我争。我不算啥。我那阵儿不过是反了一个瞎县官,你们这回要把世事翻个过儿,你们比我争。"锣鼓和鞭炮声中,"白鹿区农协会筹备处"的牌子挂在学校门口,白地绿字,绿色是庄稼的象征。黑娃被宣布为筹备处主任。他走上讲台只讲了一句:"风搅雪!咱们穷哥儿们在原上刮一场风搅雪!"

送走黑娃等一帮子农协会筹备处的骨干已经夜深,鹿兆鹏感到很累,伸开双臂连连打着呵欠,正想关门睡觉,不料田福贤推门进来说:"杀两盘。"鹿兆鹏也突生兴致:"好好好。我这一向对下棋兴趣淡了,咱俩玩'狼吃娃',或者耍'媳妇跳井'行不行?"他们玩起了"狼吃娃"的游戏。除了这两种游戏白鹿原还流行一种更复杂的类似围棋的"纠方"游戏。这三种游戏都是在地上画出方格,选用石子泥团或树枝树叶为子儿,在各个村子风行不衰,一般人在小小年纪就学会入迷了。鹿兆鹏小时候一直读书无法领会这种游戏的乐趣和技法,直到近期在各个村子跑动才学会了。田福贤自当上国民党白鹿区区分部书记以后,常常找区分部委员鹿兆鹏下棋,对乡村的"纠方""狼吃娃""媳妇跳井"的游戏更是乐而不疲。田福贤嘴角叼着又长又粗的什邡卷烟得意地说:"兆鹏呀,看看你又输咧!我当狼你当娃,我的三条狼把你的十五个娃吃光吃净一个不剩;你当狼我当娃,我的十五个娃你只吃了俩,剩下十三个娃打死了你三条狼;不管当狼当娃你都赢不了嘛!"鹿兆鹏输急了说:"咱们耍'媳妇跳井'。"田福贤游刃有余地说:"行呀!就耍'媳妇跳井'。耍几回你肯定得朝井里跳几回。不是我吹大气,论洋学问你比叔高,论新名词洋码字你比叔说得多念得利;玩起乡下这一套套耍活儿来,你还毛嫩着哩不行哩!"鹿兆鹏在地上用粉笔画好了

---

① 争:厉害之意。

格子说:"你先甭吓人呀,到底是我这个小媳妇跳井还是你这个老媳妇跳井,走着瞧吧!"一边走着一边聊着。田福贤问:"兆鹏呀,我有件事解不开,你让先生领着学生满村写字,那些话我都能解开,只有一句解不开,'一切权力归农协'是啥意思?"鹿兆鹏说:"那话再明白不过,我不信你解不开。"田福贤说:"真解不开。一切权力都归了农协,那区分部管啥哩?白鹿仓还管不管了?"鹿兆鹏说:"这个问题今日'农习班'开班时都讲了,你干啥去了?我前几天就给你打招呼,作为区分部书记你要到会讲话,你却不来。"田福贤说:"县党部通知我去开会,没来得及给你说一声。"田福贤确实到国民党县党部去了,不过不是得到开会通知而是自己找上去的。他不知该怎么对付鹿兆鹏的"讲习班"开班之邀。就托词去了县上。县党部岳维山书记说:"你连这么简单的事都应付不了,你还能搞国民革命?"岳书记谈了许多话,归结起来说就是一句,共产党煽动农民造反完全是胡闹;但现在国共合作咱不能明说人家胡闹;作为区分部书记你心里必须认清他们是胡闹。田福贤心里有了底才来找鹿兆鹏要"狼吃娃"和"媳妇跳井"的游戏,其实他早都看到了遍抹在各个村子墙壁上的大字标语,最令他反感的就是"一切权力归农协"这一条。田福贤进一步问:"兆鹏,既然一切权力都要归农协,那我就得向农协移交手续。"鹿兆鹏说:"这个问题农协还没研究。再说农协还在筹备阶段,等正式成立以后再说。你是区分部书记,就应该跟农协站在一起,站在一起就不存在权力移交的问题而只需分工了。"田福贤不置可否,手下走出一步子儿得意地叫起来:"兆鹏呀,你又该跳井啰!跳啊往下跳!"连着耍了三回,鹿兆鹏输了三回,都是被对方逼堵得走投无路而跳进了象征着水井的方格。鹿兆鹏说:"你的耍活儿耍得好。你甭得意噢大叔,我总有一天要赢你的,非逼得你这个老媳妇跳井不可!"

黑娃成功地在白鹿原掀起了一场旷世未闻的风搅雪。黑娃鄙夷地摈弃了那两个熊包软蛋，很快又结识了两个生冷不忌死活不顾的硬家伙，革命十弟兄又捏成拳头了。赶到为期十天的"讲习班"结束，革命十弟兄又扩大为三十六弟兄。当他们端着酒碗起誓结义的时候，便形成一股强大的力量和威慑的气氛。

　　第一块农民协会的牌子是贺老大在贺家坊村挂出来的，仍然是白地绿字。不出半月，第一批重点发展的十个村子有九个都召开了村级农民协会的建立大会，也挂起了白地绿字的牌子，只有白鹿村冷冷清清不曾动。黑娃气恼地说："我在原上能刮起风搅雪，可是在白鹿村里连一根鸡毛也扇不起来。"鹿兆鹏显得胸有成竹："我们最后再来围攻这个封建堡垒。"

　　革命三十六弟兄在九个村子的农民协会里分别担任重要角色，他们坐在一间教室里，听他们的领袖鹿兆鹏作第一步工作总结和第二步工作计划："同志们，我们已经打开了局面。同志们，我们第二步肯定比第一步要走得顺利，步子也要迈得大一些，在五十个村子里建立起农协。一当这五十个村子都挂起我们白地绿字的牌子，我们就建立白鹿原农民协会总部。"革命三十六弟兄激动得从椅子上纷纷跳到桌子上，一个弟兄说："我们建立了农协得办点大事，人家说我们农协剪纂儿拆裹脚布光能欺侮女人。"此话引起三十六弟兄热烈反响，连黑娃也忍不住说："人家不怕我们。"鹿兆鹏纠正黑娃的话说："我们不要人家怕。问题的关键是群众信服不信服我们。我们提倡女人剪头发放大脚是对的，禁烟砸烟枪烟盒子也得到群众拥护，我们还得进一步干出群众更需要干的事来。同志们，说说群众反映最大的问题……"又一位弟兄说："要叫群众害怕咱或者说信服咱能干实事，先把三官庙那个老骚棒和尚给收拾了！"

腊月二十三白鹿镇逢集日,置办年货兼看热闹的人空前拥挤,古老小镇狭窄的街道几乎承受不了汹涌的人流而要爆裂了。斗争三官庙老和尚的大会第一次召开,会场选在白鹿村村中心的戏楼上,其用意是明白不过的。年逾六旬的老和尚被捆绑在戏楼后台的大柱子上,他万万没有料到自己会有如此劫数。

　　老和尚把三官庙的几十亩土地租给附近村庄的农民,靠收取租粮过着神仙般的日子。他私订下一个规矩,每年夏秋两季交租要男人来,而秋末议定租地之事,却要女人来而不要男人。那些前来交办租地手续的女人无论美丑都付出了相同的代价。这个老骚棒无论年轻的年老的,长得俏的长得丑的,一律不拒一律过手,这个秘密谁都明白谁也不愿说破。

　　白鹿村清静的村巷被各个村庄来的男人女人拥塞起来,戏楼下的广场上人山人海,后台那边不断发生骚乱,好多人搭着马架爬上后窗窥视捆在大柱上的老和尚。按照议程,先由三个租地的佃户控诉,再由白鹿区农协会筹备处主任黑娃宣布对老和尚的处置决议:撵走老和尚,把三官庙的官地分配给佃农。可是斗争会一开始就乱了套。头一个佃农的控诉还没说完,台下的人就乱吼乱叫起来,石头瓦块砖头从台下飞上戏楼,砸向站在台前的老和尚,秩序几乎无法控制。鹿兆鹏把双手握成喇叭搭在嘴上喊哑了嗓子也不抵事。黑娃和他的弟兄们也不知该怎么办,这种场面是始料不及的。台下杂乱的呐喊逐渐统一成一个单纯有力的呼喊:"铡了!把狗日铡了!"弟兄们围住黑娃吼:"铡狗日的!"黑娃对兆鹏说:"铡死也不亏他!"鹿兆鹏说:"铡!"五六个弟兄拉着早已被飞石击中血流满面的老和尚下了戏楼,人群尾随着拥向白鹿镇南通往官道的岔路口,一把铡刀同时抬到那里。老和尚已经软瘫如泥,被许多撕扯着的手塞到铡刀下。铡刀即将落下的时候人群突然四散,都怕溅沾上不吉利的血。铡刀压下去咔哧一声响,冒起一股血光。人群呼啦一声拥上前去,老和尚被铡断的身子和头颅在人窝里给踩着踢着踏着,连铡刀墩子也给踩散架了。

黑娃和他的革命三十六弟兄以及九个农协的声威大震,短短的七八天时间里,又有四五十个村子挂起了白地绿字的农民协会的牌子。黑娃无论如何也忍不住欢欣鼓荡的心情:"风搅雪这下才真正刮起来了。兆鹏哥,革命马上就要成功了。"鹿兆鹏毫不掩饰领袖式的喜悦:"黑娃,现在立即去围攻那个最顽固的封建堡垒!"

大年正月初一被选定为白鹿原农民协会总部成立的日子,地点再一次选定了白鹿村的戏楼。

大年三十家家包饺子的除夕之夜,黑娃走进了白嘉轩家的门楼。三十六弟兄要和他一起去助威,黑娃说:"我一个人去。我想试一试我的胆子。"他穿了一件制服,是韩裁缝用机器扎成的。韩裁缝仍然摆着洋机器缝衣挣钱。黑娃走进白家门楼时不断提醒自己挺直腰板儿,一直走进门房和厢房之间的庭院,再走进上房正厅:"我代表农协筹备处告诉你,把祠堂的钥匙交出来。"白嘉轩正在香火融融的祭桌前摆置供果,转过身来说:"可以。"黑娃瞅一眼挺得笔直的白嘉轩,不由地也挺一挺自己的腰,伸出手去接钥匙。白嘉轩的手没有伸到袍子底下去掏钥匙的意向:"现时不行,得到明天早上。明早族人到祠堂拜祖先时,当着全族老少的面我再交给你。"黑娃说:"这随你。"

大年初一未明,黑娃和他的三十六弟兄就聚在祠堂门外,他手里提着一个铁锤,咣当一声,只需一下,铁锁连同大门上的铁环一起掉到地上。黑娃领头走进祠堂大门,突然触景生情想起跪在院子里挨徐先生板子的情景。他没有迟疑就走上台阶,又一锤砸下去,祠堂正厅大门上的铁锁也跌落到地上。地上扫得干干净净,供奉祖宗的大方桌上也擦拭干净了,供着用细面做成的各式果品,蜡台上凝结着烧流了的红色蜡油,香炉里落着一层香灰,说明白嘉轩在三十日夜晚刚刚烧过香火。黑娃久久站在祭桌前头,瞅着正面墙上那幅密密麻麻写着列祖列宗的神轴儿,又触生出自己和小娥被拒绝拜祖的屈辱。他说:"弟兄们快点动手,把白嘉轩的这一套玩意儿统统收拾干净,把咱们的办公桌摆开来。"他走出正厅再来到院子,瞅着栽在庭院正中的"仁义白鹿村"的石碑说:"把这砸碎。"两声脆响,石碑断裂了。黑娃一手叉腰一手指着镶在正厅门外两边墙壁上的石刻乡约条文说:"把这也挖下来砸了。"当黑娃和他的弟兄们在祠堂里又挖又砸的时候,白鹿村的族人围在门口观看,却没有一个人敢走进去阻拦。有人早把这边的动静悄悄告诉了族长白嘉轩,他竟然平心静气地说:"噢!这下免得我交钥匙了。"

原上几十个建立起农民协会的村子敲锣打鼓从四面八方拥向白鹿村,没有建立农协的村子的男女老少也像看大戏一样赶来了。"今日铡碗客。"通往白鹿村的官路小道上涌动着人流。花边龙旗一律扯去了龙的图案,临时用绿纸或绿布剪贴上了某某村农民协会的徽标,在白鹿村的戏楼前飞扬。十多家锣鼓班子摆开场子对敲,震得鸽子高高地钻进蓝天不敢下旋,白鹿村被震得颤颤巍巍。黑娃站到戏楼当中大声宣布:"白鹿原农民协会总部成立了。一切权力从今日起归农民协会。"锣鼓与鞭炮声中,一块绾着红绸的白地绿字的牌子由两位兄弟抱扶着,从戏楼上走下梯子,穿过人群挂到祠堂大门口。具备最强烈的震撼力量的黑火药铁铳,连续发出整整六十一声沉闷的轰响,那是六十一个已经建立农民协会的村子的象征。

碗客和铡刀同时从戏楼的后台被拖到前台。铡刀摆在台子左角。碗客被五花大绑着押在台子右角。碗客仍然从扭着他胳膊的四只手里往上蹦,往起跳,骂着叫着,台下的呼吼一浪高过一浪。

碗客是南山根指甲沟口村人,姓庞,乳名圪垯娃,官名克恭,排行老三。绰号冷三冒,最普遍的称呼是碗客。他十六七岁就赶着一头毛驴到耀州去驮碗,再赶着毛驴驮着碗在白鹿原各个村子叫卖,差不多家家的案板上都摆着他驮回来的黄釉粗瓷大碗。他驮碗卖碗发了财,毛驴换成马车,而且在白鹿镇开了一家瓷器分店,总店在他的老巢南山根的温泉镇子里。他在南原和南山根一带已成一霸,弟兄五人人称五只虎。他的诸多恶劣行径里民愤最大的是对女人的蹂躏,凡是新娶的媳妇头一夜必须请他去开苞。他对女人永无满足永无竭止的野兽一样的欲求从小小年纪就露出端倪,用两只粗瓷大碗换取那些爱占便宜的女人的身子。在好几个村子发生过这样的事:碗客装作收钱走进一家老相好的院子,村人很放心地从毛驴驮架上把大碗小碗哄抢一空,有一回竟然被谁把拴在门口榆树上的毛驴给牵走了。碗客发了财更加纵欲,常常把那些根本没有两性生活经历的新婚媳妇整得寻死觅活⋯⋯碗客现在被捆押在台上毫不羞愧怯惧,不住口地叫骂着:"我圪垯娃睡过数不清的婆娘媳妇,铡了杀了剐了老子,老子也值了。二十年后还是一个圪垯娃,还卖碗还睡你婆娘⋯⋯"不等黑娃宣布完碗客的罪行,几个愤怒已极的汉子蹿上戏楼,把碗客从台角上踢翻下来,砖头和石块把碗客砸成了一堆肉坨子⋯⋯

这一年的新年无疑将储入每一个人的记忆。白嘉轩天不明起来洗了手脸,点燃了祭桌上的两根红色蜡烛,插上了五根紫色的香,叩拜三回,然后把一捆雷子炮夹在腋下走出街门站在仍然漆黑的街巷里。他把雷子炮的火药捻子抠出来,噗的一声吹着手里的火纸点燃捻子,麻纸卷着黑火药的捻子吱吱吱响着迸发出一串串闪亮的火星,他一甩胳膊,头顶黑沉沉的夜空便发出一声痛快淋漓的爆炸。他喜欢放炮,而且只喜欢放雷子炮。他站在门楼外的街巷里,把一个个粗壮的雷子抠出捻子抛入空中,随着一声接一声的脆响,爆碎的爆竹纸屑在寒冷的夜空悠悠飘落下来,落满他的礼帽和肩头。当他尽兴放足了炮回到上房正厅的时候,儿子和媳妇们已经拜过祖宗,也向白赵氏叩过头,只等着给他拜年祝福了。

当新年祥和的微曦照出屋脊轮廓的时候,一家人围在大方桌前吃饺子,有一位族人惊慌失措跑来向他报告了黑娃在祠堂乱砸乱挖的消息。白嘉轩仍然不慌不忙地吃饺子,他今天反倒吃得特别多。与一般人相反,每当遇事他不仅不减饭量反而食欲大振。吃饱了再说!哪怕死了也不当饿死鬼。他放下筷子就在餐桌上宣布:"孝文,你把该当办的事虑一遍,别把哪个事忘了。孝武,你响午就去请执事。孝义,你先去给你三伯拜年。"吩咐完毕以后,白嘉轩就走进了马号。长工鹿三离过年剩下三天的时候回家去了,他年年在鹿三下工之后住进马号,绝不让儿子们代劳。大年初一他让全家人歇息,自己却在祠堂祭过祖宗之后就在祠堂门口领着锣鼓班子敲个痛快。现在,他喂过牲畜丢下搅草棍子又走进轧花机房,踩得轧花机又咔嗒咔嗒欢唱起来。

正月初三准备给孝武完婚,亲朋族人都劝他缓一缓,缓过了眼下的乱世再办,甚至亲家冷先生也趋同这种意向,但他却一口咬定不改初衷:"他闹他的革命,咱办咱的婚事,两不相干咯!农协没说不准男人娶媳妇吧?"他把二儿子孝武的婚事完全交给长子孝文去经办,让其熟悉婚事中的诸多礼仪以及一些注意事项,而他自己只是在重要环节上帮助孝文出出点子。这时三儿子孝义跑进轧花机房说:"爸咃,三伯攥着矛子要去戳黑娃,三嬷嬷教我叫你去哩!"白嘉轩听了一愣,重新穿上袍子戴好礼帽走出轧花机房。

他走进鹿三土围墙上的圆洞门,正看见鹿三手里握着长柄矛子,女人爬滚在地上死死抱着他的腿,黑娃的弟弟兔娃抱着鹿三的另一条腿,鹿三仍然怒不可遏地扑跳着。白嘉轩还没来得及劝他,他倒冲着白嘉轩斥责起来:"鹿子霖不出头你也不露面,人家砸祠堂烧祖宗神轴儿,你们装瞎子?你们怕挨铡刀我不怕。八辈子祖宗造孽是我的罪过。我把那个孽子戳了……"白嘉轩却平静地说:"你该着放下矛子,咂上烟袋儿背抄起手,到祠堂门口戏楼底下去看热闹。十几家锣鼓家伙几十杆铳子,花钱也请不到白鹿村来的。万一你不爱看热闹……"白嘉轩平和认真地说,"我托你办的事……应该再去靠实一回。"鹿三忽然记起,给孝武抬媳妇的轿子是他经手租赁的。他看见白嘉轩意味深长地撇了撇嘴摆了摆头,一把扔掉矛子,蹲在地上大声哀叹……

农协的风暴已经席卷白鹿原。白鹿村也建立了农民协会,黑娃兼任主任,白兴儿当副主任,田小娥做妇女主任。各个村子的农协组织都模仿总部成立时的做法,摆一把明晃晃的铡刀在台上,而且发生了两起铡人的事。鹿兆鹏立即让黑娃召集各农协主任开会,申明今后再不许随便铡人,也不许再把铡刀摆到会场上,需要处治某人需得总部讨论批准。各村农协可以决定斗争和游街的对象,但必须防止群众有意或失手打死人。被革命热情鼓荡着的农协头儿们都觉得窝了兴头儿,嗷嗷叫着抱怨鹿兆鹏太胆小太心善太手软了。原上那么多财东恶绅村盖子,才铡了不过三五个就不许开铡了,革命咋能彻底进行?鹿兆鹏大声警告说:"同志们,革命不是一把铡刀……"最后令黑娃和农协头儿们鼓舞的是,兆鹏终于听从他们的呼声,决定集中目标攻一攻白鹿仓总乡约田福贤,理由是,农协要求向全体乡民公布本仓自民国以来每年征集皇粮的账目。

白鹿镇随之出现了游街的新景观。头一个建立农协的贺家坊开创了游街的先头儿,把贺家坊首富贺耀祖夫妇用绳索捆着牵牛拉羊似的拉到白鹿镇上游了一周八匝,各个村子的农协便争先恐后地把他们村子的财东恶绅牵着拽着到白鹿镇游街示众,花样不断翻新,纸糊的尖顶帽子扣在被游斗者的头上,红红绿绿的寿衣强迫他们穿到身上,脸上涂抹着锅底黑灰又点缀着白色糨糊,有的别出心裁把稀粪劈头盖脑浇下去。每逢三六九集日,镇上空前热闹拥挤,人们观看那些昔日里曾经是原上各个村子顶体面的人物的洋相和丑态。白鹿镇的游街景观随后便屡见不鲜见多不奇了,很快也就失去了观众,及至农协总部要游斗田福贤的消息传出,刚刚冷却下去的热情和新奇感又高涨起来。还有一个更富刺激的因素,就是白鹿村的鹿子霖将同时被推到台上去,共产党儿子斗老子,真个是睁眼不认六亲啦!

把田福贤推上白鹿村的戏楼是白鹿原农民运动发展的最高峰。会址仍然选在白鹿村祠堂前的戏楼。鹿兆鹏亲自主持这场非同寻常的斗争大会。陪斗的有白鹿仓下辖的九个保障所的九个乡约。已经查明,自从田福贤出任本仓总乡约以来,几乎一年不空地在征集皇粮的时候都悄悄加了码,九个乡约无一例外地参与了分赃。黑娃逐年逐条公布了他们加码的比例和多收的粮食数字,逐个公布了田福贤和九个乡约分赃的粮数。台下由可怕的静寂突然变得像狂风暴雨一样呼叫"抬铡刀来!"鹿兆鹏站到台前,吼哑了嗓子也制止不住已经沸腾起来的骚动,他迫不得已从腰里拔出一把短枪,朝空中放了一枪,台下才得以安静下来。他便抓住时机宣布让证人作揭发。

作证揭发的是白鹿仓的金书手,田福贤加码征粮的全部底细都在他的明细账上记着。黑娃和他的弟兄们在找田福贤算账之前,先把金书手叫到农协总部,同时把一把铡刀抬到门外的台阶上。金书手一瞅见沾着碗客血痕的铡刀,脸上骤然失了血色:"好黑娃,好鹿兆谦爷哩,你听我说……你问啥我实打实说啥……你把铡刀快抬走,我看见那……心里毛草得说不成话。"黑娃让人抬走了铡刀。金书手果然神色稳住了,反而爽快地说:"噢呀,你问征粮当中田总乡约搞鬼捣窍的事,我说就是了嘛!远的记不得,单是去年刚刚征过我还没忘。本仓民地原额天时地利人和六等其制共1112顷50亩。额征夏秋粮3081石1斗5升7合6勺。每石折银1两3钱1分8厘3毫3丝8忽9微6纤2尘5渺,共额征银……"黑娃已不耐烦:"你少啰嗦!只说搞鬼捣窍弄下多少粮食和银元。"金书手说:"我说前多年的陈账记不清,只记得去年加码多征粮食折银1200多两。本仓原额民21297丁,征银1211两4钱5分1厘2毫。加码超征200多两。以上地丁两项超征1400多两。九个乡约每人分赃100两。我本人拿了100两。下余的田总乡约独吞了。"黑娃和他的弟兄亲自跟着金书手到白鹿仓去,把他锁在抽屉里的账簿全部背到农协总部来,一年一年一笔一笔加以清算,最后发现田总乡约和他的九个保障所乡约侵吞赃物的数目令人吃惊。鹿兆鹏获得这个重大突破的消息时,激动得一拳砸在黑娃的肩上说:"黑娃,你真了不起!这下子白鹿原真个要刮一场风搅雪了!"

…………

金书手捏着一张清单念着,双腿双手也颤抖着。田福贤和九个臣僚低垂着脑袋听任他一件一件地揭发……骚棒和尚只是欺侮过佃户的女人,碗客也仅是在南原山根几个村子恃强要歪,而田福贤和他的九个乡约面对的却是整个原上的乡民,白鹿原二万多男女现在都成了他们的对头仇敌了。金书手还未念完,台下就再次骚动起来。鹿兆鹏立即命令纠察队员把他们押到祠堂的农协总部看管起来。为了防止愤怒的乡民砸死他们,原先计划的游街示众也因此取消。鹿兆鹏大声宣布:"将田福贤等十一人交滋水县法院审判。"愤恨的乡民对这样的决定立即表示出不满,又潮水一样从戏楼下涌到祠堂门前去,把祠堂包围得水泄不通,喊着叫着要抢出田福贤来当众开铡。黑娃也失去了控制:"兆鹏同志,你现在看看咋个弄法?我早说不铡田福贤难平民愤,铡了这瞎种有个毬事!"鹿兆鹏也急火了,开口骂道:"黑娃你混账!我再三说田福贤不是老和尚也不是碗客,不能铡。这是牵扯国共合作的大事。你立即命令各村'农协'头儿把会员撤走。"

田福贤在风闻"农协"查账的消息后就奔滋水县去了。他先找了岳书记又找了新任的胡县长,见了他们的头一句话就是:"我跟鹿兆鹏合作搞革命诚心实意,想不到鹿兆鹏在背后日我尻子。我这总乡约区分部书记怎么当?"说罢大哭起来……岳维山和胡县长商定召见鹿兆鹏。

鹿兆鹏走进岳维山的办公室时,还猜不透事因,懵懵懂懂大大咧咧地坐在椅子上。岳维山开门见山地问:"兆鹏同志,你怎么把矛头对准了革命同志?"胡县长接着说:"整个白鹿原的行政机构都瘫痪了。"鹿兆鹏不假思索地说:"有确凿证据证明,田福贤不是革命同志,是个贪官污吏。这个吸血鬼不仅败坏国民革命的名声,也败坏了国民党的威信。既然话已说明,我请求你们立即着手给白鹿原派一个手脚干净的区分部书记和总乡约。"岳维山避开话题说:"我也要向你进一言,县里不断收到白鹿原乡民联名具告的状子,告农协的头儿们把碗客铡了,还把人家的儿媳妇奸淫了。据说农协的头儿全都是各个村子的死皮赖娃嘛!凭这些人能推进乡村的国民革命?革命不是乱斗乱铡!贵党在物色农协头儿时也得考虑一下吧?"鹿兆鹏不服气地说:"睡碗客儿媳妇的那个农协副主任已经撤职了。田福贤一开头就说农协头儿全是死皮赖娃。清朝政府骂孙中山先生也是死皮赖娃。"岳维山制止说:"怎么能这样乱作类比,污损国父?"鹿兆鹏坚持说:"一样的道理。腐朽的统治者都把反对他们的人骂作乱臣逆党死皮赖娃。"胡县长又把话转到具体事上:"兆鹏同志,你必须保证田福贤的生命安全。农协不准随便开铡杀人,有罪恶严重的人,要交县法庭审判。"鹿兆鹏说:"我负责把田福贤交到你手上。"

…………

天黑以后,鹿兆鹏派农协纠察把田福贤押送到县上去了,然后坐下来和黑娃研究下一步的工作——分配土地,组建农民武装。黑娃因为没有铡死田福贤而低沉的情绪又高扬起来:"兆鹏哥,咱们农协要是没收了财东豪绅的田产和浮财分给穷汉们,那就彻底把他们打倒了。"

这项工作刚刚铺开,他们又搅进了田福贤的案子里。田福贤在法院待了半个来月又大摇大摆回到白鹿原,官复原职驻进了白鹿仓。黑娃领着三个农协总部的革命弟兄赶到县法院查问,法官说:"查无实据。"鹿兆鹏又亲自找到胡县长的办公室:"你怎么把田福贤放了?"胡县长不失幽默地说:"金书手全部翻供了。看来铡刀逼出来的口供靠不住。"鹿兆鹏旋即又找到岳维山:"我现在不大关心田福贤的事情,而是担心国民革命。"岳维山很不客气地说:"兆鹏同志,你是共产党员,也是国民党员,兼着两个党的重任,你偏向一个歧视一个的做法太露骨了。你把本党基层干部都游了斗了铡了,国民革命只有靠贵党单独去完成?"鹿兆鹏也直言不讳地说:"请你不要太多敏感。如果共产党里头也混进来田福贤这号坏分子,我们会自动把他交给法庭的。"

鹿兆鹏回到白鹿原,黑娃就说:"我说把狗日的铡了,你可要交给法院,审来审去田福贤反倒没毬事了,反倒成了农协栽赃陷害。"鹿兆鹏和黑娃一起到省农民协会筹备处汇报,又一起找到省政府,于主席听罢情况反映以后还是那句老话:"谁阻挡革命就把他踏倒。"鹿兆鹏和黑娃回到白鹿原,不久就传来可靠消息,滋水县胡县长已经被省政府撤职,国民党滋水县党部书记岳维山也被调离。黑娃和他的革命弟兄再次去白鹿仓抓田福贤的时候,田福贤早已闻讯逃跑了,金书手也去向不明了。

在不到一年的时间里,滋水县的县长撤换了四任,这是自秦孝公设立滋水县以来破纪录的事,乡民们搞不清他们是光脸还是麻子,甚至搞不清他们的名和姓就走马灯似的从滋水县消失了。这件事使朱先生颇伤了脑筋,他翻阅着历代县志,虽然各种版本的县志出入颇多,但关于滋水县乡民的评价却是一贯的八个字:水深土厚,民风淳朴。朱先生想:在新修的县志上,还能作如是的结论吗?

第十四章

鹿兆鹏经历了投身国民革命以来的头一遭危机,他险些被捕。那是白鹿原刚刚进入三伏的一个溽热难熬的夜晚,他从井里绞上一桶水提到竹坛旁边的渗坑前,抹下了汗夹儿挂到竹枝上,用一只葫芦瓢舀满水从头顶浇下来,冰凉的井水激得他全身起一层鸡皮疙瘩。这当儿有两个陌生人走到他跟前问:"鹿校长住哪个屋?"兆鹏停住搓身的手想说"我就是",话到出口时却完全变了样:"找鹿校长呀?他跟我是隔壁,住南排第三间房子,从过道进去,朝右首拐就到了。他刚刚洗毕躺下了。"他瞧见后院的黑暗处还站着两三个人。他在那一瞬间感到脊梁骨发冷,同时意识到事情不妙,说着又舀起一瓢水浇到头上,双手在胸脯上对搓起来,搓得肌肤咯吱咯吱响着。那两个人朝过道的方向走去,后边的三个人也匆匆跟了上去。他们的举动和脚步使他联想到尚不老练的猎人。兆鹏从竹枝上扯下汗夹儿,绕过竹坛跑到围墙根下纵身扒住墙头,黄土围墙的土屑唰唰下落的声音招来了枪声。他翻过围墙以后才感到了恐惧,刚刚收获过麦子的田野无遮无掩,连一只兔子也难以隐蔽。他顺着围墙朝南跑了一段,然后灵机一动,又纵身翻过围墙进入学校。他从枪声和叫声的方向判断,那五个抓捕他的人已分成两路朝北朝东追去了。他走到竹坛跟前冲刷掉蹭在身上的黄土汗泥,把汗夹儿套到身上,这时教员们全都惊诧地围过来。"他们开始动手了。"兆鹏说,"要走的趁早快走,不要等到他们再来。"他早已作过安排,凡是公开了共产党员身份的教员全部离开白鹿镇小学校,唯一没有公开身份的龚教员将坚守阵地。他离开仍然惊疑未定的教员们回到自己的房子,把藏在书架背后墙壁窑窝里的短枪取出来,掖到腰里又披上一件制服,然后匆匆离去。几位党员教员把他送到学校后门都不说话。"我会去找你们的。"兆鹏说罢就转过身走进黑夜中的旷野。他随后的二十多年里,又经历过无数次的被盯梢被跟踪被追捕的险恶危机,却都不像这夜的脱身记忆鲜明。这一夜正式标志着他在白鹿原进入地下工作……

事情来得并不突然。农历三月,桃红柳绿,阳光明媚,突然从南方传来了一股寒流,蒋介石策动了"四一二"政变,国共分裂了。鹿兆鹏参加了省委特别委员会议之后回到白鹿原,黑娃和他的革命三十六弟兄正热切地巴望他带回上级关于实行土地分配的具体方案,他看见黑娃时强忍着悲愤交集的沉重心情,装出一副往常的豁达:"同志们,现在必须先抓武装力量。"在只有他和黑娃俩人在场的时候,兆鹏就向农会主任交了底:"蒋介石动手杀共产党了。北伐失败了!"黑娃瞪着眼骂:"我日他妈!我们受闪了,挨黑挫了!"兆鹏说:"省委特别会议决定要抓武装。这是血的教训。我们这回吃了没有军队的大亏。"

鹿兆鹏随之就进山去了。葛条沟有一股五六十人的土匪,据山为王的是辛龙辛虎两兄弟,曾经从逃窜的白腿乌鸦兵手里缴获了二十多杆长枪,成为山里最硬手的一支土匪武装。鹿兆鹏此行就是说服辛家兄弟把土匪改建为革命军队。黑娃却从另一条路进山去找另一股土匪。

大约过了十天,兆鹏回到白鹿镇,抑止不住欢欣鼓舞的心情说:"我们有了自己的军队了。"黑娃却沮丧地说:"我说破嘴皮打尽了比方,也说不转人家。"

分配土地的大事被搁到一边了,黑娃和他的农会骨干们整天忙着组织训练农协武装。梭镖矛子和大刀绾上了红绸,看起来挺威风的三百多人的武装队伍,在白鹿镇游行了一回就散伙了,因为小麦黄了要收要碾了。等得小麦收打完毕进入三伏,庄稼院桃树上的毛桃发白了又变红了,革命的形势却愈见险恶。国民党和共产党共同组建的国民党省党部宣布解散,共产党和国民党共同组成的省农民协会也被勒令解散停止一切活动,国民党主持陕政的省府于主席被调回国民党中央,一位姓宋的主席临陕接替。观望等待了三个月的国民革命军驻陕冯司令终于拿定主意,投蒋反共。他发表正式声明的时间是阳历七月十五日。鹿兆鹏从白鹿镇小学逃离在这个日子的前几日,国民党里的铁腕早已等不得冯将军发表公开声明而提早动手清党了。鹿兆鹏在镇子里的一个公用茅厕装作大便,观察了白鹿镇再无什么动静,便从背街溜过去敲了敲韩裁缝的后门。他一把抱住韩裁缝的肩膀就止不住痛心裂肝地哭道:"我们上当了,我们受骗了。相煎何太急,相煎何太急哇!"

田福贤随之回到白鹿原,他的屁股后头跟着十一个士兵,士兵们一律黑制服挎长枪。田福贤没有直接进白鹿仓,而是绕道先进入白鹿镇。他看见那些熟悉的店铺掌柜们便率先抱拳拱手,彬彬有礼地颔首微笑着:"兄弟回来了!"他从黑娃的铡刀口里逃脱至今半年之久,面色愈加红润滋和了。岳维山被调离滋水县到南边山区的宁阳小县时带去了田福贤,他在那个贫瘠闭塞却又安定的小县城里过得十分逍遥,山区的珍禽野味滋补了在白鹿原上惊吓熬煎的身体亏空。当国共分裂的消息传到这个山区小县时,小麦开始泛黄。岳维山猛然站起来对田福贤说:"我们要出山了!"他们当晚吃了野鸡熊掌娃娃鱼等山区特产,喝得酩酊大醉,第二天睡醒后便打点行李骑马进省城来了。岳维山走进国民党省党部态度十分强硬:"现在的事实正好证明我在滋水县没有过错。让我还回滋水。"

他们傍晚抵达县城,当夜就派出几个尚不老到的警官到白鹿原抓捕鹿兆鹏。可他们没能如愿以偿。岳维山要田福贤留在县党部,田福贤不同意说:"我还是想回我的原上,这跟你想回滋水是一个道理。"岳维山只得同意:"也好,你回原上去也好。白鹿原是共产党的老窝,你去了我就放心了。"岳维山采取紧急手段从县保安队抽出十一名士兵交给田福贤:"这回回原上你可是够威风的了。"

田福贤回到原上的消息半天时间就传遍白鹿原的所有村庄。从他进入白鹿仓的那天后响起,连续两天三夜都被前来拜见的人封堵在屋子里不得出门,被斗被游被整过的乡绅财东们一把眼泪一把鼻涕一口血气地哭诉自己的苦楚,好些农协积极分子或者是他们的老子却满面羞愧地向他忏悔。田福贤起初沉浸在早就渴望着的报复心理之中,很快就惊觉过来:"回去回去,诸位先回去。兄弟刚回来事儿太多太忙。"他把民团士兵布在门口阻止一切前来求见的人。有人见不到他就把烧酒点心一类礼物托付民团团丁转交给他。田福贤把那些东西接到手看也不看就摔到院子里的瓦砾堆上,鼻腔里喷出一股粗浑的气浪:"还不是喝酒的时候。"

田福贤召集了下属各保障所乡约的会议。乡约们凑到一起便哭诉自己所受的辱践以及黑娃们的种种劣迹,几乎全都不曾想到总乡约召集他们来干什么。"诸位,从现在起,再不许说一句自个咋了咋了。"田福贤不耐烦地制止了无休止的控诉,"我们上当了受骗了。我们先前诚心实意跟共产党合作,共产党却把我们塞到铡刀口里。我从铡刀口里逃脱了也就清醒了,必须实行一个党一个主义。现在好了,该我们动手了。"田福贤讲了实施动手的具体方案,用一句话概括他的雄图大略:"这回我们在白鹿原一定要把共产党斩草除根。"

田福贤很快组建起一支二十七八人的民团武装,新招募来的团丁有财东乡绅子弟,也有穷汉家的子弟,他们穿上了由韩裁缝承做的黑色制服上衣,下身暂时仍然穿着家做的叠腰大裆裤。在国民党的青天白日旗帜下举行了集体宣誓之后,由田福贤从县上带回来的十一名老团丁领着他们在麦茬地里进行操练。召开白鹿仓乡民大会的事也已筹备就绪,田福贤吃罢午饭以后就决定去找白嘉轩。

白嘉轩是原上所有头面人物中唯一没有向他表示问候的一个。他走进白家的四合院,白嘉轩正在铺着凉席的炕上午歇,响着令人沉迷的鼾声。白嘉轩被仙草叫醒后,看见田福贤站在跟前也不惊奇,一边用湿毛巾擦着眼睑一边平和地说:"我知道你回原上了。我看你那儿人太多就没去凑热闹。"田福贤笑着说:"老哥,你可比不得浅薄之辈。你水多深土多厚我一概尽知。兄弟今日来跟你说两个事。头一个,你这回得出山了。"白嘉轩说:"我本来就没进山嘛。"田福贤说:"你甭装糊涂。第一保障所乡约得请你出马。"白嘉轩说:"子霖不是干得好好的吗?"田福贤说:"老兄,你尽拿明白装糊涂。他那个共产党儿子把白鹿原搅了个天昏地黑,上边正在悬赏缉拿,他还能当乡约吗?"白嘉轩说:"既是这个交葛,我想当你的乡约都不宜出马了,让子霖兄弟疑心我趁机抢了他的帽子戴哩。快说你的后一个事吧。"田福贤很遗憾地慨叹着说:"老哥,你真个拿得稳坐得住。农协那帮死狗赖娃斗了游了你,你好忍性啊!"白嘉轩说:"我权当狗咬了。人嘛,不能跟狗计较。"田福贤说:"你不计较是好忍性。这回咬了你的腿你忍了,再一回它噙住你脖子看你还忍下忍不下?"白嘉轩说:"话能这么说也不能这么说。咱不说这话了。你不是说两个事吗?"田福贤无奈就转了话题:"我想借白鹿村的戏楼用一天。"白嘉轩不以为然地说:"借戏楼?你重返故里给原上乡党演戏呀?"田福贤说:"耍猴。"白嘉轩问:"耍猴?耍猴用不着戏楼呀!在地场上围个圈子栽个杆子就成了咯!"田福贤说:"我这回耍的是大猴妖猴,不用地场要搁到戏楼上耍。"白嘉轩听出话里套话就认真地问:"你明说你用戏楼作啥用场,你不明说我不敢应承。""耍农协那几个死狗赖娃的猴。"田福贤终于忍不住变得水泄石出,"该当整治这一帮子瞎熊坏种了。"白嘉轩说:"你要是演戏,那没说的。你要弄这号事'耍'这个'猴',请你另借别个村子的戏楼去。"田福贤从桌子旁边站起来冷笑着说:"我看中你的戏楼可不是你的戏楼上开着牡丹,是他们在白鹿村的戏楼上把我当猴耍了,我要他的猴就非搁在白鹿村的戏楼上不可。叫原上的人都看看,谁耍谁的猴耍得好!"

田福贤坐在戏楼正中,两边的宾礼席上坐着九个保障所的八个乡约以及贺家坊的贺耀祖等乡绅。经过初步训练的民团团丁格外精神地分散在各自的岗位上执行任务,戏台两角各站着一个,台下站着一排七八个全都端着枪,另有七八个肩头挂着枪的团丁分布在台下广场上,指挥拥来的男女乡民按秩序站到一定的位置上去。田福贤开始讲话:"乡亲们,兄弟大难不死又回原上来了!"万头攒动熙熙攘攘的广场上顿然鸦雀无声。田福贤不失绅士风度地讲了不长的一段话就退下去了,继之登台的是金书手。他在戏楼前台尚未站稳就控制不住喊起来:"田总乡约,我不是人,我是吃草的畜生,是吃屎的狗。我胡踢乱咬是害怕黑娃的铡刀。乡党们,我今日对着日头赌咒,我说田总乡约加码征地丁银的话全是假的……"台下顿时响起了一阵议论。接着就有人跳上台子,把银元从口袋里掏出来,一摞一摞码整齐,然后到桌子前说:"这是分给俺们村的银元。俺村的人托我交还给田总乡约。"接着又有两三个人相继跳上台去交了银元。另外还有两三个人跳上台子表态说:"我的村子还没交齐,交齐了再交来。"田福贤走到台前用手势制止了继续往台上跳的人,然后把交还过银元的那几个人一一点名叫上台子说:"各人把各人交的银元都拿走,分给乡民。"那几个人谁也不拿银元,一齐鼓噪起来表示这种罪恶的钱决不能拿。田福贤火了:"国民革命不是弄钱嘛！再不把银元拿走,我就把你们的手砍了！"那几个人备受感动地走向方桌,把银元重新装入口袋。田福贤瞅着他们跳下戏楼,突然转过身吼叫一声"乡亲们"便涕泪交流:"我田某人一辈子不爱钱。黑娃抢下我的钱分给各位乡亲,分了也就分了,我不要了。只要大家明白我的心就行了。"台下又变得鸦雀无声。站在一边的金书手开始打自己的耳光,左右开弓,手掌抽击脸颊的声音从戏楼上传到台下。田福贤对金书手的举动嗤之以鼻:"你的毛病没害在脸上,是害在嘴上。"田福贤说罢退到一边,后台里就走来两个团丁,把金书手三下五除二捆绑到戏楼前的明柱上,对着那张可怜巴巴的嘴用鞋底抽起来。金书手嚎叫了几声就不再叫了。台下右侧出现了骚动,那是鞋底抽击嘴巴溅出的血浆飞到台下人的脸上和身上,有人捡起一颗飞溅到地上的断裂的门牙。

接着十个团丁押着十个被五花大绑的人从后台走出,一排溜站到台前。田福贤像数点胡桃枣儿一样不慌不忙地向台下介绍:"这位是神禾村农协副主任张志安,小名牛蹄儿,他跑到三原可没有跑脱。这位是南寨村的李民生,倒是一条好汉,没跑没躲。鹿兆鹏跟黑娃眼儿明腿儿快都跑的跑了溜的溜了,把他的革命十弟兄三十六弟兄撂下代人受过……"田福贤点到最后一个人时停顿半刻:"这一位我不用介绍大家都认识。站在台上的这一排死皮赖娃里头数他年龄最高,这个棺材瓢子前一向好疯张呀！"台下通戏楼的砖砌台阶上走来一伙男女,有老汉老婆也有小伙儿媳妇,走上戏台一下子跪倒下去,磕头作揖哭诉起来:"田总乡约饶了俺那不争气的东西吧！""田总乡约你权当是狗咬了你一口。"田福贤倒轻淡地笑着说:"你们快都起来。你们说也是白说。得由人家自己说。"那些求饶的男女一下子扑向自己的儿子或是丈夫,训斥着呵骂着推搡着要他们说话,台上台下顿时纷乱起来。有两个人跪下了。

又有两个跪下了。田福贤说:"哈呀,你们的声儿太小了,台下人听不见。把他们四个弄到高处让大家都能听见他们说的啥。"

乡民们现在才明白戏楼下边临时栽起的一排木杆的用途了。这四个人被团丁押解到木杆下站定,接着从杆顶吊下来一条皮绳,系到他们背缚在肩后的手腕上,一声"起",这四个人就被吊上杆顶。从他们的双脚被吊离地面的那一瞬起,直到他们升上杆顶,四个人粗的或细的妈呀爸呀爷呀婆呀的惨厉的叫声使台下人感觉自己也一阵阵变轻失去分量飘向空间。田福贤站在台口对着空中的四个人说:"你们现在有话尽管说吧!"那四个人连声求饶不迭。田福贤往下压一压手臂,团丁们放松皮绳,那四个人又从杆顶回到地上。另外六个人中有三个见了扑通跪下了。田福贤站在台口瞅着跪在脚下的三个求饶者说:"我那个碎娃子要吃辣子。我说辣子辣你不敢吃。那碎崽娃子硬要吃,你越是说不敢吃,他偏要吃。我哄不下他,就给他嘴里塞一圪垯辣子。他……再不要吃辣子了。你们光跪下不行,得上一回杆,得知道辣子辣。你不知道辣子辣,日后有个风吹草动,还会旧病复发。"这六个人依法儿被推到杆子下面,又依法儿被皮绳吊上去放下来……田福贤说:"这十个死狗赖娃当中还有三个人没有说话。这三个人是好汉。贺老大你个老家伙,爱出风头爱上高台,今儿个让你上到杆顶,你觉得受活了?碎娃子不知辣子辣,你这个棺材瓢子也不知道吗?"贺老大在高杆顶上骂:"田福贤,我把你娃子没当个啥。连我裆里的东西也没当!"贺老大从空中"呸"的一声唾向台口,人们看到一股鲜红的喷泉洒向田福贤。田福贤恼怒地撩起衣襟擦着脸上的血沫儿。台下的前头又起了骚动,乡民们看见一块血红的肉圪垯在戏台前沿蹦弹了三下,那是贺老大咬断喷吐出来的半截舌头。田福贤用脚踩住了它,狠劲转动大腿用脚蹍蹭了几下。贺老大的嘴巴已经成为血的喷泉,鲜红的血浆流过下巴灌进脖颈,胸前的白色布衫以及捆扎在胸脯上的细麻绳都染红了；血流通过黑色的裤子显不出色彩，像是通过了一段暗道之后在赤裸的脚腕上复现了，从脚趾上滴下来的血浆在干透起尘的地皮上聚成一摊血窝儿。田福贤又恢复了他的绅士风度："好哇，我就看中硬汉子。蹾他！"拉绳的团丁一撒手，贺老大从空中蹾到地上，两只粗大的脚在干土地上蹬着蹭着。空中又响起木轮吱吱滚动的声音，贺老大瘫软在地的躯体又被吊起来，背缚的胳膊已经抻直，那是关节全部断裂的表征。台下已经蹲下一大片男女，把眼睛盯着脚下而不敢扬头再看空中贺老大那具被血浆成红色的身躯。贺老大连续被蹾了三次，像一头被宰死的牛一样没有愤怒也没有呻唤了。这当儿，吊在空中另五个活着的农协骨干一齐发出了求饶声，每根吊杆下都跪着他们的父母兄弟和妻女。田福贤挥了挥手，这五个人被缓缓放回地面。"你们九个这回知道辣子辣了？"田福贤用教训他家那个碎崽娃子的口气说着，又瞅着瘫软在脚下的贺老大的尸首发出感慨，"白鹿原最硬的一条汉子硬不起来了！"

在戏楼后面的祠堂里，白嘉轩正在院子里辨识以前栽着"仁义白鹿村"石碑的方位。那块由滋水县令亲笔题字刻成的青石碑被黑娃以及他的农协三十六弟兄砸成三大块，扔在门外低洼的路道上，作为下雨路面积水时供人踩踏而过的垫脚石。白嘉轩让儿子孝文出面，请来了白鹿两姓里头几个擅长泥瓦技能的匠人，又有几个热心的中年人自觉前来打下手，把砸断的碑石捡回来，用水洗去泥巴和污物，又拼凑成一个完整的碑面了。有热心的族人建议说："应该请石匠来刻一尊新的。花费由族里捐。"白嘉轩说："就要这个断了的。"经过再三辨识，终于确定下来原先栽碑的方位。白嘉轩亲自压着木钉长尺子，看着工匠小心翼翼地撒下灰线，对孝文说："尺码一寸也不准差。"

孝文领着工匠们开始垒砌石碑的底座。断裂成大小不等的三块石碑无法撑裁,孝文和匠人们策划出一个保护性方案,用青砖和白灰砌成一个碑堂,把断裂的石碑镶嵌进去。白嘉轩审查通过了这个不错的设计,补充建议把碑堂的青砖一律水磨成细活儿。

当白家父子和工匠们精心实施这个神圣的工程时,祠堂前头的戏楼下传来一阵阵轰鸣声,夹杂着绝望的叫声。工匠们受到那些声音的刺激提出想去看看究竟,甚至孝文也待不住了。白嘉轩反而去把祠堂的大门关子插上了,站在祠堂院子里大声说:"白鹿村的戏楼这下变成烙锅盔的鏊子了。"工匠们全瞪着眼,猜不透族长把戏楼比作烙锅盔的鏊子是咋么回事,孝文也弄不清烙锅盔的鏊子与戏楼有什么联系。白嘉轩却不作任何解释,转过身做自己的事去了。及至田福贤走进祠堂说:"嘉轩,你的戏楼用过了,完璧归赵啊!"他的口气轻巧而风趣,不似刚刚导演过一场还乡复仇的血腥的屠杀,倒像是真格儿欣赏了一场滑稽逗人的猴戏。白嘉轩以一种看似超然物外而内蕴不屑的讥讽口吻说:"我的戏楼真成了鏊子了!"

修复乡约碑文的工作一开始就遇到麻烦。刻着全部乡约条文的石板很薄,字儿也只有指甲盖儿那么大,黑娃和他的革命弟兄从正殿两边的墙壁上往下挖时,这些石板经不住锤击就变得粉碎了,尔后就像清除垃圾一样倒在祠堂围墙外的瓦砾堆上,不仅难以拼凑,而且短缺不全难以恢复浑全。白嘉轩最初打算从山里订购一块石料再请石匠打磨重刻,他去征询姐夫朱先生的意向,看看是否需要对乡约条文再做修饰完善的工作,尤其是针对刚刚发生过的农协作乱这样的事至少应该添加一二条防范的内容。"立乡约可不是开杂货铺。"朱先生愠怒地说,"我也不是卖狗皮膏药的野大夫!"白嘉轩还没见过姐夫发脾气,小小一点愠怒已使他无所措手足。朱先生很快缓解下来,诚挚动人地赞扬他重修乡约碑文的举动:"兄弟呀,这才是治本之策。"白嘉轩说:"黑娃把碑文砸成碎渣了,我准备用石料重刻。"朱先生摇摇头说:"不要。你就把那些砸碎的石板拼接到一起再镶到墙上。"

白嘉轩和那些热心帮忙的族人一起从杂草丛生的瓦砾堆上拣出碑文碎片,用粗眼筛子把瓦砾堆里的脏土一筛一筛筛过,把小如指盖的碑石碎块也尽可能多地收拢起来,然后开始在方桌上拼接,然后把无法弥补的十余处空缺让石匠依样凿成参差不齐的板块,然后送到白鹿书院请徐先生补写残缺的乡约文字。徐先生在白鹿村学堂关闭以后,被朱先生邀去做县志编纂工作了。他一边用毛笔在奇形怪状的石块上写字,一边慨叹:"人心还能补缀浑全么?"

白鹿村的祠堂完全按照原来的格局复原过来,农协留在祠堂里的一条标语一块纸头都被彻底清除干净,正殿里铺地的方砖也用水洗刷一遍,把那些亵渎祖宗的肮脏的脚印也洗掉了。白鹿两姓的宗族神谱重新绘制,凭借各个门族的嫡系子孙的记忆填写下来,无从记忆造成的个别位置的空缺只好如此。白嘉轩召集了一次族人的集会,只放了鞭炮召请在农协的灾火中四处逃散的列祖列宗的亡灵回归安息,而没有演戏庆祝甚至连锣鼓响器也未动。白鹿两姓的族人拥进祠堂大门,首先映入眼帘的是断裂的碑石,都大声慨叹起来,慨叹中表现出一场梦醒后的大彻大悟,白嘉轩现在才领会姐夫朱先生阻止他换用新石板重刻的深意了。他站在敬奉神灵的大方桌旁边,愈加挺直着如椽一样笔直的腰身,藏青色的长袍从脖颈统到脚面,几乎一动不动地凝神侍立。整个祭奠活动由孝文操持。在白嘉轩看来,闹事的是鹿兆鹏鹿黑娃等人,是他之下的一辈人了,他这边也应该让孝文出面而不值得自己亲自跑前颠后了。今天召集族人的锣就是孝文在村子里敲响的。

孝文第一次在全族老少面前露脸主持最隆重的祭奠仪式,战战兢兢地宣布了"发蜡"的头一项议程,鞭炮便在院子里爆响起来。

白嘉轩在一片屏声静息的肃穆气氛中走到方桌正面站定,从桌沿上拈起燃烧着的火纸卷成的黄色煤头,庄重地吹一口气,煤头上便冒起柔弱的黄色火焰。他缓缓伸出手去点燃了注满清油的红色木蜡,照射得列祖列宗显考显妣的新立的神位烛光闪闪。他在木蜡上点燃了三支紫色粗香插入香炉,然后作揖磕头三叩首。孝文看着父亲从祭坛上站起走到方桌一侧,一直没有抹掉脸颊上吊着的两行泪斑。按照辈分长幼,族人们一个接一个走上祭坛,点燃一支紫香插入香炉,然后跪拜下去。香炉里的香渐渐稠密起来。最低一辈刚交十六刚获得叩拜祖宗资格的小族孙慌慌乱乱从祭坛上爬起来以后,孝文就站在祭坛上,手里拿着乡约底本面对众人领头朗诵起来。白嘉轩端直如椽般站立在众人前头的方桌一侧,跟着儿子孝文的领读复诵着,把他的浑厚凝重的声音掺进众人的合诵声中。孝文声音洪亮持重,仪态端庄,使人自然联想到曾经在这里肆无忌惮地进行过破坏的黑娃和他的弟兄们。乡约的条文也使众人联系到在这里曾经发生过的一切,祠堂里的气氛沉重而窒息。鹿三终于承受不住心头的重负,从人群里碰碰撞撞挤过去,扑通一声在孝文旁边跪下来:"我造孽呀——"痛哭三声就把脑袋在砖地上磕碰起来。孝文停止领诵却不知该怎么办,瞧一眼父亲。白嘉轩走过来,弯腰拉起鹿三:"三哥,没人怪罪你呀!"鹿三痛苦不堪地捶打着脑袋和胸脯,脸上和胸脯上满是鲜血,他在把脑袋撞击砖地时磕破了额头。众人手忙脚乱地从香炉里捏起香灰揸到他额头的伤口上止住血,随之架扶着他回家去了。孝文又瞅一眼父亲征询主意。白嘉轩平和沉稳地说:"接着往下念。"

鹿三虽然痛苦却不特别难堪。几乎无人不晓鹿三早在黑娃引回一个来路不明的媳妇的时候,就断然把他撵出家门的事实,黑娃的所有作为不能怪罪鹿三;鹿三磕破额头真诚悔罪的行为也得到大家的理解和同情。站在祠堂里的族人当中的鹿子霖,才是既痛苦不堪又尴尬不堪的角色。按照辈分和地位,鹿子霖站在祭桌前头第一排居中,和领读乡约的孝文脸对脸站着。鹿子霖动作有点僵硬地焚香叩拜之后仍然僵硬地站着,始终没有把眼睛盯到孝文脸上,而是盯住一个什么也不存在的虚幻处。他的长睫毛覆盖着的深窝眼睛半眯着,谁也看不见他的眼珠儿。他外表平静得有点木然的脸遮饰着内心完全溃毁的自信,惶恐难耐。白鹿村所有站在祠堂正殿里和院子里的男人们,鹿子霖相信只有他才能完全准确地理解白嘉轩重修祠堂的真实用意,他太了解白嘉轩了,只有这个人能够做到拒不到戏楼下去观赏田福贤导演的猴耍,而关起门来修复乡约。白嘉轩就是这样一种人。他硬着头皮来到祠堂参加祭奠,从走出屋院就感到尴尬就开始眯起了深窝里的眼睛。

从去年腊月直到此时的漫长的大半年时月里,鹿子霖都过着一种无以诉说的苦涩的日子。他的儿子鹿兆鹏把田福贤以及他在内的十个乡约推上白鹿村的戏楼,让金书手一项一项揭露征收地丁银内幕的时候,他觉得不是金书手不是黑娃而是儿子兆鹏正朝他脸上撒尿。就是在那一瞬间,他忽然想起了岳维山和兆鹏握在一起举向空中的拳头;就是在那一瞬间,他在心里迸出一句话来:我现在才明白啥叫共产党了。鹿子霖猛然挣开押着他的农协会员扑向戏楼角上的铡刀,吼了一声"你把老子也铡了"就栽倒下去。他又被人拉起来站到原位上,那阵子台下正吼喊着要拿田福贤当众开铡,兆鹏似乎与黑娃发生了争执。他那天回家后当即辞退了长工刘谋儿。他听说下一步农协要没收土地,又愈加懒得到田头去照料,一任苞谷谷子棉花疯长。他只是迫不得已才在午间歇响时拉着牲畜到村子里的涝池去饮水,顺便再挑回两担水来。老父鹿泰恒也说不出有力的安慰他的话,只管苦中嘲笑说:"啥叫羞了先人了?这就叫羞了先人了。把先人羞得在阴司龇牙哩!"

田福贤回原以后,那些跟着黑娃闹农协整日价像过年过节一样兴高采烈的人,突然间像霜打的红苕蔓子一夜之间就变得黢黑蔫塌了;那些在黑娃和他的革命弟兄手下遭到灭顶之灾的人,突然间还阳了又像迎来了自己的六十大寿一般兴奋;唯有鹿子霖还陷入灭顶之灾的枯井里,就连田福贤的恩光也照不到他阴冷的心上。田福贤回到原上的那天后晌,鹿子霖就跑到白鹿仓去面见上级,他在路上就想好了见到田总乡约的第一句话"你可回咱原上咧!"然后俩人交臂痛哭三声。可是完全出乎鹿子霖的意料,田总乡约嘴角呷着卷烟只欠了欠身点了点头,仅仅是出于礼节地寒暄了两句就摆手指给他一个座位,然后就转过头和其他先他到来的人说话去了,几乎再没有把他红润的脸膛转过来,鹿子霖的心里就开始潮起悔气。两天后田福贤召开了各保障所乡约会议,十个乡约参加了九个独独没有通知他,他就完全证实了面见田福贤时的预感。鹿子霖随后又听到田福贤邀白嘉轩出山上马当第一保障所乡约的事,他原先想再去和田福贤坐坐,随之也就默自取消了这个念头。鹿子霖一头蹬脱了一头抹掉了——两只船都没踩住。先是共产党儿子整了他,现在是国民党白鹿区分部再不要他当委员,连第一保障所乡约也当不成了。鹿子霖灰心丧气甚至怨恨起田福贤。在憋闷至极的夜晚只能到冷先生的药房里去泄一泄气儿。别人看他的笑话,而老亲家不会。冷先生总是诚心实意地催他执杯,劝他作退一步想。冷先生说:"你一定要当那个乡约弄啥?人家嘉轩叫当还不当哩!你要是能掺三分嘉轩的性气就好了。"鹿子霖解释说:"我一定要当那个乡约干毬哩!要是原先甭叫我当,现在不当那不算个啥,先当了现时又不要我当,是对我起了疑心了,这就成了大事咧!"冷先生仍然冷冷地说:"哪怕他说你是共产党哩!你是不是你心里还不清楚?肚里没冷病不怕吃西瓜。我说你要是能掺和三分嘉轩的性气也就是这意思。"

鹿子霖接受了冷先生的劝说在家只待了三天,冷先生给他掺和的三分嘉轩的性气就跑光了。田福贤在白鹿村戏楼上整治农协头子的大会之后,鹿子霖再也闭门静坐不住了,跑进白鹿仓找到过去的上司发泄起来:"田总乡约,你这样待我,兄弟我想不通。兄弟跟你干了多年,你难道不清楚兄弟的秉性?我家里出了个共产党,那不由我。兆鹏把你推上戏楼,也没松饶我咯!他把我当你的一伙整,你又把我当他的一伙怀疑,兄弟我而今是猪八戒照镜子里外不是人……"田福贤起初愣了半刻,随之就打断了鹿子霖的话:"兄弟你既然把话说到这一步,我也就敲明叫响,你家里出了那么大一个共产党,不要说把个白鹿原搅得天翻地覆,整个滋水县甚至全省都给他搅得鸡犬不宁。你是他爸,你大概还不清楚,兆鹏是共产党的省委委员,还兼着省农协副部长,你是他爸,咋能不疑心你?"鹿子霖赌气地说:"他是啥我不管,我可是我。我被众人当尻子笑了。我没法活了!你跟岳书记说干脆把我押了杀了,省得我一天人不人鬼不鬼地受洋罪……"田福贤再次打断他的话:"兄弟你疯言浪语净胡说。我为你的事跟岳书记说了不下八回。我当面给岳书记拍胸口作保举荐你,说子霖跟我同堂念书一块共事,眼窝多深睫毛多长我都清楚,连一丝共产党的气儿也没得。岳书记到底松了口,说再缓一步看看。你心里不受活说气话我不计较,你大概不知道我为你费了多少唾沫?"鹿子霖听了,竟然双手抱住脑袋哇的一声哭了:"我咋么也想不到活人活到这一步……"

鹿子霖站在祭桌前眯着眼消磨着时间,孝文领读的乡约条文没有一句能唤起他的兴趣,世事都成了啥样子了,还念这些老古董!好比人害绞肠痧①要闭气了你可只记着喂红糖水。但他又不能不参加。正当鹿子霖心不在焉站得难受的时候,一位民团团丁

---

① 绞肠痧:中医指腹部剧痛不吐不泻的霍乱。

径直走进祠堂,从背后拍了拍他的肩膀:"田总乡约请你。"

一个"请"字就使鹿子霖虚空已极的心突兀地猛跳起来。鹿子霖走进白鹿仓那间小聚会室,田福贤从首席上站起来伸出胳膊和他握手,当即郑重宣布:"鹿子霖同志继续就任本仓第一保障所乡约。"在田福贤带头拍响的掌声中,鹿子霖深深地向田福贤鞠了一躬,又向另八位乡约鞠了一躬。两个黑漆方桌上摆满了酒菜,鹿子霖有点局促地坐下来。田福贤说:"今日这席面是贺老先生请诸位的。我刚回到原上,贺老先生就要给卑职接风洗尘,我说咱们国民党遵奉党规不能开这吃请风之先例。今天大局初定全赖得诸位乡约协力,又逢子霖兄弟复职喜事,我接受贺老先生的心意,借花献佛谢承诸位。"贺耀祖捋一捋雪白的胡须站起来:"我活到这岁数已经够了,足够了。黑娃跟贺老大要铡了我,我连眨眼都不眨。我只有一件事搅在心里,让黑娃贺老大这一杆子死狗赖娃在咱原上吆五喝六掐红捏绿,我躺在地底下气也不顺,甭说活着的人了。福贤回来了原上而今安宁了,我当下死了也闭上眼睛了。"鹿子霖站起来:"承蒙诸位关照,特别是田总乡约宽宏大量,明天受我一请。"立即有几位乡约笑说:"即使天天吃请也轮不到你,一个月后许是轮上……"田福贤打断说:"诸位好好吃好好喝听我说,原上大局已定,但还是不能放松。各保障所要一个村子一个寨子齐过手,凡是参加农协的不管穷汉富户,男人女人,老的小的,都要叫他说个啥!把弓上硬,把弦绷紧,把牙咬死,一个也不能松了饶了。要叫他一个个都尝一回辣子辣。如若有哪个还暗中活动或是死不改口,你把他送到我这儿来,我的这些团丁会把他教乖。再,千万留心那些跑了躲了的大小头目的影踪……"田福贤回过头对坐在旁边的鹿子霖说:"前一向你没到任,第一保障所所辖各村动静不大,你而今上任了就要迎头赶上,这下就看你的了。"田福贤说的是真心话。白鹿村在原上举足轻重的位置使他轻易不敢更换第一保障所的乡约,出于各方面的考虑,他仍然保全了鹿子霖,只有他可以对付白嘉轩。

鹿子霖经过一天准备,第二天就召开了白鹿村的集会,从白鹿仓借来八个团丁以壮声威,田福贤亲自参加以示督战。白鹿村那些当过农协头目的人被押到戏楼上,田福贤第一次在这儿开大会时栽下的十根杆子还未拔掉,正得着用场。白鹿村农协分部的大小头目甚至不算头目的蹦跶得欢的几个人也都被押到台上,正在准备如法炮制升到杆顶上去。这些人早已见过贺老大被蹾死的惨景,一看见那杆子就软瘫了,就跪倒在鹿子霖面前求饶。鹿子霖瞧也不瞧他们,只按照既定的程序进行。五六个人已经被推到木杆下,空中坠下带钩的皮绳,钩住了背缚在肩后的手腕。这当儿白嘉轩走上台子来。鹿子霖忙给白嘉轩让座位,他早晨曾请他和自己一起主持这个集会,白嘉轩辞谢了,又是那句"权当狗咬了"的话。白嘉轩端直走到田福贤的前头鞠了一躬,然后转过身面向台下跪下来:"我代他们向田总乡约和鹿乡约赔情受过。他们作乱是我的过失,我身为族长没有管教好族人理应受过。请把他们放下来,把我吊到杆上去。"乱纷纷的台下顿时鸦雀无声。田福贤坐在台上的桌子后边一时没了主意,白嘉轩出奇的举动把他搞得不知所措。鹿子霖呆愣了片刻就走到白嘉轩跟前,一边拉他的胳膊一边说:"嘉轩,你这算做啥?人家斗你游你,你反来为他们下跪?"白嘉轩端端正正跪着凛然不可动摇:"你不松口我不起来。"鹿子霖放开拉扯的手又奔到田福贤跟前,俩人低声商议了一阵,田福贤就不失绅士风度地走到台沿:"嘉轩快起来。"田福贤又对台下说,"看在嘉轩面子上,把他们饶了。"白嘉轩站起来,又向田福贤打躬作揖。田福贤说:"白兴儿和黑娃婆娘不能放。这俩人你也不容他们进祠堂。"白嘉轩没有说话就退下台去,从人群里走出去了。鹿子霖已经不耐烦地挥一挥手,白兴儿和田小娥就升上空中,许多人吼叫起来:"蹾死他!""蹾死那个婊子!"田小娥惨叫一声就再叫不出,披头散发吊在空中,一只小巧的尖头上绣着一朵小花的鞋子掉下来……对白兴儿没有施用蹾刑,只轻轻儿从杆顶放下来,两只手高举着被绑捆到头顶的木杆上。田福贤说:"乡党们大家看看他那两只手——"人们一齐拥到白兴儿跟前,那两只鸭蹼一样连在一起的手指和手掌丑陋不堪,怪物似的被好奇的人们仔细观赏。白兴儿平时把手包藏得很严,庄场上又不准人围观,能看到他的连指手的机会几乎没有。田福贤嘲笑说:"长着这种手的人还想在原上成事?!"白兴儿满面羞辱地紧闭着双眼,蜡黄的瘦长条脸上虚汗如注。一个团丁提着一把弯镰似的长刀站在木杆下,像是表演拿手绝技一样洋洋得意地扬起手臂,用刀尖一划一挑,把白兴儿食指和中指间的鸭蹼一样的薄皮割断了。白兴儿一声惨叫连着一声惨叫。一些胆小心软的人纷纷退后,一些胆大心硬的人挤上去继续观赏。团丁的刀刃和刀把都已被血浆染红,鲜血从他攥着刀把的后掌里滴落到地上,他仍然不慌不忙地扬起刀,小心翼翼地用刀尖对准两个指头之间的薄皮一划一挑,直到把两只手掌做完了事。白兴儿已经喊哑了嗓子,只见他频频张嘴却听不到一丝声音。

"行啊行啊!你行啊子霖!你今日耍猴耍得最绝。"田福贤说,"就这样往下耍。就这么一个村子一个寨子齐摆摆儿往过耍。皇上他舅来了跪下求情也不松饶。"鹿子霖说:"白鹿原上怕是再也寻不出第二个白嘉轩了。你今日亲眼看见了,嘉轩这人就是个这。"田福贤说:"嘉轩爱修祠堂由他修去,爱念乡约由他念去,下跪为人求情也就这一回了。你干你的事甭管他。你可甭忘了黑娃,他跑了不是死了。黑娃在你保障所辖区又在你的村里,你该时刻留心他的影踪。"鹿子霖说:"怕是他有十个胆,也不敢回原上来了。"田福贤说:"只要我在这原上,谅他也不敢回来。不是他回来不回来的事,咱得下功夫摸着他的踪影,把这猴儿耍了才算耍得好。"

第十五章

　　黑娃早已远走高飞。他现在穿一身青色军装制服,头戴硬壳短舌大盖帽,腰里结一根黑色皮带,缀着紫红皮穗的短枪挂在腰际,十分英武十分干练地出出进进旅部的首脑机关。这是一支国民革命军的加强旅。黑娃已经成为习旅长最可信赖的贴身警卫。

　　黑娃总是忘不了从白鹿原逃走时的情景。那天晚上兆鹏从城里回来就赶到设在祠堂的农协总会来,把一张纸条交给他说:"你拿这条子去投奔习旅。不能再拖,今黑间就走。"黑娃接住纸条看也没看装进口袋叹了口气:"狼还没来哩娃先跑光了。"他嘴角那一缕嘲弄自己的笑意下隐现着痛苦,"十弟兄三十六弟兄都是我煽乎起来的,他们闹农协没得到啥啥好处,而今连个安宁光景也过不成了。人家父母妻子这下该咋样恨我哩?"兆鹏急了:"现在是啥时候,还说这种话干什么?你今晚就走。还没走的同志由我负责。"黑娃气憋憋地说:"我不走,我决意不走。我就坐在这儿让田福贤把我打死。我跟农协一块完蛋。"

　　黑娃还是听从了兆鹏的话决定逃走。他和兆鹏在祠堂里最后瞅了一眼就走出来。他回到窑里抱住小娥就忍不住大哭,哭得伤心至极浑身瘫软。他第二天早晨起来就动手担水和泥,把坍塌的猪圈补垒起来,把窑面上脱落的泥皮重新抹糊浑全,就像和小娥刚刚住进这个窑洞时那种居家过日月的样子,其实心境全非了。无法抵挡的沮丧和灰败的情绪难以诉说,他仅仅只是悲哀地向亲爱的小娥尽最后一点男人的义务了。这天夜里,他才向小娥说透了要走的话。"你走了我咋办？你走哪儿我跟到哪儿,你不带我我就跳井……"黑娃瞪着眼不说话,这是早就料想得到的。小娥哭着叫着发疯似的把他的胸脯抓抠得流血:"你好狠心呀,你跑了躲了叫田福贤回来拿我出气……"黑娃说:"这没有办法。"这当儿响起了两声枪声。黑娃爬起来一边穿衣服一边说:"你再不放手就没我了。他们来了。"黑娃跑出窑洞就躲在坡塄上一个塌陷的墓坑里,五六个人喘着气奔到窑洞口,砸响了窑门。他听见他们的吆喝和小娥惊吓的哭声,不久就看见那几个人吆吆喝喝又奔村子里去了。黑娃从墓坑爬出来,蹲在他的窑垴上久久不动,窑里传出小娥绝望的哭泣。他终于咬着牙离开了。

　　黑娃在黎明时分走进了习旅的营地。习旅驻扎在滋水县城东边的古关道口,进可以立即出击省城,败可以退入山中据关扼守。凭着兆鹏的纸条,他当即被编入一团一营一连一排,换上了一身青色军装。黑娃大约接受了半月之久的立正稍息、向右转向左转向后转、起步走正步走跑步走,一、二、三、四和一二三、四的基本操练之后,才开始持枪训练。黑娃接住排长发给他长枪的那一刻,突然想到田福贤;在他第一次领到金黄的子弹时,他又想到了田福贤。他想,金黄色的子弹从乌黑的枪管里呼啸而出,击中田福贤那颗头发稀疏头皮发亮的圆脑袋有多么舒心啊。他第一次摸到枪把儿的那一瞬间,手心里有一种奇异的感觉,完全不同于握着锨把儿镢把儿或打土坯的夯把儿的感觉,从此这感觉就伴随着他不再离去。那枝枪很快就成为他手中的一件玩物,第一次实弹演习几乎打了满靶,因此被提为一排一班班副。接着的一场实弹演练比赛中,他以单臂托枪左手叉腰的非操练姿势连打连中,习旅长观看完比赛就把他调进旅部警卫排,手里又添了一把折腰子短枪。他握住折腰子比握住任何农具都更能唤起他的激情和灵感,突然他悟觉到自己可能天生就不是抡镢捉犁的,而是玩枪的角色;好多老兵练了多年瞄准射击的动作要领仍然常常脱靶,可他无论长枪短枪尤其是短枪,都能玩得随心所欲。他的干练与机敏似乎是与生俱来,又带着某些连他自己也说不清白的神秘色彩。有一次习旅长正对全体官兵训话,四个贴身卫士站在习旅长左右,黑娃和警卫排的其余卫士站在前排,从各种角度封住了可能射向习旅长的路径。黑娃突然预感到要发生什么事了,那种感觉像绳索一样越勒越紧,不是眼睛而是脑袋里头突然闪现出一根黑色的枪管,他猛然拔地而起,纵身一跃,像豹子一样迅疾地扑上去把习旅长压倒在地,几乎同时听到了一声枪响。站在习旅长左右面对着台下的四个卫士还愣呆在原地。子弹擦着黑娃的左肩拉开了皮肉,习旅长安全无恙。那个谋杀的士兵已经被打翻在地,随之被愤怒的士兵揿溜到台上,当下就招出了他当刺客放黑枪的由来。"放开他,让他走。"习旅长说,"你回去告诉我大哥,别脸皮太薄,别抹不下脸来剿灭我,派你这号饭桶蒸馍笼子来放黑枪成不了事,即就成了事也太龌龊了嘛!"

习旅长和冯司令是结拜兄弟,他们是在莫斯科学习军事指挥时结拜的。冯司令发表投蒋反共以前以后,都没有忘记说服习旅长继续与他结盟。习旅是省内乃至西北唯一一支由共产党人按自己的思想和建制领导的正规军,现在扼守在古关道口,为刚刚转入地下的共产党保住了一条通道。黑娃随之就被习旅长调为贴身卫士。习旅长半是玩笑半是认真地说:"调你来保卫我责任重大,你明白吗?我习某并不重要,死一个死十个都不重要。可在眼下这要紧弦上我很重要,千万不能给人拿黑枪打了。没我了就没有习旅了,没习旅了,共产党就彻底成了空拳头干急没办法了。冯司令派人朝我打黑枪,不是我跟冯司令人缘不好,是他要我改姓共为姓国我不改,你、明、白吗?"黑娃一下子心血来潮:"黑娃明白。旅长你放心,我有三只眼。"习旅长畅快地大笑着拍了一下黑娃的肩膀。

习旅长待黑娃情同手足。一个重大的军事行动基本决定,部队将要撤离滋水县的古关道口进入渭河边上的时候,习旅长对黑娃说:"青黄不接时月,你回去安置一下,也看看媳妇。"黑娃借机向习旅长请求,让白鹿原和他一起投奔习旅的四个弟兄也能回家一趟,习旅长点头同意了。黑娃一行五人全换上了便装,装作结伙出门揽活的庄稼汉,赶天擦黑时上了白鹿原。五人分道走向各自的村庄,约定在贺家坊贺老大的坟墓上集合。

黑娃走进白鹿村正值夜深人静,树园子里传出狼猫和咪猫思春的难听的叫声。黑娃敲响了窑洞的门板。小娥张皇惊咋的声音黑娃一听就心软了。他把嘴贴着门缝说:"甭害怕甭害怕,我的亲蛋蛋儿。你哥黑娃……"小娥猛然拉开门闩,把一身热气的光身子扑到他怀里,哇的一声哭了。不期而至的欢愉几乎承受不住,小娥趴在黑娃怀里哭诉鹿子霖田福贤把她吊上杆顶的痛楚;又惊慌失措地拼打火石点亮油灯,让黑娃看她胳膊上手腕上被绳索勒破的疤痕;突然又噗的一声吹灭油灯,惊恐万状地诅咒自己太马虎了,点灯无异于给田福贤的民团团丁们引路,说着就把黑娃往窑门外头推搡:"快走快跑。逮住你你就没命咧!"黑娃猛然用力把小娥揽入怀里,用一只手从背后关了门,再把光溜溜的小娥抱到炕上塞进被窝,说:"啥事都甭说了,我都知道了。"他在小娥的枕头边坐下来:"他们逮不住我,你放心,光是让你在屋受恓惶……"小娥又哇的一声哭了,从被窝里跃起来抱住黑娃的脖子:"黑娃哥呀,要是不闹农协,咱们像先前那样安安宁宁过日子,吃糠咽菜我都高兴。而今把人家惹恼了逗急了容不下咱们了,往后可怎么过呀?你躲到啥时候为止哩?"黑娃说:"甭吃后悔药,甭说后悔话。我在外头熬活挣钱,过一些时月给你送钱回来,总有扳倒田福贤的日子。我还要把他压到铡刀底下……"窗外传来鸡啼,黑娃脱了衣服溜进被窝,把在被子外头冻得冰凉抖索的小娥搂抱得紧紧的,劫难中的欢愉隐含着苦涩,虽然情渴急烈,却没有酣畅淋漓。当窑门外的鸡窝里再次传来鸡啼的声音,黑娃就从小娥死劲的箍抱里挣脱出来,穿好衣服,把一摞银元塞到她手里。

黑娃赶到贺家坊村北的一堆黑森森枳树坟园前学了一声狗叫,枳树那边也起了一声狗的叫声相呼应,已有三人先到,只差一位弟兄了。四个人隐伏在枳树坟园的四个方向,终于等来了最后一个弟兄,在埋着贺老大被蹾碎了骨头的尸首的坟墓前跪下来,黑娃把一绺事先写好的引魂幡挂到枳树枝上,枳树上的尖刺扎破了手指,一滴鲜血浸润到写着"铡田福贤以祭英灵——农协五弟兄"的白麻纸条上。不敢点蜡不敢焚香更不敢烧纸,五个人递传着把一瓶烧酒奠在坟头,叩首长拜之后就离开了。一个弟兄说:"田福贤明日又要忙活了。"黑娃说:"挠一挠田福贤的脚心,叫他也甭睡得太安逸了!"

"这是吓我哩!"田福贤看了看白麻纸上的字随手丢到桌子上说,"他们要是有本事杀我,早把我都杀了。"

挂在枳树枝上的引魂幡子是贺家坊一个早起拾粪的老汉发现的,贺耀祖揣着它亲自来见田福贤。田福贤平淡的反应让贺耀祖觉得丧气:"福贤,你千万千万不可掉以轻心。斩草除根除恶务尽。黑娃那一伙逃了躲了贼心可没死哇!"田福贤仍然雍容大度地说:"叔哎,你的话说的都对着哩!黑娃这一帮子死狗赖娃全是共产党煽乎起来的,共产党兴火了他们就张狂了,共产党败火了他们也就塌火了。"送走了贺耀祖,田福贤就对民团团长下令,把团丁分成四路到各个村子去,把黑娃三十六弟兄的家属带到白鹿仓来。

小娥走进白鹿仓立即感到气氛不对,叫她畏怯的团丁们一个个全都笑容可掬,不像训斥仇人而是像接待亲戚贵宾一样带着她走进一个屋子,里面摆着桌凳并要她坐下。小娥不敢坐,又不敢不坐，就在最后边靠墙的一个拐角颤怯怯坐下来，低下头就再不敢抬起来。田福贤在台上讲第一句话她就抑制不住心的狂跳，不敢抬头看田福贤的眼睑而是把头垂得更低了。田福贤的口吻很轻松，似乎在讲一个有趣的故事："我前几天到县上去撞见朱先生。朱先生要笑说：'福贤，你的白鹿原成了鏊子了。'我想起白嘉轩也对我说过这句话。我才明白嘉轩的话其实是从他姐夫那儿趸下的。嘉轩说这话时我没在意当是说耍话的。弄清了这话是朱先生的话我才在意了。朱先生是圣人，向来不说诳话，他说的话像是闲话其实另有后味。我回来想了几天几夜才解开了，鏊子是烙锅盔烙葱花大饼烙饦饦馍的，这边烙焦了再把那边翻过来，鏊子底下烧着木炭火。这下你们解开了吧？还解不开你听我说，这白鹿原好比一个鏊子，黑娃把我烙了一回，我而今翻过来再把他烙焦。"田福贤讲到这儿，一直沉默拘谨的听众纷纷噢噢噢醒悟似的有了反应。田福贤受到鼓舞，又诚恳地感慨说："要叫鏊子凉下来不再烙烫，就得把底下的木炭火撤掉。黑娃烙我是共产党煨的火，共产党而今垮塌了给它煨不上火了，所以嘛我现在也撤火——"在座的家属全都支长耳朵听着。田福贤郑重地说："把你们的子弟丈夫叫回来，甭再东躲西藏了。叫他们回来到仓里来走一趟，说一句'我错了，我再不跟人家吃老鸦了'就行了。哪怕一句话不说只要来跟我见个面就算没事了。我说这话你们信下信不下？"众人不吭声。这时有人站起来证实："我是黑娃三十六弟兄的二十一弟兄。我跑到泾阳在一家财东家熬活，团丁把我抓回来。我只说非杀了我剐了我没我的小命了。田总乡约跟我只说了一句，'回去好好过日子，再甭跟人瞎闹了'。我而今实实后悔当初……"又一个小伙接着说："我躲到城里一家鞋铺子给人家抹褙子，夜夜想我妈想我大。我偷偷跑回来给民团逮住了……田大叔宽容了我，我一辈子不忘恩德。"这两个人的现身说法打动了许多人，人们虽然担心软刀子的杀法，但还是愿意接受软的而畏惧硬的,当下就有几个人争相表态,相信并感激田总乡约的恩德,明天就去寻找逃躲在外的儿子或丈夫回来悔罪。田福贤笑着向表态的人一一点头,忽然站起来睃巡会场,终于瞅中了低头坐在屋子拐角的小娥:"黑娃屋里的,你听我说,黑娃是县上缉捕的大犯。其他人我敢放手处理,对黑娃我没权处理,但我准备向县上解说,只要黑娃回来,我就出面去作保。冤仇宜解不宜结,化干戈为玉帛。"

紧接着的六七天时间里,那些逃躲在外的三十六弟兄中的许多人便由他们的父兄领着走进了白鹿仓。田福贤实践诺言,不仅没有加害这些曾经吆喝着把他压到铡刀底下的对手,反而像一个宽厚长者训导淘气的晚辈:"好咧行咧,有你一句知错改错的话就对咧!回去好好下苦,把日子往好哩过,不瞧瞧你爸都老成啥样子咧。"感动得赔罪者愧悔嗟叹,有的甚至热泪滚滚。田福贤这一下完全征服了白鹿原,街论巷议都是宽厚恩德的感叹。这种局面影响到民团团丁,由高度紧张变得松懈起来。田福贤看到了就及时训话:"把这些人宽大了,实际是把老鸦落脚搭窝的树股给它砍掉了,鹿兆鹏这号老鸦再没处落脚垒窝了。你们敢松手吗?外表上越松,内里越要抓紧盯死,一心专意地瞅住共产党。鹿兆鹏跑进城里去了,偷偷还回原上来过几回……你们啥时候能抓住他?我给诸位的赏金早都准备停当了,数目比省上悬赏的数儿还大。"

小娥回到窑里就开始了慌乱,有一半信得下田福贤的话,又有一半信不下。过了几天,听到许多黑娃的弟兄都得到田福贤的宽宥,她就开始发生了朝信的一面的决定性偏倒。她表现得很有主见,一丝也不糊涂,必须让田福贤按他的诺言行事,应该由他先给县上说妥以后再让黑娃回来,不能让黑娃回来以后再由他到县上担保;万一县上不答应,可就把黑娃害了。她几次在白鹿镇通白鹿仓的路上踅来踅去,总是下不了决心鼓不起勇气走过去。她想起把田福贤押上白鹿村戏楼再压到铡刀口时的情景。她那会儿作为妇女代表风风光光坐在戏楼上观看对田福贤的审判,看见田福贤被绳索拘勒成紫茄子色的脖颈和脸膛,两只翻凸出来的眼球布满血丝,那眼睛里流泻出垂死的仇恨、垂死的傲气和少许的一缕胆怯。现在,那两只翻凸出来布满血丝的眼球终日价浮现在她的眼前,她执瓢舀水时那眼球在水缸里,吓得她失了手;她拉风箱烧锅时那眼球又在灶膛的麦秸火焰里,吓得她几乎折断了风箱杆儿;更为不可思议的是,她在冒着蒸气的熬得黏稠的苞谷糁子的粥锅里又看见了那双眼球——那天坐在白鹿仓会议室后排拐角,她鼓足勇气从两个脑袋的间隙里偷偷溜了田福贤一眼,滋润的方脸盘上嵌着一双明澈温厚的眼睛……她在路口装作买东西在摊贩货堆前趑摸了一阵就退回原路来,根深蒂固的自愧自卑使她不敢面对那双明澈的眼睛,就朝镇子的中街走过去,一转身拐进了第一保障所的大门。

小娥一看见鹿子霖叫了一声"大"就跪下了:"大呀,你就容饶了黑娃这一回。"鹿子霖愠怒地斥责:"起来起来。有啥话你说嘛跪下做啥?"小娥仍然低头跪着:"你不说个饶字我不起来。""爱跪你就跪着。"鹿子霖说,"你寻错人登错门了。黑娃是县上通缉的要犯,我说一百个饶字也不顶用。那天田总乡约亲口给你说了,叫你把黑娃叫回来他再给县上作保,你该去给田总乡约回话。"小娥说:"我一个女人家不会说话,我也不敢进仓里去……"鹿子霖揶揄地说:"你不是都敢上戏楼吗?咋着连仓里的门就不敢进了呢?"小娥羞愧地垂着头:"好大哩,现时还说那些事做啥!黑娃年轻张狂了一阵子,我也张狂了几回,现在后悔得提不起了。"鹿子霖说:"你就这样去给田总乡约回话,就说你两口子张狂了后悔了再不胡成精了。"小娥说:"我求大跟田总乡约说一下。你是乡约说话顶用。黑娃好坏是你侄儿,我再不争气是你老的侄媳妇。我再没亲人……"

鹿子霖不再开口,这个一进入白鹿村就被阿公鹿三撵出家门的小媳妇和他算得近门,他和鹿三同辈,又比鹿三小几岁,她自然叫他大大,他从来也没有机缘听她叫一声大。她现在跪在他前面一句一声"大"地叫着,他有点为难了;他又一次感到自己心慈面软的天性,比不得白嘉轩那样心硬牙硬脸冷,甚至比不得鹿三。小娥继续诉说:"大呀,你再不搭手帮扶一把,我就没路走了。我一个女人家住在村外烂窑里,缺吃少穿莫要说起,黑间狼叫狐子哭把我活活都能吓死,呜呜呜……"

"唉——"鹿子霖长长地吁叹一声,"你起来坐下。我给田总乡约说说就是了。"说着点燃一根黑色卷烟,透过眼前由浓而淡缓缓飘逸弥漫着的蓝色烟雾,鹿子霖看见小娥撅了撅浑圆的尻蛋儿站立起来,怯怯地挪到墙根前歪侧着身子站着,用已经沾湿的袖头不住地擦拭着流不尽的泪水,一绺头发从卡子底下散脱出来垂在耳鬓,被泪水洗濯过的脸蛋儿温润如玉光洁照人,间或一声委屈的抽噎牵动得眉梢眼角更加楚楚动人,使人突生怜悯。鹿子霖意识到他的心思开始脱缰就板下脸来:"你叫我给田总乡约说话,也得说清黑娃到底在哪达嘛。"小娥猛乍扬起头来:"我要是知道他在哪达,我就把他死拽回来了。他只说他给人家熬活,死口不说在东在西。"鹿子霖忙问:"他啥时候给你说他给人家熬活来?他回来过?"小娥也不想隐瞒:"他半个月前回来过一回,给我撂下几个铜子叫我籴粮食度春荒,鸡叫头遍进窑门,鸡叫二遍又出了窑门。我问他在哪达,他怕我去寻他,他死活不透底儿……"鹿子霖"噢"了一声,又鼓励小娥继续说下去:"你说这话我信哩!"小娥说:"你给田总乡约把话靠实,只要能饶了他,他再回来给我送钱时,我就拉住他不叫他走……"小娥说着又轱辘辘滚下泪珠来。鹿子霖说:"好了,我立马去找田总乡约。你回吧,你放心地等我的回话。把眼泪擦了,甭叫街上人看见笑话。"鹿子霖叮嘱着,看见小娥有点张皇失措地撩起衣襟去擦眼泪,露出了一片耀眼的肚皮和那个脐窝,衣襟下露出的两个乳头像卧在窝里探出头来的一对白鸽。他只扫瞄了一眼,小娥捋下衣襟说:"大!那我就托付你了,我走了。"

鹿子霖走进白鹿仓找到田福贤直言道:"贺老大坟上的引魂幡子是黑娃挂的。"他看着田福贤惊异的神色愈加自得地学说了与小娥谈话的过程,正是从小娥透露的黑娃回家的时间准确无误地推测出这个结果。田福贤问:"她没说黑娃在哪达?"鹿子霖说:"看来她是真不知底儿。黑娃也逛得鬼得很哩!"田福贤断然说:"好啊子霖,你谈的这个情况很重要。你马上可以给她满碟子满碗地回话,只要黑娃投案回来一概不究,县上通缉的事由我包了。你千方百计把这女人抚拢住,哪怕她漏出一丝黑娃的影踪也好。那样的话你就立下大功了。"

第三天夜里,鹿子霖敲响了小娥窑洞的门板。他刚刚从贺家坊喝酒回来。贺耀祖见了挂在贺老大坟上的引魂幡怒不可遏,指挥族人把贺老大家老三辈的祖坟从贺氏坟园里挖走了,业已腐朽的骨殖和正在腐烂的尸体全都刨出来扔到沟里去了。贺耀祖置备酒席庆贺,邀集本仓的头面人物赴宴。田福贤恪守夜不出仓的戒律谢辞邀约。鹿子霖痛痛快快咥了一顿喝了一通谝了个尽兴,夜深人静时分呼吸着麦苗青草的清新气息,浑身轻松地从村子东边的慢坡道上下来,走进了小娥独居的窑院。窑里传出小娥睡意蒙眬惊恐万状的问话声。"你大。"鹿子霖说,"甭害怕。我是你大。"

木门冂哐哧滑动一声门开了一扇,鹿子霖侧身进去随手关上了木闩,窑里有一股霉味烟味和一股异香相混杂,他的鼻膜受到刺激连连打了三个喷嚏。"甭点灯了,省得招惹人眼。"鹿子霖听见黑暗中的小娥拼打火镰火石就制止了,"凳子在哪达?炕边在哪儿?我啥也看不见。""在这儿。"小娥说。鹿子霖就觉着一只软软的手抓着他的胳膊牵引他坐到一条板凳上,从那种异样的气味判断,小娥就站在他的右侧,可以听见她有点喘急的呼吸声息。"大呀,我托你办的事咋个向?"小娥说话的气浪吹到他的耳鬓上。"说好了说妥了,全按你想的说成了。"鹿子霖爽气地说着,压低声儿变得神秘起来,"还有一句要紧话我不敢对你说。你女人家嘴不牢捅出去,不说你不说黑娃,连我也得倒灶!"小娥急切切地说:"大,你放心说。我不是鼻嘴子娃娃连个轻重也掂不来?"鹿子霖黑暗里摇摇头说:"这话太紧要太紧要了。随便说了太不保险。"小娥无奈地问:"大呀,你信不下我我咋办……那要不要我给你赌咒?""赌咒也不顶啥。"鹿子霖从凳子上站起来,一字一板说,"这话嘛得、睡、下、说。"小娥像噎住了似的低声说:"大——"鹿子霖断然说:"这会儿甭叫大。快上炕。"

鹿子霖在黑暗如漆的窑洞里站着,对面的小娥近在咫尺鼻息可感,他没有伸出双臂把她挟裹到炕上去,而是等待小娥的举动。小娥没有叫喊,没有朝大大脸上吐唾沫,只是站着不动也不吭声。听见一声呢喃似的叹息,站在他对面的影柱儿朝炕那边移动,传来脱衣服的窸窸窣窣的响声。鹿子霖的心底已经涌潮,手臂和双腿控制不住地颤栗;他丢剥了夹褂儿又褪下了夹裤,摸到炕边时抖掉了布鞋就跷上炕去;当他的屁股落到炕上时感到了一阵刺疼,破烂的炕席上的篾片儿扎刺进皮肉去了;他顾不得疼痛,揭开薄薄的被子钻进去。小娥羞怯地叫:"大——"鹿子霖嘻嘻地嗔怨:"甭叫大甭叫大,再叫大大就羞得弄不成了!"他已经把那个温热的身子紧紧裹进怀里,手忙脚乱嘴巴乱拱,这样的年纪居然像初婚一样慌乱无序,竟然在刚刚进入的一瞬便轰然一声塌倒。他躺着凝然不动,听着潮涌到心间的血液汩汩退回到身体各部位去,接着他一身轻松无比清醒地滚翻下来,搂住那个柔软的身体,凑到她的耳根说:"黑娃万万不能回来!"小娥呼地一下豁开被子坐起来:"你哄我?你把事没办妥,你哄着我睡觉……"鹿子霖欠起身说:"我说你们女人家沉不住气,你还说你赌咒哩!听我把话说完——"他把她搂住按进被窝,"我给田福贤把你的话说了,田福贤也答应了,昨日专门到县里去寻岳书记,岳书记也答应只要黑娃回来认个错,就啥话不提了。说黑娃万万不能回来是我的主意。你听了我的话好,你要信田福贤的话就去叫黑娃回来……"小娥忙问:"大,你咋说万万不敢回来?咋哩?"鹿子霖说:"你们女人家只看脚下一步,只摸布料光的一面儿,布的背面是涩的,桌子板凳墙壁背面都是涩粗麻麻的。田福贤万一是设下笼套套黑娃咋办?"小娥倒吸一口气"噢"了一声。鹿子霖说:"田福贤跟我是老交情,我本不该说这话。我实实不想看见你钻进人家的套套儿里去。我这人心软没法子改。黑娃辱践了我,按说我该跟田福贤合伙收拾他,可你那天往保障所去给我面前一站一跪一哭,哎……"小娥完全失望地说:"那咋办呀?黑娃不回来我咋活呀?"鹿子霖说:"大给你把后头十步路都铲平了。这样吧,就让黑娃在外头熬着混着哪怕逛着,总比睁着眼钻笼套强。先躲过眼下的风头再说,说不定风头过了也就没事了,说不定田总乡约调走了也就好办了。你嘛,你就过你的日子,大给你钱你去籴粮食,日后没事了,黑娃回来了,大也就不挨你的炕边了。"说着坐起来,摸到衣服掏出几个银元,塞到小娥手里。小娥突然缩回手:"不要不要不要!我成了啥人了嘛?"鹿子霖嗔怒地说:"你成了啥人了?你成了大的亲蛋蛋了!不是大的亲蛋蛋儿,大今黑还能给你说这一河滩体己话?"他穿上衣裤,下了炕站住斩劲地说:"谁欺侮你你给大说,大叫他狗日水漏完了还寻不见锅哪儿破了。关门来。大逢五或者逢十来,把炕上铺得软和些儿。"

隔两三日即逢五,鹿子霖耐着性子俟到逢十的日子,又一次轻轻弹响了那木板门。如果逢五那天去了,间隔太短,万一小娥厌烦反倒不好,间隔长点则能引起期待的焦渴。鹿子霖吃罢晚饭,给他的黄脸女人招呼一声,就到神禾村去了,自然说是有公事。他在那儿推牌九手气大红,用赢下的钱在村子小铺里买了酒和牌友们干抿着喝了。他现在不需要像头一次那样繁冗的铺陈,一进门就把光裸着身子的小娥揽进怀里,腾出一只手在背后摸到木闩插死了门板,然后就把小娥托抱起来走向炕边,小娥两条绵软的胳膊箍住了他的脖子。鹿子霖得到呼应就受到鼓舞受到激发,心境中滞留的最后一缕隐忧顿然消散。他把她轻轻放到炕上,然后舒缓地脱衣解裤,提醒自己不能再像头一回那样惊慌那样急迫,致使未能完全尽兴就一泄如注。他侧着身子躺进被窝,一股浓郁的奇异的气息使他沉迷。小娥迎接他的到来,钻进他的怀里。他再次清醒地提示自己不能急迫慌乱,用他的左手轻轻地抚摩她的后颈和脊背,他感到她的手臂一阵紧过一阵地箍住他的后背,把她美好无比的奶子偎贴到他的胸脯上。她的温热的脸腮和有点凉的鼻尖偎着他的脸颊,发出使他怜悯的轻微的喘息,他控制着自己不把嘴巴贴过去,那样就可能使他完全失控。他的手掌在她细腻滑润的背脊上抚摩良久就扩展到她的尻蛋儿上,她在他怀里颤栗了一下。他抽回手从她柔软的头顶抚摩下去,贴着脖颈通过腰际掠过臀部下滑到大腿小腿,一直到她穿着睡鞋的小脚,便得到了一个统一的感觉,他又从她的脸膛搭手掠过脖颈,在那对颤颤的奶子上左右旋摩之后,滑过软绵的腹部,又停留在他最终的目标之上,小娥开始呢呢喃喃扭动着腰身。他已经从头到脚一点不漏地抚遍她全身的每一寸肌肤,开始失控,于是便完全撒缰。小娥急促地扭动着腰身,渴望似的呢喃着叫了一声:"大呀……"鹿子霖一扬手掀去了被子,发疯似的摇拽扇摆起来:"大的个亲蛋蛋儿呀,娥儿娃呀,大爱你都爱死了……"鹿子霖享受了那终极的欢乐之后躺下来吸烟,卷烟头上的火光亮出小娥沉醉的眯眼和散乱的乌发,小娥又伸出胳膊箍住他的腰,在他耳根说:"大呀,我而今只有你一个亲人一个靠守了……"鹿子霖慷慨地说:"放心亲蛋蛋,你放心。你不看大咋着心疼你哩！你有啥难处就给大说。谁敢哈你一口大气大就叫他挨挫。"鹿子霖弹了烟灰坐起来穿衣服。小娥拢住他的胳膊说："大，你甭走，你走了我害怕。"鹿子霖问："害怕啥哩？"小娥说："有人时不时地在窑堖学狼嗥，学狐子哭吓我哩！"鹿子霖呵呵一笑："你既然知道那是人不是狼，你怕啥？你关门睡你的觉甭理他。我收拾他。"他心里非常清楚，小娥虽好，窑洞毕竟不是久留之地。随后就断然走出了窑洞。

那个学狼嗥学狐子哭的人叫狗蛋儿，三十岁了仍是光棍一条，熬得有点淫疯式子。他爸叫他出去熬活挣钱给他订媳妇，他说不先给他娶媳妇他就不出门去给人下苦熬活，父子俩不得统一，老子随后气死了，狗蛋儿成了游荡鬼，更没人给他提媒说亲了。狗蛋儿在黑娃逃走以后，就把直溜溜的眼睛瞅住了小娥的窑洞。他夜里从人家菜园偷拔一捆葱拿来向小娥献殷勤，小娥隔着窑窗在里头骂，他把葱捆儿放在门槛上就走了。他偷葱偷蒜偷桃偷杏，恰如西方洋人给女人献花一样献到小娥的门槛上窗台上然后招呼一声说："小娥你尝一口我走了。"他的痴情痴心得不到报偿，就在窑堖上学狼嗥学狐子哭吓唬她，以期小娥孤身一人被吓得招架不住时开门迎他进窑。再后来，狗蛋儿居然编出一串赞美小娥的顺口溜词儿在窑窗外反复朗诵。

鹿子霖这一夜正搂着小娥亲昵的当儿听到了狗蛋的创造。狗蛋在窑窗外一字一板朗诵，还用手掌击打着节拍："小娥的头发黑油油。小娥的脸蛋赛白绸。小娥的舌头腊汁肉。小娥的脸，我想舔。小娥的奶，我想揣。我把小娥瞅一眼，三天不吃不喝不端碗；宁吃小娥屙下的，不吃地里打下的；宁喝小娥尿下的，不喝壶里倒下的……"鹿子霖贴着小娥的耳朵说："你说他唱得好，明晚再来唱。"小娥就对着窗口说："狗蛋哥，你唱得真好听。我今黑听够了想瞌睡了。你明黑再来唱多唱一阵儿。"

狗蛋第二天黑夜又在窑窗外朗诵起来,朗诵一遍还要问一句:"小娥,你看我唱得好不好?"小娥就说:"好听好听,你再唱一遍。"鹿子霖不失时机地走到窑门口,从背后抓住了狗蛋的后领,一串耳光左右开弓抽得密不透风:"狗蛋你个瞎熊,瞎得没眉眼咧!"狗蛋已经瘫在地上求饶。鹿子霖说:"你今日撞到我手里,算你命大。你要是给族长知道了,看不扒了你的皮!"狗蛋吓得浑身筛糠连连求饶。鹿子霖抓着后领的手一甩,狗蛋爬起来撒腿就跑得没有踪影了。鹿子霖仍然遵守五、十的日子到窑里来寻欢。

狗蛋好久不敢再到窑院里去献殷勤,不敢学狼嗥狐子哭更不敢朗诵赞美诗。他终于耐不住窑洞的诱惑,这夜又悄悄爬在窑窗窗台上,蹩着鼻子吸闻窗缝里流泻出来的窑洞主人的气味。他听到小娥娇声嗲气的一声呢喃,头发噌的一声立起来;又听到小娥哼哼唧唧连声的呻唤,他觉得浑身顿时坠入火海;接着他就准确无误地听到一个熟悉的男人的声音:"你受活不受活?"狗蛋判断出是鹿子霖大叔的声音,一下子狂作起来,啪地一拳砸到窗扇上喊:"好哇,你们日得好受活!小娥你让乡约日不叫我日,我到村里喊叫去呀!你叫我日一回我啥话不说。"咣当一声门板响,小娥站在门口朝狗蛋招手。狗蛋离开窗子迎着小娥走进窑去。鹿子霖猫下腰贴着窑壁溜出门来,吓出一身冷汗,满心的欢愉被那个不速之客破坏殆尽。

狗蛋慌手慌脚脱光了衣服,抱住小娥的腰往炕边拽。他的从未接触过异性肌肤的身体承受不住,在刚刚搂住小娥腰身的一霎之间,就"妈呀"一声蹲下身去,双手攥住下身在脚地上哆嗦抽搐成一团。小娥在黑暗里骂:"滚!吃舍饭打碗的薄命鬼!"狗蛋站起来纠缠着不走。小娥哄唆说:"后日黑你来。"狗蛋俟过了一夜两天盼到了又一个夜晚,他蹑手蹑脚走进窑院叩响窑门之际,就被黑影里跳出的两个团丁击倒了,挨了一顿饱打。团丁是鹿子霖从仓里借来的,打得狗蛋拖着腿爬回他的屋里去了。

这件事不消半天,就在白鹿村风传得家喻户晓。白嘉轩在事发后的头一天早晨听到了族人的汇报,当即作出毫不含糊而又坚决的反应。在修复完备的祠堂正厅和院子里,聚集着白鹿村十六岁以上的男女,女人被破例召来的用意是清楚不过的。白孝文主持惩罚一对乱淫男女的仪式显得紧张。他发蜡之后接着焚香,领着站在正厅里和院子里的族人叩拜三遭,然后有针对性地选诵了乡约条文和族法条律,最后庄严宣判:"对白狗蛋田小娥用刺刷各打四十。"孝文说毕转过头请示父亲。白嘉轩挺身如椽,脸若蒙霜,冷峻威严地站在祭桌旁边,摆了摆头对孝文说:"请你子霖叔说话。"鹿子霖站在祭桌的另一边,努力挺起腰绷着脸。他被孝文请来参加族里的聚会十分勉强,借口推辞本来很容易,他沉思一下却朗然应允了。他对孝文轻轻摆摆头,不失风范地表示没有必要说话。

小娥被人从东边的厢房推出来,双手系在一根皮绳上,皮绳的另一端绕过槐树上一根粗股,几个人一抽皮绳,小娥的脚就被吊离地面。白狗蛋从西边的厢房推出来时一条腿还跛着,吊到槐树的另一根粗股上,被撕开了污脏的对襟汗褂儿露出紫红的皮肉。为了遮丑,只给小娥保留着贴身的一件裹肚儿布,两只奶子白皙的根部裸露出来。执行惩罚的是四个老年男人,每两个对付一个,每人手里握一把干酸枣棵子捆成的刺刷,侍立在受刑者旁边。白嘉轩对鹿子霖一拱手:"你来开刑。"鹿子霖还拱一揖:"你是族长。"白嘉轩从台阶上下来,众人屏声静息让开一条道,走到田小娥跟前,从执刑具的老人手里接过刺刷,一扬手就抽到小娥的脸上,光洁细嫩的脸颊顿时现出无数条血流。小娥撕天裂地地惨叫。白嘉轩把刺刷交给执刑者,撩起袍子走到白狗蛋跟前,接过执刑人递来的刺刷,又一扬手,白狗蛋的脸皮和田小娥的脸皮一样被揭了,一样的鲜血模糊。白狗蛋叫驴一样干嚎起来。白嘉轩撩着袍角重新回到祠堂的台阶上站住,凛然瞅视着那两个在槐树上扭动着的躯体。鹿子霖比较轻捷地走到小娥跟前,接过刺刷抡圆胳膊,结结实实抽到小娥穿着夹裤的尻蛋上,然后把刺刷丢到地上转过身去。他再次接过刺刷抽到狗蛋的胸脯上,无数条鲜血的小溪从胸脯上流泄下来注进裤腰。鹿子霖转身要走的当儿,狗蛋儿哭叫着喊:"你睡了,我没睡你还打我!"整个庭院里变得凝结了一样。鹿子霖早已备着这一着,冷笑着说:"我知道你恨着我。团丁抓你那夜,该把你捶死在窑门口。"白嘉轩立即向族人郑重解释:"子霖早察觉了狗蛋的不轨,派团丁收拾过他,他才怀恨在心反咬一口。加打四十。"孝文先走到狗蛋跟前,推走了鹿子霖,再接过刺刷迎面抽去,狗蛋就再不敢胡咬了。他走到小娥跟前瞅了一眼那半露的胸脯,一刷抽去,那晶莹如玉的奶根上就冒出鲜红的血花,迅即弥散了整个胸脯。鹿三接过刺刷刚刚扬起来,却像一堵墙似的朝后倒去,跌在地上不省人事。鹿三的出现激起了几乎所有做父亲母亲的同情,也激起了对淫乱者的切齿愤恨,男人女人们争着挤着抢夺刺刷,呼叫着"打打打!""打死这不要脸的婊子!"刺刷在众人的手里传递着飞舞着,小娥的嘶叫和狗蛋的长嚎激起的不是同情而是更高涨的愤怒。鹿子霖站在台阶上对身旁的白嘉轩说:"兄弟要去仓上,得先走一步。"

狗蛋被人拖回家就再没有起来。他先被团丁用枪托砸断了一条腿,接着又被刺刷抽得浑身稀烂。时值热天,无以数计的伤口三几天内就肿胀化脓汇溃成脓血,不要说医治,单是一口水也喝不到嘴里,他发高烧烧得喉咙冒火,神智迷糊,狂呼乱叫:"冤枉啊冤枉!狗蛋冤枉……我连个锅底也没刮成就……挨了黑挫……"村里人后来听不到叫声,才走进那幢破烂厦屋去,发现他死在水缸根下,满屋飞舞的绿头苍蝇像蜂群一样嗡嗡作响。

小娥的境况好多了。她拖着浑身流血的身体挪回窑洞,鹿子霖当天晚上就来看护她。鹿子霖在炕边伏下身刚叫了一声"亲蛋蛋呀",小娥就猛乍伸出手来抓抠他的脸。"甭抠甭抓。"鹿子霖抓住她的手腕说,"留下大这一张脸还有用场。"小娥挣脱手,还要抓要抠:"我给你害得没脸了,你还想要脸?"鹿子霖镇定地说:"你没脸了大知道。大这张脸再抓破了咱们就没有一张脸了,也就没人给你报仇了。"小娥冷笑着说:"给我报仇?凭你?你先说说让我听听你咋么着给我报仇?"鹿子霖说:"你先看病养好身子再说。君子报仇十年不晚。"说罢就伏在小娥脸上哭了:"你挨了刺刷受了疼我知道。可你不知道白嘉轩整你只用三成劲,七成的劲儿是对着我……人家把你的尻子当作我的脸抽打哩!"他终于使小娥安静下来,留下一把银元:"你明日就去看伤。甭怕人七长八短咬耳朵。人有脸时怕这怕那,既是没脸了啥也都不怕了,倒好!"

小娥第二天一早走过白鹿村村巷又走进白鹿镇的街道。她什么人也不瞅,任凭人们在她背后指指戳戳窃窃私语,真的如同鹿子霖大说的没脸了反倒不觉得胆怯了。她走进白鹿中医堂坐到冷先生的当面。冷先生瞅她一眼既不号脉也不察看伤势,开了一个方子递给抓药的相公,又对小娥说:"大包子药煎了内服。小包子药熬成汤水洗伤,一天洗三回。"

小娥关了窑门脱得精光,用布巾蘸着紫黑色的药水往脸上身上涂抹,药水浸得伤口疼痛钻心。晚上,鹿子霖虔诚地替她洗刷伤口,她又感激得想哭。三天以后,大大小小被刺刷扎破的伤口全都结了痂。七天以后,那些疤痂全部脱落。半月以后,她的脸颊和身体各部位的皮肤又光洁如初。大约是冷先生的药物的神奇效力,她的脸膛更加红润洁净,胸脯更加细白柔腻。这一夜,她和鹿子霖倾心抚爱在一起,真有许多患难不移的动情之处。鹿子霖双手捧着她的脸说:"记得我说的话吗?白嘉轩把你的尻蛋子当作我的脸蛋子打哩刷哩!你说这仇咋报——"小娥知道他其实已经谋划好了,就静静地听着不语。鹿子霖说:"你得想法子把他那个大公子的裤子抹下来。那样嘛,就等于你尿到族长脸上了!"

第十六章

麦子收罢新粮归仓以后,原上各个村庄的"忙罢会"便接踵而至,每个村子都有自己过会的日子。太阳冒红时,白鹿原的官道小路上,庄稼汉男女穿着浆捶得平展硬挣的家织布白衫青裤,臂弯里挎着装有用新麦子面蒸成的各色花馍的竹提盒笼儿,乐颠颠地去走亲访友,吃了喝了谝了,于日落时散散悠悠回家去。今年的"忙罢会"过得尤其隆重尤其红火,稍微大点的村庄都搭台子演大戏,小村小寨再不行也要演灯影耍木偶。形成这种盛况空前的热闹景象的原因不言而喻,除了传统的庆贺丰收的原意,便是平息了黑娃的农协搅起的动乱,各个村庄的大户绅士们借机张扬一番欢庆升平的心绪。

俟到贺家坊的"忙罢会"日,贺耀祖主持请来了南原上久负盛名的麻子红戏班连演三天三夜,把在贺家坊之前演过戏的大村大户压倒了苫住了,也把原上已经形成的欢乐气氛推到高潮。这是一年里除开过年的又一个轻松欢乐的时月,即使像白嘉轩这样严谨治家的大庄稼主户,也表现出十分通达贤明的态度。日头还未落下原去,白嘉轩站在院庭里宣布:"今个喝汤①喝早些。喝了汤都去贺家坊看戏。我在屋看门。"他又走出大门走进牲畜圈场,对刚刚背着一笼苜蓿回来的鹿三说:"三哥今黑你去看戏。我来经管牲口。麻子红今黑出台唱的是拿手戏《葫芦峪》。"鹿三推让说:"你去你去,你也爱看戏咯!"白嘉轩说:"我跟麻子红已经说妥,给贺家坊

---

① 关中人把晚饭通称喝汤。

唱毕接着到咱村唱,咱白鹿村的会日眼看也就到了嘛!咱村唱起戏来我再看。"鹿三把缀着一串串紫色花絮的苜蓿从笼里掏出来,码齐撂堆在铡墩跟前。白嘉轩揭起铡刀刃子,鹿三跪匐下一条腿,把一撮撮苜蓿拢起来喂到铡刀口里去。白嘉轩双手压下铡刀,咔哧一声,切断的苜蓿齐刷刷扑落到脚面上,散发出一股清香的气味,从土打围墙上斜泻过来的一抹夕阳的红光照在主仆二人的身上。鹿三接着给水缸里挑满了水,然后推了几车晒干的黄土垫了圈,再把牲口牵回圈里,拌下一槽苜蓿,拍打了肩头前襟后背上的土屑到前院屋里去喝汤。鹿三是个戏迷,逢着哪个村子唱戏,甚或某户人家办理丧事请有吹鼓手为死人安堂下葬唱乱弹,他都要赶去看一场听一回过一过戏瘾。牛犊念书不开窍,整日价跟着鹿三犁地种庄稼务弄牲畜,也就跟着鹿三染上了戏瘾。喝毕汤以后,暮色苍茫里鹿三咂着烟袋,胯骨旁边跟着牛犊走出白鹿村看戏去了。

白孝文也是个戏迷。白鹿原上百分之九十以上的男人无论贫富贵贱都是秦腔戏的崇拜者爱好者。看戏是白孝文唯一的喜好唯一的娱乐。白孝文已经被确立为白鹿两姓族长的继任人,他主持修复祠堂领诵乡约族规惩罚田小娥私通的几件大事树立起威望,父亲白嘉轩只是站在后台为他撑腰仗胆。孝文出得门来从街巷里端直走过去,那些在荫凉下裸着胸膛给娃娃喂奶的女人,慌忙拉扯下衣襟来捂住了奶子躲回屋去;那些在碾道里围观公狗母狗交配的小伙子,远远瞧见孝文走过来就立即散开。白孝文开始替代族长父亲到那些弟兄们闹得不可开交的家庭里去主持分家事宜,到那些为地畔为墙根为猪拱鸡刨打得头破血流的族人家里去调解纠纷。他居中裁判力主公道敢于抑恶扬善,决不两面光溜更不会恃强凌弱。他说话不多却总是一句两句击中要害,把那些企图在弟兄伙里捞便宜的奸诡之徒或者在隔壁邻居之间耍弄心术的不义之人戳得翻肠倒肚无言以对。他比老族长文墨深奥看事看人更加尖锐,在族人中的威信威望如同刚刚出山的太阳。他的形象截然区别于鹿兆鹏,更不可与黑娃同日而语。他不摸牌九不掷骰子,连十分普及的"纠方""狼吃娃""媳妇跳井"下棋等类乡村游戏也不染指,唯一的娱乐形式就是看戏。白孝文喝毕汤先礼让父亲去看戏,声言由自己看门兼侍弄牲口。白嘉轩朗然说:"你去看去。你叫你屋里人也去,天热睡不下咯!"白孝文再到上房问奶奶去不去,然后又问母亲去不去,奶奶和母亲既然都不去,他就再没有去问自己的屋里人。他拿了一把竹皮扇子出门上路了。

贺家坊的戏楼前人山人海,浓烈的旱烟气儿搅和着汗酸味儿在戏台下形成一个庞大的气团,令人窒息。戏楼两边的台柱上挂着两个盛满清油的大碗,碗沿上搭着的一条粗捻上冒着滚滚油烟,炽红的灯火把台子上的演员照得忽明忽暗。本戏《葫芦峪》之前加演折子戏《走南阳》,被王莽追赶着的刘秀慌不择路饥渴交困,遇见一位到田里送饭的村姑,戏剧便在刘秀与这位村姑之间展开。刘秀此时没有了皇帝的架势纯粹是一个死皮赖娃,不仅哄唆得村姑向他奉献出篮子里的蒸馍和瓦罐里的麦仁汤,而且在吃饱喝胀有了精神之后便要骚使拐调戏起村姑来了:"今日里吃了你半个馍,我封你昭阳半个宫。"刘秀唱着许诺着就伸手去摸村姑的脸蛋儿。"今日里吃了你两个半个馍,我封你昭阳坐正宫。"刘秀唱着许诺着又撩起腰带摔打到村姑的前裆里。麻子红出演村姑,天生的娇嫩甜润的女人嗓音特富魅力,人们已经忘记了他厚厚的脂粉下打着擦儿的大小麻窝儿,被他的表演倾倒了。村姑对刘秀死乞白赖打诨骂俏动手动脚的骚情举动明着恼暗着喜噘嘴拒斜眼让半推半就实际上好的那个调调儿,麻子红把个村姑演得又稚又骚。台下一阵阵起哄叫好打唿哨,小伙子们故意拥挤着朝女人身上蹭。白孝文站在台子靠后人群稍微疏松的地方,瞧着刘秀和村姑两个活宝在戏台上打情骂俏吊膀子,觉得这样的酸戏未免有碍观瞻伤风败俗教唆学坏,到白鹿村过会时绝对不能点演这出《走南阳》。他心里这样想着,却止不住下身那东西被挑逗被撩拨得疯胀起来。做梦也意料不到的事突然发生了,黑暗里有一只手抓住了他的那个东西。白孝文恼羞成怒转过头一看,田小娥正贴着他的左臂站在旁侧,斜溜着眼睛瞅着他,那眼神准确无误明明白白告示他:你要是敢吭声我也就大喊大叫说你在女人身上耍骚!白孝文完全清楚那样的后果不言而喻,聚集在台下的男人们当即会把他捶成肉坨子,一个在戏台下趁黑耍骚的瞎熊不会得到任何同情。白孝文慌恐无主,心在胸膛里突突狂跳双腿颤抖脑子里一片昏黑,喊不敢喊动不能动,伸着脖子僵硬地站着佯装看戏。戏台上的刘秀和村姑愈来愈不像话地调情狎昵。那只攥着他下身的手暗暗示意他离开戏场。白孝文屈从于那只手固执坚定的暗示,装作不堪沤热从人窝里挤出去,好在黑咕隆咚的戏场上没有谁认出他来。那只手牵着他离开戏场走过村边的一片树林,斜插过一畦尚未翻耕的麦茬地,便进入一个破旧废弃的砖瓦窑里。

　　钻进破烂的砖瓦窑白孝文才感到真正的恐惧。砖瓦窑,大土壕,猪狗猫。他和他惩罚过的白鹿村最烂脏的女人竟然钻进猪狗猫交配的龌龊角落里来了,一旦被某个拉屎尿尿的人察觉了就不堪设想其后果。他很自然地想到逃跑,逃离破砖窑一踏上大路就万事大吉了,和这个女人多在一会儿都潜伏着毁灭的危机。他转过身抬脚就跑,脑门碰撞到低矮的窑门上也顾不得疼了,刚跑出窑外几步,田小娥就在后边大叫起来:"来人哟,救命呀,白孝文糟蹋我哩跑了……"白孝文吓得双腿发软急忙收住脚,立时听不见她喊叫了。跑不了了!这狗东西把人缠死了!白孝文猛地转过身又走进破砖窑的门洞,抡开胳膊抽了田小娥一记耳光。田小娥却顺势抱住他的胳膊,不还手也不反抗扬起头瞅着他的脸,低声嗔气地说:"哥咂你打,你打死妹子妹子也不恼。"瓦罐似的砖窑顶口泻下朦朦的星光,田小娥的眼里透出两束亮晶晶的光点柔媚动人,一缕奇异的气息刺激他的鼻膜,凝聚在胳膊上拳头上的力量悄悄消溶,两条胳膊轻轻地垂落下来。田小娥说:"哥呀,你看我活到这地步还活啥哩?我不活了我心绝了我死呀!我跳涝池我不想在人世栽了。我要你亲妹子一下妹子死了也心甘了。"白孝文的心开始颤抖,斥责道:"你胡呲乱呔些啥!"田小娥说:"哥呀你正经啥哩。你不看看皇帝吃了人家女子的馍喝了人家的麦仁汤还逗人家女子哩!"说着扬起胳膊勾住孝文的脖子,把她丰盈的胸脯紧紧贴压到他胸膛上,踮起脚尖往起一纵,准确无误地把嘴唇对住他的嘴唇。白孝文的胸间潮起一阵强大的热流。这个女人身上那种奇异的气味愈加浓郁,那温热的乳房把他胸脯上坚硬的肋条熔化了。他被强烈的欲望和无法摆脱的恐惧交织得十分痛苦。在他痛苦不堪犹豫不决的短暂僵持中,感觉到她的舌尖毫不迟疑地进入他的口中。那一刻里,白孝文听到胸腔里的肋条如铁笼的铁条折断的脆响,听见了被囚禁着的狼冲出铁笼时的一声酣畅淋漓的吼叫,双手揽住了田小娥的后腰,几乎晕昏了。

　　白孝文忘情地吮吻着,觉察到她的手在摸索着解开他衣襟上的布圪垯纽扣,她又抓住他的右手而且导引到她的腋下,示意他解开她腋下斜襟上的纽扣。他摸住一个个绾结的布纽圪垯解脱纽环儿,顺手揭开大襟,把她裸开的奶子搂到他同样裸开的胸膛上,几乎迷醉而跌倒下去。他已经无法控制浑身涌动着的春情,第一次主动出击伸手去解她的布条裤带,慌乱中把她拴着的活扣儿拉成了死结,干脆从裤带下把裤腰拉下去。小娥光着身子把砖窑里未燃烧的麦秸扒拢到一起,再铺垫上自己的衫子,便躺下去。星光从砖窑顶口泻到她的身上,她静静地躺着等待他。白孝文急忙解开裤带抹脱裤子,刚趴到她的身上就从心底透过一缕悲哀。小娥问:"哥你咋咧?咋是这样子?"孝文丧气地说:"我也不知道。"他无奈爬起来重新穿上裤子。小娥也坐起来摸衣服穿。白孝文挡住小娥穿衣服的手兴奋地说："好咧好咧又好咧！"小娥摸了一把就再躺下去。白孝文刚刚解下裤带抹下裤子，就更加悲哀地说："咋搞的咋闹着哩？又不行了。"连着反复穿了脱了三四次裤子，都是勒上裤子就好了解开裤子又不行了。小娥问："哥呀你有毛病？"白孝文说："没有没有，向来也没出过这情况儿。"到他再次不甘就此失败趴上她的身时却轰然一声泄了。田小娥却柔声安慰他说："哥呀你甭难受。你逢七到我窑里来我等你。"

白孝文重新来到贺家坊戏台下。《葫芦峪》正演到热闹处，台下一片静默。白孝文小心翼翼地插进人窝里，却怎么也听不进去看不下去，哐哐嘟嘟的梆子声锣钹声失去了魅力令人心烦。他心不在焉地站了一会儿又退出人窝，干脆回家去了。清爽的夜风抚拂着他的脸，脑子里浮现着田小娥那光亮的胸脯和大腿，鼻腔里残留着那身体里散发的奇异的气味儿，相比之下，自己那个婆娘简直就是一堆粗糙无味的豆腐渣了。他走进白鹿村村口时开始懊悔，离家门愈近愈觉心底发虚。他硬着头皮走进街门时感到一种异样的气氛，他的豆腐渣似的女人急慌慌走到院中，看见他失声叫道："哎呀你才回来……土匪打抢了……"白孝文像当头挨了一棍差点栽倒，立即奔进上房，父亲白嘉轩躺在奶奶的炕上呼吸微弱，连呻唤都很艰难，冷先生正在桌子上的油灯下配制药膏。孝文像从火灼的热炕上跌入冰窖，眼前一黑栽倒在脚地上不省人事了。

这场洗劫干得十分干净利落，时机的选择再好不过，村子里十室九空，男人女人引着孩子看戏去了。白嘉轩给牛马拌了第二槽草料，一个人坐在圈场上摇着扇子乘凉。今年收成不错，老天爷许是有意赐惠庄稼人连下了两场好雨，麦子豌豆蓬蓬冒起来孕穗结荚。牛马吞嚼草料的优雅的声音从敞开的窗孔传出来，比戏台上弦索声美妙悦耳。堆积在铡墩前铡碎的苜蓿散发的清香在夜风中弥漫。村子里十分静谧。仙草走来了,一手端着一盘鸡蛋一手提着酒壶,放到鹿三夜晚露宿乘凉的木板上。白嘉轩舒悦地笑笑,善知人意的妻子恰到好处地送来他想吃想喝的东西,贤淑地斟下一杯酒就走出圈场去了。白嘉轩喝一杯酒浑身都活络起来,吱儿吱儿咂得酒盅响着。这当儿从背后伸过一双手卡住他的脖子把他从木板上拽翻到地上,另一双手扭住他的双手,一块烂布塞住了嘴巴。他的双手被捆在背后,随之就被人提起来,才看见他面前站着三个人。他们拽着他走出圈场进入街门,他看见院子里还站着两三个人;他被推推搡搡拉到上房正厅,看见一根明柱上绑着妻子仙草,母亲白赵氏被一个土匪扭着手压着头按在祭祖的方桌边上,两个桌腿上绑着他的两个儿媳。他们把他的双腿捆到一起让他站着,然后就把一把明晃晃的鬼头刀横到他的脖子前,问他银元在哪儿藏着。白嘉轩揣摩对方是纯粹要钱还是既要钱又要命?如果是前者不是后者,那他就准备折财保命,如果是后者不是前者,那么他就准备折命保财,不至于人财两空。在他准备进一步猜测土匪们的真实目的时,一个土匪用刀尖挖掉他口里的烂布又挑破了他的裤裆:"你不说话我先把你阉了!"白嘉轩怒骂道:"老子老命都不要了还要老二?割了拿回去敬你祖宗去!"土匪却不恼,转过身用刀尖挑破仙草的裤子,仙草羞怯地喊:"他爸……"白嘉轩骂:"小人才欺侮女人。"白赵氏在方桌边上招供了:"在南墙上你们挖去。"土匪进入里间,铁器挖凿土坯墙壁和土块跌落的杂乱的响声使白嘉轩不忍卒听就闭上了眼睛。土匪们得手以后大摇大摆从后门出去了。他们告别之前没有忘记留给他一个永久性的纪念,用那根顶后门用的榆木杠子在他后腰上抽击了一下,他顿时眼前金星迸溅着栽倒了。

同时遭到抢劫的还有鹿家,劫难发生的过程大同小异。那阵子鹿子霖被贺耀祖邀去坐在戏楼的礼宾席上观赏麻子红的精彩表演,不无担心地算计着白孝文钻进圈套的进程。鹿子霖女人娘家在贺家坊,午饭后跟着前来叫她的侄儿回娘家看戏去了。屋里只剩下鹿泰恒以及常年守着活寡心灰意冷的兆鹏媳妇。土匪们把鹿泰恒背缚着用皮绳绕过大梁吊到空中,却对兆鹏媳妇十分客气地说:"嫂子,你睡你的觉,甭害怕没有你的事。"他们用刀尖在鹿泰恒脸上划一道口子,再逼问银元藏在哪达?鹿泰恒叫着喊着骂着却始终不说银元的藏处,直到老汉脸膛胳膊胸脯脊背大腿被刀尖拉成像碎布条一样稀烂。土匪们把所有墙壁都挖得坑坑洼洼,把箱子柜子都翻得乱七八糟,把铺地的方砖揭起来挖下去,仍然没有找到银元。土匪们仿效田福贤鹿子霖整死贺老大的刑法,把鹿泰恒从屋梁上蹾下来,再拉皮绳吊起来又松开皮绳蹾下来,反复蹾了几次,直到蹾得鹿泰恒骨头断裂,尻子里涌出一堆鲜血搅和的粪便,又在当胸戳了一刀。

白鹿原刚刚潮起"忙罢会"的庆贺气氛和升平景象一下子低落了,一些准备演戏的村庄纷纷改变主意,没有心思和兴趣组织唱戏的事了。"忙罢会"开始笼罩上恐怖的气氛。白狼的传闻再度神秘地流传。遭劫后的第二天早晨,鹿家和白家的街门上都发现了土匪留下的手迹:"白狼到此"。新老亲戚见面以后没有多少兴致交谈收成,白狼的种种传闻在酒席茶桌上成为热门话题。抢劫白鹿两家的白狼和烧毁白腿乌鸦兵粮台的白狼以及只吮血不食肉的白狼被连结在一起,有人说在峪道里看见过一对脱皮掉毛的老白狼引着一大群狼子狼孙,骚扰抢劫时像两条腿的人,遇到抵抗打击时全现出四条腿逃窜了。

漩涡的中心反倒是平静的。白嘉轩已经清醒过来,接受冷先生的悉心治疗。治疗分两套措施同步进行,每天早晨空腹时和睡觉前煎服汤药,间隔一天由冷先生亲自给腰部伤位上裹缠膏药。

白嘉轩不能翻身转腰,死死地仰躺在炕上接待前来看望他的亲戚友好和乡邻族人,他没有愤恨没有伤感甚至连剧烈的痛楚也不呻唤出来,平静淡漠地接受热切意诚的问候和安慰。七八天以后,腰伤刚见明显好转,背上和臀部压出的褥疮红肿化脓引起高烧,白嘉轩几次烧得昏迷。仙草整天侍候在炕边端屎端尿擦洗身子,仍然没有能够阻止褥疮的发生。冷先生重新开了药方主治高烧,给褥疮配制了外敷药面儿,白嘉轩终于从又一次危机里缓活下来,显然变得十分虚弱了。他微微喘着气对孝文说:"你整天立在炕跟前做啥?该死的话你立在这儿也不顶啥咯!你该弄啥快弄啥去。"孝文显得忧愁而又恓惶,那个破烂砖瓦窑的景象像克化不开的积食整得他心虚神移痛苦不堪。白嘉轩以为儿子为自己煎熬操心,就问:"咱村过会的日子快到咧。给戏班子磨面买菜的事安顿停当了没?"白孝文说:"现在还演啥戏哩。我跟麻子红把戏退咧。"白嘉轩瞪着眼问:"谁叫你退戏?"孝文解释说:"咱家遭了难,子霖叔家刚刚过罢丧事,谁还有心演戏凑热闹?我跟子霖叔商量了就说算咧不演戏咧。"白嘉轩摆一下头嘲弄地笑了:"说定要演的戏就要演不能退。你把你子霖叔叫来我跟他说。"

鹿子霖头上绾着守孝的白布圈来了。白嘉轩说:"子霖,你听我一句话,这戏一定要演,底里嘛缓后我再给你说。"鹿子霖还陷在深沉的悲痛和仇恨里,对演戏仍然提不起兴趣。白嘉轩说:"土匪正是想看你我的哭丧脸儿哩!明白吗?偏给他个不在乎的笑脸儿。明白吗?"

所有亲朋好友包括田福贤前来看望的时候,白嘉轩都保持着一种不失体面的大家风范,惟有姐夫朱先生走进来时他显得难以抑制的动情。他不顾朱先生和家人的百般劝阻,硬是要坐起来,疼得他渗出一头虚汗,才在妻子仙草垫给他的被子上斜倚起来。白嘉轩开门见山地说:"哥呀,你甭听人说白狼长白狼短的混话,不是白狼是黑狼——"朱先生虽然明智,却一时解不开白狼黑狼的隐喻。白嘉轩就一语道破:"这是黑娃做的活。"朱先生不由一惊。

白嘉轩清清白白记得,土匪得手后大摇大摆走出后门时,一个土匪像记起一件未办完的事一样反身又走进后门,顺手从后门背后捞起了那根榆木杠子走到他的跟前,在抡起杠子之前,那个土匪说:"你的腰挺得太硬太直了!"对这句似乎耳熟的话来不及回忆对证,他腰里就挨了致命的一击昏死了。白嘉轩经冷先生抢救活来后的第一个反应,就是那个土匪拦腰抽击之前的那句话,他努力追寻关于这句话的记忆,终于想到了鹿三。等到在他炕前只有鹿三一个人的时机里,白嘉轩像聊闲话那样不经意地问:"三哥,你记得不记得有这回事?黑娃逃学,我给他买了笔墨纸砚叫他念书,他给你说了一句'我嫌嘉轩叔的腰挺得太硬太直'。有这话没这话?""有有有。那驴日的说过不止一回哩!"鹿三说,"我叫他来给牛割草他说过这话。我叫他替我来顶工,他硬要跟嘉道到渭北去熬活就是不上这儿来,还是那句话,'我嫌嘉轩叔腰挺得太硬太直我害怕。'你这会儿咋就想起这话了?"白嘉轩闭上眼睛似乎很疲惫地说:"我躺在炕上脑子闲了乱想哩。"……白嘉轩向姐夫朱先生详细叙说了他的确凿无疑的证据:"土匪白狼就是黑娃。"

黑娃确已成了土匪。

习旅从古关道口转移时做了周密的部署和最坏的打算:队伍一直沿着山根行进,在遭到围击时万不得已可以进山周旋。在开赴预定集结地点之前,习旅长在战前动员中讲述了"七步诗"的历史故事。他说:"老掌柜的死了,大哥要拿家事了。大哥想到六七岁的小兄弟现时虽则撞不动他的壮腿粗腰,可小兄弟总是一年一年往大的长哩,长大了即使不跟他争掌柜的权力,也得平分一半家业呀!大哥痛恨他妈为啥要多生这个祸害……"台下的士兵腾起一片笑声,黑娃也笑了。习旅长接着说:"大哥就想,干脆趁他还没长大把他掐死算毬了!同志们,中国现在就是这个样子。我们就是那个要被黑心的哥哥掐死的小兄弟,他的手已经掐到我们的脖子了。我们能像曹植那样唱一首诗乖乖儿地送死吗?"

这支队伍到达一个原上就驻扎待命。那原和白鹿原十分相像,那里的几十个村子同样闹过农协而且现在还挂着农协白地绿字的牌子,许多村子的农协头儿领着农协会员给部队送来了米面猪肉和蒸熟的馍馍压好了的面条。三天后的一个夜晚,中国北方最大的一次共产党领导的军事暴动发生了。

那是一场从一开始就注定失败的战争,开头的小小的胜利和接连着的彻底溃灭都是无法改易的。从打响第一枪到枪声在整个战场冷寂下来,习旅长的指挥部不断向战争的前沿推进,黑娃从只听得枪响到看见战壕,枪弹曳出的火线交织成一幅美丽的网,像阳春三月母亲在地上绷着的经线。看着倒在扬花孕穗的麦田里的各种姿势的尸体和一张张扭曲得面目全非的脸孔,黑娃没有愤怒没有悲伤也没有一丝害怕,战争原来就是这个样子。战争不过就是这个样子,直到习旅长下令让他把全部警卫一个不留带上去进入战壕时,黑娃似乎才有了知觉才感到某种难过:"习旅长,你跟前不能一个不留啊!""我现在已经不重要了,重要的是这场仗。"习旅长吼起来,"同志们,把你们的能耐用到前沿上去。黑娃你不是有三只眼吗?把三只眼都盯紧大哥的黑心窝打!打不死他也要砸断他一条腿!"黑娃就决定不再争辩,决定服从命令率领警卫排进入人手稀少的战壕。习旅长挥了挥手说:"同志们,把能耐可甭用到唱'七步诗'上去哇!"那一刻黑娃看见习旅长眼中有一缕绝望的柔情和一缕绝望的悲哀掺和着的动人的神光;这是他最后看见习旅长的一眼,那神光就永久地留在他的记忆里。

进入战壕里头的战斗远不及他的逃亡印象深刻。进攻和溃败时都没有害怕而逃亡时却如惊弓之鸟,那原因是端枪瞄准大哥的士兵时他已经豁出去了,而逃亡时他不想豁出去了。他率领的警卫排谁死了谁活着谁伤了谁跑了习旅长死了活了撤走了到哪里去了一概不明,黑娃被露水激醒时看见满天星光,先意识到右手里攥着的折腰子短枪,随之意识到左手抓着一把湿漉漉黏糊糊的麦穗,最后才意识到肩膀挨了枪子儿受了伤,伤口正好与上次保护习旅长时被黑枪子射的相吻合。他站起来摇摇手臂似乎还不要紧,就绕过一个个横竖摆列着的尸体朝东南方逃去,脚下是绵茸茸的被攘践倒地的麦子的青秆绿穗儿,辨不清大哥的士兵和自己战友的尸体,反正都像夏收时割倒捆束的麦个子摆在田野里。他走着跑着直到看不见尸体直到站立着的麦子挡阻脚步时才又放缓下来,从黑夜终于走到黎明。齐腰高的麦田小路上走来一位拉牛扛犁的老汉,在甜润润的晨风里唱着乱弹,兴致很好嗓门也很好。黑娃跳到老汉当面,老汉一句乱弹卡在肚里扔了肩上的犁杖软软地瘫倒了,紫红色的大犍牛扬起尾巴跑进麦田里去了。黑娃这才看到自己被血浆红了的衣裤。他从老汉身上剥下一件蓝衫留下底下的白衫,脱下老汉的青色夹裤留下里边套着的单裤,把自己的衣裤脱下来揉成一圪垯塞到麦地里,再把老汉的蓝衫青裤穿起来,把短枪掖进裤腰,一下子变成他在渭北熬活时的长工装束了。临走时,他从腰里摸出一块银元,塞进老汉僵硬的手心就匆匆走掉了。

　　涉过一条河沟时,黑娃脱光衣裤洗刷了凝结在身上的血痕,晌午时分走进一个叫做侯家铺的村子,问到一户正在场上碾大麦的人家雇不雇工,主人留下他顺手把一把木叉交给他翻搅碾过的大麦秆子,午饭算是有着落了。他和主人刚刚端起麻食饭碗,两个背着枪的士兵从大门走进来,追问黑娃的来路,而且一口咬定他是暴乱的逃亡分子。黑娃装作傻愣嘎崩的神气说:"老总你说的话我连听都听不懂。我屋里青黄不接出来混口饭吃倒惹下麻达了。你们不信我也没法,我跟你们走,那也得叫我吃一碗麻食,我干了一晌活饿得……"主人是个厚道人也说起情来:"二位老总就让小伙吃一碗饭,反正他又跑不了嘛!"那当儿黑娃一只手端着自己的碗另一只手端起主人搁在桌子上的碗,准确无误地把两碗刚出锅的热烫麻食扣到两个老总脸上,转身从后门逃走了,出后门的时候他感到了极度的恐惧和害怕。

天老黑时黑娃走进秦岭峪口浅山的一个镇子,十数家人家全都关死了店门,只有两家小栈门板虚掩,门上方吊着一个油纸糊的灯笼。黑娃在镇子上溜了一遭踏查了进山出山的路径,就走进一家小栈,青石垒的柜台上铺着一块黑色光亮的生漆漆过的木板,柜台里头有幽微的烧酒的香气儿。一个佝偻着腰的瘦老汉问他吃哩还是住哩?黑娃说想吃也想住。佝偻老汉说你先住下再消停吃,随之领他走进里间,一排大炕,炕洞里的火呼呼啦啦燃烧着,屋里一股很浓的松烟气味。炕上坐着躺着的几个人,全是山民们烟熏火燎得乌秋秋的脸。佝偻栈主向他介绍有野猪肉獾肉野鸡肉,征询他的意愿要吃碗子还是吃块子。黑娃问啥叫碗子啥又叫块子,才得知削下一块蘸盐面吃叫块子,烩了汤的叫碗子。黑娃又饥又渴自然要了碗子,一只大如小盆的粗瓷碗里盛着满满一碗野猪肉,其实不过四五块,筷子夹不起来就动手抓起来撕咬,又吃了四个在炕洞里烤得焦黄酥脆的黄苞谷馍,便觉得浑身困惫不堪躺到炕上了。佝偻店主赶过来说:"客官付了账再睡。臭行道的臭礼行。"黑娃摸了摸没有零钱就交给他一枚银元。夜半时分,黑娃醒过来时已被捆死了手脚,听见有人在黑暗里说:"客官甭惊,我认得你。你去年到咱寨上叫咱改号换旗你记得不?"

"兄弟你演了一出'二进宫'。"土匪头子说。黑娃被放开手脚解去蒙在眼上的裤子,强烈的灯光耀得他睁不开眼睛。土匪头子说:"亏得我没跟你挂上共产党的牌号,要不咱俩而今都没有个落脚之地了。"黑娃这时才看清土匪头子的脸,比一年前没有多大变化。去年鹿兆鹏差他来这山寨企图说服这股土匪转成共产党游击队失败了,现在自己流落到此,自然心境全非了。他站在灯火通明的大厅里,咧了咧嘴角说不出话。土匪头子说:"兄弟你放心住下,没人敢碰你一指头。你好好吃好好睡先把伤养好,要革命了你下山再去革命,革命成功了穷人坐天下了我也就下山务农去呀。革命成不了功你遇难了就往老哥这儿来,路你也熟了咯!"土匪头子唤人来给黑娃肩头的伤口敷了药面,就摆了几碗菜和一坛酒。黑娃喝得脸红耳赤,伏在桌边放声大哭起来。他痛痛快快哭了几声,猛地站起来嘲笑说:"堂堂白鹿村出下我一个土匪啰!"

土匪头子拔刀在手上刺出血滴入酒碗里,黑娃接过刀也割破中指,俩人喝了血酒,又在香案前焚香叩拜。黑娃抬头一看,香案后的崖壁上画着一只涂成白色的狼。拜叩完毕,黑娃说:"白鹿原没见出个白鹿,倒是真个出了个白狼。"土匪头子喝道:"拿宝罐子来。"有人立即送上一只半大的青釉瓷罐,土匪头子把罐儿翻过来,倒出两朵一模一样的木刻黑白牡丹花,要黑娃用手摸出一个来。黑娃问其用意,土匪头子说:"你先摸了再说。"黑娃伸手到瓷罐子里随便拈出一朵来,正是白的。土匪头子笑道:"兄弟有福。"接着告诉他,山寨里养着两朵牡丹,由弟兄们抓阄儿平等享用。这个白牡丹是用重金从城里开园寺买来的,人是绝了。那个黑牡丹的来历向一切人保密而且不许打听,只管享用就是了。黑娃皱皱眉头嘴里啰啰嗦嗦说自己还不习惯弄这号事。土匪头子笑着大声说:"兄弟呀,土匪就是土匪。土匪就享这号福,想享旁的啥福享不上。你顾虑啥哩?"

黑娃和白牡丹睡了,后来也和黑牡丹睡了;白牡丹白得好看,黑牡丹也黑得漂亮。肩伤掉痂以后黑娃参与了第一次抢劫行动,他手脚利索枪法特好脾气随伙儿,三五次抢劫后就深得弟兄们拥戴,土匪头子给他加冕为二拇指。土匪们的组织五花八门称谓也别出心裁,土匪头子被尊称为大拇指,二头目黑娃自然就是二拇指了。有一次抢劫令黑娃难忘,那是在盘龙镇抢劫一家药材收购店铺时,他从装着中药的麻包垛子里头揪出年轻的掌柜,竟是白嘉轩的老二白孝武。他掖着他的领口拘得他直翻白眼儿,随手就压到地上面朝脚地,紧接着交给一个弟兄,自己就退到店铺门口来,对守在门口的一个弟兄说:"你进去我来守门。我蹬到一条裤腿里了。"抢劫碰见熟人是土匪的忌讳,叫做蹬一条裤腿或者说撞到舅家门板了。黑娃在门口听见孝武挨打时的惨叫,忽然想起和他以及他哥哥孝文坐他家方桌念书的情景。

洗劫白鹿村白嘉轩和鹿子霖两家的具体行动方案是黑娃一手设计的,纯粹是为了报复白嘉轩在祠堂用刺刷惩治小娥的事。黑娃作了区别对待,要求他的弟兄务必处死鹿子霖,如果时间充足就蹾死他,不料鹿子霖命大侥幸逃脱了,让那个老棺材瓢子当了替身;黑娃对打劫白家的那一路弟兄说:"那人的毛病出在腰里,腰杆儿挺得太硬太直。我自小看见他的腰就难受。"弟兄们一个个情绪高涨,这是替二拇指报仇雪恨的机会。黑娃向弟兄们最后叮嘱一句:"弟兄们活儿做得干净点!"

黑娃随后就到贺家坊看戏去了。他戴着一顶破草帽遮住了半个脸挤在人窝里,瞧见贺耀祖和鹿子霖体体面面坐在戏楼上。他在戏楼下瞥见好多熟悉的面孔,却没有发现白孝文和田小娥。那阵儿田小娥大约正牵着白孝文走进破烂砖瓦窑。黑娃重新回到白鹿村,走进他的窑院,门板上挂着铁锁;他在鸡窝里看看鸡没有了,猪圈的栅栏门儿撇在地上没有猪了;他坐在窑院里一块石头上陷入柔情似水的回味,从腰里摸出一把银元从门道底下塞进去;最后在窑院接村路处站住脚,回头再瞥一眼破旧的窑洞的门板和窗户,踏上慢坡的小路离去了。

白鹿村的"忙罢会"弥散着浓厚的悲怆气氛。农历七月初三是会日，麻子红的戏班初二晚上就敲响了锣鼓家伙，白孝文通前到后主持着这场非同寻常的演出，忙得奔来颠去。鹿子霖端坐在戏台前角，侧着身子对着台下，头上绾着的那一圈白色孝布，向聚集在台下来自十里八村的男人女人显示着悲怆也显示着强硬。初三的午场戏开锣以后，白嘉轩来到戏台下，掀起了一阵喧哗。白嘉轩拒不听从家里任何人的劝阻要到戏场上来，显然不是戏瘾发了而是要到乡民聚集的场合去显示一下。孝文用独轮叫蚂蚱车子推着父亲走进戏场，屁股下垫着一方麦秸秆编织的蒲团儿。男人女人们围追着车子，想亲睹一眼从匪劫中逃生的德高望重的族长，认识的和不认识的人都向他抛出最诚挚的问候："白先生好咧？"白嘉轩平静地坐在蒲团上，双手扶在小车车头的木格上，脸色平和慈祥，眼神里漾出刚强的光彩。他不回答追逐着他的热诚的问候，端直坐着被孝文推到戏台底下，完全是想来过一过戏瘾的样子。他坐到戏台下看戏这个举动本身，已经充分显示了他的存在和他的性气，脸色和言语上再不需要任何做派了。白嘉轩看见田福贤走上戏楼坐在鹿子霖旁边，和鹿子霖说了两句什么话，俩人一起走到台口向他伸出了手，邀请他到戏楼上就座。白嘉轩说："看戏可就兴坐在台子下头才看得好。"

白嘉轩头戴一顶细辫儿草帽，进入了剧情。午场一般都是短折子戏，晚场才拉开本戏，麻子红得知白嘉轩晌午要来看戏，有意改换原先的安排出演《金沙滩》，把白鹿村悲怆的气氛推向高潮。白嘉轩特别喜好杨家将的戏，腰伤和褥疮的疼痛也为之减轻了。他的眼角扫到了台角上鹿子霖的举动，鹿子霖正向田福贤介绍一个浑身戎装的军人。那军人谦和地笑着伸出右手，田福贤也伸出右手。戏台下的庄稼人被那种新奇的握手动作所吸引，窃窃议论着那个脸色红润器宇不凡的军人。白嘉轩终于从嘈嘈的窃议声中逮住一个熟悉的名字:鹿兆海。他不由地心里一震。田福贤在演员进入后台的过场中走向台前:"乡亲们,这位是鹿乡约的二子鹿兆海,刚刚从保定陆军学校毕业,在国民革命军里任排长。这是咱白鹿原上头一个国民革命军人。"鹿兆海立正之后一个举手礼,随之又弯腰连鞠三躬。这是一个真正的军人,在白鹿原乡民眼里和心中第一个留下崭新印象的军人。白腿子乌鸦兵无异于土匪,白鹿仓保安队的团丁怎么看都更像一伙子笨手笨脚的庄稼汉。鹿兆海戎装整洁举止干练,脸色红润牙齿洁白,尤其是神态谦和彬彬有礼,就把军人和土匪明朗地划清了界线。

这个站在戏楼上向父老乡亲们敬礼又鞠躬的军人,谦和的微笑下面掩饰着难以排解的痛苦,他和白灵的婚恋发生了意料不及的裂变。鹿兆海走进皮货铺子,嗅到一股熟悉亲切的毛皮的熏臭。他的到来使皮匠夫妇惊诧愣呆。他羞怯地微笑着把手里提着的京津糕点孝敬给白灵的二姑和二姑夫,一直等到关门就寝时分,白灵才走进门来。窄巴的铺店作坊无法提供一个能使他们倾吐热烈思念的地方,俩人便向皮匠夫妇告辞出门,刚刚拐过街角躲开站在台阶上的皮匠夫妇的视角,鹿兆海就紧紧携住了白灵的手,猛然把她搂到胸前。白灵就伏在他的怀抱里,不由自主地呻唤出来:"兆海哥!人想你都想死了……"

兆海和白灵偎依着踱过纵横交叉的小街小巷,在一块开阔的场地上停住步,俩人都不禁哑了口陷入回忆。这是他俩抛掷铜元的地方。白灵牵着兆海的手,示意他在砖砌的花坛上倚坐下来,贴着他的耳根说:"兆海哥,我和你一样了。"兆海不经意地问:"你啥和我一样了?"白灵悄悄说:"我也入了共产党,和你一样了。"兆海不由地"啊"了一声就愣住了,猛然抓住白灵的双臂:"我已经退出共产党入了国民党了……你怎么正好跟我弄下个反翻事儿呀?"白灵听了也愣呆在那儿说不出话。两个久久思念的情人很快清醒过来，便陷入辩论色彩浓烈的争执之中，谁一时也说服不了谁，各自低下头搵着手瞧着脚下的土地。一枚铜元当啷响了一声在地上转了一圈停下来，俩人嘻嘻笑着蹲下来猜谜。现在回忆那个朦朦月光的夜晚，不再轻松不再欢愉而令人痛苦。"这样好吗？你再想想，后日晚我们在这儿再见面。"兆海说。这一提议得到白灵的呼应："兆海哥，你也好好想想，我盼着后日晚见你时……能得到我想得到的话……"白灵已经喉噎，猛然抱住兆海说："我等着你的好消息啊兆海哥……"

鹿兆海按照约定的时间来到他们抛掷铜元的那块街巷空园里，没有等到白灵却等见了哥哥兆鹏。悬赏缉捕的共产党要犯一身商人打扮，浑身抖动着的绸衣绸裤，优哉游哉地摇着一把折叠扇子，走到弟弟跟前时眉毛一扬嘴唇一嘬，做出一个不要惊讶的暗示，亲昵地攀着弟弟的肩膀离开了："走吧别等了。她来不了托我来了。"兆海不悦地说："她说好来怎么不来了？刚入了共产党就得下不守信义的毛病了！"兆鹏说："你刚刚揣上国民党证就口大气粗起来了？告诉你，她担心你不会改变才没来。她说她来了要是俩人都不改变怎么收场？她珍惜与你的感情才不来。她要我来劝你，盼着再见到你时是一个皆大欢喜的结局。好兄弟，你有啥话跟哥说吧！"兆海痛苦地叹口气："完了。到此为止。"兆鹏说："兄弟，没有完。在我看，一切尚未开始，怎么就完了？你太悲观。"兆海说："我已无法改变。我指望她作改变。她委托你来，就证明她不会改变了。她要是会改变，你也不必来找我了，你肯定是她的领导吧？"兆鹏说："你们两个都指望对方改变，可以坐下来好好谈谈，心平气和地谈谈，暂且谈不到一块也不要紧，等三年两年也未尝不可，三两年里大家都经见得更多了，判断和认识是非的能力也提高了，也许就会发生变化。"兆海说："那好吧！你告诉她，我后天想回乡下看看父母,只能待一天。回来后部队就要开拔了。"兆鹏说:"白灵一定要见你一面,让我跟你约定时间。既然你后日要回原上,你们明晚会面吧,你说在哪儿方便些?"兆海说:"算了不见了。既然谁也改变不了谁,见了也没个好结果,反倒叫人难受。你告诉她,我等待她的话。"

兆海从原上探视回到城里,改变了和白灵不再见面的打算,当晚又一次找到皮匠的铺子。白灵以为兆海有了转机而欣喜,当即和兆海走出二姑的铺店,俩人又转到那个抛掷铜元的园子里。白灵动情地说:"我以为再见不到你了哩!兆海哥,你也太倔了,一回谈不拢二回连面也不见了?真有点国民党翻脸不认人的通病。"兆海却火起来:"算了吧白灵!我不说远处的事,你回咱原上走走看看吧,共产党在原上搞了一场啥样的革命你去看看吧!兆鹏用下一杆子啥人你打听打听一下吧!鹿黑娃贺老大白兴儿田小娥之流尽是一帮死猫赖狗,凭这些人能完成国民革命?他们懂得革命的一分意思吗?他们趁着革命的风潮胡成乱整,充其量不过是荒年灾月饥民'吃大户'的盲动……"白灵的那一缕温情顿然冷寂,忽闪闪蹿上一股火气,她的强盛的气性迅速恢复,迅即作出反应:"兆海哥,一年多不见,你长了身体长了知识,也长了不少的贵族口气啊!"兆海说:"你用列宁的理论判我为贵族并不过分。列宁就是把穷人煽动起来打倒富人消灭富人,结果是富人被消灭了穷人仍然受穷。兆鹏学苏俄在白鹿原上煽动穷汉打倒财东,结果呢?堂堂的农协主任鹿黑娃堕落成了土匪,领着土匪抢银元,刀劈了俺爷又砸断了嘉轩叔的腰杆子……作为农协主任没有达到的目的,当了土匪却轻而易举地达到了。你叫我还能信还能再入共产党吗?黑娃们干不成共产党的革命可以当土匪,我可不行呀!"白灵说:"你听没听到贺老大怎么死的?你听过你见过把人从高空蹾下来的蹾刑吗?岳维山在滋水田福贤在原上的镇压和报复,你看不见那个疯狂那个血腥吗？还是不敢面对？不管你怎么看怎么想，反正国民党的嘴脸这回在原上在滋水再也遮不住羞了。共产党就要发动被压迫者推翻压迫者，建立一个没有剥削没有压迫的自由平等的世界。"兆海说："我们走着瞧吧！看看谁的主义真正救中国。"俩人不欢而散。思想上的尖锐对立，减轻了他和她感情上的依恋，分手的时候远不及第一次那样沉重如焚。

第十七章

白嘉轩重新出现在白鹿村的街巷里,村民们差点认不出他来了,那挺直如椽的腰杆儿佝偻下去,从尾骨那儿折成一个九十度的弯角,屁股高高地撅了起来;他手里拄着一根截短了的拐杖,和人说话的时候就仰起脸来,活像一只狗的形体;抬头仰脸跟人说话时,那双眼睛就尽力往上翻睁,原本鼓出的眼球愈加显得突出,眼白也更加大得耀眼;两个嘴角相反地朝下扯拉,阔大的嘴巴撇成一张弯弓,更显出执著不移近乎倔拗的神气。他在街巷里用简短的语言回答着一个个关切问询着的男女,仅作短暂地驻足,几乎不停步地移动拐杖,跟着拉牛扛犁的鹿三走出村巷。

已是秋末冬初,白日短促到巧媳妇难做三顿饭的季节。太阳坠入白鹿原西部的原坡,一片羞怯的霞光腾起在西原的上空。白嘉轩双手拄着拐杖站在地头,瞅着鹿三一手捉着犁杖一手扬着鞭子悠悠地耕翻留作棉田的地块,黄褐色的泥土在犁铧上翻卷着;鹿三和牛的背影渐渐融入西边的霞光里,又远远地从霞光里迎面奔到他眼前来了。白嘉轩手心痒痒腿脚痒痒喉咙也痒痒了,想攥一攥犁杖光滑的扶把儿,想踩踏踩踏那翻卷着的泥土,想放开喉咙吆喝吆喝牲畜了。当鹿三再犁过一遭在地头回犁勒调犍牛的时候,白嘉轩扔了拐杖,一把抓住犁把儿一手夺过鞭子,说:"三哥,你抽袋烟去。"鹿三嘴里大声憨气地嘀嗒着:"天短毯得转不了几个来回就黑咧。"最后还是无奈放下了鞭子和犁杖,很不情愿地蹲下来摸烟包。他瞧着白嘉轩把犁尖插进垄沟一声吆喝,连忙奔上前抓住犁杖:"嘉轩,你不敢犁地,你的腰……"白嘉轩拨开他的手,又一声吆喝:"嘚儿起!"犍牛拖着犁铧朝前走了。白嘉轩转过脸对鹿三大声说:"我想试火一下。"鹿三手里攥着尚未装进烟末的烟袋跟着嘉轩并排儿走着,担心万一有个闪失。白嘉轩很不喜悦地说:"你跟在我旁边我不舒服。你走开你去抽你的烟。"鹿三无奈停住脚步,眼睛紧紧瞅着渐渐融进霞光里的白嘉轩,还是攥着空烟袋记不起来装烟。

白嘉轩只顾瞅着犁头前进的地皮,黄褐色的泥土在脚下翻卷,新鲜的湿土气息从犁铧底下泛漫潮溢起来,滋润着空乏焦灼的胸膛,他听见自己胳膊腿上的骨节咯吧咯吧扭响的声音。他悠然吆喝着简洁的调遣犍牛的词令,倒像是一种舒心悦意的抒情。他一直犁到棉田的尽头掉过犁头,背着霞光朝东头翻耕过来的时候,吼起了秦腔:"汉苏武在北海……"三个来回犁下来,白嘉轩已经大汗淋漓气喘吁吁,身体毕竟是虚了,可那卧睡炕上三个多月的枯燥郁闷的生活也终于结束了。这天后晌收工回去,白嘉轩一扬手就把那根拐杖扔进储备柴火的草棚子里去,站在院庭里接过仙草端来的洗脸铜盆说:"我后晌试火了一下,我还行。"

晚饭后在厅房东屋老娘的住室里,白嘉轩临时决定召集一次全体家庭成员的聚会,孝文和三儿子孝义是他叫来的,老二的媳妇由仙草告知,作为这个家庭非正式的却是不可缺少的成员鹿三,是他亲自到马号里去请来的,而且被礼让到桌子那边的一张简易太师椅上,两个媳妇规规矩矩坐在婆的已经开始煨火的炕边上。白嘉轩说:"我的腰好了。"他侧转头瞅着两个儿媳说:"我在炕上窝蜷了整整一百零七天,你俩——大姐二姐都受了苦都尽了孝心都好。"两个儿媳得到家庭长者的夸奖却感到惶恐,争相表白这完全是做晚辈的应尽的孝道等等。白嘉轩摆摆头就打断她俩的话:"你们还不知道我一辈子最怯着啥?我不怯歪人恶人也不怯土匪贼娃子,我不怯吃苦不怯出力也不怯迟睡早起,我最怯最怕的事……就是死僵僵躺在炕上,让人侍候熬汤煎药端吃端喝倒屎倒尿。"一家人默然,只有老母亲白赵氏在炕头动了感情:"你是个罪人!"白嘉轩接着说:"我是个罪人我也没法儿,我爱受罪我由不得出力下苦是生就的,我干着活儿浑身都痛快;我要是两天手不捉把儿不干活儿,胳膊软了腿也软了心也瞀乱烦焦了……"白嘉轩说到这里停顿一下,然后郑重地说出想要告诉每一个家庭成员的话:"我说前头这些话的意思,就是说,从明天开始,你们再不要围着我转了。你们各人该做啥就去做啥,屋里人该纺线的纺线,该织布的织布,该缝棉衣的缝棉衣,外边人该做的地里活就尽着去做,孝文你跟你三叔犁完花(棉)田接着翻稻地。牛犊你喂槽上留下的牲口,叼空儿推土晒土,把冬天的垫圈土攒够,小心捂一场雪。地一上冻就赶紧套车送粪。把这些活儿开销利索,轧花机就要响动了。一句话,原先的日子咋过从明日开始还咋过。我嘛——好咧!"

白嘉轩被土匪砸断腰杆以后笼罩在庭院屋室里的悲凄慌乱的气氛已经廓清,劫难发生以前的严谨勤奋的生活和生产秩序完全恢复。不单单是恢复,家里所有成年人惊异地发现,自信"我还行"的家长发生了重大变化,他比驼背以前起得更早了,天色薄明时庭院里就响起威严的咳嗽声,常常使晚他一步开门端着尿盆倒尿的儿媳尴尬失措;他的脚步不显艰难反倒更显得敏捷,驼着背甩摆着手迈着腿脚,前院后院马号牛棚猪圈以及后院的茅厕,他都有事无事地转悠查看;除过推车挑担必须用双肩或单肩的活路以外,凡是用双手和腿脚操作的农活他都不忌讳,耕棉田翻稻地铡谷草旋筛子掌簸箕送粪吆牛车踩踏轧花机等秋冬季农活,他和儿子孝文长工鹿三一起搭手干着;他的话语更少更简练也更准确,无用的废话虚意的应酬彻底干净地从他的口里省略了。孝文和鹿三总是担心他累出毛病,迭声劝他干一干也该歇一歇,最好是一天干一晌歇息两晌,顶多每天早晚干两晌午间歇息;像这样一天三晌跟着他俩撑着干下去,迟早会出乱子的。白嘉轩充耳不闻,只顾干着手里或脚下的活儿,被他们咄咄得烦了也就急躁了:"你俩都悄着,再甭说那号话了。我不爱听。人只有闲坏了的没有干坏了的。"

整个四合院犹如那架闲置了一个夏天和秋天的轧花机,到了冬天就咔嗒咔嗒地运转起来了。这时候,一个致命的打击接踵而来,白嘉轩发觉了孝文的隐秘。这个打击几乎是摧毁性的。

那是入冬后第一场大雪降落的傍晚,白嘉轩踩踏了半晌轧花机,孝文硬把他拖下来。他揩了揩额头的汗珠儿,穿上棉衣棉裤,走出了饲养牛马的圈场,没有走进斜对门的四合院,折转方向沿着西巷走过去。大雪随下随化,巷道里一片泥泞。白嘉轩背抄着双手走进连着村巷的白鹿镇的街道,推开了冷先生中医堂虚掩着的门板。冷先生给他斟上一盅金黄色的茶水,再把一包用乳黄色油纸包裹着的卷烟叶解开,摊放在小桌上,指着一个茶杯说:"你赶巧了,这茶叶是刚刚接下的雪花水冲泡的,尝尝。"白嘉轩呷一口茶,清香扑鼻,热流咕噜噜响着滚下喉咙,顿觉回肠荡气浑身通畅,嘴里却故意冷淡地说:"雪水还不就是水嘛!我喝着没啥两样儿。"说着捏出一段儿剪得十分规矩的烟片,优雅自如地撕开,铺展到膝头的棉裤上,再取来一段一截短的碎的烟片均匀地夹进去,然后包卷起来,在两只粗大的手掌之间反复捻搓,用舌尖给开口的烟片抿一点口水粘住,就制造出一支漂亮的雪茄。他从桌边拈起那根从早到晚默自燃烧着的散发着香气的火勒儿,对着雪茄头儿点燃了,悠悠喷出一口浓重的蓝色烟雾来。

二儿子孝武的媳妇正月里过门以后,他和冷先生的关系发生了深刻的变化,由爷们爹们的世代义交发展为儿女亲家。感激不尽亲家悉心至诚的疗治,终于使他百日之后重新走到白鹿村的街巷里,而没有变成一个死僵僵瘫痪炕头的废物。他原先从不串门现在更不串门了,只是在隔过一些日子或阴雨绵绵的憋闷时日,到亲家冷先生的中医堂来坐坐聊聊。冷先生的中医堂,成为罗锅嘉轩了知白鹿原动态的一个通风口。求医抓药的人每天都把各个村子发生的异常事件及时传递到中医堂里来,冷先生对纷繁的大小事变经过筛选,拣出那些值得一说的事说给白嘉轩,俩人接着就对此事议论评说一番。有时候俩人对坐着喝茶吸烟,夏天一人一把竹皮扇子,冬天守一盆木炭火,冷先生话语不多,白嘉轩也不好弹舌,俩人就那么坐着甚至不说一句闲话。俩人心里都明白,其实只有真正信赖无虞的关系才能达到这种去伪情而存真实的境地。白嘉轩怀着平和愉悦的心态呷着雪水冲下的茶水,发现冷先生给他格外殷切地添茶,稍微一点过分的客套反而引起不适和别扭;他留心瞄瞅着冷先生,终于发觉那双平素总透着冷气的眼睛躲躲闪闪,浮泛着一缕虚光。他直言说:"冷大哥你甭瞎张罗了。你坐下抽你的烟吧。茶我会倒,烟我会卷咯!你像是心里有事?我在这儿不便我就走了。"冷先生看到自己弄巧成拙,急忙拉住白嘉轩的手,就再也转不过弯儿了:"兄弟你坐下,我有话跟你说……"

"咱弟兄们说话,还这么拐弯抹角呀?"

"我听到一句闲话——"

"……"

"虽则是一句闲话,可不是一般的闲话。"

"咹呀几天不见,你的直筒肠子扭成麻花了。算了你甭说了。我回去睡觉呀!"

"我怕你招不住这个闲话。兄弟你听到这闲话先不要生气。这闲话给你不说不行,说了又怕你招架不住……"

"我的黄货白货给土匪打抢了,又砸断了我的腰,我不像人样儿像条狗,我连一句气话也没骂还是踏我的轧花机;我不信世上还有啥'闲话'能把我气死,能把我扳倒?顶大不过是想算我的伙食账（处死）罢咧！"

"嘉轩兄弟……我听人说孝文的闲话……"

"孝文？孝文能有啥闲话？"

"说是跟村口烂窑里那个货……"

"呃……"

冷先生看见白嘉轩泛红的脸色顿然变得如同一张黄表纸，佝偻的躯体猛烈地抖颤了一下，把夹在指间的卷烟挤成了弯儿，在那一霎间眼睛睁大到失神的程度。这一切都没有超过冷先生的预料，白嘉轩没有热血冲顶当下闭气已属万幸。他终于说出了这个难以启齿的闲话。白嘉轩很快恢复过来，冷着脸问："大哥依你看，这是果有实事，还是有人给我脸上抹屎？"冷先生说："我看都不是。闲话嘛你就只当闲话听。"白嘉轩又问："你听谁说的？这话是怎么嘈出来的？"冷先生轻描淡写地说："俗话说'露水没籽儿闲话没影儿'。"白嘉轩摇摇头说："凡是闲话都有影儿！"

七月末尾一个溽热蒸闷的晚上，鹿子霖头上裹着一匝守孝的白布走进冷先生的中医堂，腋下夹着一瓶太白酒。进屋后，鹿子霖把酒瓶往桌子上一蹾，顺手从头上扯下孝布挂到土墙的木橛上，大声憨气地慨叹起来："先生哥，你看邪不邪？老先生一入土，我那个院子一下就空了。空得我一进街门就悷惶得坐不住。今黑咱弟兄们喝一盅。"冷先生很能体味鹿子霖的心情，当即让相公尽快弄出三四样下酒菜来，一盘凉拌黄瓜，一盘炒鸡蛋，一盘炒莴笋，一盘油炸花生米。冷先生喝酒跟喝凉水的感觉和效果一样，喝任何名酒尝不出香味，喝再多也从来不见脸红脸黄更不会见醉，他看着旁人喝得那么有滋有味醉得丑态百出往往觉得莫名其妙。鹿子霖嗜酒成性，高兴时喝郁闷时喝冷甚了喝热过了喝，干好事要喝干坏事要喝，进小娥的窑洞之前必须喝酒以壮行；他喝酒不悦意独个品饮，必得有一伙酒伴起码得有一个人陪着,一边谝着笑着喊着,顶痛快的是猜拳行令吵得人仰马翻,渐渐进入苦不觉苦乐不觉乐的飘飘摇摇的轻松境界。"先生哥啊,我有一句为难的话……"鹿子霖眼睛里开始泛出酒的气韵,"思来想去还是跟你说了好。"冷先生没有说话,从桌上捉住酒杯邀酒,鼓励鹿子霖尽快说出他想说的话。鹿子霖仰脖灌下一盅酒,口腔里大声嘘叹着说:"我听到一句闲话,说是孝文跟窑里那个货这了那了……"冷先生不由一惊,原猜想鹿子霖可能要谈及他们之间的事,鹿兆鹏拒不归家的抗婚行动早已掩盖不住,处境最为尴尬的其实是这桩婚事双方的父亲,他和他。鹿子霖多次向他表示过深深的歉意,一次又一次给他表示将要采取的制服儿子的举措……是不是又要采取新的手段了?万万料想不到,却是孝文和黑娃女人之间发生了什么纠葛。冷先生断然地说:"兄弟你这话说给鬼鬼都不信。"鹿子霖大幅度地连连点着头:"对对对!我刚听到这话不仅不信,顺手就扇了给我报告这件事的人一个嘴巴。我说'孝文要是跟她有这号事,那庙里的泥神神也会跟她有这事了'。那人挨了嘴巴跑了,可接着又有俩人来报告,说得有鼻子有眼,全说是他们亲眼看见孝文进出那货的窑,一个说他晚上寻猪撞见孝文进窑,一个说他半夜从亲戚家回来瞅见孝文溜出窑来,俩人不是一天晚上见的。你说信下信不下?我还能再扇这俩人的嘴巴吗?"冷先生说:"这事若是属实,那比土匪砸断腰杆还要厉害,这是要嘉轩的命哩!"鹿子霖说:"我打发那俩报告的人出门时,一人还是给了一个嘴巴先封住口:不准胡说!我想我给嘉轩不好说这话,嘉轩哥心里头见不得我我明白;可这事不告知嘉轩哥又不行,日后事情烂包了嘉轩哥又怨我对他瞒瞒盖盖;我思来想去只有你来说这话,咱们谁都不想看着白家出丑……他跟你是亲家我跟你更早就是了,盼着大家都光光堂堂……"

冷先生第二天照旧去给白嘉轩敷药,看着忍着痛楚仍然做出平静神态的亲家,又想起前一晚自己的判断:嘉轩能挨得起土匪拦腰一击,绝对招架不住那个传言的打击。冷先生心里十分难过十分痛苦,脸上依然保持着永不改易的冷色调,像往昔一样连安慰的话也不说一句只顾经心治伤。过了难耐的三伏又过了淫雨绵绵的秋天,当白嘉轩腰伤治愈重新出现在白鹿村街巷里的时候,埋在他心底的那句可怕的传言等到了出世的时日。他为如何把这句话传给嘉轩而伤透了脑子,似乎从来也没有过为说一句话而如此费心的情况……

冷先生瞅着佝偻在椅子上的白嘉轩说:"兄弟,我看人到世上来没有享福的尽是受苦的,穷汉有穷汉的苦楚,富汉有富汉的苦楚,皇官贵人也是有难言的苦楚。这是人出世时带来的。你看,个个人都是哇哇大哭着来这世上,没听说哪个人落地头一声不是哭是笑。咋哩?人都不愿意到世上来,世上太苦情了,不及在天上清静悠闲,天爷就一脚把人蹬下来……既是人到世上来注定要受苦,明白人不论遇见啥样的灾苦都能想得开……"冷先生一次说下这么多话连他自己也颇惊诧。白嘉轩说:"得先把事情弄清白。不管是真是假,都不能当闲话听。这是啥闲话?杀人的闲话!"

白嘉轩佝偻着腰走过白鹿镇的街道,又转折上进入白鹿村的丁字路,脚下已经落积下一层厚厚的雪,嚓嚓嚓响着,背抄在腰上的手和脖子感到雪花融化的冰冷,天上的雪还在下着。进入四合院的街门时,他对如何对待冷先生透露给他的闲话已经纲目明晰,处置这事并不复杂,不需要向任何人打听讯问,要是没有结果可能更糟。他相信只要若无其事而暗里留心观察一下孝文的举动就会一目了然。他做出什么事也不曾发生的随意的样子问:"孝文睡了?"仙草也不在意地说:"给老六家说和去了。"

白嘉轩胸膛里怦然心动,觉得有一股滚烫的东西冲上脑顶,得悉这件非同小可的闲话所激起的震惊和愤怒,现在才变得不可压抑,归来时想好了的处置这件事的纲目和步骤全部作废了。他把解开的一只裤脚带儿重新扎好,从门背后抓起仙草由柴火棚子里捡回的拐杖,强烈地预知到拐杖的重要用场。出门时,他没有忘记掩盖此时出门的真实目的:"老六的那几个后人难说话。老六让我去镇镇邪。我差点忘了……"他跷出门槛就跨出通向又一次灾难的一步。

白嘉轩来到白老六家的门口就僵住了。老六家狭窄的庄基上撑立着一排四间破旧的厦屋,没有围墙没有栅栏是个敞风院子,一切全都一目了然,四间厦屋安着的四合门板全都关死了,不见灯火不见响动,白老六滚雷一样的鼾声从南边那间厦屋冲出来,在敞风院子里起伏。白嘉轩在那一刻浑身有一种瘫软的感觉。他走出老六家的敞风院子,似乎有一千双手推着他疾步走上村子东头的慢坡,瞅见了那孔平时连正眼瞧一眼的兴致也没有的窑洞;想到把他逼到这个龌龊角落来干捉奸这种龌龊事的儿子,胸膛里的愤怒和悲哀搅和得他痛苦不堪;他从慢道跨上窑院的平场,两条腿失控地抖颤起来;他走到糊着一层黑麻纸的窑窗跟前,就听见了里头悄声低语着的狎昵声息;白嘉轩在那一瞬间走到了生命的末日走到终点,猛然狗似的朝前一纵,一脚踏到窑洞的门板上,咣当一声,自己同时也栽倒了。

咣当的响声无异于一声雪夜的雷鸣,把温暖的窑洞里火炕上的柔情蜜意震荡殆尽。孝文完全瘫痪,躺在炕上动弹不了,全身的筋骨裂碎断折,只剩一身撑不起杆子的皮肉。那一声炸雷响过便复归静寂。小娥从炕上溜下来,撅着光光的尻子贴着门缝往外瞧,朦胧的雪光里不见异常,眼睛朝下一勾才瞅见门口雪地上倒卧着一团黑圪垯。她松了一口气折回头扶住炕边,俯下身贴着孝文的耳朵说:"瓜蛋儿放心,一个要饭的冻硬栽倒到门口咧!"孝文呼地一声跃起拨开被子,慌忙穿衣蹬裤,溜下炕来钩上棉窝窝,一把拉开门闩,从那个倒卧门口的人身上跳过去;下了窑院的平场跷上慢道又进入村巷,他的心似乎才重新跳荡起来。

小娥穿好衣裳走出窑门,看看倒在门口的那个倒霉鬼死了还是活着;她蹲下身摸摸那人的鼻口,刚刚触到冷硬如铁的鼻梁,突然吓得倒吸一口气跌坐在地上;从倒地者整齐的穿着和佝偻的身腰上,她辨认出族长来,哪里是那个可怜恓惶的要饭老汉!小娥爬起来退回窑里才感到了恐惧,急得在窑里打转转。她听到窑院里有一声咳嗽,立即跳出窑门奔过窑院挡住了从慢道上走下来的鹿子霖。小娥说:"糟了瞎了,族长气死……"鹿子霖朝着小娥手指的窑门口一瞅,折身跷上窑院,站在倒地的白嘉轩身旁久久不语,像欣赏被自己射中落地的一只猎物。小娥急得在他腰里戳了一下:"咋办哩咋办哩?死了人咋办呀?你还斯斯文文盯啥哩!"鹿子霖弯下腰,伸手摸一下白嘉轩的鼻口,直起腰来对小娥说:"放心放心放你一百二十条心。死不了。这人命长。"小娥急嘟嘟地说:"死不了也不得了,他倒在这儿咋办哩?"鹿子霖说:"按说我把他背上送回去也就完了,这样一背反倒叫他叫我都转不过弯子……好了,你去叫冷先生让他想办法,我应该装成不知道这码事。快去,小心时间长了真的死了就麻烦了。"小娥转身跑出场院要去找冷先生,刚跑到慢坡下,鹿子霖又喊住她:"算了算了,还是我顺路捎着背回去。"小娥又奔回窑院。鹿子霖咬咬牙在心里说:"就是要叫你转不开身躲不开脸,一丁点掩瞒的余地都不留。看你下来怎么办?我非把你逼上'辕门'不结。"他背起白嘉轩,告别小娥说:"还记着我给你说的那句话吗?你干得在行。"小娥知道那句话指的什么:你能把孝文拉进怀里,就是尿到他爸脸上了。她现在达到报复的目的却没有产生报复后的欢悦,被预料不及的严重后果吓住了。她瞅着鹿子霖背着白嘉轩移脚转身,尚未走出窑院,跷进窑去关死了窑门,突然扑倒在炕上。

鹿子霖背着白嘉轩走过白雪覆地的村巷,用脚踢响了白家的街门,对惊慌失措的仙草说:"先甭问……我也不晓得咋回事。先救人。"仙草的一针扎进人中,白嘉轩喉咙里咕咕响了一阵终于睁开眼睛,长叹一声又把眼睛闭上了。鹿子霖装作啥也不晓的憨相:"咋弄着哩嘉轩哥?咋着倒在黑娃的窑门口?"随之就告辞了。

白嘉轩被妻子仙草一针扎活过来长叹一声又闭上了眼睛。他固执地挥一挥手,制止了家中老少一片乱纷纷的嘘寒问暖心诚意挚的关切,"你们都回去睡觉,让我歇下。"说话时仍然闭着眼睛。屋里只剩下仙草一个清静下来,白嘉轩依然闭眼不睁静静地躺着。一切既已无法补救,必须采取最果断最斩劲的手段,洗刷孝文给他和祖宗以及整个家族所涂抹的耻辱。他相信家人围在炕前只能妨碍他的决断只能乱中添乱,因此毫不留情地挥手把他们赶开了。他就这么躺着想着一丝不动,听着公鸡叫过一遍又叫过一遍,才咳嗽一声坐了起来,对仙草说:"你把三哥叫来。"

鹿三在马号里十分纳闷,嘉轩怎么会倒在那个窑院里?他咂着旱烟袋坐在炕边,一只脚踏在地上另一只脚跷踏在炕边上,胳膊肘支在膝头上吸着烟迷惑莫解。孝文低头耷脑走进来,怯怯地靠在对面的槽帮上,他以为孝文和他一样替嘉轩担忧却不知道孝文心里有鬼。他很诚恳地劝孝文说:"甭伤心。你爸缓歇缓歇就好了。许是雪地里走迷了。"孝文靠在槽帮上低垂着头,他从小娥的窑洞溜回家中时万分庆幸自己不该倒霉,摸着黑钻进被窝,才觉得堵在喉咙眼上的心回到原处;当他听到敲门声又看见鹿子霖背着父亲走进院里时,双膝一软就跌坐在地上;这一切全都被父亲的病势暂时掩盖着。他除了死再无路途可走,已经没有力量活到天明,甚至连活到再见父亲一面的时间也挨不下去。他觉得有必要向鹿三留下最后一句悔恨的话,于是就走进马号来了。他抬起低垂到胸膛上的下巴说:"三叔,我要走呀!你日后给他说一句话,就说我说了'我不是人'……"鹿三猛乍转过头拔出嘴里的烟袋:"你说啥?"孝文说:"我做下丢脸事没脸活人了!"鹿三于是就得到了嘉轩倒在窑洞门口的疑问的注释。他从炕边上挪下腿来,一步一步走到孝文跟前,铁青着脸瞅着孝文耷拉的脑袋,猛然抡开胳膊抽了两巴掌,哆嗦着嘴唇:"羞了先人了……啥叫羞了先人了?这就叫羞了先人了!黑娃羞了先人你也羞了先人了……"这当儿仙草走了进来。鹿三盛怒未消跟仙草走进上房西屋,看见嘉轩就忍不住慨叹:"嘉轩哇你好苦啊!"白嘉轩忍住了泛在眼眶里的泪珠,说:"你知道发生啥事了?知道了我就不用再说了。你现在收拾一下就起身,进山叫孝武回来,叫他立马回来。就说我得下急症要咽气……"

惩罚孝文的举动又一次震撼了白鹿原。惩罚的方式和格局如同前次,施刑之前重温乡约族规的程序换由孝文的弟弟孝武来执行。

白孝武的出现恰当其时。他穿一件青色棉袍,挺直的腰板和他爸腰折以前一样笔挺,体魄雄健魁伟,肩膀宽厚臀部丰满,比瘦削细俏的孝文气派得多沉稳得多了。白嘉轩仍然在台阶上安一把椅子坐着,孝武归来及时替代了不争气的孝文的位置,也及时填充了他心中的虚空。孝武领诵完乡约和族规的有关条款,走到父亲跟前请示开始执行族规。白嘉轩从椅子上下来,跷下台阶,从族人让出的夹道里走过去,双手背抄在佝偻着的腰背上。白嘉轩谁也不瞅,端直走到槐树下,从地上抓起扎捆成束的一把酸枣棵子刺刷,这当儿有三四个人在他面前扑通扑通跪倒了。白嘉轩知道他们跪下想弄啥,毫不理睬,转过身就把刺刷扬起来抽过去。孝文一声惨叫接一声惨叫,鲜血顿时漫染了脸颊。白嘉轩下手特狠,比上次抽打小娥和狗蛋还要狠过几成。这个儿子丢了他的脸亏了他的心辜负了他对他的期望,他为他丧气败兴的程度远远超过了被土匪打断腰杆的劫难,他用刺刷抽击这个孽种是泄恨是真打而不是在族人面前摆摆架势。白嘉轩咬着牙再次扬起刺刷,忘记了每人只能打一下的戒律,他的胳膊被人捉住了,一看竟是鹿子霖。

  鹿子霖是那三四个下跪求情者中的一个。这个向族长跪谏的行动其实就是鹿子霖策划的。他听到孝武给他传述的白嘉轩要惩罚孝文的决定以后,郑重其事地找到白家,大声吵着要白嘉轩取消这次施刑的举动:"我敢说这根本不怪孝文。你也招不住这个折腾咯!"白嘉轩冷着脸心决如铁:"锣都敲了你还说这话做啥!你后晌能到祠堂来,就算给老哥赏光了。"鹿子霖后晌去祠堂时在村巷里痛心狠气地抱怨几个老汉:"你几个老者难道都是石头心眼?嘉轩要整孝文你们能忍心叫他整?为啥不劝他不阻挡他?这孝文比不得旁人咋能随便用刺刷子打?"那几个老汉被他热诚的斥责弄得又感动又愧悔,便策划了这出跪谏的插曲。

  鹿子霖从白嘉轩手里夺下刺刷又扑通跪下了,说:"嘉轩哥。你不饶孝文我不起来。"白嘉轩冷着脸说:"我不受你的跪拜。谁的跪拜我今日都不受。谁爱跪谁就跪。孝武,往下行——"说罢,用手撩着袍衩儿走过人窝儿,重新在祠堂台阶的椅子上坐下来。白孝武从执刑具者手里接过刺刷,照哥哥孝文赤裸的胸脯抽击了一下,血流顺着胸脯一条条拉下来……

  如同祠堂院子里的争执在白家庭院里也刚刚发生过。老娘白赵氏妻子白吴氏以及两个儿媳妇结成同盟,坚决反对白嘉轩惩罚孝文的毒刑。白赵氏劝不下儿子就骂起来:"你害死孝文你哪像个老子?你要把孝文捆到树上我就脱光站到孝文前头,你先用刺刷刷死我再刷死孝文!"仙草则用哭谏,两个儿媳一齐求情。白嘉轩对谁也不松口，连一句话也不说，一任她们骂呀哭呀乞求呀绝不动心。直到第三天孝武和鹿三从山里回来，白嘉轩把全体家庭成员叫到上房正厅，在祭桌前发蜡焚香，然后征求大家的意见："有话对着先人的面说。"白赵氏白吴氏和孝文孝武的媳妇陈述了早已表明过的态度，轮到至关重要的一个人白孝武了。白孝武站在祭桌前一字一板地说："按族规办。"奶奶白赵氏正愣着神儿，母亲白吴氏的耳光已经抽到他脸上了。孝武瞅了一眼母亲不恼也不愧，仍然面色不改。白嘉轩用恼怒的眼色制止了妻子白吴氏的轻举妄动，转过脸问孝武："为啥？你说为啥？"白孝武沉稳地说："这是白家的立身纲纪。爸你说的我不敢忘……"白嘉轩迫急地一拳砸在桌子上，说："着！忘了立家立身的纲纪，毁的不是一个孝文，白家都要毁了——"

白嘉轩从父亲手里承继下来的，有原上原下的田地，有槽头的牛马，有庄基地上的房屋，有隐藏在土墙里和脚地下的用瓦罐装着的黄货和白货，还有一个看不见摸不着的财富，就是孝武复述给他的那个立家立身的纲纪。即使白嘉轩自己，对于家族最早的记忆也只能凭借传说，这个村庄和白氏家族的历史太漫长太古老了，漫长古老得令它的后代无法弄清无法记忆。由白嘉轩上溯五辈，大约是白家家道中兴的一个纪元的开始，那位先人在贫困冻馁中读书自饬考得文举，重整家业重修族规，是一个对白家近代家史族史具有决定性影响的人物，族人至今还常提起他的名字白修身。族史和家史虽然漫长，对本族和家庭具有重大影响的先人的名字还是留传下来，湮没的只是那些业绩平平的名字。好几代人以来，白家自己的家道则像棉衣里的棉花套子，装进棉衣里缩了瓷了，拆开来弹一回又胀了发了；家业发时没有发得田连阡陌屋瓦连片，家业衰时也没弄到无立锥之地；有限的记忆不可怀疑的是，地里没断过庄稼，槽头没断过畜生，囤里没断过粮食，庄基地没扩大也没缩小。

白嘉轩在孝文事发后的短暂几天里除了思索这个意料不及的事件,更多地却是追思家族的历史和前贤,形成家庭这种没有大起也没有大落基本稳定状态的原因,除了天灾匪祸瘟疫以及父母官的贪廉诸种因素之外,根本的原由在于文举人老爷爷创立的族规纲纪。他的立家立身的纲纪似乎限制着家业的洪暴,也抑止预防了家业的破败。无论家业上升或下滑,白家的族长地位没有动摇过,白家作为族长身体力行族规所建树的威望是贯穿始今的。一位族长在大旱之年领着族人打井累得吐血而死,井台上至今还可以看到被风化了的白克勤模糊的字迹。一位族长领着族人在打杀贼人中被刀劈成两截,成为白鹿原一举廓清匪患的英雄。并非所有的族长都有伟绩,悄无声息的平庸之辈也为数不少,甚至每隔一代两代就会出一个败家子族长,这是殃祸家族的大害必须尽早诛除不能手软。……

白嘉轩听到孝武的话,心里卷起一汪热流,激动得热泪盈眶,此时此地正需要听到这个话。白赵氏不甘心地反诘:"先人们都是通人性的好先人,谁也没有你这样心硬。"白嘉轩沉静地说:"先人们里头没出过这号瞎事。"孝文无可挽回地被推进祠堂捆到槐树上了。

白嘉轩采取的第二个断然措施是分家。白嘉轩决定只请大姐夫朱先生一个人监督分家,作为这种场合必不可缺的孩子的舅舅没有被邀请,山里距这儿太远了。如果连自己的家事都处置不妥,还怎么给族人门人村人说和了事?一切都经过周密的算计和精细的调配,分给孝文好地次地的搭配比例与全部土地优次的比例相一致。按说长子应占厅房东屋,但那需得双亲谢世以后,白嘉轩健在白赵氏也健在,白嘉轩尚不能住进厅房东屋而只能居住西屋。再考虑到生产生活的方便,白嘉轩决定把门房的东屋和西屋分给孝文,当中明间作为甬道属家庭公有。储存的黄货白货白嘉轩闭口不提,那是家庭积蓄,除非异常重大的情变不能挪动,这些蓄存的交代当在他蹬腿咽气之前,现在谁也不得过问。白孝文的脸面被药布包扎着不露真相,只是点头,伸出结着血痂的右手在契约上按下了指印。朱先生笑着重复了一句:"房是招牌地是累,攒下银钱是催命鬼。房要小,地要少,养个黄牛慢慢搞。"这几句广为流传的朱先生名言,白嘉轩和儿子们其实才头一次从创造者本人口中听到。朱先生对孝文的过失没有严词斥训,悬笔写下两个字的条幅:慎独。

鹿子霖在惩罚孝文那天晚上到神禾村喝了酒。他跪在地上为孝文求情的行动虽然失败,却获得了许多人的钦敬,也把这件花案的制造者隐蔽得更严密了。为了显示真诚,他就那么一直跪下去直到行刑结束。白嘉轩从祠堂台阶上慌慌匆匆扭动着狗一样的腰身走过来,双手扶起他,又扶起一同跪着的三个老者说:"你们的宽恩厚德我领了。"鹿子霖演完这场戏就去神禾村找几个相好喝酒去了,这一晚喝得酣畅淋漓,于午夜时分走回白鹿村,从村子东头的慢道上下来,扑腾扑腾走到窑洞口拍响了门板。小娥问谁敲门。鹿子霖大声说:"问啥哩还问啥哩?你哥你叔你大大我嘛!"他喝得太多有点失控,阴谋的完全实施所产生的欢欣得意也有点难以控制,该是他和同谋者小娥一起品味这出精彩戏曲儿的时候了。门闩滑动一声,鹿子霖迫不及待撒着酒狂推门而入,把正趴到炕边上的小娥揽住。小娥一抖一甩钻进被窝。鹿子霖笑笑才意识到小娥的棉袄是披在肩上的。鹿子霖倚在炕边上解衣脱袜,一边说:"大的亲蛋蛋呀!你给你出了气也给大饰了脸,咱俩的气儿出了,仇报了,该受活受活啦!今黑大大全都依你,你说咋着大就咋着,你要咋样儿大就咋样儿,你要骑马大就驮上你游,你要大当王八大就给你趴下……"说着剥脱了衣裳钻进被窝。小娥却问:"吃我屙下的喝我尿下的你愿意不愿意？"鹿子霖笑嘻嘻地念起狗蛋创作的赞美诗："宁吃小娥屙下的不吃地里打下的,宁喝小娥尿下的不喝壶里倒下的……大愿意。"鹿子霖的手被挡住了。小娥说："你刚才说今黑依我,我还没说咋样哩,你就胡骚情起来？你先安安生生睡着,我有话问你,孝文挨得重不重？"

"重。"

"头一刷子谁打的？"

"他爸嘛！还能有谁？族长嘛！"

"听说老二回来了？"

"回来了。这货看去还是个硬家伙。"

"孝文伤势咋样？"

"还用问！脸上没皮儿了。"

"孝文寻冷先生看了没看？"

"你操这些闲心弄啥？"

小娥不吭声了。惩罚孝文的那天后晌,小娥听到村巷里头的锣声和吆喝声,浑身抽筋头皮发麻双腿绵软,在窑洞里坐不住了。她达到了报复的目的却享受不到报复的快活。在她怀着恶毒的目的把孝文拖进砖瓦窑以后,惊奇地发现世上竟有孝文这种奇怪男人,勒上裤子行了解开裤带儿又不行了,当时她觉得奇异也觉得好笑；后来孝文遵照她规示的日程钻进她的窑洞来过多回,仍然是那个样子；她看着他每一次兴冲冲地又显得贼偷鬼气儿来到窑洞,回回都是败兴地离去,就忍不住同情这个可怜人儿说："算了你干脆甭来了。"孝文苦笑着说："我也想咱没本事算了甭去了,可又忍不住就来咧！"直到白嘉轩气昏死在窑洞门外雪地上的那一晚,孝文尚未进入过她的已经不再贵重的身体……她在窑洞里坐不住也立不住,装作扯柴火走到窑院边沿的麦秸垛跟前,耳朵逮着来自村中的动静,偶尔可以听见人们拥向祠堂路上的一句对话。她现在想到孝文在她窑里炕上的那种慌乱不再觉得可笑,反而意识到他确实是个干不了坏事的好人。她努力回想孝文领着族人把她打得血肉模糊的情景,以期重新燃起仇恨,用这种一报还一报的复仇行为的合理性来稳定心态,其结果却一次又一次地在心里呻吟着:我这是真正地害了一回人啦!

鹿子霖不耐烦地说:"还提孝文孝文做啥?该受的罪让他受去吧!咱们今黑热热火火弄一场。"小娥说:"好呀——对呀!"说着就跃上鹿子霖的腰腹往下一蹾。鹿子霖嘻嘻笑着呻唤一声:"唉哟哟!亲蛋蛋你轻一点儿……差点把大大的肠子肝花蹾烂了。"小娥又一纵蹾到他的胸脯上。鹿子霖又嘘唤着:"亲蛋蛋你把大的肋条儿蹾断了!"鹿子霖正陶醉在欢愉之中,感到脸上一阵湿热,小娥把尿尿到他脸上了。鹿子霖翻身坐起,一巴掌扇到小娥脸上:"婊子!你……"小娥问:"你刚才不是说了今黑由我想咋样就咋样……"鹿子霖恼羞成怒:"给你个笑脸你就忘了自个姓啥为老几了?给你根麦草你就当拐棍拄哩!婊子,跟我说话弄事看向着,我跟你不在一杆秤杆儿上排着!"小娥跳起来:"你在佛爷殿里供着我在土地堂里蜷着;你在天上飞着我在涝池青泥里头钻着;你在保障所人五人六我在烂窑里开婊子店窑子院!你是佛爷你是天神你是人五人六的乡约,你钻到我婊子窑里来做啥?你日屄逛窑子还想成神成佛?你厉害咱俩现在就这么光溜溜到白鹿镇街道上走一回,看看人唾我还是唾你?"鹿子霖慌忙穿起衣裤连连禁斥着:"你疯了你疯咧!你再喊我杀了你!"却不见小娥收敛,就慌匆匆跳下炕来夺门出窑。小娥在窑门口跟踪骂着:"鹿乡约你记着我也记着,我尿到你脸上咧,我给乡约尿下一脸!"

第十八章

　　一场异常的年馑降临到白鹿原上。饥馑是由旱灾酿成的。干旱自古就是原上最常见最普通的灾情,或轻或重几乎年年都在发生,不足为奇。通常的旱象多发生在五六七三个月,一般到八月秋雨连绵就结束了,主要是伏旱,对于秋末播种夏初收获的青稞大麦扁豆豌豆小麦危害不大,凭着夏季这一料稳妥的收成,白鹿原才繁衍着一个个稠密的村庄和熙熙攘攘的人群。这年的干旱来得早,实际是从春末夏初就开始的,麦子上场以后,依然是一天接着一天一月连着一月炸红的天气;割过麦子的麦茬地里,土地被暴烈的日头晒得炸开镢把儿宽的口子,谷子苞谷黑豆红豆种不下去。有人怀着侥幸心理在干燥的黄土里撒下谷种,迟早一场雨,谷苗就冒出来了,早稻迟谷,谷子又耐旱;然而他们押的老宝落空了,扒开犁沟儿,捡起谷粒在手心捻搓一下,全成了酥酥的灰色粉末儿。田野里满眼都是被晒得闪闪发亮的麦茬子,犁铧插不进铁板似的地皮,钢刃铁锹也踏扎不下去,强性人狠着心聚着劲扎翻土地,却撬断了锹把儿。旱象一直延续下去,持续不降的高温热得人日夜汗流不止喘息难定。村里的涝池只剩下池心有一洼墨绿色的臭水,孩子们仍然在泥水里浆洗,不几天就完全干涸了。旱象一直僵持到八月十五中秋节日。这是播种冬小麦的节令。人们无心赏月无心吃团圆饼全都陷入慌恐之中了。白鹿原的官路上,频频轰响着伐神取水的火铳,涌过披着蓑衣戴着柳条雨帽的人流。白鹿村的乡民纷纷嚷嚷起来,白嘉轩心里也急了毛躁了,让二儿子孝武在村巷里敲锣告示:伐神取水,每户一升。

白鹿村西头有一座关帝庙俗称老爷庙,敬奉着关公关老爷。关羽升天后主动请求司管人间风雨为民赐福,村村寨寨无论大小都修建着一座关帝庙;原上自古顺应西风雨,因之关帝庙一律坐落在村子的西首。白鹿村的老爷庙是一座五间宽的高大宽敞的大殿,东西两面墙壁上彩绘着关羽戎马倥偬光明磊落的一生中的几个光辉篇章:桃园结义单刀赴会刮骨疗毒出五关斩六将等;而正殿上坐着的司管风雨的关老爷的雕塑,面颜红润黑髯如漆明眸皓齿神态安详慈善如佛了。庙宇四周是三四亩地的一片空园,一株株合抱粗的柏树标志着庙宇的历史。庙前的那棵槐树才是村庄的历史标志,经过无数人的手臂的度量,无论手臂长短,量出的结果都是七搂八拃零三指头。槐树早已空心,里头可以同时藏住三个躲避暴雨袭击的行路人;枝叶却依然郁郁葱葱,粗大的树股伸出几十步远,巨大的树冠浓密的树荫笼罩着整个庙宇的屋脊,形成一派凝聚不散的仙气神韵。

白嘉轩跪在槐树下,眼前是常年支在槐树下废弃的青石碾盘,蜡架上插着拳头粗的大红蜡烛蹿起半尺高的火苗儿,香炉里的紫香稠如谷苗,专司烧纸的人把一张张金黄的黄表纸连连不断扔进瓦盆里,香蜡纸表燃烧的呛人的气味弥漫在燥热的庙场上;他的身后,跪倒着白鹿村十二岁往上的全部男人,有的头戴柳条雨帽身披蓑衣,有的赤裸着膀子,木雕泥塑似的跪伏在大太阳下一动不动。碾盘的一侧置放着一张方桌,另一侧临时盘起一个大火炉,三个精壮小伙只穿一件短裤,轮流扯拉着一只半人高的特大号风箱,火焰在阳光里像万千欢舞的精灵,火炉烘烧着三只铁铧和几支钢钎儿。锣鼓家伙在大殿里头敲着。一个伐马角的小伙子从庙门里奔跃而出,跃上方桌。锣鼓家伙班子也跟随出来,在方桌周围继续上劲地敲着。侍守火炉的人用铁钳夹住一只烧成金黄色的铁铧送到方桌跟前,伐马角的小伙拈来一张黄表纸衬在手心去接铁铧,那黄表纸呼啦一下就变成灰白的纸灰,小伙尖叫一声从方桌上跌滚下来,被接应的人搀扶走了。第二个马角从庙里奔到槐树下,一只脚刚跨上方桌沿儿就仰面栽倒下来。第三个马角和头一个如出一辙,刚抓住铁铧就从方桌上跌翻下去。锣鼓家伙班子第四次从庙里送到祭台上来的马角是鹿子霖,他跳上方桌时浑身扭着,双臂也扭着舞着,大口吹出很响的气浪;他一把抓住递到脸前的铁铧,手心里的黄表纸完好无损;当他再去接一支筷子粗细的钢钎时,从桌上落马跳下了。白嘉轩霍的一声从地上站起来,膝头上沾着两坨黄土佝偻着腰走进了老爷庙的大门。

  白孝武监守在大殿里,看见父亲走进门来,迎上前企图劝他出去。白嘉轩一甩手走到关公神像跟前,点燃三支香插进香炉,作揖长拜之后就跪伏下去一动不动。他的周围跪倒了一大片男人,等待神灵通传自己。锣鼓家伙更加来劲地爆响起来,在庙堂里嗡成一片,香蜡纸表的气味令人窒息。白嘉轩起初觉得鼻膜涩疼,随之变得清香扑鼻,再后来就嗅不出任何气味了;锣鼓家伙的喧嚣充耳不闻,只见那些鼓手锣手家伙手使劲地挥动着胳膊,却敲不出一丝声响来,大殿里变得异常清静;他觉得手足和身躯渐渐变得轻如一张黄表纸,脑子里一片空白,只是胸腔里残留着凡人浊气,需要张大嘴巴连续呼吐出去;那一瞬间似乎是最后一口污浊的胸气喷吐出来,他就从关公坐像前的砖地上轻轻地弹了起来,弹出了庙门。人们看见,佝偻着腰的族长从正殿大门奔跃出来时,像一只追袭兔子的狗;他奔到槐树下,双掌往桌面上一按就跳上了方桌,大吼一声:"吾乃西海黑乌梢!"他拈起一张黄表纸,一把抓住递上来的刚出炉的淡黄透亮的铁铧,紧紧攥在掌心,在头顶从左向右舞摆三匝,又从右到左摆舞三匝,掷下地去,那黄表纸呼啦一下烧成粉灰。他用左手再接住一根红亮亮的钢钎儿,"啊"地大吼一声,扑哧一响，从左腮穿到右腮，冒起一股皮肉焦灼的黑烟，狗似的佝偻着的腰杆端戳戳直立起来。槐树下的庙场上，锣鼓家伙敲得震天价响，九杆火药铳子（九月）连连爆炸，跪伏在庙场土地上的男人们一齐舞扭起来，疯癫般反复吼诵着："关老爷，菩萨心；黑乌梢，现真身，清风细雨救黎民……"侍候守护马角的人，连忙取出备当的一根两头系着小环的皮带，把两只小环套住穿通两腮的钢钎儿，吊套在头顶，恰如骡马口中的嚼铁。白嘉轩被众人扶上抬架，八个人抬着，绕在他头上身上的黄绸飘飘飐飐。火铳先导，锣鼓殿后，浩浩荡荡朝西南部的山岭奔去。所过村庄，鸣炮接应，敲锣打鼓以壮声威，腾起威武悲壮的气势。

走进秦岭峪口，沿着一条越走越窄的山路绕着山梁行进，路边的青草被络绎不绝的取水的人马踩踏倒地，拓宽了道路。天麻麻黑时，白嘉轩和他的族人村民终于走到黑龙潭了。潭约一丈见方，深不可测，蓝幽幽的潭水平静不兴，上无来水，下不泄流，黑龙潭是从地下连通东海西海南海北海的一只海眼，四海龙王每年都通过这条通道到山里来聚会。潭的四周全部是巉崖青石，西边凸出前扑的石崖上，稳稳当当蹲踞着一座铁铸的独庙，铁顶铁墙浑然一体，没有谁能解释这铁庙是在崖上就地铸成的，还是在平原上铸成以后抬上崖顶的。锣鼓家伙围着潭沿敲着，火药铳子又是九声连响，人们择地而跪，一律面对铁庙。白嘉轩早从抬架上下来走到潭边，口咬嚼钎把住上边抖下来的绳索，脚踩石壁上的凹窝爬上崖头，一步一拜一个长揖一个响头，一直磕进铁庙，点蜡烧香焚表。四面铁壁上铸塑着四条龙，白嘉轩面对西边铁壁叩拜在地："弟子黑乌梢拜见求水。"就连叩三个响头，从腰里解下一只细脖儿瓷罐，在燃烧着的香蜡纸表里绕过三匝，退出铁庙，用细绳吊放到潭里漂着。白嘉轩背对铁庙，其余的人也都一律改换拜跪方向背向水潭。锣鼓家伙也收了场，不准说话不准咳嗽不准放屁，一片屏声敛息的肃穆气氛,等待西海龙王赐舍给西海黑乌梢珍贵的水。星全以后,交过夜半,山里梢林掀起了一阵骚啸,静跪在地的人全都冻得抖抖索索牙齿磕碰,猛然听得潭里传出"咕咚"一声水响。白嘉轩朗声诵道:"龙王爷恩德恩德恩德!"跪伏在地的人一齐跳起来,丢弃了头上的柳条雨帽和蓑衣,把身上的衣裤鞋袜全部剥光,表示他们全都是海中水族是龙王爷的兵勇,围着龙潭跳起来蹦起来唱起来:"龙王爷,菩萨心;舍下水,救黎民……"铳声震撼静寂的山谷,铁铸独庙发出铮铮嗡嗡的回声,锣鼓家伙再次敲起来。白嘉轩抽动绳子从潭里吊起瓷罐,抱在怀中,众人把摆在铁庙里的供品,用细面做成的各种水果和油炸的麻花馓子一齐抛进潭中。

取水的人回到白鹿村已经是第二天早饭时间。白嘉轩走进关帝庙,把盛满清水的瓷罐儿双手敬献到关老爷足下,刚作完揖拜跪下一条腿就扑倒在地人事不省。众人慌忙从他腮帮上抽下钢钎儿,用香灰和黄表灰塞住穿透的两个窟窿,抬回四合院里去。用刚刚吊上来的井水擦洗了手心脚心心窝和后心,又给灌下一碗凉丝丝儿的井水,白嘉轩呼喇一下睁开眼睛,奇怪地瞅着围在炕上炕下的家人和族人,似乎刚刚从西海龙王那里归来而不晓尘世发生过什么。白嘉轩猛然瞅见站在他身子后首的鹿三:"三哥,你把牲口喂饱了没?"

直到取回来的那只细脖瓷罐里的潭水在关老爷的脚下完全干涸,雨却仍然没有下。人们再也无法忍受等待的焦虑,怀着最后的希望把麦子撒进干透的土地,犁铧翻起干裂的土层,蹿起一股股黄色尘烟。麦粒比谷粒更快地粉化了,真正出现了一亩一苗的奇观,那一棵稀罕的麦苗是在牛尿里侥幸出土的。干旱延续到腊月,落下一场多年不见的大雪,冻死了白鹿原上的柿子树,老树新树几乎无一幸免。原坡塄上和庄稼院里的柿子,有的个大如碟,有的四棱突起,更有给皇帝进贡久负盛名的火晶柿子,现在全都在一个冬天里绝杀断种了。大雪后接着是持续的冬旱和奇寒,积雪不经融化而逐渐风干了。当春天到来的时候,原野上一片精赤,不见麦禾也不见青草,满眼是枯死的柿树枝干,想种点萝卜也下不进籽儿。柿可当食,萝卜亦可救生,老天爷连一丝儿生存的机缘都不留给白鹿原上的乡民。干旱僵持过春天又延续过夏天,当一场隔年不见的透雨降下的时候,人们已经不大关心或者无心操持秋田播种的事了,种子没有了,耕牛也没有了。旷年持久空前未遇的大旱造成了闻所未闻旷日持久的年馑,野菜野草刚挣出地皮就被人们连根挖去煮食了,树叶刚绽开来也被捋去下锅了,先是柳树杨树,接着是榆树构树椿树,随后就把一切树叶都煮食净光了,出一茬捋一茬。榆树叶是所有树族中的佼佼者,捋了树叶又扒了树皮,剔掉粗皮留下内瓤,剁成细末儿和水熬煮,就变成又黏又稠的绝佳的糊糊。白鹿原上的榆树是继柿树之后灭绝的又一个家族。饿死人已不会引起惊慌诧异,先是老人后是孩子,老人和孩子似乎更经不住饥饿。饿死老人不仅不会悲哀倒会庆幸,可以节约一份吃食延续更有用的人的生命。只有莫名其妙的流言才会引起淡弱的兴趣,一个过门一年的媳妇饿得半夜醒来,再也无法入睡,摸摸身旁已不见丈夫的踪影,怀疑丈夫和阿公阿婆在背过她偷吃,就蹑手蹑足溜到阿婆的窗根下偷听墙根儿,听见阿公阿婆和丈夫正商量着要杀她煮食。阿公说:"你放心度过年馑爸再给你娶一房,要不咱爷儿们都得饿死,别说媳妇,连香火都断了。"新媳妇吓得软瘫,连夜逃回娘家告知父母。被母亲哄慰睡下,又从梦中惊醒,听见父亲和母亲正在说话:"与其让人家杀了,不胜咱自家杀了吃!"这女人吓得从炕上跳下来就疯了……危言流语像乌鸦的叫声一样令人毛骨悚然。

当这场年馑刚刚注定要来的先一年初冬,白鹿村在渭北以及在当地邻村熬活儿的长工汉们纷纷回到自家屋里来,即使不大仁义的主家也都提前付给他们全年的工价,让他们在离年终之前的两个多月就下工回家了,起码可以省下一个人的口粮。鹿三在街巷里看见这些提前下工回归的兄弟哥们就想到自己。在麦子断定不能出苗以后,瞧着牲畜市场日渐下跌的行情,白嘉轩果决地卖掉了青骡和犍牛,只留下一匹红骡马。这不算是多么聪明的举措,谁也能谋划得出来,一头牛或一匹骡子一年间吃下的精料——豌豆和麸皮,也许可以换回五头牛和五匹骡子。除了粮食集集冒涨,其余百物牲畜棉花木料布匹杂货以及土地天天往下跌价,女子订亲的聘金也跌过大半。在可怕的饥馑刚刚露出暴虐先兆的时候,各色粮食一下子就被推到至高无上的权威地位,任何东西包括人本身都不得不俯首称臣不得不跌价再跌价了。小麦无苗,冬天不用上粪了;棉花旱死了,轧花机也甭想招徕弹花主顾了;牲畜卖掉了,剩下一匹马浮不住一个人专门喂养;整个一个冬天和春天都将闲适无活儿,自己闲吃静坐在人家屋里怎么好意思呢?他深信白嘉轩绝不会像村中那些长工的主家那样打发他提早下工,需得自己说话辞别而不能赖着等主家来撵出门去。晚饭后,鹿三抹了抹嘴巴点燃了旱烟袋,爽声朗气地说:"嘉轩,我今黑回去呀。"白嘉轩平和地说:"回你回咯。有啥事你尽管办。今年冬里没啥紧活路咯!"鹿三料定主家理会错了自己的原意,就挑明了说:"我明日再不来咧。"白嘉轩依然平和地说:"我刚才说了嘛。何止明日?三天五天你尽管走。"鹿三更透彻地说:"从明日往后,我再不来了我下工咧。"白嘉轩这才从椅背上欠起身子:"那咋么了?半路上你就走了不来了?离过年还远着哩嘛!"仙草听见了也凑到桌边问:"三哥你犯了俺屋谁的心病咧?你倒是明说怎么能走哩?"鹿三连忙解释:"地里没啥活儿屋里也没啥活儿了,我白吃闲坐着不自在咯!"白嘉轩说:"你走了倒是自在了,可把不自在丢给我了。"鹿三愣怔一下。白嘉轩接着说:"为了省一份口粮撵你出门,人会说我啥话哩?我心里还能自在吗？"鹿三忙说："不是这话。是没活干了闲下了,这谁都看得见的事,不会胡说的。明年春上要是落下透雨地里活儿开场了,我不用你叫就来了。"白嘉轩冷下脸说："三哥你听着,从今往后你再甭提这个话。有我吃的就有你吃的,我吃稠的你吃稠的,我吃稀的你也吃稀的;万一有一天断顿了揭不开锅了,咱弟兄们出门要饭搭个伙结个伴儿——"鹿三咽了一口唾液,粗大的喉圪节猛烈地滑动了两下,没有话说了。白嘉轩随之轻俏地说："没活儿干了你就歇着睡着,歇够了睡腻了你就逛去浪去。逢集了逛集没集时到人多的地方去谝,耍'纠方'耍'狼吃娃'耍'媳妇跳井',谝了耍了再歇再睡……你甭瞪眼！兄弟我不是给你撇凉腔是说正经话:天杀人人不能自杀。年馑大心也就要放大。年馑大心要小了就更遭罪了。"鹿三觉得眼里快要忍不住流泪,没有说话就转身出了院子进了马号。直到新年春节前的祭灶日到来时,他又一次下定决心,这回下了工明年再不来了,实在不能再进白家门白吃闲坐了。

　　鹿三离开白家的前一晚,孝文硬着头皮向父亲提出借粮,白嘉轩拒绝了。这件事更深地刺激着鹿三。正月十五一过,不见鹿三来上工,白嘉轩走进鹿三低矮凌乱的两间厦屋："跟我走,三哥。甭说我,自你过年走了红马日夜叫唤,要你喂它哩。旁人添草拌料它不悦意吃咯！"鹿三的喉圪垯又猛烈地滑动了两下,跟着白嘉轩回到马号。

　　孝文硬着头皮走进上房东屋,啰啰嗦嗦向奶奶白赵氏诉说,分家时父亲分给他的粮食可以接上秋收,可是秋天绝收了,来年的麦子也没指望了,整个一个冬天喝稀糁子凑合到腊月,年是实在过不去了……他哀告奶奶给父亲说一句:借些粮。白赵氏正想趁机教训一下孙子,你看看你弄成啥光景了？白嘉轩从对面的西屋已经听见,大声说："你就甭开这个口。"白孝文再没说话就从奶奶的屋里退出来回到前头门房。白赵氏对着西屋说:"你的心不是肉长的是滋水河里的石头。"白嘉轩走进门来:"妈,你明日把那俩碎崽娃子引到后头来。"

孝文向父亲借粮伤脸以后就把两亩水地卖掉了。白嘉轩得知这个消息后气得吃不下饭,指令孝武把孝文叫到后院正厅来。孝武走进前院门房东屋说:"哥,咱爸叫你。"孝文仰躺在炕上只扭了一下头:"我不去。"孝武端直站着:"咱爸叫你你也不去?"孝文说:"后院厅房我不去,再不去了。"孝武威胁说:"那让老人求到你的门下?"孝文猛然从炕上翻起身来跳到炕下:"你甭跟我耍威风!谁爱来不来我不稀罕。我也没拿你啥没借你啥没欠着你的啥。"孝武不动声色地说:"哥你看你成了什么样子?说话处事还像不像个做兄长的?"孝文正想说出更辛辣的话,泄一泄没借着粮食的怒气,也杀一杀弟弟的神气。不料父亲在院子里呵斥:"孝文你出来。"孝文趿拉上棉窝窝走到院子,就看见漆黑的院庭里站着父亲的佝偻的形体。白嘉轩劈头问:"你把水地卖了?"

"卖了。"

"卖给谁了?"

"谁给钱多就卖给谁。"

"我听说卖给鹿子霖了?"

"子霖叔有钱也有粮食。旁人买不起。"

"这地是在你爷手里置下的,你不能卖。"

"眼下这地分给我是我的,我想活命就得换一把粮食。"

"这二亩水地你卖了多少钱?"

"正说着哩!价官还没说死撂倒哩。"

"你甭说了,这地你卖给我,我给你双价。"

"那不行。大丈夫出言驷马难追。你给我钱再多也不能收回我的话了。"

黑暗里一声啸响,白孝文应声一个趔趄跌倒在地,父亲手中的拐杖抽击到他的脸上,继之又砸到他的大腿上。白孝文却感到了一种报复的舒畅,从地上晃晃悠悠爬起来走进屋去,咣当一声插上门闩,把父亲和孝武冷晾在院子里。孝武搀扶劝慰着父亲,走回后院厅房里去了。孝文继续恢复仰躺在炕上的睡姿,一条腿架在另一条腿上,对女人说:"好咧好咧!从今往后再没有谁来管我了。"

这一年的春节新年是孝文所能记得的最暗淡无趣的一个新年,白鹿原上远远近近的大村小寨,听不到锣鼓听不见喧闹只听得零三碎四的几声炮响。正月初一晌午,孝文到白鹿镇的馍铺里买了五个白生生的罐罐儿馍,蹲在馍铺的台阶上吃了,向馍铺掌柜讨了一壶酽茶喝了,算是自己给自己过了个年。孝文吃罢又挑了五个揣进怀里,绕道白鹿村后巷朝村子东头走去。村巷里男男女女拖着孩子往祠堂汇集,饥馑之年也不能少了给祖宗点一炷香叩三个响头。孝文走进小娥的窑门就嘘声喷气地说:"妹子年好,哥给你拜年来了。"小娥正在案板上揉面团回过头说:"你心里想日妹子了嘴里可说是给妹子拜年。拜年拿的啥礼物?""你把哥的好心冤屈咧!"孝文从怀里掏出一个又一个点着红花的罐罐馍,摆到案板上说,"人家到祠堂拜祖宗哩!全村就剩下咱俩舍娃子天不收地不管,咱俩你拜我我拜你过个团圆年。""这么说哥你坐火炕上等着——"小娥笑了,"妹子给你擀碱面浇臊子。""臊子面香着哩等一会儿再咥。"孝文说,"我已经咥饱了。你也先咥个馍压压饥。咱先弄一回,哥想死你咧!""不成不成我手上沾着面。"小娥摇头。"又不用手……"孝文把小娥抱离案板走向火炕……

孝文对第一次在小娥身上能够做到得心应手的事记忆难泯。那是在他挨过刺刷抽打之后一个半月的一天后晌,第一次走出街门就端直走进田小娥的窑洞。小娥一惊一愣:"你大白天到我这儿来不怕人看见?"白孝文说:"过去怕人看见现在不怕了,谁爱看就看。"小娥这时候才回过神儿来问他伤势好了没有,捋起袖子看他胳膊解开胸扣儿看他的胸脯。孝文揽住她的腰凌空把她托起来放到炕上,动手解她的偏襟纽扣儿:"哥在炕上躺了个半月啥也不想,就一门儿心思想着你这一对儿白鹁鸽儿。"小娥像蛇一样紧紧缠抱着孝文,泪花婆娑口齿喃喃着:"好哥哩你到底伤得咋个像况……我不得见又不得问……妹子心疼你都快要疯了……"小娥说着,突然翻起身来,双手捧住孝文的脸颊,惊诧地问:"哥咄你今日……行了?"孝文得意地抹一抹脖子上的细汗:"这下你再不笑话我是蜡做的矛子了吧!"俩人被这个奇异的变化鼓舞着走向欢乐的峰巅。自从破烂砖瓦窑开始一直到被捆到祠堂槐树上示众,他都无法克服解开裤带不行了勒上裤子又行了的奇怪的瘟疾,今天才第一回在小娥面前显示了自己的强大和雄健。小娥仍然解不开好奇:"过去到底咋么着是那个怪样子?今日个咋么着一下就行了好了?"孝文嘲笑说:"过去要脸就是那个怪样子。而今不要脸了就是这个样子,不要脸了就像个男人的样子了!"太阳光从窑垴塄坎上移到树梢上,直到窑里完全黑暗下来,俩人都没有离开火炕,一次又一次走向欢愉的峰巅,一次又一次从峰巅跌下舒悦的谷底,随之又酝酿着再一次登峰造极……

　　小娥从炕上下来勒好棉裤,在瓦盆里洗着手,回眸对躺在火炕上的孝文说:"哥咄今日个过年,你没忘妹子妹子也没忘你,你给妹子送了五个罐罐儿馍,你猜妹子给你留着个啥好的?"孝文不在乎地说:"肉包子肉丸子臊子面不是?不稀罕!我就稀罕捉你那一对儿白鹁鸽儿。"小娥说:"保你稀罕。搁平常我不给你,今日个过年才叫你享一回福……你等着,等我擀好面,咱俩吃了长寿面再给你。"孝文一骨碌从炕上跳下来,精光着身子抱住小娥,冻得直抖:"你倒说得我躺不住了,快拿出来让我看是啥好玩意儿?"小娥无奈又爬上炕，从窑窝里摸出一杆烟枪来说："你今日个尝一口，保准过个好年。"孝文看见油光油亮的烟枪不禁一愣，接过那滑腻的紫黑色的烟管指尖上感到冰凉，脑子忽然浮出姑父朱先生授课时慷慨陈词的面孔，那个永远保持着平和敦厚仪容的朱先生讲到禁烟时就失了常态。小娥在他面前半倚躺着，撕开一层油纸，用细铁钎挑起一块膏状的鸦片在三个指头间揉搓，然后就按到烟枪眼儿上说："等等，我给你点灯。妹子今日个服侍你过个好年。"连着让孝文吸了三个泡儿，小娥像哄孩子一样拍着孝文的肩膀："好好睡。妹子给你擀面去。"

孝文躺着，渐渐开始幻化，手臂舒展了腿脚轻捷如燕了，心头似有一缕不尽的柔风漫过去再拂过来，头脑里除去了一切生活的负累，似有无数的鲜花绿叶露珠滚动。案板上咯噔咯噔擀面杖的响声节奏明朗，小娥伸出胳膊推着擀杖前进又弯着手臂把擀杖拉回案边的动作像是舞蹈。他轻轻一纵就坐起来穿好衣裤，自告奋勇地坐到灶下的柴墩上拉起风箱，快活地说："妹子你擀面我烧锅，咱俩今日个过个夫妻年。"小娥欢蹦蹦地在案板上玩着擀杖，偌大的面叶一会儿卷到擀杖上，一会儿又像挥舞一面旗子似的从擀杖上摊开到案板上，她勒着围裙的腰即使穿着棉裤也不显臃肿，丰满的胸脯随着擀面的动作微微颤着，浑圆的臀部也微微颤着。孝文忍不住嘻嘻地说："哎呀妹子我又想了……"小娥说："你是瓜娃子得了哪一窍？不看我正切面哩！"说着，把切好的细面拢到木盘里托起来，放到锅台上，看看锅里气儿上来了，就推出锅盖，哗啦一声把面条撒进滚水里，又伸过胳膊拉上锅盖。这当儿，她的优美干练的动作撩拨得孝文忍禁不住，一只手拉着风箱杆儿，左手从下边揪住裤脚猛力往下一抻，棉裤哗地一下褪过膝盖，伸手抱住她按倒在灶下的麦秸上。小娥急了："哎呀面闷糊到锅里咧！"孝文说："让它糊去！"小娥说："而今粮食敢糟踏？"孝文说："一碗面不算个啥！"

小娥无意损伤孝文的兴致,仰躺在灶间麦秸上,一手抚着孝文的脸,另一只手拉着风箱杆儿……

孝文分得的三亩半水地和五亩旱地,前后分三次转卖到鹿子霖名下,那八亩半水旱地里有二亩天字地一亩半时字地三亩利字地二亩人字地。八亩半地所卖的银元,充其量抵得上正常年景下二亩天字地的所得,临到最后卖那二亩人字地的时候,孝文已经慌急到连中人也来不及请,直接走进白鹿镇鹿子霖的保障所,开门见山地说:"子霖叔,那二亩人字地也给你吧,你就甭再推诿了。你凭良心给几个(银元)就是几个我不说二话。"鹿子霖诚恳地说:"孝文你看,叔实在不好再要你的地了。我跟你爸一辈子仁仁义义的,你一而再再而三地箍住我要卖地,日后我实在跟你爸都不好见面说话咧。"孝文急不可待地说:"俺爸是俺爸我是我。你不要的话,咱村再没谁买得起,外村人嫌不方便也不要嘛!好叔哩我瘾发了简直活不下去了,你先借给俩银元让我上烟馆子去……"鹿子霖从腰里摸出两枚银元来,看着孝文急不可待地转过身,脚下打着绊腿走出保障所大门,沉吟说:"完了!这人完了!"

鹿子霖走出保障所大门在镇子上溜达,尽管年馑可怕,镇上的粮食并不少,只是价钱高得吓人。他装作关心粮市上价钱的跌浮,很有耐心地和卖粮的主家交谈着,用深陷在长睫毛丛中的眼仁儿扫瞅着人头攒动的粮市,寻找白嘉轩。根据他的判断,孝文不久就会向他提出卖房的事,于此之前必须和嘉轩打个照面,为将来的下一步扫清障碍。穷人和富人现在都关心粮价的跌浮。白嘉轩丑陋的驼背进入他的眼睛,他做出完全无心而是碰巧撞见的神态开了口:"呃呀嘉轩哥!碰见你了正好,我有句话想给你说——"白嘉轩扬起脸:"街道上能说不能说?"鹿子霖说:"能能能。也不是啥是非话嘛!我想劝你一句,你把粮食给孝文接济上些儿嘛。总是爷儿们嘛。甭让他三番五次缠住我要卖地,我不买他缠住不丢手,我买了又觉得对不住你……"白嘉轩咬着腮帮,完全用一种事不关己的腔调说:"这没啥对不住我的。你尽管放心买地,他要踢地你要置地是你跟他的事,跟我没啥交涉。"鹿子霖更诚心地劝:"嘉轩哥你甭倔,亲亲的爷儿们,你不能撒手不管……"白嘉轩冷笑一声反问:"管?你怎么不管兆鹏?"鹿子霖噎得反不上话来。白嘉轩转过驼背就把手伸进一条粮食口袋里抓摸着麦子看起成色来了。鹿子霖不露声色地在想,你顶我顶得美顶得好。你不管了好!我就要你这句话。

孝文头一回卖了地,和小娥在窑洞里过了个好年,临走时把一摞银元码到炕席上:"妹子你给咱拿着。"把一小半留在身上回到家里。媳妇向他要卖地的银元:"你装在身上不保险,我给咱锁到柜里,接不上顿儿了买点粮,日子长着哩!"孝文说:"放心放心放一百二十条心。银元我装着你甭管。你日后啥事都甭问甭管。"两个孩子由白赵氏引去吃饭,孝文成天不沾家浪逛着摸不清影踪,只有她一个人在屋里忍饥挨饿,婆婆仙草时不时背过公公塞给她一碗半勺,她饥肠辘辘却难过得吃不下去。有一晚,她鼓足勇气向孝文抗争:"地卖下的银元不论多少,不见你买一升一斗,你把钱弄了啥了?"白孝文眼睛一翻:"你倒凶了?你倒管起我来了?"媳妇说:"我凶啥哩我管你啥来?我眼看饿死了,还不能问你买不买粮?"白孝文冷着脸说:"不买。你要死就快点死。你不知道死的路途我指给你:要跳井往马号院子去,要跳河跳崖出了村子往北走,要吊死绳子你知道在哪儿挂着……"媳妇急了:"我知道你盼我死、逼我死、往死里饿我。我偏不死偏不给你腾炕,你跟那婊子钻瓦窑滚麦秸窝儿,反正甭想进我的门上我的炕!"白孝文涎下脸说:"你管不着。你不死我也睁眼不盯你。"说罢就抽身出门去了。随后有一夜,孝文和小娥在窑里炕上一人一口交口抽着大烟,他的媳妇找到窑门外头,跳着骂着。孝文拉开窑门,一个耳光抽得媳妇跌翻在门槛上。媳妇拼死扑进窑去,一把抓到小娥裆里,抓下一把皮毛来。孝文揪着媳妇的头发髻儿,两个嘴巴抽得她再不吼叫嘶骂了,迅即像拖死猪似的拖回家去。

　　孝文媳妇在白家的称呼是大姐儿。大姐儿独自一人躺在四合院门房东屋的炕上,家徒四壁,装粮食的瓷缸和板柜,早在踢地之前被孝文搬到镇子上贱卖了,屋里只剩下炕上的两条被子和炕下脚地上的一条长凳。她的通身已经黄肿发亮,隐隐能看见皮下充溢着的清亮的水,腿上和胳膊上用指头一按就陷下一个坑凹,老半天弹不起来。她的脸上留着一坨坨乌青紫黑的伤痕,那是孝文的拳头砸击的结果。她已经没有饥饿的感觉,阿婆让孝武媳妇二姐儿端来的饭冷凝在碗里。她想对阿公说一句话,却揣度阿公肯定不会进入她的屋子,于是就打定主意去找他,她准确地预感到自己即将完结。西斜的日头把后窗照得明亮如烛。大姐儿听见阿公熟悉的脚步走过门房明间走到院庭就消失了,她的心里激起一股力量,溜下炕来在镜子前拢梳一番散乱的发髻,居然不需攀扶就走进了厅房,站在阿公面前:"爸,我到咱屋多年了,勤咧懒咧瞎咧好咧你都看见。我想过这想过那,独独儿没想过我会饿死……"白嘉轩似乎震颤了一下,从椅子上抬起头拔出嘴里的水烟袋,说:"我跟你妈说过了,你和娃娃都到后院来吃饭。"大姐儿说:"那算啥事儿呢?再说我也用不着了。"说罢就转身退出门来,在跷过门槛时后脚绊在木门槛上摔倒了,从此就再没有爬起来。白嘉轩驼着背颠过去,把儿媳的肩头扶起来,抱在臂弯里。大姐儿的眼睛转了半轮就凝滞不动,嘴角扯了一下露出一缕羞怯。白赵氏仙草和二姐儿全都闻声奔过来。孝武四处奔走,找不见孝文。

　　孝文刚刚办完卖房的手续,三间门房全部卖给鹿子霖,把所得的银元顺路撂在小娥的炕头上,直到半夜回来,看见停放在烛光里的媳妇的僵尸,猛然站住脚跨不动腿了。他根本没有想到她真的会死。她结实有劲没生过大病,她胳膊上的肌肉像男人一样结块儿,大腿和小腿肚儿瓷实梆硬。他忽然想到她曾经教他做床笫上的事的情景,心里一软,这个他已经不喜欢的人现在死了。弟弟孝武走到跟前说:"哥,你作孽了!"孝文没有动。弟弟又说:"明日个入殓时她娘家人来闹事的话,你出面跟人家回话。"孝文仍然没有动。孝武忍不住恨声说:"扎你一锥子都扎不出血了!"

持久的饥饿的大气候把包括死人这样至为重大的事都压迫得淡化了。死人早已不再引起特别的惊诧和家人的过分悲痛,而白嘉轩家里也饿死了人,在村中还是造成大哗。所幸的是大姐儿娘家的人似乎对于出门多年的姑娘感情淡漠,只派大姐儿最小的弟弟前来吊孝入殓。那个被饿得东摇西晃的弟弟干嚎过几声之后,就抓起大碗到锅里捞面浇臊子蹲在台阶上大咥起来。为了顾全影响,白嘉轩让孝武出面帮助孝文完成了丧葬之事,着眼点在乡亲族人的口声而根本不在孝文。埋葬大姐儿之后,孝文真正成了天不收地不揽的游民,早晚都泡在小娥的窑洞里,俩人吃饱了抽大烟抽过瘾了就在炕上玩开心,使这孔孤窑成为饥馑压迫着的白鹿原上的一方乐土。

"给我帮个忙。"鹿子霖邀请来了鹿姓本门十多个年轻后生,向他们吩咐了到白家去拆房的事,用软绵的馍馍和煮成糊涂的面条招待他们饱咥一顿,然后叮咛说:"你们去只管拆房甭说二话。白家没人出来阻挡你们就尽管拆,要是有人出面拦挡,满仓侄儿你回来叫我。"十多个小伙梦想不到今天有机缘给肚子里填满了真正的粮食,精神顿然焕发,甭说拆房,叫他们前去杀人也无不可。满仓领着他们出门了。鹿子霖最后叮嘱一句:"不准起哄闹事。"

鹿子霖坐在祭桌旁的椅子上抽水烟,得意中不无紧张,期待着满仓飞奔回来请他出面。可是连着抽完三袋水烟,仍不见满仓回来,难道白嘉轩父子对拆房这种揭面皮的事也无动于衷?直到街门口咚当一声木料着地的响声,他按捺不住急急走到街门口,把两个抬一根木料的侄儿叫进门来问:"白家没啥响动?"一个侄儿说:"没没没。孝武蹦出来挡将,满仓哥刚下梯子准备回来叫你,他爸出来把孝武拉回去了。满仓哥又上了梯子……"另一个侄儿补遗说:"孝武张头张脑的挺凶,他爸出来还笑着说,'快拆快拆,拆了这房就零干了,咱一家该着谢承你子霖叔哩……'随后才拉着孝武进后院去了。"鹿子霖从街门口踅回厅房祭桌跟前,重新装上一袋水烟,吹燃火纸的时候,绷紧的心里有点泄气,难道我没尿到他的脸上尿到空沟里去了?

　　白嘉轩家的反应实际很难揣摩。白嘉轩的厅房上屋里聚着白赵氏白吴氏以及孝武和他媳妇二姐儿,更多的是本族近门的弟兄和侄儿们,他们义愤填膺气恨难平,众口一词再三反复强调着同一个意思:鹿子霖不是买房是揭族长的脸皮!鹿子霖揭掉的不单是族长的脸皮是在白姓人脸上尿尿!白嘉轩只顾咂着水烟袋。白赵氏说:"孝文使唤了他多少钱咱还多少,房子不能拆。"仙草悲愤地说:"我咋么要下这个踢地卖房的败家子!"孝武说:"爸我实在忍不下这口气!"族人侄儿们随着孝武哄哄起来:挡了他看他要咋?叫鹿乡约出来说话看他咋说?砸断他的腿拐儿再说!白嘉轩喝住众人:"你们生的哪路子气煽的哪门子火?子霖买房掏了钱立了契约合理合法;再说是孝文箍住人家要卖房,你们怪人家子霖的啥错儿呢?回去回去快都回去。"他毫不留情地斥退了众人,只留下自家人在周围时才说:"我难道连这事的轻重也掂不来吗?揭我脸皮我还不知道疼不觉得差吗?"大家都不言语了。白嘉轩问孝武:"除了拦挡除了打架,你看还有啥好办法呢?"孝武闷头不语半响,猜摸父亲的心意,说:"爸,他今日拆了房,我明日个搭手准备盖房,把门房再盖起来,还要盖得更体面。"白嘉轩在桌子上拍了一巴掌:"这就对了。一拆一盖,人就分清了谁是孝文谁是孝武,祖宗神灵也看见谁是白家的孽子谁是顶梁柱。"白嘉轩扫视一眼白赵氏仙草二姐儿最后盯住孝武说:"人说宰相肚里能行船。我说嘛……要想在咱原上活人,心上就得插得住刀!"

直到满仓领着人把木料砖头瓦片全部拆光送走,又挖下了木格窗子和门板,白嘉轩恰当此时走到前院,瞅一眼残垣断壁和满地狼藉的土坯碎砖,把正在殿后查巡的满仓叫住,客客气气朗声问道:"满仓你们拆完了?"满仓不好意思地笑答:"完了完了……伯。"白嘉轩说:"你再看看还有啥东西没拿完?"满仓依然笑容可掬地答:"没咧没咧啥也没咧……伯。"白嘉轩却认真地说:"有哩!你细看看。"满仓干笑起来:"伯你耍笑侄儿哩!不用细看……"白嘉轩加重声色喝住转身欲走的满仓:"你甭走。你把东西没拿完不能走。你蹲下仔细想想,啥时候想起来再走。"说着双手拄着拐杖,紧紧盯住满仓。满仓怯着族长伯伯真的蹲下来不敢走了。街巷里不一会儿便聚集起来一伙人看蹊跷事。白嘉轩心里却道:我看你鹿子霖还不闪面儿?

鹿子霖来了。听到满仓被白嘉轩扣留的消息就赶来了,双手打着躬抱歉地说:"嘉轩哥我本该早来给你说一声,保障所来了上头的人我脱不开身……满仓你咋搞的?说啥冲撞你伯的话啦?还不赶快赔礼……"白嘉轩把拐杖靠在肩头,腾出手来抱拳还礼:"子霖呀我真该谢承你哩!这三间门房撑在院子檀着我的眼,我早都想一脚把它踢倒。这下好了你替我把眼里的檀头挖了,把那个败家子撵出去了,算是取掉了我心里的圪垯。"鹿子霖原以为白嘉轩抓着了满仓的什么把柄儿寻隙闹事,完全料想不及白嘉轩这一番话,悻悻地笑笑说:"孝文实在箍得我没……"白嘉轩打断他的话:"孝文箍住你踢地卖房我知道……我叫满仓甭走,是他给你把事没办完哩!"鹿子霖说:"还有啥事你跟我说,兄弟我来办。"白嘉轩说:"你把木料砖瓦都拿走了,这四堵墙还没拆哩。你买房也就买了墙嘛!你的墙你得拆下来运走,我不要一块土坯。"鹿子霖心里一沉,拆除搬走四面墙壁比不得揭椽溜瓦,这十来个人少说也得干三天,这些饿臭虫似的侄儿们三天得吃多少粮食?他瞅一眼街巷里看热闹的人,强撑着脸说:"那当然那当然……"白嘉轩仍然豁朗地说:"你明日甭停,接着就拆墙,越早越快弄完越好!咋哩?门户不紧沉咯!再说……我也搭手想重盖房哩!"

第十九章

　　鹿子霖刚走进保障所的小院,白鹿中医堂抓药的相公就跟进来说:"先生请你过去有话,甭耽搁。"鹿子霖在走向中医堂的街道上盘算着如何向冷先生解释买来拆掉白家门房的举动,除了这件事,他想不到还有什么紧要的事会促使冷先生一大早就着人来叫他。走进中医堂,冷先生把他引到后边的寝室,开口时一脸的惊慌:"你知道不知道?兆鹏给田总乡约逮住了。"鹿子霖大惊:"你听谁说的?啥时候出的事?我一点儿也不知晓。"冷先生说:"早起一开门来了南原上一个病人,说是昨晚夕在学校里给逮住的。"鹿子霖惊诧不已:"他还在原上?我的天老爷!通缉告示贴得满原上都是,他居然还没离原……"冷先生说:"听说他刚刚从城里回到原上,想煽动饥民起来闹事,倒没料想他的一个共党兄弟儿给田总乡约告密了。再问旁的我也说不仔细,事倒是实事,田总乡约连夜押送到县上去了……你说咋办?"鹿子霖说:"活该!死得!把这孽子拗种处治了,我倒好说话好活人了。"冷先生说:"你说的是气话。你我现在这年岁,还有多少话好说还有多少人好活呢?没有多少了。你我而今都活儿女的人哩。"鹿子霖咳了一声竟落泪了,泣不成声地说:"我一家好端端的日子全坏在这龟孙子身上。他参加共产党教我跟着背亏带灾且莫说起,单是婚事……教我总也觉得对不住你老哥呀!我说的不是气话是实心话,把他龟孙处治了倒好。仓里县里再不疑心我鹿子霖通共的事了;家里的事也好办了,让人家名正言顺再嫁去,我在你老哥面前不就好说话好活人啦吗?"冷先生说:"我今日叫你来可不是说这话的。我知道你想救他说不出口。"鹿子霖仍然坚持说:"我不救。"冷先生说:"你不救我救。我的女婿呀!"鹿子霖说:"你救也是白救。他把田总乡约押到铡刀下你也知道,田总能饶他?上边现在对共党是'宁错杀一千决不轻放一个'。他完了他兆鹏龟孙这回完了。你也甭劳神了,白劳神又折财……"冷先生说:"我准备倾家荡产,只要能救回我的女婿。"鹿子霖连忙接上说:"你要是真个把他救下了,他就不敢再拧拗了。他也明白他的命是你给拾回来的。"冷先生说:"你今日个留神一下,田总乡约一回来你就给我说一声。事不宜迟。听说对共党现时是快刀斩乱麻,审也不审就填了井了。"

西安当权的国民革命政府对共产党整治的手段简截了当,不作正经审讯也不屑张罗声势示众游街也很少公开枪崩,逮住后先打后问问不出什么就装进麻袋扔进废弃的苦水井里,打得问出了什么而又觉得此人不宜存留于世也同样干脆地扔进井去。鹿子霖装作若无其事的样子一日去了三次白鹿仓,直到晚夕才看见田福贤骑着马从县上回来,他抢在田福贤前头说:"我已经听说了。逮住那个龟孙也为我挖了眼中钉。总乡约你知道我的脾性,我不在心平时咥四个馍现在还咥两双。"田福贤却更富人情味儿地说:"再咋说总是你的儿嘛!他要是共党的小毛猴分子也好办,让他写一张悔过自新书,我再给岳书记说说情也就算了;你知道他属大案要犯,甭说我,岳书记也不敢擅自处治,在县上只打个过身就直接送城里了……"鹿子霖表白了一番于兆鹏被捕乃至被杀都闭眼不理的话,回来却急忙告诉冷先生:"田总乡约回来了。"

冷先生立即实施营救女婿兆鹏的谋略。他吩咐鹿子霖回家去把大车套好吆来,和相公一起动手把十只装满中草药的麻包抬上大车,声言要把这些积压的药材送到城里去卖掉,饥馑年月人命如纸没人来看病抓药了。他辞退了刘谋儿要鹿子霖亲自掌鞭吆车。

他吩咐鹿子霖绕道走过白鹿仓门口:"子霖你去叫一下田总乡约,他女人病了让他跟我一路走,顺路给他女人看看病。"田福贤失急慌忙跑出仓门,深信不疑地爬上大车,连声询问他女人得了啥病要紧不要紧。冷先生一如往常的简洁:"早起你的一个亲戚来叫我我抽不开身去,大体问了一下病情给抓了两服药拿走了。你甭急也甭问,问多了我也说不上来,咱们顺路去看看,我还到城里送药哩!"青骡拉着大车在乡村间的官路上咯吱咯吱叫着,一直西进,终于停在一幢高大的门楼下,冷先生打了个呵欠从车上下来。

　　进入田家的深宅大院,田福贤把睡意正酣的女人问得莫名其妙,自己也莫名其妙地问冷先生:"内人没有病呀,也没有让谁去请先生呀?"冷先生却说:"我又给人骗了。那人冒充总乡约的亲戚,骗了我两服药……小事一桩……"说着就往门外走,鹿子霖从大车轮下钻出来丧气地说:"糟了糟了!车轴颠断了走不了了。"于是,十只捆扎严密的麻包从车上卸下来送进屋里,田福贤爽气地说:"明日让车木匠换个轴就是了。倒好倒好,咱兄弟仨难得聚在一起喝一盅。"酒过三巡之后,冷先生解开了堆在台阶上的麻包,又擎着灯台让田福贤看他的"宝药"。田福贤看了看麻包瞪起眼来,鹿子霖惊诧得差点叫出来,伪装成药包的麻袋心里包裹着一堆硬洋,十只麻包一个不空。田福贤说:"先生你这算做啥?"转过身厉声斥责鹿子霖,"你这样弄法儿,你得跟兆鹏同罪。"鹿子霖吓得面如黄表:"田大哥我真的不晓得先生葫芦里装啥药……"冷先生说:"你想法子放人。我救兆鹏只认得他是我的女婿。我的女子从一而终这是门风。我再没办法就逼你想办法。"田福贤急头慌脑摊开双手:"好我的先生哥哩,你这是逼着兄弟跳华山嘛!"冷先生说:"你想想办法。你能想下办法。我知道你有办法可想。"田福贤苦笑说:"我一个小小白鹿仓总乡约,还不就是占着一道缝的臭虱。我能有个屁办法!"冷先生说:"实在没法子了也就算了嘛!这点子银货扔到你这儿,咱们得空儿来喝酒就是了。"田福贤坚持不允:"你把麻包封严装到车上拉回去,我尽量想办法;你不拉走我就不管了。"冷先生说:"我一辈子还没弄过二回头的事。"

重新上路驶出村庄以后,鹿子霖大声嘘叹起来:"啊呀呀先生哥你真是个冷先生,你事先也该给我亮个底儿嘛!吓我一跳……先生哥,麻包里装了多少硬洋?"冷先生坐在车厢里淡淡地说:"我没点数儿。我向来不数钱。这几年攒的货全端出来了。让田总乡约慢慢儿点去。"鹿子霖叹惋起来:"恐怕你这十麻包银元撂不响。"冷先生说:"撂响也罢撂不响也罢,反正撂出手我就不管它了。"

田福贤当夜把麻包里装的银元腾出来,埋到院子里西墙根那棵合抱粗的香椿树底下。他也没有数数儿,用竹条担笼像揽拾石头瓦碴一样把银元倒进香椿树下的深坑里,点数儿已经没有多少意思了。他接着在西原故居的房屋里住了三天,谢绝一切前来问安的巴结的新朋老友,只说他在外头干公事累得受不了了,需要在家里养息几天。第四天早上他骑马回到白鹿仓,后响召集起九个保障所乡约和一些大村有影响的头面人物的联席会议,提出一条动议:"要求省府将共匪鹿兆鹏押回白鹿原正法。"得到与会者一致响应。田福贤第二天骑马进省城去,闯这个机关奔那个衙门牙硬辞坚,申述白鹿原几万乡民正当而又强烈的要求,把在白鹿原上滋生又在白鹿原上闹事作乱的共匪鹿某押回原上就地正法;三天后,以贺耀祖打头的三十多人的乡民请愿团一呼啦跪倒在省府门前,声言不答应他们的要求就永远跪下去绝不起来;国民党滋水县党部书记岳维山被省党部召回城里,他不仅不去劝退乡民而且说服省党部郑重考虑乡民要求,如此一来不仅可以达到杀一儆百的效果,而且可以让社会各界看看共匪作为是何等不得人心……鹿兆鹏被押回白鹿原来了。

杀人场地选择在县立白鹿镇初级小学校的土打围墙西边，离土墙五尺挖着一排七个深坑，七个被捆绑着的人面对墙壁，穿着最显眼的是唯一身着褐色袍衫的鹿兆鹏，他跪伏在中间，其余六个被宣布为杀人抢劫截路挡道的土匪和贼娃子。选择这儿做刑场再明白不过，这所学校是鹿兆鹏在原上煽动共党革命的老窝巢，以示震慑。执行刑法的是白鹿仓的团丁，他们自组建以来第一次得到出风头的机会，格外威武地站成一排。枪声响过，墙头上冒起一片蓝烟，七个人不见谁哼一声就毙命了，他们的上下嘴唇用铁丝串结在一起。尽管石印的杀人通告贴到每一个村庄的街巷里，仍然激不起乡民的热情和好奇，饥饿同样以无与伦比的强大权威把本来惊心动魄的杀人场景淡化为冷漠。

鹿兆鹏已经被转移到白鹿书院。田福贤玩了一个换人的把戏。在鹿兆鹏被解押回原之前，田福贤从县监提回来六个死刑犯，说是以壮声势，其实是为了鱼目混珠。鹿兆鹏被解回白鹿仓的当天晚上，只在那个临时作为监房的小屋里躺了不到一个小时，随后就被悄悄抬上他父亲亲自赶来的骡马大车，顶替他的替死鬼被强迫换上了他的长袍。冷先生故伎重演，大车上又垒堆起十个药材麻包，只不过没有装进银元，而是掩盖着一个死刑犯人。他们把车赶到原坡头上，搀扶着兆鹏走进白鹿书院。朱先生接过人以后说："你们走吧，再不要来了。"

鹿兆鹏躲在白鹿书院连睡三天，轮番审讯整得他精疲力竭，种种民国新刑法整得他体无完肤，睡过三天三夜才缓过精神，饭量骤增。师母朱白氏给他精心调养，早起一碗鸡蛋羹，午间是变换着花样的面食，晚上熬下红豆小米粥，他很快就调养得面色温润了。

朱先生在他来到之前被县府抽调去做赈济灾民的事，隔三差五回书院来，回来时只问问他的身体恢复状况就离开了，没有一丝与他闲谈的意向。这一晚，朱先生回来了，他走进先生的卧室去告别,也向温柔敦厚的师母表示谢意,他看见先生和师母在昏黄的油灯下喝着一碗黑糊糊的东西,凭着气味可以辨别出黑豆的苦涩,心藏的感激的话倒说不出口来。鹿兆鹏默默地坐下来:"我要走了。"师母说:"你能走得动?"朱先生没有说话,用筷子搅着碗里的黑豆糁儿。兆鹏做出一副轻松玩笑的样子问:"先生,请你算一卦,预卜一下国共两党将来的结局如何?"朱先生莞尔一笑:"算什么卦嘛。"便径自说下去:"我观'三民主义'和'共产主义'大同小异,一家主张'天下为公',一家倡扬'天下为共',合起来不就是'天下为公共'吗?为啥合不到一块反倒弄得自相戕杀?"鹿兆鹏忍不住痛心疾首:"是他们破坏国共合作……"朱先生说:"不过是'公婆之争'。"鹿兆鹏节制一下自己的情绪,做出平静的口吻,说:"先生,'天下为公'是孙先生的革命主张。眼前的这个民国政府,早已从里到外都变味变质了。蒋某人也撕破了伪装,露出独裁独夫的真相咧。"朱先生没有说话。他向来不与人争辩。鹿兆鹏仍然觉得言犹未尽,说:"你没看见但肯定听说过,田福贤还乡回来在原上怎样整治穷人的事了。先生你可说那是……翻鏊子。"朱先生不觉一愣,自嘲地说:"看来我倒成了是非不分的粘糍糊了。"兆鹏连忙解释:"谁敢这样说哩!日子长着哩,先生看着点就是了。"朱先生再不说话。鹿兆鹏便改换话题,说出一直窝在心里的疑问:"我爸和冷先生救我我没料到,田福贤怎么会放过我?我想见他们一面……"朱先生说:"他们不想见你只给你捎来两句话,把名字改了离开西安,不然救你的人全不得活。"鹿兆鹏说:"无须他们叮嘱我也得这样做,我在西安已难立足。还有什么话吗?"朱先生说:"田福贤让冷先生问你一句话:如若你们日后真的得势,你还能容得下他?"鹿兆鹏不禁愣住,缓过神来说:"让他好好活着。我要是能活到他说的那种时候,一定要叫他看到,我们比他们更光明磊落!"朱先生说:"冷先生本人留给你的一句话纯系家事:给女人个娃娃。

给个娃儿,她女子在你屋就能活下去,她自己在白鹿镇也能撑一张人脸……"鹿兆鹏软软地坐下去,双手抱住脑袋:"天哪!倒不如让田福贤杀了我痛快!"朱先生说:"怎么又变得如此心窄量小了?"鹿兆鹏猛然站起来:"我能豁出命,可背不起他们救命的债……先生,我走了,你老有话给我吗?"朱先生淡然一笑:"我嘛只期盼着落一场透雨……"

饥饿比世界上任何灾难都更难忍受,鸦片烟瘾发作似乎比饥饿还要难熬,孝文跌入双重渴望双重痛苦的深渊。博大纷繁的世界已经变得十分简单,简单到不过是一碗稀粥一个蒸馍或者一只乌紫油亮的烟泡儿。当小娥扫了瓦瓮又扫了瓷盆,把塞在窑壁壁洞里包裹过鸦片的乳黄色油纸刮了再刮,既扫不出一星米面也捏捻不出一颗烟泡的时候,那个冬暖夏凉的窑洞,那个使他无数次享受过人生终极欢愉的火炕,也就顿时失去了魅力。八亩半水旱地和门房,全都经过小娥灵巧的手指捻搓成一个个烟泡儿塞进烟枪小孔儿,化作青烟吸进喉咙里。孝文从火炕上溜下来趿拉上鞋,刚跨出窑洞一步,小娥在炕上喊:"你走了我咋办?"孝文回过头去:"我总不能引上你去要饭?等着,我要下馍给你拿回来。"他走出窑洞时没有任何依恋,胸间猛烈燃烧的饥饿之火使他眼冒金星鼻腔喷焰。孝文不假思索地往白鹿村东邻最近的神禾村走去,进了村子几乎无暇顾及那些破烂低矮的门楼,端直走到神禾村头家财东李龟年的青砖门楼下。李龟年看见他撇了撇嘴角就走进门去,支使孙子给他送来一个豌豆面搅着麦子面的混面馍馍。孝文不大在乎李龟年撇拉的嘴脸,沉浸在咀嚼混面馍馍的香甜甘美之中。他斜倚在门楼下,一只肩膀抵在门楼突前的青砖柱体上,双手掬捧着那个泛着豌豆黄色的馍馍,腮帮上鼓起一个圆圆的蠕动着的圪垯。吃完以后,他小心认真地吸食撒漏在手心和指缝间的馍渣碎屑儿,忽然记起小娥来。他顿时懊悔不迭随即又宽宥了自己："算咧算咧已经吃完了算毬咧！等下回要到手一定给她送回去。"当他转到贺家坊贺耀祖家门楼下的当儿，正当午饭时间。贺耀祖听家人报告了孝文来讨饭的消息走出门来，亲热备至地说："啊呀孝文！你扛在门楼下做啥？进屋进屋快进屋来。"孝文跟着贺耀祖走进门楼进入院庭，心里想着，这回可以饱咥一顿了。

　　贺耀祖一家正围在厅房明间的方桌上吃饭，全都停住筷子惊奇地注视着他的到来。贺耀祖指示家人给他舀饭，拉过一只矮凳放到厅房台阶上说："坐下，在这儿坐下吃。"在哪儿坐下都无关宏旨，孝文接过贺家儿媳递来的饭碗，迫不及待地开始陶醉在纯粹白面条的美好享受之中，滚烫的面条丝毫不能减缓他吞食的速度，额头上的热汗吊线似的滴流下来，当他吃光喝净期盼再舀一碗的时候，才听见背后响着贺耀祖的声音："你们今日个看见师傅了。我专门把这个好师傅请进门来给你们开开眼界。白嘉轩在咱原上算得头一个仁义忠厚之人，还是保不定要出败家子儿。你们没见过败家子今日个就见上了，你们要学败家子他可是个好师傅……"孝文刚刚接住舀来的第二碗面条，心里猛然蹿起一股火来，想把那碗摔扣到贺家父子当面，临了却软软坐下来挑动细长的面条进入口中。他吃完之后抹抹嘴巴，回过头对贺耀祖嘻嘻地说："你看中我当师傅，那我就住下不走了好不好？你啥时间还想让我当师傅尽管捎话，咱不要工钱只图个肚儿圆……"

　　孝文继续往东南走，越往南走人地越生疏，一天两天也难得讨到一口剩饭一块馍馍，却不断遭到恶狗的袭击，迫使他捡拾起一根木棍，而腿脚上被狗咬烂的伤口开始化脓，紫红的脓血从小腿肚上流过脚腕灌进鞋帮里。他随后就开始发烧，强烈的恶心使他干呕出一串串带血的黏液。那一夜他从栖息的庙台上翻跌下来，浑身像浸透了井水一样冷颤不止，脑子里却得到几天来的第一次清醒，而且意识到死亡即将临近。这一刻突然想起小娥,他放声痛哭,呼喊着小娥的名字,趔趔趄趄离开庙台……

经过两天连挪带爬殊死的行程,终于眺望得见白鹿村树木笼罩着的村庄了。他在路经熟悉的土壕时一阵情切过度的昏厥,就软软地从斜坡上翻滚下去,跌落在大土壕里。他看见小娥正朝他抿嘴勾眼嗔笑着爬上炕来,右手伸到左腋下款款地解开一个又一个布圪垯纽扣儿,两只雪白的鹁鸽儿扑飞出来;她侧身倚躺在他的身旁,把一粒搓捻得油亮的土填进烟枪小孔,俩人便你一口我一口地对抽起来;烟劲上足了,俩人便在火炕上折腾瞎闹,破席上的一根篾扦刺得他跳起来,趴在炕上撅起光溜溜的屁股,让小娥捉着针给他从皮肉里挑出扦刺来……孝文从针刺的剧疼里跳起来,一只皮毛染着血污的白狗呜呜叫着纵起尾巴跳开了,回过头对他凝视一阵儿,便失望地叫了两声溜走了。他抱住脚一看,脚面上和脚掌上留着两排对称的洞眼儿,却没有血流出来,他猜想自己的皮肉里大概挤不出一滴血了。他的心头掠过一幅阴森恐怖的景象,那些被饿死在村道或庙台下的外乡人,村里人恐怕尸体腐烂变臭,就吆喝起几个人把尸首拖到远远的坡沟里,胡乱挖个土坑塞进去埋掉了。狗们随后跟踪而至,先是一条几条接着便拥来几十条颜色各异的大狗小狗公狗母狗,围着土坑扒挖,一当那无名死尸被扒出来,狗们就疯了似的撕扯噬咬。原上几乎所有的狗全都变成了野狗,吃人肉吃得眼睛血红皮毛上也染着血痕。白孝文几次看见过被狗们啃得白光光的人的腿骨,被撕得条条绺绺的烂衫烂裤,不由得一阵痉挛,又软软地躺倒在土壕塄坎下。一声硌耳的车轴擦磨的嘶响传来,有人赶车到土壕来取土,孝文瞅了一眼,便认出吆车的人是鹿三,不由地闭上了眼睛。

鹿三吆着马拉的木轮牛车进入土壕,拉紧木闸绾死闸绳,从车厢里取下铁锨和镢头转身走向塄坎挖土的当儿,瞅见蜷卧在耷儿里的人,他见惯了饿殍卧道所以并不太惊奇,用镢头尖头钩拉一下腿脚,探试一下是死尸还是活物。孝文就支起胳膊扬起头来,叫了一声"三叔"。鹿三扔了镢头跨前一步蹲下身来,双手扶着孝文的肩膀坐起来:"噢呀呀呀弄成这光景了?"孝文麻木许久的脑袋顿时活跃起来,他意识到自己现在的一言半语,都会经过鹿三这个媒介一字不漏地传达给父亲,丝毫的怯弱和懊悔都会使父亲得意。他不想让他得意,于是就说:"这光景不错这光景嫽得很!"鹿三撇撇嘴角儿:"想想你早先是啥光景,而今是啥光景?"孝文不假思索地说:"早先那光景再好我不想过了,而今这光景我喜悦我畅快。"鹿三听了,缓缓地站起来退后两步,和孝文之间形成一段距离,嘲弄地说:"你生装嘴硬。你后悔来不及了。你原先是人上人,而今卧蜷在土壕里成了人下人。你放着正道不走走邪路,摆着高桌低凳的席面你不坐,偏要钻到桌子底下啃骨头,你把人活成了狗你还生装嘴硬说不后悔,你现时后悔说不出口咯!"孝文气得颤颤抖抖:"嗬呀三老汉!别人训我骂我倒是罢了,你也来训我烧骚我?你算老几?"鹿三冷笑着拍拍胸口,鄙夷地瞅着孝文:"我算老——三。甭看三老汉熬一辈子长工,眼窝里把你这号败家子还拾不进去。我要是把人活到你这步光景,早拔一根毡毛勒死了……还活啥人哩!"鹿三从地上捞起镢头,狠狠地照着塄坎挖起来,土块哗哗哗倒下来,拥堆在脚下,接着又换上铁头木锨,装满一车土块,再把镢头和铁锨架上车帮,牵着红马解开闸绳,临出土壕的时候回过头来,半是同情半是揶揄地说:"你要是没有狠劲儿勒死,快到白鹿仓里头去,那儿今日个放舍饭……"

孝文仰躺在土壕里气得半死,串村溜墙根讨饭时,熟人用白眼瞅他孩子们喝狗咬他他都能做到心平气和,料想不及鹿三竟会如此强烈地刺激起他的羞耻感。盛怒终于冷寂下去,腹腔里似有一条蚰蜒在蠕蠕拱动,接着一条变成二条三条无以数计的蚰蜒在空荡荡的腹腔里翻搅攻掘,脑子里盘旋着鹿三走出土壕时留给他的三个字:放舍饭。饭已经十分陌生,现在又变得十分切近十分鲜活十分生动。两三天来水米不进,孝文早已没有饥饿的感觉也没有饥饿的胁迫,现在饥饿的感觉重新苏醒,饥饿的痛苦又胁迫着他站立起来,到白鹿仓去吃舍饭。他的意志集中劲强烈,拄着打狗棍子站立起来,走出土壕爬上慢道扬起头来,弟弟孝武刚刚走到跟前。孝武是从鹿三口中得知孝文在土壕濒死的消息,他说:"哥,回家吧。"

"不回。"孝文昂起头执拗地说。

"你已经走到绝路了,再没路可走了。"

"路还没绝哩——我去抢舍饭吃呀。"

"你该想想,你咋能去抢舍饭?"

"抢舍饭好。比讨饭好比回家吃你一碗饭都好。"

"你不顾脸面……也该想想祖先。"

"要脸的滚开……不要脸的吃舍饭去啰!"

…………

孝文很得意自己对鹿三和孝武的强硬态度,凭着骤然涨起的一股气力走到白鹿仓外的舍饭场上来了。白鹿仓围墙外开阔的原野上,因为干旱未能播种因而闲歇着的田地里,万头攒动,喧哗如雷,像是打开了箱盖嗡嗡作响的蜂群,更像是一个倾巢而出的庞大的蚂蚁家族,站着的躺着的坐着的攒动着的男人女人老人和娃娃,一片褴褛的衣裤构成混浊的洪水,四面八方仍然源源不断涌动着人流朝这里汇入。孝文刚刚进入时心里一阵畏怯,很快就被一张张饥饿的脸孔和粗鲁的咒骂所激励,拄着棍子朝人流密集的地方蹽去。开阔的原野上临时垒起八九个露天灶台,支着足有五尺口径的大铁锅,锅台的两边各架着一只大风箱往灶台下送进风去,火焰从前后两个灶口呼呼呼啸叫着蹿起一丈多高。灶锅前拥挤着的尽是年轻人,密实到连一根麦草也插不进去。民团团丁挥舞着棍棒,强令人们排起三路纵队,刚刚形成的队列在团丁们转过身时又顷刻瓦解,蜂拥的程度更加激烈。孝文在这种混乱中趁机挤到前沿,看见了热气蒸腾的铁锅里翻滚着黄亮亮的米粥,顿然懊悔得哭叫起来,天哪!旁人手里都攥着一只黄碗或一只瓦盆儿,自己空着两手拿什么盛饭呢?他又挤出人窝儿,打算跑回镇子去借一只碗来,肩膀却被谁一把揪住了。他情急得愤怒地回过头,鹿子霖惊讶地笑着说:"啊呀呀老侄儿!你咋能跟这些人往一窝里挤哩嘛!"孝文挣了挣肩膀没有挣脱就急了:"哎呀快丢开手!我忘了拿碗我去借碗呀。来迟了就给旁人舀完咧!"他觉得鹿子霖的手抓得更狠更紧了,愈加气急地叫:"你再不放手我就骂呀……"鹿子霖脸上浮起一缕难过的神色,倒换了一只手又抓住他的胳膊,拨开混乱拥挤的人群,不由分说拉着他走进白鹿仓围墙上临时挖开的豁口。孝文根本没有力气与抓着他胳膊的那只手抗衡,他被拉进白鹿仓的院子又进入一间屋子,一抬头就看见姑夫朱先生坐在一张桌子旁边,哑然闭口垂下头来。

屋子里的人全都嘘叹起来。这里坐着的是临时组成的白鹿仓赈济会的成员,包括鹿子霖在内的九个保障所的乡约,各管一项分工负责向原上饥民施舍饭食,总乡约田福贤自任会长,他们构成了白鹿原上流社会。大家瞅着鹿子霖拉进门来的白孝文,衣裤肮脏邋遢,头发里锈结着土屑灰末和草渣儿,脸颊和脖颈粘满污垢,眼角积结着的干涸的眼屎上又涌出黄蜡蜡的新鲜眼屎,令人看了作呕,挽卷着裤脚的小腿上,五花血脓散发着恶臭。从德高望重的白家门楼里逃逸出来的这个不肖之徒,使在座的白鹿原上层人物触目惊心感慨不已,争相发出真切痛心惋惜怜悯的话。孝文不仅得不到丝毫的温暖和慰藉,反而更加窘迫,透彻地领受到堕落者的羞耻,再也说不出对鹿三和孝武那些赌气的硬话了。鹿子霖端着四五个馍馍走进来,正要递给孝文,一直也没有开口的朱先生制止了鹿子霖的举动,挥手让他把馍馍拿走,沉静地说:"让他多饿一阵儿好。"鹿子霖有点尴尬,在座的人无人不晓他买地拆房的事,才有点后悔不该拉扯孝文进来;原只想着把这个破落子弟推到上流社会的人们面前展览一番,却使自己受到牵扯;他忽然灵机一动,对田福贤说:"总乡约,你不是说县保安大队要扩编吗?要你给他们举荐可靠的年轻人吗?让孝文去多好!咱们瞅嘉轩兄的脸面,不能看着孝文到这儿来抢舍饭呀……"众人一齐拍手称好。田福贤摇了摇手说:"你不提这事我倒忘了。好好好。孝文在朱先生书院念过好几年书,文墨深。县保安大队队长特意叮咛,让我给他物色个有文墨的人哩!"说着,趴在桌上写下一纸举荐信,折叠后装入信封,走过来交给孝文说:"你立马就去,晚了当心旁人顶占了位子。"孝文接过信封,感激地流出泪来:"田叔子霖叔……"扑嗒一声跪下了。孝文被田福贤捎起来,转身就要出门,姑夫朱先生挡住他说:"等等。你去抢一碗舍饭吃了再走。吃一碗舍饭好处匪浅……"孝文瞅了一眼姑夫就靠在门框上。朱先生对屋子里的人说:"我提议,咱们赈济会同人都去舀一碗舍饭,与民同食,这个机会千载难遇。给我一个碗,你们不去我可去了……"

朱先生常常有出奇之举,成为经久不衰流传的奇事轶闻。朱先生抢舍饭顿时风传白鹿原,又传进县府,新任郝县长扼腕流泪,庆幸自己选中了一位好人。郝县长自任滋水县赈济灾民总监,朱先生被委任为副总监,县长选中朱先生是排除了种种障碍阻力而表现了一种为民请命的凛凛气魄。这个肥缺给了谁,谁就会在半年间成为本县首富。郝县长亲临白鹿书院,请求朱先生出山,词恳意切:"不才机运不佳,刚来滋水就遇到年馑,已无任何抱负可言,惟有救灾赈济是命。诚恐宵小之徒从中克扣,对百姓犹如雪上加霜。以先生的品格和声望正堪此重任,暂且搁置县志编撰,先救民人度过饥荒,你再续修县志……"朱先生慨然击掌:"书院以外,啼饥号寒,阡陌之上,饥民如蚁,我也难得平心静气伏案执笔;我一生不堪重任,无甚作为,虚有其名矣!当此生灵毁绝之际,能予本县民人递送一口救命饭食,也算做了一件实事,平生之愿足矣!"朱先生亲自召集各仓总乡约联席会议,核对人丁数目,发放赈济粮食。他亲临本县原区山区和川道地区的三十余个仓里,监督检查发放舍饭的地点,把那几位编撰县志的文人先生分派到仓里,专司赈济粮食的数目账表,力主灾粮一定要一粒不漏地吃到饥民口中,堵塞营私舞弊的漏洞。朱先生一身布衣,到各个仓里巡查。第一次到河口仓视察时,仓里为他备下一桌饭,四碟炒菜,一盘雪白的蒸馍。朱先生看了一眼,就拿起一只碗到舍饭场上舀来一碗小米粥喝起来。仓里的总乡约和他的幕僚目瞪口呆,连声检讨自己失职。朱先生指令他们端上盘里的蒸馍和碟里的炒菜,一起走到舍饭场的大铁锅前,一起倒了进去。朱先生说:"你给民人说说这馍是用啥粮蒸出来的?"总乡约瞅了瞅拥挤着的饥民,吓得面色蜡黄不敢吭声。朱先生说:"青天白日红旗下,无须挤眉弄眼悄悄话。你敞开喉咙向民人说——"总乡约刚刚说出用赈济粮招待朱先生的原委,站在前头的饥民便跪下了,后头的人一拨一拨无声地跪下来,整个舍饭场上鸦雀无声。朱先生满脸淌流着泪珠说:"谁忍心从饥民口里叼食,谁还能算人吗?"

一月后的一个黄昏时分,孝文骑着一匹马走进白鹿镇,一身笔挺的黑色制服,腰里束着一根黑色皮带,头顶大盖白圈儿黑檐帽子,马不停蹄地走进白鹿仓,朝田福贤恭恭敬敬施了一个举手礼,然后解开挎包取出一瓶酒一包点心一包南糖一包笋干共四样礼物,诚恳地说:"不成敬意哦田叔……"他随后把同样一份礼物送到鹿子霖手中(穿过村巷路经自家门口时没有驻足停步),仍然是那句至诚的话:"不成敬意哦子霖叔……"

到滋水县保安大队仅仅一月,孝文身体复原了信心也恢复了,接受过十数天军事操练之后,他就被抽调到大队部去做文秘书手,可望将来有辉煌的发展前程。他早已谋划确定,第一次领饷之后,就去酬答指给他一条活路的恩人田福贤和鹿子霖,再把剩余的钱留给小娥,那个可怜人儿想吃舍饭怕是挤也挤不动抢也抢不到手哩!鹿子霖让家人炒下一盘鸡蛋和一盘自生的黄豆芽招待孝文。酒过三巡之后,鹿子霖好心地告诉他:"好咧好咧倒是好咧!那个货死了,你也就一心注定在县上干你的差事……"孝文直着眼问:"谁死了你说谁死了?"鹿子霖做出轻淡不屑的样子:"就是东头窑里那个货……"孝文失控地站起来:"你说她……饿死了?"鹿子霖按着他的肩膀让他坐下来才说:"不像是饿死的,像是被人害死的,炕上有血……"

一股奇异的臭气在村庄里浮游,村人们以为是野狗吃剩的死尸在腐烂,找遍了荒园坟岗土壕却不见踪迹。那股令人恶心窒息的臭气与日俱增恶臭难闻,有人终于发现臭气散发的根源在村子东头慢道旁边的窑洞,报告了族长白嘉轩。白嘉轩对二儿子孝武说:"你叫上几个人去看看,咋么回事?"白孝武和一帮族人来到慢坡道跨上窑院,恶臭熏得人不断地恶心干呕起来,臭气的确是从窑洞里散发出来的。窑门上挂着一把提盒笼形的铁锁,独扇木板门不留缝隙,窑窗的木扇也关死着,窗扇细微的夹缝里一片黑暗。有人开始追忆,似乎有好多天这窑门就一直锁着未见开过,似乎好久未见那个婊子到集镇上去了;有人断定她肯定饿死在窑洞里了,有人立即指出铁锁锁门证明她根本不在里头,说不定她杀死了某个野汉逃跑了。无论如何,恶臭确凿是从这孔窑洞里散发出来的。孝武在乱纷纷的争议中拿下主意,吩咐两个扛着镢头的汉子说:"把窗扇砸开!"两声脆响之后,两个砸烂窗扇的汉子争抢着把头伸进窗洞,同时大叫一声跌坐在窗台下,吓得妈呀爸呀直叫。孝武走上前去扒住窗台往里一瞅,立时毛骨悚然头发倒立,一个一丝不挂的女人趴伏在炕边上,一条腿脚搭吊在炕边下。孝武瞅了一眼就捂着鼻子退到窑院来。既然这个女人饿死在窑里,是谁从外边锁上了窑门?人们纷纷挤到窗台上去看究竟,又噢噢惊叫着急退到窑院里来。孝武又指使那两个汉子砸开窑门上的铁锁。俩人说啥也不再冒险了。孝武从他们一个手里拿过镢头走向窑门,咣当一声砸掉铁锁,一脚蹬开独扇门板,嗡的一声,苍蝇像蜜蜂一样在门口盘旋,恶臭一下子扑出门来。孝武又指使几个小伙子爬上椿树去采折树枝,在窑院里燃起麦草,把椿树的枝叶覆盖到火上,烧出苦味的浓烟,驱散扑到窑院里的苍蝇。他又带着三个小伙子抱着柴草和椿树枝叶进入窑洞;在窑顶头点火熏烟,火着烟起之后就奔出窑来。浓黑的烟气从窑门窑窗和天窗里流泻出来,荸荠一般大小的绿头红头苍蝇随着烟流仓皇飞窜,往人的脸上碰往人的衣服上爬,人们惊叫着脱下衣服摔打,那些妖气十足的苍蝇是鬼魅的象征。

烟气消散净尽,臭气暂得减轻,孝武和几个胆大的人走进窑门去察看究竟。小娥上身趴伏在炕上,一只胳膊压在肋下,另一只胳膊伸到头前的炕席上,一条腿压在尻子底下另一条腿吊在炕边下,通体精赤,只有一双小脚上缠着裹脚布勒着套鞋。尸体已经完全腐烂,大大小小的蛆虫结成圪垯,右肩上的肩胛骨已被蛆虫嚼透,窝成一堆的头发里也有万千蛆虫在蠕扭攒爬,炕席上被子上脚地上和连着火炕的锅台上,到处都是蛆虫的世界。孝武弯下腰,终于发现炕边的土皮上溅着干涸的变成黑色的血迹,也就明白这女人不是饿死而是被人杀死的,杀死她的人出门以后就锁上了窑门。一件夹衫压在她的身下,从精赤的身子和脚上的套鞋判断,她被杀的时间是在夜里,因为套鞋只有夜里脱了衣服睡觉时才换穿的,这些都是很容易作出判断的生活常识。她的死因似乎更容易猜断,既然脱得一丝不挂只穿睡鞋,肯定是某个野汉子跟她闹翻脸了杀的或者是一伙野汉子争风吃醋失败了报复杀人,对于这个臭名远扬的官碾子女人,除了奸情不会再有什么更深更多的因素令人思索。孝武退出窑门到了场院上,越聚越多的白姓和鹿姓的男人们一致谴责,这个婊子死了还要使全村老少闻她的臭气,不过这下总算除了一个祸害。几个老年人倚老卖老地责备孝武:看啥哩那臭婊子有啥好看的呢?赶快取锨来把那臭肉臭骨铲出去埋了!孝武犹疑地说:"万一她娘家或旁的人告官咋办?总是一条人命案子。"老者们不耐烦地说:"我敢作证在场的人都能作证。总不能叫人再闻臭气嘛!"孝武说:"那好。"就指使大伙回家去取工具,挖个深坑把她深埋起来。

这当儿白嘉轩佝偻着腰走上慢道,端直朝窑门走去。孝武劝他不要进去,白嘉轩仰起脸说:"活的还怕死的?怪事。"白嘉轩背着手观察一番,看见被蛆虫会餐着的腐烂的躯体,也看见了溅在炕边土墙上变黑的血痕,没有久停就跷出窑门门槛,看着已有三三五五的人取来镢头铁锨,对孝武说:"从窑垴土崖上放下土来,把这窑给封堵了算了。"说罢又佝偻着腰走出场院走下慢道去了。孝武着人从窑里用砸断的窗板挡住窗孔,重新闭上窑门,就让众人从窑垴土崖上挖土。土块哗啦哗啦奔泻下来,堵封了窑门窑窗窑面,最后盖封了四方形的小小的天窗,从外表上看,黑娃和小娥的这孔不断在白鹿村惹是生非的窑洞就完全消失了……

"是谁下的这毒手?"孝文问。

"弄不清楚。"鹿子霖说,"我那天在仓里忙着向灾民发放舍饭,没在现场,是后来听人说的。人都嘈嘈说,肯定是哪个野汉子做的活。可究竟是谁,谁也猜不透。"

孝文愣愣地捏着酒杯,猛然倾杯灌了进去。

"算咧老侄儿。"鹿子霖心平气和地劝慰孝文。孝文提着礼物来谢恩的举动证明了这样一点,小娥至死也不曾给孝文泄漏过,导致孝文一系列灾难的戏台下到砖瓦窑的风流,正是他的一个计谋或者说圈套;庆幸的是凶手为自己清除了心头隐患,再不用担心小娥向孝文漏底儿的危险了,他将安然无虞地与孝文保持一种友好的叔侄关系。他说:"你而今在保安队干上了,其实她死了倒少给你添麻缠嘈口声;你和先前不一样了,而今是人头里的人哩!"

孝文连连灌着酒,一句话也不说,站起身来就走了,从马号里牵出自己的马,一出门就跨上马去,和鹿子霖连个招呼也不打。孝文纵马跑过村巷上了慢道,把马拴在一棵树上,踩着虚土爬上窑垴,凭着记忆判断出天窗的位置,就用双手扒掏起来。天窗外覆盖的虚土很薄,很快就露出来了。孝文从天窗钻进窑里,里面一片漆黑。他连着擦灭了三根火柴,在第四根火柴的亮光里找见了搁置在炕台上的油灯,油灯里残留着一丝清油,油捻儿迟迟地亮了起来。孝文站在脚地上,看见一具白骨,骨架在炕上摆放的位置和姿势,与鹿子霖叙说的情况基本吻合。孝文双膝一软就跪倒在地上,轻轻叫了一声:"亲亲呀我来迟了……"他似乎听到窑顶空中有咝咝声响,看见一只雪白的蛾子在翩翩飞动,忽隐忽现,绕着油灯的火焰,飘飘闪闪,孝文哇的一声哭出声来:"你知道我回来了呀亲亲……"一阵昏厥就扑倒在炕边上了。

孝文醒过来时,油灯已经燃尽,蛾子也不见踪影儿。他划着一根火柴,眼光落到那两排精美的糯米牙齿上,他曾经永无满足地吻过亲过它们,它们现在泛着冰凉的绿光。他从伸到炕边的右臂的骨头上取下一只石镯,套在腕上,摸黑爬上天窗。他从窑垴扒下土来,重新封堵住天窗就跳下窑院,解开马缰:"我一定要把凶手杀了,割下他的脑瓜来祭你!亲亲……"

第二十章

　　黑娃骑着一匹乌青马朝白鹿村赶来,月亮下去了,星光昏暗。他和弟兄们刚刚做毕一件活儿,就像种罢一垄麦子或是收割完一畦水稻,弟兄们用马驮着粮食回山里去了,自己单身匹马去给小娥送一袋粮食。沿路所过的大村小寨不见一星灯火,偶尔有几声狗的叫声,饥荒使白鹿原完全陷入死般的静寂,无论大村小寨再也无法组织得起巡更护村的人手了,即使他们入室抢劫富家大户,住在东西隔壁的邻舍明知发生了什么事也懒得吭声。进入白鹿村之前,黑娃首先看见吊庄白兴儿的房舍。处于整个拥拥挤挤的白鹿村外首的这个吊庄,恰如中华版图外系的台湾或者海南岛。他对白兴儿的庄场记忆深刻,那头种牛雄健无比,牛头上的两只银灰色的牴角朝两边弯成两个半圆的圈儿,脖颈下的肉脸子一低头就垂到地上。那头灰驴和一匹骡子一样高大,浑圆的尻蛋子毛色油亮,看见母马时就蹦跶起来,尖嘎的叫声十分硌耳。最引人的还数那匹种马,赤红的鬃毛像一团盛开的石榴花。他那时候就知道,公牛压过母牛母牛生牛犊,种马压过母马母马也生马驹,而叫驴压了母马母马既不生马也不生驴却生下一头骡驹来。每年春天和秋天,白鹿原上远远近近的大庄稼户和小庄稼户牵着发情的母牛草驴或母马到吊庄来,白兴儿笑殷殷地让客户坐到凉棚下去喝茶,然后把母畜牵到一个栅栏式的木架里头去。每年夏收或秋收以后,白兴儿就牵着种牛叫驴或者种马,脖子上拴一匹红绸,红绸下系一只金黄色的铜铃,到各个村庄里转游;那些配过种而且已经得到了小牛犊小马驹小骡驹的庄户人,听见铜铃叮当叮当的响声就用木斗提出豌豆来,倒进白兴儿搭在牲畜背上的口袋,连一句多余的饶舌话也无须啰嗦;白兴儿一边是意在收账,另一边意思是夸庄。向各个村庄凡饲养母畜的庄稼户展示种畜的英姿,名曰夸庄,吸引更多的人把发情的母畜牵到他的吊庄里去,算是一种最原始最古老的广告形式……黑娃在山寨里与白牡丹或黑牡丹干过那种事后,总是想到小时候偷看白兴儿的配种场里的秘密。

黑娃驱马从村子东头的慢道上下来不由一惊,进入窑院跳下马来,却看不见熟悉的窑门和窑窗了,坍塌的黄土覆盖着原先的窑洞。他旋即翻身上马,反身奔到吊庄白兴儿的庄场上来。昔时人欢马叫的庄场一片凄凉,专供不驯顺的母畜就范的木头栅架已经折毁,庄场大约关闭停业了,大饥馑年月,牲畜早被庄稼人卖了钱换了粮或送进杀坊卖了肉,还有鬼来配种哩!黑娃把马拴到暗处树下,敲响了白兴儿的门板,好半天才听见白兴儿在门里惊恐的问话声。黑娃说:"老哥你甭害怕,我是黑娃。我只问你一句话,你不开门也行。我媳妇到哪达去咧?窑咋也塌了?"白兴儿大约犹疑了片刻还是拉开了门闩,压低声儿说:"黑娃兄弟,你真个到这会儿还不知道?"黑娃也急了:"咋回事你快说到底是咋回事?"白兴儿说:"你媳妇给人杀咧!"黑娃大吃一惊,一把抓住白兴儿瘦削单薄的肩胛问:"谁下的毒手?你给我实说你甭害怕。"白兴儿说:"不知道。瞎咧好咧都没逮住一句影踪儿话柄儿。你那窑里散出臭气时,人才寻见发现的,后来就挖土把窑封了。"黑娃又问:"你真个没听到一句半句影踪话把儿?"白兴儿连连摇头:"没有没有……"黑娃狠着劲说:"算了不麻烦你了。我把马拴在椿树上你照看一下,我一会儿来骑……"

黑娃端直找到鹿子霖的门下。白兴儿一告知小娥被杀的消息,他脑子里第一个反应出来的就是鹿子霖那张眼窝很深鼻梁细长的脸。他一纵身攀住墙头,轻轻一跃就跌落到院中,双脚着地以后就捅死了一条扑到腿前的黑狗。院子里一丝声息也没有,他用刀片插入门缝拨开木闩,进入漆黑的上房东屋。鹿子霖睡得正香正死,他的婆娘背对着他侧身面里睡着。一刀子下去,鹿子霖可能连睁眼认人的机会也不曾得到就完结了,黑娃想着就坐在太师椅上,顺手摸过黄铜水烟壶儿,捻了一撮水烟丝儿塞进烟筒,拼打火镰火石的响声惊醒了鹿子霖。鹿子霖黏糊着嗓音说:"你呀你呀烟瘾倒比我还大咧!"鹿子霖把黑娃当作他的婆娘了。黑娃吸得水烟壶儿咕噜咕噜响,吹燃火纸点燃了油灯,瞅着鹿子霖枕在玉石枕头上那颗硕长的脑袋。鹿子霖大约摸到了身旁僵睡着的女人而意识到事情不妙,一骨碌翻起身来问:"你是谁?"黑娃说:"我给你点上灯了你还认不清?"鹿子霖偷偷在枕下摸什么的时候,黑娃说:"甭摸甭摸。"鹿子霖换一种口气问:"黑娃噢我当是谁……"黑娃说:"我来问你一件事,说在你,不说也在你;你要是动手动脚,你那两下子不胜我那两下子;你不信不要紧,说完话咱摆开场子明着弄。你知道我为着啥事来问你——"鹿子霖穿衣蹬裤,又推醒了身旁的女人,盼咐她去烧茶,回过头说:"老侄儿!我知道你为着啥事来的。我早就料到你总有一天要来寻我的。"黑娃说:"那就不要啰啰嗦嗦。"鹿子霖说:"你媳妇遭害,我一听说就想到给我惹下麻烦了。咋哩?人自然会想到你游我斗我,你跑了我杀你女人出气。可人都想不到另一层,我要是想杀小娥还不如杀了兆鹏。他整我比谁整我都叫我更伤心。再说,不怕你侄儿犯心病,你逃走了,小娥几次找我哭哭啼啼,让我给田总说情宽容你。我这人心软,一见谁哭就哭得我仇也消了气儿也跑了。我虽则没有为你说成人情,田总在后总算宽饶了小娥。我看她一个女人家恓恓惶惶,周济给她一点点粮食,有人还借机胡扬脏哩!给我脸上抹屎尿哩!你想想我怎么会下毒手?"黑娃梗着脖子说:"你的舌头软和我是知道的。我要是再想不来谁只想到杀小娥的就是你,你说咋办?"鹿子霖反倒挺胸睁眼说:"你老侄儿要是想杀我我没办法;你因旁的事杀我我不说啥;你要是为小娥报仇杀了我,你老侄儿日后要后悔的。事情终究有弄明的一天,你明白了杀小娥的不是我,你就后悔了;搁旁人做错事也许不后悔,你会后悔的;因你是个讲义气的直杠子脾气……"黑娃反倒心动了:"你听没听说谁下的毒手?"鹿子霖说:"这事人命关天,我没实据不敢乱说。我只管保我没做对不住你老侄儿的事。你要是有实据证明是我下的毒手,我就把脖项伸到你刀下给你割。"黑娃说:"那好嘛!你现时上炕去续着睡你的觉。我从哪儿进来再由哪儿出去,免得你开门关门。"鹿子霖抱歉地说:"那我不送你了失礼了……"

　　黑娃进入白嘉轩的卧室后不像在鹿子霖家那样从容,倒不全是鹿家只有鹿子霖一个男人在家而白家人手硬邦邦,不能不防;从纵上墙头攀住柿树落进院中的那一刻,他悲哀地发觉,儿时给白家割草那阵儿每次进入这个院子的紧张和卑怯又从心底浮泛起来,无法克制。排除了怀疑对象之一鹿子霖之后,黑娃十拿九稳地肯定杀死小娥的人非白嘉轩莫属,白嘉轩要除掉小娥的因由比鹿子霖更充分十倍,这人又是个想得出也做得出一马跑到头绝不拐弯的冷硬心肠。他一把把白嘉轩从被窝里拉出来,像拎一只鸡似的把他拎到炕下,用黑色的枪管抵住他的脑门。白嘉轩没有呼叫也没有惊慌失措,他从迷蒙状态清醒过来明白发生了什么事以后,便梗着脖子一声不吭,只是心里揣猜这个土匪是谁。黑娃对着用被子围裹着身子的白吴氏说:"明人不做暗事。你去把灯点着,咱们明打明说。我是黑娃——"白吴氏黑暗里摸索着穿上衣裤,点燃了油灯:"黑娃你要啥就去拿啥,钱在炕头匣子里,粮食在楼上囤包里……你快把枪收了……"白嘉轩冷笑着对妻子说:"放心放心。黑娃这回来不要你的钱也不要你的粮食,专门是提我的人头来咧!

这我明白。"黑娃说:"明白了好。你就明说吧,是你还是你指派谁杀了我女人?"白嘉轩说:"那我就明说吧,我没杀她也不会指派旁人去杀她。我一生没做过偷偷摸摸暗处做手脚的事,这你知道。你女人犯了族规我用刺刷刷她,是在祠堂里当着众人的面刷的,孝文犯了族规也一样处治。"黑娃说:"我现在就认定是你下的毒手。白鹿村我再想不到谁会下这个毒手。我知道你为啥杀她——"白嘉轩说:"那你就开枪吧!反正我是活下长头儿了。你上回让人打断我的腰杆,后来我就权当活下长头了。"黑娃问:"你凭啥说是我让人打断你的腰?"白嘉轩说:"你自小就看不惯我的腰。你的弟兄动手之前说了你的那句话,'你的腰挺得太直……'"黑娃说:"这是真的,我小时一看见你的腰就害怕就难受。你的阳寿到了,今晚跟你把这话说明了也好。"门里突然飞进一把镢头,黑娃一扬手就把它隔开了。黑娃对扑进门来的孝武说:"你要是不想当族长了,你再来。"白吴氏一把抱住孝武。孝武说:"你把俺爸放开。有话跟我说,杀呀剐呀朝我来。"黑娃冷笑说:"轮不到你哩!等你日后当了族长,看看你怎么行事再说。"孝武说:"你一定要寻个替死鬼给你那个婊子偿命,我顶上;你放开俺爸,算是我杀的她。"黑娃说:"杀了就是杀了没杀就是没杀,怎么是'算'?是你自个要杀呢,还是你爸指派你杀的?"孝武说:"是我要杀的,谁也没指派我。"黑娃说:"我不信。我只信是你爸杀的。我就要拿他抵命。你老实点你快滚开——"说着一抖左手,把白嘉轩一下子拖到门口,迎面撞见一个人。那人说:"是我杀的。"黑娃辨出声音,是父亲鹿三站在当面,堵住了门口,恼怒而又沉静地说:"龟孙,那个婊子是我杀的。""这——"黑娃愣怔一下,说,"你不要搅和。""是我杀的。"鹿三愈加沉静地瞅着儿子说,"你把嘉轩放开。你跟我招嘴,杀哩剐哩枪崩哩?由你。""你甭胡说!"白嘉轩猛然扬起头,盯住鹿三说,"你想搭救我,故意把事往你身上揽,你把屎擦不净反倒抹匀了。"鹿三没有说话,把垂在腿胯旁侧的右手扬起来,是一只烂布裹缠着的包儿,再用左手撕开一层又一层烂布,一个梭镖的钢刃赫然呈现在油灯的亮光里,他把梭镖钢刃撂到黑娃脚下,说:"拿去!这是物证。"

白嘉轩白吴氏白孝武和随后闻声赶来的白赵氏白孝义以及孝武媳妇二姐儿拥在门外,惊愕地瞅着鹿三撂到黑娃脚下的梭镖钢刃儿。黑娃松开揪着白嘉轩肩胛的左手,从地上拾起梭镖钢刃儿,眼睛忽然一黑,脑袋里轰然爆响。这个双刃尖头的梭镖钢刃并不陌生,原来安着一根丈余长的桑木棍柄,是祖传的一件兵器;钢刃上的血迹已经变成黑紫色,糊住了原本锃亮的锋刃。这是确凿无疑的物证凶器。黑娃抬起头瞅着父亲,意料不及的这个结局使他陷入慌恐,说不出一个字来。鹿三说:"她害的人太多了,不能叫她再去害人了。"说着挺一挺胸脯,"我存着梭镖是准备官府查问的,你倒先来了。给——朝老子胸口上戳一刀!"黑娃的腮巴骨扭动着,又低下头,从地上捡起那块烂布,重新裹缠到梭镖刃上,塞到腰里说:"大!我最后叫你一声算完了。从今日起,我就认不得你了……"鹿三说:"龟孙!你甭叫我大。我早都认不得你了!"

黑娃从白嘉轩家出来,疾步赶到吊庄白兴儿破落的庄场上,从树上解下马翻身骑上。白兴儿从黑影儿里溜出来说:"兄弟你快走。兄弟你可甭给人说在我这儿拴过马……"黑娃已经策马驰去了。他重新进入白鹿村,转过马头来到村子中心作过农协总部的祠堂门前,连发三枪,枪声震撼死寂的夜空。他再骑马走过村巷来到慢道上,勒马伫立在窑院里,对着天空又放了三枪,垂臂默默片刻,就猛然转过身催马奔上慢道。在他转身背向窑洞也背向村庄的一霎间,心里便涌出一句慨叹来:至死再不进白鹿村咯!

鹿三杀死儿媳妇小娥的准确时间,是在土壕里撞见白孝文的那天晚上。鹿三看着苟延残喘垂死挣扎着的白孝文的那一刻,脑子里猛然噼啪一声闪电,亮出了那把祖传的梭镖。他手里拄着镢把儿瞅着躺在土壕里的孝文竟然没有惊奇,他庆贺他出生看着他长大又看着他稳步走上白鹿村至尊的位置,成为一个既有学识又懂礼仪而且仪表堂堂的族长;又看着他一步步滑溜下来,先是踢地接着卖房随后拉上枣棍子沿门乞讨,以至今天沦落到土壕里坐待野狗分尸。鹿三亲眼目睹了一个败家子不大长久的生命历程的全套儿,又一次验证了他的生活守则的不可冒犯;黑娃是第一个不听他的劝谕冒犯过他的生活信条的人,后果早在孝文之前摆在白鹿村人眼里了。造成黑娃和孝文堕落的直接诱因是女色,而且是同一个女人,她给他和他尊敬的白嘉轩两个家庭带来的灾难不堪回味。鹿三当时给孝文说"你去抢舍饭",不是指给他一条生路,而是出于一种鄙夷一种嘲笑。

鹿三整个后晌都是从土壕里拉运黄土,干旱的天气使黄土从地表一直干到土壕根底,不需晾晒直接倒进土房储藏起来。天黑以后,他和往常一样沉默寡语地坐在饭桌上吃了晚饭,和嘉轩没有说话只招呼一声"你慢吃我走咧"就走出院子。进了他的马号,给唯一剩下的红马添了一槽草料,就背抄着手回家去了。

鹿三走进自家院子的时候,女人在厦屋炕上听到脚步声,问:"你回来了。等等。我给你开门。"鹿三立在院子里说:"你甭开门我不进去了。"女人就再没吭声。鹿三推开储藏杂物农具的隔扎着墙的厦屋,摸到了梭镖光滑的把柄,就着朦胧的月光,在门槛上垫住梭镖,用斧头褪下梭镖尖头儿来。叮叮当当的响声引来女人的问询:"黑麻咕咚的你砸啥哩?"鹿三说:"你睡你的觉咯!"

鹿三回到马号,从铡墩旁把磨石抱进来,支在土炕和槽帮之间的空脚地上,反身关死了马号的木门,用瓢舀上清水,支在脚地的一个洼坑上,然后坐在木马架上,蘸着清水磨起梭镖钢刃子来。久置不用的梭镖刃子锈迹斑驳,在磨石的槽面上褪下红溜溜的铁锈,嚓嚓嚓嚓的磨擦声中,钢刃在油灯光亮里显现出亮幽幽的冷光来。他用左手的大拇指头试试锋刃,还有点钝,就去给红马再拌下一槽草料添上,坐下来继续磨着,脑子里十分沉静十分专注十分单一。他第四次拃起左手拇指试锋刃时,就感到了钢刃上的那种理想的效果,如同往常铡草前磨铡刀刃子和割麦子前磨镰刀片子一样的感觉,然后用一块烂布擦了擦钢刃上的水,压到被子底下,点燃一锅旱烟,坐在炕边上,一只脚踏在炕下的脚地上,另一只脚踩在炕边上,左手勾着弓起的膝盖,右手捉着尺把长的烟袋杆儿,雕像一般坐着。他等待鸡叫等待夜静以免撞见熟人,就像往昔里要走远路起鸡啼一样沉静。他的沉静不啻是脑子简单,主要归于他对自己的生活信条的坚信崇拜。他连着磕掉两锅黑色的烟灰又装进了烟末儿,悠悠飘浮的烟雾里,忽然想起那年"交农"的情景,在三官庙的场院里,他面对群龙无首嘈嘈纷乱的场面就跳了起来:"我算一个!"他领着众人进逼县府又被五花大绑着投进监牢,没有后悔过也没有害怕过。鹿三心里说:我就要做成我一生中的第二件大事了,去杀一个婊子去除一个祸害。

公鸡的啼声沉闷滞涩,鸡脖子里似乎塞着干稻草。鹿三磕掉烟灰,把烟袋插进腰间的蓝色带子下,用烂布裹着的锃亮的梭镖钢刃也别在腰后,吹灭油灯,走出马号,合上门板,就出了圈场的木栅栏大门,再回身把双扇栅栏门闭合,扣上链扣,背起双手,走进白鹿村村巷。月亮已经沉落,村巷一片漆黑。

鹿三背着手走过村巷,出了村口就踏上慢坡道,树木稀少了光线亮晰一些了,踏上窑院的平场,止不住一阵心跳。自从黑娃和这个来路不明的女人被他撵出家门住进这孔窑洞以后,鹿三从来也没有光顾过这个龌龊的窑院,宁可多绕两三里路也要避开窑院前头的慢坡道儿。他略一稳步压抑住胸膛里的搏动,走到窑门前,铁链儿吊垂着,门是从里头插死的,人肯定在窑里无疑。在他抬手敲叩门板时,刚刚稳沉的心又嗵嗵嗵跳起来;他稍有迟疑就拍击响了木板门;这一拍击之后,心反而沉稳不跳了。"谁呀?"窑洞里传出小娥黏涩的声音。鹿三继续拍击门板,不开口。"唉呀你个挨刀子的这几天逛哪达去咧?"小娥的嗓门顺畅了也就嗔声嗔气起来,她猜估是孝文来了,"你甭急你甭敲了我就下炕开门来咧!"鹿三头皮上呼喇呼喇直蹿火,咬着牙屏声闭息侍立在门的一侧。咣当一声门闩滑动的声音,鹿三一把推开独扇子木门板。小娥被门板猛烈地碰撞一下,怨声嗔气地骂:"挨刀子的你毬疯咧?开门鼓恁大劲。"鹿三闪身踏进窑门,顺手推上门板,呵斥说:"悄着!闭上你的臭嘴再甭吭声。""哦哟妈吔!"小娥吓得缩成一团,双臂抱住胸脯上的奶子,顺着炕墙就势蹲下去,用上身遮住光裸着的腹部,悲悲切切抱怨说,"你来做啥嘛?"鹿三瞧着缩在炕墙根下的一团白肉,喝令说:"上炕去穿上衣裳,我有话说。"

小娥从炕墙根下颤悠悠羞怯怯直起身来,转过身去,抬起右腿搭上炕边儿,左腿刚刚跷起,背部就整个面对着鹿三。鹿三从后腰抽出梭镖钢刃,捋掉裹缠的烂布,对准小娥后心刺去,从手感上判断,刀尖已经穿透胸肋。那一瞬间,小娥猛然回过头来,双手撑住炕边,惊异而又凄婉地叫了一声:"啊……大呀……"鹿三瞧见眼前的黑暗里有两束灼亮的光,那是她的骤然闪现的眼睛;他瞪着双眼死死逼视着那两束亮光(对死人不能背过脸去,必须瞅住不放,鬼魂怯了就逃了),两束光亮渐渐细弱以至消失。她仆倒在炕边上,那只跷起的左腿落下来吊垂到炕边下,一只胳膊压在身下,另一只胳膊抓扑到前头。鹿三这时才拔出梭镖钢刃,封堵着的血咕嘟嘟响着从前胸后心涌出来,窑里就再听不到一丝声息。他从地上捡起那块烂布,重新裹缠住梭镖钢刃,走出门来,拉上门板,锁上那把条笼形的铁锁,出了窑院,下了慢坡,走进屋墙和树木遮蔽着星光的村巷,公鸡刚刚啼鸣二遍。

白鹿村乃至整个白鹿原上最淫荡的一个女人以这样的结局终结了一生,直至她的肉体在窑洞里腐烂散发出臭气,白孝武领着白鹿两姓的族人挖崖放土封死了窑洞,除了诅咒就是唾骂,整个村子的男人女人老人娃娃没有一个人说一句这个女人的好话。鹿三完成了这个人人称快的壮举却陷入忧郁。忧郁是回到马号以后就开始了的,他把梭镖钢刃连同裹缠着浸满鲜血的烂布原样未动塞进火炕底下的炕洞里,用厚厚的柴灰掩埋起来,防备某一天官府前来查问,他就准备把自己和凶器一起交出去。藏好凶器之后,鹿三从水缸里撩出一把水搓洗手上的血污时,看见水缸里有一双惊诧凄怆的眼睛,分明是小娥在背上遭到戮杀时回过头来的那双眼睛;奇怪的是耳际同时响起"啊……大呀……"的声音。鹿三细看细听时,水缸里什么也没有,马号里只有红马的鼾息声。他没有在意以为是眼花了耳邪了,拉开被子躺下以后,耳朵里又传来小娥垂死时把他叫大的声音,只是没有重现那双眼睛。从此,那个声音说不定什么时辰就在他耳边响起,有时他正在吃饭,有时他正在专心致志吆车,有时正开心地听旁人说笑谝闲话,那个"大呀"的叫声突然冒出来,使他顿时没了食欲鞭下闪失听笑话的兴致立即散失,陷入无法排解的忧郁之中……直至黑娃掐着白嘉轩的脖子要抵命,鹿三把那把窝藏在炕洞里的淤血干涸的梭镖钢刃掷到儿子脚下,心中的忧郁才得以爽脱……

　　黑娃气呼呼走后,白吴氏仙草哇的一声哭了,趴到地上朝鹿三磕头:"三哥呀要不是你,他爸今黑没命咧……你俩还不赶快给你干大磕头。"孝武孝义扑通扑通一齐跪下了。鹿三连忙把他们母子三人拉扶起来,对坐在太师椅上的白嘉轩说:"这回我把俺们爷儿们的屹垯算是弄零干了……这与你无干。你们母子不要给我磕头。"说罢,转过身走出门去。白嘉轩没有吭声也没有挽留鹿三,对仙草说:"快弄俩下酒菜,我想喝酒了。"

仙草和孝武媳妇二姐儿很快炒出四个菜来,一盘炒鸡蛋一盘凉拌黄瓜丝一盘干蘑菇一盘熏猪肉,后头两样菜都是山里娘家兄弟不久前来时带的山货,那块烟熏的后臀猪肉平时暗藏在地窨子里,遇着母亲白赵氏的生日或是重要亲戚来家,才用刀削下细细的一绺,算是饥馑年月里最高级的享受了。白嘉轩亲自到马号里去请鹿三。鹿三刚刚躺下,睁着眼侧卧着吸烟,听见敲门声就去开了门。白嘉轩怕鹿三推辞不就就不说喝酒,只说有几句要紧话需得劳驾他再回到四合院里去,去了才能说。鹿三二话不说披上衫子就走,进了四合院的院庭,瞅见上房明厅里方桌上的碟儿盅儿就止住步:"嘉轩你这算做啥?你太见外了我……"白嘉轩佝偻着腰扬起头说:"我给你说的要紧话,你不想听吗?这话……必得呷着酒说。"

四个人围着方桌坐定,孝武动手给每人盅里斟下酒,白嘉轩佝偻着腰站起来,刚开口叫了一声"三哥",突然涕泪俱下,哽咽不住。鹿三惊讶地侧头瞅着不知该说什么好。孝武孝义也默然凝坐着。仙草在一边低头垂泪。白嘉轩鼓了好大劲才说出一句话来:"三哥哇你数数我遭了多少难哇?"在座的四个人一齐低头嘘叹。孝武孝义从来也没见过父亲难受哭泣过。仙草跟丈夫半辈子了也很难见到丈夫有一次忧惧一次惶惑,更不要说放声痛哭了。鹿三只是见过嘉轩在老主人过世时哭过,后来白家经历的七灾八难,白嘉轩反倒越经越硬了。白嘉轩说:"我的心也是肉长的呀……"说着竟然哭得转了喉音,手里的酒从酒盅里泼洒出来。仙草侍立在旁边双手捂脸抽泣起来。孝武也难过了。孝义还体味不到更多的东西,闷头坐着。鹿三也不由地鼻腔发酸眼眶模糊了。白嘉轩说:"咱们先干了这一盅。"随之说道:"我有话要给孝武孝义说,三哥你陪着我。我想把那个钱匣匣儿的故经念给后人听……"

这是白家的一个传久不衰的故经。虽然平淡无奇却被尊为家规,由谢世的家主儿严肃认真地传给下一辈人,尤其是即将接任的新的家主儿。那是一只只有入口没有出口的槐木匣子,做工粗糙,不能摆饰陈列也无法让人观赏。由白嘉轩上推大约六代的祖宗里头,继任的家主儿在三年守孝期间变成了一个五毒俱全的败家子,孝期未满就把土地牲畜房屋踢荡净尽了,还把两个妹妹的聘礼挥霍光净。母亲气死了,请不起乐人买不起棺材穿不上三件寿衣,只凑合着买了两张苇席埋了。这个恬不知羞的败家子竟然厚着脸皮吹牛说:"白鹿村再有钱的人再大的财东,没见谁给他先人装个双层枋吧?我给俺妈用的是双层子寿材……"村人一想也对,两张苇席裹了双层……就回给他一句顺口溜:白家老大埋他爸,能闹多大算多大;白家老大埋他妈,能瞎尽管瞎。这个败家子领着老婆孩子出门要饭去了,再没有回来。亲自经历这个拔锅倒灶痛苦过程的老二,默默地去给村里一些家道殷实的人家割草挑水混一碗饭吃,没有事做的时候就接受村人乡邻一碗粥一个馍的施舍。这个默默不语的孩子长大了,就弄下一个木模一只石锤去打土坯了,早出夜归,和村里人几乎断了见面的机会。他从不串门更不要说闲游浪逛,雨天就躺在那间仅可容身的灶房里歇息,有人发现过他在念书。这间灶房是被激怒的族人和近门子人出面干预的结果,败家子老大才留下这一间灶屋没有卖掉,使他有一坨立足之地。

他搜罗到一块槐木板,借来了木匠的锯子刨子和凿子,割制成一只小小的木匣儿,上头刻凿下一道筷头儿宽的缝口,整个匣子的六面全都用木卯嵌死了。他每天晚上回来,把打土坯挣下的铜子麻钱塞进缝口,然后枕着匣子睡觉。三年以后,他用凿子拆下匣底,把一堆铜元和麻钱码齐数清,一下子就买回来一亩一分二厘水地,那是一块天字地。白鹿村的人这个时候才瞪大眼睛,瞅着那个无异于哑巴的老二身上条条缕缕的破衫烂裤。第二年,他用自己置买下的土地上收获的第一料新麦蒸成雪白的馍馍,给白鹿村每一家每一户都送去两个,回报他们在他处身绝境的幼年时期的馈赠之恩。这个有心数儿的孩子当时每接受一碗粥一个馍,都在灶屋土墙上刻写下了赐舍者的姓名,诸如五婆三婶七嫂二姑四姐等等。已经成年的他在实行回报时,坚决冲破了当初记账时的原本企图,给每一家乡党不管当时给予还是未给予他施舍的人家一律送上两个馍馍,结果使那些未施舍过他的人更加感动以至羞愧。又两年,他再次撬开匣底,在祖传的留给他的那一半庄基地上盖起了两间厦屋。又一年,他给自己娶回来一房媳妇……再后来的事无须赘述,倒是这个老二本人的一些怪癖流传不衰。他娶媳妇的第二天到丈人家回门回来,一进门就脱下新衣服,穿上了原先那身条条缕缕的破衫烂裤和踏断了后跟的烂鞋。媳妇说:"你还穿这——"老二说:"这咋?这叫金不换。"直到他死,尽管土地牲畜房屋已发展到哥哥败家之前的景况,被卖掉的那一半庄基用高过原价三倍的价钱再赎买回来,如愿以偿盖起三间厅房,他仍然是一身补丁撂着补丁的衣裤。白鹿原的人因他而始,把补丁称作"金不换"。白家老大败家和老二兴业发家的故事最后凝练为一个有进口无出口的木匣儿,被村村寨寨一代一代富的穷的庄稼人咀嚼着品味着删改着充实着传给自己的后代,成为本原无可企及的经典性的乡土教材……

"我看咱家只差一步就闹到重用木匣子的地步咧!"白嘉轩喝了几盅酒,感慨起来,"你们看看孝文是不是那个败家子老大?哈呀怪道人说各家坟里家里也就是那几个鸢鬼鬼子上来下去轮回转着哩!说不定哪一代转上来个败家的鬼鬼子就该败火了!孝文是不是一个?是!只是我还活着,孝武也长大了。才没给他踢踏到那一步……我把他赶出去,你(盯住仙草)还怨我心硬,怨我不给他周济一斗半斗,是我啬皮呀?周济也得周济那号好人,像他那号败家子,早饿死了早让人眼目清闲……孝武哇!今黑我就把这匣子交给你,当然用不着拿它攒钱,你常看看它就不会迷住心窍。"

听到木匣子的故经,鹿三却顿然悟出进山背粮的根由来。

在丰饶的关中平原两料庄稼因干旱绝收的年馑里,北边黄土高原的山区却获得少有的丰收,于是就形成了平原人向山里人要粮食的反常景观。山里不种棉花,白鹿原人背着一捆捆一卷卷家织土布,成群结队从各个村庄出来,汇集到几条通往进山峪口的南北向的官路上,背着口袋出山的人和背着布卷进山的人在官路上穿插交错,路面上被踩踏出半尺厚的粉状黄土。好多人趁机做起地地道道的粮食掮客,他们从山里掮背回粮食,到白鹿镇兑换成布匹或者成衣,再掮背着布匹和衣服进山去兑换山民的苞谷和谷子,用赚下的粮食养活婆娘和娃娃。白鹿镇成为整个原上一个粮食集散重镇,红火的景象旷古未见。

鹿三让他的女人把木柜里仅存的几丈纯白土布和丈余蓝格条子布一齐捆卷起来,再把大人和娃娃的新旧衣服捋码一遍,凡是当下穿不着的都叠捆起来。女人挑来拣去作难不定唉声叹气。鹿三却果断得多:"救命要紧。穿烂点没啥受点冷也不要紧,肚里没啥填不行咯!"当他估摸布匹和衣服能够换得尽他一个人背的粮食时,就给白嘉轩告假:"我明日进山背粮去呀,得走三五天。"白嘉轩不假思索地说:"你去你去,得几天走几天,路上甭赶得太紧,当心出事,而今人都吃不上身子虚。"鹿三转身要走的当儿,白嘉轩又说:"三哥,让孝武孝义跟你一搭去。"鹿三转过身笑着问:"你叫娃去背粮不怕惹人笑话?"白嘉轩说:"谁爱笑由谁笑去。"鹿三就认真说:"孝武去行孝义去怕不行,娃太小,甭说背粮食光是跑路怕也跑不下来,来回好几百里哩!"白嘉轩冷冷地说:"要是从场里把粮袋子挪到屋里,我就不让他去了,就是图了这个远。让他跟你跑一趟有好处,他们兄弟俩也就知道粮食是个啥东西了。我说嘛……你把你那个二娃子也该引上。"鹿三感动而又钦佩,回到屋里对女人颂叹不迭:"嘿呀呀!你看嘉轩这号财东人咋样管教后人?咱们还娇贵兔娃哩不敢叫背粮去……"

鹿三领着成年的孝武和未成年的孝义以及兔娃,四个人结伙搭帮在鸡啼时分上了路,太阳西斜时进入峪口。进山和出山的人在峪口会合,有人在这儿搭下庵棚开起客栈,兼卖稀饭和苞谷面饼子。四个人歇息一会儿吃了点自带的干粮又上路了……因为带着两个孩子而延缓了行程,五天的路程走了七天才回到白鹿村。傍晚时分,孝武孝义在村口和鹿三兔娃分手后走进街门,孝义扑通坐到地上起不来了。奶奶白赵氏首先看见归来的两个孙子,捧住孝义的脸嘘叹不止,孙子的双唇燥起一层黑色的干皮,嘴角淤着干涸的血垢,眼睛深深地陷下去了,抚着血泡摞着血泡的脚片痛不可支。白嘉轩跟着仙草走到院子快活地逗儿子说:"三娃子你这下知道啥叫粮食了吗?"孝义苦笑着:"爸呀我日后掉个馍花花儿都拾起来吃……"孝武媳妇把一盆水端到院庭里,让自己的男人和弟弟孝义洗脸。白嘉轩阻止说:"先甭洗脸。把刚才背回来的粮食再背上——"白赵氏忍不住赌气地说:"再背到山里去?"白嘉轩和颜悦色地说:"给他三伯背过去。"

白嘉轩佝偻着腰,领着孝武和孝义走进鹿三家的院子朗声说:"三哥!娃们给你送粮来了。"鹿三正躺在炕上歇腿,和女人先后跷出厦屋门槛,看见孝武孝义肩头扛着从山里背回来的粮食袋子,迷惑地问:"你咋么又叫娃们背过来了?那是给你背下的咯!"白嘉轩说:"这回从山里背回来的都给你。我等下回背回来再拿。"孝武孝义放下粮食袋子,颠颠跛跛着走出院子去了。白嘉轩却幸灾乐祸似的笑说:"这回把碎崽娃子跑美咧。这回碎崽娃子就明白啥叫个粮食啰!"

鹿三歇了一夜,第二天在碾盘上碾下半斗苞谷糁子,安顿了女人和兔娃的生活,自己又回到白家来了。隔了一天,他到土壕去拉垫圈黄土时遇见了孝文;吆车出土壕时,他的脑海里闪出了梭镖钢刃……

鹿三说:"孝文要是心里有这匣子就好咧!"孝武接过匣子,庄重而又激动起来:"爸,我明年春上就把门房盖起来。"白嘉轩说:"你把门房盖起来,就把你的名字刻到墙上。把孝文卖房的年月也刻上。这话我再不说二遍。还有一件事,你爷临走时给我叮咛过一句,'看待好老三'。这多年里,我的亲生儿子指望不住,一些朋友也指望不住,靠得住的就是你三伯哇!孝武孝义你俩听着,你三伯跟我相交不是瞅着咱家势大财大,我跟你三伯交好也不是指靠他欺人骗世,真义交咯!我今日个把话说响,你三伯要是走在我前头,不用说有我会照看好;若是我走在你三伯前头,就指望你们兄弟俩照看好你三伯了……"说着动情伤心起来。

孝武孝义还未来得及说话,鹿三噌的一声站起来,满脸红赤着说:"嘉轩你把话说到这一步,我也有话要给娃们敲明叫响:交情是交情,各人还是各人。你爸是主儿家我是长工。你爸不在了你兄弟俩是主儿家我还是长工。你爸在世时我咋样你爸不在世了我还咋样。该我做的活我做,该给我的工钱按时给我我也不客气,再说旁的啥话,都是多余的。我这人脾气……"孝武给鹿三和父亲斟上酒,恭敬诚恳地表示说:"我把三伯不当外人,三伯也不把我当外人待就好了。"

看着孝义也向鹿三施了礼,白嘉轩对两个儿子说:"好!你俩可甭忘了自个说的话。"然后回过头,放下筷子伸出右手抓住鹿三的左手:"三哥,你不该杀黑娃媳妇……"鹿三也转过头,紧紧盯着白嘉轩:"我不害怕。我也不后悔。"白嘉轩说:"可你为啥悄悄儿杀了她？既然你不害怕，那就光明正大在白天杀？"鹿三一下子反不上话来。白嘉轩放开攥着他的手说："可见你还是害怕。"鹿三不大服气这种说法，又是当着两个晚辈的面，就把酒盅重重地蹾到桌子上，梗着脖子说："嘉轩你尽出奇言，杀人哪有你说的那个样子？"白嘉轩仍然沉静地说："三哥呀！你回想一下，咱们在一搭多年，凡我做下的事，有哪一件是悄悄摸摸弄下的？我敢说你连一件也找不下。'交农'那事咋闹的？咱把原上的百姓吆喝起来，摆开场子列下阵势跟那个贪官闹。族里的事嘛还是这样，黑娃媳妇胡来，咱把她绑到祠堂处治，也是当着众人的面光明正大地处治；孝文是我的亲儿也不例外……"鹿三听着，似乎还真的找不出一件白嘉轩偷偷摸摸干的事体来。白嘉轩镇定地说："我一生没做过见不得人的事。凡是怕人知道的事就不该做，应该做的事就不怕人知道，甚或知道的人越多越显得这事该做……你俩记住这个分寸。"白嘉轩说到这儿瞅着两个儿子。鹿三说："那个害人精不除，说不定还要害谁哩！她死在窑里臭在窑里，白鹿村里没听到一句说她死得可怜的话，都说死得活该……"白嘉轩插断说："她害谁不害谁，得看谁本人咋样，打铁需得自身硬；凡是被她害了的都是自身不硬气的人。"说时又对两个儿子郑重地点一点头，再回过头来看着鹿三，"人家听你的话就是你的儿媳妇，人家不听你的话不服你的管教就不是你的儿媳妇了，你也就不是人家的阿公了，由人家混人家的世事去，你杀人家做啥？你生气你怕人戳脊梁骨吗？我不这样看。孝文活他的人我活我的人，各人活各人的人。"鹿三发觉自己的心里有点泄气，嘴里仍然硬撑着说："你想事想得开，我可就想不到这么圆全。反正杀了她，我也给黑娃交代清白了，我不后悔。"白嘉轩说："后悔是坚决不能后悔。这号人死一个死十个也不值得后悔，只不过不该由你动手。你不后悔很好。你要是后悔了，那就是个大麻烦……"

刷啦一声,院子和屋瓦上骤然响起噼里啪啦的雨声。鹿三从板凳上跳开去,跑到院子里,哇的一声哭了:"老天爷呀!"白嘉轩急得从凳子上翻跌下去,两个儿子早已奔到院庭里叫着跳着,他爬到门口又从台阶上翻跌下去,跪在院子里,仰起脸来,让冰冷的雨点滴打下来。雨势愈来愈猛,一片雨的喧嚣。整个白鹿村响起了欢闹声,叫声哭声咒骂声一齐抛向天空,救命的天爷可憎的天爷坑死人的老天爷啊!你怎么记得起来世上还有未饿死的一层黎民?鹿三一身透湿,拉着跪在泥水里的白嘉轩上了台阶,雨水像倾倒似的泼洒下来,一片泥腥气味。村子里的喧哗渐渐沉没了,大雨的喧嚣覆没了天空和地面……

第二十一章

　　黑娃回山寨的路上遇到暴雨，人和马都被浇成丧魂失魄的落汤鸡，他把马缰交给等候他归来的大拇指，坐在石凳上就站不起来了。山寨灯灭火熄，和他一起出山做活儿的弟兄早已归来，吃饱喝足之后已经躺下睡了，大约到明天晌午才起来。山寨生活与外部世界阴阳颠倒，昼伏夜出肯定是世界上所有匪贼们共同的生活规律。每次出寨做活儿归来，大块抓肉大坛子灌酒，直吃得腹满肚胀，直喝得天昏地暗，然后倒头睡去。黑娃从送饭来的弟兄端着的木盘里抓出酒瓶，挥了挥手让他把吃食端走。大拇指在火堆前重新拢起火来，催促他朝火堆跟前挪挪，赶快把湿透的衣裤脱下来换上干的。黑娃不想动弹，他没有寒冷的感觉，拔掉瓶塞儿咕嘟嘟灌下一口烧酒，仍然坐在石凳上垂眉不语，衣裤上流淌下来的水珠浸湿了尻子底下坐着的青石凳子。大拇指双手反叉在腰里，站在火堆前瞅瞄着黑娃："有啥话就说响。还没见过你今日个摆的这个毬势相。"

　　大拇指和二拇指黑娃已成为莫逆之交。每次夜出做活儿，一个人牵头，一个人看家守寨，守寨的一定要等到夜出的归来才睡觉，那是一种死生共济胜过父母兄弟的关系。如果外出的一个未能如期归山，守候的那一个就坐待到天明，或是等得他安全抵达或是凶讯传至。大拇指已经等候过两个二拇指的凶讯。姓杨的二拇指在那次截抢军火车辆时被快枪击中胸口当场死去；另有四个弟兄也赔上性命，抢来了十条快枪，等于一个弟兄换下两杆枪。从那时起直到现在,每有新的弟兄入伙发给他们枪支时,大拇指都要重复一遍第一批枪支得来时所付出的代价,姓杨的二拇指和四个弟兄的姓名以及各自死亡的过程。姓陆的二拇指死得顶不值当,在抢劫滋水川道何家村开油坊的范大头家时,他被范大头的小媳妇迷住心窍,正当他得手得意的当儿,那个小媳妇在炕头的针线蒲篮里摸到手剪子剪断了他的命根儿。姓陆的二拇指从炕上滚到炕下,在脚地上翻滚嚎叫了半夜才死去。大拇指对这桩丑闻也不回避,讲过姓杨的二拇指以生命换来山寨第一批快枪的壮举之后,必不可缺地要给新入伙的弟兄讲述姓陆的二拇指"老二"害老大的事。黑娃是和他搭手的第三个二拇指,在选定黑娃做二拇指的欢庆宴席上,大拇指当着众弟兄的面再次重提姓杨的和姓陆的两个前任二拇指舍身亡命的事,以示警戒,然后对黑娃开玩笑说:"二字不吉利呀!前头两个二拇指都是短命鬼,黑娃你得当心咯!"在众弟兄的哄闹声中,黑娃也玩笑着说:"我无论如何得管住'老二'……"大拇指越来越信服二拇指黑娃心眼耿直,手脚利索,做活儿放心,在山寨弟兄们中间声望极好。

他看见黑娃一反常态的神气就不自在,逼着问:"到底咋啦吗?你信不过我你可以不说,那就甭给我摆这个毯势相。"

黑娃从腰里掏出那把梭镖钢刃,撕掉裹缠着的烂布,捉住酒瓶把烧酒倒洒在钢刃上,清亮的酒液漫过钢刃,变成了一股鲜红鲜红的血流滴落到地上;梭镖钢刃骤然间变得血花闪耀。黑娃双手捧着梭镖钢刃扑通跪倒,仰起头吼叫着:"你给我明心哩……你受冤枉了……我的你呀!"大拇指也被这奇异的景象吓得发愣,跪下一只腿搂住黑娃的肩膀:"兄弟快给我说,是谁受了这大的冤屈?"黑娃紧紧盯着梭镖钢刃说:"我媳妇小娥给人害了。"话音刚落,梭镖钢刃上的血花顿时消失,锃光明亮的钢刃闪着寒光,原先淤滞的黑色血垢已不再见。大拇指从黑娃手里接过梭镖钢刃端详着,咬牙切齿地说:"我要亲手把他宰了。快说,快给我说是谁?"黑娃一手重重地捶到膝头上,痛苦地摇摆着脑袋:"是——我——大。"大拇指张大着嘴半天合不拢,咣当一声把梭镖钢刃扔到石桌上,缓缓站起来喃喃说:"我的天哪!一个窝里的也咬起来了……"

大拇指转过身扶起黑娃,拥搡着走到火堆跟前坐下来,往火堆里添加了几块木柴,爆出噼噼啪啪的声响。他沉静地说:"兄弟,令尊鹿三叔可是个好人哪!"黑娃不大在意地问:"你认得?"大拇指叹口气:"我跟三叔在一个号子里坐了半年哩!岂止认得。"黑娃惊诧起来:"你是……三官庙里那个领着众人'交农'的和尚?"大拇指抿着嘴算是默认,终于选定了一个向黑娃袒露自己诡秘得绝无人知的身世的时机,半自嘲弄地说:"我也是因了一个女人才落草的咯——"

大拇指是关中西府人,那地方比白鹿原更为古老更为悠久,是周人和秦人屯垦发端之地,他的那个名叫郑家村的村庄就在周原的原坡根下。他在二十四节气的芒种那天出生,父亲就给他取下一个好记好听好叫的名字:芒儿、芒娃儿、芒芒儿。父亲送他到太平镇车木匠家学手艺那年,他刚刚卸下脖子上的黄色缰绳儿。他自记得事起就记着脖子上套着一副黄布缝制的缰绳儿,有擀面杖那么粗,从脖子上套下去,在胸膛上绾结成一个寿字形状。每年二月二日,母亲领着他到菩萨庙里去烧香叩头,把一条红绸披到菩萨娘娘的肩上;再从他的脖子上卸下被鼻涕桑葚黑汁染污得五麻六道的旧缰绳儿,摆置到菩萨娘娘脚下;再把一条用槐米染得黄灿灿的新缰绳在菩萨手掌上绕过三匝,套到他的脖子上。那条黄色的缰绳儿确实拴住了他的性命,免遭在他身前的三个哥哥夭折的厄运;却又使他吃了不少苦头,上树时挂住树枝,打架时被对方揪住了就成为绞索。有一年,母亲又要他系上一条红腰带,后来才知道那是他第一个本命年。本命年之后,母亲把旧缰绳儿卸下来再没有给他套新缰绳儿，给菩萨娘娘的供桌上整整摆下八盘花馍，都是用上好的细面捏成的石榴沙果麦穗棉花兔儿猪儿等等，是父亲用两只竹条笼挑来的，父亲和母亲从两边夹着他一起叩拜三匝就出了庙门。那天，父亲破费给他买了一碗豆腐脑儿，一个油饼和一碗饸饹……又过了三年，父亲领着他走进太平镇车木匠的铺店，让他跪下拜师；满屋子的木屑气味骚得他打了三个喷嚏，父亲便在他跪着撅起的尻蛋上踢了一脚。师傅咂着烟袋只说了一句："我脾气不好。你得听话。"

车木匠身怀绝技做一手绝活，一架木轮子牛车打成，即使木质糟朽，轮子磨断，卯榫木楔也不会松动。他打制牛车的手艺远近闻名，虽然能置备得起大车的主户极其有限，但他的诀窍绝活的名声却把百余里外的活儿都揽来了，一年四季都有定做的牛车。芒娃儿头年进店，给师傅师母晚上提尿盆早晨倒尿盆，扫地担水，递烟盘抱娃娃，烧火洗锅诸种杂事一齐包揽，二年里连斧子刨子凿子的把儿也没摸过。第三年开始学艺，按规矩要到五年末了才算出师。两年的打杂生活使他贴切和谐地融进这个家庭，师母早已不再称他郑相，而是直呼芒娃儿芒芒了，师妹师弟们也都亲热地尊称他芒儿哥芒芒哥了。在他熬满两年的打杂期即将开始学艺时，师傅遗憾地说："这个屋里倒离不得你了啊芒芒儿。"芒娃儿随和地说："那我就再打二年杂，等你找下合适的徒弟了我再学手艺。"师傅摇摇头："没有这个理儿咯！你是来当徒弟来学手艺的，不是给我熬长工当使唤娃的咯！你明日个就开始捞锛子斧头。"

芒娃儿捞起锛子，锛掉那些原木身上的圪节，用斧头砍剥干死的树皮，帮助师傅和两个师兄扯锯。最轻的活儿是拉墨斗，浸满墨汁的线绳儿拉出墨斗时，搅把儿啪啦啦响着转着，师傅提起绷紧的墨绳儿又松开手指，嘭的一声弹下去，新鲜的原木上就留下一条笔直的黑线。从那些粗活笨活开始到凿卯画线这些细活儿，芒儿已经精通。两年下来三年未到，离出师还有一年，芒儿已经成为一个全挂把式，当然除过车轴的旋制。剩下最后一年，将主要学习旋制车轴的技术。芒儿对师傅说："让我打一副车轴试试。"师傅惊诧地眨着眼，以为耳朵出了岔儿。芒儿立即解释说："弄瞎了我赔木料。"师傅这阵已经相信他会打好一副车轴，却吓唬他说："一根轴料值半个车价。"芒儿说："行咯！满师了我给你再干一年不要工钱。"师傅就用脚踢着一根菀枣木轴坯："打好了的话，明日起给你算工价。"

芒儿打制车轴的成功造成了师傅的恐惧，他悲哀地说："我后悔收了你这个徒弟。"芒儿能听出来话味儿，师傅害怕他学成回去也开一爿车店，自家的独门生意就做不成了。芒儿说："师傅你放心，只要你不弹嫌我，我就在你这铺子干到老。"师傅说："你这娃娃不得了，你太灵了……"芒儿的成功使两位比他年长、投师时间也更早的师兄感到了难堪，他们好像商量过似的齐茬儿不理芒儿了，逢到芒儿需得他们帮忙抬木头拉墨斗的时候，大师兄倒还罢了，二师兄把所有的妒火都表现在脸上，故意摆出漫不经心的傲眉气眼，手下碰着什么就摔撺什么。芒儿只当看不见听不着。师傅却看不下去了："把劲使到正向上，把眼窝盯到卯窍上，谁都能学好手艺。"二师兄虽然表面上有所收敛，恶根却就此伏下。

这天，师傅借来一头牛，套上新打成的一架大车，这车上就安着芒儿打制的头一根车轴，师母和一家大小坐在车上去逛庙会。师傅邀芒儿一起去。芒儿想到两个师兄就说："我不去，我自小就不爱逛会。"师傅大声说："你当我叫你逛会？我让你试一下你打的车轴，听听声儿看看哪儿有毛病。"芒儿就上车去了。师傅坐在车辕上摇着鞭杆，时不时地提醒芒儿："你听这声是啥毛病？轴紧。记住，轴紧了就是这声儿。"师母坐在车箱里的麦草蒲团上，风光地挺直着腰身，水抹的头发熨帖在鬓角。小儿小女叽叽喳喳在车箱里欢叫着猴闹着。大女儿小翠坐在车尾上,默不作声地偷偷瞄着芒儿。芒儿坐在另一边的车辕上几乎不敢回头,害怕瞧见那双眼睛。牛车到了庙会以后,芒儿就抽身回来了,他一回来就捞起家伙陪两个师兄干活儿。临近响午饭时光,大师兄趸摸到芒儿跟前说:"兄弟,俺妈身子不美气有多日了,我给师傅说了,师傅让我后响回去看看。我想早走一步,不想吃晌午饭了。你甭给师傅说我是晌午走的。"芒儿故意做出轻淡的口气说:"哈呀,你给师傅省下一顿饭还不好咧?再说,兄弟我就那么嘴长爱说话呀?你放心走。师傅不问我不说,要问我就说你是后响走的。"大师兄拍打一下身上的木屑就出门回家去了。二师兄却油里吧唧地说:"兄弟我也给你告个假,我到镇上下馆子去呀!你去给师傅戳我的窝,燎我的毛,说我没干活我不怕。"芒儿停下手里的锯:"二哥,你这话咋说?我没惹你呀?我啥时候戳过你的窝,燎过你的毛,你把话说到明处——"二师兄摇晃着并不雄健的细腰走出工房去了,吱的一声吐了一口稀唾沫儿。芒儿已经习惯了二师兄的阴风邪火,也不在意,重新捉住锯把儿,一脚踩在地上,另一只脚踩踏着木板,推着扯着锯子上下运动,发出一声声柔和悦耳的吱啦吱啦的声音,粉碎的锯末儿流落到地上。工房里只剩下他一个人,清静的气氛难得逢遇,他的心境心绪十分舒悦,悠悠地扯拉着木板,耳朵里浮响着牛车在乡村官路上行进时悠扬的嘎吱声,那是他旋磨打制的第一根车轴滚动时发出的无比美妙的声响,通过耳膜留驻到心里了。这当儿,有人从背后捂住了他的眼睛。芒儿以为是二师兄下馆子回来了,不在意地说:"好咧好咧,快放开手。你在馆子咥饱了,我还得动手自造伙食哩!"身后的人仍不吭声也不松手。芒儿反手在背后那人的腰里挠抓一把,不料却听到一声清脆的女人的尖嗓门惊叫,回过头一看,竟是小翠,不觉脸红耳赤。小翠却不在意地说:"芒儿哥,我赶回来给你做饭来了。你说吃啥呀?你想吃啥我给你做啥饭。"

芒儿一颗惶惶的心稳住了,笑着说:"打搅团儿,我顶爱吃搅团鱼儿。"小翠一甩长辫子就朝灶房走去,临到厨房门口又回过头说:"搅团这饭得俩人做,一个人烧一个人搅。咋办?你得给我来拉二尺五。"芒娃说:"烧锅我是老把式了。到时候你顾不过来你喊我。"

　　小翠回来以后,工房里和整个庭院里一年四季极其少有的清静安谧的气氛没有了,似乎弥散着一缕神秘的令人鼓舞的气氛,往锅里倒水和瓢碗撞绊的声音从小灶房里传出来,不时传进哐哐啦啦响着锯声的木工房,令人心里鼓荡又令人惊悸。看看几乎拉偏的锯缝,芒娃儿丧气地扔下锯子,躺到工房墙角的大炕上,缓缓气儿也静静神儿。小翠风风火火跶进门来,还未等他转过身坐起来,她的手已经抽击到他的尻蛋子上,手腕上戴着的石镯硌得他疼疼的。她尖声嗔气地发着脾气:"懒兽!说的给我烧锅,倒背起炕面子来咧!要我撕你耳朵呀?"芒儿讪讪笑着揉搓着被打疼了的屁股蛋子:"我还当你没搭手点火哩!"说着就跶出门去,急火火走过院子钻进灶房。小翠随后跟进来问:"你爱吃酸辣汤浇搅团,还是臊子汤浇的?"芒娃儿随和地说:"都好,我都爱吃。"小翠说:"你这人儿好没主意,倒是吃哪样儿的?"芒娃儿说:"当然还是臊子汤浇的香。"小翠说:"你去街上买一斤豆腐,肉还有哩,再捎带一撮芫荽,有芫荽味儿香。"芒娃儿点头应着就往外走。小翠喝住他:"你不拿钱,拿脸蹭人家的豆腐呀?"芒娃儿说:"我身上有哩!"小翠说:"你有是你的,你攒着。"说着撩起衣襟,在红裹肚儿里掏钱。芒娃儿看见了小翠的绿色腰带和微微隆起的小腹,急忙转过脸眼。小翠一点不察觉也不在意,一股脑儿把钱塞到芒儿手里,攥住他的手腕叮嘱说:"可甭把钱掉了哇大大爷。"抿嘴笑着看着芒娃儿挎着篮子走出院子。

　　芒娃儿买豆腐和芫荽回来,把剩下的几个麻钱掏出来搁到案板上,转过身要走,小翠扬起脸说:"你这人好没规矩——"芒儿惶惶地问:"咋咧我又咋咧吗?"小翠头不抬,手不停地咚咚咚剁着萝卜丁,说:"把钱拾起来,刚才我是咋样给你的,你也咋样还给我。搌到案上算咋回事?"芒娃儿舒口气笑着从案板上捡起麻钱,捉住她按着萝卜条儿的手,把麻钱压到手心,说:"给吧!这算啥规矩?"小翠扑哧一声笑了,从左手把麻钱转到右手,迅即塞到芒娃儿的口袋里:"哥儿勤,爱死人;哥儿懒,棍子撵。这算犒劳你的跑路钱。"芒儿从衫子口袋掏出麻钱:"这——我不要……"小翠抓住他伸过来的手又送回衫子口袋里,嘻嘻哈哈地说:"装上装上,芒儿哥你装上,上街买个糖圪垯儿油麻花儿吃;吃的时光甭忘了是妹子疼你给你钱买的。"芒儿登时红了脸,把话岔开了:"你这会儿才拾掇臊子哩,烧锅拉风箱还得等一时儿,我先扯锯去。"小翠从篮子里取出芫荽扔到他怀里:"坐下择菜。菜择完了掏灶灰。灰掏净了再绞水……你想吃我侍候你的省手饭?"芒儿坐在水缸旁的小凳上择菜,芫荽的香味儿直钻鼻孔。小翠坐在案板前的独凳上切完萝卜丁,抓过豆腐刚切了两刀,歪过脸抿嘴笑着:"我的围腰带儿开来咧,芒儿哥你给拴一下,我的手水稀稀的。"芒儿迟疑一下从小凳上站起来,走到小翠身后轻轻把松开了的围腰带儿拴好。小翠用手捋了捋说:"太松了。解开重拴,拴紧些。"芒儿解开往紧勒,尚未拴结完毕,小翠又虚张声势地叫起来:"哎哟哟芒儿哥!你把人家的腰勒断咧!"芒儿停住手问:"该是咋样拴着才合尺?"小翠捞着刀小心翼翼地切着豆腐,悠然自得地说:"你真笨,像是八辈子也没拴过围腰带儿。拴好了你用手试试嘛。能插进去一只手就合尺咧!"芒儿重新拴结好系带儿迟疑地垂着手,已经反复拴过三次,他都是小心谨慎地用手指捏着系带儿,避免触及小翠后腰上的月白色夹衫。他现在提起右手掌,遵照小翠的指导,贴着脊梁插下去,围腰的系带儿绷在手背上,先是触到月白色布衫,随之就感触到奇异的一种温热,那一刻他的周身一颤,愣呆住了。小翠又叫起来:"哎哟哟,试一下就对咧嘛！整响整响把手塞到人家腰里做啥？娃子家不害羞！"芒儿羞得满脸绯红，急忙抽手出来，嘴里咕嘟着掩饰自己的窘态："你故意耍笑人……我不吃饭了，我走呀！"说着甩手转身就走。小翠咣当一声扔下刀蹦到门口，双手叉住门框，歪着脑袋笑着念起儿歌来："小哥哥，脾气嘎；跟人耍，不识耍；不识耍，拿屁打；打倒地，还要耍……好咧好咧，好我的灶神爷哩！你坐下烧锅吧！"芒儿不窘了，也没气了，坐下来点火烧锅拉起了风箱。

　　小翠给后锅里倒下清油，锅台口的柴烟呛得她咳嗽得弯了腰，又打着喷嚏，抹着眼泪说："芒儿哥，耍是耍笑是笑，妹子给你可是说句知心话，你得练好拉二尺五的本领，日后有了媳妇了，嫂子就不弹嫌你烧锅尽冒烟不出火……"芒儿反倒从从容容嘘叹起来："噢呀呀！俺屋穷得炕上连席都铺不起，哪里来钱娶媳妇？我一辈子打光棍省得麻缠。"小翠把切好的红白萝卜丁儿倒进锅里，爆出一声脆响，一边用铲子搅着，一边瞅着灶下的芒儿耍笑："芒儿哥你甭愁，我给你娶个花媳妇：红裙子，黄肚子，尻子一撅尿你一溜子。那可是个椿媳妇，不花钱，椿树上多的是，一扣手能逮好几个……"说着又笑得淌出泪来。芒儿甩下风箱杆儿站起来："你还要笑我这个穷娃。我是来学手艺的相公不是你的耍物儿……"小翠止住笑，吃惊地盯着芒儿，往前凑了两步，贴住盛怒的芒儿的耳朵悄声说："你不要椿媳妇给你个真媳妇，妹子给你当媳妇你要不要？"芒儿吓得噢哟叫了一声，捂着耳朵红赤着脸又坐到灶锅下的木墩上："你这——还是耍笑我……"小翠双手往腰里一叉，放大声说："耍笑你？谁耍笑你？你敢要我我就跟你走。你站起来引我走——看我是不是耍笑你？"芒儿坐在木墩上仰起脸，看着小翠狠心决意的派势，自己倒妥协了，赔笑脸说："悄着声儿啊小翠，当心杂货铺子听见了就麻缠咧！"小翠撇撇嘴角儿："你跟我说话一说三蹦，倒是怯着杂货铺子。"芒儿叹口气儿说："你是人家杂货铺子的人呀！"小翠一把推开前锅的锅盖,把烧开的滚水用木瓢舀起来倒入后锅煎好的臊子里,忙里偷闲地扭过头笑着说:"妹子要是你的人就好咧!我又耍笑穷娃了。你再恼?!"芒儿听了,急忙低了头拉风箱,左手慌乱地往灶台里塞进刨花柴,却忍不住想流眼泪,胸腔里憋得透不过气儿来,奇怪自己到底怎么了?

小翠没有察觉悄悄抹去眼泪的芒儿,只顾一手往锅里撒着苞谷面,右手使劲搅着勺把儿,口里还在念着歌曲儿:"狗烧锅,猫擀面,狗择葱,猫砸蒜;一家子吃顿团圆饭……"芒儿听着忍不住笑了,仰起头看着小翠,撒着面和搅着勺把儿的两只手腕上,玉石手镯随着手臂的动作抖晃着,她的腰随着搅动的勺把儿扭动着,浑圆的尻蛋儿突兀地撅起来,芒儿觉着胸腔里鼓荡起来,萌发出想摸小翠尻蛋儿的欲望,自己反而吓得愣呆住了。小翠已经撒完面粉,腾出左手来帮着右手一起搅动勺把儿,无意的一瞥间发现了芒儿愣呆的眼神儿,斥责说:"胡盯啥哩?锅凉了火灭咧!不好好烧火光卖眼。"芒儿这回着实惶恐地拉起风箱,再也发不出脾气来,烧得火焰从灶口呼啦呼啦冒出来。小翠喊:"火太大了,锅底着了,悠着烧。"说着双手抱住勺把儿在锅里使劲搅起来,发出噗噗噗的声响。小翠突然凄厉地尖叫一声,扔了勺把儿,双手捂住脸呻唤起来。芒儿慌忙站起来问:"咋咧?"小翠痛楚地说:"一团儿面糊溅到我脸上哩!"芒儿看见小翠脸膛上被面糊烫下一片红斑,忙问:"疼得很吧?"小翠哭溜溜腔儿说:"哎哟疼死了。"芒儿搓着手说:"獾油治烫伤好得很。我到镇子上问问谁家有獾油。"小翠扭怩着说:"獾油脏死了,找下我也不要。"芒儿无所措手足地说:"那咋办?要是发了化脓了更麻烦。"小翠怯怯地说:"有个单方倒是方便,就是怕……"芒儿说:"不方便也不怕,我去找。你快说啥单方?"小翠说:"听人说用唾沫儿润一润能治。"芒儿说:"那你吐点唾沫儿用手指抹抹就行啦嘛!"小翠羞怯地扭过头说:"男的烫了用女的唾沫儿润,女的烫了得用男的唾沫……"

芒娃怀着庄严和神圣的使命往小翠跟前挪了一步,刚刚举起双手时似乎沉重千钧,双手举起以后又轻如浮草,双手搭在小翠肩头的一瞬顿然化释了庄严和神圣,他尚未把唾沫儿用舌尖润到她的烫伤处,小翠猛然转过身来,双手搂住他的脖子,把闭着眼睛的脸颊紧紧偎贴在他的脸上。他双手随即搂抱住她的双肩,有一种强烈的欲望不断膨胀,那欲望十分明晰又十分模糊,似乎是要把她的躯体纳入自己的胸膛?他不知道该做什么,除了一阵强过一阵的臂力的搂抱。芒儿感到脸颊上一阵疼痛,随之又麻木了,模糊地意识到她的牙齿咬着他脸膛上的肉,温热的嘴唇和坚硬的牙齿同样美好。小翠突然松了口侧过头,把她温柔的脸颊贴到他的嘴上,喃喃说:"芒儿哥,你也咬妹子一口……你狠劲咬,把肉咬下来我也不疼……"芒儿嘴唇紧紧贴着她的脸蛋儿,不忍心咬,只是紧紧地吮吻着。小翠突然推开他,脸色骤变……他同时也听到了院庭里的一声咳嗽。

俩人随之所做的表情伪饰全部都变得毫无用处。咳嗽声是二师兄故意警示他俩的。二师兄平素对车老板一家钟爱芒儿早已积气成仇,他在这个大车铺店整整干了七年,仍然只是劈斧扯锯刨粗坯等粗笨活儿,凿卯一类稍微细致的活儿师傅也不放心他去做,更不要说旋制车轴了。他对继续吃木工行这碗饭信心不足兴趣衰败,现在正好撞到了一个改换门庭投靠新主和报复怨敌的双重机会。他早已无法容忍小翠呼叫芒儿时那种骚情的声调骚情的眉眼和骚情的姿势,而那样骚情的声调一次也没有给予过他;他在车老板手下吃不开的处境,不是手艺技能的原因而纯粹归咎于小翠;车老板听信老板娘和女儿的好恶,想抬举谁谁就红火,想捏灭谁谁就甭想起火只能冒烟。他今天对芒儿与师傅全家同乘一挂牛车去逛庙会十分忌妒,却说不出口,芒儿半晌回来小翠接着也回来的举动，使他从妒火烧昏中清醒过来，似乎悟出某点意思。他本打算在镇上馆子饱餐一顿，然后到杂货铺的后院里度过一天时光，那儿是一年四季也不散场的掷骰子摸牌九的场合，其实他没有赌资，仅仅是看看旁人的输赢手气。现在他站在赌桌跟前，看着赌徒们神态各异地抛掷出六颗骰子，刻印着圈圈点点的骨质骰子在敞口瓷钵里当啷啷转着，听着赌徒们欢呼和唉叹的声音，已经刺激不起他的兴趣，脑子里总是闪现着车老板的那个并不美好的铺店，而且透着一种神秘的气氛。他悄悄走进大门，立即判断出神秘的场合在厨房里，小翠骚情的笑声更加证实了他的猜测。他踅到窗外就看见了小翠咬着芒儿脸蛋儿的情景，一下子刺激得他两腿酸软，眼球憋疼。他蹑手蹑脚又踅回街门口，装作刚刚走进院子，漫不经意地咳嗽了一声……

小翠蹦出灶房，格外亲热地招呼他吃饭。他心里鄙夷地想：晚了，太晚了！你娃娃这阵儿才用骚情的眉眼跟我打招呼，太晚了……他随后就走进杂货铺，不是去看掷骰子摸牌九，而是自信心十足地走进杂货铺接待佳宾贵客的礼房。

二师兄辞别牛车铺店到杂货铺去当店员，同时给了芒儿和小翠以毁灭性威胁；提心吊胆惶惶不安地过去了五六天，杂货铺王家没有任何异常反应，又把一丝侥幸给予他俩：二师兄根本没有瞅见他俩相搂相咬的情景。时过一月，依然风平浪静，小翠便大胆向父亲母亲提出和杂货铺退亲，而且说出了根深蒂固的忧虑："一团子面糊儿溅到我脸上，芒儿哥帮忙给我擦，就这事。我恐怕二徒弟看见给王家胡说，那样的话，我过门后就活不起人了。不如趁早……"车店老板和老伴经过方方面面的周密考虑，作出两条措施，一是辞退芒儿，二是立即着媒人去探询杂货铺王家娶小翠的意向。车木匠作出这两条举措是出于一种十分浅显的判断，二徒弟如果给王家说三道四，王家肯定会有强烈反应，因为王家在这镇子上向来不是平卧的人。二徒弟早有弃艺从商的心思流露，车老板把他的突然离去肯定为巧合。媒人到王家探询的结果完全证实了车木匠的判断，王家正打算着手筹备婚事，而且初步设想的规模红火而又隆重，根本没有一丝一毫的异常迹象。

车木匠对于小镇生活人际关系的盘算远远不及他对牛车各个部件卯窍设计得那么精当，直到小翠坐着花轿离开牛车铺店进入镇子南头的杂货铺，正当他悬空已久的一块石头落到实地，骤然发生的事变就把他震昏了。合欢之夜过去的第二天早晨，车木匠两口子早早起来酬办酒席，准备迎接女婿和女儿双双结伴来回门。太阳冒红时，他迎接到的是女婿的骂街声，新姑爷从镇子南头一直骂过来，在镇子中心的十字路口停住，不厌其烦地反复吼叫着一句骂人的话："咱娶回来个敞口子货嘛！敞得能吆进去一挂牛车！"常在杂货铺后院聚赌的那伙街皮二流子们跟在尻子后头起哄，投靠新主的二徒弟得意地向人们证实："早咧早咧，早都麻缠到一搭咧！早都成了敞口子货咧……"车老板脸上撑持不住，从街巷昏头晕脑跑回大车铺店，刚进街门就吐出一股鲜血，跌翻到地上。

小翠在刚刚度过一夜的新房里呆坐着，街上的骂声传进窗户，她的被惊呆的心很快集中到一点，别无选择。小翠现在完全明白了这个不露丝络的圈套已将自己套死。新婚之夜，男人在她身上做了令她完全陌生惊诧的举动之后就翻了脸，说："啊呀！你咋是个敞口子货呢？你跟谁弄过？你说实话……"她无法辩解，揩净女儿家那一缕血红之后就闭上眼睛，断定自己今生今世甭想在杂货铺王家活得起人了，那阵儿还没有料到女婿会唱扬到街上去……她关了新房的木门，很从容地用那根结婚头一天系上的红色线织腰带绾成套环儿，挂到屋梁的一颗钉子上，毫不犹豫地把头伸了进去，连一滴眼泪也不流。

新姑爷骂完以后就去车老板家报丧，肩头还挑着回门应带的丰盛的礼品。他进入岳丈的牛车铺店时礼仪备至,放下礼品鞠过躬行过礼开口就报丧:"你女子上吊了。响午入殓,明日安葬,二位大人过去……"又指着两笼礼品说:"这是回门礼,丈人你收下,人虽不在了礼不能缺。"车老板刚刚被人救醒,强撑着面子说:"嫁出的女子泼出的水,卖了的骡马踢过的地,由新主家摆置;我一句话没有,一个屁不放,你看着办去。"新姑爷告辞以后,车老板疯了似的指着垒堆在桌子上的大包小包回门礼物:"撂到茅坑去!快撂快撂……"

在入殓和埋葬小翠的两天里,车老板让大徒弟套上牛车,拉着一家大小躲到相距二十多里远的一个亲戚家去了。杂货铺王家用薄薄的杨木板钉成一个只能称作匣子的棺材,把小翠装了进去;为了预防凶死的年轻鬼魅报复作祟,王家暗暗用桃木削成尖扦扎进死者的两只脚心和两只手心。镇子上没有人来搬抬棺材,那不是杂货铺王家的乡情寡淡,而是谁也不愿沾惹这个失去贞操的凶死鬼的女人,末了只好用牛车拉到坟坑前草草埋掉。五六天过后,车老板一家又坐着牛车回到镇上,继续打制他的绝活儿。不出一月,可耻可憎的小翠就不再被人当作闲话,也不见凶死鬼闹什么凶事,肯定是四支桃木扦子钉死了她。百日以后,杂货铺王家以大大超过前次婚娶的派势又娶回一位贤淑的女子,连演三天三夜大戏,意在冲刷与车木匠家婚事的晦气霉运。

杂货铺王家婚娶唱戏的消息传布很远。芒儿当夜赶到戏台底下,重新回到熟悉的镇子深情难抑。他用锅墨把脸孔抹得脏污不堪,把一顶边沿耷拉的破草帽扣在头顶。他在王家杂货铺出出进进三次,虽然没有人辨认出他来,却也找不到下手的机会。耍媳妇闹新房的年轻人宁可放弃看戏,兴致十足地拥挤在新房里和新媳妇调情耍闹,直到大戏散场、知更鸟在微熹的天空迭声欢唱的黎明。第二天晚上,芒儿故意拖迟来到戏台下,转了两圈终于在戏台右侧的人窝里瞅见了二师兄的模脑儿，瞅准了他所在的位置旋即离开了，于夏夜深沉戏剧唱到高潮处时潜入杂货铺王家。头天晚上被闹房的人耽搁了的良宵美辰现在得到补偿，新郎新妇不顾前院后院为戏班子做饭送茶帮忙打杂的人出出进进，便迫不及待吹灯合衾了。芒儿那时候正潜藏在炕头和背墙的一个窄窄的空当处，上面搭着两张木板，底下通常是夫妇放置尿盆和内物的阴暗角落。他是在新婚夫妇睡前双方到上房里屋向老人问安时溜进新房藏下来的。如果等两个人欢畅过后进入酣睡下手更加万无一失，芒儿不仅缺乏那种忍耐，而且恶毒地下了死狠心，至死也不叫你狗贼享一回新媳妇的福。他听着炕上的呢喃和羞羞的怯笑，又听见被子被豁开的声音，就从炕头那个窄狭的空当爬出来蹲在宽敞的脚地上，站起身来的时候，手里的杀猪刀就捅进刚刚翻起身来一丝不挂的新郎的后心；新娘叫了一声即被芒娃卡住脖子，一拳打得昏死。芒儿溜出门大摇大摆径直走到戏楼右侧来，挤进人窝，在黑漆漆的戏台下继续他的报仇计划。他一步一步往前挤着，终于挤到早看好了的二师兄背后，扬起左臂装作擦汗，其实是为遮住从旁边可能斜过来的眼睛，然后在左臂的掩护下，把沾着主人鲜血的杀猪刀又捅进伙计的后心。二师兄像是吃东西噎住了似的喉咙里"咯儿"一响，便朝前头站着的人身上趴下去。前头的人很讨厌地抖一下肩膀，二师兄又倒向后边站着的人，倒来倒去人们以为他打盹哩！一当发现这是一具淌着鲜血的尸体，台下顿时乱了套。芒儿已经再次走到杂货铺的青砖门楼下，听到了戏楼那儿惊慌的呼喊，眼看着王家屋里的人鱼贯奔出往戏台下去了，扬起手抖一抖门楼上挂的两只碌碡粗的红灯，蜡烛烧着了红灯的红绸和竹篾骨架，迅即燎着了房檐上的苇箔，火焰蹿上房去了。芒儿夹在混乱的人群里并不惊慌，大家都忙于救人救火，谁也顾不得去查找杀手。芒儿亲眼瞅着杂货铺大门里抬出了僵死的新郎，又看着杂货铺变成一片火海,随后就悄然离开镇子。芒儿来到僻远的周原坡根下,站在小翠的坟丘前,把沾着杂货铺主仆二人鲜血的杀猪刀扎进坟前的土地里;为了某个明确和朦胧的目的,他把身底那件蓝布上扎绣着蛤蟆和红花的裹肚儿脱下来,拴在刀把上,就离去了。

多日以后,有人发现了小翠坟头的杀猪刀和裹肚儿,杂货铺王家拿着这两样东西报到县府。县府的警官又拿着这两样东西找到车店老板。车木匠一看就说:"裹肚儿是芒儿的。"车店老板娘却不敢再添言,那蓝地儿红花蛤蟆的裹肚儿是小翠扎花缝下的。县府立即下令追捕郑芒娃……芒儿根本不知道这些过程,他已经进入周原东边几百里远的白鹿原上的三官庙,跟着老和尚开始合掌诵经了;世界上少了一个天才的车木匠,多了一个平庸乃至不轨的和尚……

"你看黑牡丹这婆娘咋样?"大拇指问黑娃,不等黑娃说话他就揭了底,"她就是杂货铺王家娶的那个新媳妇。"

黑娃不由地"噢"了一声。

"她在王家守寡。"大拇指说,"男人给我戳死了,她还为他守志,想立贞节牌坊。我才把她掳到山上来叫弟兄们享用……"

黑娃舒口气说:"倒也不怪她……"

"当然不怪她。我是让杂货铺王家也难受难受。"大拇指狠毒地说,"我本该是个手艺人靠手艺安安宁宁过日子,咋也料不到要杀人要放火闹交农蹲监牢!旁人尽给咱造难受教人活得不痛快,逼得你没法忍受就反过手也给他造难受事,把不痛快也扔到他狗日头上,咱就解气了痛快了。你黑娃走的不也是这个路数吗?"

黑娃点点头连声说:"对对的!"

"现时你还有啥想不开的呢?都弄到这一步了还计较一个女人干毬!"大拇指一甩手说,"我不说你只说我,而今活下的都是赚下的。无论是烧杀杂货铺还是交农蹲号子,要说死早该变成粪土了。我能活这些年都是赚下的,往后活得越多就赚得越多。想法儿痛痛快快地活着。说不定哪一天死了也就完了,也就够了。"

黑娃叹口气悻悻地说:"一样。一模一样。我的阳寿也是赚下的。"

"这么说就好咧!"大拇指高兴地说,"只有当土匪痛快。咱哥俩扭成一股,摊二年工夫把人马扩充到二百,每个弟兄都能捎上一杆快枪,咱就活得更痛快了。咋哩?官军而今一门心思剿灭游击队,腾不出手来招惹咱们;游击队也是急着扩充人马和官军兜圈圈,跟咱根本没啥交葛;只有葛条沟那一帮子是咱的祸害……"

黑娃一拍大腿:"把狗日连窝儿端了!"

"端是要端,得瞅好机会。"大拇指说,"葛条沟辛龙辛虎那俩货脑子里安了一个转轴儿。四乡闹农协闹得红火那阵儿,你的那个姓鹿的共产党头儿找他,三说两说他就随了共产党;农协塌火了官家追杀游击队,他扔了共产党游击队牌号儿又打出土匪的旗旗子。这种人谁敢信?这俩货而今比咱难受,游击队恨他想收拾他,他也叼空想收拾游击队;他急着想扩充力量对付游击队,拉我跟他合伙,我不干。跟这种货谁敢共事?他就想拾掇我的摊子端我的老窝儿。一句话,这货不除终究是咱的祸害!"

黑娃还是冷冷地重复一句:"咱先把他的老窝端了。"

"好。"大拇指举起酒碗说,"咱们就开始准备这件大活儿吧。"

黑娃饮下一碗酒:"放心啊大哥。黑娃脑子里没有转轴儿,是一根杠子。"

天色透亮。大拇指说:"夜个黑间有个人来寻你,我让他先睡在你的炕上……"

黑娃忙问:"谁?谁还来寻我?"

大拇指笑笑:"你进门就知道了。"

黑娃走进自己的山洞,惊得叫起来:"哦呀兆鹏……"

第二十二章

黑娃看见坐在自己铺炕上的人,愣怔许久才辨认出兆鹏来,随之俩人就交臂呼叹起来。黑娃久久地瞅视着兆鹏,头上缠裹着一条脏兮兮的蓝布帕子;穿着一件褪色的蓝色对襟布衫,肩头缀着一块白布和一块黑布补丁,衫子的下襟过长,苫住了前裆又盖住了屁股;黑色布裤,又缀着蓝布和紫红色的补丁;脚上蹬着一双五麻六道的麻鞋,白布裹毡从脚趾一直缠扎到膝盖;从头顶的帕子到脚下的裹缠布,全都污染着草汁树液漆斑和苔藓的干涸的黑色疤痕;脸上也布满污垢,耳轮里和脖颈上积结着黑色的垢甲,鬓角露出来的头发粘成毡片,与白鹿镇小学校里那个穿一身藏青色制服的潇洒精干的鹿兆鹏无法统一到一起,完完全全变成一个地地道道的秦岭深山里的山民了。如果寻找破绽,就是那一口白色的牙齿。山民们也许生来就不懂得刷牙,也许是饮水的关系,十个有十个的门牙都是黄色,像是蒙了一层黄色的瓷釉。鹿兆鹏仍然保存着在白鹿镇小学当校长时那一口白得耀眼的牙齿。黑娃笑着说:"要不是你这一口白牙,我根本就认不出你咧!"鹿兆鹏笑得牙齿更白更耀眼了:"你而今人强马壮,你把世事弄大了,老哥投奔你来咧!"

黑娃从炕头的架板上取下酒瓶儿,又叫醒了管伙做饭的兄弟,端来了刚才留给他的那些饭菜,在冒着一股粗壮黑烟的吊盏油灯昏黄的光亮里,俩人举起盛着清凌凌的酒液的粗瓷碗,黑娃大声慨叹起来:"哎呀兆鹏哥,咋也想不到咱兄弟俩在这儿会面咧!我常想着咱俩怕是今生今世谁也见不着谁了。兄弟而今没牵没挂,没妈没爸,没婆娘没娃,落得个光独独的土匪坯子咧！喝呀喝呀,咱兄弟俩敞开喝……"借着酒兴,黑娃把他揣着兆鹏的手条怎么寻找习旅、怎么从士兵受训到成为习旅长的贴身警卫、怎么参加暴动及至踩着麦捆子似的尸体死里逃生、怎么落草山寨一下子倾吐出来,说完大哭:"兆鹏哥,我只听你说闹农协闹革命穷汉得翻身哩,没想到把旁人没撞动,倒把自个闹光了闹净了,闹得没个落脚之地了……"兆鹏的脸膛也泛起红色,撕去了头上的帕子,大声沉稳地说:"知道,我都知道。"黑娃瞪着眼狠狠地问:"你都知道？你见过尸首跟麦捆子一样稠地摆在地里的情景？你看见习旅的士兵倒下一茬子拥上一茬子,再倒下一茬子再拥上一茬子的情景？你知道习旅长抱着机枪杀得两眼着火的情景？我挨枪子的时光习旅长还活着,后来就不知道他死了呢还是活着……"兆鹏仍然不动声色地说:"你说的情景我都知道。策划那场暴动时我也参与了。习旅长那阵子没死,带着余部出潼关到了河南,东逃西躲一月之久,还是没有站住脚……他死的时候枕着机枪。我们唯一的一支能打仗的正规军就此完结了。"黑娃问:"事情过去了,我想问你一句,你们策划暴动的时光,想没想到过这个结局？"鹿兆鹏说:"想到了。"黑娃惊异地问:"想到了还硬要伸着脖项去挨刀？"鹿兆鹏仍然沉稳地说:"你忘了习旅长讲的'七步诗'的故事？作出诗是死,作不出诗还是死！就是这样。"黑娃叹口气:"完咧。到底还是给大哥煎了。"鹿兆鹏却冲动起来:"完不了,怎么能完了呢？真正的革命现在才开始了啊黑娃兄弟！"黑娃正灌下一口酒,瞟了兆鹏一眼,垂下头默默地夹起一块野猪肉咀嚼着,良久才找到一句恰当的话:"革命开始了,你咋么有空儿到我这儿逛来咧？"鹿兆鹏也找到一句恰当的话:"我嘛,瞅中你的好营生……入伙来了。"黑娃立即敏锐地作出反应:"兆鹏哥,你甭耍笑。"兆鹏说:"我没耍笑。我来了就不走了,入伙！"黑娃当即说:"这话跟我再不能往下说。要说明日跟大拇指当面说。"鹿兆鹏说:"那当然。你还是很义气。"黑娃说:"天快明了,咱们睡觉。明日个跟大拇指当面说。"

黑娃一觉醒来,已是第二天傍晚,木杆上吊着的灯盏已经点火,在夕阳的红光里闪耀。那是一只生铁铸成的盆子,里面装着麻油,燃着一根擀面杖粗的油捻子,黑烟滚滚,空中飘浮着未燃尽的烟油絮子。这是重要宴庆的信号。伙房里接连传出煎油爆炒的脆响。弟兄们出出进进嘻嘻嚷嚷,显然是被好酒好菜鼓舞着。他找到大拇指的洞穴。大拇指兴致勃勃地说:"弟兄们好久没有团圆了,今日个犒劳一顿吧;二来为你解解心烦;三来嘛,你有朋友到来,这可是你生死之交的朋友。你的朋友就是我的朋友,理应款待。"黑娃想告诉大拇指兆鹏入伙的事。大拇指仍然朗声说:"先咥了饭再说。"

大吃猛喝一毕,尚未醉倒的土匪们练开了功夫,有的练拳,有的舞刀,有的练枪法,有的练爬树翻墙,有的练捆缚敌手,倒显得生龙活虎。黑娃引着兆鹏进入大拇指的洞穴。大拇指不用寒暄,不讲客套单刀直入:"我的二拇指说你想入伙?"

"是的。"兆鹏点点头。

"真的?"大拇指套问。

"真的。"兆鹏平静地肯定。

"你把'真的'这话连说三遍。"大拇指盯着他说,"看你能不能说得出来?"

"好咧好咧!"兆鹏释然笑了,"说真的也算真的,说半真半假也是半真半假,可不完全是假的。"

"完全是假的。"大拇指不屑地说,充满了自信,声音的平静愈显出透里知底的决然肯定,"你是想把我的弟兄纳进你的游击队。你入啥伙哩!"

"你比神瞎子的卦还算得准。"兆鹏也很平静,没有一丝被戳穿的尴尬,坦然笑着反问,"真要这样,你说行不行呢?"

"天爷!空里的鹰地上的狼,飞的和跑的拢不到一搭嘛!"大拇指轻俏地调侃起来,"你是堂堂共产党头儿,我是土匪,咋也拢不到一搭咯!"

"咱俩差不多。搁秤上吊一吊分量差不了多少。"兆鹏也是一腔调侃的调儿,"滋水县通缉我悬赏一千块硬洋,悬赏通缉你也是大洋一千块,咱俩值的一个价码咯!"

大拇指笑了。黑娃也忍不住笑了,心里凝结的紧张气氛顿然松弛下来;他始终没有说话,斟酌了三人之间的关系而决定自己不必开口;他只期望这两个人之间不发生冲突,无论谈判的结局如何;他很珍惜大拇指的笑,企图扩延刚刚出现的轻松气氛,就以打诨的口气说:"滋水县的'共匪'头子和土匪头子值的一个价码,嫽哇嫽哇!"

兆鹏适时地掌握着松活了的气氛:"我了解你。你是个灵醒(聪明)的木匠。你是个不怎么样的和尚。你会成为一个有出息的红军指挥官,这一点我肯定无疑。你当山里王太屈材料,太可惜了。我是瞅中你这块材料才来找你的……"

大拇指收敛了笑,冷冷地说:"我也了解你。我在三官庙当和尚那阵子就知道你。你也是个灵醒人。但我这个寨子里不要你。我知道你跟黑娃的关系。黑娃是个可靠的义气的人。黑娃愿意跟你走我放黑娃走,还有哪些弟兄情愿跟黑娃一搭投靠游击队也都放他们走,我还让他们把家伙一起带走……"

黑娃打断大拇指的话说:"大哥你说哪里话!我跟你绝无二心,可以指天为誓……"

兆鹏坦率地表白说:"我刚才说了,我是瞅中你这块料了。我希望跟你搭手共事……"

大拇指接住自己被打断的话继续说:"我说的是真话。我明白,无论谁家当朝坐江山,都容不得土匪。而今国民党悬赏捉我,日后有一天共产党把事弄成了,还是要拾掇我。我要是能活到那一天,你兆鹏坐江山拾掇我的时光,能给我一个浑全的尸首就遂心了。"

兆鹏不由地动了情:"这又何苦哩?你一进红军队伍就会明白,你肯定比当土匪活得畅快。告诉你,我根本不是拉你去游击队,我们已经建立起来一个正儿八经的红军军团,军长是正儿八经的黄埔军校训练出来的……"

大拇指并不动心:"我刚才把话说到尽头了,黑娃愿意走就跟你走,还有哪些弟兄愿意走的话也跟你走,家伙都随手带走。我算义气了吧?旁的话你再甭说了,你日后能给我一个浑全尸首就算义气之交咧!"

黑娃再次申明:"我而今连尸首浑全不浑全都不顾虑。"

兆鹏笑笑说:"我也没想让你当下跟我走。我给你打个招呼,你慢慢思量思量;你啥时候想开了,再给我打个招呼,我来接应。"

大拇指说:"那好……日后再说吧!"

兆鹏说:"我们肯定还会见面的。"

半年以后,他们果然又见面了,鹿兆鹏作为俘虏被大拇指捉上山寨。半夜时光,探马回来报告大拇指,有一杆子来路不明的红军人马闯进山来,在离山口几十里的章坪镇安营下寨,遭到了政府军的包围,一个军的人马给连窝揾死了,剩下的分成几股逃走了。有一股逃到离他们山寨三十来里的双岔沟歇下了,大约二十来个人。双岔沟只有三五户人家,住得散散落落,这一股红军就住在沟梁上的茹姓人家里。大拇指当即叫来二拇指黑娃,让探马把这事再述说一遍,然后问:"兄弟,你看这活做得做不得?"黑娃说:"油水厚不厚?红军都是些秕谷瘦皮,谅也没多厚油水。"探马插话说:"他们都捎一杆快枪。"黑娃又问:"这一杆子红军打哪儿来的?是不是山里那几股游击队的一股儿?"探马说:"山里那几股游击队全是本地猴儿,滑得黄鳝一样。这杆子红军是从山外闯进来,人生地不熟,刚进山就给捂住了。弄不清哪达来的,反正不是南山猴儿。"黑娃说:"大哥你定点儿。你看中那二十几杆快枪的话,我带弟兄们去拿回来就是了。"大拇指却不像黑娃那样轻松:"本来嘛,咱们跟红军游击队是井水不犯河水,各吆各的车,各碾各的辙。黑娃你心里本不愿意挫红军,你是怕我疑心你跟红军有丝连才这么说。我也根本不想撞惹红军。这回不同,这杆子来路不明的红军蹬踏到黑窟窿里了,撞到舅家门板了,出山是决然出不去了。再往前走,或是再过上两天,让葛条沟那帮子扫风着了的话,非吃不结,红军手里的快枪就落到他们手里了。这样子的话,不如咱们先动手把家伙缴了……"黑娃听了就折服了:"大哥我明白了,我去吆喝弟兄们。"黑娃站在往常发号施令的石阶上,连连发出三声尖锐的嘬哨,匪徒弟兄们便从各个角落拥到平场上来,作为大殿的山洞里灯盏齐发。大拇指站在大殿的台阶上部署行动:"从双岔沟两边摸上去包围姓茹的那一家,记住:只缴家伙,不准伤人,缴下枪来放人走;不许开枪,只准吓诈,实在缴不下枪来,放走算毬了。"有弟兄问:"咱不开枪,他们要是朝咱开枪咋办?"大拇指沉吟一下说:"万不得已要开枪……只许打下三路!"在最后确定谁领头去的时候发生了争执,黑娃执意要去,大拇指毫不动摇地说:"轮我打食,轮你守窝了。"

完全是万无一失的捕捉而不是交火拼杀。天空落着夏季里不大常见的蒙蒙雾雨,山道湿滑,伸手不见五指。土匪们灵如猿猴,一直摸到双岔沟梁上站岗放哨的卫兵脚下,一个土匪蹿上去突然抱住哨兵的双腿把他撂倒,另一个土匪同时把一块烂布塞进他的嘴里,前门和后门的两个哨兵几乎同样被擒获。当土匪们准备踏门而入的时候,低矮的屋脊上响了一枪,那儿还隐伏着一个暗哨。但是为时已晚,土匪们从前门后门和树枝围成的篱笆墙踏过去,把茹姓山民的两座房子全部控制到手中。睡在炕上和脚地上以及台阶上的红军士兵疲惫不堪反应迟钝,有三五个反应迅敏的人刚摸起枪,就被土匪们缴到手了。土匪们三个人对付一个红军士兵绰绰有余,缴了枪就把他们统统逼进一间屋子。最后从山民火炕上拖出来的那个人是个伤员,腿上淌着血一步也挪不动,由一个红军士兵背着他从炕上挪到地下。大拇指命令所有俘虏转过身去面向墙壁,然后才让弟兄点着了一枝火把,拿到那个匍匐在地上的伤号面前一照,他几乎吃惊地叫起来,那是兆鹏。大拇指立即发布命令:"你们现在可以走咧!你们在这山里扎不住脚赶快出山去,记住不要结帮搭伙,要零碎单个往出走,不要开口说话,一开口就露馅了。"那些红军士兵还背对着他没有动。大拇指吩咐两个弟兄架起受伤的鹿兆鹏出了门。回到山寨,大拇指对迎上前来的黑娃说:"真是撞到舅家门板了——你的共产党大哥给我弄来了。"

　　黑娃在灯下一看,兆鹏昏昏迷迷不辨生人熟人,小腿肿得抹不下裤子,整个脚面和脚趾都被血浆成红紫色。大拇指唤来大先生。大先生提着药葫芦跑来,用剪子割开左腿的裤子,用水洗了伤口四周的瘀血,皱着眉对大拇指和黑娃说:"糟毯咧,是个瞎眼儿。"枪子穿透了身体被土匪们称作亮眼儿,未穿透被称作瞎眼儿,弹头还留在小腿肚儿里。大先生说:"有两个办法,一是将就着治好外伤,让人家出山进城到洋医院去掏枪子儿;二是我给他掏出来再治好,可咱没麻药,怕他受不住疼。你说咋治我咋治。"大拇指瞅瞅黑娃。黑娃说:"干脆给他掏出来。"大拇指对大先生说:"掏。"大先生解开布包,取出一只带环儿的钢钎儿,刚挨住伤口,兆鹏就惨叫起来。大先生迟疑一下说:"这人没咱的弟兄皮实。"大拇指笑着对黑娃说:"就这副虚气儿他还想入伙哩!咱伙里弟兄可都是断胳膊折腿不吭声。没这股子毒劲儿还想入伙当土匪？绑起！"于是七手八脚把兆鹏的身子和手脚都捆绑在木板上。大先生说："我下手了——"话音未落，一下子就把那根带环儿的钢钎子塞进伤口。兆鹏撕肝裂肺似的吼叫起来。黑娃说："把嘴给塞住，叫得人心烦。"于是又用烂布塞进嘴里。大先生捏着那根钢钎儿在腿肚里寻找弹头，一挖一拐又猛然一提，一串血肉模糊的东西带着一股热血的腥气从小腿肚里拉出来，扔到盛着清水的铜盆里，当啷一声脆响，水面上就绽开一片耀眼的血花。伤口里的血咕嘟嘟涌冒出来，大先生不慌不忙拔开药葫芦的木塞儿，把紫红色的刀箭药倒入伤口，拿一只带勺儿的钢钎往伤口里头擩塞，血流眼见着流得缓了少了，随之就止住不流了。大先生又掂起另一只药葫芦儿，往伤口四周撒上一层厚厚的黑色药面儿，然后用布条垫着麻纸缠裹起来。大先生瞅着被他折腾得完全昏死的兆鹏说："没彩没彩，这人没彩！招不住我一刀的人都没彩。"他摸摸兆鹏的额头，拔下塞在兆鹏嘴里的烂布，把两粒黑色的药丸塞进口腔，灌下一口水，迫使兆鹏咽下去，然后说："抬走。让他睡去。睡醒来就没毬事了。"

第二天傍晚时分，兆鹏睁开眼睛嚷着要喝水。他强挣着坐起来，把伸到眼前的水碗抱住一饮而光，才瞅着递给他水碗的人惊奇地叫起来："黑娃黑娃，怎么是你？"黑娃抿抿嘴没有开口。大拇指却说："你忘了你说的'咱们还会见面'的话啦？这回是我请你来入伙儿。"兆鹏猛地转过头，瞅住站在炕脚地上的大拇指："我咋毬落到你手里了？"黑娃接住说："你多亏落到大哥手里了。"兆鹏转着眼珠朝后倒下，靠在背后垫着的被卷上，悲不堪言地合住了眼睛，两个眼皮痉挛似的弹动着，眼角流出晶亮晶亮的泪珠儿……

那是一场从一开始就注定了失败的进军。省委接到一支红军武装企图攻打西安的密讯，派鹿兆鹏化装潜入红军部队传达省委意见,要求红军指挥官做出一个详细周密的进攻方案,省委讨论之后才能作出决定,同时将西安地区守军布防的情况提供给红军指挥官,供他们斟酌自己的力量作出抉择。鹿兆鹏扮装成一个受聘赴任的教书先生,顺利地通过渭河平原,进入渭北高原之中刚刚创立的根据地茂钦。茂钦这个像遗落在山间的一粒羊粪一样默无声息的村镇,现在在北半个中国日渐显露声名。南有瑞金北有茂钦。茂钦中华苏维埃的红布旗帜在莽莽苍苍的黄土高原上看去确似一簇生动飞扬的火焰。共产党人在这里创建起来第一支农民武装,称作红三十六军。鹿兆鹏的到来使红军最高指挥员之间的争论更加激烈,争论双方的力量对比是二比二。廖军长和王副政委干脆把进攻西安说成是葬送红军的冒险行动;姜政委和权副军长力主进攻西安,理由比反对派要充足十倍。在二比二相持不下的时候,廖军长首先表现了妥协,才使进攻派占了上风。鹿兆鹏向他们传达了省委意见,唯一坚持不改初衷的王副政委重新挑起争论,理由是省委没有肯定这个行动计划。廖军长立即更改了违心的妥协又恢复了反对派的真实面目。姜政委倒很冷静地反问:"省委没有肯定也没有反对进攻呀?敌方在西安的布防情况我早已清楚不过,嫡系和杂牌正大眼瞪小眼乌龟瞅王八,咱们趁这个空子正好得手;缓后无论乌龟吃了王八还是王八吃掉乌龟,他们就成铁板一块无缝可钻,失掉战机了。省委要我们报一个详细作战计划是多此一举,一切已经成熟。"姜政委对廖军长的摇摆不定有点生气,用一句粗话讽刺说:"尿尿去了屙下屎来——连稀稠都拿不住了。这样子的话怎么带兵打仗?你可是咱们四个人中独独上过军校的指挥员呀同志!"廖军长脸红了,不仅没有发火,诚挚的声音令人感动:"姜政委,你挖苦我两句我不在乎。我弄起这一杆人马来着实不容易,我只担心弄不好又丢光了咧……"鹿兆鹏心里颤悸了一下,这个长着四方脸盘英俊漂亮的陕北汉子,一口鼻音浓重言词笨拙的话令他感动。廖军长是黄埔生,投身国民革命战功赫赫;国共翻脸以后,他带着他拉出来的那一部分队伍参加了习旅的暴动,暴动失败后他就成了光杆司令,几年间又创建起红三十六军来。姜政委是省委派到三十六军来的,他很尊重这个前额突出有点像列宁面孔的政委,似乎也有点说不清为什么的怯惧心理。姜政委说:"军事行动上的摇摆不定反映出思想立场的动摇。"王副政委与大脑门子政委一丝也不妥协:"这仅仅是一个具体军事行动的分歧,与立场无关。"廖军长痛苦地扭曲着脸沉默了。姜政委说:"一切按原计划进行。王副政委下连当兵。鹿兆鹏同志做副政委。"鹿兆鹏说:"我必须赶回去向省委汇报。"姜政委说:"不急。打下西安咱们一起去汇报。"鹿兆鹏急了说:"我也反对这个行动。"姜政委说:"你反对我也要你做副政委。"

鹿兆鹏在根据地住了下来,发现在红军士兵里头却没有这样严峻的分歧和争论,而且洋溢着几乎是迫不及待的攻打西安的战斗热情。姜政委深入浅出的讲演特富魅力和鼓动力量:"南昌暴动失败了,广州暴动失败了,咱们这儿的暴动也失败了,国民党高兴得近乎得意忘形。我们攻下西安就向全中国的反动派敲响第一声丧钟,共产党还存在,真正的革命刚刚开始!"姜政委洪亮激越的声音被热烈的呼喊打断了,他谦逊地低着硕大的脑袋等待欢呼声结束,然后扬起头来分析这次行动的形势:"西安的嫡系初调入陕,两眼紧盯着杂牌子地方军;杂牌子地方军收罗的都是土匪民团,属于乌合之众,十有八九都是逛窑子抽大烟的二流痞子,根本不经打。咱们红军不是一个顶仨,而是以一当十。渭北地区农协运动开展最早,地下党遍布各个村镇,我们路过之地会一呼百应。我们一举攻下西安,建立起中国革命的第一个红色政府,必将照亮整个北半个中国……为了共产主义,同志们,努力冲锋啊……"

整个红军陷入一种激战前的狂热之中,以致王副政委在下到炊事班当伙头兵时,竟然连连受到士兵们的嘲笑和鄙视。廖军长现在尽可能认真地按照在黄埔军校学习的指挥艺术设计这场进攻……队伍终于拉出山沟进入坦荡如砥的关中平原了,此时刚刚黎明。鹿兆鹏此时才弄清白,这支号称三十六军的红军部队实际上只有九百多人,不过是一个团的编制力量,心里就愈加忧虑和胆怯。在山区小镇茂钦根据地里,九百多人显得熙熙攘攘,一投身到雾雨蒙蒙的关中平原上以后,这九百多人的队伍就不再显示出浩浩荡荡的气势,反而觉得过于细瘦了点儿。他们沿途所经过的许多千户大村,无一例外地遭到了村社门族自立的保安队的偷袭和骚扰,根本不曾发生一呼百应的情况。(那些村庄里确实有共产党的地下支部秘密地活动着,他们没有得到任何指示或消息,压根儿不知道这次军事行动,甚至搞不清楚这支穿着杂七杂八衣服的军队是国军、土匪还是杂牌子地方武装。)淫雨绵绵,这是关中平原旱季里极为罕见的阴雨天气,池满河溢,遍地泥浆,找不到一坨干燥的立足之地,更拾不来一把柴火。士兵们渴急了就喝路边水坑里的泥水,好多人抱着肚子提着裤子拉稀不迭。姜政委执意选择雨天出击的理由是,反动派军队怕吃苦,怕夜战,也怕雨战,红军战士瞅准其弱点专事夜战雨战,因为红军士兵自小就在苦水里泡大,不计苦累,不避风雨。姜政委瞅住了敌手的弱点却忽视了自己的弱点,这些自小生长在渭北以北黄土高原上的士兵全都是些旱鸭子,在黏湿滑溜的平原上行军不久就疲惫困乏,全都被淋浇得湿透了衣裤又溅满了泥巴,变成落汤鸡或更像泥猴了。渡过渭河以后,在河岸边的柳林里暂作歇息。姜政委擦拭着眼镜片上的泥巴浑纹儿,怎么也擦不干净,他发觉自己的衣襟和手指全都给泥巴弄脏了,无奈就把无法擦净的眼镜架上鼻梁,对瘫坐在湿漉漉的沙地上的士兵们鼓劲打气:"同志们,再走五六十里路就进城咧!老孙家羊肉泡馍,老白家饺子馆,西安饭庄葫芦鸡尽饱咥啦……"姜政委给士兵打足气儿之后,就把另外三位领导者引到远离士兵的柳林深处,坚定不移地说:"我回省委汇报情况兼作城内策应,你们继续前进,不能有丝毫的动摇情绪。咱们在滋桥北桥头会面。"姜政委连一个随身警卫也不带,只身走掉了。

姜政委临走时委托鹿兆鹏做代理政委。姜政委走过柳林进入蒿蓬茅草地带,三个站在原地未动的领导者谁也不说话,一直瞅着姜政委在蒿蓬和茅草上隐现的脑袋完全消失,他们才不约而同地面面相觑起来。鹿兆鹏心里浮起一缕惆怅一种空虚,像被抽掉了主心骨一样茫然失措。他说:"我提议让王出来做代理政委。"廖军长和权副军长只碰了一眼就说:"你去把王叫来。"下到炊事班的原王副政委不紧不慢走过来,冷着脸站住。廖军长说了姜政委回城向省委汇报的情况以及委托他做代理政委的意见,王副政委对此先不表态,却冷冷地说:"姜要是跑到国民党省党部汇报怎么办?"鹿兆鹏噎得说不上话咽下一口唾液,廖军长显然也看出王副政委的鸡肠小肚,不客气地说:"同志,你这样的态度令人失望!"权副军长从中调和:"王副政委别记惦今日个以前的事了。今日个或者说目下咱们咋办?"鹿兆鹏立即附和说:"对!咱们下一步的事才最要紧。"王副政委仍然冷冷地说:"往回撤。撤回茂钦还来得及。"廖军长惊诧而又生气地问:"你这意见是出于对队伍的负责,还是跟姜执气赌输赢?"王副政委说:"这怎么分得开呢?"廖军长窝气地说:"你们俩的意见呢?撤还是进?"权副军长现在变得异常耐心温柔起来:"大家都冷静才好。我觉得现在撤回去的根据不充足。"鹿兆鹏觉得权副军长的意见与自己相吻合,随即说:"我同意权副军长的看法。"又对王副政委诚恳地劝说道:"你的意见可以保留。你还是应该代理政委。"王副政委冷漠地笑笑说:"我……还是回炊事班去好。"

廖军长没有说话,连瞅一眼已转身离去的王副政委也没有,对鹿兆鹏和权副军长说："我们还得往前走。"队伍被集结起来继续前进，近傍晚时赶到滋桥北边两个村庄之间的空阔地带。鹿兆鹏和权副军长扮装成当地农民的模样走进了滋水桥街道，在桥北头踅摸好久看不到姜政委接应的任何迹象，俩人不敢再等，又离开镇子。权说："我们像一条出了山的狼，天地开阔却危机四伏。"兆鹏苦笑一下没有说话。俩人回到集结地，廖军长急不可待地把他俩拉到稍远一点的地方，以调侃的口吻说："王副政委看来是呲到向上了！"廖军长问也不问接应的事，告诉他俩一个严峻的事实：姜政委没有回省委汇报。那么姜政委到哪儿去了呢？半路上出事了或是……鹿兆鹏忙问："你的根据？"廖军长公开了一个秘密：队伍出山前，他背着姜政委派人进城向省委汇报，要求省委具体指示这次进军的方案。汇报的同志刚刚回来，让队伍赶紧撤回茂钦或先进入秦岭隐蔽。鹿兆鹏似乎顿然变得轻若一根羽毛，随便一股微风都可以掀起它来，那是一种真切的彻底灭亡的预感。他揪住自己的头发软软地蹲下去，说："我没有阻止这个冒险我……"权副军长诚挚地说："廖军长我对不住你我混账……"廖军长痛苦地摇摇头："只怪我不怪你们。快不要说怪谁不怪谁的话，赶快想法挽救部队！"鹿兆鹏看见廖军长一张七色脸，痛苦惶恐，急迫悔恨，也还有冷静。他指使鹿兆鹏叫来了王副政委，仍然用他诙谐调侃的习惯说话："好了，现在我们按你的意见办。你甭当伙夫了，当政委吧，代理那俩字儿太啰嗦，干脆去毬了。"王政委仍然冷冷地说："我已经改变'撤回去'的主张了。"鹿兆鹏瞅着这个严厉得有点冷漠的王政委揶揄地说："毬毛总是不合股儿！"王政委说："我们撤回去，要是茂钦的老窝给人捣了咋办？"廖军长拍一下王政委的肩膀说："好了！咱们合到一股了——进秦岭。"

撤退的命令下达以后，队伍便有点松懈，那些谋着进城吃羊肉泡馍的士兵满肚子怨气，便无缘无故地射击公路上驰过的汽车。

枪声突然引发了炮声,大炮的轰击声震撼着大地,队伍加快了撤退的步伐。但鹿兆鹏尚不知晓他们已经侥幸地脱出了灭亡的境地。原来城防驻军就驻扎在桥南不过十里的草滩一带,早已发现了他们的行踪,而且报告了司令官。司令官是个土匪出身的杂牌子军长,摆摆手说:"轰走轰走!轰走算毬了!"副手建议说:"送到口边的菜就该吃。"军长说:"那个'菜'是一罐子萝卜缨子酸菜。缴不来大炮机枪,也肯定没有黄货白货,那几杆破枪缴回来反成了累赘。咱打死他十个不抵他打死我一个,打死他十个给咱添不了一个,他打死我一个我就少下一个……"军长虽是粗人却不乱主意……这就留给了鹿兆鹏他们安全转移的机会。

进入秦岭隐蔽的行动方案很快统一确定下来,以风景和温泉驰名古今的骊山是距离最近的山地,自然成为撤离选择的最佳路线。鹿兆鹏是关中人,就被推到领头人的位置,和廖军长走在前头,领着队伍朝骊山进发,王政委和权副军长殿后督促。这支只对过往汽车打了几枪的红军队伍,完全被泥泞雨水饥饿和拉稀拖垮了,士兵当中的怪话开始冒出来,"逛平川赏景致,也该择个好日子嘛!""咱不打人家,人家也没打咱,咱就跑毬了,这算哪家子的战法?"傍晚时分,部队踏进了通向骊山的一条沟壑,鹿兆鹏才顿然觉得悬提在空里的心落到实处,那是山地给人的一种安全的依托。十之八九来自陕北山区的战士对山的感觉更为敏锐,情绪活跃了,怪话俏皮话风凉话一茬一茬冒出来。鹿兆鹏忍不住悄声说:"你当初坚持不出就好了。"廖军长也悄声说:"那样的话,队伍就会掰成两半。"鹿兆鹏问:"这个队伍不是你一手弄起来的吗?"廖军长笑笑说:"他嘴巴上功夫深,我说不过他。"鹿兆鹏有点讥诮地说:"我看你好像总有点怯他?"廖军长说:"他是省委派来的呀!"说罢也讥诮地反问:"你不也一样吗?他叫你当副政委,你不当,还是拗不过他是吗?"鹿兆鹏没有说话。走出沟壑踏上一道驴脊梁似的山梁,鹿兆鹏驻足片刻朝南望去,对面的白鹿原刀裁似的平顶呈现出模糊的轮廓,自东而西逶迤横亘在眼前。那一瞬间,一只雪样儿的白鹿在暮云合垂的原顶上纵跃跳蹦了一下消失了。鹿兆鹏舔了舔干裂的嘴唇对身边的廖军长说:"看见了吗?"廖军长毫不惊奇地问:"看见什么了?"鹿兆鹏仍然抑止不住兴奋:"瞅那儿我的家乡——白鹿原。"

王政委从后头赶到前头来,拍了拍鹿兆鹏的肩膀说:"你的任务完成了。你引路引得好。进山了该我领路了。"鹿兆鹏就坠到队伍后头和权副军长殿后。王政委是山里人,他的那个村是滋水县所辖的秦岭深山最僻远的一个仓。队伍一刻也不停留,沿着山梁,又倚着崖坡朝前走,山越来越高,路越来越细,直走到根本没有什么路,依然沿着梁或翻着沟往前走。天色完全黑下来。跌翻绊倒的人呻吟着叫骂着再爬起来往前走,战士们已经没有说俏皮话的兴趣了,正好借机以咒骂发泄心中的不满。权副军长是进攻派,他的意见被否决,怀着深沉的愧惭和羞耻的心绪一声不吭跟在队伍后头。鹿兆鹏几次和他搭话他都不吭,就忍不住玩笑式地刺了这位陕北军长一句:"你权副军长难道还为羊肉泡馍憋气?"他仍然不吭不响。

临近午夜,队伍进入秦岭深处的章坪镇驻扎下来,全镇动员了十几户人家一齐点火熬烧苞谷糁子。士兵们喝罢就躺下了。鹿兆鹏刚刚睡下就被枪声惊醒,密集的枪声响成一片,像母亲在锅里炒爆苞谷花的密集的脆响。他从腰里拔出手枪冲出住屋,跌进一个长满藤蔓和青草的壕沟,趁势躲在那里观察一下阵势,随之就悲哀地发现,章坪镇四周完全被包围了,敌人像合围的网一样从南北两面的山坡和东西两边的山道围堵过来。红军战士四处奔逃,无法形成突围的力量。他贴着一条低矮的坡根往前蹿去,小腿感到了麻木和沉重,大约是在冲出屋子后门时挨上枪子了。鹿兆鹏往前蹿一截就伏下来隐蔽一会儿,看着敌人黑漆漆的身影从他头顶的缓坡上跃过去,他的头脑十分清醒,十分镇静,这使他自己也很吃惊。那一刻他心里甚至自豪地闪出一个念头:行啊我还行!他蹿过那面坡塄进入一条河沟,发现了和他同方向往前跑的人影,急中生智喊叫起来:"三十六——三十六——三十六跟我走——"沟沟岔岔里就有人吆喝起来:"三十六——三十六来咧——等等三十六——"鹿兆鹏拾拢起二十几个逃散的三十六军战士,沿着河沟跑过二十多里,拐弯改变方向进入双岔沟⋯⋯他根本不知道,自打他们从滋水桥撤离的那一刻起,一张网早已向他们张开,当他们在章坪镇喝着甜丝丝的苞谷粥的时候,嫡系国军早已完成了四面包围的阵势,只等着他们睡觉哩⋯⋯

鹿兆鹏在黑娃的洞穴里住过半月,伤口已长平愈合,始终也搞不清那个白胡须老汉葫芦里装着什么神丹丸散。大拇指芒儿在头六七天里,每天派二三十个弟兄下山,四沟八岔去寻找散失的红军士兵,塞给他们几枚银元或一撮烟膏,然后指明出山的路径。鹿兆鹏临走时对大拇指说:"你很义气。你我有缘分儿。我不死你不死咱们还会见面的。"大拇指说:"你而今下山咋弄哩?你的队伍没有了。"鹿兆鹏说:"我得再去弄出一个军来。"

黑娃亲自护送兆鹏出山,鸡啼二遍时走出峪口,俩人便分了手。黑娃说:"啥时候需用兄弟帮忙,你尽管开口。"鹿兆鹏说:"要说嘛,我还是那句老话,你再考虑,你的山里王不能再当下去了,哪怕招安县保安队也行⋯⋯"黑娃一愣。兆鹏再次肯定地点头颔首,转身大步走了。

久雨初晴的夜空洁净清爽,繁密的大大小小的星星一齐闪烁,星光给白鹿原单调平直的原顶洒下了妩媚和柔情。鹿兆鹏沿着滋水河川的小道走着,看看黎明即将临近,就斜插到通往原坡的一条小径,一直走到坐落在半坡上的白鹿书院。朱先生刚刚起来,掂着一把长柄笤帚走到院庭。鹿兆鹏说:"先生,我还得给你添麻烦。"朱先生一句话没说,拉着他走进一间屋子:"你上回住过的老地方咧!"鹿兆鹏说:"这回我只待一天,天黑夜静了我就走。"朱先生也不问他从哪儿来到哪里去,吩咐师母给他拾掇早膳。兆鹏吃了饭就倒头睡下了。

鹿兆鹏醒来时天已昏黑,知了在书院里的树杈上叫成一片,他吃了点晚饭踱到前院朱先生的书房来。朱先生抬起头,摘下花镜,搁下毛笔,神色略显紧张:"你还是待在后头屋里。"兆鹏说:"待会儿夜静时我就起身了,没事儿。"随之坐下来,顺手拈起桌边上一摞纸页看,在《民国纪事》总栏的末尾一条中写道:××年×月×日共匪三十六军覆灭于本县章坪镇。鹿兆鹏的眼睛久久盯住那个匪字,没有说话。朱先生说:"你知道不知道在章坪开的这一仗?"鹿兆鹏说:"知道。"朱先生问:"真的全军覆没了?"随即把一张报纸拉过来递给兆鹏:"就像这报上写的一样?"鹿兆鹏接过报纸,头版有一条醒目的大号黑字标题:全歼共匪三十六军于滋水县章坪镇。鹿兆鹏说:"全军覆没,是这样的。我就是从山里逃出来的。"朱先生惊愕地噢了一声,瞅着他说:"你又把本蚀光了。"鹿兆鹏放下报纸平静地说:"三回了。"朱先生说:"你还干?"鹿兆鹏苦笑着说:"啥时候连我也蚀了就不干了。"说着换出一副好强的口气:"如果我的老本儿蚀不了,你老也长寿,我将来要请你老把县志上这个'匪'字改成'军'字。你看你的弟子像匪吗?"朱先生稍一愣怔,一时还不上话来。这当儿院里一阵脚步响,有两个人走进门来,竟然是国民党滋水县党部书记岳维山,后边跟着一身县保安队戎装的白孝文,双方一时都惊愕住了。

岳维山迅即清醒过来,拱手说:"喔呀鹿先生,你这多年好呀?"鹿兆鹏也从惊诧中镇静下来:"你是明知故问啊岳书记!"岳维山说:"说的是。咱们曾经共过事嘛!我希望咱们再一次共事。"鹿兆鹏说:"你先前跟我共事,而今跟孝文搭帮共事了,我插不上手了。没关系,孝文也是原上人,俺俩还是本家子兄弟。"岳维山说:"咱们还是可以重新共事的呀,鹿副政委,你的姜政委已经进了省党部一块共事了!所以说你我在滋水县再次携手……"鹿兆鹏没有听清后边的话,耳朵里嗡嗡嗡响起来。姜政委果真叛变了吗?天哪!早就看到这一步的王政委倒在章坪镇那户农家的猪圈旁边再也爬不起来了,尸体也不知被扔到哪里去了。鹿兆鹏觉得自己的手指顿时冰凉如泥,冷着脸说:"有人愿意当狗爬到贵党的宴桌下啃骨头,不要由此断定人都会变狗嘛!"岳维山哈哈一笑:"我真是服了你了,闹农协你赔光了,策划渭北暴动输光了,好容易凑合起来一个三十六军,你又输光赔净了,连堂堂的政委也反叛了,你老兄这么瞎折腾下去……"鹿兆鹏说:"你现在很得意我能想得到。可你说俏皮话的本领还不老到咯!你要不服咱俩比试一下,你在县城搭起戏台,咱俩摆开场子比……"岳维山嗫嗫嘴又哈哈一笑:"这个主意不错……"说着转过头对孝文说:"你回去给我把那本'宋词'拿来,我要请教朱先生一句……"鹿兆鹏哼了一声说:"岳书记动手了,想挣一千块赏银了!你甭让孝文去搬兵,我跟你走就是了。"岳维山绷住脸解释说:"鹿先生多心了,真可谓惊弓之鸟!我真要抓你当下就可以办到。"朱先生插话调和:"误会误会。孝文你也甭去拿书了,'宋词'我这儿有。"孝文在门口停住。岳维山说:"友人送我一块湘缎,正好可以裱一幅中堂,我想请先生写一幅中堂,让孝文回去拿来量一量大小。"鹿兆鹏讥刺地说:"岳书记,你的忘性好大啊!"朱先生看看岳维山的意图已明显不过,就扯开说:"岳先生,我知道你和兆鹏是冤家对头。到我书院来寻我的人,我一律视为君子,概不分党政派系。你们两家的冤仇你们去解,但必须等出了书院大门,打呀杀呀烧呀煮呀我不管。"岳维山讪讪地笑着:"是啊是啊,全中国就剩下先生这一方清净之地了。"朱先生说:"你还没说你寻我的事体哩!拿'宋词'和湘绶是临时才记起来的。你说你有啥事要我效力?"岳维山其实什么正经事儿也没有。全歼红三十六军有本县提供的准确情报和保安队的紧密配合,他因此而受到省党部的特别嘉奖,心情十分愉快,于傍晚时分散心避暑,就拉着孝文来找朱先生雅谈。万万料想不到会在这里撞见鹿兆鹏,临时想出让孝文去取"宋词"和湘绶的措辞,孝文自然明白不过是一个脱身回家搬兵的借口……岳维山现在只好硬着头皮说:"真是来请先生写字。"朱先生就势应承:"行啊,咱们甭顾了斗嘴,先写完字让墨汁干着,你们再争再辩……孝文你来替姑父研墨。"孝文瞅一眼岳维山,无奈接过一柱墨锭在砚台里研磨起来。鹿兆鹏站起来说:"二位坐着,我去吃点饭。"朱先生说:"你吃了饭甭耽搁就过来陪岳先生说话儿。"鹿兆鹏已走到门外回头说:"岳维山,咱们后——会——有——期!"说着就撒腿跑起来。岳维山霍地站起来喝道:"孝文快撵——"白孝文扔了墨锭从腰里拔出手枪,从桌子旁跃出书房时几乎把朱先生拽倒,"叭"的一声枪响,震得夜栖在院庭古树枝杈上的喜鹊乌鸦斑鸠等惊叫着飞起来。白孝文吼喊着"不准动,再跑我开枪啦"跑进庭院。岳维山也从屋里跳出门,站在环绕庭院的砖砌水渠边摇晃着右臂:"后院后院——朝后院追——"朱先生没有动身,用铁钎儿拨一拨油灯捻子,站起身背着手说:"看来都不是君子!"

第二十三章

朱先生重新开始因赈济灾荒而中断已久的县志编纂工作,一度冷寂的白鹿书院又呈现出宁静的文墨气氛。他四处奔走的劳顿和风尘早已消失,饥饿造成的恐怖阴影却依然滞留在心间,眼前时不时地映现出舍饭场粥锅前拼死拥挤的情景。尽管这样,他的心头还是潮起案头文字工作的渴望和生气。

大饥馑是随着一场透雨自然结束的,村民们迫不及待从青葱葱的苞谷秆子上掰下尚未干须的棒子,撕去嫩绿的皮衣,把一掐即破的颗粒用刀片刮削到案板上,流溢出牛奶似的白色浆汁,像捣蒜一样捣砸成糊浆,倒进锅里掺上野菜煮熟了吃。有人连同苞谷棒子的嫩芯一起搁石碾上碾碎下锅,村巷里每到饭时就弥漫起一缕嫩苞谷浆汁甜丝丝的气息。大人和小孩的脸色得了粮食的滋润开始活泛起来,交谈说话的声调也硬朗了,尽管还有那些赤贫户不得不继续拉着枣木棍子去讨饭,讨到的毕竟是真正的粮食。原野上呈现出令人惊喜的景象,无边无际密不透风的苞谷、谷子、黑豆的枝枝秆秆蔓蔓叶叶覆盖了田地,大路和小道被青葱葱的田禾遮盖淹没了,这种景象在人们的记忆里是空前仅有的。白鹿原的伏天十有九旱,农人只注重一料麦子而很少种秋,棉花也因为干旱的天象制约而几乎不种,收罢麦子以后就开始翻地,用一把二尺长镶着铁刃的木板锨扎翻土地,让土壤在伏天里充分曝晒,秋天播种小麦时,那土壤就松散绵软如同发酵的面团儿。整个广阔的原野上,男人们只穿一件短短的裤头,在强暴的烈日下挥舞锨板,地头的椿树或榆树下必定有一个装着沙果叶凉茶的瓦罐。有人耐不住寂寞就吼喊起来，四野里由近及远串连起一片"嘿……哟……哟……嘿……"只有吼声而无字词的悠扬粗浑的号子……今年的年馑打乱了白鹿原的生产秩序，农人等不及到明年夏天才能收获的麦子，谁和谁不用商量就一律种下秋粮了。苍天对生灵施行了残暴之后又显示出柔肠，连着下了两三场透雨，所有秋粮田禾都呼啦啦长高了、扬花了、孕穗结荚了，原上再不复现往年里这个时月扎翻土地吆喝号子的雄浑壮观的景象。所有土地被秋庄稼苫着，农人们无法踏进田地就在村巷树荫下乘凉，农闲时月的悠闲里便生出异事，有人忽然忆及朱先生赈济救命的恩德而发动大家纷纷捐款，敲锣打鼓把一块刻着"功德无量"的牌匾送到书院来。朱先生听到锣鼓和铳响走出大门，弄清了原委就发了一通脾气："你们刚刚吃上嫩苞谷糊汤就瞎折腾！兴师动众搞这些华而不实的事图的啥？再说赈济粮是上头拨下的，不是我家的，我不过是把粮食分发下去，我有何德敢受此恭维？"说罢关了大门再不出来。那些人突然改变主意，抬着金匾敲着锣鼓赶往朱先生的故里朱家圪去了。朱先生的儿子不胜荣光热情接待，把匾额端端正正挂到门楼上方。接着又有几个村子效法起来，朱先生家门口隔几天便潮起一次庙会，而且大有继续下去的势头。朱先生闻讯后赶回老家，制止了儿子们的愚蠢行为，把挂在屋里屋外的大小金字牌匾统统卸下来，塞到储存柴火的烂窑里去。

　　这件事多少干扰了朱先生清理赈灾账目的工作，拖延了几天才夹着一摞明细账簿走进郝县长的办公房。郝县长接过那一摞账簿很激动："这真是'有口皆碑'！"当即与朱先生商定时日，要为他以及参与救灾的诸位先生设宴洗尘。朱先生避而不答转身就告辞了，走到门前说："如若发现账目上有疑问，尽管追查，朱某绝不忌讳。"郝县长拉着推着又把朱先生拽进门来说："我还有话跟你说。"

朱先生坐下来。郝县长说:"年馑已过,人心稳住了。县府新添国民教育科,我想请先生出山。"朱先生听了一笑,说:"你不知道我这个人不成器,做点文墨文字的事还可以滥竽充数,一当起官来自个心里先怯得惶惶,日里不能食夜里不得眠。生就的雀儿头戴不起王冠——你饶了我吧!"郝县长根本不信:"这话不实。单是这次赈灾,先生所作所为无论朝野有口皆碑。卑职以为滋水不乏有识之士,当今最短缺的却是清廉的人。"朱先生依然不为所动,摇摇头轻淡地申述说:"我一生不勉强人,人也不要勉强我,勉强的事是做不好的。"说着又站起来告辞。郝县长再开不得口,钦服而不无遗憾地陪朱先生出门,又提出开头的话来:"那……你还是择空儿抽一天时间咱们聚聚,我也好代饥民向诸位先生说一句谢承的话呀?"朱先生笑着却很果断:"不必了。你有这心意,把那笔款子籴成粮食,分给街头路口那些乞丐吧。他们的年馑还没过哩!"

县志编纂进入最费神的阶段,在一一找出前人所编几种版本的疑问和谬误之后,现在就要进行严格的考证,关于本县历史沿革需要大量查阅史料典籍,有关风土人情以及物产特产要到四乡去踏访询问,有关历朝百代本县所出的达官名流、文才武将、忠臣义士的生平简历需得考证,还有数以百计的烈女节妇的生卒年月和扼要事迹的查核,这么庞杂的事项都得由诸位先生分头去做。顶麻烦的是对本县山川岭原地貌的核查,一沟一峪,一峰一溪都得勘测,而这样的专门技能的测工得到省城去请。朱先生亲自出马到西安,请来了一主二副三位测工,又雇来三位年轻农人帮他们背行李扛测具,就开始钻山巡河去工作了……朱先生决计编出一部最翔实最准确的可资信赖的新县志,那无疑是滋水县的一部百科全书。大饥馑的恐怖在乡村里渐渐成为往事被活着的人回忆,朱先生偶然在睡梦里再现舍饭场上万人拥挤的情景,像是一群饿极的狼争夺一头仔猪;有时在捉筷端碗时眼前忽然现出被热粥烫得满脸水泡的女人的脸,影响他的食欲……尽管如此,毕竟只是一种阴影,他对县志的编纂工作更加专注了。

白灵的不期而至使朱先生又惊诧又喜悦。朱先生在后院吃罢午饭走到前院去阅稿,看见迎面走来一位风姿绰约的女洋学生,齐耳的短发乌黑发亮,上穿一件月白色的短袖衫,下穿一条白色的折叠裙,一双圆口青布鞋,齐眉的刘海下是一双圆圆的眼睛,笑着叫了一声"姑父"。朱先生说:"灵灵呀?你不叫姑父,姑父真不敢认你咧!"朱先生领着白灵折身又走到后院来,悄悄暗示说:"你先甭叫姑妈,看你姑妈能认得你不?"说着抢先一步跷上台阶:"有客人来了。"朱白氏掀开竹帘站在台阶上,拘谨温厚地招呼说:"请屋里坐。"举止和神态如同往常接待一切朱先生的崇拜者一样。朱先生又说:"这是从省城来的贵客。"朱白氏仍然温谦地笑笑:"哪儿来的都一样,请屋里用茶。"白灵大叫一声:"姑妈,你真的认不得我咧?"说着跳上台阶,抱住朱白氏的肩头。朱白氏惊得合不拢嘴:"噢呀灵灵呀……"

坐下来以后,朱白氏抓着灵灵的胳膊一直不松手,温柔敦厚的性情也发生变异,连着询问侄女在哪儿住,在哪儿吃,在哪儿念书等等惦念的事。朱先生端坐在一边插不上话,对着白灵的眼睛瞅了又瞅,那双又圆又大的眼睛有点突出,尽管不像她爸白嘉轩那么突出,但仍然显示着白家人眼球外凸的特征;这种眼睛首先给人一种厉害的感觉,有某种天然的凛凛傲气;这种傲气对于统帅,对于武将,乃至对于一家之主的家长来说是宝贵的难得的,而对于任何阶层的女人来说,就未必是吉祥了;白灵的眼睛有一缕傲气,却不像父也不像兄那样流溢外露,而是作为聪慧灵秀的底气支撑主宰着那双眸子,于是就和单纯的美女或一切俗气的女人显示出差异来;纺线车下,织布机上,锅前灶后,无论如何窝不住这样一双眼睛,整个白鹿原上恐怕再也找不到这种眼睛的女子了。朱先生在心中这样想着,忽而浮出第一次看见妻子朱白氏的眼睛的情景——

那天她在涝池边上帮母亲白赵氏淘布。春天织成的白布搁到夏天,打下核桃捶下青皮,再摊到石碾上碾轧成糊涂,然后和白布一起装进瓷瓮沤窝起来;五至七天以后,再掏出来到涝池淘洗,白布已经变成褐黑色的了,这种颜色直到棉布烂朽成条条缕缕也不少色。紧紧连接的第二道工序是把着了底色的棉布塞进涝池的青泥里再度加色,黑青色的淤泥给棉布敷上黑色,然后就可以做棉袄棉裤夹衣或套裤的面料了。那时候,朱先生和媒人装作走累了也走热了的过路人,到涝池旁边卸下肩头的褡裢洗手,媒人悄悄指向涝池左边那棵半腰上结着一块树瘤的皂荚树下的那个女子。大涝池四周长满大大小小的皂荚树,那是女人们洗衣用过皂角遗下的胡核又繁衍的树族。那时候,朱白氏跟母亲白赵氏把最后一缕经过核桃皮沤染的棉布从瓷瓮里掏出来,在涝池里摆呀淘呀搓呀拧呀。长工鹿三当时在涝池边沿挖下一个半人深的坑,坑边堆积着从涝池里捞出的沤成黑色的淤泥。朱白氏和母亲把刚刚淘洗干净的褐黑色棉布一段一段铺进坑里,鹿三挖一锨青泥覆盖上去。朱先生看见那女子挽着袖子,露出健壮白嫩的小胳膊,两只手被核桃皮染得黑紫如漆,坠着一条粗辫子的脑袋始终低垂着不抬起来。朱先生佯装找一处清水实际是想换一个角度,不料脚下踩着淤泥几乎摔倒,果然那母女听到涝池周围女人们的哗笑扬起头来。朱先生恰在那一刻瞧见了她的模样,转身就离开涝池上了官路,对媒人说:"就是这个。八字不合也是这个。"

朱先生不是瞅中了她的模样而是瞅中了那双眼睛。此前他曾毫不惋惜地摈弃了四五个媒人介绍的亲事,全是她们的眼睛经不住他的一瞅。朱先生向父亲坚持一条要求,凡是媒人介绍给他的女子必须经他背看一眼。他已看过四五个媒人介绍下的七八个女子,都不是因为门第不对或相貌丑陋,在于朱先生一瞅之后发觉,有的眼睛大而无神,有的媚气太重,有的流俗。他究竟要找到一双什么样的眼睛自己也说不透彻,在涝池边瞅见白家大姑娘的眼睛时心里一颤,那种朦胧的追寻顿然明朗起来:刚柔相济!男子眼里难得一缕柔媚,而女子难得一丝刚强。朱先生从涝池边离去时断然肯定,即使自己走到人生的半路上猝然死亡,这个女人完全能够持节守志,撑立门户,抚养儿女……现在,朱白氏眼睛周围布满了细密的皱纹,愈见深沉愈见刚正,愈见慈爱了……

　　朱先生注视着白灵的眼睛,似乎比初次见到朱白氏的眼睛更富生气,甚至觉得这双眼睛习文可以治国安邦,习武则可能统领千军万马。他沉默专注的神情引起白灵的注意:"姑父,你盯我是认不得我了?"朱先生自失地笑笑说:"噢!姑父正给你相面哩。"白灵兴趣陡生:"姑父,你算我命大还是命苦?"朱先生说:"你的左方有个黑洞。你得时时提防,不要踩到黑洞里去。跷过了黑洞,你就一路春风了。"白灵真的当回事追问起来,黑洞意味着一般灾祸,还是彻底毁灭?是指不治之症,还是指挨黑枪上绞架,塞枯井,甚至自杀上吊跳涝池?她装出轻松的不在乎的神气:"姑父,你说明白点,我好防备着。"朱先生也笑着说:"你防备着点儿好。"白灵还想问个究竟,姑妈却插话说:"你甭听你姑父胡掐冒算。他是跟你说笑哩!"转过脸对丈夫流露出一缕责备:"年轻轻的娃嘛,你给她算啥哩掐啥哩?吓娃做啥哩!"有意岔开话题问起妹子家皮货铺子的生意。朱先生理会了妻子的眼色反而笑起来:"我知道灵灵信西学不信八卦,才跟她故意逗笑哩!"白灵坦然地说:"姑妈放心吧,我不会吓出毛病的。岂止我的左侧有黑洞?我的前头后头,左首右首,全都布满陷阱。可以说整个中国现在就是一个大黑洞,咱们全都在这黑洞里头。"

朱白氏顶关心的是侄女的婚事,现在好不容易得到了和白灵见面的机会,心诚意笃地要尽一番作为姑妈的责任,企图松动弟弟嘉轩父女之间的死结:"灵灵,你咋么今儿想起来看姑妈咧?"白灵毫不迟疑地回答,声调里颤动着真切的娇气:"我成年成月天天都在想着姑妈。好姑妈你想想,我而今有家难归只剩你一个亲人啦……"朱白氏倒真的被侄女感动了。朱先生悄然退出寝室到前院书房去了。朱白氏便斟酌了字眼探问:"你跟鹿家老二还拉扯着?"白灵做出坦荡无掩的声调说:"早先几年我俩都私订终身了哩!那阵儿都小都不懂啥。现在都大了懂得道理了,觉得不合适又拆散了,只是一般乡亲乡党有点来往,再没啥拉拉扯扯的事。"朱白氏听着就很惊诧,白灵说着私订终身这种伤风败俗悖于常情的事,跟说着今年的庄稼长得好或不好一样平淡,一样无所顾忌,便禁不住撇着嘴角鄙夷地骂:"灵灵,你的脸皮真厚!"白灵委屈地叫起来:"姑妈,是你问我,我才跟你说的呀!你问我我能哄你吗?"朱白氏说:"你看你说这号事的神气,跟喝米汤一样,脸连红一下下都没有,你的脸皮还不厚?"白灵故意抹一下脸颊,顽皮地盯着姑妈说:"姑妈,你忘了我自小就不会脸红。"朱白氏不为所动,语意反而更加沉重铁硬:"你不脸红你爸可脸红,你脸皮厚你爸可脸皮太薄,你不要脸你爸可是要脸的人。"白灵再也撒不出娇来:"姑妈,我来看你,你倒骂我?"朱白氏依然冷着脸:"你看我做啥?你连你爸你妈都能丢舍,还在乎我?"白灵受到当头棒击,一下子无所措起来,慈爱可亲的姑妈一下子变得冷峻如铁,心里顿时产生了沉重的失望而哑口无言。朱白氏说:"你一张退婚字条儿,把你爸的脸皮揭光咧,你知道不知道?"

腊月根上,白灵托一位回原上过年的同学给王村婆家捎去一封信。信里只写着一句话:你们难道非要娶我革你们的命?白灵借此彻底勾销了那桩没有任何感情的婚姻,也想对从未照面的女婿和阿公开一个辛辣的玩笑,至于这封信捎去以后的结局,她已经无心顾及了。姑妈现在就来给她补这一课。

　　王家父子见信气得暴跳如雷,扔下正在筹办新年的诸多家事,父子两人拉着媒人找到白家,把那一绺信纸掷到白嘉轩的面前。白嘉轩从桌面上捡起信纸,看着白灵风流潇洒的墨迹,眼前顿时涌起一片浑黄厚重的土雾,手里捏着信纸如同攥着一条死蛇。王家儿子唱白脸耍脾气说难听话,老子则唱红脸慢条斯理讲仁义道德,论乡风民俗,父子俩一高一低,一阴一阳,挖苦酿制揎牙,耍尽了威风,出完了恶气。白嘉轩始终僵硬地挺着腰,瞪着眼,一声不吭。媒人被拉来时,对白嘉轩也颇多埋怨,表面上做出居中调解不偏不倚的态度,现在突然发生了根本逆转:"够了够了,尽够你爷儿俩的了。歪话能呔下一牛车,嘉轩一句不吭还不够吗?"白嘉轩满脸灰败,如同刮去了紫皮的茄子,硬撑着脸制止媒人:"你悄着,有话让人尽量说。"又侧过脸做出更真诚的姿态对王家父子说:"有话尽管说,有气尽管出,我都揽着,即就唾到我脸上,我都不擦。"王家父子互相瞅着交换着眼色:是不是还要继续骂下去?王老先生突然抡起拳头捶到桌面上,懊悔地自我责备起来:"嘉轩,我混账!"说罢拉着儿子的手不告而辞了。第二天,白嘉轩指使孝武和鹿三从楼上粮囤里灌出整整二十口袋麦子,又捆扎了十五捆棉花,装了满满两套牛车给王家送去。鹿三扬起落满粮食尘土的脸问:"灵灵的彩礼不是五石麦十捆棉花么?你给他退这么多?"白嘉轩平静地说:"我把利息加上了。"鹿三喉头粗大的圪节猛烈滑动了两下,闭上了毛楂楂的阔大的嘴巴。孝武缓缓转过头,猛然用力扯动皮绳抽击着黄牛的肚子,牛车嘎吱嘎吱启动了。白嘉轩瞅着两套装满粮食口袋和棉花捆子的牛车驶出巷道,转过身抱起双拳,对围聚在街巷里的族人说:"我给本族白鹿两姓的人丢了脸了。"说着扬起头来,两只粗大的手背抄在弯蜷的后腰上,沉静如铁地宣布:"白姓里没有白灵这个人了。死了。"说罢依然背抄着手走进自家街门。……

姑妈叙说过这段事,抿嘴不语,有意使自己因为重提往事而激起的情绪平静下来,陷入凝然不动的沉默里。白灵看了一眼姑妈凝重的脸色,自然地联想到父亲的脸色。她有点懊悔自己的鲁莽,捎给王家父子的信,最终像石头一样砸到父亲的鼻梁上;王家父子拿那二十口袋麦子和十五捆棉花不仅可以订娶一个媳妇,甚至连将来给孙子做满月的吃用花费也够了。姑妈平静地说:"你爸苦就苦在一张脸上。孝文揭了他脸上一层皮,你接着再揭一层。"白灵想到此行的重大使命,便从家庭的纠缠里跳出来,对姑妈说:"这样也好。权当我死了,俺爸也就再不为我伤脸蹭皮了。"姑妈还想说什么,白灵捺不住性子听她数落,便抢断说:"姑妈,我还要到县城去,我给旁人捎了一封信要送。"姑妈到前院书房叫来姑父。姑父说:"给谁的信?放我这儿让顺路人捎进城去,免得你跑。"白灵说:"郝县长的公子是我同学,嘱我亲自交给他爸。"

白灵走进滋水县县府大院时正值午休。郝县长在他的卧室里接待白灵。白灵赶上午休时间,不是偶然,而是经过悉心的算计,所以才有听姑妈数落她的难堪。她以县长公子的同学关系说了一通编好的假话,然后就把那封信交给县长。郝县长拆了信封,看了信,双手握住白灵的手久久不语。白灵忍不住说:"如果有困难,你就甭勉强。"郝县长松开手坐下来挥一下手:"困难咋能没有嘛!可问题已经解决了。"郝县长告诉白灵,红三十六军溃散后的第三天,他就安排山区地下党在峪口和山里收容红军战士,引渡出山,不少人已经返回老窝茂钦。郝县长压低声音,惊喜万分地说:"廖军长虎归北山,让组织放心。"白灵按捺不住问:"鹿政委呢?"郝县长瞅了瞅白灵异常殷切的眼睛,反而有点矜持地说:"他也回到老窝白鹿原上。"白灵猛然站起握住郝县长的手说:"你可真是遮风挡雨的老母鸡啊!"

白灵一身轻松走出郝县长的房子时县府开始上班,院子里有小干事匆匆忙忙的身影,也有老职员含而不露城府很深的持重脸孔,她有点好笑,如果某一天郝县长突然站在院子里宣布一声:我是共产党!那么这些小干事老职员肯定会吓得跌坐到地上。白灵走过县府很深的宅院时反复考虑,要不要去会一会大哥孝文?见了会有什么影响?不见又会造成怎样的影响?最后决定还是应该去。

白孝文瞅着站在门口矜持地笑着的洋学生不禁一愣,整个滋水县城也没有这样漂亮的女子。白灵叫了一声"大哥!"白孝文僵硬狐疑的脸色顿然活泛起来:"噢呀灵灵呀!"白灵完全是一个妹妹的天真姿态:"哥呀,我要毕业了。原先还想考高等学府,没人供给只好不考了。"白孝文说:"你考你考,我供给,你顶好考到北平去。"白灵说:"迟了迟了,我已经找下饭碗了。"白孝文问:"做啥?"白灵说:"教书。"白孝文点点头赞赏地说:"教书也不错,日子很安宁。"说着才记起问,"你今日怎么记起寻哥来了?"白灵说:"我来看看大姑妈,也看看你,我而今有家难归成了孤儿一个……"白孝文宽慰妹妹说:"咱爸那人就是个那……好了好了,你别伤心。一会儿我领你去认一下嫂子。这几天忙得要死……"白灵漫不经意地说:"大哥如今正开顺风船,当然很忙。"白孝文摇摇头说:"平时紧一阵松一阵倒也罢咧,前一向共匪三十六军窝死在山里,这一向正收拾那些散兵败丁,抓不紧可就让他们溜出山了。上边见天催报抓人的数目哩!"白灵做出好奇的样子问:"我从报上看到消息,说是'全歼'。你们参加围剿来吗?"白孝文说:"我只负责县城防务。"这么一说似乎又不过瘾,接着就不无遗憾地说:"有天晚上,我陪岳书记去看大姑父,万万没料到共匪三十六军政委就在大姑父屋里。你猜是谁?鹿兆鹏呀!碍着大姑父的面子我动手动得迟了,小子又跑了算是命大……"白灵的心早已缩成一蛋儿,想不到兆鹏差点栽到大哥手里,而大姑父居然没有向她提及这件事,姑妈肯定觉得这件事没有她的退婚信引起的反响重要。白孝文得意地笑着问:"你看悬乎不悬乎?"白灵从最初听到的惊诧里松懈下来,反而完全证实了兆鹏已经脱险的消息,证实了郝县长说的兆鹏就在老窝白鹿原上。她装作表示遗憾:"悬悬悬,真个悬乎!到手的银洋又丢了——你和岳书记一人正好分五百哩!"白孝文说:"钱算个屁!关键是让这个祸根又逃了。他是滋水的大祸根,滋水县不除鹿兆鹏甭想安宁。"白灵淡淡地笑笑说:"你要是抓住他,可就有热闹戏了,尽是咱们一个村子的人闹事。"白孝文不以为然地摇摇头:"现在亲老子也顾不上了,甭说一个村的乡党。两党争天下,你死我活地闹……"说到这里,白孝文忽然意识到作为兄长的责任:"灵灵呀,你可得注意,而今当先生了,你就好好教书,甭跟不三不四的人拉扯,共匪脸上没刻个'共'字,把你拉扯进去你还不晓得。"白灵笑着说:"要是那样的话,哥呀,你就带人来抓我。"白孝文半是玩笑半是认真地吓唬说:"真要那样的话,哥也没办法——我吃的就是这碗饭嘛!"白灵说:"'这碗饭'可是拿共产党的人肉做的!"白孝文瞪起眼。白灵嘎嘎嘎笑起来伸出双手:"铐上我的手吧,大哥,我是共匪,你铐吧!"白孝文莫可奈何地笑笑,在妹妹伸过来的白手上拍打了一掌:"你长到这么大还是没正性……"

白灵以惋惜的口吻谢绝了哥哥邀她去认新嫂,说她今晚必须赶回省城,明天早晨要给学生上课,再晚就搭不上进城的牛车了。这样的理由不容变通,白孝文只好应允,热情诚挚地叮嘱妹妹得空儿就回县城来,甚至以玩笑的口吻和妹妹结成联盟:"你跟哥一样,都是有家难归哦!咱们就相依为命。"

白灵坐上回城的牛车舒出一口气来,几乎是迫不及待地想要见到兆鹏,问他在一千大洋的悬赏者岳维山和白孝文当面,究竟是怎样逃脱的？牛车粗大笨重的木头轮子悠悠滚动着,在坑坑洼洼的土石大路上颠出吭噔吭噔的响声,轮轴磨出单调尖锐的吱嘎吱嘎的叫声,渐渐远离了灰败破落的县城,进入滋水川道倒显出田园的生气,一轮硕大的太阳正好托在白鹿原西部的平顶上,恰如一只滗去了蛋清的大蛋黄。白灵双手掬着膝头,瞅着对面陡峭的原坡,顶面上平整开阔的白鹿原,其底部却是这样的残破丑陋⋯⋯

　　从原顶到坡根的河川,整个原坡自上而下从东到西摆列着一条条沟壑和一座座崾梁,每条又大又深的沟壑统进几条十几条小沟,大沟和小沟之间被分割出一座或十几座崾梁,看去如同一具剥撕了皮肉的人体骨骼,血液当然早已流尽枯竭了。一座座崾梁千姿百态奇形怪状,有的像展翅翱翔的苍鹰,有的像平滑的鸽子;有的像昂首疾驰的野马,有的像静卧倒嚼的老牛;有的酷似巍巍独立的雄狮,有的恰如一只匍伏着的疥蛙⋯⋯它们其实更像是嵌镶在原坡表层的一幅幅动物标本,只有皮毛只具形态而失丢了生命活力。崾梁上隐约可见田塄层叠的庄稼地。沟壑里有一株株一丛丛不成气候的灌木,点缀出一抹绿色,渲染着一缕珍贵的生机。这儿那儿坐落着一个个很小的村庄,稠密的树木的绿盖无一例外地成为村庄的标志。没有谁说得清坡沟里居民们的始祖,何朝何代开始踏进人类的社会,是本地土著还是从草原戈壁迁徙而来的杂胡?抑或是土著与杂胡互相融化的结果⋯⋯革命现在到了危急关头,报纸上隔不了几天就发布一条抓获党的大小负责人的消息。三十六军的溃灭和姜政委的叛变是猝不及防的灭顶之灾。兆鹏半年前临走时只告诉她一句:有一个段老师和你接头。直到报纸上登出三十六军被歼的重大消息时,她才知道鹿兆鹏半年前去了三十六军。段老师之后又来了一位薛老师,说他从今往后和她联系,因为段老师被抓捕了;前不久又有黄先生来和她接头,说薛老师也被当局抓捕和段老师一起被装进麻袋投进枯井。黄先生说,小白你所以还安全无虞,正好证明段、薛两位老师堪称真正的老师。白灵脑子里只剩下两只装着段老师薛老师的麻袋,七尺汉子塞进三尺长的麻袋扎紧袋口,被人拽着拖着扔进干枯的深井的逼真情景。她当时听罢哑然无语,最初的惊恐很快转化为无可比拟的愤怒。她对黄先生冷笑着说:"多亏你给我说明了这个消息,临到我被装麻袋时我就不惧怕了。"后来她一再重现段、薛两位老师被装入麻袋扔进枯井的情景;她从来没有经见过活人被装进麻袋和投进枯井的情景,却居然能够把那种情景想象得那么逼真,那么难忘。白灵觉得正是在黄先生说出那种情景的那一刻里,最终使她成熟了,也看轻了自己:死了不算什么;一个对异党实施如此惨无人寰的杀戮手段的政权,你对它如若产生一丝一毫的幻想都是可耻的,你就应该或者说活该被装进麻袋投进枯井;必须推翻它,打倒它,消灭它,而不需要再和它讲什么条件;她现在才能切近地理解义无返顾和视死如归这两个成语的生动之处。

　　黄先生隔了好久才第二次与她接头。在这段间隔里,她几乎天天都担心黄先生也被装进麻袋撂入古城某一眼枯井。这个创造过鼎盛辉煌的历史的古城,现在保存着一圈残破不堪却基本完整的城墙,数以百计的小巷道和逐年增多的枯干了的井,为古城的当权者杀戮一切反对派提供了方便,既节约了子弹又不留下血迹,自然不会给古城居民以至整个社会造成当局残忍的印象。黄先生这次来更显得心情沉重:"党组织这回遭到的破坏是太惨重了。"白灵忍不住溢出泪来:"你好久不来,我瞎想着……你大概也给……撂进枯井……"黄先生苦笑一下:"这很难避免。我现在给腰里勒着一条红丝带,将来胜利了,你们挖掏同志们的尸骨时,可以辨认出我来。"白灵破涕笑了:"我用丝绸剪一只白鹿缝到衬衫上,你将来也好辨出我……"黄先生随后就指派她到滋水县来给郝县长送信……

大蛋黄似的太阳沉落到白鹿原西边的原坡下去了,滋水川道里呈现一种不见阳光的清亮,水气和暮霭便悄然从河川弥漫起来。白鹿!一只雪白的小鹿在原坡支离破碎的沟壑峁梁上跃闪了一下,白灵沉浸在浮想联翩之中……

她进入教会女子学校第一次听到一个陌生的名字——上帝时,就同时想起了白鹿。上帝其实就是白鹿,奶奶的白鹿。奶奶坐在炕上,头顶的木楼上挂着一撮淡褐色的麻丝丝。奶奶抽下一根麻丝子加进手中正在拧着的绳子里,左手提起那只小拨架,右手使劲一拨,紫红溜光的枣木拨架儿啪啦啦转成一个圆圈,奶奶就讲起她的白鹿来。那是一只连鹿角都是白色的鹿,白得像雪,蹦着跳着,又像是飞着飘着,黄色的麦苗眨眼变成绿油油的壮苗了,浑水变成清水了,跛子不跛了,瞎子眼亮了,秃子长出黑溜溜的头发了,丑女子变得桃花骨朵一样水灵好看了……她冷不丁问奶奶:白鹿是大脚还是小脚?白鹿她妈给白鹿缠不缠脚?白鹿脚给缠住了蹦不起来飞不起来咋办?奶奶的嘴就努得像一颗干枣,禁斥她不许乱说乱问……

教会女子学校的先生像是一个模子铸出来的,一律的女人,一律的穿着,连行为举止说话腔调都是一律的,只有模样的宽窄胖瘦黑白的差异;脸上的表情却同样是一律的,没有大悲大喜,没有慷慨激越,没有软溃无力,更没有暴戾烦躁,永远都是不恼不怒,不喜不悲,不急不躁,不爱不恨,不忧不虑的平和神色。经过多年训育的高年级女生也就修炼成这份习性和德行。古城的各级行政官员军职官长和商贾大亨等等上流社会的人们,都喜愿到这所女子学校来选择夫人或纳一个小妾,古城的市民争相把女儿送到这所学校就读的用心是不言而喻的,一夜之间就可能成为某个军政要员的老岳丈。

皮匠姑父和二姑在两个表姐身上也押着这注宝。大表姐嫁了个连长,婚后不到一月开拔到汉中。半年后,大表姐忍不住寂寞,翻山越岭赶到汉中去寻夫,那连长已经有一个皮肤细腻的水乡女子日陪夜伴。大表姐打了闹了,抓破了连长的脸和那女子的下身,随后就再也找不着那俩人的踪影了。她没有回家的路费,几乎在汉中沦为乞丐,后来被一位茶叶铺子的掌柜发现,听她口音是关中人,就把她引进铺子里询问身世。掌柜本是关中人在汉中落脚做小买卖,死了女人不愿意再娶一个汉中女人,主要是听不顺汉中人那种干涩的发音。大表姐就落脚为茶叶铺掌柜的续弦妻子。他比她大整整二十岁,正当中年,倒是知道体贴她疼她,只是经济实力并不比姑父的皮货铺子强多少。

二表姐嫁给一位报馆文人,权势说不上,薪金也不高,日子倒过得还算安宁。那位文人既不能替老岳丈的皮货生意扩张开拓,也没有能力孝顺贵重礼品,却把皮匠丈人的苦楚编成歌谣在自己的报纸上刊登出来:皮匠苦皮匠苦,年头干到腊月二十五。麻绳勒得手腕断,锥子穿皮刺破手。双手皴裂炸千口,满身腥膻……这是他第一次拜谒老丈人时在皮货铺子的真切体验和感受。他被各种兽皮散发的腥膻味儿熏得头晕恶心,尤其在饭桌上看见岳丈捉筷子的手又加剧了这种感觉。那手背上手腕上被麻绳勒成一道道又黑又硬的茧子死皮,指头上炸开着大大小小的裂口,有的用黑色的树胶一类膏药糊着,有的新炸开的小口子渗出血丝,手心手背几乎看不到指甲大一块完整洁净的皮肤。二女婿一口饭一匙汤也咽不下去,归去后就写下这首替老岳丈鸣不平的歌谣,而且让二表姐拿着报纸念给父亲听。皮匠听了一半就把报纸拉过来又踩又唾,脸红脖子粗地咆哮起来:狗东西,把我糟践完咧!狗东西没当官的本事可有糟践人的本事。而今满城人都瞧不起皮匠行道了你还念个屁……皮匠姑父十分伤心,发誓不准二女婿再踏进他的皮货作坊。

白灵明白姑父失望的根本症结并不在此,是在于两个女儿都没有跟上一位可以光耀门庭的女婿,但他并不知道,这几乎是痴心妄想。教会女子学校是女人的世界,整个城市里各种体态的女子集中于一起,那些精华早被高职要员一个个接走了,属于这个女人世界里芸芸众生的两位表姐,只能被军队的小连排长或穷酸文人领走。皮匠姑父后来直言不讳地给白灵说:你比那俩有出息呀灵灵儿,凡团长以下的当科员跑闲腿儿打闲杂的都甭理识他,跟个有权有势的主儿你能行咯!到那阵儿,看哪个龟五贼六死皮丘八敢穿皮鞋不给钱?皮匠姑父这桩夙愿的实际可能性确实存在。无论学识无论气质,尤其是高雅不俗的眉眼,白灵在美女如簇的教会女子学校里也是出类拔萃的。白灵已经谢绝过几位求婚者,挡箭牌倒是那位从未照过面的王家小伙儿。她对求婚者说:家父在我十二岁时就许亲订婚了。在她离开教会学校之前,校务处通知她说有一位政府要员要见她,她问什么事?如果是求婚者她就不去。校务处职员忧心忡忡地劝她说应该去,愿意不愿意都得去,此人校方得罪不起。白灵去了。她看见一位精明强干的中年人端端正正在校务处的桌前坐着,棱角分明的脸膛,聪颖执著的眼睛,从脑门中间分向脑袋两边的头发又黑又亮。白灵一进门,那人就站起来颔首微笑。校务处的先生介绍了那位中年人的身份,是省府某要员的秘书,随后就退出门去。那秘书很坦率地问:"小姐,你的第一印象如何?人和人交往的第一印象很重要。"白灵天真地说:"你像汪精卫。真的。我进门头一眼瞧见你就奇怪,汪精卫怎么屈尊坐在这儿?"秘书含而不露地笑笑:"小姐过奖了。汪是中国第一美男子,我怎么能……"白灵笑着说:"你就是中国第二。"秘书不在意地转了话题:"白小姐毕业后作何打算?"白灵问:"你找我究竟要问什么事?"秘书说:"你愿意继续求学我可以资助,你愿意就业我可以帮助安排。"白灵问:"你怎么对我这样好呢?"秘书说:"这还用问吗?"白灵说:"我已经嫁人了。"秘书说:"难道他比汪还英俊?"白灵说:"他可是世界第一。"秘书俏皮地说:"怕是情人眼里出潘安吧?他在哪里?"白灵说:"十七师。"秘书轻舒一口气:"杂牌子。"白灵说:"杂牌子军队没规矩。那可是个冷恐子。他说谁要是在我身上打主意,他就跟他拼个血罐子。"秘书说:"这我倒不怕。"白灵说:"我怕。"属于政府部门的人都怯着杂牌子十七师,秘书说他不怕是强撑面子。白灵再一次重复说:"他会连我都杀死的。我怕。那真是个冷恐子!"

....

白灵又想起和鹿兆海的铜元游戏,那多像小伙伴们玩过家家娶新娘。然而正是这游戏,却给他们带来不同的命运。蒋介石背叛革命以后,她每天都能听到也能从报纸上看到国民党屠杀共产党的消息,古城笼罩在阴森和恐怖之下。那天后响正在上课,两三个警察踏进门,把坐在第三排一个女生五花大绑起来。一位警察走出教室门才转过头向先生也向学生解释了一句:"这是共匪。"女学生们惊疑万状。女先生说:"共匪不是上帝的羔羊,让她下地狱。"白灵浑身像是被一根看不见的麻绳勒着,首先想到了鹿兆海。鹿兆海到保定军校学习去了,他能挣脱五花大绑的麻绳吗?她那时急不可待地想见到鹿兆鹏,打问一下鹿兆海的音讯,却找不到他。五六天后,一个更令人惊讶的事情发生了,那位被绑走的同学领着三个警察到学校来,由她指点着绑走了三个外班的同学。那时候整个学校乱了秩序,女生们拥挤在校园通往大门的长长的过道两边,看着三个用细麻绳串结在一起的同学被牵着走到校门口,塞进一辆黑色的囚车。

白灵已经无心上课,就断断续续请假,寻找鹿兆鹏。她回到白鹿原一位老亲戚家打听风声,说是鹿兆鹏早跑得不见踪影了,倒是听到了不少整治农协头目的种种传闻。白灵连夜离开白鹿原又回到城里皮匠姑父家。她再次回到学校时,听到女生们悄悄说,被捕的三个共产党分子全部给填了枯井,本班那个领着警察来抓捕同党的女生也一同被填进井里。白灵恶毒地说:"上帝不能容忍赎罪的羔羊。"

可是,当她找到鹿兆鹏以后,却彻底改变了她的命运。那天午间放学回来,白灵在皮匠姑父的柜台前看见了鹿兆鹏,惊讶得几乎大叫起来。鹿兆鹏迅即用一种严峻深切的眼光制止了她。鹿兆鹏穿一身半新不旧的西装,戴一顶褐色礼帽,像是一位穷酸的教员,在柜台前琢磨着柜台里的各式皮鞋。鹿兆鹏说:"你发愣干什么?我是鹿兆海的国文老师,兆海带你听过我的课你忘了?"白灵立即按照鹿兆鹏递过来的话茬儿往下演戏:"噢!老师呀屋里坐。"转脸就对二姑父喊:"姑父,这位老师想请你定做一双皮鞋。"皮匠姑父热情地招呼说:"你快把老师引进来嘛!"鹿兆鹏悄声说:"你得让我在这儿磨蹭到天黑。"

皮匠姑父像接待任何主顾那样认真地给鹿兆鹏量了双脚的长短宽窄,又征询了皮鞋的颜色和款式,就继续忙他手中的活儿去了。白灵领着鹿兆鹏进入自己那间小小的卧室转过身问:"你害怕给塞到井里?"鹿兆鹏被突如其来的问题问得愣住片刻,紧紧盯着白灵的眼睛,企图从那眼神里判断出她问话的意图。他却看见那两只微微鼓出的眼睛周边渐渐湿润,然后就潮起两汪晶莹的泪水。鹿兆鹏点了点头。白灵眨了眨眼睛,泪水便溢流下来,颤着声说:"我要加入共产党。"鹿兆鹏用手按着白灵的肩膀让她坐下来,说:"现在全国都在剿杀共产党。"白灵说:"我看见他们剿杀才要人。"鹿兆鹏说:"我们被杀的人不计其数。"白灵说:"你们人少了,我来填补一个空缺。"鹿兆鹏猛地抓住白灵的双手,热泪哗哗流淌下来:"我而今连哭同志的地方也没有了……"白灵说:"我讨厌男人哭哭咧咧的样子。"

鹿兆鹏磨蹭到天黑定时走了。走时对白灵吩咐了两点,再不许她去找任何人申述要加入共产党的意愿,二是继续在教会女子学校念书,那儿无疑是最安全的所在。大约一月后,鹿兆鹏于傍晚时分来到皮货铺店取走了定做的紫红色皮鞋,对皮匠的手艺大加赞扬。皮匠则亲自把皮鞋给他穿到脚上,要他在作坊里走了一圈,而且叮嘱他要是夹脚或者绳子断裂可以随时来修理。鹿兆鹏肯定这是他买到过的最称心的皮鞋,发誓说比上海货好得多。皮匠很得意自己的杰作。鹿兆鹏随之把一本圣经交给皮匠,说这是白灵要他买的。白灵于傍黑时分回到皮货铺子,在那本圣经里得到一个联络地址:啰嗦巷15号。

啰嗦巷在这座古老的城市几乎无人不晓。啰嗦巷大约在明初开始成为商人的聚居地,一座一座青砖雕琢的高大门楼里头都是规格相似的四合院,巷道里铺着平整的青石条,雨雪天可以不沾泥。这条巷道的庄基地皮在全城属最高价码。破产倒灶了的人家被挤出啰嗦巷,而暴发起来的新富很快又挤进来填补空缺;进入啰嗦巷便标志着进入本城的上流阶层。鹿兆鹏住进啰嗦巷用意正在这里,特务宪兵警察进入啰嗦巷也不敢放肆地咳嗽。白灵找到15号,见到鹿兆鹏就迫不及待地问:"你这成月天都到哪儿去咧?"鹿兆鹏说:"在原上。"白灵问:"你还在原上?"鹿兆鹏说:"在原上。"白灵问:"还要去原上?"鹿兆鹏说:"那肯定。不过这回在城里得待上些日子。"白灵说:"剿杀高潮好像过去了?报纸上登的杀人抓人捷报稀少了。"鹿兆鹏说:"能逮住的他们都逮了杀了,逮不住的也学得灵醒了不好逮了。损失太惨了,我们得一步一个脚窝从头来。"白灵问:"我上次在二姑家提的申求,你考虑得怎样?"鹿兆鹏说:"你等着。"白灵说:"我是个急性子。"鹿兆鹏笑了:"这事可不考虑谁是急性子蔫性子。"白灵问:"很难吗?"鹿兆鹏说:"肯定比以前更严格了。这次大屠杀我们吃亏在叛徒身上。"白灵说:"我肯定不会当叛徒。"鹿兆鹏说:"现在要进共产党的人恐怕不容易当叛徒。当叛徒我想也不容易,他们首先得自己把自己当作狗,且不说信仰理想道德良心。"白灵惊喜地说:"你这句话说得太好了。我可是没想到当叛徒还是很不容易的事。"

白灵第二次被通知到啰嗦巷15号来,鹿兆鹏以亲切庄严的态度通知她已经得到批准了,随之叫了一声:"白灵同志!"便握住白灵的手。白灵听到"同志"那声陌生而又亲切的称呼时,心头潮起一种激情,她紧紧地反握住鹿兆鹏的手,久久说不出一句话,脑子里又浮出本班那位被捕的女生领着警察到学校来抓捕同志的情景。白灵说:"请党放心,白灵只会替同志赴死,绝不会领着警察去抓捕同志。啊!你再叫我一声同——志!"鹿兆鹏松开手说:"白灵同志!我受党组织委托,领你宣誓。"说着从箱子里翻出一面红旗挂到墙上,站正之后,举起了右手。白灵并排站好,也举起右手,心头像平静而炽烈的熔岩。

这家四合院的男女老少正集中在厅房明间客厅里欣赏唱片。他们的大公子最近从上海捎回来一架留声机,新奇得使全家兴趣十足。同时捎回的还有唱片,全是软声细气的越剧和嗲声奶气的流行音乐,只有一张"洋人大笑"的唱片使全家老少咸宜,于是每天晚上客厅里都充斥着洋人们男的女的,老的少的,粗嘎的尖细的,粗野放肆的,阴险讥讽的,温柔的,畅快的,痛切的笑声。在洋人们的笑声的掩护下,白鹿原上两个同宗同族的青年正在这里宣誓,向整个世界发出庄严坚定的挑战。

宣誓完毕坐下来之后,鹿兆鹏坦诚地说:"我又想起我入党宣誓的情景。我每一次介绍同志入党宣誓就想起我入党宣誓的情景。"白灵问:"你入党宣誓是怎样的情景?"鹿兆鹏说:"那阵儿还是公开宣誓的呢!"他怀着新鲜的却似遥远的记忆说:"我们一起宣誓的有九个人,现在连我在内只剩下三个了。三个给大哥煎了,两个随大哥走了,一个经商去了,而且发了财,咱们现在就在他屋里坐着。"白灵问:"他们没有供出你?"鹿兆鹏笑了说:"他们首先供出的就是我,算我命大。"接着又说:"大哥这回翻脸,小兄弟血流成河。大肆逮捕,公开杀害,全国一片血腥气,唯独我们这座古城弄得干净,不响枪声,不设绞架,一律塞进枯井,在全国独树一帜,体现着我们这座十代帝王古都的文明。"白灵说:"中世纪的野蛮!"鹿兆鹏说:"一切都得重新开头。白灵,你说说你这会儿想什么?"白灵说:"我想到奶奶讲下的白鹿。咱们原上的那只白鹿。我想共产主义就是那只白鹿?"鹿兆鹏惊奇地瞪起眼睛愣了一下,随之就轻轻地摆摆头笑了:"那可真是一只令人神往的白鹿!"

白灵头一次主动去找鹿兆鹏是迫于无奈。她知道这是不能允许的。鹿兆海从军校学习期满回到本城,带给她一个意料不及的难题,他已改"共"为"国"了,而她恰恰在他归来前改"国"为"共"了。她和他在热切的期待中突然发觉对方已不是记忆中的那个人,双方都窝了兴致,都陷入痛苦。她相信自己无法改辙,也肯定他不会更弦,对于第二次约见已丧失信心,于是就去啰嗦巷寻找兆鹏。他们是亲兄弟,他有责任帮助她处理这件十分为难的事。鹿兆鹏严厉地批评她来找他的冒险行为,不经通知绝不许随便找他,后来却仍然答应她前去见自己的弟弟……

鹿兆海去榆林归队前夜找到皮货铺子,对白灵说:"我们出去走走。我明天一大早就上路了。我想和你说说话。"白灵就跟他走出来,不自觉地又走到抛掷铜元游戏的地方。白灵触景生情,抓住鹿兆海的手几乎是乞求说:"兆海,你退出'国'吧!你哪怕什么党派都不参加也好。"鹿兆海紧紧攥着白灵的手说:"我向你让步,我听你的,我退出'国'这可以,你也退出'共'吧!咱们俩干脆什么党派都不参加,你教你的学生,我当我的兵,免得'国'呀'共'呀是是非非。"白灵猛地拉出手激烈地说:"你知道不知道,你参加的那个国民党怎么杀戮异党?抓住了甚至连审问的手续也不走就塞进枯井!你参加这样的党难道不怕脸上溅血?"鹿兆海却沉静地说:"我想和你和解,你还在坚持偏见跟我争执。"白灵说:"我没办法忘记枯井里的惨景。"争论比以往更加激烈,更加深刻。鹿兆海再次妥协:"这样吧,咱们谁也改变不了谁,就等一等看吧!等过上几年,也许看得更清楚了,说不定你,也说不定我,会自动改变的。"白灵说:"好!我等着。"鹿兆海转过身:"明天我就走了,说不定几年才能回来。我现在只有一条——"白灵问:"什么呀?"鹿兆海说:"我们再见面时,也许依然没有结果,也许有一方改变了而得到一致。我只要你答应一条,在我走后几年,在我们下回见面之前,你甭应允任何求婚者。"说到这儿又抓住白灵的双手:"我们有那枚铜元为誓,我要是失去你,我将终生不娶。"白灵动情地说:"放心走吧!我盼着你回来时再不跟我争辩。"鹿兆海说:"每一次见面我都不会忘记。今晚的话咱们都记住。"白灵说:"你好像信不过我?好像疑虑着什么人要夺走我似的?"鹿兆海说:"我害怕把这个包袱背到榆林沙漠去。敞开说吧,你上次为啥让我哥代你出面?"白灵说:"他向你解说过了他出面的原因。"鹿兆海说:"我那晚非常憎恨他。"白灵说:"你也太……"鹿兆海激动地说:"我看见他就有一种不好的预感。也许我对你太专注了。"白灵叹口气说:"天!我做梦也想不到你会这样想……"鹿兆海说:"无论任何人,哪怕是我亲哥,谁夺走你,我就不认他是天王老子!"

　　白灵再见到鹿兆鹏时就觉得有点不自然,鹿兆鹏像灵敏的狐狸一样嗅出了白灵异常的神情,警觉地问:"有什么情况?"白灵说:"没什么情况。"她的神情更引起鹿兆鹏的警惕:"白灵同志,现在是非常时期,任何情况都不能隐瞒。"白灵说:"个人私事。"鹿兆鹏说:"个人私事也不能隐瞒。"白灵担心引起鹿兆鹏的隐忧,就恢复了她素来的爽朗:"你猜你兄弟怎么着?怕你把我夺走了。"鹿兆鹏大瞪两眼,骤然红了脸,摆一下手尴尬地笑了:"扯淡!"

白灵随后和鹿兆鹏也不常见面。她在豆腐巷小学校任教员,负责学生运动,刚刚成功地组织了中正中学的一场学潮。在这之前,她已经参与和组织过两所学校的学潮,接着就想在以中国最高统治者蒋的名字命名的中正学校也搞一次。中正中学在古城被政府命名为一所模范学校,教员乃至学生都逐个经过审查,绝无异党嫌疑。白灵抓住学生对伙食不满的机会,促进了一场激烈的算伙食账的学潮。结果是贪污学生伙食费的总务处长被收审,校长也被撤职。白灵兴奋鼓舞:"看来中正的学校也不是模范!"这当儿鹿兆鹏召见她:"要不失时机地把饭馍斗争提高到反黑暗的政治斗争。"白灵说:"我有信心。"鹿兆鹏随之告诉她:"我要离开这儿。"白灵说:"我能问去哪儿吗?"鹿兆鹏笼统地说:"山里。"白灵又问:"去多久?"鹿兆鹏说:"难以估计。"白灵就不再问了。鹿兆鹏郑重地说:"兆海马上要回来了。十七师撤回来了。"

…………

白灵在豆腐巷小学校接待了鹿兆海。她瞅见他那一身下级军官服装就觉得他们的关系将要完结了。他在她的小房间里坐下,一只手攥着茶杯,另一只手夹着烟卷。他的脸色不仅没有因为北方的沙漠和严寒变得粗糙,反而红润细腻了,只是上唇的黑青色胡楂子变化明显。她笑着说:"你倒更细和了。"鹿兆海说:"那地方水好。"他笑着侃侃而谈,"那地方是一眼望不透的沙漠。走十天八天见不着人烟,见不着树木,只看见一片沙子。到那儿你才能明白,历代皇都为啥要选在咱们这个关中……可那儿有好水。那水养的娃子一律是吕布的模样,那水养的女子一路都是貂蝉的姿色。我待了这几年也沾光了……"白灵说:"你该在那儿给你引回个貂蝉。"鹿兆海说:"我还是恋着白鹿原上的……"白灵抿住嘴没有说话。鹿兆海却豁朗地说："我这回回来有一点收获,再不逼你了。我知道我变不了,你也没变。但我再不逼你改变什么了。你可以随意嫁人。我嘛……我还是恪守誓言,非你不娶。你嫁了人我就发誓再不娶妻……你可以验证我的话。"白灵说："这又何苦?你这样说让我怎么办?"鹿兆海说："没有办法。我走南闯北这多年,愈是相信世上找不到我心里的你了。"白灵赌气地说："我明天就嫁人!"

木轮牛车嘎吱嘎吱响着,终于驶出白鹿原坡下的滋水河川。回头望去,河川的出口恰如一只喇叭口;口下便是山坡的终结,眼前立刻展现出辽阔无垠的渭河原野,滋水蜿蜒着投进原野流入渭河去了。到这儿才又看见了太阳。太阳在河天相接的地方已经变得难以辨认,像一只破碎的蛋黄,金黄的稠汁流摊开来,和黑色的乌云搅和在一起。白灵的心开始紧揪,到哪儿去寻找鹿兆鹏呢?

第二十四章

白灵回到城里的第二天,就向黄先生汇报滋水之行的情况。这是她受命去滋水时就跟黄先生约定了的,地点仍然是二姑父的皮货铺子。白灵上完课没有吃午饭就走出了豆腐巷,在二姑家所在的巷口一家泡馍馆门前如期而遇黄先生,两人就走进皮货铺子。白灵对姑父喊:"姑父,我又给你拉来一个买主。"皮匠见到买主像见到财神爷一样虔诚地咧嘴笑起来,妻侄女虽然至今未能攀上高枝光耀皮货铺子,但隔三差五不断给他拉来买主也算不错,于是就认真地征询买主对鞋的式样、皮子颜色的选择,然后就量脚的长短宽窄和肥瘦。白灵在一旁嗔声叮咛:"这位先生是个细活人,穿衣穿鞋讲究得很,姑父,你得做细法点儿。"随后就领着黄先生坐到里屋里,把自己到滋水得到的关于三十六军的情报详细地汇报给他。黄先生说:"按你姑父说的取鞋的日子再见面。"

白灵赶后晌上课又回到豆腐巷小学校,心里平静得像一泓秋水,那是圆满完成一项重大而又神秘的工作之后的心理报偿。这种情绪仅仅保持了一个后晌,当叽叽喳喳纷纷攘攘的学生放学离校之后,她在自己的房子里坐下来就又躁动不安起来。一种孤寂,一种压抑,一种渴盼,一种恨怒交织着心境,使她无法平心静气批阅学生们的作业,甚至怀疑自己不适宜做这种极端严密的工作。她至今也不能估计出这座古城里究竟有多少人和她一样在为着那个崇高的目的秘密地战斗着,她仅仅只认识鹿兆鹏和黄先生;她同样估计不来有多少同志被当局抓去了,古城的枯井里填进去多少同志的尸体。整个国家正在变成一架越来越完备也越来越强大的杀人机器,几百万军队和难以估计的宪兵警察以及特务,首要的任务不是对付已经占领华北的日本侵略军而是剿杀共产党,连滋水这样的小县城也建立起来专门对付共产党的保安大队,培训出来像哥哥孝文这样凶残的职业性地方军人。

白灵简直忍受不了夜的静寂,在门与床铺之间的脚地上踱步,心如焚烧似的急于见到鹿兆鹏。半年之久了,啰嗦巷最后一面,他竟去了红三十六军。全军覆没之后,他又逃潜到白鹿原上,在孝文未能及时出手时,他侥幸地逃脱了。他现在仍潜在原上。她想见他,不仅是想看他半年以后是黑了瘦了伤愈了,而且有一种揪心的逼近着的亲情在挠抓她的心。她已经意识到一个重大的心理变化,从昨天到今天的两天时间里,鹿兆海在她心目中急遽地暗淡下去,而他的哥哥鹿兆鹏却急遽地在她心里充溢起来……"我要做一个真正的军人推进国民革命!"兆海的理想和抱负曾经唤起她的毫无保留的赞同,可是,当初那种国民革命变得不再是驱逐封建军阀而是屠杀人民的时候,鹿兆海的抱负和志向就令她不仅是惋惜了。鹿兆鹏在那架巨大的杀人机器里侥幸逃脱,她在孝文职业习惯的语气里才明朗地感觉到自己与那个人不可分割地联结在一起。她根本无法预测,什么时候才能见到鹿兆鹏呢?

这种情绪有增无减继续了三四天,而且形成一种规律性的循环,白天她和学生们在一起,学生们的天真不断地冲淡或者截断她的思虑;一到晚上,那种情绪便像潮汐一样覆盖过来,难以成眠。第四天后晌刚下课,门口传达室校工周老头交给她一本书,说是一位姓黄的先生捎来的。白灵扫瞄一眼是一本《古文观止》,便走回自己的房子,当即坐下翻掀起来。书的封皮上包着一层牛皮纸护面,护面里用铅笔写着一行字:我今晚得提前取回皮鞋。

白灵放晚学后就回到二姑家等候黄先生。她急不可待地出出进进于里屋和柜房之间,最后索性坐在二姑父旁边聊起家常。白灵说:"姑父,你现在不必从早到晚刀子剪子锥子不离手地干啦!"二姑父做出莫可奈何的得意口气说:"嗨呀,没法子咯!那些熟人来定货,非得要我亲手做的嘛!"二姑父又一次叙述了老皮匠去世时留给他的遗训,即使皮货铺子发得家产万贯,也要他每月至少亲手做一双皮鞋。二姑父平和地笑着说:"闹到这阵儿我还没发起来,还敢撂下刀子剪子锥子?"这当儿,白灵瞅见黄先生戴着一顶礼帽走进来。

黄先生进门来就对二姑父说:"我要去上海办公务,鞋子得提前取。"二姑父问:"还得几天走?"黄先生说:"后日。"二姑父说:"来不及,根本来不及。"黄先生说:"这咋办?上海那鬼地方以衣帽取人,我可要丢人现眼了。"二姑父蔫蔫地说:"你明晚来取。我熬眼也要你先生在上海风风光光走一程。"白灵笑着说:"放心吧黄先生,有我姑父这句话你就放心吧!"说着就引着黄先生进入里屋。

黄先生坐下后说:"我来传达一个新的任务。"白灵庄严地期待着。黄先生说:"你去给一个同志做假太太。"白灵愣愣地瞪大眼睛叫起来:"你说啥?"黄先生强调说:"是假的。"白灵说:"可我根本没结婚。我根本不知道怎么当太太,假的更装不来!"黄先生说:"你当然得从头学起。况且嘛,得像真夫妻一样甭让人看出破绽。"白灵惊叫:"妈呀,这算什么任务呀?"黄先生说:"一种掩护。"白灵又问:"那位同志是个什么人呢?"黄先生说:"我也不知道。"黄先生接着就对这件事做了具体安排。

白灵辞去了豆腐巷小学教员的职务,提着一只小棕箱走出学校大门,门口有一辆洋车等候着。戴着一只发黄变色的细草帽的年轻车夫一句话也不说,拉起车子就逐步加速到小跑。白灵坐在车上说不清是一种什么心情,无法猜测假夫妻的生活将会是什么样子,而真正的夫妻生活她也是没有体验的。她有点新奇,甚至有点好笑,怀着冷漠的心去履行神圣的工作使命。车子钻来绕去经过七八条或宽或窄的巷道,在一个虽然气魄却显得苍老陈旧的青砖门楼前停下来。车夫拍击着大门上的一只生锈的铁环,院里便有了一阵轻捷的脚步声。白灵的心忽然跳起来,仿佛真的要见到自己的女婿了。街门吱扭一声启开,白灵一看见来迎接她的人几乎惊叫起来,竟然是鹿兆鹏。她惊讶地张了张嘴又抿上了嘴唇,心在胸腔里便跳荡得一阵眩晕;她的双腿像抽去了筋骨绵软无力,坐在车子上动弹不得;她晕晕乎乎看着鹿兆鹏给车夫数点铜子,车夫像是多得了几枚铜子很感激地连连哈腰,十分殷勤地要帮助送箱子。鹿兆鹏接过箱子,然后扬起头对她说:"到家了下车吧!"白灵的心又怦然轰响起来,血液似乎一下子涌上头顶,脸颊顿时烧骚骚热辣辣的,眼睛也模糊不清了,下车踩到地面上的双脚像踩着棉花,几乎不敢看鹿兆鹏的眼睛。走进街门,穿过过道跨进一幢厦屋。未及白灵开口,鹿兆鹏尚未放下手提的棕箱就猛然转过身,满脸变得尴尬而又紧张局促:"白灵呀,我咋也没料到会是你!"

白灵顺势在一张椅子上坐下来,心情平静了许多,看见鹿兆鹏满脸尴尬紧张局促的神色,她自己反倒冷静下来。她依然没有说话,看见那尴尬局促的脸色忽然觉得他很可怜。其实她在从门缝里瞅见他的眼睛的那一瞬间,已经准确地判断出他和她一样事先互不知底。她与他记不清有多少次见面了,他的老练,他的敏捷,他留给她的总体印象里,从来也没有惊慌失措,局促不安,尴尬难堪这些神色;她甚至以为他永远都不会出现这些神色,即使被围捕被通缉,被塞进枯井,他也不会尴尬,不会惊慌,不会难堪;实际不尽然,他在她的面前像普通人一样尴尬了,难堪了,局促不安了。她的心渐渐平静下来之后,才意识到自己不能再现出惊慌难堪和局促。鹿兆鹏放下箱子以后,搓着双手在厦屋脚地转了一圈,回过头来又解释一遍:"我确实事先没有料到会派你来!"白灵看见鹿兆鹏的脸上已沁出一层细汗,冷静地说:"你如果事先知道派我来会怎么样呢?"鹿兆鹏不假思索地说:"我会坚决反对的。"白灵说:"你讨厌我还是觉得我不保险?"鹿兆鹏更加尴尬,连忙解释:"不不不,我不是这个意思。"白灵说:"你反复解释你事先不知道派我来是什么意思?"鹿兆鹏更加难堪,语言也支吾起来:"我怕你产生误会,以为这是我有意的……安排……"白灵却进一步追问:"即使你事先知道,即使是你有意的安排,又怎么样呢?"鹿兆鹏猛然转过头说:"那样的话,我就太卑鄙!"白灵不动声色地问:"谁会这样说你呢?谁又了解这真真假假呢?"鹿兆鹏憋红了脸说:"兆海。"白灵朗声笑了:"你想证明你是个君子啊!其实卑鄙每个人或多或少都有一点儿。有一点卑鄙也可以原谅,只是不要太多。"鹿兆鹏被噎得说不上话来:"你这是……"白灵说:"你再三解释的时候,想没想到我的处境?我难道事先知道派我到你这儿来吗?我难道比你脸皮还厚吗?你反复解释的本身就有点卑鄙。"鹿兆鹏更加尴尬地仰起脑袋,轻声慨叹说:"老天爷!在你眼里谁心中连一丝灰垢也藏不住。"白灵却一本正经地说:"鹿兆鹏同志,白灵奉党的派遣来给你做假太太,你吩咐任务吧!一切不要再解释。"鹿兆鹏却使着性子咕哝说:"这么厉害的太太,谁支使得了啊!"白灵调皮地笑了:"你教我怎么做假太太吧!"鹿兆鹏不以为然地说:"权当演戏吧!你不是戏演得挺好吗?"白灵摇摇头说:"一台戏演两小时就完了,下了台子我还是我。这……长年累月做假演戏,人怎么受得了呀?"鹿兆鹏开始恢复正常情绪,不在意地说:"没有外人来的时候,你我是同志又是兄妹,该咋着就咋着;有人进门时你就开始演戏,一直演到送客人出门。"白灵说:"我要是忘了呢?"鹿兆鹏平缓而又郑重地说:"你可不能忘。"白灵不无忧虑地问:"万一我一涣神忘了咋办?"鹿兆鹏舒口气,做出无奈的手势说:"那样的结果——你我就得填井。"

房东老太太这时候走进门来,先瞥一眼白灵,又瞅住鹿兆鹏问:"太太接来了?"鹿兆鹏向白灵介绍房东主人魏老太太。白灵一眼看出魏老太太是个经见过大世面,洞达世情又藐视世事的人,她的充分发胖挺前坠下的腹部,显示着臃肿,也显示着豁达大度,两只硕大无朋的乳房匍匐在宽大的胸膛上,那双眼皮下垂的眼睛透出即使地震也会镇静自若的神气。她第一眼瞥人就使白灵觉得她的眼色像看一只普通的羊一样平淡,而她已经见过成千上万只羊了。她转着脑袋打量了厦屋的摆置说:"缺啥家具就到后边去拿。"鹿兆鹏连连道着"添麻烦"一类歉词。魏老太太不就座,只站了一阵就转身出门,走出厦屋门时,回过头来撇了撇嘴角,露出一丝笑意:"你这太太脸蛋子心疼。"白灵羞羞地笑笑,表示接受了奖励,回到屋里就迫不及待地问:"兆鹏哥,你是怎样逃回来的?"鹿兆鹏愣了一下说:"狼狈逃跑。"说罢轻轻摆一下手:"这回这事不提它了,看下一回吧!"白灵很不满足,说起她到滋水县找郝县长的事,以及无意中听到孝文说的与他的遭遇。鹿兆鹏显然对已经过去了的灾难再不感兴趣,就转换了话题:"准备做晚饭吧。让咱们的烟囱先冒出烟来!"白灵听了这话顿然激动起来。原上人用"盼邻家烟囱不冒烟"的话,讥讽心术不正谋算旁人的褊狭阴毒的人。鹿兆鹏看去像是无意间撂出来的家乡话,有效地抑制或者说镇住了总在她心头蠕动着的孝文那句习惯用语,感觉到了一种心态的平衡。白灵热烈地响应道:"好啊,先让咱的烟囱冒出烟来!"

晚饭白灵做下的是长面。长面象征长寿,象征交谊长久,常常只在过年过节,或新婚嫁娶,或为长者祝寿,或为新生婴儿过满月等喜庆活动中招待亲朋友好。白灵在不无欢欣,不无庄严的心境下点燃第一把柴火时,竟然激动地跷出灶房站在庭院里呼唤鹿兆鹏,要他一起观瞻那砖砌的烟囱袅袅升起的第一缕炊烟⋯⋯

白灵把一碗浇着肉丁臊子的长面递到鹿兆鹏手上时,抱歉地说:"硷放多了——我今日个头一回捉擀杖。"鹿兆鹏用筷子翻搅一下,被臊子覆盖着的面条已经变成黄色,硷面儿放得过量不止一倍两倍,他猛然吸了一大口说:"瑕不掩瑜。长嘛可是够长的,筋性也不错,味道嘛还是咱原上的味道。"白灵也给自己端来一碗。吃着饭的时间里,她还是忍不住再次问:"你啥时候回到城里的?"鹿兆鹏沉思一下说:"巧了,就是你去滋水县的那天,我是后晌进城的。"

鹿兆鹏在白鹿原上度过了一段恬静的日子。他在白鹿书院从白孝文的枪口下逃脱以后没有上原,而是斜插过北部原坡一直向西跑去。选择这条路径的唯一目的是原坡上沟梁纵横便于藏匿,因为他充分估计到岳维山会立即用兵封锁滋水河川西部出口,同时搜索整个白鹿原。他的判断完全准确。保安大队派出一个中队士兵分散到原上挨家挨户搜寻鹿兆鹏,另一个中队的士兵进入滋水河川执行同样任务。鹿兆鹏于曙色初露时赶到距离城市不过十里的另一条河流边上,在沙滩上的草丛里躺下来睡着了。一个放牛割草的老汉用脚把他踢醒来,他说耍钱输光了家产,连婆娘也输给赢家了,想跳河自杀,不料竟睡着了。放牛老汉撇着嘴角,说他有一个治疗赌症的良方。鹿兆鹏装作很迫切的样子跪地相求。放牛老汉用手里的镰刀弯柄指着河流不远处的渡口说:"去背河。"鹿兆鹏装作丧气的模样说:"凭背河挣那俩麻钱到死也赎不回婆娘。"放牛老汉说:"能。能赎回来。"鹿兆鹏还是装作犹疑不定。放牛老汉说:"娃子,你把旁人驮到脊背上那阵儿,才能明白自个该怎样活人。"

鹿兆鹏倒真的怦然心动,想去亲自试验一下放牛老汉的人生药方,也许这是他眼下隐蔽的最好手段。他挽了裤子站在水边沙地上,做出背河谋生者的架势……这条河名曰润河,自秦岭流出山来,绕着白鹿原西部的坡根向北流去,流入滋水再投进渭河。通往古城的路上就形成一个没有渡船的渡口,也就造就了一种背人渡河的职业。不用究问,凡背河人都是些既无产业,亦无技艺的又穷又拙的笨佬儿。鹿兆鹏背起第一个人走到水中,忽然想起与朱先生辩论的事。那是离开白鹿书院进入古城培德中学念书的第一个寒假,他去拜望朱先生时就向先生宣讲共产主义。朱先生笑着问:"你要消灭人压迫人人剥削人的制度,这话听来很是中听,可有的人甘愿叫人压迫,叫人剥削咋办?"鹿兆鹏说:"世上哪有这号人呢?"朱先生举出例证说:"在润河上背河的人算不算?你好心不让他受压迫,可他挣不来麻钱买不来烧饼。"鹿兆鹏说:"人民政权会给背河的人安排一个比背河更好的职业。"朱先生说:"要是有人背河背出瘾了,就专意想背河,不想干你安排给他的好工作,你咋办?"鹿兆鹏急了:"人民政权就给河上搭一座桥,车碾人踏都不收钱,背河的人就是想背也背不成了。"朱先生笑了:"你的人民政权的办法还真不少……"鹿兆鹏现在想起这件事觉得自己那阵子很可笑,不过现在背河却已成为他隐蔽的最佳选择。河边上偶尔走过一位看去是政府下级官员的人物,也花几个麻钱让人背过河去;偶尔晃荡过来一排士兵,便把包括他在内的所有背河的苦力都集中起来背他们过河,自然是谁也不敢伸出手掌企图什么的。所有经过河边的过河者和背河者,谁也不会想到政府正在追捕的红三十六军政治委员鹿兆鹏正在背着一个小脚女人过河……鹿兆鹏趁天黑时进了东城门,找了两处地下交通都失败了:一个搬迁了,另一个已被逮捕。他感到一种危机,不敢贸然再去瞎撞。他无奈间混入东城墙根下的贫民窟,在一个名是家庭客栈实是兼营卖淫的小栈通铺里挤了一夜。第二天晌午进入东关,那儿有闻名东半城的一家羊肉泡馍馆子。鹿兆鹏走进门,装作寻觅座位扫视各色就餐的人时,看见了一张熟悉的脸盘,不禁喜悦起来,那是一位同志。那位同志几乎同时也认出他来,激动地站起来叫了一声"鹿哥",扬起的手里还攥着半个尚未掰碎的饦饦馍。鹿兆鹏顿时毛发倒竖，急忙转过身去，几乎同时从他左边一张餐桌旁跃起两个人来；兆鹏和他们不过五六步距离，要逃脱已不可能。他急中生智，一把夺过正在翻搅着煮馍的炉头手里的铁瓢，一扬手迎面把满满一瓢羊肉汤煮泡着的滚烫的馍馍泼撒到两个大汉的脸上。鹿兆鹏只听见俩人惨厉的叫声而无暇一顾他们跌倒翻滚的惨景，拐进一条小巷才撒腿跑起来，最后还是跑到润河边继续干起背河的营生……第二天黎明时分，鹿兆鹏走进白鹿原南端秦岭脚下的大王镇高级小学……

鹿兆鹏对白灵说："我听见他叫'鹿哥'时，看见他眼里射出一道绿光，跟我夜里在原上碰见的狼的眼睛一样。"白灵索性放下筷子，不吃长面了，说："我们日后成功了，决不能轻饶叛徒。"鹿兆鹏说："一个叛徒比一千个白孝文岳维山还厉害。"

鹿兆鹏住在校长胡达林的屋子里，装作是城里来的亲戚到山脚下的温泉洗治皮肤病，每天装模作样去温泉洗一次矿泉水，夜晚宿住在胡达林校长的套间房里。学校靠近温泉，先生们无一例外都要接待安排前来洗病的亲朋友好，鹿兆鹏的到来不会引起任何猜疑。胡达林是鹿兆鹏在白鹿镇初级学校发展的头批党员，在他逃离以后隐蔽下来，又遵照他的安排进入秦岭脚下的大王镇学校。胡达林豁达而又谨慎，豪壮大气而又机敏狡黠，在大王镇镇面上已经成为一个捏事了事的人物；他在学校里发展了五个党员，建立起一个支部，把那些心眼拐曲不可信赖的人一个个挤走，把学校经营成了一个安全的据点。胡达林对鹿兆鹏说："你现在好好洗，好好吃好好睡吧！要弄啥让我给咱去弄。"鹿兆鹏说："必须尽快找到组织。"胡达林说："你还是好好洗，好好吃，好好睡，把精神先养起来。

找组织你说路数,我着人去找。"鹿兆鹏心急如焚,既不能好好洗,也不能好好吃,更不能好好睡,焦灼急迫的心情里渗透着一缕悲凉,这是他投身革命以来不曾有过的一种情绪。国民党反手对共产党实行大屠杀的那一次,激起的是无以诉说的愤怒而没有悲凉;这回因党的重要首脑叛变造成的损失更为惨重,刚刚建立起来的红三十六军彻底覆灭了,苦心经营的地下组织像蛛网一样被轻而易举地捣烂了。他不过是一只侥幸逃亡的蜘蛛,在重新结网之前就有了一股悲凉。他给胡达林说了一个联络路数,胡达林派了一个党员进城去了,结果没有联系得上,接着又去了三回才找到一丝线索。鹿兆鹏在大王镇高级小学已经住下整整十天了,难得的安静生活和美好的矿泉水的滋润,使他褪去了疲惫焕发起精神,当这个游丝似的线索被他抓住以后就断然决定:"让那个同志再跑一趟约他见面,我还在润河边上背河,腰里勒一条蓝布腰带。"……

鹿兆鹏对白灵沉静地说:"姜政委进山去三十六军以前,已经和当局策划了这场阴谋。"白灵又重复一遍她的话:"我们成功了首先要找叛徒算账,他们太卑劣了。"鹿兆鹏说:"对他姓姜的账绝不能等到成功了再算。"

严峻的气氛浓厚地笼罩着这两间厦屋,因为假夫妻这种特殊的关系而弥漫在两人心头的尴尬纷乱的云翳消散了廓清了。鹿兆鹏受命调进城来,替补被填了枯井的同志的位置;更为险恶的环境需要采取更为隐蔽的方式,与白灵结成假夫妻就是一种隐蔽方式。鹿兆鹏对白灵说:"我们个人的一切都是不重要的。"他向她暗示这种特殊关系,心头已经排除了悲凉而涨起壮豪:"我们现在重新来织一张新网。"白灵说:"党在危机中让我来协助你,我感到骄傲。即就被填了枯井,我还是骄傲。"鹿兆鹏哼了一声:"先不要想自己被填井,先织我们的网吧!把那些苍蝇蚊子网住吃掉,让我们也痛快一下。"白灵笑了说:"我可不吃苍蝇不吃蚊子,我嫌恶心!"鹿兆鹏也笑了:"你不吃全让给我,苍蝇蚊子毒虫猛兽我都敢吃它们。"

夜深以后应该睡觉的时候,白灵想提醒鹿兆鹏时却说不出"睡觉"那俩字,那一刻她意识到自己其实还是个女人;女人在这种特殊环境里的劣势和障碍,自己连一丝一毫也摆脱不掉。她终于没有说出"睡觉"那俩字,而是默默地抓住一只棕毛笤帚扫起床面,心儿却嘣嘣跳起来。她铺开一条被筒,接着再铺下一条被筒,心儿的跳荡已加剧到两个鬓角频频弹动;在摆下一只枕头要摆第二只枕头时,变得更加迟疑了,那枕头像炙热的物体烤烘得她脸颊烫烧。鹿兆鹏转过身,似乎看出她的窘迫,弯下腰从床底下取出一块桐油油布铺到砖地上,从床上抱起一条被卷扔到油布上,接着从她手里夺过枕头放到地铺上,悄声说:"我早都准备好了。"白灵骤然掀起的窘迫又骤然回落,心里反倒产生了一种冷寂。她说:"让我睡地铺。"鹿兆鹏用手指指门前,压低嗓门提示说:"我睡地上给你挡狼。"说罢噗嗤一声吹灭了煤油玻璃罩子灯,屋子里骤然黑暗下来。他躺倒到地铺上,还在回味着刚才随意说下的"挡狼"的话,并为自己这句双关语中所含的机智不无得意。

其实鹿兆鹏心里比白灵更窘迫,他看见白灵的羞怯,也看出她的单纯,而他已经结过婚,知道同床共枕的实际内容。他比她年长,再说她与弟弟兆海又是那种关系,说来是他的弟媳。他既要保持领导者的尊严,又要不损哥哥的脸面。他见到她的第一眼就感到窘迫,但却极力掩饰着。他掩饰内心紧张欢乐痛苦的本领是非凡的,也是老到的。

他现在依然为自己说下"挡狼"的话而得意,这既解除了自己的窘迫,也解除了白灵的窘迫,只要度过最为难的第一夜,窘迫就会从俩人的身上消失。他躺在地铺上,屋里静寂无声,凭感觉可以断定白灵依然端坐在床上。他以平淡而又真诚的语气说:"睡吧。"

却听不到她的反应。久久的沉默之后,鹿兆鹏终于听见白灵脱剥衣服的窸窣声儿;屋子里弥漫着一缕异样的温馨的气息,那是白灵的肌体辐射到空间里的一种难以名状的气息。他的脑子里突然冒出自己结婚头一夜的情景,于是又腾起了一层悲哀的浓云浊雾。

白灵则显得单纯得多。她起初为并排或是两头摆置枕头而为难,而当鹿兆鹏躺到地铺上以后,便顿然化释了。她根本说不清自己刚才骤然而起的心跳脸烧是为了什么,似乎只是一种朦胧模糊的意象,或者是女性的一种本能。在她脱衣裳时,又产生了这种本能的障碍,即使吹了灯在黑暗中脱,也仍然感到局促。她的手摸到胸前的纽扣时,又抑止不住地心跳;双手解开裤带儿的时候,甚至有一种无端的颤栗。她仓皇地脱掉衣裤溜进被筒,心里才渐渐舒活起来。她又一次嘲笑自己,假娃子毕竟不是娃子啊!白灵悄无声息地躺着,闻到一股异样的诱人的气息,那是睡在地铺上的人辐射到空间里的男人的气息,心里却产生了荡秋千的那种奇妙的感觉……

白灵对原上家乡最显明最美好的记忆是清明节。家家户户提前吃了晌午饭便去上坟烧纸,然后集中到祠堂里聚族祭奠老辈子祖宗,随后就不拘一格地簇拥到碾子场上。

村子北巷有一座官伙用的青石石碾,一年四季有人在碾盘上碾除谷子的外壳,或碾碎苞谷颗粒,然后得到黄灿灿的小米和细碎的苞谷糁子。碾盘南边有两棵通直高耸的香椿树,褐色的树皮年年开裂剥落,露出紫红色的新皮;新发的叶子散发着浓郁的清香,成为理想不过的一副秋千架子。黑娃把一条擀杖粗的皮绳拴到后腰里的裤带上,猴子一样灵巧轻捷地攀爬上去,把皮绳在权股上拴绾结实,两条皮绳在离地三尺的地方绾系着一块木板。为了让众人心地踏实而不担忧皮绳松扣,黑娃率先跳上踩板第一个荡起来。

黑娃第一个就把秋千荡高到极限，人在空中呈现出脚朝上头在下的倒立姿势；脚下的踩板撞上某一条树枝成为荡得最高的标志，随后陆续跨上秋千的人就企图打破那个纪录。黑娃的姿势也是最洒脱最优美的，秋千荡到半空时，两臂撑开和身体构成一个十字；收缩双臂时那皮绳在空中就发出啪啪啪的颤响，令胆小的人发出一阵阵欢呼又一阵阵惊叹。能够把秋千荡到黑娃那样高度的人还有几个，有年轻人也有壮年汉子。父亲白嘉轩总是在众人都试过一回之后才上架子，启动的动作有力却笨拙，他只能荡到两条皮绳在空中拉直摆平的高度，那形体像平展双翅沉稳盘旋在苍穹的一只老鹰。而鹿子霖一上秋千就引起满场喧哗。他不是以高度取胜，而是以花样见长。他一会儿坐在踩板上，一会儿又睡在上面；他敢于双足离开踩板只凭双手攥住皮绳，并将身体缩成一团；他可以腾出一只手捏住鼻子在空中擤鼻涕，故意努出一连串的响屁，惹得树下一片亲昵的叫骂。

鹿兆鹏在外上学，难得遇着清明节在家乡过，白灵只见过一次。那时候鹿兆鹏穿一身藏青色制服，一上手就企图超过黑娃创下的纪录。他的动作不大协调，技术不熟练，但他很努力。当踩到接近黑娃的标高时，树下响起一片欢呼，白鹿村又出了一个荡秋千的好手了。这当儿，发生了一件吓人的事，当踩板高过肩膀时，他竟双脚脱开了踩板，树下顿时又响起一片惊慌失声的尖叫。白灵也吓得"妈呀"尖叫了一声。鹿兆鹏凭着双臂在空中荡了两个来回才又踏住了踩板。鹿兆鹏从秋千上跳到地面时，人们正掐着鹿子霖的鼻根儿救命哩……

这是一年里唯一的轻松活泼的一天，男女老幼不分，门族尊卑不论，都可以聚到碾场上来纵情谈笑，都可以到秋千架上去表演一番，显示一回，尤其是大姑娘小媳妇，可以不受公婆以及门风家法族规的约束，把长长的辫子甩到空中，也把畅快的笑声撒向天空。

白灵头回上石碾场的秋千是女娃子里最小的一个,荡的高度虽不能与大人们相比,却也令人惊异。当她躬身屈膝把踩板推向前方的高空时,感到的是一种酣畅淋漓,而当秋千从高空倒退回来的时候,却感觉到一种恐惧,风在耳边呼呼呼啸叫,身体像一片落叶悠悠飘浮着,心儿紧紧地缩成一团,微微颤栗……

白灵睡不着,奇怪自己怎么会想起秋千的往事来,忍不住说:"兆鹏哥,还记得你那回打秋千的危险吗?"鹿兆鹏也没有睡着,笑着说:"真想回原上再打一次秋千。"

第二天早晨白灵醒来时,鹿兆鹏已穿戴齐整,把被子和枕头叠好送回床上,又把油布卷起来塞到床下。白灵慌忙穿衣蹬裤跳下床来。鹿兆鹏说:"按照一般家庭的习惯,妻子应该比丈夫早起一步,打好洗脸水再清扫房间,然后做早饭。今天头一回可以原谅。"白灵伸伸舌头做个鬼脸就忙活起来。吃罢早饭,鹿兆鹏把一绺纸条交给她说:"送到八仙台的南殿北墙根下。"白灵接过纸条,整个身体里的神经都紧张亢奋起来。鹿兆鹏说:"你现在是一个虔诚的道教徒。到门口甭忘了买香蜡纸表。"

白灵从此开始了这种隐秘的工作。有一天,白灵对鹿兆鹏说:"那张网织起来了吧?"鹿兆鹏说:"还没有。咱们是两只不错的蜘蛛。"白灵问:"过了一向光景了,你看我做假太太有没有漏洞?房主老婆子很贼的。"鹿兆鹏沉吟一下说:"似乎没有什么明显的漏洞。你看有什么漏洞没有?"白灵说:"有。"鹿兆鹏忙问:"什么事?"白灵却不说。

那是她刚刚搬来五六天,鹿兆鹏出去了,白灵坐在台阶上补缀鹿兆鹏的一双线袜。房东魏老太太很友好地送来一只袜子楦头。白灵把楦头塞进袜子试一下,有楦头果然好缝,连连说着感激的话。魏老太太问:"你们晚上怎么总跑茅房?"白灵一时摸不清话意,只顾低着头纳扎袜子。魏老太太以长者的关怀口气指导她说:"置个夜壶尿盆该多方便。往后天冷了,下雪了,跑茅房还不冻死!"白灵顿时意识到做假夫妻留下的漏洞,也判断清楚老太太并无歹意,随机应变说:"我家先生闻不惯尿臊气儿,害得我……再冷也得跑茅房。"魏老太太呷着卷烟,撇着嘴角,世故地说:"男人家毛病多,差不多个个男人都有一个怪毛病,我那老掌柜的毛病才怪哪……"

白灵一直未对鹿兆鹏提说过这件事,说了会使俩人更加难堪,于是就说:"假的总是假的。漏洞你甭问了,我已经掩盖过去了。不过……作假还真难。"白灵说完瞧着鹿兆鹏,发觉他有点不太注意自己的话题,似乎心不在焉,就问:"啥事不顺利吗?"鹿兆鹏也不抬头,低沉地说:"郝县长出事了!"白灵像是给人拦腰抽击了一棍:"啊……"鹿兆鹏说:"还是那个叛徒告的密。"

白灵承受不起这个沉重的打击,变得郁郁寡欢,沉默不语。鹿兆鹏几次提醒她"甭露出破绽来",也不能使她完全改变过来。她的脑子里日夜都浮现着郝县长那张机智敦厚的圆脸盘儿,一次又一次重现她到滋水县见到郝县长的情景。又莫名其妙地幻化出郝县长被塞进麻袋撂进枯井的惨景。鹿兆鹏劝解不下时,竟然硬着心说:"白灵同志,在中国干共产的人,得修炼成能吞咽刀子的硬功夫,只凭一般的顽强是不行的。"白灵愣了一下,瞅了兆鹏一眼,依然缄默。鹿兆鹏说:"不然,我还敢跟你说重要事情吗?"白灵终于溢出两滴泪花:"瞧着吧兆鹏哥……我能练出这个硬功夫的!"说着扑到鹿兆鹏怀里,浑身颤抖着几乎站立不住,从牙缝里迸出一个个单个字来,"我已经……把刀子……咽下去了……"鹿兆鹏抱扶着白灵猛烈颤抖着的身体,抬起右手摩挲着她的头发,随之双手挟着白灵的肩头把她撑离开自己的身体,冷峻地盯着白灵近在咫尺的眼睛说:"郝县长今日被害了!"白灵瞪着眼问:"又给填了枯井?"鹿兆鹏说:"不,这回是枪杀。岳维山专意从城里把人要回去,杀场就在白鹿原上。"白灵说:"杀一儆百哦!"鹿兆鹏按着白灵的肩膀坐下来说:"我们还得学会容纳仇恨。"

白灵终于从痛苦的深渊爬上岸来,变得沉静了。她继续把鹿兆鹏交给她的字纸绺儿送到某个秘密的地方,或一尊香炉下,或两块石缝里,或一块砖头底下,或某棵柏树的空心中。一次在埋着万余具尸骨的革命公园里,她取回一条纸绺,正装作游人在甬道上徜徉,猛然左肩被谁重重地拍击了一下,吓得她几乎叫出声来。她转过头,却见鹿兆海微喘着气站在面前,一只手还死死地抓着她的左臂:"你让我找得快要急疯了!"白灵吁出一口气说不出话,鹿兆海拉着她的胳膊离开甬道,朝一座亭子走去。

鹿兆海告诉她,他去过皮匠铺店,也去过豆腐巷小学,问谁谁都说不出白灵的踪迹。他疑心皮匠对他保密,又买了古城名点水晶饼和腊汁羊肉孝敬给皮匠,皮匠收了礼物竟然对他赌起咒来,甚至骂起白灵是个"喂不熟的白眼狼"……

鹿兆海说:"你真心硬。"白灵瞅着鹿兆海的军装,却问:"你这衣裳是连长,还是营长的?"鹿兆海说:"问那干啥?好不容易撞见你,难道跟我连一句知心话也没有啦?"白灵嗔怒地说:"我怕你把我填了枯井!"鹿兆海说:"那是特务干的事,而我是一名军人。"白灵说:"特务难道不是贵党豢养下的?"鹿兆海恳切地说:"难道我们一见面就非得吵这种事不行吗?你和我之间就只有'国'和'共'的争斗吗?我们那时候两小无猜,想能想到一起,说能说到一道儿,我们抬死人也是抬一副架子。我们屁股底下就埋着我们抬出来的尸骨,我们在这儿挖坑掩埋死者又修起公园。我们订了终身,而今却弄到这个局面……"鹿兆海说到这儿已经伤心了。白灵却冷淡地说:"你该不是从月亮上刚下来吧?城里的枯井几乎天天都有活人被撂进去,你却在这儿抒情。"鹿兆海说:"你能告诉我你的住处吗?"白灵说:"不能。"鹿兆海说:"你不相信我?我还不至于卑劣到向特务去密告我的……"白灵站起来说:"我要回家了。"鹿兆海说:"我们一月能不能见一面?我看看你就行了。我再说一遍,我等你,决定终生不娶。"白灵说:"我已经成家了,还能再和你约会吗?"鹿兆海说:"我不信。你不过是推托。我等你到老。"白灵发觉自己的心开始颤栗,故意冷着脸说:"你到枯井里认我的尸首时,我谢你。"

白灵回到家天已擦黑。鹿兆鹏仰躺在床上闭目养神。白灵把那张取回来的纸条儿塞到他的手里。鹿兆鹏看了一眼,猛乍鱼跃似的跳到脚地上,一把抓住白灵的手臂,脸颊上的肌肉痉挛着:"灵灵,你知道不知道你取回来一个什么情报哇?"白灵沉静地说:"你不用担心,我可以吞吃刀子了。"鹿兆鹏撇一下嘴角说:"这回是把刀子插到他们嘴里了!"白灵顿然激动起来,双手抓住鹿兆鹏的胳膊急切地期待着。鹿兆鹏解气地说:"我们把那个大祸根除了——只用了一小包药面儿。"

根除叛徒的斗争刻不容缓,缓一天就意味着有更多的人被塞进枯井。处死姜的第一方案是设法炸掉汽车,姜有坐小汽车的瘾。这个方案不大切合实际未能实施,随之就有给姜家打进一个用人的方案,也没能得以实施,是因为姜的警惕性比这个方案的设计者更高一着。最后实施的第三方案,是从姜的饮食上打开的缺口。姜是关中人,早餐喜欢吃一碗羊肉泡馍;过去是自己到泡馍馆亲自掰碎馍块耐心等待,而今叛卖同志得了赏金,发了横财,摆起阔佬架子,在古城久负盛誉的老孙家泡馍馆吃订饭,由堂倌每天早晨送饭上门。老孙家雇佣着十数个专事送饭上门的堂倌,用一个竹编提盒装着两层保温棉套的饭碗,在街道上一路喊着"借光"小跑过去;不说行人,即使街痞警察看见听见这些小厮也是赶忙躲让,唯恐不及,因为这些小猴子爬附在老虎背上——他们送饭的主户肯定是大亨要员,以及耍枪杆子的军警长官。按照鹿兆鹏设计的方案,通过熟人给老孙家打进一个堂倌,又以不经意的理由和给姜送饭的堂倌调换了路数。为了使姜消除任何猜疑,直到第七次把饭碗从提盒里取出时,才把一撮砒霜溜进碗里。热气蒸腾香味扑鼻的羊肉泡馍递到姜的手里时,堂倌像往常一样哈着腰恭维一句:"口味不合您老早说哎!"姜习惯性地用筷子搅一搅,把沾在筷子上的稠汁搁嘴角捋一捋,咂咂味儿点点头,不屑于和堂倌开口说话就大吃起来。堂倌依然哈着腰倒退到门口才直起身来转身出门,走过四合院过庭出了街门,便钻进一条早已窥测好了的巷道,再也不回老孙家泡馍馆去了。姜吃完泡馍以后习惯喝茶,不断地揩着额头上冒出的热汗,这是羊肉泡馍吃罢后最惬意的感受,然后就坐等在屋里接待来人议事。姜被当局委以高职却无实权,四合院门口有专司门卫的特务,说是保障他的安全,其实是提防着他。姜品罢一壶香片茶,突然听到胃里咯噔一声响,体内如同发生了地震,一阵剧疼几乎使他跌翻到椅子底下去;在他尚未坐稳时,又来了一声咯噔,像是一声闷雷在腹腔爆炸;他这时顿然悟觉到死亡的危机,一把抓过刚才吃罢泡馍的细瓷大碗瞅着,碗里残留着腥汤残渣,他满腹狐疑翻转过碗来,在碗底上发现一行铅笔写的小字:执行人鹏。姜完全证实了自己的猜测,立即用手指死劲抠抓舌头,想把毒药吐出来。然而为时已晚,他刚吐出一口膻腥的秽物就从椅子上跌翻下去……

"家里有酒吗?"鹿兆鹏述说了处死姜的简单过程之后问,"我今日才算出了一口闷气。"白灵从柜子里摸出一瓶太白酒,蹾到兆鹏面前的桌子上说:"我去炒俩下酒菜。"鹿兆鹏抻住白灵的胳膊说:"我喝酒是干抿不要菜。"说着用牙齿咬掉瓶塞,往酒盅里斟满了酒,端起来说:"三十六军和枯井下的同志,你们的敌人今个完结了。"说罢把酒洒到脚地上。白灵端起另一只酒盅同样洒下去,口里喃喃着:"郝县长,我给你祭酒哩!"鹿兆鹏重新给自己也给白灵的杯子里斟上酒:"白灵同志,你知道不知道?正是你送出去和取回来的那些小纸条,给姜叛徒缀成一杆通向黄泉的引魂幡!"白灵舒口气说:"我也参与了杀人。哦!他不能算作人。"说罢主动地和鹿兆鹏碰了一下,然后一饮而尽;饮罢抓过酒瓶,给兆鹏斟上,再给自己斟上,溢出红晕的脸膛容光焕发:"我今日个才知道,烧酒合我的口味。"三巡之后,鹿兆鹏从白灵手中夺下瓶子拧上瓶塞:"不能醉倒……这是戒律。"白灵却双手捂着脸呜呜哭起来。鹿兆鹏抚着白灵的肩头说:"不能哭——这也是戒律。"白灵猛然站起来,抓住兆鹏的手说:"咱们做真夫妻啊兆鹏哥!"鹿兆鹏猛烈地颤栗一下,抿嘴不语。白灵扑到他的胸前紧紧抱住了他。鹿兆鹏伸开双臂把白灵紧紧地搂抱住时,一股热血冲上头顶,猛烈颤抖起来。那洪水一样的潮头冲上头顶过后,鹿兆鹏便拽着白灵一起坐到床沿上,掰开白灵死死箍抱的手臂,强迫自己做出大哥的口吻劝喻说:"你喝多了胡呓!"白灵扬起头,认真地说:"我说的是心里话。我头一天进这门时就想说。""这不行。我原上屋里有媳妇。""那才是假夫妻。"鹿兆鹏痛苦地仰起脸,又缓缓垂下头来说:"我根本没想过娶妻生子的事。我时时都有可能被填了枯井,如果能活到革命成功再……"白灵打断他的话说:"我们做一天真夫妻,我也不亏。"鹿兆鹏愈加清醒愈加坚定地说:"过几天咱们再认真谈一次。今黑后半夜我得出门上路。"白灵说:"这个'假'我做不了了。兆鹏哥,你不情愿我吗?可我从你眼里看出你情愿……"鹿兆鹏臊红着脸不吭声。白灵说:"有两回你半夜叫我的名字……我醒来才知道你是说梦话……"

鹿兆鹏转过身,瞅住白灵的眼睛,屏着呼吸向她逼近。白灵看见一双燃烧的眼睛,意识到火山爆突的熔岩瞬间将溅到自己的脸上,一阵逼近的幸福促使她闭上眼睛,等候那个庄严的时刻。鹿兆鹏猛然抱住她的肩,她在那一瞬先是觉得肩头酥了熔化了,随之浑身的骨肉皮毛都酥了碎了轻飏起来了。他的嘴唇搜遍了她的衣领以上外露的全部器官和皮肤,翻来覆去吻吮她的嘴唇,她的脸颊,她的眼睛,她的耳朵,她的鼻子,她的额头和她的脖颈。他的嘴唇带着炙热的火焰,触及到哪儿哪儿就燃烧起来。她觉得自己像一叶小舟漂在水上,又像一只平滑在晴空丽日的鸽子。他的手在解她腋下的纽扣。她猛然忆及到重要的一件事而挣扎着爬起来,把他的双手控制到他的胸前,然后从柜子里取出一双红色的漆蜡点燃了,又一口吹灭了油灯。鹿兆鹏惊讶地张了张嘴。白灵说:"我等待着这一天。"说罢拉着鹿兆鹏跪下来:"得先拜天地。"

夜半时分,鹿兆鹏在白灵耳边说:"我得起身上路。"白灵紧紧抱住他说:"不能等到天亮吗?"鹿兆鹏说:"我真想把这一夜睡到天亮。"俩人紧紧地偎依拥抱着不再说话。白灵问:"去哪儿?"

"回原上。"

"回原上?"

"回原上。"

"得多少日子?"

"不出半个月。"

"能告诉我什么事不?"

"大事。我一生中干过的最大的事。这件事办成功了,白鹿原将载入史册。"

鹿兆鹏从被窝里坐起来穿衣服。白灵也爬起来。鹿兆鹏按住她。白灵说:"你的家法要妻子先起床呀?"鹿兆鹏已穿好上衣说:"让我给你穿戴吧!"白灵羞羞地坐起来,温顺地伸出左臂又伸出右臂,听任兆鹏给她把衣袖套上去。在扣结最后一道胸扣时,他又吻了她的乳房。鹿兆鹏抬起头来说:"哥今黑出了这门,即使再进不了这门,也不遗憾了。"白灵神色骤然惊惶起来,伸手捂住了他的嘴。鹿兆鹏挎上行李袋出门时,又回过头来:"灵灵……哥我粗……鲁……你甭……"白灵打断他的话说,"你是火山……爆发!"

鹿兆鹏出门以后,传接纸条的工作便基本中止,白灵除了照例去八仙台烧香拜道,做做样子以掩房东魏老太太的眼目以外,便有了宽裕的时间,开始为鹿兆鹏准备棉衣棉裤。她买来布面布里和棉花,专意展示在魏老太太眼前,让她品评布质的优劣和价格合算不合算。在裁剪衣服时,又恭敬地请来魏老太太,问询领子腋下裤腰裤裆等处裁剪的尺寸。魏老太太一条胳膊扶着另一只胳膊肘,弹着手里的卷烟烟灰,自豪而又不屑地说:"我一辈子没捉过剪子。连针线也没捏过。"

白灵比着兆鹏的旧衣裤剪裁完成,坐在庭院里明亮的天光下穿针引线时,就有了充裕的时间和安静的环境回味那一夜。他等不得她羞怯忸怩地解去纽扣而自己动起手来,手忙脚乱三两下就把她剥得精光;他的嘴唇,他的双手,他的胳膊和双腿上都带着火,触及到她的任何部位都能引起燃烧;他的整个躯体就是一座潜埋着千万吨岩浆的火山,震颤着呼啸着寻求爆发。她那时候突然意识到自己也是一座火山,沉积在深层的熔岩在奔突冲撞而急于找寻一个喷发的突破口;她相信那种猛烈的燃烧是以血液为燃料,比其他任何燃料都更加猛烈,更加灿烂,更为辉煌,更能使人神魂癫狂;燃烧的过程完全是熔化的过程,她的血液,她的骨骼和皮毛逐渐熔化成为灼热的浆液在缓缓流动;她一任其销熔,任其流散而不惜焚毁。突然,真正焚毁的那一刻到来了,她的脑子里先掠过一缕饱含着桃杏花香的弱风,又铺开一片扬花吐穗的麦苗,接着便闪出一颗明亮的太阳,她在太阳里焚毁了……火山骤然掀起的爆发和焚毁迅猛而又短暂,爆发焚毁过后是温馨的灰雾在缓缓飘移,熔岩在山谷里汩汩流淌,整个世界是焚毁之后的寂静和明媚……

这是一种无法遏止的回味。白灵的眼前不断地浮现出鹿兆鹏变形的脸和颤抖的身躯。这种回忆常常被魏老太太冲断。魏老太太从屋里转磨到她跟前,常常说出一些市井哲人的话。她不在乎地问:"你们白天黑间屋里老是悄没声儿的?像是住着一对老夫妻。你俩才多大嘛!"白灵也不在意地说:"过日子嘛,有啥吵吵闹闹的。"魏老太太说:"人跟人差远了,甭看都是个人咯!"白灵附和说:"有的人性情活泛,叽叽嘎嘎。俺们俩人在一起总觉得没多少话好说。"魏老太太说:"在你们前头这房里住过俩活宝,白天唱唱喝喝,晚上整夜闹腾,那女人弄到好处就嗷嗷嗷叫唤,跟狗一个式子!"白灵不觉红了脸,惊奇的是魏老太太说着这种话跟说柴米油盐一样平淡:"那个男人是个军官,八辈子没沾过女人一样,黑间弄一夜还不过瘾,二天早起临走前还要弄一回……我看不惯那俩二毬货,就把他们起发走了。"白灵不想再听,又不敢惹恼老太太,便不经意地转移话题:"您老这辈子福大命大……"魏老太太听了竟慷慨起来:"我命大也命硬。算卦的神瞎子摸过我的膝盖儿,说能浮住我的男人就能升官发财,浮不住我的男人就难为世上人。这卦神咧!我十六岁嫁人,到二十五岁跟现今这老头子成婚,九年嫁了七个男人,六个都是浮不住我成了阴司的鬼。那六个男人有吃粮的粮子,有经商的,有手艺人,还有一个是水利技师,啥样儿的男人我都经过。那个粮子瞎得很,前门走顺了,生着六指儿走后门,弄得我连路都走不成。那个商人是个软蛋,没本事可用舌头舔。水利技师在野外一走一月四十,回到屋来顾不得洗手洗脸先抹裤子。男人嘛,就比女人多那一泡屎尿,把那一泡屎尿腾了就安宁了。"白灵臊羞得满脸发烧。魏老太太却根本不理会,一味说下去:"你得看透世事,女人要看透世事,先得看透男人。男人房事太勤不好,可不来房事你就得提防,肯定是在外头打野食儿。你们的房事咋样？我老也听不见你屋里的响动。"白灵愣了一下说："房事是啥事？"魏老太太撇一下嘴："你倒装得像个黄花闺女！房事嘛就是日。你俩一夜日几回？"白灵怨艾地盯一眼魏老太太没有说话。魏老太太却依然面不改色："你甭那样盯我。我说的是实话。我看你家先生也是个满天飞的人物，回家来黑间总是悄没声儿的，怕他走了歪路……"

鹿兆鹏于半月后的一个傍晚归来。白灵正在庭院井台上洗衣服，甩着手上的水滴迎接他进门。刚一进入厦屋，鹿兆鹏一句不吭就把她抱起来了。

鹿兆鹏回到白鹿原南端的大王镇高级小学，对胡达林交代了任务："党决定在你的学校召开非常代表大会。"胡达林激动得不知所措。鹿兆鹏说："你的工作给党提供了这个场所。"胡达林说："你具体说该做什么吧！我即使明日被枪杀也不眨眼。"鹿兆鹏当即召集了学校五个党员教员的支部会，布置了每人的具体工作，关键是要保证从全省各地来的代表必须有一个万无一失的安全住处，于是就在大王镇的私栈和农户里物色……十天以后，当第一位代表装作浴客进入大王镇一家客栈的时候，当晚又召开了一次支部会，鹿兆鹏对党员们说："同志们，一个不平凡的事件就要在这儿发生了。我们做成这件事，将使本原载入史册！"

大王镇在不知不觉中增加了许多浴客。有披绸挂缎携着太太的富商大亨，有长袍马褂的财东，也有不饰边幅一身粗布的农人，还有装得跛腿弯腰的病人。他们都是在最近一次大逮捕中尚属侥幸的共产党人，到这里参加遭到大破坏大劫难之后的党的非常代表大会来了。为了不致在大王镇引起任何异常现象，他们岔开时间到温泉去泡洗……会议只开了两天，实际只有两个晚上，是在大王镇学校最破烂的二年级教室里召开的。

两天的会议完成了任务,代表们按照严格的时间和路线悄悄离开了温泉。直到最后一位代表起身上路,鹿兆鹏抱着胡达林热泪盈眶:"达林兄弟,你的功劳和南山同在。"这件大事的完成,在本原和整个滋水县竟然没有出现一丝漏洞,这有一个客观上的原因:原上刚刚枪杀过郝县长,岳维山估计共党起码得蛰伏一阵子。鹿兆鹏正是利用了胜利者得意的心理误差而完成了自己的壮举⋯⋯

　　鹿兆鹏紧紧地搂抱着白灵,久久地亲吻,盯着白灵的眼睛说:"你得再去上学念书。"白灵一愣。鹿兆鹏说:"党的非常代表大会做出决议,要动员全中国人抗日。你到学校去组织发动学生促进当局抗日⋯⋯"白灵亲了鹿兆鹏一口说:"这比跑八仙台更合我的性子⋯⋯"

第二十五章

白鹿原又一次陷入毁灭性的灾难之中。

一场空前的大瘟疫在原上所有或大或小的村庄里蔓延,像洪水漫过青葱葱的河川的田亩,像乌云弥漫湛蓝如洗的天空,没有任何遮挡没有任何防卫,一切村庄里的一切人,男人和女人,老人和孩子,穷人和富人,都在这场无法抵御的大灾难里颤抖。

瘟疫究竟是从何时传上白鹿原的哪个村子、被害致死的头一个人究竟是谁,众说纷纭。而白鹿村被瘟神吞噬的第一个人却是鹿三的女人鹿惠氏。鹿惠氏先是呕吐,随后又拉稀;呕吐时她没在意,拉稀时还不太在意,这是夏季里常常发生的不适,抗两天缓几晌就没事了;直到她两腿酸软撑不起身子,躺到炕上呻唤不止,鹿三用独轮木车垫上被褥推着她走进冷先生的中医堂时,她仍然没有太在意,只不过这回拉得猛了点,好汉抵不住三泡屎咯。

冷先生听了鹿惠氏和鹿三的叙说也不太在意,甚至在拔掉毛笔铜帽蘸墨开处方之前,还对鹿三说了一句笑话:"你听过这病叫啥病吗?两头放花。"鹿三觉察出冷先生轻俏的口吻心里完全轻松无虞了。冷先生在墨盒里抹顺了笔尖,就在麻纸上走龙舞蛇一气呵成了药方,交给鹿三去药房抓药。临到鹿三扶着女人出门时,冷先生又补充叮嘱说:"弄几个生柿子烧了吃几回。"鹿三回到家就去借了砂锅,找了三块砖头支在厦屋外的台阶下,扯下一笼麦草,把一包中药倾入砂锅,又添上水,架在砖头上点燃麦草煎熬起来。干燥的药片药面吃水以后渐渐膨胀,清水也渐渐变成浑黄,变成土红,又变成紫黑色;一股苦涩的中草药味儿在小院里弥漫。小儿子兔娃偷摘下两口袋青柿子,用细竹棍儿扎了眼儿,塞到三个砖头的夹道里煨烧;青柿子被扎透的小眼儿里淌出白色的汁液,泛着气泡儿吱吱响着,青皮很快泛黄了又焦黑了。鹿惠氏躺在炕上,透过敞开的厦屋门瞅着爷儿俩蹲在麦草火堆前专心致意的情景,心里猛然泛起一个可怕的幻影,自己要是死了,那爷儿俩就要烧锅燎灶了。鹿三用一根筷子挡住砂锅里的药渣,把汤汁滗入一只土黄色的小碗,晾到温热时端给女人喝了。刚转过身就听见一声暴响,鹿惠氏伸直脖子浑身一颤,把刚刚喝下的汤汁喷吐出来。兔娃把剥去了焦皮的烧熟变软的柿子递给母亲。鹿惠氏吃下一个旋即又吐出来,只好抚一抚儿子头顶的毛盖儿放下了柿子。连着三天六晌,三服中药全都是在鹿惠氏的肚里打一个过站,就反弹一样喷泻到脚地上;满屋子从早到晚都是一股强烈的中药的苦涩气味。鹿三抱起已经轻若干柴的女人搁到独轮推车上,室外明亮的天光一下照出鹿惠氏脸上的荧荧绿色,心里顿然掠过一道不祥的黑影。冷先生指头捏着脉象,眼睛瞅着鹿惠氏的脸,就用手势示意鹿三把她的后襟撩起来。他用一根大号钢针刺入脊椎,缓缓涌出一圪垯黑紫色的黏稠的血液。他看了看,用麻纸揩掉钢针上的黏液,又执笔开了一笺药方,对鹿三说:"这三服药吃了要是还不回头,就准备后事吧。"

鹿惠氏再也吐不出泻不下什么来,肚腹里完全空秕;她用手按压自己的肚皮时,手指能清晰地触摸到脊梁骨上蒜头似的骨节。她的嘴里不断流出一种绿色的黏液,不断地朝脚地上吐着,直吐到脸颊麻木嘴唇失禁,一任绿色的黏液从嘴角浸流下来渗湿胸襟。到发病的第七天,鹿惠氏呀地叫了一声,就说她什么也看不见了。鹿三攥住她伸到空中乱扑乱抓的双手,瞅着凹陷下去的两只无神的眼窝,心如刀绞,久久地攥着她的双手,直到凉冰的指头在他手心里温热。她无力地歪着头枕在卷成捆儿的破棉裤上安静下来,俩人就这样久久地沉默着接受了冥冥之中的鬼神施加给他们的灾难。午夜以后,鹿惠氏竟然神奇地坐了起来,黑暗中摸索着用手指拢梳散乱黏结的头发。鹿三急忙点亮油灯,心存侥幸地问:"你感觉精神好点了吗?"鹿惠氏偏过头,不回答他的询问,瞪着两只失明的眼珠儿沉静地问:"是你把黑娃媳妇戳死咧?"鹿三大吃一惊,愣呆在炕上。鹿惠氏不等他回答,又接着说:"你拿梭镖头儿戳的,是从后心戳进去。"她的肯定无疑的语气和沉静的神态使他无法编造出一句谎话,只是追问:"你啥时候听说的?谁给你说的?"鹿惠氏的双手停止了拢梳头发,滞留在脑后的发纂儿上:"小娥刚才给我说的。她让我看她后心的血窟窿。"屋里似乎噌的一声掀起一股阴风,清油灯盏的火焰猛烈地闪摆了两下差点灭掉,终于又抽直了火苗静静地燃烧。鹿三的头发直竖起来,浑身一阵紧缩,像一盆凉水顺着脊梁浇下去。鹿惠氏颓然垂下拢挽着纂儿的双臂,身子往后一仰跌倒下去。鹿三急忙伸出僵硬的手臂抱住女人。鹿惠氏在他胸前仰着脸咕咕囔囔说:"你咋能狠心下手……杀咱娃的……媳妇……"

鹿惠氏倒头以后,在左邻右舍的女人们的帮助下洗了脸擦了身,换上了寿衣。里外分单的夹的棉的三件寿衣,是鹿三在听了冷先生的忠告后,背着女人枭了粮食扯下布料让门族里的女人缝制的。第二天天明着人给亲戚家去报丧,当天午时入殓,一个个穿白戴孝的男人女人在进入白鹿村时就扯开了哭声。棺材是极薄的称作十二圆的杨木板,是鹿三为自己准备停当的寿材。根据已往的和现实的经验,原上的男人比女人都寿短。在刚刚过去的大饥荒的那年,鹿三从山里背粮回来,咬咬牙用一斗苞谷在白鹿镇换下了这副棺材的板料,现在就愈加慨叹当初的谋划了。鹿三忙于丧事的全部大小事项,诸如挖掘坟墓,淘粮食磨面,买蜡买香买纸买菜等诸种巨细事务,连跪在灵前痛哭一声的机会也没有,直到压棺人手提斧头捉着柏木银钉要钉死棺盖的时候,他才被门族中两位身体强悍的弟弟捉着手臂押到棺材跟前,让他再瞧她一眼做永久性的告别;因为怕生者丧失理智甚至要扑进棺材与死者同归阴府,所以一般都由男人或女人押着死者的直系亲属举行此项告别仪式。鹿三刚走到敞开口子的棺材跟前,一眼瞅见鹿惠氏脸上一片荧荧绿光,脊梁上又像浇下一股凉水,还没哭出声来,咣当一声就扣上了枋盖。

鹿三人缘极好,白鹿村几乎所有成年女人都在棺材出门以前的不足两天时间里结伴来到这个只有残破的土围墙的院子,在临时搭起的席棚下的灵桌前哭泣一回;几乎所有的成年男人都参与了葬埋仪式:年轻力壮的小伙子扛抬棺材,其余插不上手的男人们扛着铁锨去下葬;葬埋完毕后一齐聚到院里吃白米"捞饭"。尽管没有乐人没有响器,乡亲们却一致赞扬鹿三能做到这个地步已经不错了。当天晚上,鹿三回到白嘉轩家,对主人说:"现时……我得回去,把兔娃一个人撂在屋里不行咯。"白嘉轩早有预料:"叫兔娃过来,就住在这边吃在这边,能做动点啥活儿就做点啥活儿。"鹿三说:"这……俺爷儿俩都靠你养活……不好咯!"白嘉轩生气地说:"三哥,你咋说这种话?你吃的是你下苦挣的嘛!咋能是我养活你爷儿俩?"鹿三还在疑虑不决,白嘉轩动情地说:"而今你回去,屋里孤孤清清你咋受得了?再说……你走了我也受不了……"鹿三父子就在白家留下来。

鹿惠氏以土为安仅过三天,白鹿村东头一个中年男人和西头一个老年女人几乎同时暴发了呕吐和拉稀,差异仅仅是东头的男人"两头放花",而西头的女人只是拉稀"一头放花"。这俩人几乎同时被家人用独轮木车推进冷先生的中医堂,这才惊异地发现中医堂门里门外以及槐树树荫下停放着许多垫着被褥的独轮木车,他们来自白鹿原上或远或近的那些村子,全都患着一头或两头放花的奇怪的病症,冷先生的门庭呈现出熙攘的气氛。这个中年男人和老年女人经历了与鹿惠氏完全相同的治疗和发展过程很快死掉了;同样是先瞎了眼睛,随后闭气,脸上呈现出令人畏怯的荧荧绿色。在这两个人还未入土的几天时间里,白鹿村又有一个尚未婚娶的年轻小伙开始放花,发病范围一下子从中老年人扩大到青少年,任何人都不敢再存侥幸心理,整个村庄陷入恐怖之中。鹿惠氏死亡时尚有全村男女热情诚恳地为之送葬,后来就不复再现那种隆重而又依依绵绵的传统乡情了。直到后来,根本组织不起丧葬的仪式,主家只好叫来几位亲门本族的人为死者草草穿戴装殓,草草挖下一个土坑,草草抬去埋葬了事。死掉任何人都不能引起太大的震动和太多的悲哀,如同鸡瘟猪瘟牛瘟流行时死掉一只鸡一头猪一条牛,只是加重一下恐怖的气氛。冷先生的中医堂红火熙攘了一阵又归冷落,他走龙舞蛇开下的处方连一个病人也未能挽住性命,只好叹曰:"再好再投症的药喝了吐了……汤水不进,神仙难抻……抻不住咯!"于是,香火骤然在原上各个村庄兴盛起来,所有村庄的所有庙宇都跳跃着香蜡纸表的火焰和遍地飘动的纸灰。香火最盛的三官庙内,观音关公和药王的泥塑神像上披挂满了求祈者奉献的红绸和黄绸,和尚每天揭掉一层接着又披上一层。

白鹿村出现了头一个死得绝门倒户的家庭,使恐怖的气氛愈加浓重。这是白姓里的一个六口人家,最后死掉的是这个家庭的内当家,她和老阿公一起埋葬了丈夫,接着她和哑巴弟弟埋葬了老阿公,又埋葬了已经订亲许人的女儿,随之又埋葬了小儿子,最后由她单独张罗邀来本族的弟兄为哑巴弟弟掘墓送葬。埋葬毕哑巴弟弟那天晚上,她一个人躺在四壁皆空的屋内的火炕上疲惫憔悴默然无语,第二天天亮以后再没有醒来……人们惊奇地发现,人原来什么病不生也是可以死掉的。人们悄悄算计的已经不是谁家死过人,而是还有谁家没有死过人。一个人也没有死过的完好家庭逐日缩减,减少到只剩下鹿子霖和白嘉轩两家的时候,人们不禁窃窃私议,是祖荫厚实的财东人旺家盛,瘟神难以入身奈何不得呢?还是瘟神也袒护有钱人家?直到白嘉轩的女人仙草也开始两头放花,这些不无忌妒的议论才渐次消失。

　　瘟疫一开始流行蔓延的时候,白嘉轩就陷入极度的恐惧之中。他在参加鹿三女人鹿惠氏的葬仪时,尚如往常一样保持着族长宽厚慈爱的情绪,精心地帮助鹿三料理这件不幸的丧事;而当他随后确认鹿惠氏开了这场瘟疫先头的时候,恐惧便与日俱增。白嘉轩显得少见的恐慌无主,跑去请教冷先生:"我的冷大哥,真的就没有方子治咧?"冷先生说:"凡是病,没有治不了的,都有方子可治。"白嘉轩瞪着有点惊慌的眼睛想问:那你怎么连一个放花的人都止不住呢?冷先生做出达观的神态说:"看去这不是病,是一股邪气,是一场劫数。药方子只能治病,可不能驱邪。"白嘉轩点点头说:"我这几天也想到这话……可咋办呢?等着死?"冷先生说:"方子还是有嘛!得辟邪。"说着抽出毛笔,在麻纸上写了大大的一个"桃"字,停顿一下又写了一个"艾"字。白嘉轩当晚回到家,就叫鹿三和孝武带上斧头和独轮木车,到村子北边的桃园里去砍下一捆桃树枝儿,给街门外齐刷刷扎下一排桃木桩,又在街门口的两个青石门墩根下各扎下一根,门楼上嵌着"耕读传家"匾额的地方也横绑下一根桃木棍子,两扇大门上吊着一捆艾枝儿,后门外和庭院里每一个小房门的门槛下也都扎进桃木橛子,心里顿然觉得稳妥多了。村里人发现了白嘉轩的行为举措,纷纷提着斧头走进桃园,各家的桃园很快被斧削成光秃秃的了。

　　正在家家扎下桃木辟邪的风潮里,鹿子霖家的长工刘谋儿驾着牛车拉回来一大堆生石灰,又挑来几担水浇在石灰堆上,块状的石灰咋咋咋爆裂成雪白的粉末儿,腾起一片呛人刺鼻的白烟。鹿子霖亲自执锨，把白灰粉末铺垫到院子里脚地上，连供奉祖宗神位的方桌下也铺上了半尺厚的白灰，街门里外一片耀眼的白色；刘谋儿经管的牛棚马号里里外外也都撒上了白灰。村人们迷惑不解问鹿子霖，鹿子霖说："这瘟病是病菌传染的，石灰杀它哩！"人们睁着眼听着这些奇怪的名词更加迷糊，有人甚至背过身就撂出杂话儿："那咱干脆搬到石灰窑里去住！"白嘉轩又去请教冷先生："要是子霖用的办法管用，咱也去拉一车石灰回来。"冷先生说："子霖前日跟我说了，是他那个二货捎信回来给他开的方子咯！子霖这二年洋了，说洋话办洋事出洋党。"白嘉轩听出冷先生的话味暗自一惊，一向在他和鹿子霖之间保持等距离关系的冷大哥第一次毫不隐讳地讥讽他亲家，而且把他的女婿鹿兆鹏的共产党鄙称为洋党。白嘉轩忍不住也凑上一句："要是石灰能治病，冷大哥你干脆甭开药铺，开个石灰窑场好了。"俩人畅快地笑起来。嘲笑完了鹿子霖，白嘉轩心头又浮出忧虑："村里差不多家家户户都扎了桃木橛子，还是不停地死人哩……这邪气看去辟不住。"冷先生豁朗地说："辟不住了就躲。惹不起辟不住还躲不过吗？"

白嘉轩佝偻着腰走过白鹿镇的街道走进白鹿村，脑海里盘旋着一个个熟悉的面孔，这些面孔仅仅月余以前，还在村巷或者田头或者集市和他打招呼嘘寒问暖，他们现在丢下父母撂下妻子儿女进入阴界，既没有做到作为人子的孝道，也没有尽到作为人父的责任而心意未尽呀！他们的幽灵游荡在村巷田野集镇，寻找那些体质虚弱的人作为替身……白嘉轩把全家人叫到母亲白赵氏的东屋，以不容置辩的强绝口气宣布说："孝武，你跟你妈还有你屋里的到山里你舅家去，让孝义也跟着去。"他回过头对白赵氏说："妈，你引上俩孙子（孝文的孩子）到我大姐那儿去，那个书院静宁。"白赵氏说："我跟那个书呆子没缘儿，我不去。"白嘉轩想到大姐过门前后母亲一直很器重姐夫朱先生，后来渐渐有点烦了，也说不出烦的具体因由儿,只是一味地烦,于是就说:"那你就到城里二姐家去,或者跟孝武到山里去。反正……明天都得起身走。"孝武问:"爸,你咋办?你跟一家人进山去,我在屋看门守家。"白嘉轩冷冷地说:"你守不住,你走。"第二天就实施了整个家庭躲避瘟神的逃亡计划。唯一违背白嘉轩计划的是妻子仙草,她不说为什么,只是不走,于是就留下来。鹿三吆着牛车送白赵氏和孝文的两个娃子出了村子西口,孝武领着弟弟孝义和妻子出了村子的东口,仙草跟丈夫走回空寂的四合院说:"我咋能撂下你走呢?我比你还贵重吗?"白嘉轩凄然心动:"那咱俩就一块抗着,看谁命大吧!"仙草轻轻摇摇头说:"要是这屋里非走一个人不可,只有我走好。"白嘉轩也摇摇头说:"论起嘛,只有我是个废物,我走了好。怕是走谁不走谁由不得自个儿,也不论谁重要谁不重要。"仙草格森打了个冷颤,扬起手捂住嘉轩的嘴。俩人默默注视着,许久都不说一句话。

把一家老少分头打发出门躲走以后的第二天,仙草就染上了瘟疫。她一天里拉了三次,她一边往后院疾走一边解裤带儿,尚未踩稳茅坑的列石就撅起屁股,一声骤响,像孩子们用竹筒射出水箭的响声;她急忙扭过头一瞅,茅坑里的柴灰上落下一片绿色的稀屎。那一刻,她的心里嘎嘣一声响,眼前潮起了一片黑雾。那一声暴响似乎发端于胸腔,又好像来自于后背;像心脏骤然爆裂,又像是脊梁骨折断了。她悲哀地从茅坑边上站立起来,两只胳膊酸软得挽结不住裤带儿,回头又瞅一眼茅坑里落着绿头苍蝇的绿色稀屎,自言自语咕哝着:"没我了,这下没我了!"

白嘉轩傍晚回来时,正好瞅见仙草在庭院台阶上伸着脖颈呕吐的情景。他一早出门到白鹿书院找姐姐和姐夫朱先生去了,既然仙草执意不愿出远门躲避瘟疫,到距家不远的白鹿书院住一段时日也好。书院处于前后左右既不挨村也不搭店的清僻之地,尚未听说有哪位编写县志的先生有两头或一头放花的事。姐姐和姐夫诚恳地表示愿意接纳弟媳来书院躲灾避难，白嘉轩马不停蹄赶回白鹿村，准备明天一早就送仙草出门；不料，瘟神那双看不见的利爪，抢先一步抓住了仙草的头发。白嘉轩佝偻着腰跷进二门时听到"哗哧"一声响，扬起头就瞅见一道呈弧形喷射出来的绿汤，泛着从西墙上斜甩过来的残阳的红光，像一道闪着鬼气妖氛的彩虹。他的脑子里也嘎嘣响了一声，站在二门里的庭院里木然不动，背抄在佝偻着的后腰上的双手垂吊下来。

仙草倒显得很镇静。从午后拉出绿屎以后，她便断定了自己走向死亡的无可更改的结局，从最初的慌乱中很快沉静下来，及至发生第一次呕吐，看见嘉轩闪进二门时僵呆站立的佝偻的身躯，反倒愈加沉静了。她掏出蓝布帕子擦了擦嘴角的秽物，像往常一样平静温润地招呼出门归来的丈夫："给你下面吧？"白嘉轩僵硬的身躯颤抖了一下，跌跌撞撞从庭院的砖地上奔过来，踩着了绿色的秽物差点滑倒，双手抓住仙草的胳膊呜哇一声哭了。仙草自进这个屋院以来，还没见过丈夫单独面对她伤心伤情地哭泣，这是头一回，她大为感动。白嘉轩只哭了一声就戛然而止，仰起脸像个孩子一样可怜地问："啊呀天呀，你走了丢下我咋活呀……"仙草反倒温柔地笑笑说："我说了我先走好。我走了就替下你了，这样子好。"

白嘉轩抹掉挂在脸颊皱褶里的泪水，拉仙草去镇上找冷先生看病。仙草挣脱丈夫有劲的大手说："没见谁个吃药把命搭救下了。这是老天爷收生哩，在劫难逃。你甭张罗抓药煎药的事了，你瞅空儿给我把枋钉起来。我跟你一场，带你一具枋走。不要厚板，二寸的薄板就够我的了。"说完，她就洗了手拴起围裙，到面瓮里挖面，又到水缸里舀水，在面盆里给丈夫揉面做饭。白嘉轩吃惊地瞧着女人镇静的行为，转过身走出街门找冷先生去了。他随即拎着一摞药包回来，在庭院里支起三块砖头架上砂锅，几乎趴在地上吹火拨柴。一柱青烟冒过屋檐，在房顶上滞留不散。

仙草拒绝喝药:"喝那啥也不顶,我不喝。让我安安宁宁死了算了,甭叫人临死还喝苦汤苦汁。"白嘉轩无奈叫来鹿三劝解。鹿三在衣襟上搓擦着手掌竟发火了:"你这人明明白白的嘛,咋着忽儿就麻迷了?你喝嘛,你咋能连药也不喝!"仙草平静地瞅着鹿三诚心憨气的脸色,伸手端起碗咕嘟嘟一饮而尽;擦了擦嘴角沾着的紫色药汁,刚放下药碗就哗啦一声吐到脚地上。鹿三立时用双手捂住脸蹲下身去,瘫坐在门槛上。白嘉轩抡起拳头砸下去,桌上的药碗哗啦一声飞散落地,鲜血从他的手上滴注到地上,和紫色的药汁汇合到一起。

　　仙草的沉静令白家主仆二人震惊慑服。她一天比一天更加频繁地跑茅房,一次比一次拉得少,呕吐已如吐痰一样司空见惯。在跑茅房和呕吐的间歇里,她平静地捉着剪刀,咔嚓咔嚓裁剪着自己的老衣,再穿针引线把裁剪下的布块联缝成衬衫夹袄棉袄以及裙子和套裤;这是春夏冬三季最简单的服装了。在这期间,她仍然一天三晌为丈夫和鹿三做饭,饭菜的花样和味道变换频繁,使嘉轩和鹿三吃着嚼着就抽泣起来。直到她连裹脚布也缝扎齐备,那是一个夕阳如血的傍晚,她挽好线头,用牙齿咬断白线的脆响里,眼睛失明了。她对着顷刻之间变得漆黑的世界叫了一声"他爸——",猛乍栽倒在炕下。白嘉轩正招呼木匠割制棺材,听见叫声,便急忙从前院奔进里屋,抱起跌落在脚地上的仙草,发现她失明的眼珠和瘦削的脸上蒙着一层荧荧的绿光。她摸到他的手歉疚不堪地说:"谁给你跟老三做饭呀?"白嘉轩把她搂在怀里,对着那双完全失明却依然和悦的眼睛,敞开嗓子说:"天杀我到这一步,受不了也得咬着牙承受。现在你说话,你要吃啥你想喝啥,你还有啥事要我办,除了摘星星我办不到,任啥事你都说出来……我也好尽一份心!"他说完以后,感觉到她的身子微微蠕扭了一下,瞪大的眼睛随即闭上,沉默许久乞求地说:"你把马驹跟灵灵叫回来让我看一眼……"

嘉轩接着问:"还叫不叫咱娘回来?孝武呢?"仙草摇摇头:"他们刚躲走,不叫了。孝文和灵灵,而今不知长成啥模样了?"白嘉轩说:"好!我让鹿三明日上县进城,先叫孝文再接着去叫灵灵。"

白嘉轩当晚到马号跟鹿三说了仙草的心事,鹿三当即答应鸡啼时就起身上县。白嘉轩从腰里摸出两块硬洋塞到鹿三手里说:"先上县,再进城,路数就那样走。你到县上甭见孝文,到城里也甭寻灵灵。"他料定鹿三会惊诧,随即挑明说:"这两个忤逆的东西,我说过不准再踏我的门槛儿,我再请他们回来?"鹿三张着嘴憋红了脸:"可娃他妈快咽气了呀?"白嘉轩冷着脸说:"即就是我死我咽气,也不许他俩回来。"接着缓和了口气轻松地说:"你先到县上转一圈,再到城里去,明晚上你到三意社看一场戏,想吃啥你就畅畅快快咥一顿,赶天黑回来就说两个海兽都没寻见。"

鹿三第二天傍晚回来,把两枚硬洋又交给白嘉轩,然后走近仙草的炕边,大声憋气地咒骂起来:"俩海兽一个也不在!孝文到汉口接军火去了,说是还得半个月才能回来。灵灵连踪影也问不到,她二姑说,灵灵有半年多不闪面了,猜摸不清到哪达去咧!十有八九不在西安……你呀,你而今甭想这俩海兽咧!你给够了他俩的,他俩欠着你的,你还惦念那俩海兽做啥?我就是这个主意,到死我都不提黑娃一句……"仙草听着合住了眼睛,眼角滚出一滴清亮的泪水:"我知道,我见不着那俩娃咧!"

"想见的亲人一个也见不着,不想见的人可自个闯上门来咧。"仙草噌地一下豁开被子坐了起来,口齿清晰地嘟哝着。白嘉轩闻声也坐了起来,双手搂扶着仙草,心里十分惊异,近两日她躺在炕上连身也翻不过了,怎么会一骨碌坐起来呢?他腾不出手去点灯,故意做出轻淡的口气问:"哪个讨厌鬼闯上门来咧?"仙草直着嗓子说:"小娥嘛!黑娃那个烂脏媳妇嘛!一进咱院子就把衫子脱了让我看她的伤。前胸一个血窟窿,就在左奶根子那儿;转过身后心还有一个血窟窿。我正织布哩,吓得我把梭子扔到地上了……"白嘉轩安慰她说:"你身子虚了做噩梦哩!"随即摸到火镰儿点着火纸,吹出火焰点着了油灯。灯亮以后,仙草"噢"了一声就软软地跌倒在炕上。白嘉轩对着油灯蹲在炕头抽烟,直到天色发亮,黎明时分,仙草咽了气。白嘉轩没有给任何远近的亲戚报丧,连躲到城里和山里的亲娘亲子以及仙草娘家的人都不告知。他找来几个门中侄儿和侄孙,打了一个墓坑就把她埋葬了。他在隆起的墓堆前奠了三遭酒,拄着拐杖说:"我要是能抗过瘟疫,我给你重修墓立石碑唱大戏。眼下我只能先顾活人哇……"

屋里是从未有过的静宁,白嘉轩却感觉不到孤寂。他走进院子以前,似乎耳朵里还响着上房明间里仙草搬动织布机的呱嗒声;他走进院子,看见织布机上白色和蓝色相间的经线上夹着梭子,坐板下叠摞着尚未剪下来的格子布,他仿佛感觉仙草是取纬线或是到后院茅房去了;他走进里屋,缠绕线筒子的小轮车停放在脚地上,后门的木闩插死着;他现在才感到一种可怕的寂寞和孤清。他拄着拐杖奔进厨房,往锅里添水,往灶下塞柴,想喝茶得自己动手拉风箱了。

他把沏好的茶壶摆到石桌上,又摆下两只茶盅,然后走出街门,走进马号院子,看见鹿三正在用长柄扫帚清除杂物。"三哥!来来来,快跟我过来!"他的声音很大很响,像是呼喊百步半里以外的人,其实鹿三就在几步远的地方背身躬腰扫地。鹿三以为有什么紧事,就扔下扫帚跟着白嘉轩走出马号,又走进街门,连着声问:"啥事啥事?有啥事你咋不说话?"白嘉轩走路时落脚很重,屋里的墙壁连续发出回声。及至走进庭院,白嘉轩横过身一摆手说:"啥事啥事,而今还有啥大不了的事?请你喝茶,就这事。品一盅哇,你坐下,看看我烧下的茶水味道正不正?"鹿三看见摆在树下石桌上的茶壶和茶盅,惊疑的神情顿然松弛下来,明白了嘉轩大声说话大声咳嗽和加重脚步走路的用意,是与命运抗争的义无返顾的气概。他不由地受到感染,接过嘉轩递过来的茶盅,抿了一口就豪爽地大呼小叫起来:"好茶好茶!味道真个正经得很咯!没看出你还有这一手熬茶的绝活儿……"俩人坐在石桌两边,互相递让,畅声说话,全是东拉西扯的嘘叹。白嘉轩问:"老三,今黑咧吃啥饭?你想吃啥我给你做啥。哈!你再尝尝兄弟我做的饭。"鹿三也呵呵笑着朗声说:"随便。你做啥我吃啥。"白嘉轩大幅度地摇摇头:"啊呀三哥!你好大的架子啊!'随便'倒是啥饭的名字?听起来你像是很随和好服侍,其实叫做媳妇的顶难办咧,到底做啥饭才合阿公阿婆的口味呢?"鹿三并不真的在意:"我是说随便做啥饭我都不弹嫌。我一辈子没挑过食咯!"白嘉轩接着说:"你挑食也不顶用。我最拿手的饭是夹老鸹头。"鹿三哈哈大笑:"天底下的男人都会夹老鸹头,我也会。其实老鸹头又好吃又耐饥,做起来又省事,和些面糊用筷子夹成圪垯撂到锅里就完了。咱俩轮换做,天天吃老鸹头。"

夜里,白嘉轩常常先关后门,再锁上街门,端着水烟壶走进马号,坐在鹿三的炕边上,一锅接着一锅抽水烟,看着鹿三一遍又一遍给牛马拌草撒料说:"三哥,撂出一折乱弹哇!"鹿三也不推诿,靠着槽帮就吼起来。先一折慷慨激昂的《辕门斩子》,接着又撂出一段《别窑》。嘉轩听得热了,从炕边上溜下来,端着水烟壶站在地上也唱起来,更是悲壮飞扬的《逃国》。直唱到给牲口喂过三槽草,白嘉轩才端着水烟壶走出马号回屋去睡觉。

这天响午,白嘉轩又夹好煮熟一锅老鸹头,跑进马号,一边揩着汗水一边喊:"三哥吃饭。"鹿三没有应声,端直坐在炕边上一动不动。白嘉轩又喊了一声:"三哥吃饭呀,你聋咧?"鹿三突然歪侧一下脑袋,斜吊着眼瞅过来,发出一种女人的尖声俏气的嗓音:"光叫你的三哥哩!咋不叫我哩?"白嘉轩一愣:"你就是三哥嘛!还要我叫谁呢?"鹿三晃晃头:"我不是你的三哥。"白嘉轩走近两步,细细瞅视着鹿三,他的尖细的声调,轻佻的眼神和歪头侧脸的忸怩动作,显然都不是鹿三的习惯做派。白嘉轩不由地打个冷颤,加重威严的声调逼问:"你不是三哥你是谁?"鹿三扭扭腰晃晃头说:"你连我都认不得吗?你仔细认一认就认得了。"白嘉轩头顶"嚓"的一声头发倒竖起来,浑身像浇下一桶凉水抽紧了筋骨,鹿三现在的忸怩姿态和轻佻的声调,使他突然想起了小娥。白嘉轩猛然扬起手,抽击到鹿三的脸上,狠声骂说:"婊子!我怕你个婊子不成?"鹿三突然使出素常浑重的嗓门:"嘉轩,你打我做啥?我弄下啥瞎事了你打我?"说着跳下炕来扑到嘉轩对面,气得脸红脖子粗地吼叫。白嘉轩站在那儿不知是鹿三刚才迷了还是自己发迷了?于是再三道歉赔不是,拽着怒气不息的鹿三去吃饭。

　　主仆二人走进院子,鹿三径自坐在石桌旁的矮凳上,等待嘉轩给自己把饭端来。自从仙草过世以后,鹿三总是和嘉轩一起搭手做饭,怎么也不忍心脊背上像扣着一口锅的主人给自己端饭倒茶。现在他挺着腰坐在石桌旁,像一位文质彬彬的上等宾客,拘谨而又客气地接受主人的侍奉。白嘉轩佝偻着腰,一手拄着拐杖,一手端着饭碗从厨房走出来送到鹿三手上,口里叮嘱着:"吃吧吃吧快吃。"转过身又去给自己端来一碗,坐到鹿三对面,放下拐杖吃起来。鹿三吃完一碗饭,咣当一声把碗重重地蹾到石桌上,又把筷子扣到碗上,霍地一下跳起来,在白嘉轩对面哈哈大笑,直笑得前俯后仰,又一蹦蹦到厅房的台阶上喊起来:"哈呀呀,值了值了,我值得了!族长老先生给我侍候饭食哩!族长跟我平起平坐在一张桌子上吃饭哩!值了值了我值得了!我是个啥人嘛族长?我是个婊子是个烂婆娘!族长你给婊子烂婆娘端饭送食儿,你不嫌委窝了你的高贵身份吗……"白嘉轩瞪着眼瞅着鹿三豁脚扬手的大动作,把剩下的半碗饭摔到地上,碗片和饭汤四处迸溅,随手从石桌旁捞起拐杖,追打鹿三。鹿三三闪两躲,跳着蹦着蹿出院子奔到村巷里去了。白嘉轩气喘吁吁追到门外,叫几个小伙子把鹿三强扭到马号里,把一只簸箕扣到头上,用桃树条子抽击,发出嘭嘭嘭的响声。鹿三突然掀翻簸箕跳起来大叫一声:"你们这些人折腾我做啥?"睁着疑惑不解的目光瞧着围在马号里的男女。白嘉轩从声音和神色上判断出来,真正的鹿三又活转来了。

白嘉轩回到厅房西屋躺下午歇,鹿三的怪异行为还是没有打破他的生活习惯,顶多迷糊了一袋烟工夫,跳下炕来拉了一条家织布手巾到水缸里浇了水,擦搓了脸眼,感到一身轻松,然后捞起拐杖出了门,佝偻着腰往村子南边去了。走过白鹿原漫长的牛车路,傍晚时分进入南山,赶到只有三五户人家的牛蹄窝村。白嘉轩在背沟里看见了一幢用木头垒墙的木屋,一个长着男人模样的女人坐在木屋前的丝瓜架下抽旱烟,二尺长的丝瓜从木头棚架上垂吊下来,女人寡精寡瘦、黑黢黢的脸,个子却很高,扁平的胸脯,伸直细长的手臂,往那根长烟袋里煨烟末儿。那烟管是一根紫红溜光枸杞木,留着圪圪垯垯的节疤。白嘉轩停步打拱。那女人不等他开口,冷冷地问:"哪个村?"白嘉轩回答以后,女人又问:"咋样闹呢?"白嘉轩把鹿三鬼魂附体的疯张情景学说一遍,那女人挥了挥长杆烟管说:"你快往回走。"白嘉轩转过身由原路往回走,他知道捉鬼的法官此刻正在木屋里养精蓄锐,须得鸡不叫狗不咬的静夜时分才上路,坐鬼抬轿忽儿一声就去了。

鹿三从后晌直闹到天黑夜静。他的过分灵活的眼神和扭扭怩怩的举止行为,谁一看见都会惊异不已,与往昔里那个鹿三稳诚持重的印象截然不同。他从马号蹿到晒土场上,又从晒土场上蹦回马号,向围聚在马号里和晒土场上的男女老少发表演说:"我到白鹿村惹了谁了?我没偷掏旁人一朵棉花,没偷扯旁人一把麦秸柴火,我没骂过一个长辈人,也没揉戳过一个娃娃,白鹿村为啥容不得我住下？我不好，我不干净，说到底我是个婊子。可黑娃不嫌弃我，我跟黑娃过日月。村子里住不成，我跟黑娃搬到村外烂窑里住。族长不准俺进祠堂，俺也就不敢去了，咋么着还不容让俺呢？大呀，俺进你屋你不认，俺出你屋没拿一把米也没分一根蒿子棒棒儿，你咋么着还要拿梭镖刃子捅俺一刀？大呀，你好狠心……"白鹿村和邻近村庄赶来看热闹的人，至此才知道了小娥的死因，大为感叹。人们把簸箕扣到鹿三头上，用桃木条子抽打一番，鹿三顿时恢复到素有的稳诚持重的样子，翻着有点呆滞的眼珠，莫名其妙地问："你们围在这儿弄啥？这儿有啥热闹好看？你们闲得没事干了？我还忙哪！"说着就推起小车去装土垫圈。当他刚刚装满一车土，扔下锨又疯张起来了。众人又扣上簸箕用桃条子抽打，几次三番直折腾到夜静，好多人看腻了都回家去了。

白嘉轩刚跨进马号，鹿三一声尖叫从脚地跳到炕上："族长，你跑哪达去咧？你尻子松了躲跑了。你把我整得好苦你想好活着？我要叫你活得连狗也不如，连猪也不胜。"白嘉轩一手拄着拐杖，仰起头瞅着站在炕上张牙舞爪的鹿三，冷冷地说："你是个坏东西，我处治你我不后悔。你活着是个坏种，你死了也不是个好鬼。你立马把我整死，我跟你到阴家去打官司。阎王要是说你这个婊子在阳世拉汉卖身做得对，我上刀山我下油锅我连眼都不眨！"鹿三听了忽儿变出一副油滑的腔调："噢呀，你倒说得美！我把你弄死太便宜你了。我要叫你活不得好活，死不得好死，叫你活着像狗爬，吃人屎，喝恶水，学狗叫唤。等我看够了要腻了，再把你推到车轱辘底下，让车碾马踏，叫狼吃狗啃……"白嘉轩震声震气地冷笑着说："你咋么着折腾我，我都不在乎，你拿啥方子整我死，我还不在乎，不管淹死吊死摔死烧死碾死，不过就是一死嘛！死了我就好了，我非得抻着你去找阎王爷评理，看看谁上刀山谁下油锅，谁折腾谁吧！我活着不容你进祠堂，我死了还是容不下你这个妖精。

不管阳世不管阴世,有我没你,有你没我。你有啥鬼花样全使出来,我等着。"鹿三咧着嘴吊着眼说:"我要把白鹿村白鹿原的老老少少捏死干净,独独留下你和你三哥受罪……"鹿三刚说到这儿,突然尖叫起来,"呜呀不得了了!你滑头,你请法官来了,天罗地网使上了,我上当了……"鹿三从炕上跳下来朝门口扑去,又从门口折回来朝窗口扑去,再从窗口折回来潜入马圈里头;红马暴躁地踢踏起来,鹿三又钻到黄牛肚子底下缩成一团。

一个头裹红绸的人像一股旋风卷进屋来,白嘉轩看见法官左手拿一只黄布蒙着的小罗筛,右手执一根布满疙节的红色短棒,站在马号中央四处瞅瞄。法官又瘦又矮,黄脸,左腮下有一颗黑痣,黑痣上长出一撮长长的黑须,人称一撮毛先生。一撮毛先生从牛肚子底下拉出鹿三,照着嘴吹了三口气,鹿三睁开迷迷瞪瞪的眼睛问:"你是谁?你跑到我的马号来做啥?"一撮毛轻捷如鼠,蹿上炕来又跃进圈里,口中咕哝哝念着咒词,直弄得满头大汗,最后在鹿三给牲畜搅拌草料的砖窖里扑下身去,从小罗筛下拿出一只瓷罐,蒙在罐口的红布嘣嘣嘣直响,像是一只老鼠往外冲。法官说:"添半锅水,烧黄焙干。"众人看着那个瓷罐全吓白了脸。白嘉轩摸出五个硬洋塞到一撮毛先生手里,正张罗要叫人做饭,一撮毛摇摇头指指天色就走了,害怕鸡叫。

两天里相安无事,鹿三恢复了原先稳诚持重的样子,拉牛饮水推土垫圈绞着辘轳把吊水,只是眼神有点痴呆。白嘉轩心想,经过了这一番折腾,脑子肯定要受点亏,过一段自然就好了。响午饭后,白嘉轩照旧在炕上午歇,鹿三甩荡着双手轻盈地走进来站在炕下脚地上,乜斜着眼说:"族长呀,你睡得好自在。"白嘉轩一骨碌翻起身来,瞧着鹿三的神气不觉一愣。鹿三洋洋自得地说:"你给法官封的钱太少了,法官把我压了两天又放了。你再去叫法官,我再也不会上当了。"白嘉轩气得捞起拐杖,鹿三却扭着腰肢出了门,在院子里挑战:"从今往后你准备当狗当猪!"

白嘉轩拄着拐杖又到牛蹄窝找到那个长着一张男人脸孔的女人,那女人摆摆长杆烟袋说:"那鬼看见你出门早溜了。"白嘉轩只好回家,果然看见鹿三正给牛槽里添草,而且问他:"后晌没见你的面,你做啥去咧?"白嘉轩说他出门散心去了。话音刚落,鹿三突然把搅草棒子一摔,又变出那个烧包女人的声音:"你叫法官去了,还哄我?我一看见你出门就知道你进山找法官去呀!我给——躲咧!"白嘉轩拄着拐杖气得直咬牙,转过身走了。鹿三追着喊着:"你去呀,你再去找法官呀!你栽断腿跑上一百回也捉不住我了。"白嘉轩转过身,用拐杖指着鹿三的鼻梁:"谁我也不找了。我豁出来跟你战!"说罢回到院里,关了前门后门,挺着身子坐在石桌旁一口连一口抿酒,一锅接一锅吸水烟。那根手杖倚靠在右胯上,夕阳从房檐退缩到厦屋高高的屋脊上,很快就消失了,屋院里愈加清静。

白嘉轩关门闭户在屋里待了一夜一天,一个惩治恶鬼的举措构思完成。又是傍晚,西斜的残阳的红光又从厦屋屋檐往屋脊上隐退,他连着喝下几盅烧酒,鼻子里忽然嗅到一股焚烧香蜡纸表的呛人的气味。他拉上拐杖,开了前门,循着香蜡的气味走过村巷,到村庄东头的出口处,看见了一派奇观:在黑娃和小娥曾经居住过的窑院前的平场上和已经坍塌了的窑洞的崖坡上,荒草野蒿之中现出一片香火世界,万千支紫香青烟升腾,密集的蜡烛的火光在夕阳里闪耀,一堆堆黄表纸钱燃起的火焰骤起骤灭,男人女人跪伏在蓬蒿中磕头作揖,走掉一批又拥来一批,川流不息。白嘉轩吃了一惊,想不到自己在屋里关了一天一夜,白鹿村的气候竟然发生了如此重大的变化。他拄着拐杖朝慢坡走去,佝偻着腰却昂扬着头,他与任何人也不打招呼,傲视着满地的香火和跪伏在荒草中的男女,从窑院的平场到崖头上转了一圈,用拐杖打散了一堆燃过的黑色纸灰,打落了正在燃烧的一撮紫香和两根红色蜡烛,然后把拐杖甩到腰后,背抄着手走下慢坡来。跪伏在地的人看着他离去,没有谁和他招呼说话。

白嘉轩回到屋里,有三个老汉紧随其后跟进院子,他们声明自己是众人推举出来的头儿,负责向族长转告族人的一项要求。昨天后晌,小娥的鬼魂借着鹿三的嘴公开了一个秘密,眼下流漫在原上的瘟疫是她招来的……于是有人在小娥的窑院里跪下了,点燃了第一支蜡烛和第一炷紫香。半天时间不到,就形成了一个大香火场子,烧香叩拜者远不止白鹿村的男女,远远近近村庄里的人闻讯都赶来了。白嘉轩坐在石桌旁,听着三位老者的叙说不动声色,冷冷地说:"好嘛,那就烧香磕头吧!谁爱烧香尽管烧,谁爱磕头尽管磕去,这跟我无关咯!"三个老汉进一步告诉他,小娥借鹿三的口提出在她的窑畔上给她修庙塑身,对她的尸骨重新装殓入棺,而且要族长白嘉轩和鹿子霖抬棺坠灵,否则就将使原上的生灵死光灭绝……村里人纷纷提出捐钱捐物,只等族长出面统领族人。白嘉轩鼻腔里冲出两声响亮的"哼哼"的声音,霍地一抢拐杖:"你仨老混账……滚吧,快给我滚出去!"三个老汉料想不到族长连一丝面子也不给,面面相觑一下就一溜烟出门去了。白嘉轩站在院子里余气难消,对着溜出街门的三个老者的脊背骂道:"混账混账,全是一帮子混账货!"

小娥那座窑院里的香火日夜不熄,整个原上的村民闻讯都赶来了,窑院里的荒草野蒿早被踩平,香灰纸灰落积得厚如黑毡,香火场子扩展到慢坡土道上和崖坡上的台田里,处处可以看见滚落着捏成石榴桃果的白面供品。四方庙宇的香火却骤然疏落下来,三官庙的庙门已经关闭起来。随后,白鹿村的祠堂前又发展成一个热点,许多族人跪倒在祠堂前和戏楼之间的广场上。三个老者再次结伴壮胆走进白嘉轩的街门,而且做出一副即使族长唾到他们脸上也不擦的坚定神气:"族人给你跪下了,请族长出面领众人修庙祛灾免祸。"白嘉轩这回没有骂,冷笑着说:"现在是不敬神倒敬起鬼来了,还是一个不干不净的鬼。"三个老者按事先商量好的措辞说服族长:"不管啥鬼,总得保住人嘛!"白嘉轩一挥手一翻眼珠:"谁爱跪谁就跪,谁想跪多久就跪多久,要叫我给那个婊子修庙塑身,除非你们来杀了我。"而且指着街门的方向:"你仨走吧,快走。记住再不准为这事来寻我;再来寻我,我就拿拐杖把你仨的门牙打掉!"

孝武在午饭后从山里赶回家来,探视父亲和母亲的身体。他一进门就瞧见了厅房明间里安设的灵桌,哭叫一声便跟跟跄跄跪跌下去不省人事了。白嘉轩从里屋出来慌忙丢了拐杖,抱扶起昏死在灵桌下的孝武,发现孝武额头上汩汩涌出的血流漫过半个脸孔灌进耳朵,便顺手点燃几张黄表纸,把表灰揸到伤口上止了血,再死劲掐孝武的人中。孝武醒来三次又哭得昏死过去三次,直到父亲白嘉轩也被折腾得精疲力竭瘫坐在灵桌下站不起来。孝武找了一块白孝布戴在头上,问了问母亲病亡的经过,随后就用竹笼装着阴纸到坟地去了。孝武在母亲的墓堆前又哭得昏死活来,燃烧的阴纸烧灼了手指才清醒过来。孝武回到白鹿村,被三个老者拦住,叙说了鹿三被小娥鬼魂附体的事,又把他引到祠堂前的广场上来,那些跪着的族人一下子把他围裹起来……

孝武傍晚时才脱身回到家中,开口对父亲说:"爸,你总不能让族人就这样跪下去……"白嘉轩问:"按你说咋办呢?"孝武说:"我看救人要紧。修庙要是能免了瘟疫,就……"孝武还没说完,嘴上就挨了一巴掌。他清楚地感触得出父亲是用手背反弹到嘴上的,粗大坚硬的指头骨节硌得嘴唇疼痛不堪,牙床上硌出的血流出嘴角。孝武抹了一把血愈加慷慨陈词起来:"爸呀,你不管自个也得想想族人,村子里一个接一个死人,难道眼盯着让村子死光死净?

祠堂那儿跪着的不单是白姓鹿姓的族人,整个原上十里八村都有人来跪着求你开口。众人说只要你不挡将,修庙塑身的事由各个村子合伙搞;至于装殓入棺厚葬的事,只需你用手扶一扶灵柩的抬杠就行了,只要你屈尊举动一下,众人祛了灾免了祸,原上各个村族准备给你挂金匾哩!子霖叔顺乎人心民意,说只要众人能得安宁,他吃屎喝尿都不在乎……爸呀,我说一句晚辈人不该说的话,跪在祠堂前的人和没跪的人都恼你哩!你拄上拐杖到祠堂门前去转转,看看众人诚心实意的情景,你也许会改变主意……"白嘉轩瞅着儿子流血的嘴和慷慨激昂的姿势毫不动情,反而变得沉静如铁:"为民请命,顺乎民心,你倒是跟你的子霖叔不谋而合。只有我成了孤家寡人。岂止是恼我,众人把我看成绊脚挡路的石头,盼我死哩!"说罢竟自拄着拐杖走出街门去了。

鹿子霖不失时机地抓住了这个机会。当鹿三在稠人广众中吣出了杀死小娥的真相,他起初震惊不已,随之就忍不住击掌称好,这桩案子大白于世,无论从哪边看,无论从哪边说,对他都只有好处而没有一丝一毫的损伤;黑娃对他的猜疑和仇恨至此将一笔勾销,瘟疫造成的恐惧势必使原上的每一个还不甘死去的人,怨恨杀死小娥的鹿三以及秉承主家旨意的族长白嘉轩。他对三位在白嘉轩面前碰了钉子的老者说:"那就让众人跪到族长家门口去。"

随后,三位老者又怂恿孝武亲自去找鹿子霖,请他去和鹿子霖直接商议,又鼓动孝武越过白鹿村老族长这一关,以新族长的权力率领原上几十个村庄联合修庙葬尸。孝武的脑子开始发热,看见从祠堂门口移动到自家门口的一片黑压压下跪的男女,他的情绪愈加亢奋,几乎没有什么犹豫就和三个老者走进了鹿子霖铺满生石灰的院子。

鹿子霖拍着孝武的肩膀说:"由原上各村联合承办修庙,这办法可以倒是可以,不过得搁到最后一步。咋哩?那样一办,原上人该咋样骂白鹿村和嘉轩呢？况且，跳过嘉轩哥这一关总不好嘛！顶好的办法还是由嘉轩哥执头儿，由他承办才名正言顺。我说咱们五个人一起去跟族长说，把冷大哥也拉上，看他给不给面子。"说着又一次拍拍孝武的肩膀："娃娃，你这回领着原上人把庙修起来，你日后当族长就没说的了。"

五个人一起找到中医堂，冷先生也出人意料地表现出灵活的态度："我早说过这瘟疫是一股邪气嘛！而今啥话都该搁一边，救人要紧。只要能救生灵，修庙葬尸算啥大不了的事？人跟人较量，人跟鬼较啥量嘛！"于是收拾了案头医器墨具，意气昂昂随大伙一起出门。六个人来到孝武家，发觉白嘉轩不在，孝武也闹不清父亲到哪里去了，等到天黑也不见归来。六个人不约而同坐下，下定决心死等，孝武就一锅再一锅烧水沏茶侍候，直等到鸡叫头遍时分，白嘉轩头上结着一抹露水回来了。

"我明白众位聚在这儿的用意。"白嘉轩仰起脸说，"咱们不要在我屋里说，这不是我白某人的家事咯。这是本族本村的大事，该当搁到祠堂去议，跟本族本村的男女一块议。孝武，你去把祠堂的灯点亮，把人都召集到祠堂去。"众人面面相觑，看看白嘉轩只顾在铜盆里洗手洗脸再不说话，就都现出尴尬的模样。鹿子霖率先告别走出门去，三个老者也跟着走了，只有冷先生稳坐着说："嘉轩，你老弟比我还冷。"白嘉轩说："你既然来了就甭走，跟我到祠堂去看看热闹。"

白嘉轩走了一趟白鹿书院。"白鹿村就剩下我一个孤家寡人啰！"他向朱先生叙说了鹿三鬼魂附体以来的世态变化，不无怨恨地说，"连孝武这混账东西也咄咄着要给那婊子修庙。"朱先生饶有兴味地听着，不屑地说："人妖颠倒，鬼神混淆，乱世多怪事。你只消问一问那些跪着要修庙的人，那鬼要是得寸进尺再提出要求，要白鹿村每一个男人从她裆下钻过去,大家怎么办?钻还是不钻?"白嘉轩再也压抑不住许久以来蓄积在胸中的怒气,把他早已构想的举措说出来:"我早都想好了,把她的尸骨从窑里挖出来,架起硬柴烧它三天三夜,烧成灰末儿,再撂到滋水河里去,叫她永久不得归附。"朱先生不失冷静地帮他完善这个举措:"把那灰末不要抛撒,当心弄脏了河海。把她的灰末装到瓷缸里封严封死,就埋在她的窑里,再给上面造一座塔。叫她永远不得出世。"白嘉轩击掌称好:"好好好好好!造塔祛鬼镇邪——好哇,好得很!"

　　祠堂里那盏粗捻油灯亮起来,祠堂院里和门外拥挤着男女族人,许多外村人自觉地跪在外层,把白鹿村人让到院里和前排。白嘉轩拄着拐杖从人窝里走进祠堂大门,端直走进大殿,点燃了木筒漆蜡,插上紫香,叩拜三匝之后,走出来站在台阶上,佝偻着腰昂起头说:"孝武,你念一念族规和乡约。"孝武擎着油灯,照着嵌镶在墙上的族规和乡约的条文念起来。白嘉轩等到儿子念完接着说:"我是族长,我只能按族规和乡约行事。族规和乡约哪一条哪一款说了要给婊子塑像修庙?世上只有敬神的道理,哪有敬鬼的道理?对神要敬,对鬼只有打。瘟疫死人死得人心惶惶,大家乱烧香乱磕头我能想开,可你们跪到祠堂又跪到我的门口,逼我给婊子抬灵修庙,这是逼我钻婊子的胯裆!你们还说在我修起庙来给我挂金匾,那不是金匾,是把那婊子的骑马布挂到我的门楼上。我今日把话当众说清,我不光不给她修庙,还要给她造塔,把她烧成灰压到塔底下,叫她永世不得见天日。谁要修庙,谁尽管去修庙,我明日就动手造塔。"白嘉轩说完走下台阶,凛凛然走过人群,走出祠堂回家去了。

　　孝武回到家就给父亲跪下了。白嘉轩端着水烟壶,听着孝武在膝下忏悔的话。按照他的气性,早该把这个在重大事件临头时表现动摇的混账货推开,像当初废除孝文的族长继承人一样。可是推开孝武以后怎么办?三儿子孝义明显不具备族长的德行。他对孝武说:"你明白了就好。你明日就动手造塔。你能把塔造成功,你日后才能当好族长。"

一座六棱砖塔在黑娃和小娥居住过的窑垴上竖立起来。六棱喻示着白鹿原东西南北和天上地下六个方位:塔身东面雕刻着一轮太阳,塔身西面对刻着一轮月牙,取"日月正气"的意喻;塔身的南面和北面刻着两只憨态可掬的白鹿,取自白鹿原相传已久的传说。这是朱先生构思设计的方案。自从孝武领着族人挖开窑洞,掏出小娥已经发绿的骨殖,架火焚烧再压入塔底之后,鹿三果然再没有发生发疯说鬼话的事。不过他日见萎靡,两只眼睛失了神气,常常丢东忘西说三遗四,一天不吃一口饭也不觉肚饿,一旦吃起来又没饥没饱能装进七碗八碗……

第二十六章

瘟疫过后的白鹿原显示出空寂。在瘟疫流漫的几个月里，白鹿村隔三差五就有抬埋死人的响动，哭声再不能引起乡邻的同情而仅仅成为一个信号：某某人死了。瘟疫是随着冬天的到来自然中止的。九月里，当人们悲悲凄凄收完秋再种完麦子的时候，没有了往年收获和播种的欢乐与紧迫。这一年因为偏得阴雨，苞谷和谷子以及豆类收成不错，而丰收却没有给田野谷场和屋院带来欢乐的气氛。有人突然扑倒在刚刚扬除了谷糠的金灿灿的谷堆上放声痛哭死去的亲人；有人掼下正在摔打的梿枷，摸出烟袋来：人都死了，要这些粮食弄啥！秋收秋播中还在死人。播下的冬小麦在原上覆盖起一层嫩油油的绿色，刚刚交上阴历十月，突然一场铺天盖地的大雪倾泻下来，一些耐寒的树木尚未落叶，不能承受积雪的重负而咔嚓咔嚓折断了枝股。大雪以后的寒冷里，瘟疫疯张的蹄爪被冻僵了，染病和死人的频率大大缓减了。及至冬至交九以后，白鹿村恐怖的瘟疫才彻底断绝，那时候，白嘉轩坐镇指挥的六棱镇妖塔刚告竣工。村巷里的柴火堆子跟前再不复现往年寒冬腊月聚伙晒暖暖谝闲传的情景，像是古庙逢会人们一早都去赶庙会逛热闹去了，然而他们永久不会再回到白鹿村村巷里来了。

白嘉轩先叫回来山里的二儿媳和孝义，接着让孝武孝义兄弟两个去城里二姑家接回来白赵氏。白赵氏对仙草的死亡十分痛心，几乎本能地重复着一句肺腑之言："该死的不死，不该死的可死了。活着我做啥呀……"白赵氏很自然地接受了仙草死亡的事实，倒是奇怪鹿三的变异。她坐着两个孙子吆赶的牛车终于驶到自家门楼下，第一眼瞅见鹿三就发觉了异常。鹿三木木讷讷说了一句"回来了"的应酬话，转过身就去卸牛，直到晚上吃饭之前，再没有和她照面。天黑时，鹿三从圈场过来吃晚饭，慢吞吞喝了一碗米汤，吃了一个溜软的苞谷馍馍，就起身走了，和任何人都没有打一句招呼，也没说一句闲话。鹿三扑踏扑踏缓慢沉重的脚步声消失以后，白赵氏问儿子白嘉轩："老三看去不对窍？"她还不知道鹿三被小娥妖鬼附身的事。白嘉轩淡淡地说："三哥老了！"

小娥的骨殖从窑洞里被挖掘出来已经生了一层绿苔。家家户户自愿抱来的硬柴在窑院里堆成一座小山，炽烈的火焰整整燃烧了三天三夜，最后把柴灰和骨灰一齐装进一只瓷坛埋到塔基底下。修塔的匠人请示主事的白孝武说，即可封底。白孝武一个封字刚说出口，站在一边的白嘉轩用手势示意匠人暂缓执行孝武的指令，他正出神地瞅着窑垴塄坎上的草丛，众人这才惊异地发现，雪后枯干的蓬蒿草丛里，居然有许多蝴蝶在飞舞。白嘉轩说："那是鬼蛾儿，大伙把那些鬼蛾逮住，一个也甭给飞了。"族人们脱下衣衫，摘下帽子，满坡坎上追撵扑打着，把被打死的蛾子捡起来扔到白嘉轩脚下。那是许多彩色的蝴蝶，纯白的纯黄的纯黑的以及白翅黑斑的……白嘉轩从旁人手里借过一把锨，把那些死蛾铲到塔基下的瓷坛根，然后才让匠人封底。十只青石碌碡团成一堆压在上面，取"永世不得翻身"的意思。镇妖塔落成举行了庆祝活动，锣鼓和铳子鞭炮响成一片。自此塔竖起，鹿三果然再没有发生鬼妖附身的事，然而他却完全变成另一个人了。鹿三短了言语，从早到晚常常不说一句话，默默地端坐在那儿发着痴呆；记性儿也差远了，常是赶着牲口扛着犁杖走到地头，才发现忘了给木犁戴上铁铧或是忘了拿鞭子；他用了大半辈子的旱烟袋丢了三四次，都是旁人拾了又还给他；他的素有的主动性正在消失，往日的勤劳也变得懒散了，没精打采地推着土车垫圈，懒洋洋地挖起牲畜圈粪时一干三歇，尤其是那双眼睛，所有凝聚着的忠诚刚烈和坚毅直率的灵光神韵全部消失殆尽，像烧尽了油的灯芯，又像虫子蛀蚀过的木头。白嘉轩一发现鹿三的变化，就暗暗地想过，被鬼妖附过身的人就是这种架势，鬼妖附着人身吮咂活人的精血得到滋润才能成精。患病的人康复以后吃好东西可以弥补亏空，而被鬼妖附身的人像春天的糠心萝卜一样再也无法恢复元气了。白嘉轩有一次发现兔娃在铡墩前训斥老子鹿三，弹嫌鹿三攥到铡口里的干青草总是不整齐。白嘉轩冷着脸对兔娃提醒说："说话看向着点儿哇娃子，那是你——大。"他尚未发现孝武孝义对鹿三有什么明显的厌弃或不恭，然而轻视的眼色是无所不在的。一次在一家聚餐的晚饭桌上，白嘉轩瞅到了一个机会，对自己的两个儿子和鹿三的儿子兔娃一并嘱咐说："你们三伯你大老了。人老了就是这个样子。从明日起，孝义兔娃你俩接替三伯抚弄牲口。你三伯能做啥活想做啥活儿由他做一点，他不想做啥活儿哪怕啥活儿都不做，你们谁也不许指拨他，更不许弹嫌他，拿斜眼瞅他粗嗓子吼他都不准许。听下了没？"孝义首先抢着回答说"听下了"。他和鹿三感情甚笃，对父亲的话拥护不二。孝武不失未来族长的架道，持重地点了点头。只有兔娃闷头不吭，半晌才抬起憋得赧红的脸，两颊挂满了泪珠，懊悔自己有过对父亲的不逊言语和失礼行为。白赵氏向孙子们解注白嘉轩的话："你爸向来把你三伯当咱屋一口人待。"

土地上冻以后，白孝武统领着弟弟和兔娃开始了给麦田施冬肥的大项劳动。孝义自幼爱抚弄牲畜，更喜欢吆车，自告奋勇拉牛套车。鹿三第一次没有参加送粪劳动，白孝武安排他经管槽头的牲畜，空闲下来可以随意帮忙装车，这给孝义独立吆车提供了机会。兔娃总是随和腼腆，白孝武以和蔼的口吻征询他想干哪项活路时,他说:"你叫我干啥我就干啥,你随便安置。"白孝武说:"那你就跟车吧。"兔娃说:"对嘛。"说着就捞起锨往车厢里装粪。跟车实际是装车和卸车,在粪场装满土粪,然后坐到车尾巴上,到地里后,再用一只铁制刨耙把粪块从车厢里刨下来。兔娃已经练成一副劳动者熟练的操锨装粪的洒脱姿势,不慌不急一锨一锨从偌大的粪堆上铲起粪块抛进车厢,不时地给手心吐点唾沫儿搓搓手掌。车厢装满以后,兔娃用锨板把冒出车厢的虚粪拍打瓷实,防止牛车在圪圪垯垯的土路上颠簸时撒遗粪块。他把一把刨耙架到车厢旁侧,然后从车尾巴上推着车厢帮助黄牛启动。白孝武在旁边看着牛车驶出圈场大门,孝义一边摇着鞭子一边吆喝着牲口,扭着尚不雄健而有点装势作态的腰肢儿,他忍不住笑了。

　　白孝武回到圈场,在粪堆前捞起镢头,把积攒了一年已经板结的粪块捣碎刨松,免得把大块的死圪垯拉进麦田压死一坨麦苗。这种简单舒缓的劳动不仅不妨碍思考,倒是促进思维更趋冷静更趋活跃,为自己在修庙与修塔的重大争议中的失误懊悔不迭。

　　那时候,他刚刚回到家看见母亲的灵堂,只有看见母亲灵堂上的一束表帛一炷紫香,才切肤地感觉到瘟疫意味着什么。他在无以诉说的悲痛里正好遇见了跪伏在祠堂门前的一片男女,看见了一张张熟悉或陌生的脸孔,所有脸孔都带着凄楚和企盼。三个老者立即包围了他,逼真惊惶地给他述说小娥鬼魂附着鹿三的怪事,请他为民请命,率众修庙,以安置暴死的小娥的魂灵。老者说:"小娥算个啥?给她修个庙就修个庙吧,现在得顾全整个原上的生灵。人说顾活人不顾死人。和鬼较啥量嘛!"老者又透露给他鹿子霖也是顺随众人的意思,只有老族长一人执拗着。白孝武架不住那种场合里形成的气氛,脑子一热就赞成老者代表众人的动议,慷慨地表态:"我给俺爸说说。"……尽管他随后很快冷静下来遵从了父亲的意旨,尽管由他监工如期修起了镇邪塔,然而在重大关头的动摇和失误依然留下不散的阴影，甚至成为一块心病，他总是猜疑父亲因此看穿了他而对他感到失望。白孝武想以自己的坚定性弥补过失，终于想到一个重大的行动，再三审慎地考虑之后，觉得肯定符合父亲的心意，便决定晚间向父亲请安时郑重提出。

冬日的太阳缓缓冒上原来，微弱的红光还是使人感到了暖意，厚重的浓霜开始变色。父亲拄着拐杖走进圈场，察看儿子们送粪的劳动来了。这当儿孝义驾着牛车，车厢里坐着兔娃进了圈场，年轻人生气勃勃的架势谁见了都不能不感动，白嘉轩破例和孩子们说了一句笑话："今日个上阵的全是娃娃兵噢！"孝义和兔娃得到这句稀罕的玩笑式奖励而更加欢势，俩人很利索地装满一车粪又吆车走出圈场了。白孝武感到父亲此刻心情不错，便决定把晚间要说的事提前说出来，在父亲拄着拐杖踱到粪堆跟前时，他拄着镢头对他说："爸，我想敬填族谱。"白嘉轩显然正在专心察看厩粪沤窝熟化的程度，没有料及儿子说出这样重要的事，不由地扬起脑袋瞅视儿子一眼，喉咙里随之"嗯"了一声。白孝武解释说："死了那么多人，该当把他们敬填到族谱上，过年时……"白嘉轩当即赞成："好。"白孝武进一步阐释更深一层的用意："做这件事八成在稳定活着的人，两成才是祭奠死者。把死者安置到族谱上祭奠一下，活人心里也就松泛了——村子里太恓惶了。"白嘉轩注视着儿子的眼睛点了点头，补充说："就是说到此为止。人死了上了族谱就为止了，活人思念死人也该到此为止。不能日日夜夜天天无止地思念死人，再思念啥也不顶了，反倒误了时辰耽搁了行程。"白孝武很受鼓舞，这件事无疑做到了父亲心上，得到父亲赞许令他情绪高扬，然后说出具体想法："你得先跟子霖叔招呼一声，我是晚辈不好跟人家说这事。"白嘉轩纠正说："你去跟他说。这不是咱家跟他家两家子的事。这是族里的事。你是族长他也知道。你出面跟他说族里的大事，他不能计较你的辈分儿。"白孝武接受了父亲的话更觉气壮,继续说出深思熟虑的举措:"我想把这个仪式搞得隆重一点,好把众人的心口儿烘热,把村子里悕悕惶惶的灰败气氛扫掉。"白嘉轩把拐杖插进粪堆赞赏这种考虑:"行啊,你会想事也会执事了。"

白孝武连着两个晚上到鹿子霖家去,都未能见着人,第三天晌午,索性走进白鹿镇鹿子霖供职的保障所,看见鹿子霖正和田福贤低声说着话,从他们和他打招呼时有点僵硬的神色和同样僵硬的语气判断,俩人可能正在说着起码不想让第三个人听到的隐秘的事,他不在意地坐下之后就敞明来意。鹿子霖听了似乎有点丧气:"噢噢,你说修填族谱这事?你跟你爸主持着办了就是了。"白孝武似乎觉得受到轻视:"头一天开启神轴儿的大祭仪式,你得到位呀?"鹿子霖毫无兴趣也缺乏热情,平淡地说:"算了,我就不参加了,保障所近日事多。"白孝武也不再恳求就告别了,临出门时谦虚地说:"我要是哪儿弄出差错惹下麻烦,你可得及时指教。"鹿子霖不在乎地摆摆手送白孝武出门,转过身走回原来的椅子,不等坐下就对田福贤说:"白嘉轩这人一天尽爱弄这些事,而今把儿子也教会了,过来过去就是在祠堂里弄事。"田福贤进一步借着鹿子霖嘲笑的口气加重嘲笑:"一族之长嘛,除了祠堂还能弄啥呢?他知道祠堂墙外头的世事吗?这人!"俩人随之继续被白孝武打断了的谈话。

鹿子霖许久以来就陷入一种精神危机当中。郝县长在白鹿原被公开枪毙震撼了原上的男女老少,包括田福贤都惊诧得大声慨叹:"我的天啊!怪道这原上的共匪剿不净挖不断根,县长原来是个共匪头子嘛!"鹿子霖作为乡约参与了这场前所未有的杀人组织工作,按县上的布置,把本保障所所辖各个村庄的男女,按照甲的组织一律排队前往杀场,观看县保安队枪毙共匪县长的现场实景。

杀场选择在白鹿镇南面的小学校旁边,从东原西原南原北原各个村子集合到这里的人被严格限制在用白灰划定的区限以内,白鹿仓的保丁们负责维持秩序。小学校周围的围墙下和大门口,由县保安队的保丁们荷枪实弹监卫着,把那些企图窜到墙根下拉屎尿尿的村民赶吆远离围墙。鹿子霖站在白鹿保障所辖属的村民的队列前头,清楚地看见了全部过程:两列全副武装的保丁们端着枪走出学校大门,押在中间被五花大绑着的穿中山装的人就是郝县长;背脊上插着一个纸牌,两臂被两个保丁挟持着走了过来。全县的头头脑脑包括各仓的总乡约都坐在临时摆置的主席台上,岳维山坐在正中间。两列保丁作扇形分开,郝县长被押到主席台下。他已经直不起筒子,脑袋低溜下去,双腿弯着无法站立,全凭两个保丁从两边提夹着。鹿子霖最初从小学校门口瞥见郝县长的一瞬间,眼前出现了一个幻觉,那被麻绳捆缚的人不是郝县长,而是儿子鹿兆鹏。随后县保安队大队长和法院院长的讲话,他一概听不进去,岳维山最后讲话也是一个字都听不进耳朵。鹿子霖的耳朵里呼呼呼刮着狂风,响成一片,不由自主地在心里猜估:郝县长站立不住究竟是吓软了,还是腿断了腰折了直不起筒子?说吓软了不见腿脚颤抖,说被打残了又看不见伤势。最后执行枪决命令时,郝县长被跑动着的保丁拖到了围墙根下,鹿子霖看见郝县长拖在地上的双腿有一只脚尖竟然朝后跷起,另一只脚尖也朝外跷着,他才弄明白双腿肯定打断了骨头。一排保丁端着枪瞄住五六步远的跪伏在地上的郝县长,然后扣响枪码子。枪声很大,却没有村民们企望的惊险。鹿子霖在杂乱的枪声里又一次出现幻觉,那个被乱枪击中而毫无反应甚至连一声呻吟也没有的人,不是郝县长,而是儿子兆鹏。

散场之后,凡乡约以上的官员被集中到学校一间教室里,岳维山对他们进行训话:"我首先向诸位检讨我的失职,共匪头子郝跟我住一个县府院子,低头不见抬头见,他能在我眼皮底下稳做好几年县长,可见我麻痹到什么程度！诸位以我为鉴,认真自省是否也有麻痹大意？我们滋水县在全省是共匪作乱甚烈的地区,白鹿原又是本县的红窝子。本县的头一个共匪就出在白鹿原上,共匪的第一个支部还是先在这原上成立的……郝作为本县的匪首总根子已被剪除,我们务必趁其慌乱之机搜挖那些毛毛根,一定要在本原乃至全县一举廓清共匪……"鹿子霖耳朵里还在断断续续刮着呼隆隆响的风声,总是猜疑岳维山瞅着他的眼神和瞅着别人的眼神迥然不同,及至散会后这预感终于被证实,田福贤截住已跷出教室门槛的他说:"岳书记要跟你谈话。"

谈话的地点改换到校长的小屋子。校长殷勤谨慎地给每人倒下一杯茶后知趣地走开了。屋子里只有田福贤作陪。岳维山直言不讳地对鹿子霖说:"你设法帮助我找找鹿兆鹏。"鹿子霖脑子里轰然一声,急忙分辩:"好多年也没和他照过面,上哪儿找去？"岳维山瞅着他涨红的脸用手势抑止住他,说:"你找见他或者偶尔得到他的消息,你给他说,我期待他回滋水跟我共事,我俩合作过一次还合得来。你给他说明叫响,我请他回滋水来做县长,把他的才学本事用到本县乡民的利益上头。我俩虽然是政治对手,可从私交上说,我们是同学也是朋友。我一向钦敬兆鹏的才魄学识,这样有用的人才如果落到郝县长的下场,太可惜了！"鹿子霖听着这些诚挚的话,耳边的风声止息了,情绪十分专注,努力捕捉这些话语之外的信息,以判断这些话的真诚程度和圈套的可能性。岳维山说:"我得回县里去了。你呀,可甭使我的一番苦心付之流水。一句话,我期待跟他再一次合作。"鹿子霖再三斟酌之后,还是委婉地申述难处:"鹿兆鹏早都不是我的儿了！好几年了我连一面也见不上……"说着瞅一眼田福贤,企图让他给作证。田福贤却摆一下圆圆的光脑袋说:"你还没领会岳书记的意思。"岳维山笑笑说:"是啊,你的话我全信,可说不定也有撞着他的机会。我都意料不到地撞见他了。你是他爸……更有机会撞见。"鹿子霖已经听说过岳维山和白孝文在朱先生的书院撞见鹿兆鹏的事,立即搭话说:"岳书记,你应该当场把他打死!"岳维山依然笑笑说:"我不忍心。我等待着跟他二次携手合作。"

鹿子霖用三天三夜的时间反复嚼磨,企图揣透岳维山谈话的真实目的,尤其是以枪毙郝县长作为谈话的大背景,三天三夜冷静艰涩的嚼磨分析的结果仍然莫衷一是。第四天后晌,鹿子霖找到白鹿仓,想从田福贤口里再探探虚实。鹿子霖首先作出完全信赖岳维山的神气说:"岳书记这人太宽宏大量了咯!我要是能摸准兆鹏在哪达,我把他捆回来送到岳书记跟前。"田福贤平静地说:"你先到城里去碰碰,在亲戚朋友那儿走走问问,这机会可是不能丢掉。"鹿子霖作难地说:"他现在那个模脑儿敢到哪个熟人家去?"田福贤还是坚持说:"找不见没关系,还是去找找为好。将来我见了岳书记也好回话,说你尽心找来……"鹿子霖得着话茬说:"岳书记是不是要我去找?"田福贤瞪他一眼,直率地说:"子霖,你这人脑瓜太灵!太灵了就把好好的事情想到歪处。你先去找找嘛!找着了于兆鹏好,于你也好嘛!找不着也不问你罪嘛!"鹿子霖便做出决心听从的坚定的口声说:"好哇,我去找。"

鹿子霖第二天下原进城先找到二儿子鹿兆海,把岳维山亲自找他谈话的大背景和谈话内容一字不漏一句不错地复述给兆海,让兆海帮助他分析岳维山的真实用意。兆海听完就抱怨父亲说:"爸,你真糊涂!这样明明白白的话你还揣不来轻重揣不准虚实?"随之气愤地说:"这是欺侮你哩!"鹿子霖闷住头不吭声。兆海说:"岳维山毙了郝县长很得意。他明知兆鹏不会投降,故意拿这话给你亮耳,他是猜疑你跟兆鹏可能暗中还有拉扯。你连这绞绞都翻不清?"鹿子霖说:"我想到这一步,只是不敢肯定是这一步,我还想了好几步。"兆海说:"他肯定对你当乡约起了疑心。"鹿子霖说:"这一步我也想到了。"兆海生气地说:"你到哪儿找兆鹏?他再说这话你问他,'你到处悬赏都逮不住,我哪能撞见?'"鹿子霖苦笑一下:"我怎能这么跟人家说话。"兆海强硬地说:"你不好说我跟他说。这人贱毛病不少!"鹿子霖担心地说:"你可不敢冒冒失失惹事。"兆海说:"你既然进城来了,就在这儿住几天,吃几天羊肉泡馍看几场戏,回去就说你没找见,看他能把你吃了不成!"

鹿子霖住在兆海那儿,每天早晨到老孙家馆子去吃一碗热气蒸腾的羊肉泡馍,晚上到三意社去欣赏秦腔。他心里唯一犯疑的是,儿子兆海官至连长,军队上的连长比滋水县的岳书记还大吗?怕是未必。可是从兆海说话口气里,可以明显听出来,岳维山不算个啥咯!吃羊肉泡馍看秦腔戏无疑都是鹿子霖的喜好,这样逍遥舒悦的日子过了三天,第四天后晌儿子兆海回来了,一边解腰里的枪盒子,一边说:"今日个把那个玩意儿给耍治了一回。"鹿子霖愣眨着眼问把谁耍了,兆海轻蔑地说:"岳维山小子。"

鹿兆海拉上团长乘一辆军车奔到滋水县,径直踏进岳维山的办公房,腰里别着系溜着一截牛皮筋条的手枪,介绍说:"这位是国民革命军十七师三团冉团长。"冉团长反过来介绍鹿兆海说:"这是一连连长鹿兆海。他令尊是你的下属,白鹿保障所乡约鹿子霖。我们是专为鹿乡约的事来拜望岳书记的。"岳维山眼里流泻出一缕不易察觉的惊疑,却又不失礼节:"二位有啥事尽管说,我尽力为之。"冉团长装作直愣愣的口气问:"你跟鹿乡约谈了一回话,把老汉吓得三天三夜吃不下睡不着,跑到城里住在鹿连长那儿不敢回原上咧!"岳维山笑笑说:"误会误会,纯系误会。我不过是让令尊见到鹿兆鹏时劝劝他,我是让兆鹏回滋水做县长。令尊想到另地方去了。"鹿兆海这时候才开口说:"你悬赏一千大洋悬了好多年,那一千大洋现在还悬着没谁能碰上运气领赏。你把这难题出给家父不是难为他吗？"岳维山解释说："卑职绝对没有难为他的意思。令尊是本县很称职的乡约，我很信赖他。出于这一点，我才期望令兄把才能用到本县国民革命大业上来。"鹿兆海说："你有好心也得看看实际，兆鹏自闹农协跟家父闹翻早成了仇人冤家，原上谁人不知？你要是还对他存有戒心，他就里外都不好活人了。"岳维山优雅大度地摆摆头说："我也知道这码事。对令尊我向来信用不疑。"鹿兆海说："原上纷纷扬扬传说，家父要是交不出兆鹏，罢免乡约事小，还要押他当人质。"岳维山轻松地笑笑："谣言不可信。当着二位的面我说一句，本人只要在滋水，令尊的乡约就没人能替代。你回去可以给令尊说清楚，让他解除误会。"鹿兆海虚张声势说："我爸那人看去精明强干，实际上胆子小得很，屁大一点事就吓得天要塌下来一样。我这几年耍枪杆子摔半吊子闯荡惯了，怎么也想不来他怎会越来越胆小。我说我拿这'九斤半'（头）给你仗胆你还害怕啥呢？"岳维山听着这些威胁性的话十分恼火，却不能不继续和颜悦色："误会纯属误会。"把握着鹿兆海说完了要说的话，并已达到示威目的的恰当火候，冉团长出来圆场子说："岳书记把话说明了没有旁的用意，这就好了，我们也不打扰了。"俩人便告辞出来，在灰败狭窄的县城街巷里转悠了半天，故意昂首挺胸在县府门口蹀躞，根本不屑一顾站岗的县保安队兵丁……

鹿子霖听了兆海的学说，哈哈大笑，畅快地嘲笑岳维山："哎呀，我只说岳维山在滋水县顶牛皮了，他一上白鹿原踩得家家户户窗门响，没料到他也犯怯，怯那把铁狗娃子（手枪）嘛！我还当他谁也不怯哩！"鹿兆海鄙夷地说："我说这人贱毛病多咯！"鹿子霖听从兆海的意愿继续在城里吃羊肉泡馍看秦腔戏，有意拖延回原上的时间以冷淡岳维山的谈话。半月后，鹿子霖自己都可以摸到脸颊上增加了的肉块，才决定回去。冉团长特意要派车把鹿子霖送上原。鹿子霖说:"算了算了,咱摆那个阔抖那路威风做啥?"冉团长说:"这回就要摆摆阔气,抖抖威风,看地方上哪个狗毯猫屌东西还敢给你头上垒窝?"汽车一路开进白鹿镇,又开到白鹿仓门口,田福贤以为政府要员亲临本仓,急忙奔出院子迎接,没料到是鹿子霖父子和另一个军官。他们按路上议妥的办法,由冉团长说话:"田总乡约,请多关照兆海家翁,军人也就在外安心赴死了。"田福贤僵硬地连连笑着应着,礼让他们屋里坐,冉团长和鹿兆海登上汽车就走了。

鹿子霖开始了他一生中最洒脱的日子。他对保障所的事,除了非自己亲自交涉不可的大事出面做一做,其余的事就一概交给王书手去应酬:某某村某某人的某某事你就这样办,某某村谁谁谁的那件事你就照我说的那样弄。他腾出身来到处去闲逛去喝酒。镇子上各个店铺的掌柜全是他的朋友和酒仙,白天要是错过了喝酒的机会晚上一定去补上。本保障所所辖属的各个村子以及更远些的村庄都有他的相好和朋友,他有时空荡着手一进门就吆喝:"老哥,快叫嫂子给咱取酒。"有时候进门先把怀揣的酒瓶往桌子上一蹾,就爽快地叫起来:"弄俩菜吧弟妹。万一啥菜都没有,就切一碟子萝卜丝儿。"他常常喝得似醉非醉,一身轻松地回到屋里。女人忍不住说:"我看你到城里走了一回,酒瘾越发大咧?"鹿子霖说:"你说对了。我这回才把世事看开了,酒瘾也大了!"无论什么公务和家事都不再对他构成负累,也不影响他喝酒谝闲话的兴致。只是每天回家进门瞅见兆鹏媳妇淡漠冰冷的模样,就不由得心里一沉,他可怜儿媳在家里守活寡的尴尬处境,但又莫可奈何,如果不是冷先生的女儿,而是任何旁人的女儿,他就会打发她趁早离开这个家庭,起码不致让做阿公的他也背上心理负担,面对亲家冷先生那张冷峻的脸孔,他也无颜说出这样的话。他揣着一瓶酒走进冷先生的中医堂，懊恼地述说岳维山对他的戒忌，又得意地叙说在城里吃羊肉泡馍看秦腔戏的好光景，最后于微醉中借助酒兴吐出来心病："先生哥啊！兆鹏这狗日的把一家人把亲戚朋友都招祸带灾了，我一个好端端的家庭全给他搅得稀汤寡水……"他这样很有分寸绝不直接触及儿媳尴尬处境的慨叹，意在取得冷先生的谅解。冷先生说："英雄败在儿女手啊！"鹿子霖就要这句话，这样就可以不再因为儿女的婚事向冷先生赔情道歉，而继续保持友好往来。

鹿子霖的行为引起田福贤的警觉。田福贤到县上开会，岳维山于会后单独找他谈话，询问鹿子霖究竟跟鹿兆鹏有没有暗中牵扯，而且严肃地盯着田福贤红光满面的脸说："我相信你明白。你可别给我弄个'两面光'的家伙！"田福贤瞪着露仁眼肯定地答复："没事。鹿子霖这人我里外尽知，心眼不少，可胆量不大，还没有通匪的脏腑。"岳维山鄙夷地说起鹿兆海借助团长来县上给他示威的事："两个兵痞二毬货！他们懂个屁，居然来要挟我。"田福贤顺应着岳维山的鄙夷口气嘲弄说："是人不是人的只要腰里别一把枪，全都认不得自个姓啥为老几了。"心里却顿然悟叹起来，怪道鹿子霖从城里回来浪浪逛逛，原来是仰仗腰里别着一把盒子的二儿子的威风，未免有点太失分量了。

田福贤第二天找到白鹿镇保障所，一开口就毫无顾忌地讥刺鹿子霖："你这一程子喝得美也日得欢。"鹿子霖腾地红了脸，惊异地大声说："啊呀老哥，你咋跟兄弟这样开口？"田福贤依然不动声色地说："你到处喝酒，到处谝闲传，四周八方认干亲。人说凡是你认下的干娃，其实都是你的种。"鹿子霖愈加涨红了脸："好些人把娃娃认到我膝下，是想避壮丁哩！我这人心好面软抹不开，当个干大也费不着我的啥。你甭听信那些污脏我的杂碎话！"田福贤说："有没有那些事，只有你心里清清白白，我也不在乎；你精神大你去日，只是把保障所的正经公务耽误了，你可甭说我翻脸不认兄弟。"

鹿子霖心虚气短地强撑起门面："啥事也误不了，你放心。我爱喝一口酒，这也不碍正经公务。"田福贤这时说起鹿兆海给岳维山示威的事："何必呢？他是个吃粮的粮子，能在这里驻扎一辈子？"鹿子霖脸上的血骤然回落，后脊发凉，这是一句致命的厉害的话。田福贤不说团长更不提鹿兆海的连长，而是把他们一律称为"吃粮的粮子"；作为不过是为了吃粮的一个粮子儿子，当然不可能永生永世驻扎在城里，他也不可能永远到儿子那里去享受羊肉泡馍和秦腔；一旦儿子撤出城里，开拔到外地，还能再指望他腰里系上盒子，乘着汽车给老子撑腰仗胆吗？而岳维山作为真正的地头蛇，却将继续盘踞在滋水县里。鹿子霖看透世事之后的今天，才发觉自己眼光短浅。于是，诚恳地对田福贤说："年轻人不知深浅啊！老兄你再见着岳书记时，给道歉一句，甭跟二杆子计较。"田福贤却继而不松地对他实施挖心战术："年轻人耍一回二杆子没关系，咱们有了年纪的人可得掌住稀稠不能轻狂……"俩人正说到交紧处，白孝武找鹿子霖商议增补族谱的事来了……打发走白孝武，鹿子霖对田福贤摊开双手不屑地说："白嘉轩这人，就会弄这些闲啦啦事！"

　　平常的日月就像牛拉的铁箍木轮大车一样悠悠运行。灾荒瘟疫和骤然掀起的动乱，如同车轮陷进泥坑的牛车，或是窝死了轮子，或是颠断了车轴而被迫停滞不前；经过或长或短的一番折腾，或是换上一根新车轴，牛车又在辙印深凹的土路上吱嘎吱嘎缓慢地滚动起来了。白嘉轩坐在父亲以及父亲的父亲坐过的生漆木椅上，握着父亲以及父亲的父亲握过的白铜水烟壶呼噜呼噜吸着烟的时候，这样想；他站在庭院里望着烟岚笼罩的巍峨南山也这样想；夜晚，当他过足了烟瘾喝够了茶水，躺在空寂的土炕上时尤其忍不住这样想。他已经从具体的诸如年馑、瘟疫、农协这些单一事件上超脱出来，进入一种对生活和人的规律性的思考了。死去的人不管因为怎样的灾祸死去，其实都如同跌入坑洼颠断了的车轴；活着的人不能总是惋惜那根断轴的好处，因为再好也没用了，必须换上新的车轴，让牛车爬上坑洼继续上路。他拄着拐杖，佝偻着腰，从村巷走过去，听见从某个屋院传出女人哭儿子或哭丈夫的悲戚的声音，不仅不同情她们，反而在心里骂她们混账。因为无论父亲母亲儿子女儿和丈夫，在任何人来说都不能保证绝对的完美，不可能一家人永远在一起；因为再好的父亲母亲儿子女儿和丈夫，一旦遭到死劫就不会重新聚合了，即使你不吃不喝想死想活哭断肝肠也不顶啥咯。一根断折的车轴！再好再结实的车轴总有磨细和颠断的时候，所以死人并不应该表现特别的悲哀。白嘉轩对仙草的死亡也深感悲哀，以至很长一段日子里总感觉缺了点什么；缺的肯定不单是她每晚小心地顺着他的脚腿伸溜下来的温热的肉体，也有她在屋院里走路的那种沙沙沙的声音，散发到庭院炕头灶台上的一种气息，或者是有别于影像声音气息的另一种无以名状的感觉，所有这些也都确凿不存在了。他的超人，在于他能得出仙草也是一根断裂的车轴这样非凡的结论。白嘉轩在思索人生奥秘的时候，总是想起自古流传着的一句咒语：白鹿村的人口总是冒不过一千，啥时候冒过了肯定就要发生灾难，人口一下子又得缩回到千人以下。他在自己的有生之年里，第一次经历了这个人口大回缩的过程而得以验证那句咒语，便从怀疑到认定：白鹿村上空的冥冥苍穹之中，有一双监视着的眼睛，掌握着白鹿村乃至整个白鹿原上各个村庄人口的繁衍和稀稠……

白嘉轩赞成儿子孝武增补宗谱的举措，正是他死人如断轴的结论形成的时候。

白孝武独当一面开始了补续族谱的神圣使命，从三官庙请来和尚，为每一个有资格上族谱的亡灵诵经超度。庄严而又简练的程序是，按照白鹿两姓的辈分自高至低，同辈人再按照年龄长幼排出顺序,先由死者的儿子或孙子代表全家人点燃三支紫香插入香炉,然后率死者的男女孝子长揖重叩三匝,跪在灵桌前垂首静立恭候;白孝武在砚台里膏顺毛笔尖头,悬腕将死者的名字填写进印红的方格,再放下毛笔对死者行三鞠躬礼;孝子们再三叩首后退离出祠堂;五个小班子乐人在孝子跷进祠堂大殿门槛时便奏起悠扬的乐曲,乐曲吹奏到整个仪式完毕,孝子退出祠堂才告一间歇;和尚在孝子长揖重叩三拜之后开始敲响木鱼,诵念谁也听不懂的经文;待和尚闭起嘴巴不敲木鱼时,乐人再接着吹奏。白孝武严肃恭谨地将所有死去的十六岁以上的男人和嫁到白鹿村的女人都填进一块方格,而本族里未出嫁的女子即使二十岁死了也没有资格占领一方红格。这件牵扯到家家户户的神圣的活动,没有出现任何纰漏或失误,自自然然提高了白孝武在族人里的威望。

　　白嘉轩只是在开头展放族谱神轴和结束后重新卷起神轴时才来到祠堂,和全体族人一起叩拜。在仪式结束时,白嘉轩从一个个男女的眉眼里看到了族人们轻松的神情,于是不无激扬地对族人们说了一句:"总不能叫牛车老窝在坑里,得让车轮子上路滚起来嘛!"

　　鹿子霖始终没有进入祠堂。他家没有亡灵超度不需上族谱并不是因由。白孝武在家里向父亲全面叙述这个浩繁的仪式时,没有忘记这一点:"展轴和卷轴之前,我都给他说了时日,那人还是没见露脸。"白嘉轩说:"你把他当个人,跑圆路数就行了。他来不来不算啥。我看那人这一程子又张张狂狂到处窜。人狂没好事,狗狂一摊屎咯!轻狂的……"

　　白嘉轩开始着手给三儿子孝义娶妻完婚的事。他指使孝武请来了媒人,再指令孝武媳妇炒下四盘菜,温了一壶酒,说:"下来的路须得你跑。"媒人吃了喝了,就乐颠颠地跑到女方家庭说她该说的话,办她该办的事去了。白嘉轩把自家应该筹备的巨细事项,一一交代给孝武去承办。首一件事是淘粮食磨面,石磨一天顶多磨三斗麦子,须得提早动手,而且必须估计到腊月里常常不出太阳,无法淘晒粮食要耽搁磨面的可能。这件单纯的活路交给脑子不大灵活的鹿三去办,经管牲畜的事就由兔娃接替鹿三,年轻人常常耐不住石磨悠悠转动着的寂寞。白嘉轩对孝武的安排做了纠正:"让孝义磨面。他那个性子须得在磨眼里磨一磨。"

三儿子孝义对哥哥孝武的指派瞪起眼睛:"我送粪拉土轧花。哪项活儿不比磨面重?叫我磨面转磨道,我嫌瞀乱。"

当祠堂里敲磬诵经的和声停止以后,孝义和兔娃把积攒在圈场里的粪肥全部送进麦田,又从土壕里拉回七八车黄土,晾晒到腾空了粪肥的土场上,晒干后用小推车收进储藏干土的土棚。

秋天的阴雨和瘟疫耽搁了干土的储备。他和兔娃吆着牛车走向土壕,常是在浓霜蒙地的大路上碾下头一道辙印,把湿土铺开到圈场上去晾晒。俩人饥肠辘辘走进灶房咥两个烤得焦黄酥软的蒸馍,然后再跨进轧花房踩踏轧花机。在灶下烧火做饭的孝武媳妇给灶膛里烤烘着一堆馍馍,让干活干饿了的人先打个尖,也可以堵住爬出被窝就要馍吃的孩子的嘴。她对狼吞虎咽的兔娃要笑说:"兔娃,你跟人家孝义跑那么欢做啥?孝义是想娶媳妇哩,你蹦啥哩?"兔娃明白这是说耍话,不在意地笑笑。孝义只顾大咥大嚼,不理会嫂子的挑逗。俩人十分默契十分融洽,欢欢蹦蹦踩踏着轧花机。

孝义对孝武把他和兔娃分开的分工无法接受,就去找父亲申辩。白嘉轩说:"是我叫你转磨道的。"孝义愣了一下,瞪了瞪眼。白嘉轩依然平稳地说:"你就要成家了。成了家你就是大人,不是碎娃了。得在磨道里磨磨你的野性子。"

孝义就从早到晚日复一日囚在磨房里,跟着黄牛或红马的屁股,揽起磨台上磨碎的麦粉,再倒进箩柜,然后就摇起摇把,咣当咣当单调的声音磨得耳朵都木了。鹿三走进来,木然地攥住摇把说:"你出去耍耍。"倔拗的孝义把鹿三推出磨房门说:"我准备在磨道里把我磨成你。"

白嘉轩沉静地把握着各路准备事项的进展。在他看来,娶媳妇不过是完成一项程序,而订亲才是费心劳神的重要环节;能否给儿子娶回来一个合适的配偶,关键不在娶亲而在订亲。白嘉轩闲时研究过白鹿村同辈和晚辈的所有家庭,结论是所有男人成不成景戏的关键在女人。有精明强干的男人遇着个不会理财持家的女人,一辈子都过着烂光景;有仁义道德的男人偏配着个黏糍子女人,一辈子在人前头都撑不起筒子;更不要说像黑娃拾烂菜帮子一样拾掇下的那种货色了,黑娃要是有个规矩女人肯定不会落到土匪的境地。他给孝义订亲时偏重考虑的是儿子的脾性,得选择一个既有教养,而且要稍微活泛一点的女子,意在弥补孝义倔拗的天性。从媒人介绍的五六个对象中反复对比鉴别,白嘉轩瞒着媒人托亲借友打听探询,最终定下西康村一个女子。在这个女子用小推车推着她妈到冷先生的中医堂就诊时,白嘉轩在内室亲眼观察了她的一举一动一言一行之后,才拍了板,把粮食灌齐,把棉花捆扎成捆交给了媒人。白嘉轩心里十分满意,这是三个儿媳中最称心最完美的一个。给孝文订亲时,主要考虑到家里急需用人,因而订下一个比孝文大两岁的壮实女子,但其余各方面很是一般;给孝武订亲,原是冷先生托人提出愿结亲家,他已经没有再选择的余地,不过这媳妇还算不大走样顾得住场面,只是不太精灵;只有给三儿子孝义订下的这个媳妇是一个无可挑剔的女子。

正月初三举行的婚礼鼓舞起整个村庄的热情。这是瘟疫结束后第一顶在村巷里闪颠的花轿,唢呐奏出的欢乐乐曲冲散了死巷僻角的凄冷,一种令人激荡的生命的旋律在每个人心头震响。因为是德高望重的族长的儿子完婚,白鹿两姓几乎一户不缺都有人来帮忙,鹿子霖成为这场婚礼的当然的执事头。他精明而又洒脱,把整个婚礼指挥得有条不紊秩序井然,他不时与当执事的男人和帮忙的女人调笑耍逗,笑声显示着热烈和轻松。白嘉轩作为主人,不宜指拨任何人,里里外外只能依赖执事头儿鹿子霖。他起始就对鹿子霖说:"哥把全套交给你了。"鹿子霖说:"你放心吸水烟去。我今日碰到喝一盅的好机会咧!"

　　这场婚娶仪式最不寻常的是朱先生偕夫人的到来。朱白氏陪着母亲白赵氏有说不完的话题,朱先生被白嘉轩迎接到上房西屋自己的寝室就座,这两个人坐到一起向来没有寒暄,也没有虚于应酬的客套和过分的谦让,一喋茶水便开始他们想说的实事。朱先生不吸烟不喝酒,抿了一口淡茶:"孝文想回原上来。"白嘉轩没有应声。

　　腊月根上正筹备这场婚事的最后阶段,白孝文曾指使两个保安队兵丁带来了一摞银元,并有一封家书,说他将在正月初一回原来给奶奶和父亲拜年,顺便参加三弟的婚礼,那一摞银元算是对小弟的一份心意。白嘉轩看罢信又把信瓤装进信封,连同那一摞银元一起塞给来人的手里说:"谁交给你的,你再交给谁。"既不问两个保安队兵丁喝不喝水,更谈不到管饭吃,拄着拐杖走到院子,对着厦屋吆喝道:"孝武送客。"

　　白嘉轩吸罢一袋水烟,做出与己无关的神态说:"他回原上由他回嘛!我没挡他的路咯!"朱先生知道自己的话被钻了空子,便说得更严密准确:"他想回家里来。"白嘉轩说:"他回他的家嘛!我也没堵在他的街门口咯!"朱先生不由得自失地笑笑,白嘉轩还是钻了他的话里的空子,因为孝文已经分家另过,而他自己的家早已被鹿子霖买去拆掉了,白孝文在原上根本就没有家。朱先生说:"他想回来给你认错,也想给他妈上坟。"白嘉轩这才明白了似的悟叹:"噢呀,他是想进我的街门呀?"说着转动一下突出的眼仁装愣卖呆:"我不认识他呀!他给我认什么错?"朱先生并不惊奇,这是早就预料得到的磕绊,沉稳地说:"你不让孝文回来,说不过去,于理不通。"白嘉轩说:"我早都没有这个儿咧!"朱先生说:"可他还是你的儿。他学瞎,你不认他于理顺通,他学为好人,你再不认就是于理不通。"朱先生说到这儿就适可而止,把回旋的余地留给白嘉轩去思量,然后站起身来说:"我到村里去转转。"刚走到门口又转过身来:"我忘了告诉你,孝文升营长了。"白嘉轩扬起脑袋愣了一瞬,扭一下脖子使劲地说:"他当了皇上也甭想再进我这门。"

朱先生走出白鹿村,进入冬日淡凄的阳光照耀下的田野,薄薄的一层凝冻了的积雪覆盖着田畴,麦苗冻僵变硬的稀疏的叶子从雪层里冒出来。大片大片罂粟的幼苗匍匐在垄沟里,覆盖着一层被雨雪浸黄变黑的麦草。生长麦子的沃土照样孕育毒药。他再也没有吆一犋牛犁杖犁掉烟苗的凛凛威风了。政府发了加征烟苗税的政令,而不再强行禁烟了;烟田税收超过禾田十倍以至几十倍,可以增加县府的银库;百姓初始惊恐,随之便划算清白了里外账,"土"的价格随着烟苗税的暴涨而翻筋斗似的往上翻,种烟比种麦仍然有大利可图,种烟的热情不但得不到扼制,反而高涨起来。阴历三月,原上已成为罂粟五彩缤纷的花的原野。朱先生踯躅在田间小路上独自悲叹:饮鸩止渴!他为自己的无能感到悲哀,看到那大片大片蜷伏在残雪下的烟叶无异于看到了满地蛰伏的小蛇……

新婚祥和欢乐的余音缭绕到鸡叫三遍,贪图新媳妇姣美脸蛋子的闹房的小伙子们才最后离去,静寂的村巷里传播着他们兴犹未尽的狂放的笑声。白嘉轩一家和远路未归的至亲无话找话闲磨着时间,等待最后一拨耍媳妇闹新房的人离去。白孝武关了街门,把弟弟孝义和刚刚露脸的弟媳唤到上房明厅,点燃了蜡烛。白嘉轩在祭桌前的椅子上坐着。孝义上香之后就叩拜祖宗。新媳妇白康氏豁开裙子,随着孝义也跪下磕头,优雅的拜叩姿势令所有人动心。白嘉轩照例冷着脸朗诵家训,那是从《朱氏家训》里节选下来的一段精粹词章。最后由孝义领着媳妇逐个拜谒家室里的每一个成员。孝义走到白赵氏的椅子前说:"这是婆。"新媳妇爽甜地叫一声"婆"就豁开裙子磕头。白赵氏张着脱落了牙齿的嘴喜不自胜地说:"俺娃磕头的样式好看得很。"孝义又站到白嘉轩跟前:"这是咱爸。"新媳妇叫一声"爸"再次表演磕头的优美动作。及至给孝武两口分别磕了头,又给滞留家里的亲戚也叩头之后,孝武媳妇就请示婆该煮合欢馄饨了。白嘉轩猛然伸出一只手制止了散伙的家人:"快去把你三伯请来。"孝武想到自己的疏忽,立即跑去请鹿三。鹿三早已鼾声如雷,迷迷瞪瞪穿上衣裤被孝武牵着袖子拉到厅房里,在闪烁的蜡焰前眯睁着眼。孝义说:"这是三伯。"新媳妇甜甜地叫声"三伯"又叩下头去。白嘉轩又一次向家人尤其这对新人郑重提醒一句:"你三伯是咱家一口人。"

不管夜里睡得多么迟,一家人习惯自觉地恪守"黎明即起洒扫庭除"的《朱氏家训》,全都早早起来了,尽管昨天晚上大人们实际只合了合眼,脚下被窝还没有暖热。白嘉轩正在炕上穿衣服,就听见庭院里竹条扫帚扫地的声响有别于以往,就断定是新媳妇的响动。他拄着拐杖出西屋时,新媳妇撂下扫帚顶着帕子进来给他倒尿盆。白嘉轩蹲在孝义媳妇侍候来的铜盆跟前洗脸,看见三娃子孝义刚刚走出厦屋门来,那双执拗的眼睛瞅人时有了一缕羞涩和柔和,断定他昨夜已经经过了人生的那种秘密,心里便默然想道,老子给你娶下一房无可弹嫌的好媳妇。白嘉轩一边用手巾擦着脖颈,一边叮嘱孝义说:"早点拾掇齐整起身上路,回门去学得活泛一点,甭总是绷着脸窝着眼……"

孝义还陷沉在神秘的惊诧的余波之中。吃罢合欢馄饨,他已经累得精疲力竭,三两下丢剥了衣裤钻进被窝,不及摇罢一箩面的工夫便迷糊起来。他对男女之间的事几乎一无所知。白嘉轩的儿子个个都是这样纯洁,娶媳妇的新婚之夜也不懂其实际内涵,便照例倒头睡下去,只是全新的被褥和枕头反倒有一种舒适的陌生。蒙眬中他的右臂被一个细腻的肌肤抚摩了一下,竟然石磨压指似的从迷蒙中激灵了过来,便闻到一股异样的气息,似乎像母乳一样的气味,撩拨得他连连打了两个喷嚏,引发出强烈的身体震动,撞碰了身旁那个温热的肉体。那一刻他才开了迷津,喷嚏刚过就转过头搂住了媳妇,顿然觉得自己此刻以前纯粹是个只会拉车套车的傻瓜。她不仅不反感,反而依就他,这又使他大为惊奇,及至他脑子里轰然一声浑身紧抽起来,下身喷射过后,才安静下来,被窝里有一股类似公羊身上散发的腥臊味儿。这样的喷射又反复了一次。及至他第三次疯狂潮起的时候,她才把他导引到一个理想的福地。那一刻他又悟叹出来:仅仅在这一次之前自己其实还是一个傻瓜……他完成了第三次探索之后,她就披衣起身了。她穿戴整齐溜下炕沿的时候,他又潮起那种欲望,便抻住她的胳膊示意她脱掉衣服重新躺进被窝。她嘬嘬嘴笑笑,猛然弯下身在他脸上亲了一口,转身拉开门闩出去了……

孝义在铜盆跟前蹲下来时已经平静下来,在父亲刚刚丢下布巾的铜盆里洗脸,对父亲说:"我先跟兔娃拉几车土,他一个人顾不过来。回门跟得上。"兔娃一个人驾着牛车已经走出了圈场。孝义跳上牛车坐下来,脑子里忽然冒出昨夜那种进入福地的颤抖。他瞅着兔娃想,兔娃肯定还跟昨晚以前的自己一样是个瓜蛋。进入土壕装土的时候,兔娃冷不丁问:"你昨黑夜跟媳妇睡一个被窝吗?"孝义一愣,这个腼腆的小兔娃大概在琢磨这个神秘的问题。兔娃连着又问:"你跟女子娃钻一个被窝害羞不害羞?"孝义骤然红了脸,俨然用大人对小孩的训诫口气说:"兔娃,娃娃家不该问的话不许问。没得一点礼行!"兔娃愣了一下就不再开口,执锨往牛车车厢里抛起土来,仅仅一夜之间,亲密无间的孝义怎么变成另外一个人了?兔娃心中掠过一缕寂凉,淡淡地说:"你去回门去吧!小心把新衣裳弄脏了。我一个人能行。"孝义瞅了瞅兔娃没有说话,看来他们幼年的友谊无可挽回地终结了……

第二十七章

　　白孝文终于从大姑父朱先生口里得到了父亲的允诺,准备认下他这个儿子,宽容他回原上。

　　白孝文开始进入人生的佳境,正春风得意。保安大队升格为保安团,原先所属的两个支队递升为一营和二营,团丁正在扩编中。孝文被直接擢升为一营营长,负责县城城墙圈内的安全防务,成为滋水县府的御林军指挥。他告别了那个书手的桌案,开始活跃在县城里的各个角落,操练团丁,检查防务,处理各种事务;他的威严的脸眼被县城的市民所注目,他的名字很快在本县大街小巷市井宅第被传说;被人注目和被人传说本身就是一种荣耀,显示出这个有一双严厉眼睛的人开始影响滋水的社会政治和生活秩序……

　　白孝文很精心地设计和准备回原上的历史性行程,全部目的只集中到一点,以一个营长的辉煌彻底扫荡白鹿村村巷土壕和破窑里残存着的有关他的不光彩记忆。正当他一切准备就绪即将成行的最后日子,县里发生了一件震动朝野的大事,土匪头子黑娃被保安团擒获,这是他上任营长后的第一场大捷,擒获者白孝文和被活捉者黑娃的名字在整个滋水县城乡一起沸沸扬扬地被传播着……回原上的时日当然推迟了。

　　营救黑娃和严惩黑娃的各种活动都循着各自的渠道隐蔽而紧张地进行,只有白嘉轩的行为属于公开。白嘉轩正在准备接待大儿子孝文的回归,突然收到孝文派人送来的一封家书,略述捕获匪首、公务紧迫、只好推迟回原的日期。白嘉轩送走送信的团丁,转回身来就把褡裢挂到肩上准备出门。孝武走进门来问:"你背褡裢到哪达去?"白嘉轩说:"县上。"说着就把那封信交给孝武。孝武看完后舒一口气:"这下可除了个大害!"转过脸猜测着问:"你去县上做啥?"白嘉轩说:"探监。看看黑娃,给送点吃食。再问问你哥,把黑娃放了行不行?"白孝武惊讶得转不过弯儿,愣愣呆呆地问:"你说你去探监?给黑娃还送吃的?你想托人情释放那个土匪?"白嘉轩平稳地说:"就是的。"白孝武憋红了脸:"你的腰杆给他打断了你忘了?你忘了我还没忘!"白嘉轩说:"我没忘。"白孝武说:"那你还看他救他?"白嘉轩说:"孔明七擒七纵孟获那是啥肚量?我要是能救下黑娃,黑娃这回就能学好。瞎人就是在这个当口学好的。"白孝武说:"你救黑娃让原上人拿尻子笑你。"白嘉轩坚定不移地说:"谁笑我是谁水浅。"

白嘉轩赶天黑先来到白鹿书院。朱先生以少有的激情赞扬他搭救黑娃的行动:"以德报怨哦嘉轩兄弟!你救下救不下黑娃且不论,单是你有这心肠这肚量这德行,你跟白鹿原一样宽广深厚永存不死。"说到具体事,白嘉轩让姐夫朱先生设法把孝文叫到这里来,因为孝文还没有经过正经恢复父子关系的程序,所以得先搁在书院见面,如若自个找到保安团就有投拜儿子的倒茬子影响。

朱先生着一位同仁到县城给孝文送信。孝文于天黑后才匆匆赶来,一见父亲就跪下了。白孝文听到父亲要救黑娃的话咯咯咯笑起来:"爸你尽是出奇之举。你一提说黑娃,我还当是催我快快处置了那个祸害哩!没想到你……"白嘉轩又说着如同对孝武讲过的道理:"瞎人只有落到这一步才能学好。学好了就是个好人。"朱先生插话发挥着白嘉轩的思路:"杀了可就少一个人了。"白孝文不作正面拒绝,软软地说:"上边已经批示就地枪决。土匪不是共匪,不需再三审问杀了算了。你们说啥也不顶用,我根本没有杀他放他的权力。"白嘉轩急切地说:"那让我先到监里看一回总可以吗?"白孝文笑笑说:"看不成。谁也不准看。十二道岗道道都是俩人把守,蝇子也飞不进去——防他的土匪弟兄劫监。"白嘉轩一下子凉下来默然无措。白孝文说:"爸,你心好我知道,可这事比不得族里的事咯!你回去吧!枪决黑娃以前,我给他说知道明,你想探监还想救他。让他小子死到阴司再琢磨他对住对不住你。"

白孝文回到县城已夜深人静,让随身的团丁回团部,自己便径直回到城关东街。妻子给他拉开门闩,白孝文进门后,反过身来重新推上门闩,这当儿突然被人搂卡住脖子塞住了嘴巴。他听见了妻子在身后有同样遭遇的动静,他的眼睛先被蒙住,接着捆死了双臂,随后就被推拽到自己的寝室里。黑暗里有人说话了:"我来跟你谈一笔生意。你先给你手里囤的货开个价吧!你尽量往大往高开我都能接受。"孝文明白了这是黑娃的弟兄来了,眼被蒙着,嘴被堵塞着无法交涉,依然支棱着脑袋。那人继续说:"你愿意把那囤货发给我,价开再大再高都好说;你要是不愿意把囤货发给我,我给你把话说明白:当下先给你炕上的这个太太开了膛,日后你娶一个我杀一个,你娶十个我杀十个,你这辈子只能逛窑子,可甭想太太陪房;你先房女人留下两个娃,炕上这位太太肚里正怀着一个,这三个出世的和没出世的后人注定都得嫩撅,你这辈子甭想留后;原上你老窝里有七八口人,我想弄死谁谁也逃不脱;我把他们一个一个慢慢地处置掉,最后才拾掇你的老子;你的老子先前给打断了腰杆子,这回我再把他的腰杆子抻直拉平,你们白家就从原上雪消化水了;只留下你单崩儿一个受熬煎!"白孝文被陌生人描述的血腥图景吓得浑身抖颤,猛烈挣扎着还是无法表态。那人沉静地公开了自个的身份:"我是大拇指郑芒。"白孝文听到这个名字更紧张了,急迫中终于想到一个唯一可能的表态方式,扑通一声跪倒到脚地上。郑芒说:"给他把嘴腾了。"

随后就变成大拇指芒儿和保安团白营长共同设计营救黑娃的密谋。方案有二,由孝文在检查岗哨查巡防务时捎给黑娃一根钢钎,让他自己挖抠砖缝的石灰自行逃脱;再一个办法需大动干戈,组织一次游街示众,由郑芒领土匪相机劫持黑娃。俩人都认为第二个办法属于下策,只能作为迫不得已采取的行动。芒儿说:"见不着我的二拇指都不算数,太太得跟我到山上逛几天风景,我会照顾好她的。"

第二天傍晚,白孝文就把一根细钢钎塞给了黑娃。黑娃接住钢钎时,那双死绝的眼睛烁出一道利光。白孝文当晚刚回到东街住屋,后半夜时又有人敲窗棂。他开了门,黑暗里瞅不准面孔。那人说:"我给你捎来一封信。"白孝文心里紧缩起来,进屋到灯下拆开信封,原以为是土匪头子郑芒捎来的,不料却是鹿兆鹏的亲笔信,同样是求告他设法留下黑娃性命。白孝文看罢信扬起头来。送信人往灯前挪了两步,嗤的一声笑着问:"你还认识我不?"白孝文惊恐地叫起来:"韩裁缝?"韩裁缝说:"请你给个回话。"白孝文紧张地说:"你给鹿兆鹏说,让他甭胡搅和,他越搅和黑娃死得越快。韩裁缝你也是共党分子?今日要不是在我屋,我就把你扣起来。"韩裁缝沉稳地笑笑:"咱俩一对一你不是我的对手,拾掇你不用枪只用一把剪子就够了。"白孝文也强撑面皮:"有礼不打上门客,你走吧!下次再这样我就不客气。"韩裁缝说:"鹿兆鹏也很重义气。黑娃不过跟他闹过几天农协,后来不随他了,可他还是想救他一命。你给个回话我就走。"白孝文冷静下来重复一遍刚才的话:"你共党甭胡乱搅和。你越搅和黑娃死得越快。还要啥回话呢?你走吧!"

黑娃越狱逃跑的消息比缉获黑娃在县城引起的轰动还要大。那个由黑娃掏开的墙洞往幽暗的囚室里透进一个椭圆形的光圈,被各级军政长官反复察看反复琢磨,却没有一个人怀疑到白孝文身上,因为黑娃是白孝文率领一营团丁抓获的。白孝文按照早已筹算好的办法,严厉地拷打站岗的送饭的团丁,因为只有他们才可以接近死囚室里的黑娃。道理很简单,拷问越严厉,他自己就越安全,终于打得一个送饭的团丁忍受不住而招了假供。白孝文请示了保安团张团长,就着人把奄奄一息的屈死鬼团丁拉出去埋了,这件事才渐次从记忆中消失了。

又一天夜深人静时分,白孝文猛然听到窗根下太太的隐声呼叫,他急忙开门后,又差点儿被什么东西绊了个筋斗。他把太太扶进门来,到灯下一瞅,太太完好如初,才甚为欣慰,却仍然忍不住说:"你受苦了。"太太淡淡地说:"他们还算义气。"送太太回归的土匪先翻墙后开街门已经走掉。白孝文去查看了一下街门木闩,回到房门口就瞅见绊过脚的一只袋子;拎起来一看,竟是一只完好的山兽皮筒子,到灯下解开扎口,里面装着满满一筒子硬洋。太太说:"黑娃回去以后,他们对我恭敬得很,黑娃给我磕了三个响头。"白孝文说:"黑娃要是回不去,你就回不来了。"太太说:"黑娃让我捎给你一句话,说他跟你的冤仇一笔勾销。"白孝文心里一震,瞬即深深地舒一口气,捕获黑娃的昂扬和释放黑娃的紧张全部消失,更要紧的是冰释了一桩无以化解的冤结。他与小娥的那种关系,黑娃早放出口风要杀他以祭小娥。至此,白孝文弄不清在这个事件中获得多少好处了。他从柜子里拉出一瓶酒说:"喝一盅为你接风压惊。"俩人干抿下一盅酒,白孝文以彻底卸除负累后的轻松舒悦的口气说:"我们得准备回原上的事了。"

为了做得万无一失,白孝文于次日演出了一场辞官戏。他换了一件长袍礼帽的便装,把附有营长军阶标志的军服整整齐齐折叠起来,径直走进张团长的屋子,双手托着军服,把腰里那把短枪摘下来搁在军服上头,一齐呈放到桌子上,向张团长深深鞠了一个大躬。张团长瞅着他虔诚的举动,莫名其妙地问:"你这是干啥?"

白孝文说："枉费了你的栽培。严重失职——我引咎辞职。只能这样。"张团长晃一下脑袋，很不满意地说："你怎能这样？是小娃娃脾气，还是书生意气？"白孝文更加真诚："无颜面对本县百姓。"张团长说："没有人责怪你嘛！岳书记侯县长都没有说你失职嘛！"白孝文难受地摇摇头说："我自己无地自容。"张团长笑了："我刚把你提起来，等着你出力哩，你可要走？好吧，按你这说法，我也得引咎辞职。"白孝文没有料及这行动会引起张团长的敏感，于是委婉地说："说真话，我是想承担责任，旁人就不再对你说长道短……"张团长受了感动，就站立起来，把手枪拿起来，在手心抛颠了两下交给孝文，说："快把袍子脱了，把团服换上，咱俩出去散散心。这毬事把人搅得鸡飞狗跳墙。"白孝文涌出眼泪来了。

阴历四月中旬是原上原下一年里顶好的时月。温润的气象使人浑身都有酥软的感觉。扬花孕穗的麦子散发的气息酷似乳香味道。罂粟七彩烂漫的花朵却使人联想到菜花蛇的美丽……

白孝文携妻回原上终于成行，俩人各乘一匹马由两个团丁牵着。白孝文穿长袍戴礼帽，一派儒雅的仁者风范。太太一身质地不俗颜色素暗的衣裤，愈显得温柔敦厚高雅。在离村庄还有半里远的地方，孝文和太太先后下得马来，然后徒步走进村庄，走过村巷，走到自家门楼下，心里自然涌出"我回来了"的感叹。弟弟孝武恰好迎到门口，抱拳相揖道："哥你回来了！"白孝文才得着机会把心里那句感叹倾泻出来："我回来了！"及至进入上房明厅，父亲没有拄拐杖，弯着腰扬着头等待他的到来，白孝文叫了一声"爸"就跪伏到父亲膝下，太太随即跪下叩头。白嘉轩扶起孝文，就坐到椅子上。白孝文又领着太太给婆白赵氏叩拜，然后便引着太太和两个弟弟、两个弟媳相见相认。白赵氏把两个重孙推到孝文跟前："这是你爸。"孩子羞怯地往后缩。白孝文伸手去抚摩孩子的头时，俩娃跑到白赵氏身后藏起来了。白嘉轩对孝武说:"把饭菜端上来,咱们今日吃个团圆饭。"刚说完,又记起一件事来:"孝文,你领上你屋里人,去拜一下你三伯。"

拜谒祖宗的仪式安排在午饭过后。因为长幼有序,白孝武不能主持这个仪式,只是做着具体事务,而由白嘉轩亲临祠堂主持。白鹿两姓的成年男女,一听到锣声,便早早拥进祠堂,看那个回头的浪子重归的风采,不便出口的兴趣更在他的新娘子身上。白孝文领着太太在孝武的导引陪同下走进祠堂大门,便瞅见那棵又加粗了的槐树,脑子里顿然浮现出由他主持惩罚小娥和由弟弟主持惩罚自个的情景。他心里一阵虚颤,又一股憎恶,然后移开眼睛,径直走过院子,跨上台阶,走近敬奉着白鹿宗族始祖及列代祖宗的祭桌前站定,那幅从屋梁上吊垂下来的宗谱,密密麻麻填写着逝者的名字,下面空着的红线方格等待着后来的人续填上去。白孝武点燃了两支注满清油的红色木筒子蜡烛便退到一旁。白嘉轩伛偻着腰站在祭桌前,面对众人发出洪大如钟鸣的声音:"祖宗宽仁厚德。不孝男白孝文回乡祭祖,乞祖宗宽容。上香——"白孝文从香筒里抽出五根紫香在蜡烛上点燃,双手插进香炉,退后一步和太太站成齐排儿,一道长揖后跪拜下去,太太也作揖叩首三匝。白嘉轩又诵响了下一项仪式:"拜乡党——"白孝文和妻子转过身面对祠堂里外拥塞得黑压压的男女乡亲,抱拳作揖,乡党们也作揖相还。

祭祖之后的又一项重要活动是上坟,仍然由孝武陪引。孝义提着装满阴纸和阴币的竹条笼也陪着大哥去祖坟祭奠。兄弟三人站在离他们最近的母亲坟前,白孝文叫了一声"妈",就跌伏到坟头上,到这时他才动了真情。他酣畅淋漓地哭了一场,带着鼻洼里干涸的泪痕回到家里,才感觉到自己与这个家庭之间坚硬的隔壁开始拆除。母亲织布的机子和父亲坐着的老椅子,奶奶拧麻绳的拨架和那一摞摞粗瓷黄碗,老屋木梁上吊着的蜘蛛残网以及这老宅古屋所散发的气息,都使他潜藏心底的那种悠远的记忆重新复活。尤其是中午那顿臊子面的味道,那是任何高师名厨都做不出来的,只有架着麦秸棉秆柴火的大铁锅才能煮烹出这种味道。白孝文清醒地发现,这些复活的情愫仅仅只能引发怀旧的兴致,却根本不想重新再去领受,恰如一只红冠如血尾翎如帜的公鸡发现了曾经哺育自己的那只蛋壳,却再也无法重新蜷卧其中体验那蛋壳里头的全部美妙了,它还是更喜欢跳上墙头跃上柴火垛顶引颈鸣唱。白孝文让太太把带回来的礼物分送给大家,包括一大袋子各式名点。给父亲的是地道兰州水烟,给婆的是一件宁夏皮袄筒子,给两个弟弟和弟媳的是衣服料子,给鹿三的是一把四川什邡卷烟。自己却只身到白鹿仓去拜会田福贤。田福贤于他刚进家不久,便差人送来了请帖。白孝文到白鹿仓纯粹是礼节性拜访,走了走过程就告辞了。田福贤已着人在镇上饭馆订做了饭菜,白孝文还是谢绝了,他必须天黑回到县保安团。他怕田福贤心犯疑病,很爽快地说:"田总,你随便啥时候到县城,你招呼一声我就接你,我请你。"白孝文还想拜谒鹿子霖,是他把他介绍到保安团的。鹿子霖不在家,他托弟弟孝武把一把什邡卷烟捎给他。

最后要处理的一件事是房子。孝文对父亲说:"忙罢我想把门房盖起来。"白嘉轩说:"孝武把木料早备齐了。你想盖房,另置一院庄基吧。兄弟三个挤一个门楼终究不成咯!"白孝文豁达地说:"这个门房还是由我经手盖。"门房是经他卖掉被鹿子霖拆除的,再由他盖起来就意味着他要洗雪耻辱张扬荣耀。他解释说:"这房盖起来由你安顿住人吧。我不要了。我要是想在原上立脚,我另择基盖房。"白嘉轩说:"你的用意我明白。干脆也不分谁和谁,你跟你兄弟仨人搭手把门房盖起来,这院子就浑全了。"白孝文说:"也行。"

谢辞了上至婆下至弟媳们的真诚的挽留,白孝文和太太于日头搭原时分启程回县城,他坚辞拒绝拄着拐杖的父亲送行,白嘉轩便在门楼前的街巷里止步。白孝文依然坚持步行走出村庄很远了,才和送行的弟弟们分手上马。他默默地走了一阵又回过头去,眺见村庄东头崖坡上竖着一柱高塔,耳边便有蛾子扇动翅膀的声音,那个窑洞里的记忆跟拆房卖地的记忆一样已经沉寂,也有点公鸡面对蛋壳一样的感觉。他点燃一支白色烟卷猛吸了一口,冷不丁对太太说:"谁走不出这原谁一辈子都没出息。"太太温存地一笑:"可你还是想回来。"白孝文说:"回来是另外一码事。"白孝文不再说话,催马加快了行速。太太无法体味他的心情,她没有尝过讨来的剩饭剩菜的味道,不知道发馊霉坏的饭菜是什么味道,更不知道白孝文当时活的是什么味道。在土壕里被野狗当作死尸几乎吃掉的那一刻,他几乎完全料定自己已经走到人生尽头,再也鼓不起一丝力气,燃不起一缕热情跨出那个土壕,土壕成为他生命里程的最后一个驿站。啊!鹿三一句嘲讽调侃的话——"你去吃舍饭吧",把他推向那口沸腾着生命液汁的大铁锅前。走过了土壕到舍饭场那一段死亡之旅,随之而来的不是一碗辉煌的稀粥,而是生命的一个辉煌的开端……好好活着!活着就要记住,人生最痛苦最绝望的那一刻是最难熬的一刻,但不是生命结束的最后一刻;熬过去挣过去就会开始一个重要的转折,开始一个新的辉煌历程;心软一下熬不过去就死了,死了一切就都完了。白孝文现在以这种深刻的人生体验呼唤未来的生活,有一种对生活的无限热情和渴望。他又一次对他的太太说:"好好活着。活着就有希望。"妻子抿嘴笑笑:"你回到老家心情很好。"白孝文依然觉得太太不能理解他的心情。

白嘉轩从族人的热烈反响里得到的不仅是一种荣耀,更是一种心理补偿。他听到人们议论说"龙种终究是龙种",就感到过去被孝文掏空的心又被他自己给予补偿充实了,人们对族长白家的德仪门风再无非议的因由了。他依然拄着拐杖佝偻着腰走进家门走出街巷,走进畜棚走向田野,察看棉田备耕观望麦子成穗的成色,听孝义兔娃呵斥牲畜的嘎气的嫩嗓子的吼喊,或者和愈见笨拙愈显痴呆的鹿三对着烟锅吸一袋旱烟,在村巷田头和族人们聊几句庄稼的成色讨论播种或收割的时日,并不显示营长老子的傲慢或声势。决定棉花下种的那天后晌,他丢了拐杖挎起盛着经过拌灰的棉籽的竹条笼,跟在兔娃屁股后头往犁沟里抛点棉籽儿。他不是怕孝武孝义撒籽不匀,而是想在湿漉漉的田地里走一走。他不是做示范,而是一直坚持干到把那块棉田种完,才跟着儿子们一起于傍晚时分收工回家。他端起儿媳侍候上来的小米黄粥喝得起了响声,声音像扯断一幅长布。白嘉轩心情很舒活地对儿子们说:"人是个贱虫。人一天到晚坐着浑身不自在,吃饭不香,睡觉不实,总觉得慌惶兮兮。人一干活,吃饭香了,睡觉也踏实了,觉得皇帝都不怯了。"儿子们不甚理解地笑着。那一晚白嘉轩睡得很踏实,直到孝武在院子里失魂丧魄吼叫他才醒来,醒来就看见了窗户上乱闪乱射的电光。白嘉轩听到院子里惊慌压抑的哭声,那是儿媳和孙子们被吓的哭声。他断定又有土匪进屋,反倒缓缓穿戴齐备才去开门。外面的人等待不及,撞开门板将他撞翻在地,他们就在屋子里搜查起来,有人抓着他的衣领把他拎起来喝问:"人呢?"

"你寻谁?"白嘉轩问。

"还装还蒙啥哩!"

"我真不知道你们搜谁。"

"你的共匪女子白灵藏哪儿?"

"……"

全家人都被驱赶撕抻出来集中到庭院里,由一个人拿着手枪威逼着统统蹲到地上,另外大约五六个人把每一间屋子的每一件可以藏身的板柜瓷瓮面缸都统统抖翻了,柴火房也给掀倒了,各种农器家具碰撞跌碎翻倒的声音连续不断,那些人最后全都空手来到庭院里继续喝问:"快把人交出来!"白孝武壮起胆子说:"她多年都不认这个家咧!"搜查的人仍然不肯轻易放过:"我们已经得着消息,她逃回乡下老家了。"白嘉轩说:"你的消息不准。她死也不会回家。她早都不认我这个老子,我也不认她是我女了。"那一杆子人说了一通威胁恐吓的话就窜出门去。白嘉轩吩咐家人尽快收拾好被捣乱了的家具,可是儿子和儿媳们全都围聚到老祖宗白赵氏的屋子里。白赵氏放声长哭,完全丧失了理智,大声哭叫着"灵灵娃呃婆想你呀……"惹得眼软的两个孙子媳妇也都抽泣垂泪。白嘉轩对母亲丧失理智的哭叫缺乏耐心,有点生硬地说:"你还想那个海兽做啥?"白赵氏益发气急了:"都是你……把我灵灵娃……逼到这地步……"说着竟从炕上溜下来往门外走:"你不要女,我还要孙女。我到城里寻去呀!"白赵氏不是威逼白嘉轩,而是她真实的心思。她老大年纪小小尖脚凭着一门焦虑的心劲往外扑,孝武孝义和两个孙子媳妇竟然撕拉不动。白嘉轩换了妥协的口吻乞求母亲:"黑天咕咚你怎样出门?让孝武明日一早到城里去寻。"在众人劝慰下,白赵氏才重新被扶到炕上。

骤然而起的家庭内部的混乱局面暂且平息,待到天明日出时却又进一步加剧了。原上的几家亲戚先后接踵进门,报告着同样的恐怖遭际,几乎在同一时间夜半时分,都被穿黑制服的人封堵在家里翻箱倒柜进行搜查,说话的口吻和用词都是惊人的一致:"把共匪白灵快交出来!"白嘉轩无法向亲戚们解释共同劫难的因由,只是加重了他对这件事的严重性的看法。最后到来的是朱先生,他的书院在昨晚也遭到搜查,天明后朱白氏就催他上原来问问究竟。朱先生拐个弯先走了一趟县城,向孝文述说了昨晚的事,白孝文说:"据你说的那些人的情形判断,肯定是军统。"朱先生看见嘉轩又看见那么多惊慌失措的亲戚,料就遭遇大致相同,就说:"孝文说那帮子人是军桶。"白嘉轩睁大惊疑不解的眼睛问:"军桶是弄啥的?"朱先生平生第一次错上加错念了白字:"军桶我也弄不清是做啥用的桶。"直到夜深人静,白孝武从城里赶回家来,才大略说清了灾变的原委:中央教育部陶部长到省里来给学生训话,遭到学生的谩骂和追打,甩出头一块砖头的就是妹子灵灵。白嘉轩全神贯注地听着,不禁失声"噢"了一下又绷紧了脸色。白赵氏惊恐地瞪着眼露出可怜巴巴的愣呆神色。白孝武叙说,二姑家的皮货铺店被砸了,二姑父被拉去拷打了三天三夜,说不清白灵的去向,却交代了咱家的亲戚。白嘉轩又"噢"了一声,问:"还听到啥情况?"白孝武说:"二姑父也就只说了这些情况。这回遭害最重的是二姑家。二姑父躺在床上养伤,皮货铺子给封了,说是犯了窝藏共匪罪……"白嘉轩说:"真对不住你二姑父哇!"

　　白灵和鹿兆鹏在枣刺巷度过了一段黄金岁月。鹿兆鹏遵照省委的指示暂且留在城里做学运工作。日本侵占东北三省,中国国内局势发生重大变化,新的震荡已经显示出诸多先兆。鹿兆鹏说:"太阳旗像一面镜子插到中国东北,把中国政坛上大小政客的嘴脸都暴露无遗。"白灵热烈地赞同说:"日本侵略者的铁骑惊醒了中国人,分出了自己民族的忠奸善恶。昨天,连以委员长名字命名的中正中学里,也贴出了一张要求政府收复东三省的呼吁书。"白灵已经成为省立师范学校的学生自治会主席,正在筹备建立一个大中学校抗日救国统一指挥机构,把各个学校自发分散的救亡活动统一步调一致行动。鹿兆鹏对白灵的活动能力组织才能刮目相看,在做学校工作方面白灵比他还要熟练。鹿兆鹏在白灵的帮助下,秘密会见各学校的学生领袖,把共产党的意见传输给他们,一个强烈的地震正在中国西北历史古城的地下酝酿着。这种秘密状态的生活环境使他们提心吊胆又壮怀激烈,他们沉浸于人生最美好的陶醉之中，也不敢忘记最神圣的使命和潜伏在窗外的危险。他和她已经完全融合，他隐藏在心底的那一缕歉意的畏缩已经灼干散尽，和她自然地交融在一起。他们对对方的渴望和挚爱几乎是对等的，但各人感情迸发的基础却有差异，她对他由一种钦敬到一种倾慕，再到灵魂倾倒的爱是一步一步演化到目前的谐和状态。他的果敢机敏、热情豪放的气韵洋溢在一举手、一投足、一言一笑、一怒一忧之中，他的长睫毛下的一双灵秀的眼睛，时时都喷射出一股勾魂摄魄的动人光芒。她贴着他，搂着那宽健的胸脯静宁到一动不动，用耳朵谛听生命的旋律在那胸脯里奏响。他对她的爱跨过了种种道德和心理的障碍，随后就显得热烈而更趋成熟，从而使自己心头一直亏缺着的月亮达到了满弓。她贴着他的耳根说："兆鹏，你可能要当爸了。"鹿兆鹏猛然搂紧她，抚摸着她的腹部："你肯定生一个最漂亮的孩子！我自信咱俩还不算丑。"日渐潮起的抗日热流，使他们共同陷入亢奋之中，反倒抑制了俩人之间的夫妻情分，俩人常常在热烈地策划一个行动之后一齐就寝，反倒觉得那种交媾变得不如以往甜蜜。

民国政府教育部陶部长亲临古城，是受到蒋委员长的指令急匆匆启程的。蒋委员长正在集中精力围剿中国南方山区的共产党红军，忽然得到中国西北有学生闹事的情报，便电示教育部："怎么搞的？还不快去管一下！"陶部长到来之后三天都未公开露脸，到第四天报纸上公开了省教育局局长被撤职的新闻，种种传闻随着这条消息在各个校园里传播，陶部长对这里学生的无政府行动大为光火，对容忍这种局势发展的教育局长训斥说："麻木不仁贻误大事。"陶部长指令新任局长与军统取得联系，在教育系统建立剿共情报机构，建立健全三青团、国民党在学校的组织网络……云云。这些传闻对学校里形成的抗日热潮正好起到一个催发的酵母作用，一股强烈的反陶情绪一夜之间便形成气候。陶部长频频接触本省党政军特各方要人,促成各方合作共同消除学校里的无政府状态。到第六天,陶部长准备对西安各个学校的学生代表进行训导,以此结束他的西部之行……白灵得知这个消息以后,便和刚刚建立的西安学界抗日促进联盟的学生领袖做出决定:给陶部长一个下马威。陶部长训话的会场几经变更,给白灵他们的组织工作造成不少的麻烦,直到开会的那天早晨,才搞准确会址又挪到民乐园礼堂,她又立即对原先的布置做出相应修改……绝不能错失这个千载难逢的机会。

民乐园顾名思义,属民众娱乐场所。这是国民革命废除皇权提倡平民意识的结果。民乐园是个快乐世界,一条条鸡肠子似的狭窄巷道七交八岔,交交岔岔里都是小铺店、小吃铺、小茶馆、小把戏、小婊子院的小门面,在这儿能看杂耍的、说书的、卖唱的、耍猴的表演,也能品尝到甜的辣的酸的、荤的素的、热的冷的各种风味饭食,荟萃着饸饹粉皮、粉鱼凉粉、腊汁肉、茶鸡蛋、三原蓼花糖、乾州锅盔、富平倾锅糖等各种名特小吃。有卖人参鹿茸虎骨等名稀药材的,也有挖鸡眼、剔猴痣、割痔疮、拔倒睫毛、挖鼻息肉的各路野大夫;有西洋的转盘赌和传统的打麻将、摇宝掷骰子、摸牌九、搓花牌的各种赌博,供不同兴趣不同层次的赌徒选择。最红火的行业是妓院,有雕梁画栋两层阁楼的高级妓院,也有不饰门面的中下等卖淫场所以及一个锅盔可以睡一回的末等婊子棚,供各色嫖客发泄,一个个挂着金缕门帘、竹皮门帘和稻草帘子的客房里,从早到晚都演出着风流。那些摸骨看相算卦的、卖水果的露水摊号,更是把本来狭窄的小巷壅塞得水泄不通……陶部长选择这样一个腌臜龌龊、藏污纳垢之地是出于安全的考虑,企图以出其不意而躲开赤党学生可能的捣乱。陶部长的汽车进入民乐园,果然没有引起任何反响,人们对坐车逛窑子的事已经司空见惯了。

白灵穿过小巷走到礼堂门口,只看见三四个卫兵守侍在那里,有两个验查入场券的便装工作人员,气氛显得轻松并不紧张。她丝毫不为这种表面的轻松气氛而松懈,情报说陶部长坚持不要造成大兵林立的局面,那样会损伤文职官员的尊仪,也显得自己更加豁达从容,但对地方官员改派便衣警戒的举措没有干预,小巷里那些游荡的闲人和坐在礼堂里的学生代表中,肯定混杂着数以百计的特务和警察。她把一张蓝色道林纸印制的听讲券交给门卫,就选择了会场中间靠右的一个位置,掏出一张报纸来等候开会。陶部长在众多的官员陪伴下走上讲台。陶部长既有一表人才,又擅长演讲,一言一行和言语中的神态都显示着南京政府官员居高临下的气魄,也显示出与地方官员的截然区别。他从国际形势到国内局势,侃侃而论蒋委员长"攘外必先安内"的既定方针;又从理论和道德以及治学的几重关系,阐释蒋委员长"学生应该潜心读书,抗日的事由政府管"的宗旨;陶部长不惜假传圣旨,把蒋委员长自江西"剿共"前线发来的训斥他的电示改编成对学生的柔肠寸心,"委员长让我转告他对西北学生的问候,并对学生的爱国之心表示钦敬!再次申明学生要安心读书,日后报效党国,抗日的事政府能管得好的。"他也许没有料到,经过严格审查的学生听众中,混杂着一批蓄意破坏委员长旨意的赤党分子,他们是专意儿给陶部长下巴底下支砖头、给眼睛里揉沙子、往耳朵里灌水、朝脸上泼尿来的;来就是为了燎他的毛,搔他的皮,伤他的脸,杀他的威风的,可谓来者不善。

骚乱起初是从一张字条引发的。一绺扭成麻花的字条儿从台下传到台上,主持会议的省教育局新任局长看了条子上的字,就像看见一条长虫似的变了脸,扬起头时,却装出一副生硬紧巴的笑脸说:"今天是陶部长的训导报告,不安排回答问题。回答问题将另行安排专门的会议。"台子底下没有反应,条子却一绺接一绺抛上讲台。新局长拉下脸来厉声禁斥:"我刚说过,回答问询另安排时间嘛！你们会听话不会听话？"台下便激起了由零星到纷乱的回声，顷刻之间就乱成一窝蜂，有不少学生离开座位窜到讲台下的走道里质问陶部长。陶部长巍然不动也不开口，白灵也窜到讲台下的人窝里，高喊一声："打这个小日本的乏走狗！"一扬手就把半截砖头抛上台去，不偏不倚正好击中陶部长的鼻梁。陶部长惨叫一声，连同座椅一起跌翻到台子上。学生们大声呐喊着，把板凳和从脚地上揭起的砖头抛上讲台。有人把摆列在台下花池里的盆花也抛掷上去，有人跳进花池再拥上讲台。陶部长满脸血污，被人拉起来拖挟到后台，仅仅只抢先一步从窗口翻跳出去。大厅里有人撑开一条写着"还我河山"的横幅布标，学生们便自动挽起臂膀在横标的引导下冲出礼堂，踏倒了卦摊儿，撞翻了羊肉泡馍的汤锅，一路汹涌，一路吼喊着冲上大街。白灵的胳膊被左右两边的男女同学紧紧勾挽着，忽然想到自己像镶嵌在砖墙里的一块砖头。游行队伍涌流到端履门时，遭到蜂拥而至的宪兵和警察的封堵拦截和包围。冲突刚一发生，就显示出警察宪兵的强大和学生们的脆弱，游行队伍很快瓦解，学生被捕者不计其数，白灵却侥幸逃走了。

从古城最热闹最醒醍的角落向全城传播着一桩桩诙谐的笑话和演义性传闻，陶部长临跳窗之前，还在训斥搀扶他的省教育局新任局长："你说这儿是历朝百代的国都圣地，是民风淳厚的礼仪之邦，怎么竟是砖头瓦砾的干活？"教育局长说："你赶快跳窗子呀！小心关中冷娃来了……"人们纷传，抢出第一块砖头而且呐喊叫打的竟是一个女生。那女生根本不是学生，而是北边过来的一个红军的神枪手云云……全城的大搜捕并不受任何传闻的影响正加紧进行，特务机关从侦察和审讯被捕学生的口供中，确认了共党插手操纵了学生，又很快确定了追缉的目标，白灵被列为首犯。

白灵穿小巷走背街逃回枣刺巷，鹿兆鹏正焦急地等待着她，屋子里的铺盖被褥和简单的行李已捆扎整齐。鹿兆鹏说:"你完全暴露了。得挪个窝儿。我估计他们顶迟到晚上就会来。"白灵说:"他们杀了我,我也不亏了。"鹿兆鹏冷静地说:"咱俩得暂时分开。我从这儿搬走,给他们制造一个逃走的假象,你仍旧留在这儿就安全了。"白灵问:"我留这儿?我留到啥时候为止?怎么跟你联系?"鹿兆鹏说:"我跟房东魏老太太说好了,你跟她住。我来找你,你等着,千万不要出门。"白灵点点头说:"我等你,你要尽早来。"鹿兆鹏说:"你现在去找魏老太太,剩下的事你不要管了。"说罢搂住白灵,抚着她的肩膀说:"你一砖头砸歪了陶部长的鼻子,也把我们的窝砸塌了。"白灵猛地吻住兆鹏的嘴,眼泪濡进她和他的嘴,有一股苦涩。院子里响起魏老太太的声音:"怎么还不走?"白灵从兆鹏的怀抱里挣脱出来,抹了抹眼睛就跳出门,跟魏老太太走进上房。魏老太太指着桌下的一个方形洞口说:"你下去待着,我不叫你别上来。"

　　果然当晚夜静更深时分有人到来,白灵在地窖里听到魏老太太和陌生人的对话:

　　"你屋住的房客呢?"

　　"搬走了,后响刚搬走。"

　　"搬哪达去咧?"

　　"我不问人家这些闲事。"

　　"那是两个什么人?"

　　"说是生意人。"

　　"那女人呢?是不是姓白?"

　　"女人是姓白。"

　　"人呢?"

　　"刚才说了,两口子一搭搬走咧。"

　　"那是两个共匪!你窝藏……"

"她脑门子上没刻字,我能认得?"

"你老不死的,不知罪嘴还硬!"

"你嫩秧秧子吃了屎了,嘴恁臭!我掌柜的反正起事那阵儿,你还在你爸裆里打吊吊哩!你敢骂我,我拉你狗日找于胡子去……"

一阵杂沓的脚步声远去不久,魏老太太喊:"你上来吧,没事了。"白灵爬上地窖,才惊讶魏老太太竟是辛亥革命西安反正的领头人物之一的魏绍旭先生的遗孀,所以张口就是于胡子长于胡子短的。魏老太太说:"世事就瞎在这一帮子混账二毬手里了。"

白灵完全放心地住下来。魏老太太让她和她睡在一铺炕上,叙说魏绍旭先生当年东洋留学回国举事反正的壮举……白灵听得津津有味,忍不住突发奇想:"你老好好活着,等到世事太平了,我来把你先生的事迹写一本书。"

三天后的一个晚上,兆鹏来了。鹿兆鹏瞅见白灵完好如初,顿时放下心来,转过脸就对魏老太太深深鞠躬。魏老太太转身进入东边屋子,把时空留给他们去说要说的话。白灵紧紧盯着鹿兆鹏的眼睛,企盼他带来新的安排。鹿兆鹏说:"你得离开这儿,到根据地去。"白灵问:"哪儿?"鹿兆鹏说:"南梁。廖军长已经创建下一个根据地了。"白灵问:"怎么去?"鹿兆鹏说:"你先到渭北张村,地下交通一站一站把你保送到南梁。关键是头一站——走出城门。"白灵说:"怎么出去呢?"鹿兆鹏说:"明天早晨有个西北军军官来接你,你和他扮作夫妻,由他引护你到张村。"白灵说:"我们这就分手了?"鹿兆鹏压抑着波动的情绪,答非所问地说:"送你的军官可靠无疑。你尽管放心跟他走。我明天不能露面了。"白灵颤着声儿问:"你说我们啥时候能再见面?"鹿兆鹏咳了咳哽塞的嗓子,做出昂扬的样子说:"你跟廖军长打进西安,我在城门口迎接你。"白灵颤栗着扑进兆鹏怀里说:"孩子快出世了,你给起个名字吧!"鹿兆鹏再也撑持不住奔涌的情感,紧紧抱着白灵哽咽低语:"叫'天明'吧! 不管男女,都取这名字。"

那一夜白灵没有睡觉,躺在炕上听着魏老太太比一般男人还雄壮的鼾声直响到窗户发亮,穿上了兆鹏昨夜捎来的丝绒旗袍和白色长勒线袜,打扮成一个富态华丽的贵妇人模样。她吃了点早点,就潜入地窨静静等候,防止临走之前些微的疏忽而铸成大错。

白灵已经从昨夜与兆鹏生离死别的情感里沉静下来,等待即将开始的冒险逃亡。屋子里有了重重的脚步声,一个浑厚的男人的声音问:"嫂子在哪里?"魏老太太这时才揭开地窨盖板叫她上来。白灵爬到窨口,探出头来,不免大为惊诧,站在窨口的军官竟是鹿兆海。鹿兆海瞅见她的那一瞬,也凝固了脸上的表情,俩人同时陷入无言的尴尬境地。魏老太太开玩笑说:"看看! 一瞅见嫂子眼都瓷了。有本事自己也娶个嫂子这样心疼的媳妇。"鹿兆海僵硬地坐到椅子上,取烟和点火的手都颤抖不止。白灵爬出地窨,对魏老太太掩饰说:"我换了身新衣服,就把兄弟吓住了。"鹿兆海深深吐出一口烟,没有搭茬儿回话……

昨天晌午,鹿兆鹏大模大样走进西北军驻地,多年来头一回寻找胞弟。鹿兆海对鹿兆鹏前来找他很感动,料定家里发生了重大变故,非得弟兄们协作办理不可,否则哥哥是不会登门寻他的。他有点急切地问:"是不是家里出事了?"鹿兆鹏说:"是的。不过事情不大,你甭紧张。"鹿兆海愈加情急:"不管大事小事,你快说清。"鹿兆鹏这才以轻淡的口气说:"你嫂子要回乡下坐月子,得你去护送一下。"鹿兆海顿然放下一颗悬浮的心,眉毛一扬,声调也欢畅起来:"你又娶一房新媳妇? 你也不给我打个招呼,你真绝情。"鹿兆鹏说:"哥的苦处你又不是不知道,给谁也不敢声张。"鹿兆海同情哥哥家里那桩僵死的婚姻,完全能够理解他秘密娶妻的行动,便很爽快地应承下来:"护送嫂夫人,兄弟责无旁贷哦! 我正好借机瞅认一下新嫂子。你说几时动身?"鹿兆鹏说:"明天。"接着交代了到什么地方接人和要送到的地点,末了不无遗憾地说:"没有办法。原上老家回不去,只好到她娘家屋坐月子,这是犯忌的事。"鹿兆海能体谅哥哥的难处:"我明白。你放心。"鹿兆鹏意味深长地说:"我是万不得已……才托你帮忙。"鹿兆海豪爽地说:"我很悦意帮这个忙。你相信兄弟,兄弟就赴死不辞了!"鹿兆鹏推托说还要做起身前的准备事宜,就告辞了……

鹿兆海坐在椅子上陷入烟雾之中,怎么也想不到哥哥兆鹏会使出这种绝招儿,当哥的夺走了弟弟的媳妇,居然涎着脸求弟弟护送她去乡下坐月子。他瞅着从地窖里爬出来的白灵嘲笑说:"鹿兆鹏肯定能成大事——脸厚咯!脸厚的人才能成大事。"白灵更加尴尬,这种安排出乎她的意料,更使人无地自容,便赌气地说:"兆海,你回去吧!我自个出城回乡下。"鹿兆海这会儿才猛然意识到某种圈套,白灵的婆家和娘家都在原上白鹿村而不在渭北,兆鹏说到渭北娘家坐月子不过是个托词,肯定有危险性的不愿实说的原因。看看房东魏老太太疑惑的眼光,便装出玩笑说:"我的使命是护嫂夫人'过江'哇!起身吧!"白灵执拗地说:"你回吧,我不麻烦你了。"鹿兆海急了说:"我为你跑闲腿,你还使性子?"

俩人齐排坐在一辆人力车上。鹿兆海把车厢前的吊帘豁开,让一切人都可以看见他和她,遮遮掩掩反倒容易引起猜疑。白灵戴着一架金丝眼镜,披肩的秀发披散在两肩,旗袍下丰满的胸脯和隆起的腹部,很难使人把她与那个甩砖头的赤党学生联系到一起,更何况身边巍然倚坐着一位全副武装的军官。大街上游荡着的宪兵傲慢而又下流地瞅着车上的这一对男女……古城东西十里长街没有任何麻烦,直到西门口遇到了例行的盘查。鹿兆海恶劣地歪过头斜着眼骂卫兵:"你贼熊皮松了?想叫我给你挣皮是不是?"卫兵咽一口唾液,翻一翻白眼儿往后退去。车夫拉着车子又跑起来,直到出了西关狭窄的街道踏上乡间的官路,鹿兆海摸出一块银洋,拍拍车夫肩膀,车夫转过头接过钱,连连歉谢:"太多了太多了,老总你太瞧得起下苦人了哇!"鹿兆海说:"你只管拉车,可甭听我们的悄悄话。"车夫谄媚地嘿嘿嘿笑着说:"好老总,咱下苦人混饭吃,哪敢长嘴长舌。你们尽管说话,把我甭当个人,当是一头拉车的牛。"鹿兆海转过脸,对白灵说:"从今往后,我没有哥了——鹿兆鹏不配给我当哥!"白灵木然地说:"我也不配给你当嫂子。"鹿兆海再也压抑不住,肆无忌惮地发泄起来:"我瞧不起他。瞧不起鹿兆鹏。我过去同情他,现在憎恶他!"白灵冷着脸说:"不怪他,你憎恨我吧!是我寻他要跟他过的⋯⋯"鹿兆海打断她的话:"不对不对!你甭替他开脱,是他早都起了坏心。我从保定回来,咱俩约下第二回见面,你没出面,他倒是代替你来给我传话。我那会虽有点疑惑,总相信他是哥,也是个人⋯⋯没料到他什么都不是!"白灵也忍不住急躁地分辩说:"你多心了。我跟他⋯⋯待将来再澄清吧。你不要一门心思把他看得不是人。"鹿兆海发泄一通,又莫可奈何地说:"反正我永生永世再不见他。"

　　车子越过平原上大大小小的村庄,在一道慢坡前停下来。鹿兆海和白灵下了车开始步行。鹿兆海问:"你真的是到乡下坐月子?"白灵坦白地说:"不是。是逃跑。"鹿兆海问:"出麻烦了?"白灵说:"我打了陶部长一砖头。"鹿兆海猛然跳起来,转过身瞅着白灵:"我的天哪!扔砖头的原来是你哇!"白灵平静地说:"吓你一跳吧!你还敢娶我不?谁娶我谁当心挨砖头。"鹿兆海说:"你我虽然政见达不到共识,可打日本收复河山心想一处。兵营里官兵听说有人打了陶一砖头,都说打得好。凭这一砖头,我今日送你就值得,再啥委屈都不说了。"白灵心里稍觉松弛了,也兴奋起来:"还恨你哥吗?"鹿兆海又灰下脸,咬牙切齿地说:"我一点无法改变——恨!"白灵说:"那就恨吧。反正恨他的人够多了,也不在乎多你一个少你一个。"鹿兆海说:"只有我恨他恨得不可调解。"白灵说:"我明白。"走上慢坡又拐入一个坡坳。白灵注视着远处和近处的几个村庄,按照兆鹏的嘱咐辨别着环境,指着左前方的一个小村庄说:"那个就是张村。"鹿兆海瞧着一二华里处的张村,心头潮起一种路行尽头的悲凉:"坐满月子还要我接你回城不?"

"不咧。"

"你在这儿永久住下去?"

"住不了几天。"

"我还能见到你吗?"

"三五年怕不行。"

"我今日最后给你说一句,我……永生不娶。"

"这又何必,这又何必?别这样说,别这样做。你这是故意折磨你折磨我!"

"不折磨不由人啊……"

"千万别这样!我求你……"

"天下再没有谁会使我动心。我说话算话。你日后鉴证我的品行。"

"那你还不如打我骂我……"

"我想……亲你……"

白灵瞧一眼鹿兆海,闭上了眼睛,感到一种庄严的痛苦正在逼近。他的手轻轻地按住她的脊背,渐渐用力,直到把她裹进他的怀抱,轻轻地在她脸颊上吻了一下,彬彬有礼地松开手臂,说:"我更坚定了终生不娶,这就是证据。还要我送你进村吗?"白灵说:"当然。"

白灵进入张村还没住下来,当天后半夜又被转送到几十里外的雷家庄,第二天精疲力竭地睡了整整一天。夜里又走了八十多里,进入一道黄土断崖下的龙湾村。她住进窑洞后便生下了孩子,再也不能按照原定日期前进了。

　　这是一个六口之家,老大娘身子强健,主宰家政。家里有儿媳妇和两女一男三个孩子,儿子在邻村的一所小学校里当工友,打铃、扫地、淘公厕、烧开水,被学校里的地下党发展为党员。他对白灵说:"经我手送过去二十三个了,你是第二十四个,放心吧,没一点麻达。"白灵在窑洞里的火炕上坐着月子,接受老大娘熬烧的小米粥和烤得酥脆的馍片,看着老大娘熟练地从孩子身上抽下尿湿的褯子又裹上干的,忍不住动情地对老大娘说:"我就认你是亲妈。"老大娘笑着压低声儿说:"你要下这娃子,怕还是个共产党吧?"白灵惊愣一下笑了……

　　白嘉轩沉默了大约半月光景,绝口不提及白灵的事,也不许家里人再谈论被搜家的事。这一晚,他对守候在白赵氏炕前的两个儿子说:"你俩还没经过多少世事。世事你不经它,你就摸不准它。世事就是俩字:福祸。俩字半边一样,半边不一样,就是说,俩字相互牵连着。就好比罗面的箩柜,咣当摇过去是福,咣当摇过来就是祸。所以说你们得明白,凡遇好事的时光甭张狂,张狂过头了后边就有祸事;凡遇到祸事的时光也甭乱套,忍着受着,哪怕咬着牙也得忍着受着,忍过了受过了好事跟着就来了。你们日后经的世事多了就明白了。"白孝武点头领会:"古书上'福兮祸所伏祸兮福所倚'就说的这道理。"白嘉轩说:"咱没多少文墨,没有古人说得圆润,理儿一样。"

　　白赵氏的呻唤烦躁而虚弱。自得知孙女白灵的祸事后,身体骤然垮了。她哭泣不止,直到声嘶力竭;整日价不吃一口饭,只是喝水;喝水不喝开水,专门要喝从井里刚吊上来的新鲜凉水,整碗满瓢咕嘟咕嘟灌进喉咙,还是喊说心口里烧得像着火。这几天已经喊不响也哭不出声了,躺在炕上闭着眼睛喘气。冷先生劝告白嘉轩给母亲中止服药,及早准备后事,并且安慰他说:"你已经尽了心,这就算孝。"白嘉轩仍不甘心,明明白白母亲根本没得什么病,是灵灵的劫难引发出来的。按白赵氏的气性不会是吓成这样子,多半是思念孙女积郁成疾的,于是便编造出一套假话给母亲宽心。他悄悄趴在白赵氏耳根神秘地说:"妈呀,我给你说句悄悄话,我大姐说,灵灵前日到书院看望她,浑浑全全结结实实没一点麻达……"白赵氏猛然睁开眼坐了起来:"真个?"白嘉轩神秘地说:"你想想,我大姐大姐夫一辈子说过一句虚话没?"白赵氏问:"灵灵而今在哪达?"白嘉轩说:"还在城里。那女子又鬼又胆大,谁也抓不住。她说叫屋里人甭记惦她。还说……贵贱不敢冒问乱打听她……"白赵氏突然松弛下来,对嘉轩说:"噢呀……你去把木梳篦子拿来,妈的头发揉成一窝子麻了……"

　　白嘉轩给冷先生叙说罢一句假话救下母亲一条命的异事,朗声笑起来:"我明日也能坐堂诊病咯……人有时候还得受哄!"

第二十八章

鹿子霖的儿媳疯了。她变疯的原因村人丝毫也不知晓。秋末冬初的一天晌午，平时很少在村巷里露脸儿的她突然从四合院轻手飘脚蹦到村巷里哈哈大笑不止，立即招引来一帮闲人围观。她哈哈大笑着又戛然停止，瞬间转换出一副羞羞怯怯、神神秘秘的眉眼，窃窃私语："俺爸跟我好……我跟俺爸好……你甭跟俺阿婆说噢！"围观的男女大为惊骇，面面相觑，谁听到这样可怕的事，不管心里如何想，脸上都不愿表现出幸灾乐祸神情，一些拘谨的人干脆扭身走开了，有几个女人拉着劝着，禁斥着，不要她胡呲。她却反而瞪大眼睛向人们证明："谁胡呲来？你去问俺爸，看他跟谁好？你们甭下看我！他娃子不上我的炕，他爸可是抢着上哩！"仁义的村人们没有被这个天大的笑话所逗笑，而是惊叹不已。白孝武要去镇上正好走到跟前，听到一句就竖起眉毛，断然斥责几个女人："还不赶紧把她拉回家！还听她胡呲乱呔？"几个女人得了指令，便下势死劲拉扯。那女人两臂一抡，把三四个拉她的女人全都甩开，撒腿端直朝镇子上跑去，一边跑着一边叫着："我到保障所寻俺爸去呀……我想俺爸了呀……"这个女人发疯的事便在村子里哗然传播。

她跑到白鹿镇上，看见了稠密的人伙儿便愈发兴奋，不断咕哝着重复着"俺爸跟我好，我跟俺爸好"的话，引得那些从四面八方赶集来的男人哄笑不止。她从街道上张张扬扬走过去，屁股后头拥着一堆看热闹的陌生人。白孝武抢先一步跨进保障所，鹿子霖正跟几个逛集顺便和他聚会的友好在屋里闲聊。白孝武神色紧张地说了发生的事,儿媳妇已经闯进院子,看热闹的人围在大门口不敢进去。鹿子霖顿然吓黄了脸,一句话没说,跨上前去抽了儿媳一记耳光。儿媳被打得趔趔趄趄在原地转了一圈,晕头昏脑地问:"爸,你不跟我好了还打我?"鹿子霖气得脸色蜡黄,又甩出一巴掌,那女人就跌倒在院子里。鹿子霖说:"孝武,你快把这祸害拉回家去。"白孝武一把攥住那女人的胳膊,拖着拽着走出保障所院子,又禁斥那些尾追的人说:"疯子嘛,有啥好看的?"鹿子霖紧随其后赶回家来,把儿媳推进厦屋就从外边锁上了门板,喘着气送孝武出门:"孝武,你深明大义。"

　　鹿子霖被这件难以辩解的瞎事搞得惶惶不安。他的女人鹿贺氏却冷漠地给他撒凉腔出气:"这下你在原上的名声越发的大了!"鹿子霖吸着水烟根本不理会她。鹿贺氏在自家门楼里奚落他的话再难听也无伤大局,麻烦的事是这个疯子儿媳怎么办?她胡呲乱呔的瞎话要是传到冷先生耳朵,他还怎么和他见面说话?这件事发生得这样突然,简直是猝不及防,一下子传播到整个原上,像打碎的瓷器一样不可收拾,难以箍浑。他想去找冷先生当面说清,准定能够先入为主澄清事实,考虑到此时镇子上人群涌动被人注视的尴尬,直等到集散街空,他才走进冷先生的中医堂。冷先生一见面倒先开口:"子霖,你来了先坐下。我知道晌午发生的事了。"鹿子霖顿然觉得心头宽释,脸上也自在了。冷先生平静地说:"你不要跟小人计较。"鹿子霖真心地感动了,说:"大哥呀,我对不住你!"冷先生说:"先前的事先前的话都不说了。我给她把病治好,你让兆鹏写一张休书了事。"鹿子霖凄婉地说:"你前二年说这话,我不忍心,我总想得个圆满结局哩!没料到越等越糟。咱先不说休书,等病好了再说。"冷先生便跟着鹿子霖到家里去给女儿诊病。

　　冷先生走到庭院,就听见女儿的喊叫声:"爸哒,回来哒快上炕!"冷先生腮帮上的肌肉抽扭着走到窗前。女儿瞅了冷先生一眼就愣呆呆地僵住,随之哇的一声哭叫。冷先生说:"把锁子开开。"鹿贺氏打开锁子开了门。冷先生进了厦屋瞅着女儿。女儿这时清醒过来,抹着泪招呼父亲坐到椅子上。冷先生说:"你怎么了?"女儿莫名其妙:"不怎么。我好好的嘛。"冷先生说:"不怎了就好。你等着,我让你兄弟拉毛驴来接你回娘家住几天。"女儿说:"不麻烦兄弟,我不去。眼看下雪呀,我还有两双棉窝窝没绱完哩!"女儿一切正常,没有任何异常表现,冷先生坐了一阵儿回中医堂去了,临走叮咛说:"再犯病的时候你叫我。"

冷先生刚走进中医堂还没坐稳,鹿子霖又来了,不用说是儿媳的疯病又犯了。冷先生啥话不说又来到鹿子霖家,先在院子里伫立谛听。厦屋里传来女儿的声音:"我有男人跟没有男人一样守活寡。我没男人我守寡还能挣个贞节牌,我有男人守活寡倒图个啥?你娃子把我瞅不进眼窝,你爸跟我好得恨不能把我吸进鼻孔儿……你不上我的炕你爸爱上……"鹿子霖站在侧后,满脸烧臊得恨不能钻进地缝儿。冷先生转过身走出门来说:"你跟我去拿药。"

半年前一天深夜,鹿子霖喝得醉醺醺回家来用脚猛踢街门。街门闩子咣当一声响门扇启开,鹿子霖跷门槛时脚尖绊了一下,跌倒在门里爬不起来,大声呻唤着发脾气:"你狗日……还不赶快扶我,还……立在那儿……看热闹!"他以为开门的是老伴,却料不到今晚是儿媳开的门。儿媳难为情地说:"爸……是我。"鹿子霖分辨不清是谁的声音,继续发脾气:"我知道是你……你不扶我,盼着跌死我?"儿媳便伸手抓住他的膀臂往起拉。鹿子霖仍然大声呻唤着,挣扎着爬起来,刚站立起来走了两步,又往前闪扑一下跌翻下去。儿媳急忙抱扶住他的肩膀帮他站稳身子。鹿子霖本能地把一只胳膊搭到儿媳肩膀上,借助着倚托往前挪步,大声慨叹着:"老婆子,还是你对我实受!"儿媳满脸臊烧,低声分辩说:"爸,你尽说胡话——不是俺妈是我。"鹿子霖眼睛一瞪,站住脚:"你妈咋哩,你咋哩?都一样咯!你对爸也实受着哩……也好着哩咯!"她扶着阿公走过门房进入庭院,一轮半圆的月亮贴在天上,院里弥漫着香椿树浓郁的香气。鹿子霖站在庭院里连着打了两个震撼屋院的喷嚏,变出一副柔声憨气的调子说:"俺娃你……孝顺得很……"说着就伸过右臂来把儿媳抱住了,毛茸茸的嘴巴在她脸颊上急拱,喷出热骚骚的烧酒气味,几乎同时就有一只手在她只穿着一件单衫的胸脯上揉捏。她惊叫一声,浑身燥热双腿颤抖,几乎陷入昏厥的恍惚中,又本能地央告说:"爸呀,这成啥话嘛……快丢手……"鹿子霖说:"这怕啥嘛……俺娃身上好软和……"儿媳终于从突发的慌乱中恢复理智,猛力挣脱出来奔进厦屋将门关死。鹿子霖又摔倒在地,哼哼着爬不起来。儿媳在炕边上坐了一会,镇静一下,从小木窗朝外看去,阿公仍然躺在庭院砖地上拉起鼾声。她叹口气,断定阿公真的是喝醉了糊涂了,恻隐之心又催使她开了厦屋小门走出去,再次把阿公拉起来拖向上房砖垫台阶。阿公已经完全不省人事,任她拖着拽着架着走进上房东屋按在炕边,顺势就倒在炕上,依然呼噜打鼾。她给阿公脱掉布鞋把双腿掀上炕去,拉开一条薄被搭在阿公身上,然后就走回自己的厦屋。这一夜,她睁着眼坐到天明,听了整整一夜从上房东屋传出的忽高忽低忽粗忽细的鼾声。

  鹿子霖醒过来已到早饭时辰,在穿鞋时似乎才想到昨晚根本没有脱衣服,渐渐悟觉出来昨晚可能在酒醉后有失德的行为,但他怎么也回忆不出具体过程。儿媳把一铜盆温水放在台阶上。鹿子霖一边洗脸一边朝灶房发问:"你妈哩?是不是又烧香拜佛去咧?"灶房里传出一声"嗯"的回答。鹿子霖鄙夷地说:"烧碌碡粗的香磕烂额颅也不顶啥!"灶房里的儿媳没有应声。鹿子霖看不出儿媳有什么异常,就放心地走到明厅方桌旁坐下吸烟。儿媳先端来辣碟儿和蒜碟儿，接着又送来馏热软透的馍馍，第三回端来一大碗黄灿灿的小米稠粥，便转过身回灶房去了。鹿子霖操起筷子搅了搅碗里的稠粥，霎时脑子里轰然爆响气血冲顶一阵天旋地转——碗底搅翻出来一窝子铡碎喂牲畜的麦草。鹿子霖端起碗举到半空又改变了主意，没有掷到地上而是原样儿放回桌面。那一瞬间，他脑子里闪过一个惊问，摔了碗以后下来的戏怎么往下唱呢？不可改易的关键是自己咋晚肯定做下丢脸的事了；不声不响把饭端进牲畜棚圈倒进牛槽，然后甩手到保障所去，似乎也不妥，往后还进不进这个门呢？经过迅疾的分析和判断之后，鹿子霖重新捉起竹筷，埋下头大口大口喝起稠粥来，声音响亮诱人，把一根一根麦草刮拨到大碗的一边，直到碗里的米粥喝光刮净只剩下一窝麦草，然后对着灶房喊："盛饭。"

儿媳坐在灶锅下的麦草蒲团上沉静如铁，等待着碗被摔碎的声响和阿公的咆哮谩骂。她预想的一切都没有发生，听到了呼噜呼噜喝粥的响声，自己反倒慌乱无措了，及至听到阿公像平常一样呼叫添饭的声音，心头那如铁壁一般的堡垒顿时土崩瓦解。她低着头走到明厅方桌跟前，就瞅见碗里那一撮麦草。她双手端起空碗急忙转身走回灶房，再没有勇气敢瞅阿公一眼。她掀开锅盖，捞起勺把儿又犹疑不定，把饭再舀进碗里呢，还是把碗里的麦草刮掉倒出来？她咬咬牙就把勺里的米粥倒进装着麦草的碗里，豁出来了，看他怎么办吧！

鹿子霖看出端饭来到桌前的儿媳眼里惶惑，断定她已六神无主乱了阵脚。他在等饭的间隙里，就着红艳艳的油泼辣子和醋水拌的蒜泥，吃完了一个软馍；又埋着头一如既往地把碗里的米粥喝光刮净，仍然把那一窝子麦草留在碗底，然后抹抹嘴走出街门上保障所去了。他想，你把麦草塞给我的时光，肯定不会想到这窝子麦草最终还会归还到你手里，看谁倒掉这窝子麦草吧！你倒掉了……你就输了。

儿媳洗碗时倒掉了麦草,憋在心头的那股勇气全部消失,阿公这一手软杀法使她再也鼓不起报复的勇气。她洗着碗筷洗着锅,仍然无法判断阿公的举动,难道真的是阿公承认自己是吃草的牲畜呢,还是他不与小人较量?还是另有其他什么意思?

麦草事件没有造成任何影响,阿婆从三官庙回来后也没有任何异常的察觉。阿婆自瘟疫以后更笃信神灵了,她把自家成为白鹿村唯一未死人的家庭并不看作幸运而是归功于她的香蜡纸表。阿婆每逢初一和十五到三官庙为神守夜,风雨无阻,小病不违,除非病倒躺下动不了身。儿媳发觉自己陷入一种灾难,脑子里日夜都在连续不断反复演示着给阿公开门的情景,她拉着风箱烧火做饭时,脑子里清晰地映现出阿公搂着她肩膀的样子;摇着纺车踏着织布机或是绱鞋抽动绳子的时候,在纺车的嗡嗡声、织布机的呱哒声和麻绳哐哐的响声里,突然会冒出阿公"俺娃身上好软和"的声音;尤其是晚上,她躺在床上就能感到阿公那双揉捏胸脯乳房的大手,能感觉到那急拱她脸颊的毛茸茸的嘴巴,可以嗅见阿公身上那种像骡马汗息一样的气味……她想到那些揉捏,那些醉话,那种骡马的气息,由不得害羞,又忍不住渴盼。她对那些情景十分惊异,同时也发现自己原来一窍不开,兆鹏新婚头一夜在她身上匆忙溜过,自己根本毫无感觉,老爷爷把兆鹏从学校逼回家来,他晚上和衣囚了一夜又走了,她有某种渴盼却完全是不成影像的模糊。她现在得到了具体的新鲜的被揉捏奶子时的酥麻,被毛茸茸嘴巴拱着脸颊时的奇痒难支,以及那骡马汗息一样的男人气味的浸润和刺激,如此具体,如此逼真,如此勾魂荡魄。她无力阻隔那些诱惑而又十分清楚这些全部都是罪恶。她有时瞅着阿婆松弛发黄的脸颊愣愣地想,阿公大概夜夜都用毛茸茸的嘴巴在那脸颊上拱呀蹭呀,肯定用手揉捏阿婆那两只吊垂着的奶子。阿婆突然斜着眼问:

"你死盯住我看是认不得我了?"她猛一哆嗦,从迷幻的境地灵醒过来垂头不语。阿婆半是训斥半是无意地说:"我看你像是没睡灵醒迷里迷瞪的?"

繁重而又紧张的收麦播秋持续了一月,她被地里场里和灶间头绪繁杂的活儿赶得团团转,沉重的劳作所产生的无边无际的疲倦,倒使她晚上可以睡上半宿踏实觉了。然而麦收一过,热浪滚滚的伏天到来以后,她又陷入那种奇异的境界而且更加沉迷。午歇时,她穿着短衣短裤躺在炕上,想到阿公的大手和毛茸茸的胡子嘴就浑身瘙痒,竟而忍不住呻唤起来。阿婆照例初一十五到三官庙去烧香去磕头去守夜,为她的两个都处在危险中的儿子求乞神灵。十五那天晌午饭时,她给阿公端上饭后没有即刻离开,站在桌子一角侧着身子说:"爸,你爱喝酒在自家屋喝,跑到外村在人家里喝多麻烦?"鹿子霖听到麻烦俩字不由心悸,强装笑笑说:"在家喝酒没对手咯!我喝酒跟朋友谝一谝图个爽快。"儿媳说:"俺妈不在屋时,你黑天甭出去,我一个人在屋……害怕……给你开门也……不方便……"鹿子霖腾地红了脸埋下头吃饭,待脸上的烧臊退去以后,才侧着脸说:"噢噢噢,我不出去了。"儿媳趁机说:"你想喝酒就在咱屋里喝,我给你炒俩菜。"鹿子霖张大嘴巴忘记了咽食,吃惊的程度不亚于从粥碗里搅翻出麦草那一回,竟然完全慌乱地随口应诺说:"那好……那好嘛!"

事情就是在那一夜发生的。鹿子霖坐在庭院的石桌前摇着扇子,青石矮桌上蹾着一壶酒和一只黄铜酒盅。灶房里煎油爆响的声音止歇以后,儿媳用木盘托着四碟炒菜送上来,月光下可以看出是炒鸡蛋、醋熘笋瓜、烧豆腐和凉拌绿豆芽。儿媳把菜碟摆到石桌上站在旁边问:"爸,你尝尝看咸不咸?"

"嗯!这鸡蛋不咸不淡,也嫩得很!"

"你尝尝笋瓜?"

"笋瓜也脆嘣嘣的。"

"你再尝尝熬豆腐？"

"噢呀！这豆腐又麻又辣味儿真美咯！"

她没有再问第四样菜的口味儿，便捉住酒壶往酒盅里斟满了酒："爸，你消停喝、消停吃。"然后提起靠在石桌一侧的木盘退到灶间，刷刷啦啦洗锅刷碗。收拾清楚后，她回到厦屋用凉水洗了脸，擦了脖子上的热汗，拢一拢头发又走出厦屋门，站在门口问："爸，你还要啥不要？"鹿子霖喝着酒夹着菜悠悠然摇着扇子，满圆的月亮从头顶洒一院子明亮的光，儿媳的一举一动、一言一语都向他证明着他的预感，尤其是嗅到儿媳新搽的粉香味儿，搞了半辈子女人还看不透这点露骨而又拙劣的伎俩吗？唯一的障碍还是那一撮麦草。给碗里塞进麦草的行为和今天发射的信号以及超常的殷勤，使他无法解释这两种截然相反的举动。他遇到过半推半就的女人，也遇到过操守贞节坚辞拒绝的女人，他在这一方面的全部经验都不能用来套解儿媳的矛盾行为。为了更进一步探到实处，他对她说："你来坐这儿陪着爸说说话儿，爸一喝酒就想跟人说话儿。"儿媳扭怩着说："那成啥样子，叫人笑话……"却依然挪步走过来坐到对面。鹿子霖说："你陪爸喝一盅。"儿媳连连摇手说她嫌酒太辣，却站起身又斟满一盅酒递到阿公手中。鹿子霖接那小酒盅时无法不触及儿媳的手指，儿媳不仅不躲避，进而用左手攥住了阿公的手腕，自然是以让他把稳酒盅为借口的，这就使他的判断基本接触到矛盾行为里的真实性，同时也就横下最后决心。他对儿媳说："你不喝酒你吃菜。你炒的菜也该你尝尝嘛！"儿媳扭怩着鼓起勇气操起筷子吃了一小口笋瓜。鹿子霖进一步鼓动说："你再尝尝凉拌豆芽。"儿媳这回比较自如地把筷子伸向豆芽碟子。当她把豆芽送进嘴里就呕哇一声吐了出来，吓得愣呆在石桌旁。她吃到了麦草。鹿子霖是在她回厦屋洗脸搽粉时，把麦草塞进豆芽碟子的。

麦草和绿豆芽的颜色在月光下完全一致。鹿子霖哗啦一声把筷子甩到碟子上,站起身来厉声说:"学规矩点!你才是吃草的畜生!"

儿媳从最初的惊吓愣呆中清醒过来,才突然意识到豆芽里的麦草是怎么回事,羞辱得无地自容,想哭又哭不出来,听着阿公的脚步声响到上房东屋,接着就是门闩迅猛关插的响声。她不知不觉从石礅上溜跌下去,跌在地上,双手紧紧抓着胸前的衣襟,垂下无法支撑起来的头,意识到自己永远也站立不起来了。她四肢麻木,浑身冷得打颤发抖,上下牙齿咯噔咯噔碰响。她感觉到脖颈上有一股温热,用手摸到一把鲜血,才知道嘴唇咬破了,开始有疼痛的感觉。她扬起脑袋乞望天宇,一轮满月偏斜到房脊西侧,依然满弓,依然明亮。她低下头,瞅见狼藉的杯碟和掺杂着碎麦草的豆芽儿,默默地收拢筷子碟子,到灶房里洗刷后又回到厦屋。她想到一根绳子和可以挂绳子的门框,取出绱鞋用的绳子把五股合为一股后却停住了挽结套环的手,说不清是丧失了勇气还是更改了主意,把绳子又塞到炕席底下……

她从这一夜起便不再说话,阿婆吩咐她做什么她就一声不吭只管去做,做完了就回厦屋脚地摇动纺车,可怕的是在纺车悠扬徐缓的嗡嗡声里,眼前依然再现阿公醉酒时搂肩捏奶的情景,身体里头同样发生那种被搂被捏被毛茸茸的胡楂嘴拱蹭时的奇异感觉,她默不作声地任凭那种感觉发生和消失,期待那种感觉驻留更久……这种哑巴式的生活持续了三四个月,进入秋末冬初时,她除了做饭以外再无事干,从早到晚盘腿坐在纺车前纺线线。那是早饭后,她纺罢五根棉花捻子刚接上第六根拉出线头儿,突然从身体的某一部位爆起一串灼亮的火花,便有一种被熔化成水的酥软,迫使她右手丢开纺车摇把,左手也扔了棉花捻子,双臂不由自主地掬抱住胸脯,像冰块融化,像雪山崩塌一样倒在纺车前浑身抽搐颤栗。她期望这种美丽的颤栗永不消失直到死亡,却猛乍听见脑子里嘎嘣一声,有如棉线绷断的响声,便一跃而起跑出厦屋,跑出街门,跑到村巷,直冲进阿公供职的白鹿保障所……

鹿子霖接过抓药相公递过来的三包中药,却没有当即起身,他想给亲家冷先生进一步解释冤情,却又无法开口,怎么想也想不出一句合适的话来解脱自己的难堪。不说吧,又太冤枉,又担心冷先生把他也认定是吃草的畜生。冷先生无动于衷地启发他说:"你先回去煎药。"鹿子霖终于没有张得开口,便提着药包出了门。冷先生送到门口叮咛一句:"服了药有啥动静,你来给我说一下。"

儿媳拒绝服药。鹿贺氏熬煎好中药滗在小黄碗里端给儿媳,儿媳说:"我没啥啥病嘛,喝那苦水水弄啥?"鹿贺氏哄她说:"补养身子。"儿媳反而说那是毒药,想毒死她好给阿婆离眼。鹿子霖在上房明厅听着,就给鹿贺氏摇手示意不要硬逼,等她这一阵疯病过去了再说。看来儿媳的疯病是一阵疯一阵好,属于阵发性的。果然儿媳过了一阵安静下来,鹿贺氏把药再送去时,她就一气喝下去了,喝了没过一锅烟工夫,便酣然入睡,睡梦中大声亲昵地叫着:"爸吔,把我搂紧搂紧,搂得紧紧儿的!"鹿贺氏从窗缝里往里一瞅,儿媳脱得一丝不挂,双手塞在两腿之间,在炕上扭着滚着。她走进上房东屋,对鹿子霖说:"这不要脸的货得的是淫疯病。"鹿子霖心里暂得宽舒,无需再向鹿贺氏辩证自己的清白无辜了,于是说:"我早就看出这病的名堂不好明说。"鹿贺氏说:"得这病的女人一见男人就好了,吃药十有八九都不顶啥。"鹿子霖默认而不言语。鹿贺氏说:"你去城里寻兆鹏,磕头下跪也得把他拉回来,跟那个不要脸的货睡一夜,留个娃娃就好了。"鹿子霖说:"到哪达寻呀?"鹿贺氏说:"你悄悄去悄悄打听,问问兆海也许能摸清他哥的住处……"鹿子霖说:"等这三服药吃完再看。"

儿媳吃罢三服药,整日整夜昏睡了四天。冷先生停了两天药,想看看药劲散了以后还疯不疯。那天后晌,儿媳清醒过来,竟然捉住笤帚扫起院子。鹿贺氏从自家窗里瞧着她优雅的扫地动作心头一热。这时候鹿子霖走进院子,儿媳瞅了一眼阿公,突然张狂起来,嘎嘎嘎笑着扬起笤帚说:"爸吔,你喝醉了我来扶你上炕。"鹿子霖骤然红了脸,加快脚步走进上房东屋。第二天他就进城寻鹿兆鹏去了。

儿媳这回犯病更加严重,一天比一天疯的时候多,好的时间少。鹿贺氏不得不叫来邻居女人帮忙给她硬性灌药。儿媳不见好转,日渐疯劲更足。鹿子霖走了五天回来,完全失望地悄悄告知鹿贺氏说:"兆鹏跟白家女子过活到一搭咧!"鹿贺氏说:"大妇小妻也行嘛!你得让他回来,把这头也安抚住呀?"鹿子霖:"根本摸不清他的影踪。"他随后对冷先生悄悄叙说了进城找兆鹏的过程,以表明他对儿媳尽了最大的努力,自然不能提及兆鹏和白灵私自成婚的事。末了他说:"你把药底子下重。"冷先生依然不动声色,交给鹿子霖一包药。这服药灌下去以后,儿媳睡醒来就哑了,只见张嘴却不出一丝声音。鹿子霖皱皱眉沉吟着问:"这服药大概底子下得太重了?"鹿贺氏白眨白眨着眼说:"药轻不治病。"鹿子霖觉得女人根本没有理解他的意思,依然沉吟着说:"只有冷大哥才敢下这样重的药底子。"

儿媳不再喊叫,不再疯张,不再纺线织布,连扫院做饭也不干,三天两天不进一口饭食,只是爬到水缸前用瓢舀凉水喝,随后日见消瘦,形同一桩骷髅,冬至交九那天夜里死在炕上。左邻右舍的女人们在给死者脱净衣服换穿寿衣的时候,闻到一股恶臭,发现她的下身糜烂不堪,脓血浸流……

白嘉轩对鹿家这桩家丑自始至终持一种不评论态度。这桩丑闻从头一天发生就传遍白鹿原的许多村庄。白鹿村是丑闻的发源地,早就纷纷扬扬了。有的说鹿子霖和儿媳有那号事,有的却截然信不下去;说有的人是根据鹿子霖一贯喜好女色的本性判断的,证据是鹿子霖不止和田小娥有过,还和原上好多村子谁谁谁家女人都有过;鹿子霖喜好当干大,在好多村子认下十多个干娃。"娃娃的干大,娃他妈的麻达。"凡是鹿子霖认作的干娃的母亲都是有几分姿色的,挂上干大的名号,和干娃他妈来来往往就显得非常正常了。说鹿子霖不会有那种事,是坚信鹿乡约还不至于无耻到畜生的程度,关键是那女人自始至死也没哒出和鹿子霖有那种事的任何一句具体细节,仅仅只说鹿子霖跟她好,那不过是守寡熬急了急疯了的疯言浪语而已。这种事只能在背巷土壕闲扯一通,没有人做出裁决,属于自然流传。白嘉轩不仅不说,连听这类话也不听,遇见有人说这类话,他就掉头拄着拐杖走开了。平心而论,他倾向于说鹿子霖有那种事的看法。他早都认定鹿子霖在男女之事上,实际就是畜生。但他不能说。世上有许多事,尽管看得清清楚楚,却不能说出口来。有的事看见了认准了,必须说出来;有的事至死也不能说。能把握住什么事必须说,什么事不能说的人,才是真正的男人。这件丑闻之所以不能说,关键是背后有个冷先生。骂鹿子霖一句,等于骂冷先生半句;吐鹿子霖一口唾沫有一半就落到冷先生脸上。白嘉轩及时走进中医堂,达观而不无惋惜地对冷先生安慰说:"当初为了两家好,没料到把娃娃害了。不过,人都没有早知道咯!抓紧给娃看病……"

　　鹿子霖按照习俗为儿媳举办简单的葬仪的那天晚上落了一场大雪。白嘉轩那天晚上失眠睡不着,直熬到下半夜才入睡,这是他平生很少发生过的现象。刚睡着又被一个奇异的梦惊醒来,再也无法重新入睡,便拄着拐杖在茫茫雪原上连滚带爬朝北走去,天明时便跨进白鹿书院,让大姐夫朱先生给他解梦。那时候,朱先生正站在院子雪地里晨读。

朱先生依然保持着晨读的习惯。他开开门看见了一片白雪。原坡上一片白雪。书院的房瓦上一片白雪。大树小树的枝枝杈杈都裹着一层白雪。天阔地茫冰清玉洁万树银花。世间一切污秽和丑陋全都被覆盖得严丝不露了。雪景瞬间消除了他许久以来的郁闷。他漱了口洗罢脸,就取来书站在庭院里朗声诵读。他大声朗诵,古代哲人镂刻下来的至理名篇似金石之声在清冷的空气中颤响。朱先生听到大门被推开的响动,却没有理睬,听到叫"哥"的声音才扭过头去,一个浑身沾着雪的人正朝他走来,像从雪窝里滚过来的。那佝偻匍匐的形状,朱先生几乎误看成一条冻得无处躲藏的野狗。听见声音,看见了拐杖,才辨认出白嘉轩来。朱白氏闻声连忙给弟弟拍打身上的雪团儿,强迫他换下湿透的棉鞋棉袜。白嘉轩抿了一口茶,迫不及待地说:"我做下个怪梦——"朱先生惊讶地笑问:"就为一个梦,你黑天雪地跑来?"朱白氏斥责弟弟说:"也不怕滚到雪窖栽死冻死?"白嘉轩满脸严肃的神色,郑重地说:"这梦怪得很——

"我一辈子有一样好处,就是头一落枕就打呼噜。鹿子霖拆我门房门楼,我黑天照样睡下不醒。我只记得孝文娘死那一晚,我半宿睡不下。昨个黑怪。喝了汤跟咱娘问安时,就有些不自在,我想早点歇下。刚睡下,觉得心口憋得心慌气短,就披上皮袄坐在炕上吸烟。吸烟嘛,火镰急忙打不出火,越急越打不出,急得我冬冷寒天额头上冒汗。总算是打着火了,可刚吸了一口,就把水烟壶里的苦水水吸进喉咙,整得我呕了一阵子,吐了一阵子,还是烧躁瞀乱坐不住睡不下。我想我一辈子没害过人,没亏过人,没做邪事恶事,这是咋么了?噢噢噢,大概我白嘉轩阳寿到头了,阎王爷催我起程去阴家哩!这也好嘛,该去就去,我也活够数了,总不能挂在枝上不落咯……折腾到后半夜才睡着。刚睡着,就看见咱原上飘过来一只白鹿,白毛白蹄,连茸角都是白的,端直直从远处朝我飘过来,待飘到我眼前时,我清清楚楚看见白鹿眼窝里流水水哩,哭着哩,委屈地流眼泪哩!在我眼前没停一下下,又掉头朝西飘走了。刚掉头那阵子,我看见那白鹿的脸变成灵灵的脸蛋,还委屈哭着叫了一声'爸'。我答应了一声,就惊醒来了……

"我越加睡不着,听见咱娘在屋里呻唤。我穿了衣服过去看咱娘咋么了。咱娘说她做了个梦……那梦跟我的梦一模一样!我的老天爷,天下竟有这等奇事?我没敢给咱娘说我的梦,怕她更加犯心病,只安抚了她几句……

"我起初想,是不是鹿子霖儿媳死得冤苦给我托梦?昨日响午刚把那可怜媳妇埋了。她是不是要向我鸣冤?可怎么又变成灵灵的模样呢?我睡不住,我就寻你来了。"

朱先生听罢,没有立即解析。

朱白氏惊讶地说:"天哪!我昨个黑也梦见白鹿了,可没有看出灵灵的模样。白鹿飘着飘着忽儿栽进一道地缝里……"

白嘉轩更加惊讶地盯着朱先生。

朱先生心里说:白灵完了,昨夜完的。他不能给妻弟白嘉轩说这种凶兆,便不经意地说:"是雪的影响。干燥一冬始得瑞雪。瑞雪滋润天地万物也滋润人。人就发生异常心情,自然免不了做怪梦。白雪白鹿都是白的嘛!"

白嘉轩对这个解析不甚折服,来时蒙结在心头的紧张怯惧情绪却松弛下来,但愿如此更好。这时候他才感到浑身像散了架似的疲惫不堪,两条腿已经僵硬,须得用手扳着挪到炕边上。姐姐和言劝导他现在应该什么事情都不要管,家里族里的事都交给儿子们去办,这样年龄和这样身体(佝偻)的人只图心情宽畅就够了。白嘉轩说:"我早都不理事了咯!"朱白氏反驳说:"为一个梦,你黑天雪地跑几十里,还说不理事不操心哩!"朱先生要到前院书房去做文墨事,叮嘱白嘉轩说:"不过你要记住昨天的日子。"

朱先生绝妙而诡秘的掐算不幸而言中,白灵正是在这一夜走向她的生命尽头的。

在这个奇异的梦后十几年不到二十年的一个春天,五个穿四兜制服的干部和一个穿灰色军装的军人来到白鹿村,寻问白灵的家。村人把那六个人引导到白嘉轩门口,指着那个在台阶上晒太阳的像狗一样蜷弯着腰的老人说:"这是白灵她爸。"六个人接连和老汉握手。白嘉轩很不习惯握手拉胳膊的亲昵动作,甚至有点反感地说:"要说啥要问啥尽管说尽管问,捏我老汉的鸡爪子做啥?"六个人中的一个说:"老人家,我给你说件使你老伤心的事,你可得挺住——"白嘉轩不屑地笑笑:"你们小瞧老汉了!"那人就说:"白灵同志牺牲了……"白嘉轩"噢"了一声,微微扬起脱光了头发的脑袋,用只剩下一只明亮的眼睛瞅着蓝天上的太阳没有说话,有关女儿白灵的记忆开始复活。那人从提包里取出一块黄底上刻着"革命烈士"红字的牌子交给他,他接到手里看了看,依然没有说话。那六个人在他面前站成一排,向他行鞠躬礼。白嘉轩这时才问:"灵灵怎样死的?"六个人商量好了似的,全都不说死亡的具体情况,只是笼统地说共产党领导劳苦大众进行革命牺牲的先烈成千上万,赞扬白灵是个忠诚于党忠诚于人民的好同志。白嘉轩接着又问死亡的具体时间。军人还是笼统地说:"十二月。"白嘉轩问:"你拿庄稼人的历法说。"军人抱歉地笑着:"拿农历说大概在十一月……"白嘉轩突然把靠在腿旁的拐杖提起来,往地上一拄,斩钉截铁地说:"阴历十一月初七!"六个人惊讶地面面相觑,问他怎么知道的?白嘉轩以不可动摇的固执和自豪大声说:"我灵灵死时给我托梦哩……世上只有亲骨肉才是真的……啊嗨嗨嗨……"浑身猛烈颤抖着哭出声来……

最终弄清白灵死亡过程的人是作家鹿鸣。这已经到了本世纪八十年代中期,白嘉轩也死掉了,自然至死也不清楚女儿灵灵死亡的具体情况。鹿鸣翻阅一本专事追述死亡英雄的《革命英烈》杂志时发现了白灵。

鹿鸣五十年代中期在白鹿村搞农业合作化时结识了白嘉轩,在白嘉轩的门框上看到过那块"革命烈士"的牌子。他写过一本反映农民走集体化道路的长篇小说《春风化雨》而轰动文坛,白嘉轩被作为小说中顽固落后势力的一个典型人物的生活原型给他很深印象。鹿鸣读了那篇追忆白灵生平死亡的文章,竟然激动不已,连着一周东奔西颠终于找到了文章作者。作者是一位满头白发的革命老太。老太太说她和白灵曾是同学,她和白灵一前一后被地下党转送到南梁根据地。白灵在根据地清党肃反中被活埋时,她正在接受审查,就住在关过白灵的囚窑里等待活埋。此时,中央红军到达陕北,周恩来代表党中央毛泽东亲赴南梁制止了那场内戕,她才幸免于难。那时候,白灵刚刚被活埋三天……

鹿鸣没有惊诧而陷入深沉的思考,更令他悲哀的是,在他年过五十的今天,他才弄清楚,白灵是他的亲生母亲……

白灵一进入红军在南梁的根据地,就有一种受虐待的小媳妇回到娘家的舒展和放松的畅快感觉。她一看见那些在坪场上操练的战士,就忍不住笑得弯下了腰。令她发笑的是红军战士五花八门的服装,有的是当地拦羊汉常穿的黑袄黑裤;有的上身穿一件有垫肩的国军军官呢子制服,下身却是一条手工缝制的大裆折腰棉裤;有的上衣是已经开花露絮的破袄,下身却穿着乡村土财主才穿的暗花条纹绸裤。帽子和鞋更不讲究了,有的戴瓜皮红顶小帽,有的戴黑呢礼帽,有的戴狗皮毛帽,有的戴国军士兵制帽,有的裹一块白布或蓝布帕子。脚上蹬着的有布鞋皮鞋棉窝窝麻鞋和草鞋。服装已经不能看出主人的身份,吃饭也是一样的。无论士兵,无论大队长支队长乃至最高统帅廖军长,都在一个锅里舀取同样的饭食。没有椅凳,更没有饭桌,大家一律蹲在地上,围成一圈边吃边聊,为数不多的几位女队员,也习惯了和男队员一样蹲在一堆吃饭。白灵第一次端着打上了洋芋丝小米干饭的碗蹲下去时,忍不住又笑得差点跌倒。

白灵被安排做文化教员。一孔窑洞里摆着石头树根和顺地放着的木头,战士和军官轮流上课,轮流进出窑洞,轮流坐石头和木头。她的黑板是一扇用锅底黑墨染制过的门板,粉笔是用黄土泥巴搓成指头粗细的泥条;后来有热心的战士在山坡上发现了一种质地酥软的灰白色料礓石,写出字来跟标准的粉笔锭儿相差无几,从而代替泥条。战士们则一人一根树枝在地上练写。白灵在黑板上写一划,战士用树枝在地上划一划,给战士教会了"共产党红军为人民打日本救中国"这些字,而每个人的名字就得分别施教了。白灵面对那些稚气未脱的小战士,感到一种庄严和神圣,这些穿着五花八门连自个名字也不会写的大孩子,注定是中国腐朽政权的掘墓人,是理想中的新中国的奠基者,他们将永远不会忘记在这孔土窑里跟她学会了读写自己的名字。她得到上至廖军长下至小队长的表彰,也得到游击队员们的拥戴,一方面是她出色的工作,另一方面则由于她活泼开朗的性格。她给游击队员教字学文化,也帮他们缝补撕裂磨损的衣裤鞋袜,报酬往往是要求他们给她唱一支家乡民歌。这些大都来自黄土高原沟沟岔岔里的娃子,操着浓重的鼻音唱出一曲又一曲悠扬哀婉的山歌,令人心驰神荡。他们生硬怪异的发音,使她听不懂歌词的意思,常常一句一句、一字一字订正后才翻译成长安官用语言。她每得到一首便抄摘到小本上,居然收集汇拢了厚厚一本。她把那些酸溜溜的倾泻爱的焦渴的词儿改掉,调换成以革命为内容的唱词,只需套进原有的曲调里,便在干部和队员中间很快流行起来,有一首居然成为这支红军游击队的军歌。

　　白灵半年后调到军部做秘书。军部也是一孔窑洞,有五六个男女工作人员。她对他们包括廖军长都不陌生,不过现在接触的机会更多了。她第一次见廖军长是听他给队员们讲军事课。廖军长的面貌似乎就是一个军长应该有的面相:四方脸,短而直的鼻梁,方形的下巴,突出却不显"奔"儿的额头,那双镶嵌在眉骨下的眼睛,很容易使人联想到石崖下的深洞。白灵一下子意识到游击队员中有许多张和廖军长极其相似的脸型,这是黄土高原北部俊男子的标准脸框,肯定是匈奴蒙古人的后裔,或是与汉人杂居通婚的后代,集豪勇精悍智慧谦诚于一身,便有完全迥异于关中平原人的特点而独具魅力。他是整个游击队里文化最高的人,也是军事知识最丰富的人。他毕业于黄埔军校,参加过北伐战争,随后被迫退到关中拉起一杆共产党军队举行暴动。暴动失败,又退回北部高原再次组军,直到把那支红三十六军又葬送到滋水县的秦岭山中。现在的红军仍沿用三十六军的番号,他已变得聪明,变得老练,再不贸然出击了。廖军长刚登上讲台(土台子),突然指着白灵佯装愣呆呆地问:"这个同志哥儿啥时候溜进来的,我咋认不得?"白灵豁朗地站起来:"报告廖军长,战士白灵向你报到,我从西安逃来,半个月了。"廖军长愈加显出愣呆莫名的神色问:"你是关中人?关中也有你这么漂亮的同志哥儿?"窑洞里骤然爆发出哄然大笑,白灵也不由地脸红了。廖军长恍然大悟地自语道:"我还以为漂亮的同志哥儿、同志妹儿,都出在咱们陕北哩……"然后仰起头纵声朗笑……

　　白灵到廖军长的窑洞去送一份密件。廖军长突然问:"大地方娃娃到沟岔里来,习惯不习惯?"廖军长总是开玩笑称她为大地方来的娃娃或同志哥儿,却从来不称她为同志妹儿或直呼其名。她说:"挺好。"廖军长皱皱眉,摇摇头说:"不好不好,你说有什么好?

这儿的人除了放羊再弄不了啥。没文化,没麦子,没棉花,连水也缺得要命——你没说真话。"白灵笑说:"这儿有好听的曲儿。"廖军长赞成地点点头说:"这倒说对了,曲儿可以称得上再好没有了。我走过好多地方,包括你们大地方关中,都听不到这么好的曲儿。你说还有啥好哩?"白灵笑说:"男娃子一个个都漂亮俊俏!"廖军长突然说:"给你找个女婿怎么样?"白灵就在那一刻,从身底的暗袋里摸出一条纸绺交给廖军长。那是临行前兆鹏让她交给廖军长的。她进根据地时,没有交给廖军长,现在觉得有必要交出来了。廖军长看罢字条儿,缓缓站起来,久久地瞅着她,然后庄重地伸出右手。白灵和廖军长的手握在一起。廖军长说:"白灵同志!"白灵激动地说:"鹿兆鹏同志让我代他向你致敬!"廖军长说:"可是你……为啥到现在……才说呢?"白灵说:"我怕你太照顾我……"廖军长说:"好啦!只要我活着,就保你无事。以鹿兆鹏同志的名义……"

后来部队发生了揭露国民党潜伏特务事件,并因此而导致了一场内乱,使这支刚刚蓬勃起来刚刚形成气候的红军游击队又急骤直下陷入灭顶之灾。那个特务以投奔革命的名义潜入根据地时,也带着西安地下党的路条;他比白灵晚半年来到南梁,被分配给一位游击大队长做随身秘书。他在前几天突然逃亡,游击队的情报小组从获得的证据最终鉴定出这个人可怕的身份。紧接着举行了廖军长和毕政委的最高层密谈,内容不得而知。又紧锣密鼓似的在当晚举行了支队长以上的干部大会,内容依然不得而知。白灵开始预感到自己已跌入一种危险的境地。这并不是她过于敏感,而是凭她的常识。她平时能旁听各种重要会议,包括廖、毕二人的最高决策。凡这些会议或决策,都由他们两三个机要人员作出记录,形成文字,写成决议,整个根据地的重大决策和军政大事都对她不存在保密的问题。她没有被通知旁听廖、毕的最高会议尚可自慰,而支队长以上指挥官会议也回避她参加,她就感到了不正常,一种被猜疑、不被信任的焦虑开始困扰着她;尤其是支队长以上指挥员会议之后,整个根据地里陡然笼罩着一片沉默紧张的严峻气氛,白灵从那些指挥员熟悉的脸上摆列的生硬狐疑的表情更证实了某种预感。她晚上失眠了,这是进入根据地一年多来的第一次困扰。第二天晌午,她被通知参加全军大会,会议由毕政委做肃反动员报告,宣布组成肃反小组名单,紧接着就对十一个游击队员当场实施逮捕。白灵在惊恐里猛然发现,十一个被宣布为潜伏特务的游击队员全部是由西安投奔红军的男女学生,禁不住一阵哆嗦。

白灵被调出军部编入游击支队。游击队员们不再跟她学写名字,不再求她补缀衣服,更不给她唱动听的信天游曲儿,全都用一种狐疑,一种警惕戒备的眼光瞅她。白灵很痛苦却无法摆脱,整个根据地里迅速掀起一股强大的仇恨风暴,甚至比对国民党当局的仇恨还要强烈。这是对内奸的,她可以理解,却忍受不住被怀疑被仇恨的压迫和冤屈。她终于决定要找廖军长去说明自己,突然被两个女队员扯回窑洞,正告她不许乱跑乱找,这时她才意识到自己早已被专人监控着。七八天后,又实施了第二次逮捕,被拘捕的七个人仍然是从西安来的学生。白灵心里稍一盘算,全部从西安陆续来到根据地的二十一名学生,只剩下连她在内的二女一男了,这时她又感觉到,同样的下场已不可逃脱,而且已经为时不远。

第二次逮捕发生的前一天晚上,第一批被逮捕的十一个人中的五个被活埋。第二天,就有一张布告贴在各大队聚会的窑洞门口。白灵是在她做文化教员经常进出的那个窑洞门口看到的,五个人全部被判定为特务。到离第一次逮捕刚刚半月时间,头批被逮的十一个中余下的六个和二次被逮的七个中的两个又被处死,同样采取的是挖坑活埋的刑罚。这种处死的办法并不被队员们看为残忍,因为子弹太珍贵了。游击队员手中的枪和枪膛里的每一颗子弹都是从敌人手里夺来的,为此有许多游击队员牺牲了性命。这个时候,在根据地发生了更严重的一件事,第一大队的大队长被肃反小组下令逮捕。大队长在一次高层会议上拍着胸脯对毕政委喊:"我敢拿脑袋担保那些西安学生绝对不会全部是特务。你把他们一个个活埋了等于自己消灭自己!往后谁还敢投奔到咱们这杆军旗下……"会议结束的当天晚上,逮捕这位大队长的命令就形成了文字也形成事实。分歧一下子从高层逐级扩散一直到游击队员中间,裂缝在迅猛地扩大延长着。廖军长在惊悉他的爱将第一大队长被捆绑押进囚窑时,终于失去了最后的忍耐,直接找到毕政委住的窑洞立逼他放人。毕政委毫不妥协:"拘押大队长是为了禁绝右倾思潮的蔓延,与潜伏特务有区别。不拘押大队长就会影响肃反进一步深入。"肃反小组被赋予绝对权力,可以审查一切人,廖军长实际只剩下对敌作战这一项军事指挥权。毕政委说:"你也防止右倾思潮冒头。"

接着发生了一部分指挥员联名写血书要求停止杀人,停止肃反的请愿活动,毕政委毫不手软把那七八个政治异己全部逮捕,而且由肃反进一步发展到揭发右倾机会主义分子的斗争,一批又一批指挥员和游击队员被拘捕扣押起来,他们可能只说过一句对肃反态度不甚坚决的话。肃反早已超过了原先的对象范围,也不管你是不是从西安来的那条路数了。廖军长和毕政委的分歧终于发展到表面化公开化,廖军长说:"你这是……"他气急如焚却不知给毕政委扣什么主义的帽子合适,急迫中联想到那个叛变投敌的姜政委:"你跟那个叛徒是一路子货!"毕政委没有再继续争辩,而是签发了逮捕廖军长的命令。毕政委召集全体将士会议,宣布肃反取得彻底胜利,不仅挖出了潜伏到根据地来的一小帮特务,重要的是挖出了一条隐伏在红军里的右倾机会主义路线,其中的骨干分子结成了一个反党集团……

白灵是在这个大会上被逮捕的,她是西安来的二十一个人中最后被抓的一个,那是廖军长下了死令保护的结果;廖军长自己已被打入囚窑,白灵的保护伞自然没有了。

白灵被抓得最迟,却被处死得最快,这可能主要是她与廖军长的过密关系被看作死党,也可能是她的野性子招致的结果。她被关进囚窑,日夜呼叫不止,先是呼叫毕政委:"我要跟你说话!"接着呼叫毕政委的尊姓大名,随后就带有侮辱性挑衅性地呼叫毕政委的外号:毕——眼——镜——毕瞎子!看守囚窑的游击队员汇报给肃反小组,便决定提前审问她。白灵的嗓子堪称天生的铁嗓子金嗓子,在囚窑里像母狼一样嗥叫了三天三夜,嗓子依然洪亮,精神亢奋,双眼如炬。她看了一眼审讯她的肃反小组成员说:"叫毕政委来,我有重要话说。"

毕政委进来时踌躇满志地扶扶眼镜。白灵已无法控制腾起的激情,便抛出砖头一样的话:"听说你也是'关中大地方人'?"她引用了廖军长和她说笑时的用语,"我因为跟你同是关中人感到耻辱!"毕政委当即变了脸色:"你是最狡猾,也是隐藏最深的一个。你已经打入我们的心脏!"白灵已不在意毕政委说她是什么,说她是什么不是什么都不重要了,最重要的是时间,是她不可能再争取得到的和他直接说话的时间。她像一头拼死的母狮凶猛而又沉静地咆哮起来:"你的所作所为,根本用不着争辩。我现在怀疑你是敌人派遣的高级特务,只有经过高级训练的特务,才能做到如此残害革命而又一丝不露,而且那么冠冕堂皇!如果不是的话,那么你就是一个野心家阴谋家,你现在就可以取代廖军长而坐地为王了。如果以上两点都不是,那么你就是一个纯粹的蠢货,一个穷凶极恶的无赖,一个狗屁不通的混蛋!你有破坏革命的十分才略,却连一分建树革命的本领也不具备!我过去最憎恨的是那些软骨头叛徒,现在最瞧不上眼的就是你这号难以形容的人……"毕政委烧臊得坐不住了,拍响了桌子:"廖军长庇护你,你迷惑了他! 我早看穿了你,你骂我不在乎,这是反革命垂死的疯狂……"白灵冷笑一声说:"我早已不考虑我的下场了。我的下场早都摆在那儿了。我今天死比前半月前一月死没有两样,唯一的好处是我把骂你的机会等到了! 你处死我,你也同时记住:你比我渺小一百倍!"

…………

白灵被活埋就在那天晚上,天上下着雪。其余有关活埋她的细节和情节都无法查证。执行活埋她的两个游击队员后来牺牲在山西抗日阵地上。廖军长被周恩来下令释出囚窑后又当了正规红军师长,也牺牲在黄河东边的抗日前线指挥堑壕里,是被日军飞机抛掷的炸弹击中的。毕政委后来也到了延安,向毛泽东周恩来检讨了错误之后,改换了姓名,业已无从查找……

作家鹿鸣也不执意要找到毕某问询什么。他觉得重要的已不是烈士的死亡细节和具体过程,那仅仅只是对未来的创作有用;重要的是对发生这一幕历史悲剧的根源的反省。

第二十九章

朱先生的县志编纂工程已经接近尾期,经费的拮据使他一筹莫展,那位支持他做这件事的有识之士早已离开滋水,继任的几茬子县长都不再对县志发生兴趣,为讨要经费跑得朱先生头皮发麻,竟然忍不住撂出一句粗话来:"办正经事要俩钱比毬上割筋还难!"引发起他的那一班舞文弄墨的先生们一片欢呼,说是能惹得朱先生发火骂人的县长,肯定是中国最伟大的县长。朱先生继续执笔批阅修改业已编成的部分书稿。孝文走进屋来,神色庄重地叫了一声:"姑父。"把一张讣告呈到面前。朱先生接住一看,脸色骤然变得苍白如纸,两眼迷茫地瞅住孝文,又颓然低垂下去。这是鹿兆海在中条山阵亡的讣告。讣告是由兆海所在的十七师师部发出的,吊唁公祭和殓葬仪式将在白鹿原举行,死者临终时唯一一条遗愿就是要躺在家乡的土地上。白孝文告诉姑父,十七师派员来县上联系,军队和县府联合主持召开公祭大会。白孝文说:"姑父,十七师师长捎话来,专意提出要你到场,还要你说几句话。"朱先生问:"兆海的灵柩啥时间运回原上?"白孝文说:"明天。先由全县各界吊唁三天,最后召开公祭大会,之后安葬。"朱先生说:"我明天一早就上原迎灵车,我为兆海守灵。"白孝文提醒说:"姑父,兆海是晚辈……"朱先生说:"民族英魂是不论辈分的……兆海呀……"朱先生双手掩脸哭出声来……

那是前年深秋时节的一天后晌,朱先生在书院背后的原坡上散步,金黄色的野菊花开得一片灿烂,坡沟间弥漫着馥郁的清香,遍坡漫沟热烈灿烂的菊花掩盖不住肃杀的悲凉。朱先生久久凝视着原坡坡地上拔除棉秆的乡民,又转过身眺望着河川里执犁播种回茬麦子的庄稼人的身影,忽然心生奇想,如果此刻有一队倭寇士兵闯进河川或者原坡,如果有一颗炸弹在村庄或者堆满禾秆的垄亩上爆炸,那拔花秆的扶犁的撒种的以及走出村口提篮携罐送饭的乡民,该会是怎样一番情景……心头泛起一层"空有一番黄花开"的凄凉。他看见一辆汽车在河川公路上自西向东疾驶,搅扇起来的滚滚黄尘骤起四散,汽车开到书院对面时却放缓速度,然后岔开公路驶上朝南通向原根的官道,在滋水河边上停下来,一个人站在河岸上指指点点,另一个脱了鞋袜,挽起裤子涉水过河,沿着通往书院的弯弯小路走上来,朱先生看清他的衣着原是一位军人,便转过身依然瞅着山坡和河川深秋时节的田园景致。这里宁静安谧的田园景致与整个即将沦陷的中国是如此不协调,他怨愤以至蔑视中国的军人,无法理解如此泱泱大国如此庞大的军队怎么就打不过一个弹丸之地的倭寇?朱先生看见看门的张秀才在书院围墙外的坡田上呼叫他:"你的学生鹿兆海来咧——"朱先生撩起袍襟疾步走下坡来。

朱先生在书院门口看见了一身戎装的鹿兆海。鹿兆海举手敬礼,脚下的马靴碰得嘎咮一声响。朱先生点点头礼让兆海到屋里坐。走进书房,鹿兆海神情激动地说:"先生,我想请你给我写一张字儿——"朱先生轻淡地问:"你大老远从城里开上汽车来,就为要一张字儿?"鹿兆海诚挚地说:"是的,是专意儿来的。"朱先生调侃地笑笑:"你不觉得划不着吗?为我的那俩烂字值得吗?"鹿兆海并不觉察朱先生的情绪,还以为是先生素常的伟大谦虚,于是倍加真诚地说:"我马上要出潼关打日本去了,临走只想得到先生一幅墨宝。"朱先生"噢"了一声扬起头来,急不可待地问:"你们开到啥地方去?"鹿兆海说:"中条山。"

朱先生从椅子上站起来,满脸满眼都袒露出自责的赧颜:"兆海,请宽容我的过失。我以为你们在城里闲得无事把玩字画。"鹿兆海连忙站起扶朱先生坐下:"我怎么敢怪先生呢!我们师长听说我要来寻先生,再三叮嘱我,请先生给他也写一幅。他说他要挂到军帐里头……"朱先生的脸颊抽搐着,连连"哦哦哦"地感叹着,如此受宠若惊的现象在他身上还未发生过。朱先生近来常常为自己变化无常的情绪事后懊悔,然而现在又进入一种无法抑制的激昂状态中,似乎从脚心不断激起一股强大的血流和火流,通过膝盖穿过丹田冲击五脏六腑再冲上头顶,双臂也给热烘烘的血流和火流冲撞得颤抖起来,双手颤巍巍地抓住兆海的双肩:"中条山,那可是潼关的最后一道门扇了!"鹿兆海也激昂起来:"要是守不住中条山,让日本兵进入潼关践踏关中,我就不回来见先生,也无颜见关中父老。"

朱先生滴水入砚亲自研墨,鹿兆海要替朱先生研墨遭到他无声而又坚决的拒绝。朱先生控制不住手劲,把渐渐变浓的墨汁研碾出砚台。朱先生亲自裁纸,裁纸刀在手中啪啪颤着;从笔架上提起毛笔在砚台里蘸墨,手腕和毛笔依然颤抖不止。朱先生挽起右臂的袖子,一直捋到肘弯以上,把赤裸的下臂塞进桌下的水桶,久久地浸泡着,冰凉的井水起到了镇静作用,他用布巾擦擦小臂,旋即提笔,果然不再颤抖,一气连笔写下七个遒劲飞扬的草体大字:

砥柱人间是此峰

朱先生停住笔说:"这是我写的一首七绝中的一句。我刚中举那阵儿年轻气盛,南行回来登临华山诵成的。现在我才明白,我连一根麦秸秆儿的撑劲都没有,倒是给你的师长用得上。"鹿兆海也情绪波动,泪花涌出。朱先生重新铺就一张横幅,蘸饱墨汁再次毅然落笔:

白鹿精魂

朱先生写完放下毛笔,猛然抬起手咬破中指,在条幅和横幅左下方按盖印章的部位,重重地按上了血印。鹿兆海吃惊地看见朱先生中指上滴滴答答掉到字画上的血花儿,扑通一声跪下去:"先生放心,我一定要拿小日本一桶血赔偿先生……"朱先生怆然吟诵:"王师北定中原日,捷报勿忘告先生哦!"

朱先生撕一块废纸裹住中指,坐下来时显得极为平静,温厚慈祥如同父亲:"兆海呀!临走还有啥事须得我办,你就说,只要我能办到……"鹿兆海也坐下来:"没有没有,没有啥事要劳烦先生的。我决定不回原上,免得俺爸俺妈操心。日后要是他们问到你,就说我们开拔到陕南去了。"朱先生说:"我会说好这事的,放心。"鹿兆海说:"只有一件小事要给先生添麻烦——"说着把手塞进胸襟,从内衣口袋里摸出一枚铜元,腼腆地笑笑:"先生,你日后见到白灵时,把这铜元亲手交给她。"朱先生奇异地问:"一个铜子?你欠她一个铜子?也太当真了。"鹿兆海说:"半个。这铜元有她半个,有我半个,谁拿着就欠对方半个。"朱先生笑问:"那白灵拿着不是又欠你半个了?"鹿兆海说:"她欠我比我欠她好。"朱先生从兆海的眼睛里窥见了一缕深沉的隐情,便问:"不单是一枚铜子吧?"鹿兆海坦然叙说了这枚铜元的游戏所引起的俩人的衷情。"噢!天!"朱先生叹惋着,"那后来咋办呢?"

"后来……她成了我的嫂子了。"鹿兆海嘲笑着说,"她跟我哥兆鹏都姓'共'噢!"

"这么说这铜元比金元还贵重啰!"朱先生看了看龙的图案,又翻过来看了看字面,交还鹿兆海手上,"你应该带着。"

"我一直装在内衣口袋带着。我也从来没给任何人说过这个铜元的事。"鹿兆海平静地说,"我要上战场了。我怕这铜子落到鬼子手里就污脏咧……"说着就又把铜元递过去。

朱先生心里猛乍一沉,把铜元紧紧攥到手心,把铜元交给他而且讲述凝结在铜元上头的两颗年轻男女的情意,这行为本身,原来注释着鹿兆海战死不归的信念啊!朱先生说:"我会保存好的,等你回来再完璧归赵,还是由你送给灵灵好。"

鹿兆海站起来辞行。朱先生把编纂县志的同人先生一一呼叫出来为鹿兆海送行。十余个老先生一再拱拳,直送到书院门口。鹿兆海已经重新焕发起精神来,问:"先生还有啥话要说吗?"朱先生冷冷地说:"回来时给我带一样念物:一撮倭寇的毛发。"鹿兆海嘎咮一声敬了个军礼:"这不难!这太容易办到了。"朱先生更冷下脸说:"要你亲手打死的倭寇一撮毛发。"

这是白鹿原绝无仅有的一次隆重的葬礼。整个葬礼仪程由一个称作"鹿兆海治丧委员会"的权威机构主持,十七师茹师长为主任委员,滋水县党部书记岳维山和侯县长为副主任委员,社会军队各界代表和绅士贤达共有二十一人列为委员,名儒朱先生和白鹿村白嘉轩,以及田福贤都被郑重地列入。所有具体的事务,诸如打墓箍墓,搭棚借桌椅板凳,淘粮食磨面垒灶等项杂事,都由白鹿家族的人承担。白嘉轩在祠堂里接待了十七师和县府派来安置这场葬礼的官员,表现出来少见的宽厚和随和,对他们提出的新式葬礼的各项议程全部接受,只是稍微申述了一点:"你们按你们的新规矩做,族里人嘛,还按族里的规矩行事。"他转过身就指使陪坐在一边的孝武去敲锣,又对官员们说:"下来的事你们就放心。"

咣—咣—咣—咣,宏大的锣声在村巷里刚刚响起,接着就有族人走进祠堂大门,紧接着便见男人们成溜结串拥进院子;锣声还在村子最深的南巷嗡嗡回响,族人几乎无一缺空齐集于祠堂里头了,显然大家都已风闻发生了什么事情,以及知道了它的不同寻常的意义。白嘉轩拄着拐杖,从祠堂大殿里走出来站在台阶上,双手把拐杖撑到前头,佝偻着的腰颤抖一下,扬起头来说:"咱们族里一个娃娃死了!"聚集在祠堂庭院里的老少族人一片沉默。白嘉轩扬起的脖颈上那颗硕大的喉圪垯滞涩地滑动了一下,肿胀的下眼泡上滚下一串热泪。眼泪从这样的老人脸上滚落下来,使在场的族人简直不忍一睹,沉默的庭院里响起一片呜咽。白嘉轩的喉咙有点哽咽:"兆海是子霖的娃娃,也是咱全族全村的娃娃。大家务必给娃娃把后事……办好……"有人迫不及待地催促:"你说咋办?快安顿人办吧!"白嘉轩提出两条动议:"用祠堂攒存的官款,给兆海挂一杆白绸蟒纸、一杆黑绸蟒纸;用祠堂官地攒下的官粮招待各方宾客,减除子霖的支应和负担。"族人一哇声通过了。谁都能想到两条动议的含义,尤其是后一条,鹿子霖家里除了一个长工刘谋儿再没人咧呀!老族长白嘉轩这两条动议情深义朗深得众望。白嘉轩接着具体分工,他一口气点出十三个族人的名字:"你们十三个人打墓箍墓,一半人先打土墓,另一半人到窑场拉砖。拉多少砖把数儿记清就行了。墓道打成,砖也拉了来,你们再合手把墓箍起来。"白嘉轩又点出十一个人去搭灵棚:"灵棚咋个搭法?你们按队伍上和县府官员说的法子弄。顶迟赶明个早饭时搭好,灵车晌午就回原上。"白嘉轩又一一点名分派了垒灶台淘麦子磨面的人,连挂蟒纸的木杆栽在何地由谁来栽也指定了。族人无不惊诧,近几年族里的大小事体都由孝武出头安顿,老族长很少露面了,今日亲自出头安排,竟然一丝不乱井井有条,而且能记得全族成年男人的官名,心底清亮得很着哩!白嘉轩最后转过脸,对侍立在旁边的儿子说:"孝武,你把各个场合的事都精心办好。"

　　一切都在悲怆的气氛下紧张地进行着。白孝武实际操持着巨细事项,一阵儿到墓地上主持破土仪式,一阵儿又在祠堂前戏楼下和族人议定灵棚的具体方位,不断回答各项活路办事人的问询,不断接待邻近村庄的官人和亲戚,他把各项主要工程的进程主动汇报给队伍和县府的官员,更不忘给这场不寻常的丧事的主人子霖叔说清道明。鹿子霖像个重病未愈的人坐在椅子上,哭肿的眼泡挤住了眼仁,似乎对如何安葬的事毫无兴味:"孝武,你就看着办吧!你觉得合适,叔也就合适了……你放心办去。"

朱先生刚刚赶上迎接灵车。灵柩从汽车上抬下来,一边是胸戴白花臂缠黑纱的士兵,另一边是头裹白布身穿白褂的白鹿村的年轻族人,合伙抬着灵柩从村口进入白鹿村村巷。灵柩前头是军乐队低沉哀婉的乐曲,灵柩后头是一班本原乐人喇叭唢呐悠扬忧伤的祭灵曲。心软眼也软的女人们自从汽车停稳看见了漆成黑色的棺枋就扯开嗓子哭嚎起来,引得许多男人也嚎哭了,声震村巷。灵柩进入灵棚,三声震天撼地的火铳连续爆响,两条黑白蟒纸徐徐升上高杆,在空中迎风舞摆。军方和县府各界代表把早已备好的花圈挽联敬挂起来。邻近村庄也纷纷送来纸扎的或绸扎的蟒纸,一个英雄的魂灵震撼着古原的土地和天空。朱先生在白嘉轩的陪伴下走在灵柩后头的前排,他没有哭泣,也没有说话,默默地进入灵棚,跪倒在灵台两侧装着碎麦草的口袋上,默默地为他的学子守灵。白嘉轩劝他尽了心意就行了,到祠堂或者到自己屋里去歇息。朱先生木然跪着不言不语。白孝武进来弯下腰在他耳边悄声说:"姑父,队伍上的马营长在祠堂等你,说兆海托他给你捎来一样东西……"

朱先生进入祠堂,马营长把一只铁皮罐头盒子交给他说:"鹿团长临终前托我交给你。我一直没敢打开。"朱先生把那个铁盒子在手里转了转掂了掂,又交给马营长说:"你把它撬开。"马营长用手抠了抠盖子抠不开,就歪着脖子打算用牙齿咬开。朱先生连忙制止了他:"不要用嘴碰它——太脏。"马营长愣怔一下。朱先生说:"那里头装着一撮死人的头发。"马营长眨眨眼问:"先生,你算卦算的?"朱先生说:"是他上中条山之前,我朝他要的,要一撮倭寇的毛发。"马营长惊讶地瞪起眼睛,接着就噢噢噢干呕起来。祠堂里的人纷纷围过来看那只铁皮盒子,手劲大的人把盖子抠起来了,里头果然是一堆头发。倒在地上,才发现不是一撮,而是四十三撮,每一撮都用一根细铁丝拦腰扎死。众人一齐瞪起眼睛。朱先生说:"兆海呀,我明白了,你杀死四十三个倭寇。你……"说着一把抓住马营长的胳膊问:"你跟兆海都上了中条山,你说得准这四十三个野兽残害了多少中原同胞?"马营长"哇"的一声哭了:"谁算得清啊……"

一项事先未作安排的祭礼被朱先生提出来,在刚刚安置下灵柩的灵棚前,焚烧四十三撮野兽的毛发,以祭奠兆海的灵魂。这件撼动人心的事已经纷纷传开,人们拥挤到祠堂里来,争着看那些毛发,究竟是人的头发,还是狼虫虎豹的皮毛?好多人看罢就丧气了,说那些毛发跟本原上人的头发一模一样,都是黑色的直发,却怎么就要到中国来作恶呢?那些毛发被人拿到灵棚前的场地上焚烧,一股焦臭的气味弥散开来,引起好多围在跟前的人呕吐不止……

朱先生在白嘉轩的陪引下去看望鹿子霖。鹿子霖瞧见朱先生就哭了,嗓子完全嘶哑,一声没哭出来就从椅子上软软地跌到地上昏迷了。亲家冷先生一直守候在身边,对轮番昏迷的鹿子霖和鹿贺氏施扎冷针。朱先生扶起苏醒过来的鹿子霖说:"白鹿原上顶好的一个子孙战死了……他是你养的;你不要光是难过,还应该豪气一些!"

朱先生突然改变主意,不再继续参与祭奠活动,在嘉轩家吃了点饭就下原去了,天黑严时回到白鹿书院。他一回来就开始整理书院珍藏的图书,弄得头发上落着一层尘灰。接着就清理书院的财产和粮款账目,包括书院出租土地历年收回租粮的数字,租粮的开销以及剩余的数字,历届县长批拨给编纂县志的经费和开销情况。这些事整整忙了两天,他才于夕阳残照的傍晚时分走出书院,独自一人又转到书院背后的原坡上来,还是秋风萧瑟菊黄如金的深秋时节。三架黑色的飞机轰隆隆响着从原顶上飞过去,这是飞往西安城投掷炸弹的倭寇飞机。倭寇的队伍尚未进入潼关,倭寇的飞机早已从空中对西安进行了轰炸。据说是十七师在中条山连连重创倭寇,他们能占北平却进不了西安,于是就派遣飞机进行报复。最初的轰炸造成了西安城居民的大逃亡,古都突然变成了一个死亡之地,在乡村保存着祖籍的或是沾亲带故的城里人,扶老携幼仓皇逃往乡间,带着七分惊惧三分卖弄的神气,向乡下人绘声绘色叙说炸弹爆炸的恐怖情景。朱先生的妻妹带着一身皮硝味儿逃到白鹿书院,只带着最小的儿子和一个包袱。皮匠既害怕挨炸弹,又丢心不下皮货作坊,说好了一起逃躲,临行时又坐在牛皮上拔不开脚。妻妹在书院刚住下两天,朱先生就发现了这个相貌酷似妻子的女人的全部缺点和令人讨厌的习性:爱说话爱逞能,爱炫耀爱虚张声势,尤其令朱先生不能容忍的是她那种城市人的优越感。朱先生从第二天晌午就不再正眼瞅她,对她的所有表现视而不见,匆匆吃罢饭放下筷子就到前院书房里去;他心里开始起了熬煎,这女人要是住下半年几个月,自己非得被厌烦致死。妻妹也发觉了姐夫的眉眼嘴脸不大谐调。朱白氏给妹妹解释说:"你甭在心。你姐夫平常也就是那个眉眼,顶多……那是独槽拴惯了的。"妻妹在白鹿书院躲过月里时光,皮匠丈夫把她又接回城去。西安城已经从最初挨炸的慌恐和混乱中镇静下来,钟楼和四个城门楼上安设了报警器,还听不到飞机的嗡声就响起警报声,人们纷纷钻进城墙根下的防空洞里,屋院宽敞的人家也完成了自掘地道的工程。皮匠老练地说:"毬咧,没啥害怕的咯!人说钟鼓楼上的鸟儿震惯了胆大,我三天听不见飞机响耳根子还闲得慌慌。"

朱先生瞅着三架黑色的飞机消失在西边的天空,想到皮匠大概正拽着妻儿挤进城墙根下的洞里,忽然生出一个恶毒的想法,炸弹最好撂在皮匠这号中国人的头上。

朱先生从原坡上回到书院天已擦黑,编纂县志的先生们刚刚吊唁鹿兆海回来,在院子里慷慨激昂地谈论着。徐老先生看见朱先生说:"明日是公祭日,十七师师长和县上的头头脑脑都要出面,主事的人让我带话给你,要你明日在公祭会上讲话。"朱先生说:"我不去了。"徐先生惊讶:"你不去咋办?"朱先生说:"坟场我不去了,我要去战场。"老先生们全都惊诧得面面相觑。朱先生沉静地说:"祭奠死者吓不跑倭寇。这样年轻的娃娃都战死了,我还惜耐这把老骨头干啥?徐先生,我走了你来主事,县志还是要编完。书院的各项账目我都开了清单,再也没啥事交代了。"徐老先生说:"你甭给我交代这些手续。我跟你上战场去。"老先生们随之一齐要求跟朱先生上战场,一个比一个情绪慷慨激愤、义无返顾、视死如归。朱先生再三劝解也不顶用,最后说服了一位膝关节有毛病的老先生和门卫张秀才俩人留下。朱先生霍地从石凳上站起:"这样也好。咱们明日一起上原参加公祭大会,我代表咱们几个老朽发表抗击倭寇的宣言。"

朱先生的讲话成为公祭仪式的高潮,甚至完全形成喧宾夺主的局面,也超过了他过去禁烟和赈济的影响,八个老先生的民族正气震动了白鹿原。第二天出版的《三秦日报》在头版显著位置标出了题为《白鹿原八君子抗战宣言》的新闻,震动了城市上下朝野。三天后,上海《文汇报》全文转载这条消息,标题改为《关学大儒投笔从戎》,影响扩大到南方。一时间,响应朱先生的理学同仁纷纷投书报刊要求取义成仁者超过千人。朱先生对七位先生说:"报纸把咱们的后路堵死了,谁想反悔也难了。"

朱先生给另外七位先生放了六天假,让他们回去与家人团聚团聚,安排一下家事也走一走亲戚,此行无疑等于永诀。约定第六天晚上在书院集中,七人竟然无一人缺空。除了朱先生,他们无一例外地遭到儿孙亲朋和乡党们的劝解,甚至大声嚎哭拉胳膊抱腿,然而他们全都冲破了围堵,背着包袱卷儿赶到白鹿书院准时向朱先生报到。朱先生对每一个能够践约前来集中的同仁都是深躬长揖相迎,愈加珍重他们的品格。朱先生特意让朱白氏备置下八碗菜肴为大家壮行,今日自己也开了酒戒,举起杯来说:"这杯酒叫做'不回头'。"先生们酒兴泛涨,诗兴大发,争先恐后吟诵诗词抒发豪情。朱先生离席进入寝室,把妻子朱白氏牵着手臂扶坐到席上,然后斟满一杯酒,自己也端起酒盅:"咱们结发以来还没喝过酒。你跟我一辈子缝联补衲烧锅燎灶一辈子。我是雷声大雨点小,屁事未成,空受你服侍。我一生不说悄悄话,今日把我谢恩的话当着同仁们说出来:你要是不嫌弃我,我下辈子还寻你……"朱白氏温厚的脸颊上泛起一缕羞悦的云霓,眼里涌出泪花:"我下辈子要托生个先生。"朱先生笑说:"那我就托生个女人服侍你。"先生们哄笑着,争先给朱白氏敬酒。朱白氏竟然毫不推辞,也不扭捏,连着喝下八盅酒,脸上泛着红晕,反过手给众位先生一一斟上酒,沉静地举起酒盅说:"你们八个打死一个倭寇都划得来!"

朱先生回到寝室,带着酒后的轻松感说:"你刚才那一句祝辞说得真好。"朱白氏还未答话,门帘忽然挑起,鹿兆鹏站在门口。朱先生和朱白氏都惊愣一下:"你……兆鹏?"鹿兆鹏坐下来,直言不讳:"先生,我来给你说……"朱先生很敏感:"你啥也甭说。我下半夜就走了,你说啥事我也顾不了了,帮不上了。"鹿兆鹏却扬起脸:"给我吃俩馍,我饿了。"朱白氏取来馍和菜,又端着一壶酒:"你运气好兆鹏,正赶上喝一盅。"鹿兆鹏三五口吃下一个软馍,对朱先生说:"先生你们甭去了!"

"你只管吃馍吧。"朱先生说。

"先生!这不是我劝你,是我们党派我来劝你,出于对先生的敬重和爱护。"

"我还是我。我只做我想做的事。我不沾这党那党。你们也甭干预我。"

鹿兆鹏听出朱先生的口气很硬,继续吃馍吃菜喝酒,以缓慢的口吻说:"先生,你的宣言委实是撼天动地。可也是件令人悲戚的事。蒋委员长有几百万武装精良的军队不打日本打内战,倒叫八个老先生……"

"倭寇杀到窝口了,还在窝里咬!"朱先生嘲笑说,"是中国人,到窝子外头去咬,谁能咬死倭寇谁才……"

"先生你得看出谁咬谁?"鹿兆鹏辩解说,"他咬得我们出不了窝儿,他要把我们全咬死在窝里,根本就是……"

"甭说了兆鹏。我看清了谁咬谁也不顶用!"朱先生说,"我碰死到倭寇的炮筒子上头,也叫倭寇看看还有要咬他们的中国人。"

鹿兆鹏抿下嘴停止了争论,扬起头时转换了话题:"先生,你们到哪儿去打日本?总得投到队伍里吧?"

朱先生说:"到中条山投十七师。"

"先生——"鹿兆鹏缓缓站起来说,"十七师早已撤离中条山回潼关……"

"谁说的?"朱先生惊诧地问,"撤回潼关干什么?撤到哪里去了?"

"撤到渭北去了。"鹿兆鹏也嘲笑说,"按先生的话说嘛,就是撤回来窝里咬!我们叫做打内战。是蒋某人亲自下令撤回十七师攻打陕北红军……"

"你……说的可是真的?"朱先生惊疑地问,"兆海的尸首刚刚从中条山搬回来……"

"兆海……不是日本人打死的,是他进犯边区给红军打死了!"鹿兆鹏痛苦地皱皱眉头,"不过,这消息还未经证实……"

"没有证实的话不要说。"朱先生有点愠怒,"兆海是你的亲兄弟,你说这种话我不爱听。"兆鹏动情地说:"这不是我兄弟兆海的事。"朱先生站起来走到门口,回过头说,"我不信你的话。你说十七师撤离的消息我没听说过。"说罢丢下兆鹏走出屋子。丈夫拂袖而去的唐突行为使朱白氏难为情起来。鹿兆鹏却不显得尴尬,反倒安慰起朱白氏来,没有再多停留就告辞了。

朱先生一行八人鸡啼时分走出了白鹿书院大门,在门前的平场上不约而同转过身来,面对黑黢黢的白鹿原弯下腰去鞠躬三匝,然后默默地走下原坡去了。他们在星光下涉过滋水,翻上北岭,登上北岭峰巅时正好赶上一个难得的时辰,一团颤悠悠的熔岩似的火球从远方大地里浮冒出来,炽红的橘黄的烈焰把大地和天空熔为一体。沿着山道走到岭下,便是气势恢宏的渭河平原,一条一绺或宽或窄的垄亩纵横联结着,铺展着,一望无际的麦苗在温柔的晨光下泛着羞怯的嫩绿。八个一律长袍短褂的老先生一步一步踏过关中平原的田野和村庄,天色暮黑时终于赶到渭河渡口。

渡船已经停止摆渡。朱先生领着七位老先生央求船公解开缆绳,在天色完全黑严下来还可以摆渡一次。船公闷着头连瞅也不瞅他们,被缠磨久了就冷硬地撂出一句话来:"这是军事命令。你求我不顶用,你去求老总吧!"这当儿正好有三个士兵走过来,声色俱厉地盘问起来。朱先生瞧着他们笑着说:"小兄弟一个个都很精神噢!给老汉们耍歪可惜了小兄弟们的这精神儿。有这精神到潼关外头给倭寇耍歪去,在那儿能耍出歪来才是真精神……"三个士兵哗啦一声拉开枪栓,对峙着八个老先生,然后连推带搡逼他们到一间草屋里去。朱先生对他的同仁们笑笑说:"好!咱们还没过渭河,就在自家窝子里当了俘虏。"又转过头问一个士兵,"要不要我们举起手来?"

一摆溜儿八个老先生真的举着双手,被三个士兵押送到一座草顶屋子,这也许是摆渡的船工烧水煮食和睡觉的地方。屋子里站起来一位军官,竟然是护送鹿兆海灵柩的那位马营长。朱先生一见就揶揄说:"你看看老夫举手投降这姿势对不对?"马营长瞪了三个士兵一眼,斥骂一声:"眼瞎了吗?"急忙搀扶朱先生坐到屋里一条木凳上,随之豁朗地说:"朱先生和诸位先生的抗战宣言我们师长看到了,特派我到这儿来恭候先生。师长命令:绝不能把先生放过河去。这道理很清楚……"朱先生和他的同仁们一齐吵嚷起来。马营长丝毫不为所动:"先生跟我说什么都无用,我得执行师长的命令。诸位今晚先到五里镇歇下,明天我再请示师长。"先生们还在嚷嚷不休。马营长说:"我还有军务,不能陪诸位了。我派士兵送诸位到镇子上去……"朱先生一句不吭,率先走出草屋。七位先生愤愤然也走出来。朱先生说:"我明日早起一定要过河。我不管谁的命令。你让你的士兵把我打死在渭河里。"说着就坐在沙滩上:"咱们就坐在这儿等天明吧!"七位先生纷纷扔下肩头的背包,示威似的坐下来。马营长说:"这儿不能有闲杂人。我在执行命令。诸位到镇子上去吧!"朱先生问:"你不是说专意恭候我吗?看来此话属虚。"马营长说:"不要多问,你们快去镇子上。"

朱先生一行八人在五里镇的一家客店里歇息下来,老先生们经过长途跋涉已疲累不堪,一倒下就酣然入睡了。夜半时分,一阵紧急的敲门声,惊得老先生们披衣蹬裤惊疑慌乱。朱先生拉开门闩,马营长和两位侍从站在门口说:"请先生跟我走。"先生们纷纷收拾背包。马营长说:"诸位接着睡觉,只请朱先生一人。"

朱先生跟着马营长走进镇子背后的村庄,又走进一家四合院,进入上房客厅,一位微服便装的中年人迎出来打躬作揖。马营长

介绍说:"朱先生,这是我们茹师长。"朱先生惊愣片刻,作揖还礼之后:"真的劳驾将军了。"俩人没有几句寒暄便进入争论:

"先生,你投十七师我欢迎,但你不能去战场。你留在师部给我和我的军官当先生。"

"我把砚台砸了,毛笔也烧了,现在只有一个目标——中条山。"

"那地方你去不得。"

"任啥艰难我都想过了,大不了是死。我就是到中条山寻死去呀!"

"嘀呀朱先生!你到战场帮不上忙倒给我添上累赘了。我可不能睁眼背你这个累赘。"

"我不是累赘。我打死一个倭寇我够本,我打不死倭寇反被倭寇打死我心甘。退一步说,上不了战场还可以给伙夫淘米烧锅,还可以替士兵磨刀喂马……我累死病死战死了也不给你添累赘,我的尸首也不必劳神费事往回搬。"

"先生呵,好我的朱先生呵……"

"现在我不是先生,是你的伙夫马夫……"

"我都去不了中条山了,你怎能去呢?"

"你打败了?"

"我打胜了,又撤了!"

"打胜了为啥要撤?"

"就因打胜了才撤。"

"谁叫你撤兵?"

"还能有谁呢?中国能下令叫我撤兵的只有一个人!"

朱先生默默地闭上口,不再争执要当伙夫或马夫的话了。

"我茹某愧对关中父老啊……"

这是一支真正的关中军。从前任创建者到茹师长都是关中人,一个是祖籍西府,一个是东府土著。从师部一直到连排长也都是关中人,士兵几乎是清一色的三秦子弟,只有个别军官和少数士兵属河南籍的关中人,他们是逃荒流落到关中的河南人后裔。乡谚说"关中冷娃",而诗圣杜甫曾有"况复秦兵耐苦战"的褒奖。茹师长率领十七师的三秦子弟开出潼关进入中条山,那个中条山随之成为关中父老心目中知名度最高的山脉。出关头一仗打下来,就把茹师长的玉照打到日本侵华司令部长官的桌案上;这支地方色彩甚浓,但在中国武装力量中只能算作杂牌子的军队,竟然使受命进入潼关的大日本王牌师团不敢越雷池一步;茹师长的照片以及他祖宗三代的资料也被搜集出来研究,结果不甚了了。无论日本人起初轻视也罢,吃了一场败仗之后又倍加重视也罢,这支在中国抗战武装力量中确实挂不上号的地方杂牌军,在近二年的中条山阻击战中,使大日本小鬼子不能前进一步吃尽了苦头。中条山之战是日本侵略军在中国土地上遇到的最有力的抵抗之一,终于保持住了中国西北这一方黄土不受铁蹄践踏。

茹师长说:"先生呀!十七师不是亲生娃,是后娘带来的娃咯!把我调出潼关到中条山打日本,我拿的是'汉阳造';把亲生娃调到西安来驻防,扛的用的全是美式装备的洋家伙!把我调到中条山,名义上他能得到抗日的赞誉,实际是借日本人之手替他杀死'后娘带来的娃'!甭说日本人没料到十七师会站住中条山,连他派我出关也根本没想到我会挡住日本人……我在中条山没退一步,得不到奖赏,连军饷也断了;逼我撤军,还冠冕堂皇地说是让我回关内休整……"

朱先生问:"你……这么说你真撤兵了?撤到哪里去了?"

茹师长说:"撤到北山。十七师撤进潼关,他就忘了给我说过的'休整'的话,立即命令我进北山围剿红军。这回耍的还是一个把戏:好哇,你能打过日本人,你再去打红军,你打败了红军我高兴,你被红军消灭了同样高兴……"

朱先生悲哀地说:"完了完了,中国完了。鹿兆鹏给我说这话我不信,还训了他,可没料到竟是真的!茹师长……兆海是倭寇打死的,还是红军打死的?"

茹师长突然低下头:"先生别问了呵先生……"

朱先生悲哀地仰起头来:"天哪!天哪……我再不问你啥了……我听够了。我明日早起回我的白鹿原,我等着倭寇来把我杀死好了……"

茹师长说:"先生甭这么悲伤吧!你知道我此行何处?"

朱先生说:"我刚说过任啥事都不想问了。"

茹师长说:"我刚从北边①回来,马营长在河边布防怕人暗算我,正好遇见先生。我而今看透了,特别是鹿兆海团长牺牲以后,我才下决心走这一步。好咧好咧,我跟北边谈好了,谁也不打谁……"

朱先生说:"你的这个窝里总算不咬了……我想回店里睡觉去。"

朱先生又回到白鹿书院,给门卫张秀才加立下一条规矩,除了编县志的诸位先生的亲戚,其他任何人都不许放进门来,从此日起,关门谢客。他自己也不再读书,更不为任何人题写字画,早晨开始晚起,草草漱洗之后,就走上书院背后的原坡,傍晚时分仍然在山坡上度过。唯一的一件事,就是批阅修改八位同仁分头编成的县志各部分的手稿,终日几乎不说一句话。他决定不再朝县府讨要经费,用书院官地的租粮来维持县志最后的编写工作。前十

---

① 北边:即共产党中央所在地延安。

卷已经就绪,先送石印馆付印,后十二卷也即将编完。许多涉外的事,他指靠徐先生办理;后十二卷的通改也由徐先生来做,由他最后再顺一遍。

有一天,徐先生对"民国纪事"一栏提出疑问:"朱先生,'共军徐海东部过滋水县东山'这一条里的'军'字是不是笔误?"朱先生说:"不是。"徐先生说:"前边几条里都用的是'匪'字,改不改?"朱先生说:"不改。"徐先生说:"同在'民国纪事'卷里,前边用'匪'字,后边用'军'字,用字不统一会给后人造成漏洞。"朱先生说:"不统一就不统一吧!留下一点漏洞让后人指责也好咯……"徐先生大惑不解。

鹿兆鹏又一次走进山来,见到芒儿就拱拳作揖:"我来谢你救命之恩,只是太迟了点。"芒儿直戳戳地笑说:"还劝不劝我投奔你们的游击队?"鹿兆鹏也坦然相告:"我劝不下就等着。"芒儿说:"你甭等我,你等黑娃吧。"鹿兆鹏听出话味儿忙问:"这话咋说?"芒儿坦诚地解释说:"我不会改变主意,你等不着。你等黑娃改变主意吧。我早给黑娃说过了,想投游击队,想归顺县保安队都行,弟兄们凡愿意跟他走的都可以走。哪怕剩下我光杆司令,我就夹着麻袋满世界游逛去呀!游到哪儿死到哪儿到哪儿为止。"鹿兆鹏笑了:"等不住你也甭想等住黑娃,他跟你一条辙。"芒儿更加真诚地说:"我倒是盼你能劝下黑娃,让他把弟兄们领走,或保安团或共产党游击队,愿意投哪家子我都不干涉。"鹿兆鹏疑惑地问:"芒儿,你这话越说越离谱儿了。你咋能这样猜估我?"芒儿说:"我说的是真心话。黑娃不信,你也不信?我当土匪当腻了,也累了,我想一个人浪逛四方。"黑娃揉着眼睛走进来,看见兆鹏时惊愕一下。芒儿接着说:"你不信问问黑娃,这话我跟他也说过。"说着走出去:"我去看看把菜弄好了没?兆鹏算你有福,正赶上犒劳酒。"

黑娃有点心神不定地说："兆鹏哥,你再甭提投游击队的事。"鹿兆鹏说："我刚才跟大拇指已经提说了。"黑娃说："提说得不好。你三番几次说服投游击队,孝文也来说服归顺保安团。你想想,我怎么跟大拇指共事?"鹿兆鹏不以为然："不!我刚才听大拇指的口气……倒是有变化。"黑娃摇摇头："你甭上当!"鹿兆鹏就摊开底儿问："先不说大拇指,我只问你,你到底打的啥主意?你想投游击队还是想投保安团?还是哪家也不投,继续当土匪?我再说一遍,你撇开大拇指,单说你心里到底怎么打算的?"黑娃瞅了兆鹏一眼,低下头陷入沉默。鹿兆鹏瞅了瞅黑娃的架势说："好咧,你甭回答了,我明白了。"黑娃扬起头说："你啥也不明白!大拇指不投游击队,我也不投游击队。"鹿兆鹏突然说："那你们就去归顺保安团。"黑娃咧了咧嘴嘲笑说："你说气话吧?"鹿兆鹏点点头说："是真话。归顺保安团。"黑娃迷惑地眨眨眼："你来替孝文活动?"鹿兆鹏笑笑说："各为其主嘛!"

大约半月后的一天夜里,黑娃正睡着,被一阵女人的惊叫声吵醒,拉开门一看,黑牡丹一丝不挂,披头散发,抖抖索索站在月亮下,说大拇指死在她的炕上了。黑娃一把推开黑牡丹跑进她的窑穴,大拇指芒儿趴在炕上,两只胳膊一只压在腹下,一只抠进苇席里头;一条腿蜷在炕席上,一条腿吊在炕墙下,满炕都是污血。土匪弟兄们全都拥来乱哭乱叫。大先生走过来,先摸了一下脉,又翻起大拇指的脸看了看,对黑娃说："五倍子。"

黑娃黑着脸,把吓得软瘫在院子里的黑牡丹揪着头发拖到油灯下。这是黑娃首先想到的第一个凶手。黑牡丹虽然吓得傻愣,却仍然本能地替自己辩解。她的话语黏滞结巴,前言不接后语,却向黑娃以及众土匪基本叙述清楚了大拇指死亡的情景:大拇指提着酒葫芦进了她的窑洞。大拇指每次进她的窑洞都提着酒葫芦,自己喝着也给她灌着。大拇指仍然和往常一样喝着酒,和她耍着,也给她灌着酒,喝得他半醉她也半醉的时候,他才和她弄那事。他刚进入她的身体,就浑身打颤,一下子泄了,接住"哇啦"一声喷出一股血来,喷得她满脸满脖子都是。她吓得爬起来,看见大拇指在炕上一扭一拧地喷吐着血水……黑娃问:"你把五倍子给倒进酒葫芦了?"黑牡丹反辩说:"那不连我也毒死了?他也给我灌酒!"黑娃尚未开口,几个土匪弟兄已经揍起来了,打得黑牡丹在地上滚着叫着,直到不滚也不叫,黑娃才制止了众弟兄。

　　清除凶手的内乱持续了几乎一个月。先头侧重于出事那天晚上谁到大拇指窑里去过,聚宴时谁和谁都给大拇指倒过酒敬过酒,谁跟大拇指挨近坐着等等细节,被牵涉被怀疑的土匪一一领受了杖责和捆绑,却没有一个人招认。随后又从人际关系上搜寻线索,某人曾对大拇指说过二话,某人对大拇指处罚他的事怀恨在心……如此等等,又有一批弟兄遭到皮肉之苦,却仍然没有抓获真正的凶手。黑娃被这场暗杀事件搞得疑神疑鬼,既怀疑弟兄,也担心弟兄们怀疑自己,他敞开亮明地宣布:"敢毒死大拇指,也就敢毒死二拇指我。再说,要是查不出个水落石出,有弟兄还疑心是我下的毒手,说我想当寨主了……"黑娃随之决定重赏揭发下毒的人,直至抛出"谁揭露出内奸,就推谁为大拇指"的动议。土匪窝子里很快出现互相怀疑,互相告密,胡踢乱咬的局面。有人被揭发被杖责之后,拖着两腿鲜血,爬到黑娃窑里又去揭发旁的弟兄,几乎所有弟兄都揭发过别人,又被别人揭发过,因此几乎所有弟兄无一例外地都挨了棍杖,打了屁股。后来发生了这样一种情况,好多人重新回过头来一齐咬住黑牡丹,众口一词咬定毒死大拇指的内奸非她莫属。道理很简单,百余号弟兄里只有她一个是被迫掳上山来的,只有她对大拇指怀着深仇,才下得了这种毒手。黑娃也能想到这一层,于是又把黑牡丹拉出来杖责。黑牡丹尚未从头一回的酷刑伤疼里恢复元气,招不住几棍就咽了气。弟兄们咋呼着把黑牡丹扔到沟底,咋呼着给大拇指报了仇,咋呼着应该结束这场事件了,也该出去"做活"了。黑娃冷笑一声说:"黑牡丹不是内奸,我从她死时的眼睛里能看出来。真正歹毒的家伙还没抓住……"追查内奸的事继续着,山寨里的危机发展到白热化。一个被揭发被杖责的弟兄开枪打死了告密的弟兄,接着就朝自己的脑袋开了枪。弟兄们纷纷哭劝黑娃暂停追查,或者改变一下追查的方式方法。黑娃拒不理睬他们,更加坚硬地说:"抓不出那个内奸,咱们就散伙!"接二连三又发生了弟兄逃离事件,先是一个,接着两个,跟着又有两个,相继不辞而别,山寨里处于人心涣散,分崩离析的局面……黑娃已无力扭转。

白孝文适得其时来到山寨。

白孝文一句话立即制止住土匪窝子里的内乱:"黑娃,你再追查下去就要挨黑枪。"黑娃焦躁地说:"那样倒好,我也可以对弟兄们明心了。"白孝文并不赞赏这种义气到死的愚忠,以轻俏的口气说:"你甭查了。凶手跑了。"黑娃将信将疑,逃走的五个弟兄不仅与他没有私怨,和大拇指也没有什么隔卡蒂隙。白孝文意味深长地说:"听说兆鹏前不久来过?"黑娃说:"这跟他有啥毬关系?"白孝文笑笑说:"你敢肯定你的窝子里没有他的人?堂堂县府里都被他砸进楔子了。共产党搞这一套可真是无孔也能入哩!"黑娃摇摇头说:"我至今还没查出一点线索。"白孝文就亮出底牌:"我的情报已经获悉,你这儿有两个弟兄逃出去投了游击队,这俩人就是兆鹏安插进山寨的底线儿。"黑娃惊疑地瞪大了眼睛:"这要是真的,兆鹏也就太不仗义了!"黑娃终于在烦躁的思考中松了口:"好吧!我得看弟兄们下不下山。"

决定去留的重要会议在山寨议事大厅(洞)召集。白孝文有一种瓜熟蒂落的预感,十分自信地向土匪们讲述了滋水县最新的局势:"这是一个机会。千载难逢的一个机会。根据国家局势,县府决定扩大保安团编制,新增一个炮营。我跟张团长说妥了,弟兄们下山后,连窝端进炮营不拆伴儿。鹿兆谦当炮营营长。"土匪们被内乱搞得灰心丧气,精疲力竭,好多人对归顺保安团颇为动心,只是谁也不敢挑梢露头。黑娃尽管再一次强调"由弟兄们决断",却仍然没有人吭声。白孝文很真诚也很洒脱地说:"日本人在中国撑不了几天了。打完日本,政府就要收拾共匪。收拾共匪,那仅是小菜一碟、猴毛一撮。收拾了共匪之后,自自然然该剿灭土匪了。弟兄们现在不愁吃不愁穿,天不收地不管,自由自在,等到那时候就麻烦了。所以我说这是一个机会……"在众人的沉默中,那位刀箭药先生站起来说话了:"我老了,啥也不图了,只求死了能归祖坟。"土匪们随之纷纷喊起来:"归顺保安团……"黑娃抱起双拳,跪倒在众人面前:"我跟众弟兄走,是崖是井也跳咧!"

滋水县境内最大的一股土匪归服保安团的消息轰动了县城。鹿黑娃的大名鹿兆谦在全县第一次公开飞扬。这股土匪从匪首到匪徒,全部隐姓瞒名使用奇怪的代号,谁也搞不清他们的真实姓名。白孝文和鹿黑娃领着百十名土匪走进滋水县城的南北大街,两边店铺里的市民放起了鞭炮。在县城南边保安团的营地举行了受降仪式,县党部书记岳维山、侯县长和保安团张团长亲临欢迎。黑娃和岳维山握手时感到极大的不自在。岳维山攥住黑娃的手说:"咱们是老朋友了,我欢迎你。"黑娃满脸尴尬地苦笑了一下。

黑娃和弟兄们从一开始决定受降招安就潜藏在心底的疑虑很快得以化释,弟兄们全部编为新成立的炮营,黑娃被任命为营长。白孝文因功劳卓著,受到县府嘉奖。白孝文终于有了对黑娃推心置腹的机会:"兆谦兄,我欠你的……到此不再索赔了吧?"

第三十章

某天早晨,中华民国政府对设在白鹿原的行政机构的名称进行了一次更换,白鹿仓改为白鹿联保所,田福贤总乡约的官职名称改为联保主任;下辖的九个保障所一律改为保公所,鹿子霖等九个乡约的官职称谓也改为保长;最底层的村子里的行政建制变化最大,每二十至三十户人家划为一甲,设甲长一人;一些人多户众的大村庄设总甲长一人;这种新的乡村行政管理制度简称为保甲制。这不仅仅是名称的更易,重要的是在于防止和堵塞共产党势力在乡村的滋生和蔓延。在整个原上的所有村寨完成新的建制,而且任命了全部甲长总甲长和保长以后,田福贤第一次以联保主任的新面貌召集了一次联、保、甲三级官员会议。田福贤开宗明义地说:"日本投降了就剩下共产党一个对手了,现在从上到下要集中目标,一门心思收拾共匪。中华民国的内忧外患将一扫而光,天下即可太平。甲长要保证你管辖的那二三十户里头不出共匪,不通共匪;总甲长要保证你那个村子不出共匪,不通共匪;保长要保证你属下的大村小庄不出共匪,不通共匪;我田某嘛,也向县上具保,在白鹿联保所辖属的区域彻底剿灭共匪。哪个保哪个村哪一甲出了共匪通了共匪,就先拿哪一甲甲长是问,再拿总甲长和保长是问,当然嘛,县上也要拿我是问。诸位,这回可得眼放亮点儿。剿共比不得打日本,日本占了大半个中国,终究没能打进潼关,抗战八年咱们原上人连小日本一个影子也没见过;共产党比不得日本鬼子,这是土生土长的内匪家贼,他额颅上没刻共字,站在跟前你也认不出来,所以嘛,我说诸位得多长个心眼儿,眼睛也得放亮点儿。白鹿原是共匪的老窝儿,全县的第一个共匪党员就出在原上,全县的头一个共党支部也建在咱这原上,而且就在白鹿联保所辖地以内,在县上在省上咱们白鹿联这回都划入重点查剿地区……"

田福贤接着布置征丁和征粮任务。二丁抽一是原则,也是具体实施准则;新增的军粮是官粮以外的项目,两者都属于非常时期的军事性质的举措,同样是为了剿灭共匪祸患的需要。田福贤宣布了各个保公所征丁和征粮的数目以后,看见好多甲长们瞠目结舌的表情,这是他事先预料得到的,他用惯常那种简捷明朗的语言说:"县长说明白了,这回不怕谁再闹'交农',谁抗粮不交有丁不出,还搞什么鸡毛传帖惑众闹事,一律按通共格杀勿论。丁征不齐粮征不够,先甲长后总甲长再后是保长层层追查,到时候可甭怪我田某人睁眼不认人……"

保甲制度实施以后所干的头两件事——剿共和征丁征粮,立即在原上引起了恐慌。原上现存的年龄最长的老者开启记忆,说从来没见过这样普遍的征丁和这么大数目的军粮,即使清朝也没在原上公开征召过一兵一卒,除了给皇上交纳皇粮外,也再没增收过任何名堂的军粮。民国出来的第一任滋水县史县长征收印章税引发"交农"事件挨了砖头,乌鸦兵射鸡唬众一亩一斗,时日终不到一年就从原上滚蛋了。而今保甲制度征丁征粮的做法从一开始就遭到所有人的诅咒。白鹿镇的三六九集日骤然萧条冷落下来,买家和卖家都不再上市。白鹿保公所保长鹿子霖突然被捕收监的意外事件,一下子把刚刚噪起的慌乱和怨愤气氛从一切公开场合抑压下去了。

那天早饭后,鹿子霖在保公所里跟下辖的各甲长总甲长们正在开会,逐村逐户核查每家的男人和他们的年龄,最后确定谁家该当抽丁。

第一次的初查登记遇到无穷无尽的麻缠,几乎所有父母都找到甲长总甲长家里去说明儿子年龄不够,好多甲长碍于左邻右舍或同族同宗的面皮,就将矛盾上交给保长鹿子霖。鹿子霖不得不与甲长们掐着指头核对他们的属相,该征的壮丁名单很早拟定下来,但由于种种搅缠而不能下达……

"先把已经查实的壮丁名单公布下去,胡搅蛮缠的逐个再核。"鹿子霖对甲长们说,"要是查出来伨俩隐瞒岁数的人,拉来砸一顿军棍做个样子。要不嘛,这个保长我就没法子干咧!"甲长们赞成这个办法,因为他们比保长的处境更加为难。鹿子霖说完这个办法之后,就瞅见门里一溜儿拥进来五六个戴黑盖帽的保安团团丁,起初还以为他们是来督查征丁军务的,便站起身来招呼他们坐屋里喝茶。领头的一个问:"你是鹿子霖不是?"鹿子霖刚点了一下头,还没答上是与不是的话来,后边的四五个团丁一拥而上,就把他给结结实实捆起来了。在座的甲长总甲长们大惊失色,鹿子霖急得煞白着脸喊:"咋回事咋回事?我是保长,你们凭啥绑我?"领头的团丁只是出于职业习惯回答说:"到县里你再问头儿去,子丑寅卯由头儿给你说。我只管绑人逮人,头儿叫逮谁我就逮谁。"鹿子霖在被推出房门时差点栽倒,气得浑身直打哆嗦:"我要当着岳书记的面把事弄明,是谁在背后用尾巴蜇我?"

白鹿村对鹿子霖的被逮噪起种种猜测,有的说是鹿子霖隐瞒本保的土地面积和壮丁的数目,违抗了民国法令;又有人说是冷先生将亲家鹿子霖告下了,犯了逼死儿媳罪,又伤风败俗;有的人说鹿子霖招祸招在儿子鹿兆鹏身上,县府抓不到共产党儿子就抓老子,正应验了"逮不住雀儿掏蛋,摘不下瓜来拔蔓"的俗话。种种猜测自生自灭,哪种说法都得不到确凿的证实。过不多久,猜测性的议论又进一步朝深层发展,推演到鹿子霖的人际关系上头来。鹿子霖和黑娃的女人小娥有过那种事,黑娃而今是县保安团三营营长,有权有势更要有面子,势必要拾掇鹿子霖;再说孝文早在黑娃之先就已经在保安团干红火了,自然不会忘记鹿子霖拆房的耻辱,真是君子报仇十年不晚;谁会料到浪子孝文、土匪黑娃会有这般光景,这番天地?鹿子霖遇到这两个对头哪能有好果子吃。

白鹿村对此事最冷静的人自然还是白嘉轩。孝武被任命为白鹿村的总甲长,亲眼目睹了鹿子霖被抓被绑的全过程,带着最确凿消息回到家中,惊魂未定地告诉了父亲。白嘉轩初听时猛乍歪过头"噢"了一声,随之又恢复了常态,很平静地听完儿子甚为详细的述说,轻轻摆一摆脑袋说:"他……那种人……"孝武又把在村巷里听到的种种议论转述给父亲,白嘉轩听了既不惊奇也不置可否。他双手拄着拐杖站在庭院里,仰起头瞅着屋脊背后雄巍的南山群峰,那架势很像一位哲人,感慨说:"人行事不在旁人知道不知道,而在自家知道不知道;自家做下好事刻在自家心里,做下瞎事也刻在自家心里,都抹不掉;其实天知道地也知道,记在天上刻在地上,也是抹不掉的。鹿子霖这回怕是把路走到头了。"白嘉轩说着转过身来,对聆听他的教诲的儿子说:"你明天到县上去找你哥,让他搭救子霖叔出狱。你给你哥说清白,要尽心尽力救。"

鹿子霖的女人鹿贺氏走进来,黄肿发胀的脸颊和眼泡儿上都流露着焦虑。白嘉轩以少见的热切口吻招呼她屋里坐,不等鹿贺氏开口,就赶忙询问鹿子霖的情况。"啥啥儿情况连一丝丝儿也摸不到。"鹿贺氏说,"我跑了两天,冷先生哥也专程到县里去了一回,甭说见不到人,连一句实情都问不出来。"白嘉轩替她宽心:"你甭急也甭乱跑了。我跟孝武刚刚说过,让他明早到县上找孝文先打探一下,看看到底是因为啥事由。问清了事由儿,才能对症下药想办法。"鹿贺氏翻起沉重的眼泡儿感激地说:"我来寻你就为这事。哥呀,我知道你为人心长。"白嘉轩鼻腔里不在意地吭了一声,摆摆头说:"在一尊香炉里烧香哩!再心短的人也不能不管。"鹿贺氏说她昨日找过鹿三,求他到县上跟黑娃打探一下,鹿三脖子一扭说,我为我的大事小事也没寻过他。我不是他爸,他不是我儿,你还不知道?你叫我求拜他是糟践我哩!白嘉轩笑笑说:"三哥那人你明白,是个倔豆儿咯!"鹿贺氏临到从椅子上站起身来告辞时,颤着声说:"我这阵儿倒再指靠谁呀?"

白嘉轩听了这话心里一沉,默然瞅着鹿贺氏走出院子。鹿家眼下已经走到独木桥上,而河中心的那块桥板偏偏折断了,鹿兆鹏闹共产,四海闯荡,多年不见音信,鹿子霖有这个儿子跟没这个儿子是一回事;鹿兆海死了。在原上举行过一次绝无仅有的隆重葬礼,坟头的蒿草冒过了那块一人高的石碑,完全荒寂了;鹿子霖家修筑讲究的四合院里,现在只剩下一个黄脸老婆子鹿贺氏揎在里头。白嘉轩拄着拐杖站在庭院里,眼前忽然浮起小他两岁的鹿子霖幼年的形象,前胸吊着一个银牌儿,后心挂着一只银锁,银牌和银锁上各系着两只小银铃,凭银铃的响声可以判断鹿子霖是平步走着还是欢蹦蹦地颠跑着……鹿子霖他大鹿泰恒对儿子所犯的致命性错误,鹿子霖自己又在他的后人兆鹏兆海身上重犯了。家风不正,教子不严,是白鹿家族里鹿氏这一股儿的根深蒂固的弱点,根源自然要追溯到那位靠尻子发起家来的老勺勺客身上,原本就是根子不正身子不直修行太差。"这是无法违抗的。"白嘉轩拄着拐杖,泥塑一般站在庭院里思虑和总结人生,脑子里异常活跃,十分敏锐,他所崇奉的处世治家的信条,被自家经历的和别家发生的诸多事件一次又一次验证和锤炼,愈加显得颠扑不破。白嘉轩让孝武到县上去做搭救鹿子霖的举措,正好发生在鹿贺氏登门之前,完全体现了他"以德报怨以正祛邪"的法则。他在得悉鹿子霖被逮的最初一瞬间,脑子里忽然腾起鹿子霖差人拆房的尘雾。他早已弄清了儿子孝文堕落的原因。他一半憎恨鹿子霖的卑劣,又一半谴责自己的失误。现在他无疑等到了笑傲鹿子霖身败名裂的最好时机。他没有幸灾乐祸,反而当即做出搭救鹿子霖的举措,就是要在白鹿村乃至整个原上树立一种精神。他几乎立即可以想见鹿子霖在狱中得悉他搭救自己时该会是怎样一种心态,难道鹿子霖还会继续得意于自己在孝文身上的杰作吗?对心术不正的人难道还有比这更厉害的心理征服办法吗?让所有人都看看,真正的人是怎样为人处世,怎样待人律己的。

白嘉轩听到一阵急促的脚步声,回头看见孝武神色紧张地走到跟前,他告诉父亲一个意料不到的消息:"爸!田主任让我顶上一保保长的空缺!""唔?当保长?"白嘉轩说,"你先到县上去办那事,你子霖叔家婶子刚才来过……你明早就起身。"

鹿子霖已经沉静下来。从保安团团丁把一条细麻绳缠到他的两条胳膊上算起,直到拽着他走过原上的官路,走进滋水县城,然后推进只有一个小孔的牢门,在散发着一股腐臭气味的牢房里刚度过了一个后晌和一个夜晚,盼来了监牢里陌生的第一个黎明时分,他都一直处于愤怒到癫狂的情绪里。从小孔里接过第一餐囚犯的黄碗时,他更加狂怒,扬手就摔砸在墙壁上。当他接受了第一次讯问之后,又立即安静下来,安静地坐在靠墙的床板上,呼气吸气都很匀称。当他从小孔里接过一碗蒸腾着焦煳味儿的苞谷糁子时,对送饭的狱卒说了一句调皮话:"兄弟,你烧熬糁子的时候,是不是在耍毬?糁子烧焦了,你喂我家的狗狗也不喝!"鹿子霖还是喝了那碗散发着焦煳苦味儿的苞谷糁子,而且喝得一滴不剩,用筷子头儿越来越欢快地刮刨着黏滞在黄碗碗壁上的糁子粒儿,仍然不忍心放弃,干脆扔了筷子伸出舌头舔起来。他现在才回忆起前一顿饭是在自家屋里吃的,这一碗饭正好与前一顿饭间隔两天一夜。

第一次审讯十分简单:"你把你的共匪儿子的行踪供出来,就放你回去。你啥时候想通了,就随时说话。我们有充分的证据,证明你知道你儿子的底细。"鹿子霖听明白了,也就不再慌乱,不再生气,更不会摔碗掷箸与饭食为仇了。他当即做好了死在这张硬板床上的准备。他在审讯时只问了一句话:"要是我说不出兆鹏的影踪,大概就得在这不刮风不淋雨的屋子里蹲到死吧?"审判官抿了抿嘴,没有回答他的挑衅。鹿子霖吃完以后,就仰躺在床板上,高高跷起一条腿,心里想:修下监狱就是装人哩咯!能享福也能受罪,能人前也能人后,能站起也能圪蹴得下,才活得坦然,要不就只有碰死到墙上一条路可行了。鹿子霖唯一感觉难受的是没有烟抽。他狠狠抽了自己一巴掌,嘴唇垫硌在牙齿上一阵刺疼抑制住烟瘾。厚重的木板门吱扭一声,白孝文一脚跨进门来。鹿子霖从木板床上骨碌一翻跳下地:"孝文,快给叔掏一根烟。"白孝文从口袋里摸出烟盒递给他。鹿子霖急不可待地抽出一支,颤抖着手指在孝文划着的火柴上点燃了,闷着头猛吸了一阵,随之放出一口浓浓的烟雾,呛得他大声咳嗽流出眼泪,天真如孩子一般笑了说:"饿咧渴咧都能忍得住,就是烟瘾发咧忍受不住。"

白孝文一身笔挺的戎装,显示出一个儒将的优雅风姿。鹿子霖的烟瘾得到缓解,情绪也安静下来,瞅着站在眼前的孝文,想起舍饭场上与死亡只有半步之隔的那个败家子的形象。他做出满不在乎豁然朗然的轻松姿态,爽快地承受着孝文的关心和安慰:"老侄儿,你放心,叔把世事看得开,这事嘛,也想得开。你今日能来看叔一回,这就够了。你给你婶捎话,让她给我买二斤旱烟叶子捎来,再啥我都不在乎。"白孝文说:"后晌我就差人给你送一把烟叶子。"随之告诉他:"岳书记在省上挨了'头子',回到县上大发脾气……亲自拍板叫抓你。有人说你曾经找过兆鹏,岳书记推测你肯定知道兆鹏的底细。岳书记抓你朝你要兆鹏,谁也不好开口给他说话……"鹿子霖一听就呵地笑了:"岳书记听信那些闲传,真是挨'头子'挨昏了！老侄儿,你管不了这事我知道,你只要给叔把烟叶子送来就行了。"

第二天,卫兵又押鹿子霖出门。鹿子霖对审问有一种家常便饭不再新鲜的感觉。走出大门时,发觉与头次审讯走过的路方向相背,猛然想到该不会就这么快、就这么糊里糊涂给枪崩了吧？及至被押进县府大门,他仍然疑虑难释。鹿子霖被押进一间窄小的房子,想不到岳维山书记从套间里走出来,动手就解他胳膊上的绳子。鹿子霖拧扭一下臂膀,拒绝岳维山的虚情假意:"甭解甭解！就这样绑着倒好。"他眯缝着深陷的眼睛瞧着窗户。岳维山收起了脸上的笑容,挺坐在一张椅子上开了腔:"你不要想不开。省上剋我姑息养奸。你还耍什么脾气,使什么性子？"鹿子霖硬顶:"要说姑息养奸,那不能问罪于我鹿某。是谁出口闭口国共合作？是谁在白鹿区分部成立大会上跟共匪兆鹏肩并肩坐在主席台上？是谁讲话时挽着兆鹏的手举到头顶咪？我那阵子就不赞成兆鹏闹共产。这阵子倒好,你们翻脸了把我下牢！"岳维山平淡地笑着说:"这就叫此一时彼一时也。我听说你领着儿媳到城里找兆鹏,有这事没有？"鹿子霖扬起头:"有！"洪亮的嗓音显示着诚恳,也喻示着这事情并不重要。然后以坦然的口气解释说:"儿媳有病,是女人家的内症。她爸是先生,专门给人治病,可不好问女儿那些病症,我就引她到城里去看病。村里有人糟践我,说我给儿媳种上了,去找儿子接茬……你堂堂滋水县岳书记听凭几句闲传,就把我绑了下牢,正好把这瞎话搁实了。甭说我通共不通共,单是这瞎话,就把我的脸皮揭光了剥净了。我没脸活人了,我准备死到你的牢里,啥也不想了。"岳维山对他与儿媳有没有那种事不感兴趣,倒是对他毫不忌讳地说出这件事感到惊奇,就冷着脸狠狠戳他一锥子:"鹿子霖,你的脸真厚！你甭跟我死呀活呀耍无赖,监狱里死人,你想想会算个啥事？你引儿媳究竟是看病,还是找兆鹏？我没有一点把握就能绑你？你不要自作聪明，也甭要无赖，说实话为好。你好好想想，再掂量掂量，你想通了说了实话，就放你回家。你早晨说了，晌午就放你走。你的事情不复杂，就这一条。"鹿子霖说："没有啥想的。我早都活得没劲咧。我一个娃为国为民牺牲了性命，一个娃当共匪，跟没有他一样。独独儿剩下我栽在世上，还不及死了好！"岳维山说："你甭要无赖，也甭要小聪明，我认识你。"

白孝武从县上回到白鹿村，详细向父亲叙说了搭救鹿子霖的经过，最后说："岳维山亲手掐着子霖叔的脖子朝他要兆鹏，谁眼下也不敢求他松开手。"白嘉轩缓缓地吸着水烟听着，噗的一声吹出水烟铜管里的烟灰，平静地说："你去给你子霖婶回个话。我们算是尽了心了。"孝武却转了话题说："爸，黑娃说要回来到祠堂祭祖。"白嘉轩不禁一愣。

孝武又接着叙说这件事：他在孝文哥那儿吃晚饭，黑娃来找孝文商量事情，还说了鹿子霖被下牢的事，随后对他说："孝武，你回去给嘉轩叔捎句话，我想回原上祭祖。"孝武对这个突如其来的要求拿不定主意，恐怕父亲不会应允这个要求，就说："我保险把你的话捎到。"孝武第二天回来时，绕道到白鹿书院看望大姑和姑父朱先生。朱先生郑重其事地说："鹿兆谦想回原上祭祖，你给你爸捎句话，我跟他一搭陪他回原上去。"

白嘉轩听到这里忙问："你给你姑父咋回话来？"孝武说："我说这事事关重大，我一定把话原封不动捎回来。"白嘉轩把水烟壶往桌子上一蹾："蠢货！你连这样的事都分辨不清，你真蠢！"孝武的情绪顿时受挫："我想黑娃那样的人，咋能再进祠堂？"白嘉轩凛然站起："你明天就找几个人，把祠堂清扫一下，香蜡纸表都备齐整。后日你就到县上去迎接鹿、兆、谦。"

遵照归顺谈判达成的协议,近百号土匪弟兄全盘端进第三营,即炮营。黑娃接受了张团长对炮营进行整训的命令。三个军事教官来到炮营,对刚刚征召进来的年轻后生和土匪进行基本的军事操练,仅仅队列操练就搞了整整半个月,才勉强可以踏出整齐的步伐。土匪弟兄对这种机械而单调的训练从一开始就不大在乎,说这种纯粹摆设性的动作不顶毬用,打起仗来根本不靠这些花架子。黑娃在习旅接受过正规军事训练,对弟兄们吊儿郎当的行为很生气,当众杖责了两个敢于顶撞军事教官的弟兄,然后铁着脸说:"弟兄们,咱们现在是正规军队了,得有军队的规矩。"随后才进行持枪操练。土匪们原有的乱七八糟的枪一律入库,每人配发一支蓝光熠熠的新枪。土匪弟兄们这时候出尽风头,实弹射击的命中率令三位教官大为吃惊。最后进行大炮射击操练,按规定应该将步枪重新收回。黑娃拒绝执行这道命令。张团长解释说:"炮营不配发步枪,在正规军队里也是这样。"黑娃说:"规矩我明白。步枪得给我配备,要不然让二营干炮活儿。"张团长眨了眨眼睛,释然笑了:"好了,我明白了,步枪不收了。"

　　到张团长家赴宴是黑娃归顺以后的重要一步。黑娃进屋时,一营长白孝文、二营长焦振国已经在座。团长和他打招呼之后,又唤来太太和他见面认识。张团长专意请来了县城里头把勺子冯师做菜,黑娃面对一盘又一盘精细的菜肴不忍动箸。酒过三巡,张团长直戳戳对黑娃说:"兆谦,你晚上再不闭着眼睛睡觉,我就请你回山上再当你的山大王。"白孝文和焦振国都哈哈大笑。保安团里神秘地传说着三营长鹿兆谦晚上有睁着眼睛睡觉的习惯。黑娃不好解释什么,因为团长说的不过是一句笑闻,也就不在意地笑笑:"甭听那伙人给我胡咧咧。"张团长却认真起来:"我看不是胡咧咧。你自下山以来,没在城圈里睡过一夜,是不是?"黑娃的炮营驻扎在古关峪口,他一直坚持住在营部里,就点头说:"官不离兵,这是领兵规矩。"张团长摇摇头说:"规矩不是坏规矩。可你这是不放心我,你怕我单个收拾你。你甭朝我瞪眼。你硬要给炮营士兵配发步枪合不合规矩?说透了还是为着防备我。对不对?"黑娃在这样突如其来的追问下,有点无措。白孝文和焦振国也始料不及而局促起来。张团长又进一步说:"你还信不下我。你信不过我,怎样跟我共事?我当团长,连我手下的营长都信不过我,这咋弄?我是个外路人,出门全靠朋友,你信不过我,我可是实打实相信你。"

于是便喝血酒。四个人由张团长率先割破指头,将血滴入酒壶里,其他人一一仿效,然后从酒壶里把混合着四个人血浆的红色酒液斟满四个酒盅,一齐端起来饮下。黑娃猛然想起头一次和大拇指芒儿饮血酒的情景。他对另外三位说:"张团长,白营长,焦营长,鹿某只有一条可以夸口:从不负人。"张团长擂一下桌子:"我一生就凭这一条活人!"

黑娃随后完成了他的第二回婚事。白孝文先给他介绍了一位老秀才的女儿,张团长又给他瞅下县城一家布店老板的女儿,张团长和白孝文为此而发生了友好的争执。白孝文坚持认为老秀才的女儿知书达理,对黑娃所缺乏的东西正好是一个补充;那女子聪明过人,没上过一天学却能熟背四书,全是听老秀才诵读时记下的。张团长认为这种女子对黑娃来说,是丝线缝麻袋——太细了倒糟糕;黑娃需得一个飒爽利落的女人操持家务,应酬必不可少的社交场面。俩人争论的结果,还是让黑娃抉择。焦振国打哈哈说,干脆让黑娃抓阄,抓着谁算谁命大。在他眼里,无论哪个都不过是个女人。黑娃终于选定了高老秀才的女儿玉凤,诚挚地说:"团长,我需得寻个知书达理的人来管管我。"

临到白孝文正式做媒向老秀才求婚时,高老秀才只提出一个先决条件,要求未来的女婿必先戒掉吸"土"的毛病,并且申明这是他女儿玉凤的要求,否则将以死抗婚。黑娃对孝文说:"好办。"他在猛吃硬塞下六个饦饦一碗的羊肉泡馍后,命令他的弟兄说:"把我捆到大炮筒子上,绳头拴成死结。"黑娃在炮筒上被捆绑了整整五天五夜,汤水未进;第三天时下了一场瓢泼大雨,他骂走了企图割断绳索的团丁……黑娃戒烟成功,不仅娶回了老秀才的小女儿,而且使他的威名震撼了县城各个阶层,这人真是个冷家伙。

黑娃在县城买下一院房子,雇请工匠进行了一次彻底的修缮,出脱成一院漂亮的新房了。红火的婚礼仪式就在这儿举行。婚礼这部繁缛冗长的大书的每一章每一节的实施,都给黑娃一次又一次带来欢乐又招来痛苦。他戴着红花跨上红马,随着呜哇吹响的喇叭乐队出发迎亲的时候心跳如兔蹦,以至看见岳丈老秀才斯文的举止,忽然想起小娥父亲羞于见人的面孔,那也是一位知书达理的老秀才;黑娃跟着彩饰的花轿在欢乐悠扬的乐曲中回程的时候,忽然想到在渭北那个武举人家攀树翻墙与小娥偷情的情景;黑娃领着新娘走进大门又走进洞房的时候,猛烈爆炸的雷子炮和串子炮使他血液沸腾,即使在这样热烈嘈杂的场合里,脑子里仍然闪出和小娥走进村头窑洞时的情景;黑娃揭开新娘子蒙在脸上的红绸盖巾,屏声静息地看见一张羞怯掩盖下的沉静自若的面孔时,眼前又一下子闪现出小娥那张眉目活泛生动多情的模样……及至婚礼大书翻到最后一页,酒席收盘、宾客散去、庭院沉寂、红烛高照时,这种现实的欢乐和回忆的痛苦互相扭缠互相侵犯的心境仍然不能止息。洞房的门闩插上以后,黑娃的心情变得更加糟糕,他觉得自己十分别扭,十分空虚,十分畏怯,十分卑劣,而对面椅子上坐着的不过是一个柔弱的女子,两支红烛跃动的火焰在新娘脸上闪烁;他想不起已往任何一件壮举能使自己心头树起自信与骄傲,而潮水般一波又一波漫过的尽是污血与浊水,与小娥见不得人的偷情以及在山寨与黑白牡丹的龌龊勾当,完全使他陷入自责和懊悔的境地。她端坐在方桌的那一边,墨绿色的褶裙散拖在地上,罩住并拢着的膝盖和腿脚;两只平平的肩头透出棱角;红色缎面夹袄隐约透出两个紧捆成团的乳房的轮廓;乌黑的头发绾成一个硕大的发髻,上面插着一枚绿色翡翠骨朵;单薄的眼皮下是一双沉静的黑眼珠;挺直而秀气的鼻梁;薄厚适度的嘴唇更显示出自信沉稳。黑娃久久地坐着抽烟,看到炕头并摆着的一双鸳鸯枕头,更加卑怯到无力自持的地步。

红烛相继燃尽。蜡捻残余的火星延续了短暂的一会儿也灭绝了。屋子里一片漆黑。黑娃在黑暗里感到稍许自如舒展了,鼓起勇气说:"娘子,你知道不知道我以前不是人,是个……"方桌对面的新娘子以急促而冷静的声音截住了他的话:"我只说从今往后,不说今日以前。"黑娃听了浑身颤抖,呜地哭出一声,随之感觉有一只手抚在肩头,又有一只手帕在他脸上眼上轻轻抚擦。黑娃猛然抱住她的身子,偎在她胸前呜咽说:"你不下眼瞧我,我就有了贴心人了。"新娘子却笑着说:"你把我抱到炕上去……"

完全是和平宁静的温馨,令人摇魂动魄,却不至于疯狂。黑娃不知不觉地变得温柔斯文谨慎起来,像一个粗莽大汉掬着一只丝线荷包,爱不释手又怕揉皱了。新娘倒比他坦然,似乎没有太多的忸怩,也没有疯张痴迷或者迫不及待,她接受他谨慎的抚爱,也很有分寸地还报他以抚爱。她温柔庄重刚柔相济恰到好处,使他在领受全部美好的同时也感到了可靠和安全。

第二天早晨,黑娃起来时已不见新娘,走到厨房门口,看见她一手拉着风箱,一边在膝头上摊开着书本。黑娃洗脸一毕时,她先给他递上一杯酽茶,接着端给他一碗鸡蛋。黑娃喝了口茶又捉起筷子,夹住一个鸡蛋随即又沉入碗中,扬起头说:"我从今日开始念书。"

玉凤说:"你想念就念。"

黑娃问:"晚不晚?现在才想起念书怕是迟了?"

玉凤说:"圣人说'朝闻道夕死可矣'。念书没有晚不晚迟不迟的事。"

黑娃说:"那我就拜你为师咧!"

玉凤摇摇头:"你要是真想念书,应该正经拜师。我不能够做这样事。"

黑娃问:"为啥?"

玉凤说:"甭忘了你是丈夫,我要是当了你的先生就没有丈夫了。你在外边拜师去。"

黑娃怀着虔诚之心走进白鹿书院,看守门户的张秀才拒绝他进入:"不管谁不论啥事,朱先生一律谢客。"黑娃说:"你去传话,就说土匪头子鹿黑娃求见先生。"

朱先生正在庭院树荫下闭目养神。他送走了编纂县志的几位同仁,不仅身俸无法支付,连三顿饭也管不起了。朱先生最后一次找到县府申述县志编纂工程的重要,管钱的主任摸摸硕大的光头,就呵呵笑起来:"好朱先生哩!剿共重要不重要?岳书记手谕拨款给保安团买大炮重要不重要?"朱先生被呛得噎住,分辩说:"现在只要一笔石印的钱,县志已经编成了。"主任说:"编成了先放下,等剿灭了共匪国泰民安那阵儿,我给你拨款,多拨些也印得漂亮……"朱先生早已不再晨诵午习,常常坐在那把破藤椅上闭目养神。听见张秀才传报,朱先生睁开眼睛:"噢!我这辈子就缺少看见土匪的模样。让他进来。"

黑娃进门再进入庭院,看见一把破旧藤椅上坐着一位头发银白的老者,恰如一座斜立着的山峰,紧走几步就扑通一声跪倒了:"鹿兆谦求见先生。"

"你是何人?求我有啥事体?"

"鄙人鹿兆谦,先前为匪,现在是保安团炮营营长。想拜先生为师念书。"

"我都不念书了,你还想念书?"

"兆谦闯荡半生,混账半生,糊涂半生,现在想念书求知活得明白,做个好人。"

"你坐下说。"

黑娃站起来坐到石凳上。朱先生自嘲地说:"我的弟子有经商的,有居官的,有闹红的,有务农的,独独没有当土匪的。我收下你,我的弟子就行行俱全了。"说着回屋取来纸笔,拔下笔帽;笔头儿已经干涸,经水泡开又磨了墨汁,给黑娃写下"学为好人"四字,说:"你是我最后一个弟子。这是我最后一幅题字。"

黑娃每日早起借着蒙蒙的晨曦舞剑,然后坐下诵读《论语》,自然常常求问于高氏玉凤;每隔十天半月去一趟白鹿书院,向朱先生诵背之后再说自己体味的道理。朱先生深为惊讶,开始认真地和他交谈,而且感慨不已:"别人是先奠下学问再出去闯世事,你是闯过了世事才来求学问;别人奠下学问为发财为升官,你才是真个求学问为修身为做人的。"黑娃谦然地说:"我学一点就做到一点,为的再不做混账事。"朱先生仰起脖子慨叹道:"想不到我的弟子中真求学问的竟是个土匪坯子!"

黑娃言谈中开始出现雅致,举手投足也显现出一种儒雅气度。玉凤更加钟爱黑娃。团长以及同僚们也都觉察到这种变化。黑娃再一次走进白鹿书院时,就不无激动地说:"先生,我想回原上去祭祖。"朱先生久久凝视着黑娃,竟然颤抖着嘴唇说:"好哇兆谦,我陪你回原上祭祖。"

黑娃真正开始了自觉的脱胎换骨的修身,几近残忍地摈弃了原来的一些坏习气,强硬地迫使自己接受并养成一个好人所应具备的素质,中国古代先圣先贤们的镂骨铭心的哲理,一层一层自外至里陶冶着这个桀骜不驯的土匪坯子。黑娃同时更加严厉地整饬炮营,把一批又一批大烟鬼绑捆到大炮筒子上,土匪弟兄们的体质首先明显地发生变化；他把一个在街道上摸女人屁股的团丁扒光衣服捆绑到树上，让炮营二百多号团丁每人抽击一棍；过去的保安团丁在县城是人人害怕的老虎，又是人人讨厌的老鼠，人们把保安团叫捣蛋团；黑娃整饬三营的做法得到张团长的奖赏，一营和二营也开展了整顿活动；保安团在县城居民中的形象从此发生变化，黑娃在整个保安团里和县城里威名大震。

黑娃回乡祭祖的举动在原上引起震动。曙色微明，黑娃携着妻子高玉凤从县城起身，绕道走到原坡上的白鹿书院，朱先生早已收拾停当等候多时。三个人一行沿着坡沟间的小路走着，天色愈来愈亮。黑娃脱了戎装，也没有一片绫罗绸缎，而是专门选买了家织土布，声明不许用机器轧制，由妻子玉凤亲手裁了缝了，只有头顶的礼帽是呢料的，完全成了一个拘谨谦恭的布衣学士了。他不骑马，也不带卫士随从，为此与张团长和白孝文都发生了争执。张团长说："带个随从替你跑腿。"孝文则指明说："你先前在原上有对手，以防不测。"黑娃说："有朱先生领路引导强过一个师的人马。"午后时分，黑娃一行走到白鹿村口，见白孝武领着十数人伺候在那儿迎接，连忙打躬作揖。从村口进入村庄，街道清扫得干干净净，土道上还留着扫帚划过的印痕，村巷里除了乱跑乱窜的小孩不见大人。黑娃走进村巷，就抑止不住心潮起伏，一幢幢破残的门楼和土打围墙，一棵棵粗的细的榆树椿树和楸树，都幻化成活物令他心情激荡。及至走到祠堂门口，看见鞭炮炸响的硝烟中站立着白嘉轩佝偻的身躯，一支拐杖撑在身前。黑娃紧走几步扑通一声跪下了，高玉凤也随着跪下去，只有朱先生抱拳向迎候在门口的乡亲作揖致礼。这是白鹿村最高规格的迎宾仪式，白嘉轩向来是在祠堂里处理本族的事务，在门口亲自迎接什么人几乎没有先例。

白嘉轩把拐杖靠在门框上，双手扶起匍匐在膝下的黑娃。黑娃站起来时已满含热泪:"黑娃知罪了!"白嘉轩只有一个豁朗慈祥的表情,用手做出一个请君先行的手势,把黑娃和朱先生以及高玉凤让到前头,自己拄着拐杖陪在右侧,走过祠堂庭院砖铺的甬道,侍立在两旁和台阶上的族人们拥挤着伸头踮脚。两支木蜡已经点燃,孝武侍立在香案旁边,把紫香分送给每人三支。白嘉轩点燃香支插入香炉就叩拜下去:"列祖列宗,鹿姓兆谦前来祭奠,求祖宗宽恕。"黑娃在木蜡上点香时手臂颤抖,跪下去时就哭喊起来,声泪俱下:"不孝男兆谦跪拜祖宗膝下,洗心革面学为好人,乞祖宗宽容……"朱先生也禁不住泪花盈眶,进香叩拜之后站在白嘉轩身边。高玉凤最后跪下去,黑娃跪伏不起,她也一直陪跪着。白嘉轩声音威严地说:"鹿姓兆谦已经幡然悔悟悔过自新,祖宗宽仁厚德不计前嫌。兆谦领军军纪严明已有公论,也为本族祖宗争气争光,为表族人心意,披红——"白孝武把一条红绸递到父亲手上,白嘉轩亲手把红绸披挂到黑娃肩头。黑娃叩拜再三,又转过身向全体族人叩拜。他从妻子玉凤手里接过一个红绸包裹的赠封,交给白嘉轩说:"我的一点薄意,给祖宗添点香蜡。"他把赠封的银元递到白嘉轩手里,面对着那个佝偻如狗一样的身躯不禁一颤,耳际又浮起许多年前自己狂放的声音:那人的腰挺得太直……

族人纷纷散去,黑娃在白嘉轩的陪同下款步走在院子里,一回身瞅见墙上嵌镶的乡约碑石的残迹,顿然想起作为农协总部的这个祠堂里所发生过的一切,愧疚得难以抬头。他想请求白嘉轩,由自己出资重新雕刻一套完整的乡约石碑,却终于没有说出口来,缓些时候再说吧,那断裂拼凑的碑文铸就了他的羞耻。

黑娃问:"怎么没见我大?"白嘉轩笑笑说:"你大在屋里等你,在我屋里。"鹿三得知儿子黑娃要回原上祭祖的消息,表示出令白嘉轩吃惊的态度:"晚了,迟了,太迟了!"他冷漠地咕哝着。白嘉轩叮嘱鹿三应该回家去收拾一下屋子,黑娃引着媳妇回来必定要回家看看的。自妻子去世以后,鹿三领着二儿子兔娃住在马号里,黑明都不回家了。鹿三摇摇头:"他要回家他就去。我不管。我也不见他。我只有兔娃一个儿。"白嘉轩甚至在劝说不下时发了大火:"人家学好你还不认账?你这样子的话就不通情理了。你要是不认黑娃,我就不认你了……"鹿三依然不动声色:"那好,那行,我权当给你饰面子。"白嘉轩就把鹿三和黑娃的会面安排在自己家里,因为鹿三坚决拒绝在祠堂里的族人面前和黑娃相见。

　　黑娃走进白嘉轩家那条街巷,没有进入门楼而拐进了对面的马号,把陪同的一行人扔在身后。走过马号的门道进入拴马场,黑娃一眼瞅见一老一少正在那儿铡草,老人一条腿跪在地上往铡口里擩塞草束,半大小伙子赳赳地叉开双腿一压一揭宽刃铡刀。西斜的夕阳把一缕血红投抹过来。空气中弥漫着青草清香的气味。黑娃走到铡墩跟前跪下去,叫了一声"大",泪如泉涌。鹿三停止了擩塞青草,痴呆呆地盯着儿子:"噢!你回来了……回来了好……"黑娃扶起父亲坐在铡墩上,转过身搂住弟弟兔娃的肩膀:"你还认得哥不?"兔娃扭一下头,羞涩地笑笑。白嘉轩指使儿子孝武陪引朱先生先到屋里坐着,自己引着黑娃媳妇高玉凤进了马号,朗声吆喝道:"三哥,你看媳妇也来看你了。"高玉凤叫了一声"大",就在草垛跟前跪拜下去。鹿三木然地瞅着儿媳妇玉凤优雅的叩头动作,眼里忽然掠过一缕惊骇,小娥被他刺中背部回过头来叫"大"的声音又再现了……白嘉轩强令鹿三父子撂下活儿回屋吃饭,鹿三没有拒绝也没有热情,只是木然地跟着白嘉轩走。黑娃忍不住问:"嘉轩叔,俺大看去晃晃悠悠的?"白嘉轩不在意地说:"老了,你大老了。"自从鬼魂附体的折腾以后,鹿三就成了这个样子。白嘉轩不想提及那个小娥,就进一步证实说:"人老了都是这样子。你看我嘛,也变得迟手笨脚瓜不愣愣的了嘛!"

　　一次难忘的晚餐在白嘉轩厅房明间里开筵。气氛由拘谨逐渐活跃起来,只有鹿三表情依然木愣。孝义被过来过去的祝辞和应酬的套话搞得不大耐烦,提出一个新鲜的话头儿:"黑娃哥,你在县里干大事,经的多见的广,而今朝民人又征粮又征丁,这日子咋过哩?"黑娃还没开口,白嘉轩瞪了孝义一眼:"咱今日个只跟你姑父你黑娃哥说家常话,旁的事一概不论。"朱先生接住话茬:"征粮征丁牵扯家家户户,也是家常事家常话呀!"白嘉轩点点头,慨然说道:"我是怕这些恼人的事说起来冲了兆谦的兴头儿。征这么多的粮和丁,我没经过也没见过,清家皇上对民人也没有这样心狠……"朱先生向来说话以近喻远:"买卖人有一句话说:心狠蚀本。"

　　饭后暮色苍茫。兔娃用笼提着阴纸,引着哥哥黑娃和嫂嫂玉凤去给母亲上坟,他悄悄说:"哥呀,我想跟你到保安团去?"黑娃沉思半晌,断然拒绝说:"兄弟你甭去。你还不懂。再说你走了谁给咱家顶门立户呢?"兔娃再不强求。慢坡地根一堆青草叶蔓覆盖着母亲的坟丘,黑娃痛哭一声几乎昏迷过去。他久久地跪在坟前默默不语。

　　黑娃回到村子天已擦黑。他领着妻子玉凤从东到西逐家逐户拜望乡亲,直到深夜才走过一半人家,几乎家家户户男人女人都不大在意他的歉词,而是众口一词诉述征粮征丁的巨大灾难,试探鹿营长能不能帮忙说情让娃娃免过征丁。黑娃自知既无普度众生之术,也无回天之力,只好表面应承着,却破坏了他回原祭祖的虔诚心情。

　　回到白家,黑娃谢绝了白嘉轩为他备好的炕铺,引着妻子走进自家那个残破的敞院,在尘土和老鼠屎成堆的厦屋炕上拉开了铺盖,那是一堆破布搅缠着棉絮的被子,深情地对高玉凤说:"咱们在妈妈的炕上睡一夜吧!"妻子欣然点头。黑娃鼻腔酸酸地说:"我就生在这炕上……我怕在这炕上再睡不了几回了……"玉凤温厚地帮他解纽扣脱衣服,然后躺进破棉絮里。黑娃闻到一股烟熏和汗腥气味,一股幽幽的母乳的气味,颤着声羞怯怯地说:"我这会儿真想叫一声'妈'……"玉凤浑身一颤,把黑娃紧紧搂住。黑娃静静地枕着玉凤的臂弯贴着她的胸脯沉静下来……

天明以后,黑娃领着玉凤继续拜望了白鹿村剩下的所有人家,最后回到白嘉轩的马号里,对父亲说:"再盖一座房子,该给兔娃张罗婚事了。"鹿三说:"兔娃还小。"闷了半晌又续着说,"房子嘛……等兔娃长大咧由他去盖。"黑娃说:"你跟兔娃搭手买木料买砖,先盖下房再张罗媳妇,厦屋快倒塌咧,人家谁敢把女子……"鹿三说:"我没劲头,不想张罗这些事。"黑娃把一摞银元递到鹿三的手里,退一步说:"你先拿这钱日常用着,盖房的事缓缓也好。"鹿三把银元再倾入黑娃手中,漠然地说:"要给钱你给兔娃。我不用钱。"黑娃迟疑一下把钱交给兔娃了。后响,他和玉凤起程回县城,朱先生一早先头走了。有些人怀着浓厚的兴趣等待,看黑娃去不去村子东头慢道上和小娥住过的那孔窑洞。他们终究得到一个不尽满足的结局,黑娃没有去。但有人仍然悄悄议论,黑娃在村子东头拜访乡亲时,肯定能瞅见崖头上那座镇压着小娥的六棱塔。

黑娃离开白鹿村的当天晚上,白嘉轩在上房里对孝武说:"凡是生在白鹿村炕脚地上的任何人,只要是人,迟早都要跪倒到祠堂里头的。"白孝武恭立听着。白嘉轩吸过一锅水烟之后,突然转了话题说:"我看你还得进山。"白孝武一时反应不过来,疑惑地瞅着父亲。白嘉轩说:"你前几天不是说人家让你当保长吗?"白孝武连连点头说:"这几天忙着迎接姑父和兆谦哥回乡的事。今日个后响,田主任在镇上撞见我,还催问哩!这事倒咋办呀?推是推不掉,当又当不成。现在当保长,刚跟上催粮要款征丁,尽是恶恨乡党族人的事,再说又顶的是子霖叔的空缺,更糟……"白嘉轩点头赞许孝武说:"哦!你也会方方面面想事了。我刚才说了,再进山去。"白孝武说:"躲?躲了好。"白嘉轩说:"甭说保长,咱连那个总甲长也不给他当咧。谁爱当谁当去。他愿意叫谁当就叫谁当,咱们不当。赶紧避远!田福贤再来问你,我就说山里药店烂包了,你去收拢摊子……"白孝武连连应承着:"对对对,这样好。那我明天一早就撤滑了,免得节外生枝。"白嘉轩站起来说:"你去收拾一下,早歇早起身。我还想跟你三伯说说话儿去。"

白嘉轩夹着一瓶酒走进马号:"三哥,咱俩干抿一口。"说着把酒瓶往炕头一蹾,又对兔娃说,"兔娃,你去拌草,把你爸换下来。"鹿三无动于衷地走到炕前,对着瓶嘴抿了一口。白嘉轩直言不讳说:"三哥呀,你这回对黑娃太淡。"鹿三没有吭声。白嘉轩说:"前多年黑娃不务正道,你见不得他我赞成,黑娃而今学好了,你就不该再拗着。你而今应该打起精神过光景,先盖房再置几亩好地,下来给兔娃张罗媳妇,明年你就该回家当个好庄稼主户了。"鹿三头也不抬,又呷下一口酒。三杯酒下肚之后,终于开了口:"嘉轩,你的话对对的,我也能想到。我想打起精神,可精神就是冒不出来嘛!"白嘉轩说:"我知道黑娃亏了你的心,丢了你的脸,可而今黑娃给你补心了,也给你争气饰脸了嘛!"鹿三听了感慨起来:"跟你说的恰恰儿是个反反子。那劣种跟我咬筋的时光,我的心劲倒足,这崽娃子回心转意了,我反倒觉得心劲跑丢了,气也撒光咧……"白嘉轩甚为奇异地说:"三哥,你这人大概只会一顺顺想事……你回头再想想,也许会涨起心劲打起精神……"鹿三说:"怕是难咧!"

过了十来天,鹿三不仅涨不起心劲打不起精神,反倒愈觉灰冷。白嘉轩也发现鹿三继续退坡,动作越显迟疑和委顿,常常在原地打转转寻找手里拿着的搅料棍子或是水瓢。黑娃归来不仅没有使鹿三精神振作,反倒更加萎缩迟钝了,这是他没有想到也没有想透的怪事。又过了两天,白嘉轩一个人正在屋里吸烟,兔娃进门来说:"叔哎,俺大叫你去喝酒,他有好酒。"白嘉轩立即起身跟着兔娃来到马号。鹿三邀他喝酒,是破天荒的头一回,大约三哥的心劲涨溢起来了哇?鹿三从炕头的一只小匣子里拽出一瓶酒,晃一晃:"嘉轩,你抿一口这好酒——西凤。"声音和动作都完全回复成原来的那个鹿三。白嘉轩兴致顿高:"好嘛三哥,我说你会打起精神来的,看咋着!"鹿三确真一反许久以来痴呆木讷的表情,洋溢着刚强自信的神气,眼睛里重新透出专注真诚的光彩。白嘉轩一下子受到鼓舞:"三哥哇,我一个人你一个人都孤清,我今黑跟你合套睡马号。"鹿三哈哈一笑:"你不嫌我这炕上失脏?有你这句话我就够了。咱喝一口。"俩人喝着说着,直到深夜都醉了,胡乱拽着被子躺在鹿三的炕上睡去了。

天色微明中,白嘉轩醒来一看,鹿三翻跌在炕下的脚地上,身体已经僵硬,摸摸鼻根,早已闭气了。白嘉轩双膝一软,扑到鹿三身上,涕泪横流:

"白鹿原上最好的一个长工去世了!"

第三十一章

　　黑娃卖掉了娶妻时在县城买下的那幢房子,在西安城学仁巷买下一院三合院旧房,把妻子高玉凤搬到远离县城的省城里去了。黑娃这样做的用意仅仅出于一种心理因素。他在县保安团,妻子就住在县城里,距娘家只隔一道拐巷,他和妻子的一举一动,一点响声,不消一时半刻就传到娘家屋里,甚至传进炮营士兵中间;作为保安团炮营营长的太太在娘家门口处人处世更是左右为难,稍有不慎就会引起市民们的议论,说她跟上营长眼高了,品麻了,肉贵重了,烧包了。黑娃把这个想法告知老岳丈,高老先生情通理达:"亲戚要好结远方,邻居要好高打墙。"黑娃和妻子玉凤搬进城里学仁巷的头一天晚上,在完全陌生的环境和完全陌生的人群中间,黑娃和玉凤都觉得小县城里被盯视被注目的芒刺全部抖落掉了。那天晚上,玉凤在新居的灶锅上第一次点燃炊火,炒下四样菜,俩人在小炕桌上吃着饮着。黑娃说:"你猜我这阵儿心里盘思啥哩?"玉凤瞅着黑娃熠熠闪光的眼睛,恬然地摇摇头。黑娃谦谦地笑笑说:"我想当个先生。我想到哪个僻远点儿的村子去,当个私塾学堂的先生,给那些鼻嘴娃们启蒙'人之初性本善'……我不想和大人们在一个窝里搅咧!"高玉凤稍感意外,说:"朱先生把你的气性也改换咧。"黑娃摇摇头说:"不是朱先生。我自下山到现在,总是提不起精神。"高玉凤瞅了瞅丈夫没有说话。黑娃喝下一盅酒说:"我老早闹农协跟人家作对,搞暴动跟人家作对,后来当土匪还是跟人家作对,而今跟人家顺溜了不作对了,心里没劲儿咧,提不起精神咧……所以说想当个私塾先生。"高玉凤点点头说:"先走一步再看吧!要是时势不好,我看退出来当先生倒安宁。"黑娃慨叹着:"我乏了,也烦了。"他们在新居睡下以后,黑娃紧紧搂抱着温柔的妻子动情地说:"甭看我有那么多称兄道弟的朋友,贴心人儿还是你一个。"

黑娃每隔十天半月回到学仁巷与妻子相聚,没有紧急军务时,就住上三五天。每次回城时,他都脱下保安团的军服,换上一身长袍,学仁巷的居民谁也搞不清他的真实身份。这天晚上,黑娃兴致勃勃回到家里,妻子照例问:"你想吃啥饭?"黑娃说:"水饭。"妻子作难地笑笑:"可这会儿黑灯瞎火到哪儿去挖荠荠菜?"黑娃把一只布兜翻倒过来,倒出一堆绿莹莹的荠荠菜。玉凤拣出一个嫩生生的勺儿菜,没有涮洗就塞到嘴里咯噌咯噌嚼起来,歪过头羞羞地说:"我有了。"黑娃听了就把玉凤抱起来:"我可没想到这些荠菜挖对了!"

玉凤做成了水饭,稀溜溜的苞谷糁子里煮着绿乎乎的荠荠菜,这是春二三月里度春荒的饭食。玉凤在怀了娃娃以后就腻味油腥,这种连盐也不调的甜淡水饭可口极了,喝得额头上冒出细汗来。黑娃喝得也很香,香甜里有一缕深长的怀旧心绪。小时候,二三月的每一顿午饭,几乎都是这种粥少菜多的水饭,喝得人看见荠菜就头晕。自从走出白鹿原的多年里,他再也没有机缘喝一顿水饭。响午他在炮营驻扎的古关峪口骑马时,看着绿色如毡的麦田,顿时想起小时候挖荠菜的情景。他把马拴到一棵树上,就在麦地里挖起荠菜来,后响就赶回城里来了。黑娃喝下一碗又喝一碗,半是遗憾地说:"你把菜切得太碎。"妻子说:"我娘就是这么切的。"黑娃说:"你们城池县里饭食细做。俺娘做的水饭,荠菜根本不用刀切,筷子一挑就是一串,那更有味儿。"一阵敲门声传进来,黑娃放下碗走到大门跟前问:"谁?"门外传来熟悉的声音:"原上乡党。"黑娃听出是兆鹏的声音,立即拉开门:"你怎么摸到这儿来?"兆鹏走进门笑着说:"只要你跑不出地球,我就能找见你。"

黑娃引着兆鹏走进三合院上房,对站在桌边迎候客人的妻子介绍说:"这是咱兆鹏哥,在城里当教书先生。"鹿兆鹏瞧瞧黑娃,又盯住高玉凤说:"不要哄她。我是共产党。"高玉凤愣怔一下,恍然大悟:"噢呀天哪!我小时候在县城还见过通缉你的布告……"鹿兆鹏对多年以前的事不再有兴趣,瞅着桌上黑娃的饭碗欢声叫起来:"哦呀,你们吃的荠菜水饭呀!给我舀一碗,我都馋死咧!"高玉凤转身就去舀来了。鹿兆鹏接过碗来,挑起一团绿乎乎的荠菜送进嘴里:"世上再没有比荠菜更好吃的东西了。"黑娃对妻子说:"弄俩菜,让俺弟兄喝一盅。"鹿兆鹏连连摆手说:"我是来向你告别的。我马上要起身出远门了。"黑娃动情地说:"我办喜事时没法子邀请你,今黑间难得你来,咋能不喝两盅?"鹿兆鹏说:"我也真想喝你一杯喜酒哩,只是时间不允许咯!"黑娃会意地点点头:"你干的那种事不敢马虎,这我清白。你到哪达去?"鹿兆鹏说:"延安。"黑娃惊奇地张了张嘴没有说话。他的宁静的心翻腾了一下,不由地问:"你要走了,我才敢问一句,你这多年都在哪达呀?"鹿兆鹏笑了:"在原上。我没离开过咱们白鹿原。他们逮不住我。我这些年在原上发展的党员比你那个炮营的人数还多。"黑娃苦笑一下说:"我们弟兄却成了两路人。"鹿兆鹏把一只手搭到黑娃肩头:"既是弟兄就不说这号话。你占住炮营营长比谁占那个位位都好。万一到了交紧时,还要你帮忙,有人会去找你的。"说着从口袋里掏出一本小册子送给黑娃。黑娃看着封面上印着一个人的头像,很模糊,只能看出大致的轮廓,惊奇地叫起来:"毛?"鹿兆鹏点点头:"记得咱们在原上闹农协吗?那时候毛泽东在湖南也闹农协。"黑娃久久地瞅着那幅墨印的头像:"这是毛写的书?"鹿兆鹏说:"你看看就明白。革命胜利的日子不远了,扫荡中国反动派的'风搅雪'真正要刮起来了。"黑娃听到"风搅雪"的话又哑了口。鹿兆鹏说:"你看罢了送给朱先生,听说老先生现在心境不好。你把我去北边的话捎给他,我来不及去看老先生了。"黑娃点点头表示肯定办到。鹿兆鹏临走时叮咛说:"小心咱们乡党!"黑娃明白那个乡党所指是白孝文,朗然说:"放心。"鹿兆鹏告辞走到大门口,忽然转过身连连咂着舌深表遗憾:"哦呀呀黑娃兄弟呀……你怎能跑回原上跪倒在那个祠堂里?你呀你呀……"未及黑娃回话,鹿兆鹏已经转身出了大门进入巷子了。

白鹿原出现了一个前所未闻的卖壮丁的职业。这种纯粹以自身性命为赌注的买卖派生于国民政府的大征兵。二丁抽一的征丁法令很快被废弃,因为那样征集的兵丁远远满足不了政府扩军的需要,随之就把征丁变通为壮丁捐款分摊到每一家农户,无论你有丁无丁,一律交纳壮丁捐款,田福贤用收缴起来的这一笔数目庞大的款子再去购买壮丁。凡是不能按期交纳壮丁捐款的农户,就留下一个违抗民国法令的口实,田福贤的联保所里的保丁就可以理直气壮地去抓他们家里不算壮丁的任何一个男女。壮丁四处逃跑隐匿躲避。联保所的保丁便多方打听,到处追捕,往往却是无果而返。田福贤随机应变出相应的对策:"弟兄们,你们这样东捕西抓太费劲,太劳神了。壮丁逃了就把壮丁他爸抓来,他爸跑了就把他妈抓住,不管他爸他妈他娃他姐他妹子哪怕是他爷他婆,抓一个押到联上,看他狗日回来不回来?"这个办法很有实效,好多逃走的壮丁果然自动投入联保所,换下被捆被吊被雨淋着被毒日头晒着的大大妈妈或者奶奶,有的就咬牙卖掉牲畜卖掉土地,把壮丁捐款自动送进联保所赎回被扣押的人质……联系政府和百姓之间的唯一一条纽带只剩下了仇恨。

民国政府在白鹿原征收的十余种捐税的名目创造了历史之

最。那些捐税不是一次性的,而是由一年一次增加到一年两次甚至三次;不要说一般农户倾家荡产了也无法抵交,即使富裕农户也招架不住。百姓们根本不再相信有关这些捐税的必要性紧迫性和合法性的说词,由最初的窃窃私怨到聚众公开谩骂。有人在白鹿镇十字街道上发现一个画写着田福贤模样和名字的煮熟的鸡蛋,眼睛鼻子嘴巴和耳朵里都扎着钢针,很快被往来的人踩成粉末。诅咒的对象由本原的田福贤逐渐升级到滋水县县长和县党部书记岳维山,随后一下子就上升到中国最高统治者头上,白鹿镇街心十字又一次发现画着蒋介石脸谱的煮熟的鸡蛋,眼睛鼻子嘴巴和耳朵同样扎着一支支钢针……

　　卖壮丁这个职业便应运而生。最早被抽丁当兵的壮丁,根本不以为进行这场战争对自个有任何好处,尤其是目睹了同伴僵死的尸首就纷纷开了小差回到原上;有的回来后被田福贤的保丁抓住又捆缚送入军队。他们已经有了进出军队的经验,往往在开赴战场的半路上就寻机逃走了;一来二去,他们已经精通此路,于是就自告奋勇卖起自身来了。他们把卖得的现洋交给父母或妻子,让他们去籴粮食,自己就走进联保所准备开拔,多则十天半月,少则三五天,他们毫发未损,又重新出现在村巷里。他们越卖越精,越卖越滑,迫使押解他们的军人不得不动用绳索把他们一个个串结起来押上战场。这无疑是自欺欺人的更加愚蠢的措施,被捆缚了手臂的士兵无法捉枪打仗,一旦解开绳索,他们逃跑的自由和机会就同时到来。一个靠绳索捆绑的士兵所支撑的政权无疑是世界上最残暴的政权,也是最虚弱无能的政权……

　　鹿子霖被释放出狱回到白鹿村。他走过村巷时没有遇见一个族人乡党,径直走到自家屋院门前时,几乎认不出来了。那座漂亮的在白鹿村独一无二的门楼没有了,从白孝文手里买下来从白嘉轩房址上拆迁搬来的门房也没有了,作为门楼门墩的两个青石雕刻的狮子歪倒在厦屋的山墙根下,拆除房屋的地址上冒出来的椿树苗子已经蹿过围墙了。鹿子霖垂手驻足站在打碎的瓦片和残断的苇箔地上,想到了从白嘉轩家拆除房屋的情景。女人鹿贺氏从上房里屋出来,走到台阶上瞅见了站在废墟上的男人,颠着一双小脚跑出二门时几乎栽倒,重新站稳之后就说:"他爸,你甭难受,门楼门房是我为救你卖的。"鹿子霖朗声说:"你卖得对,卖得好!这房嘛,不就是买来卖去的一码小事咯!"

"你不记得朱先生说的一句话了?'房是招牌地是累,攒下银钱是催命鬼!'咱而今没招牌没累也没催命鬼了,只要你浑浑全全回来就好。"鹿贺氏一边倒茶递烟,一边给男人解心宽。鹿子霖在家主事的那么些年月里,这个家庭的内务和外事都不容她添言,她的职能只是抚养两个儿子。兆鹏和兆海小小年纪被丈夫送到远离家屋的白鹿书院去念书,她就于惶寂中跪倒在佛龛面前了,早晚一炉香。后来她的兴致又集中到赶庙会上,方圆几十里内的大寺小庙的会日她都记得准确无误,不论刮风下雨都要把一份香蜡纸表送到各路神主面前。她起初不过是出于自己的兴趣,不无逛热闹寻开心的成分,后来就变成一种迫切的心理需要而十分虔诚了。她默默地跪倒在佛爷观音菩萨药王爷关帝爷马王爷面前,祈祷各路神主护佑两个时刻都处在生死交界处的儿子……鹿子霖被押监,须得她自作主张的时候,鹿贺氏表现出了一般男人也少有的果决和干练,她不与任何亲戚朋友商量,就把老阿公和鹿子霖藏在牛槽底下墙壁夹缝和香椿树根下的黄货白货挖掏出来,把拭净了绿斑的银元和依然黄亮的金条送给那些掐着丈夫生死八字的人,她不仅没有唉声叹气痛心疾首,反而独自开心说:"我说嘛,把这些东西老藏着还不跟砖头瓦碴一样?而今倒派着用场了。"她接着卖牲畜卖田地,又卖了门楼和门房,辞退了长工刘谋儿,把所有钱财一次又一次间接或直接送给法院法官，县府的县长以及狱卒，只有送给县党部书记岳维山的一块金砖反弹了回来。只要鹿子霖一天还蹲在县监狱的黑屋子里，她就准备把这份家产卖光踢净，直到连一根蒿草棒子也不剩的地步。"我只要人。"她的主意既坚定又单纯，丝毫也不瞻前顾后左顾右盼，尽管这个男人有过最令女人妒恨的风流勾当，但这个家庭里不能没有鹿子霖。她的小儿子已经战死，大儿子寻不见踪影，要是再没有鹿子霖，她还有什么活头儿？无论在白鹿村乃至整个白鹿原上，她相信鹿子霖的半拉屁股比她的整个脸面还要顶用。她像往昔里四处求神拜佛一样，终于感动了民国政府的诸路神主，救回了男人鹿子霖。四处奔走搭救男人的社交活动开阔了她的眼界，也改变了她的气性，她甚至使鹿子霖吃惊地说："整个滋水县凡我求拜过的神神儿，只有岳书记是一尊吃素不吃荤的真神。"

鹿子霖对于妻子的解释不感惊奇，淡淡地问："你把门房和门楼卖给谁家了？"鹿贺氏说："反正是卖，卖给谁家都一样。"鹿子霖说："那倒是。我不过想知道谁买了我的房就是了。"鹿贺氏说："还能有谁买得起？白家孝文在保安团干阔了，正好……"鹿子霖听了不仅不恼，反而哧的一声笑了："我说嘛，这房子买来卖去搬来了又给拆走了……就那一码子事咯！"他想起当初从白家宅基上拆房的壮举，又觉得可笑了，对于白家重新把这幢房子迁回而现显的报复意味也觉得可笑了。"不就是迁来搬去那一码子事咯！"鹿子霖在监狱蹲了两年多，对一切国事家事的兴头儿都丧失殆尽了。两个儿子一个死了，一个飞了，连一个后人也没有了，纵有万贯家财又有何益？如果自己闷死在这长年不见天日的号子里，鹿家当即就彻底倒灶了。他对妻子说："你还留下二亩地没有？"鹿贺氏说："就留下水车井那块地没卖，我不忍心卖了你安的水车。"鹿子霖的心猛地跳弹起来："噢哟，好好好！留下这几亩水地够你我吃一碗饭就成咯！"

　　到天黑时，开始有本族本村的族人乡党来看望鹿子霖。他们多是一些年长的老者，零零散散地走来问一声安，接着便悲戚地诉说起抓丁派捐的苦楚，大声咒骂本保继任的保长、本联的联保主任以至蒋委员长全是一杆子不通人性的畜生；比对起来，鹿子霖当乡约和后来当保长的那些年月真是太好了。鹿子霖得悉了自己离开白鹿村以后的重大变化，也得到了一些心理安慰。这种乡亲情谊的看望持续了三天，包括鹿家在原上的新老亲戚也都相继来看望过了，鹿子霖已经不耐烦一次再一次向他们复述自己的冤情。到第三天晚上，白嘉轩拄着拐杖来了，他进门就扔掉拐杖抱起双拳："子霖兄弟，我向你赔情谢罪，不该乘人之危买房拆房。"鹿子霖仍然淡漠地笑笑："世上的房子就是我搬来你再迁去那一码小事咯！"鹿贺氏说："哥呀，你快坐下。卖房的事是我寻你要卖，不是你寻我要买嘛。你买了房，我得了钱才救下人来，我该感你的恩哩。"白嘉轩坐下来说："按我的法程，咋也不能买你的房。孝文插手要买，我挡不住人家了，子大不由父咯。再说——"白嘉轩坦诚地说："孝文那年把房卖给你，而今是想捞回面子哩！虽说他是我的儿，我也要向你戳破这一层。"鹿子霖对这幢房子已不大感兴趣："嘉轩哥，我坐了一回监，才明白了世事，再没争强好胜的意思了。我把孝文的房买来伤了白家的面子，孝文再买回去伤一伤鹿家面子，咱们一报还一报也就顶光了。"白嘉轩慨叹说："现时还提那些陈谷子烂米弄啥嘛！而今这世事瞎到不能再瞎的地步了……"鹿子霖说："瞎也罢好也罢，我都不管它了，种二亩地有一碗糁子喝就对哩！"白嘉轩看着鹿子霖完全是一副看透世事的平淡神情，心里倒真诚地同情起来，处于鹿子霖这种孤单无后的家庭境地，再心强的人也鼓不起精神来。他告辞出门的时候说："甭光闷在屋里，闲了到我那儿去坐坐。"

直到他回家来的第六天，仍然不见田福贤来看他，鹿子霖自言自语地嘲笑说："世上除了自个还是自个，根本就没有能靠得住的一个人。"田福贤是他许多年来的莫逆之交，居然在他蹲了两年多监狱回来后不来看一看，未免太绝情了。然而他也不太上气，种二亩地喝苞谷糁子的光景，与田福贤来往与不来往关系不大咯。

打破鹿子霖这种平淡心境的是一个绝对意料不到的人，一个穿着旗袍的年轻女人引着个男娃子，走进院子问了一声："这是鹿兆海的家吗？"鹿子霖站在台阶上回话说："就是的。"那女人问："你是兆海的——"鹿子霖说："我是他爸。"那女人便扑通一声跪倒在庭院湿漉漉的方砖上："爸呀，媳妇给你磕头。"鹿子霖惊诧地问："你是谁的媳妇？"那女人扬起泪花浸湿的脸说："我是兆海媳妇。这是你的孙子。"鹿子霖"噢呀"一声惊叫，端在手里的水烟壶撇开了，跳下台阶时又踢飞了一只趿拉着后跟的布鞋，连忙把那个躲躲闪闪的孩子抱到怀里，"哇"的一声哭了："爷的亲蛋蛋，亲孙孙呀……"

鹿贺氏从门外回来，鹿子霖对儿媳妇说："这是你妈。"兆海媳妇又跪下磕头。鹿子霖哭着又像笑着说："这是咱兆海的媳妇……这是你的亲蛋蛋孙子……"鹿贺氏愣呆一下丢开了挎在胳膊上的柴笼，扑上前把儿媳抱在怀里失声痛哭起来。

儿媳操一口河南陕西混杂的口音向阿公阿婆诉说她的经历。她家住北边的金关城，父亲是个挖煤工。她到菜市买菜回家的路上遇见过队伍，鹿兆海就在那会儿瞧见了她。她往家走去，鹿兆海派了一个卫兵跟住她，跟到家门口又转身走了。后响，鹿兆海便跟着卫兵来到她家的窑洞口，向她的父母提出求婚，聘礼由他们随意开口，要多少就给多少。她爸看见是个军官，根本不敢要一文钱，只是提出一句："长官，我不要钱，只要你甭在半路上把俺娃蹬了。"鹿兆海在金关城买下一幢民房，她就跟他合婚了。她问他当着团长那么大的官,为啥不娶一个门当户对的千金小姐,偏要娶个穷窑户的女子?鹿兆海说:"我一眼瞅见你跟我原先订下的媳妇像神了。"

鹿子霖听着这个编排得过于离奇的故事,反倒怀疑她八成是个婊子。为围剿延安的共产党,政府不断往北边增派军队,金关城的卖淫业也随之急骤发展兴旺起来。鹿子霖以不在意的口吻探问:"兆海……原本没订过婚咯!"说罢装出迷愣愣的神情瞅着妻子。鹿贺氏当即证实丈夫的话说:"兆海自小出门念书,人家不要家里给他订亲。"儿媳也瞪起眼迷惑地说:"可他说他订过亲,女方叫……灵灵?"鹿子霖愣怔一下,又转过头瞅了鹿贺氏一眼,继续装出愣实实的样子说:"没有。"旋即又换作一种思虑的口吻,"那也许是他……在外边私订终身……"儿媳没有再开口。鹿子霖再留心观察一下儿媳的眉眼,这才惊奇地发觉她和白嘉轩的那个叫做灵灵的女子确实相像,因此倒相信她刚才叙说的与兆海成婚的经过不是编排的谎话。

儿媳提出要给兆海去上坟。鹿子霖被络绎不绝的亲戚乡党缠住了,回家好几天也未能抽出身来去祭奠祖坟,于是就领着儿媳抱着孙儿到坟园里去了。两年多未上祖坟,几株冬夏常青的柏树似乎变化不大,泼势的枳树和柞树组成了一个密密匝匝的堡垒。在树丛外围的草丛里,已经干涸的和散发着臭气的新鲜大便使人无法插脚。很显然,这堆密不透风的树丛给过路的行人和在田间干活的男女提供了方便,抹下裤子拉屎时,既可以遮丑,又可以乘凉。鹿子霖的鼻子里早钻进一股屎尿臊臭气息,一下子气得脸都黄了。"妈的!我在村子里的时光,狗也不敢到这儿拉一泡屎;我鹿子霖倒霉了坐牢了,祖坟倒成了原上人的一个官茅房了。"想到身边跟着刚刚回家的儿媳,鹿子霖压住一阵又一阵从心底蹿上来的火气和愤怒,努力做出宽厚的长者姿态向儿媳和孙孙介绍,那个是你爷爷的坟头,这个是你老爷爷的坟堆。他领着她从坟园的东边款款转到西边,在老祖宗的一片老坟堆下首的一座孤零零的坟堆前站住了,这是兆海的坟墓。墓前那块半人高的青石碑面上拉着一泡稀屎,业已干涸的稀屎从碑石顶端漫流下来,糊住了半边碑面,可以看出恶作剧的人是不惜冒险爬上碑石顶端拉屎撒尿的。鹿子霖再也压抑不住愤怒,把抱在怀里的孙子撂到地上就跑到官路上跳骂起来了:"让日本人打进潼关,开上白鹿原,把原上的女人全都奸了,把男人全都杀了!这白鹿原上的男人女人一个个全都不知廉耻,没长人的心肝,该当杀尽灭绝!我的儿呵,你舍生忘死出潼关打日本,保卫的竟是一伙给你脸上拉屎尿尿的流氓无赖死狗坏子……"儿媳从官路上把疯癫了一样的阿公扯回到坟园。鹿子霖气得坐在坟堆前喘着粗气。儿媳蹲在兆海的石碑前,用一根树枝刮掉碑面上干涸的屎尼尼,然后从笼里取出一瓶烧酒洗刷污痕,字迹重新显亮起来。她在坟前清理出一块干净的场地,从笼里取出蜡烛和紫香点燃,然后插在土地上,接着烧着了阴纸,她就跪趴在地上,把瓶子里剩下的烧酒奠洒在墓前,便扯开喉咙痛哭起来。鹿子霖看着儿媳虔诚的举动,把孙子按倒在地上:"俺娃,给你爸磕头。"孙子"哇"的一声哭了。鹿子霖紧紧把孙子抱在怀里,涕泪纵横着大声说:"人还是不能装鳖哇!装了鳖狗都敢在你头上拉屎……"

儿媳在家住了三天,一天三顿帮着婆婆做饭,第一碗从锅里舀出来的饭敬奉给阿公。她每天傍晚都要到坟园里为兆海烧一堆纸,哭上一场。直到第三天晚上,她才向阿公和阿婆说出她的心思,她已经决定改嫁,男方是个生意人;她在决定嫁给这个生意人之前,已经拒绝了不下十数家提媒说亲的亲友;她恪守替死去的丈夫尽到唯一能尽的责任:抚养孩子,不能让兆海的孩子接受任何继父坏的哪怕是好的印象。她把一摞银元和一大堆纸票掏出来交给阿公说:"兆海生前留下的和死后队伍上给我的抚恤金,这几年俺娘儿俩花了不少,就剩下这些……"鹿子霖拒绝接受,鹿贺氏动手硬塞回儿媳的提兜。儿媳说:"兆海的钱都花在他的独苗儿身上……"儿媳第二天早晨就走了,走时孩子尚在酣睡中。鹿子霖叮嘱妻子看护酣睡中的孙子,自己送儿媳走到村口的大路上,竟有点舍不得放走这个好媳妇了。

鹿子霖回到家门口,就听见了孩子的哭声。那哭声完全是愤怒的反抗和绝望的嚎叫,震撼着整个屋院。这给了他一缕伤情,也给了他一份生机;这个拆掉了门房门楼的屋院所呈现的荒寂颓败的气氛,一下被幼稚的满是生机的哭声冲淡了。他无法保持出狱回家以来那种慢条斯理的散淡的脚步,急匆匆起脚跑进上房里屋,从鹿贺氏怀里接过乱扑乱抓的孙子,用一种本能的温柔亲近着哄宠着孙子。孙子拒绝一切温柔的亲昵的话,拒绝奶奶也拒绝爷爷一丝一缕的温情接近,只是鼓足力气哭着嚎着"妈呀——"。老两口把孙子换来抱去都无可奈何,死了父亲又走了母亲的孙孙,将从今日开始他无父无母的苦命的人生历程。鹿子霖瞅着孙子哭得发直发呆的眼睛,突然连孙子和鹿贺氏一起抱住哭了:"我的可怜的孙娃子呀……"鹿贺氏早已泪流满面,现在也忍不住放声大哭起来。孙子在两个老人的哭声中反倒逐渐减缓了哭叫,终于无奈地停止下来,只是倒噎着气。

随后就开始了隔代的老人和孩子的感情接近和靠拢,由浅入深由僵硬到自然。鹿子霖站着时就把孙子架在脖子上颠着,躺下时就拉着孙子骑在自己的肚子上,把自己记忆深处的童谣一句一句回忆起来教给孙子,常常为孩子念走音的句子而惹得笑出眼泪。孙子有时玩得正开心,突然冒问一句:"妈呢?"鹿子霖认真而又漫不经心地说:"你妈个海兽跳了海了。"孙子渐渐表现出对爷爷和奶奶踏实的依恋与信赖,鹿子霖对鹿贺氏说:"你瞅这碎熊的眼睛,真是鹿家的种系,连一丝假都没掺。"鹿贺氏挖了鹿子霖一眼,就用嘴巴亲吻孙子睫毛很长的深凹凹眼睛,咕哝说:"俺娃不听你爷烂尻子嘴呲道的瞎话。"鹿子霖转身要出门去,孙子扑过来要爷爷引他去耍。鹿子霖哄宠孩子说:"爷不是去逛,不能引你,是办正经事,给俺娃去——要馍馍吃!"

鹿子霖走进白鹿联保所。因为过去对这里太熟悉,现在反倒就显得陌生了。他径直走到田福贤办公房的门口,矜持地推开门板,停住脚步,瞅见田福贤低头在桌子上写着什么。田福贤抬起光亮的脑袋,那双露仁大眼睛掠过一缕惊奇,随之就笑了:"子霖兄弟,你回来了我知道。"鹿子霖气喷喷地应着:"算我命大,还能来拜见你。"田福贤连忙道歉:"我天天想去看你,天天都没去了。这一茬壮丁交不利手,真把人整住咧!"鹿子霖阴阳怪气地说:"当然嘛,老兄公务繁忙咯!"田福贤毫不介意地笑笑,拉着站在门口的鹿子霖走进里间:"有话好好说。你回来准备咋办?"鹿子霖赖腔赖调地说:"我而今家破了,人亡了,家产踢卖光净了,还能咋样?早晚混得有一碗稀糁子喝就不错啰!"田福贤说:"我在你还没回来时,就给你把立脚的台窝挖好了。我想用你,你可尽给我撇凉腔。"鹿子霖心里一动,立即回话说:"我现时龟头龟脑的这架势,能干啥嘛!"田福贤说:"你就到联保所来,给老哥帮忙。"鹿子霖没有吭声……

鹿子霖今天走进联保所可以说是来者不善。从他被搡进囚室的头一天起,首先想到能够救他的只有田福贤一个人,只要田福贤出马到岳维山面前死保,他肯定不出半月就可以回家。他整整蹲了两年零八个月,才磨灭了对田福贤的期望。回来后又得知,全部家当的半数都是鹿贺氏通过田福贤之手送给受贿人的……这就成为一个无法揣测验证的良心账了。他苦笑着对鹿贺氏说:"你把黄货白货塞给这个塞给那个,倒不及全都塞给田福贤。田福贤到岳维山那儿说一句话,也许比省主席说十句还顶话哩!"鹿子霖今天来找田福贤,就看他怎样说话;说好了,他也就好说;说的不好了,他就准备耍无赖,宁可耍无赖也不装出可怜巴巴的样子乞求田福贤;田福贤够哥们儿弟兄,鹿子霖也就是弟兄哥们儿;田福贤不讲义气的话,鹿子霖就耍死狗无赖,尿田福贤一身臊水让他见识见识。看着田福贤诚挚的举动,鹿子霖舍弃了耍无赖装死狗的想法,开始注意自己的言语:"啊呀!我再不想当官了,再不想到人前蹦跶了……"田福贤从抽屉里取出一只红绸包,郑重地搁到鹿子霖面前:"你走了,弟妹急傻了,要我给别人塞黑食,也给我塞。我不接,她不信。好,我今天完璧归赵。"鹿子霖用手抓起来,触摸出那红绸包里既有白货也有黄货,"咚"的一声又蹾到田福贤面前的桌子上:"老哥,不是小瞧我了吗?"田福贤沉稳而又平淡地说:"我要是图你的黑食,我还有脸见你吗?快拿回去,算我给你保存了一点家产。"鹿子霖开始为自己刚才进门时怀揣的小人之见懊悔,庆幸没有耍出无赖相装出死狗来。田福贤说:"你明日个就来联上吧。我忙得招架不住了,急需个得力人手来帮忙呢!"鹿子霖点点头应承下来,心里自然想到了那个小孙孙,爷给孙娃讨到白馍馍吃了。

　　鹿子霖以高涨的气势到联保所供职来了。不过,他没有按照田福贤说的第二天来,而是推迟了两天。这两天里,鹿子霖进了一趟省城西安,买了一件地道宁夏九道弯皮袄,真正的狐尾围领,又买了一副镀金的硬腿石头眼镜,一顶黑色的呢质礼帽。他原先的这套行头被鹿贺氏送进典当铺子了。鹿子霖这身装束一下子改变了两年狱牢生活扑稀邋遢的倒霉相,变得精神抖擞起来。鹿子霖到联保所去时经过白鹿镇,正好撞见白嘉轩。白嘉轩拄着拐杖正从冷先生的中医堂出来,扬起脸问:"子霖,你穿这么排场做啥去?"鹿子霖矜持起来:"田主任硬拉我到联上替他干事,我推辞不掉咯!"白嘉轩瞅着鹿子霖远去的脊背说:"官饭吃着香咯!"

白嘉轩比以往任何时候都更加谨慎地经营着这个家庭。大征丁大征捐的头一年,他让孝武躲到山里去经营中药收购店,不是为了躲避自己被征,而是为了躲避总甲长和保长的差使。后来事情的演变完全证实了他的预测。甲长和总甲长成为风箱里两头受气的老鼠,本村本族的乡邻脸对脸臭骂他们害人,征不齐壮丁收不够捐款又被联保所的保丁训斥以至挨柳木棍子。一茬壮丁和一茬捐税派下来,最先逃亡的往往是各村的甲长和总甲长……最后原上各村普遍实行挨家挨户轮流担当甲长和总甲长的现象。白嘉轩那时候有兴致开一句玩笑:"全中国上下大小百官只有甲长是推来让去的君子官。"

白嘉轩交了捐税又出了一丁,三儿子孝义是大征兵的头一茬壮丁。他随着队伍开到河南打了一仗,既幸免于死而且未伤一根毫毛,打掉的只是他对战争的恐惧和稀奇,心里顿时派生出对战争根深蒂固的厌恶。他看见那么多死人,己方的和敌方的尸首交错叠压在一起,使他联想到麦收时原上田地里的麦捆子。他与生俱来的那一股拗劲儿从心底冲荡起来:这都是图个啥为个啥嘛?刚刚长成小伙子还没出过大力,"嘎嘣"一声倒下就把伙食账结了!我不想算别人的伙食账,也甭让旁人把我的伙食账算了。我不想变成麦捆子,也不想把别人变成麦捆子,我还是回去种庄稼喂牲畜吆牛车踩踏轧花机子好些。他趁一个黑夜逃跑了,逃奔了近两个月才回到家乡。他没有回原上,而是找到县保安团的大哥孝文。孝文让随从拿来一套团丁服装叫他换上。孝义说:"耍枪杆子这碗饭我吃不了。哥你给我另寻个活儿吧!"孝文说:"那你去喂马。"孝义说:"喂马这活儿好。我跟三伯自小就学会了。"孝义在保安团喂了半个多月马,被闻讯赶来的父亲叫回家去了:"咱们家的人全都成了保安团啦?"随后几茬子壮丁派下来时,甲长和保长都绕着白嘉轩的门楼走,令白嘉轩疑惑莫解,故意在村巷拦住保长问:"这回给我派下多少?"保长竟然睁大眼睛讨好地说:"白先生,你怎么糊涂了?你是免征户。"白嘉轩真的糊涂了:"免征户?"保长说:"是呀是呀!联上给我专门说了,你属免征户。孝文兄弟给联上田主任打过招呼,说他在保安团任职顶得一丁。还有兔娃……他哥黑娃跟孝文兄弟属同一情况也免征,你就叫兔娃甭跑甭躲了,没人敢撞你们两家……"

白嘉轩起初有点尴尬,免征户无疑是依赖孝文的权势得到的特殊保护,这将使他在族人面前以至原上都处于一种特殊的地位。他把这个意料不到的好事说给冷先生:"做官还是好啊!有儿当朝做官,老子就是免——征——户。"冷先生说:"这你又何乐而不为呢?你交了和不交不都是屁事不顶咯。你交得再多也还是把银钱往茅坑撂。这个熊国家成了熊了……"这几句冷言冷语镇静了白嘉轩的心绪。第二天,他把在家未逃的族人召集到祠堂里:"各位父老兄弟!从今日起,除了大年初一敬奉祖宗之外,任啥事都甭寻孝武也甭寻我了。道理不必解说,目下这兵荒马乱的世事我无力回天,诸位好自为之……"

孝文接着买来了鹿子霖家的门房和门楼。这件事白嘉轩持坚定的反对态度。白孝文找到冷先生:"先生伯,这房是我经你做中人卖给鹿家的,现在还需要你做中人再赎回来。我把被鹿家拆迁走的房子再拆迁回来……你能明白我的意思。"冷先生爽朗地说:"你也就圆了面子了。有种哇小伙子!"

孝文从保安团回到原上住了半月,先议妥了买房,然后再说服父亲允许他在原宅基地上盖房。白嘉轩仍然坚持原先的主意:"你要买房我挡不住你。你要盖房嘛……我还是老话一句,你另置庄基另立门户,兄弟仨挤一个门楼终究不行咯!"白孝文就彻底袒露出他的思路:"爸,你的话对着哩!弟兄仨挤一个院子谁也伸不开手脚。我另置庄基盖房得缓二年,眼下太忙,等剿灭共匪天下太平时，我打算用心修一座四合院，老来告老还乡有个窝儿。这回我执意把我卖了的房子买回来重新盖上，算是对祖宗赎罪。房子嘛，给你和孝武孝义用，我是不要的……"

直到鹿子霖的三间门房和那座漂亮的门楼移置到白家的宅基上重新竖起昔日的格局，三合院又变成一座密不透风四围完整的四合院了。孝文接走了前妻生育的两个儿子。小儿子在县城继续上学，大儿子进了保安团当团丁。他与年轻的继母见第一面就产生了无法消除的仇恨。他在保安团里成为一个比连排长还牛皮烘烘的特殊团丁，在县城赌钱搞女人吸大烟，偷保安团的面粉枪支换得"泡儿"过瘾，接着就偷父亲和继母的私藏。白孝文是在被偷了家私才发觉儿子的毛病的，一顿饱打之后，儿子携着一支短枪逃走了。这个儿子诞生以后，孝文正处于和小娥如胶似漆之中，几乎没有抱过他。女人饿死以后，儿子由祖母抚养长大，和孝文陌生如同路人。在儿子逃走了以后，孝文连寻也不寻，对同僚们轻松地说："兴许再见面时他当师长了哩！"

白嘉轩无力再去管孙子的事。四合院在兵荒马乱的白鹿原上维持着一坨安宁之地，不仅壮丁免了，各种捐税也都免了。原上许多村子里都有一户或几户这样的免征户。有钱有势的家庭通过种种渠道种种手段弄得了免征户，不仅免去了人财损失，而且成为一种特殊的荣耀。白嘉轩脑子很清醒，对孝义和鹿三的儿子兔娃说："免征是好事也是瞎事，懂吗不懂？甭在人前张狂。这世道能保住自己一条命就成了。"他开始形成一种忆旧的癖好，对孩子们教管起来总是忆及往事："年馑厉害不厉害？饿死了多少人？可那光景只不过一年多时间就过去了。两头放花的瘟疫厉害不厉害？又死了多少人？可那不过半年不到也就过去了。再往前推，乌鸦兵厉害不厉害？还是没在原上停下一年就跑毬了。这些子灾祸比起眼下这世事都不算厉害。你看，自那年大征丁征捐到现在，咱村有多少后生出去再没回来？卖地卖房倒灶闭户的人家还在增加，要命的是这种日子根本看不到尽头哩！"孝义在家里自觉承担起责任，一是哥哥们都不在家该轮到他了，二是他已经娶过妻子成了大人了。他的执拗的天性和耿直的脾气相结合，既体现了白家的传统家风，又不免往往走极端，把许多事情搞僵了。在这方面，他既不及孝武也不及孝文，但在管理庄稼和牲畜事务上，他绝对精明。他为多种什么少种什么常与父亲发生争执，结果往往证明他盘算合理。他有一个致命的缺陷而他自己尚不曾察觉，就是婚后多年妻子仍没有生养娃娃。白嘉轩早已为此事担着心。

白赵氏领着孙媳妇求遍了原上各个寺庙的神灵乞求生子，却毫无结果。白赵氏从来也不赶庙会。白家从来都是只祭祀祖宗而不许女人到处胡乱求神烧香叩头。白赵氏起初领着孙媳妇到原西的仙人洞祈祷舍子娘娘，烧一对红色漆蜡再插一撮紫香，然后跪下磕头。孙媳妇照样做完这一切拜谒礼仪之后，就羞怯怯地伸手到舍子娘娘屁股下的泥墩里头去摸，泥捏的梳小辫的女孩或留着马鬃头发的男孩都摸到过，每天晚上睡觉时夹到阴部。那泥娃娃蹭得她难以入眠，夜夜在炕上撵着拗熊孝义交欢，但终究不见怀娃的任何征兆。拗熊孝义没了耐心骂："你狗日是个漏勺子不盛屎。"媳妇羞惭得连哭也不敢。白赵氏又领着孙媳妇去求冷先生。冷先生先看气色，然后号脉，询问饮食睡眠经血来潮一类现象，先用祖传秘方，后来换了偏方单方，药引子尽是刚会叫鸣的红公鸡和刚刚阉割下来的猪蛋牛蛋之类活物，为找这些稀欠东西一家人费了好多周折，结果孙媳妇依然故我。白嘉轩于绝望中对冷先生说："看去不休她不行了。"他绝对不能容忍三儿子孝义这一股儿到此为止而绝门。冷先生笑着问："要是毛病出在咱娃身上咋办？你休了这个，重娶一个还是留不下后……"白嘉轩吃惊地问："毛病咋能出在男人身上？"冷先生把这个神秘难解的生育之谜演化为通俗易懂的比拟:"你看倭瓜蔓上,有的花坐瓜,有的花不坐瓜。只开花不坐瓜的花人叫诳花。有的男人就是只开花不坐瓜的诳花。先得弄清他俩谁是诳花,那会儿休不休她就好说了。"白嘉轩问:"可怎么弄清谁坐瓜谁不坐瓜呢?"冷先生说:"上一回棒槌会。"

  在白鹿原东南方向的秦岭山地有一座孤峰,圆溜的峰体通体匀称,形状酷似女人捶打衣服的棒槌。孤峰基座的山梁上有一座孤零零的小庙,里头坐着一尊怪神。那神的脑袋上一半是女人的发髻,另一半是男人披肩的乱发;一只眼睛如杏仁顾盼多情,另一只眼睛是豹眼怒睃;一只细柔精巧的耳朵坠着耳环,另一只耳朵直垂到肩上;半边嘴唇下巴和半边脸颊细腻光洁,另半边嘴唇下巴和脸颊则须毛如蓑草;半边胸脯有一只浑实翘起的乳房,另半边肌肉棱凸的胸脯上有一粒皂角核儿似的黑色乳头;一只脚上穿着粉红色绣鞋小到不过三寸,另一只脚赤裸裸绑着麻鞋;只在臀部裹着一条布巾,把最隐秘的部分掩盖起来;一条光滑丰腴的手臂托着一只微微启开的河蚌,另一条肌腱累瘰的手臂高擎着一把铁铸的棒槌。这就是男女合一的棒槌神了(棒蚌谐音)。每年六月三日到六日为棒槌神会日,会的时间不在白天而在夜晚,半夜时分达到盛期。近处的人一般在家喝过汤去赶会,远处的人早早动身赶天黑时进入山中。一般都是由婆婆引着不孕的媳妇装作走亲戚出门,竹条笼儿里装着供品和自食的干粮,上边用一条布巾严严地遮盖起来。先由阿婆把供品敬奉上去,然后婆媳俩人在棒槌神前点蜡焚香叩拜一毕,再挤出庙门时,婆婆给媳妇从头顶罩下一幅盖脸的纱布,俩人约好会面的地点,婆婆就匆匆走开了。这时候,藏在树干和石头背后的男人就把盖着脸的女人拉过去,引到一个僻静的旮旯里,谁也不许问谁一句话,就开始调逗交媾。这些男人多是邻近村庄爱占便宜的年轻人。完事以后,媳妇找到婆婆立即回家。有些婆婆还不放心,引着媳妇再烧一回香再叩拜一回,再次把媳妇推到黑暗里去,而且说:"咱们远远地跑来好不容易,再去一回更把稳些。"第二年,得了孩子的媳妇仍由婆婆领着来谢神。那时候,婆婆牵着媳妇的手绝不松开,谢罢棒槌神就早早归去了。白鹿原流行着许多以此为题的骂人的话,俩人发生纠纷对天赌咒时说:谁昧良心谁就是棒槌会上拾下的……

白嘉轩听了冷先生出的主意闷声不语。搁任何人说出这种恶毒的侮辱性的话来,白嘉轩的枣木拐杖早抡到他的鼻梁上去了。白嘉轩说:"冷大哥,你的话越说越冷。"冷先生却不以为然地摆摆头:"话丑理通。让她去一回,怀上了就能断定是三娃子有毛病;她再空怀,你就休她。再说回来,万一是三娃子的毛病,她怀上了也就有了后了,总比抱养下的亲些。谁能知道这个底哩?"白嘉轩只顾着一袋接一袋吸闷烟,许久才瓮声瓮气地说:"那一条路先搁下甭走。你先给三娃子治病,全当毛病就在三娃子身上,万一治不好再说……"这时候,他在心里构思完成了一个比冷先生说的更周密的方案,然后交给母亲白赵氏去实施。

那天晚上,白赵氏把馍馍切成薄片下油锅炸了,又打下五个荷包蛋,亲自到马号里去叫兔娃吃晚饭。兔娃看着黄亮酥脆的油炸馍片和白晶如玉的鸡蛋傻愣愣不敢动手,问:"俺叔哩?"白赵氏说:"你叔吃过了,寻冷先生下棋去了。你快吃啊兔娃。你吃罢咧,给婆帮个忙。"兔娃嘿嘿嘿笑起来:"婆叫我做啥只管吩咐就是了,还做这些好吃喝做啥?"白赵氏说:"干重活就得咥饱啊兔娃。"兔娃就风卷残云似的吃喝起来,直吃得热汗腾腾连连打着饱嗝:"婆你说干啥重活,我去干。"白赵氏说:"你三嫂得下病了,神说要个童男陪睡做伴驱邪,你就给你三嫂做两夜伴儿。"兔娃自幼受到鹿三严厉的管束,对男女间的隐秘浑然不通,天真地笑了:"这有啥哩嘛!这咋能算是重活哩嘛!"白赵氏说:"婆跟你说笑哩!牲口喂饱了没?"兔娃说:"再拌一槽草料,等牲口吃完我就去。"白赵氏淡淡地说:

"也甭急。神说了要等星全再去做伴儿。"兔娃说:"等牲口吃完一槽草,星也就出全了咯。"白赵氏压低声音告诫兔娃:"陪你三嫂睡觉做伴儿的事,对谁都不敢说一个字儿,说了神拔你舌头!"

一切都设计得天衣无缝不留间隙。时间的选择是最关键的事情,白赵氏早探准了孝义媳妇"骑马"和"撤鞍"的规律性时间,直等到二媳妇要去娘家参加小弟弟婚礼的时日。孝义被白嘉轩打发到山里去找哥哥孝武,让他跟上驮骡把药材发回西安,家里需得钱用。孝义就带着冷先生为他焙制的药丸药面儿进山去了。白嘉轩早早躲到中医堂去下棋,冷先生回老家给小儿子完婚,他和抓药的相公对弈,下棋是他唯一的经常性娱乐。整个四合院里就剩下三媳妇和白赵氏。白赵氏在兔娃吃饱出门以后,突然感到心口里头憋闷难忍,捞起桌上那把白铜水烟壶抽起来。难挨的沉闷等待中,终于听见院里响起兔娃欢蹦蹦的脚步声。三媳妇厦屋门板吱扭一声响,白赵氏的心猛然跳弹起来。她走出屋子在院子里咳嗽一声关了街门,返回来经过厦屋门外时说:"天不早了,快睡觉,明早还要起早干活哩!"说罢,佯装回上房去睡觉,又踅过来猫儿似的扶在窗台上屏气静听。她不能安心去睡觉,那傻愣愣的兔娃万一不从叫喊起来怎么办?她要准备采用紧急措施以防止把事情弄糟。

"三嫂我睡哪达?"

"你顺势就睡炕边那达。"

"三嫂哒,你害啥病还要人做伴儿?"

"不兴问,问了神拔舌头!"

一阵窸窸窣窣脱衣的声音,之后便是一片沉静。兔娃突然嘎气地叫起来:"哈呀,我不吃奶!我都长大了你还给我吃奶……"三媳妇禁斥说:"瓜熊,再喊神拔你舌头!"兔娃忍俊不禁压低声儿又说:"啊呀,三嫂你甭捏我……"三媳妇大约捂住了兔娃的嘴,兔娃呜呜哇哇地还在说:"三嫂,你咋这样子……哎哟妈呀!三嫂呀……这样子嫽得很呀……"

白赵氏松了一口气离开厦屋窗户,脸孔烧辣辣的轻脚走了,不小心撞倒一把笤帚。兔娃惊讶地问:"啥响哩?"三媳妇说:"猫。"白赵氏走回上房里屋忍不住骂:"你妈才是猫!"

三个月后,三媳妇出现呕吐现象。白嘉轩送给冷先生一件上好的皮袄:"你的医术好。"他要使冷先生接受奉承和谢酬的同时,也接受一个弄虚当真的事实,以便把冷先生的口也封起来。六月三的棒槌会还遥遥未到,三娃子媳妇怀孕的事实只能归功于冷先生的药方,至于毛病在谁身上就不大重要了。白嘉轩第二件处理的善后事,就是兔娃的婚事。他在饭桌上很亲肠地对兔娃说:"兔娃,你不小了,该娶媳妇了。房子是拆烂补浑呀,还是重盖?"兔娃说:"俺爸给我说过,不准朝俺黑娃哥要一文钱,他给也不要,不准俺哥在老屋盖房。"白嘉轩说:"噢!我明白了,你是钱不够。你说你有多少钱,让叔给你盘算一下。"兔娃说了他爸死时留给他的钱数。白嘉轩笑说:"这点子钱嘛,只能逮个椿媳妇。"兔娃羞羞地笑了。白嘉轩说:"先订媳妇,再拾掇房屋,过年就把媳妇娶回来。钱嘛,叔给你包了,也算是补你爸的情。"

当三媳妇的肚子一天天隆起时,白赵氏对她的厌恶也一天天增长,几乎不用正眼瞅那肚子,更不瞅她脸,甚至发展到一看见三媳妇端来的饭食就恶心,却又说不出口骂不出声。白赵氏日渐消瘦,到麦收后三伏酷暑的闷热气浪里,终于咽了气。白嘉轩本想隆重埋葬劳苦功高的母亲,可是愈来愈可怕的兵荒马乱不容许他尽孝心,村里的年轻人跑躲一空,连几个得力的帮手也找不到。白嘉轩在母亲灵前祷告说:"过三年时世太平了,儿再给你唱戏……"

第二年春天,孝义媳妇生下一个娃子。那时候,兔娃已经和新娶的媳妇在自家厦屋里过日月了,也不再去白家熬活。白嘉轩给兔娃拨过二亩"利"字号坡地,让他和媳妇去过自家日月,在原上又传为义举。白嘉轩再没有雇用长工,只在收麦时叫几个麦客来打打短工。

在为母亲举办葬礼时,朱先生来吊孝,临走时点了一句:"辞掉长工自耕自食。"他揣摩不清:"我种不过来咋办?"朱先生笑说:"好办!撂给穷人就完了。"白嘉轩只听从了姐夫的一半话,辞退了兔娃,撂给兔娃二亩地,其余的土地怎么也舍不得撂给旁人……

直到解放后,土地改革查田定产划定成分时,他才猛然醒悟了姐夫朱先生的话,不禁感佩万端:"圣人圣人,真正的圣人!"因为他恰好在解放前三年没有雇用长工,按土改政策匡算下来,才幸免被划成地主。

第三十二章

　　正当午歇时候,黑娃刚刚迷糊就被一阵吵吵嚷嚷的声音惊醒,听见卫兵和一个陌生人在争执不休,卫兵咬住营长正在休息决不许干扰;来人自称是黑娃的五舅,以一种皇亲国戚倚老卖老的口气说:"当了营长难道就不认他五舅了吗?我跑几十里路寻他,还得等他睡醒来?他架子再大官职再高还给他舅耍品麻吗?甭忘了他小时候偷刨我的红苕给我撕着耳朵……"卫兵仍然不松口不放行,说即就是营长的五舅,也不能午歇时间进去。黑娃听着那声音有点耳熟,却决不是什么五舅八舅,舅家门族里的五舅是个傻子,长到十三四岁就夭折了。黑娃走到窗口朝外一看,竟是多年不见的韩裁缝,穿一件蓝色粗布夹袄,头上戴一顶被雨淋得变成黑色的蘑菇草帽,串脸胡须芜芜杂杂留得老长,嘴里溅着唾沫星子和卫兵争吵,一件一件抖出黑娃小时候的劣迹来。黑娃走到门口隔着竹帘喊:"五舅你进来。"

　　韩裁缝仍然嘎声嘎气地嘟囔着走进黑娃的门,全部表演显然都是给卫兵看的。他进门以后更加放大喉咙责怪起来:"我说你崽娃子真个当了官不认五舅这穷老汉了吗?"黑娃笑笑说:"行咧行咧,快坐下韩裁缝。你下回再来该给我当老太爷了。"韩裁缝摘掉草帽甜蜜蜜地笑了。黑娃问:"多年不见,你这一脸毛长得够我五舅的资格。弄啥哩?还当裁缝?在哪达做活?"韩裁缝说:"改不了行啰!在山里混一碗饭吃。"黑娃根本信不过:"山里有几个人能请得起你扎衣裳?你哄鬼去吧!"韩裁缝说:"我咋能哄你哩?真的,不过我不是挣山里人的钱,我是给我的弟兄缝补衣服。"黑娃说:"我明白了,你从来就不是个裁缝。敢问你……"韩裁缝抢白说:"黑娃,你甭这么斯斯文文说话。我是秦岭游击大队政委。那年农协垮了,我就进山了。兆鹏三顾茅庐,就是要你合到我的股上。"黑娃沉吟说:"我在白鹿镇见你头一面,就觉得你是个神秘人儿。你说吧,找我肯定是有要紧事。"韩裁缝直言直语说:"借路。"于是俩人便达成一种默契捏就一个活码儿,在从明天起数的未来五天里,游击队将通过古关峪口转移到北边。韩裁缝说:"我这回走了,再见你时,我肯定不必再给你装五舅了。等着吧,不用太久了。"黑娃忍不住说:"兆鹏走的时候也说的是这话。"

韩裁缝走后的第三天后晌,一个头上缠着蓝布帕子,腿上打着裹缠,脚上穿着麻鞋的山民又纠缠着卫兵要亲见鹿营长。黑娃正在焦急地期待着韩裁缝路过的消息,以为此人带来了韩裁缝新的指令,于是就亲自接见那位山民。他一眼就瞅出来,这是在山寨里追查谋杀大拇指芒儿大哥凶手时逃走的陈舍娃。陈舍娃一进门就开口喊:"鹿营长,你还认得兄弟不?"黑娃说:"认得认得,你是舍娃子嘛!你后来跑毬到哪里去了?"陈舍娃瞧瞧门口压低声音说:"游击队。"黑娃几乎完全断定他带来了韩裁缝的口讯,差点问出"韩裁缝派你来的吗"的话来。未等到他开口,陈舍娃迫不及待地谄媚说:"鹿营长,你立功领赏的机会我给你送来咧!"黑娃问:"啥事?你说清白。"陈舍娃又扭头瞧瞧门口:"明黑间游击队从古关峪口路过,送到下巴底下的肥肉你还不吃吗?你收拾了游击队还不升官呀!"黑娃倒吸一口气,吓得心直往下沉,闷了半天才问:"你怎么知道?"陈舍娃得意地说:"我偷听见的。我一听到就想着把这块肥肉送给你吃。兄弟在山上顶佩服你的为人,我投了游击队就后悔了,总想再投你又没个机会,这回我是掮着个大贡品投你来咧!"说罢嘿嘿嘿笑起来。黑娃渐渐缓过气来:"噢呀,我听明白了,你是叛了游击队投我来咧呀兄弟。你给我透露了个好消息,送来个大礼糕呀舍娃兄弟!快坐下喝茶。你既然相信我,就不敢再对旁人说这话,小心旁人抢了机会咥了大礼糕。"陈舍娃得意而又得宠地撇撇嘴角:"你放一万个心。"黑娃一生经历了多少生死危险,也没有像现在这样内心惊慌。他要稳住了这个危险分子,然后设法进一步把他诱向陷阱:"嘀呀舍娃兄弟,你给我送了这么大的礼糕,我该给你回送啥礼呢?说吧敞开说,你想要啥哩?官还是钱?"陈舍娃羞涩地笑笑,咳嗽一声壮了壮勇气:"兄弟跟你在山上是个毛毛土匪,投了游击队还是个小毛卒儿,尽听人指拨,像人不像人的家伙都来训斥咱。这回你随便给兄弟戴顶官帽,让兄弟在人前也能说几句话,死了也值了!"黑娃爽快地说:"呃!要封就封个大官,抖起威风来才有个抖头儿。等咱们大功告成,我再把你推出来,吓大伙儿一跳,还愁没官当?现在你就悄悄待到我的这儿睡觉,等你睡醒来,就有好运气等着了。"

等到夜里,黑娃把陈舍娃交给两个团丁,明说是要踏察一下游击队转移的具体路线,暗里给卫兵交代说:"快把这瘟神送走,送得越远越好。"陈舍娃的好梦还没做完,就给两个团丁处死了。

韩裁缝故技重演,于黎明时分又和卫兵纠缠不休。黑娃拍着衣服走到门口调侃起来:"五舅,你又来要钱抓药吗?你到底是抓药还是抓'泡儿'?还是夜个黑间把钱孝顺给轱辘子客啦?"韩裁缝大声嘟囔着走过来:"黑娃,你咋能这样跟你舅说话?嗯?你舅再穷还是你舅……"韩裁缝进门以后就露出急切的神情:"黑娃,我丢了一只公鸡。"

"你怎么不小心呢?"

"问题复杂了!原先说的事得变。"

"你的公鸡我逮住了,已经宰了咥了。"

"噢呀好!"

韩裁缝顿时松了一口气,向黑娃说起陈舍娃叛逃的事。陈舍娃枪法好,毛病也多,最要命的是乱搞女人败坏游击队声誉,屡受处分。韩裁缝说:"我估计他会投奔你来。亏得他投奔你了。他要是投到旁人手里就麻达咧!"黑娃说:"我可没有得到你的同意,就把你的鸡给宰了。"韩裁缝说:"要是没有啥影响,咱们还按原计划行事。"黑娃说:"事不宜迟。"韩裁缝出门时又嘟囔起来:"舅跟你要俩钱,比毯上割筋还疼!五舅明日哪怕病死饿死也不寻你了。"黑娃冷笑着调侃:"我开个银行也招不住你吸大烟耍轱辘儿,你不来我烧香哩!"

一切都设计得准确无误。这天夜里,哨兵报告发现游击队,黑娃问:"是不是进攻?"哨兵说:"看样子像是路过。"黑娃当即命令:"用炮轰。"热烈的大炮的轰鸣无异于礼炮。黑娃当即驰马禀告团长,不料一营长白孝文和二营长焦振国闻听炮声之后已赶到团部,立即报告了开炮的原因,而且极力鼓动团长调一营二营步兵去追击。张团长丧气地说:"长八条腿也撑不上了!"

大约过了十来天,在保安团最高的军务会议上,张团长传达了省上关于全面彻底剿灭共匪的紧急军事命令,县保安团要由守城转入大进攻。县党部书记岳维山亲自到会动员:全国已经开始了对共匪的总体战,三个重点进攻区,本省就占一个,而且是共匪的司令部。本县保安团要进山剿灭游击队,还要加紧清除各村各寨的共匪地下组织,白鹿原仍是重点窝子。岳维山最后说:"现在到了彻底剿灭共匪的时候了。诸位为党国立功的时候到了。"

当动员会进行到尾声的时候,白孝文装作漫不经心地问:"鹿营长,我听说有个共匪游击分子投奔你来了?"黑娃先是一愣,迅即满不在乎地说:"我把他给崩咧。"白孝文说:"你该问问清楚。他来投你,肯定肚里装着情报。"黑娃轻淡地笑笑:"咋能不问呢?这货是乱摸女人给游击队处治后逃来的。一问三不知,是个废物。我还担心他是游击队放出来的诱饵哩!"白孝文仍不甘罢休:"按咱们各营的职责,这事该着我管。"黑娃笑着:"那好,下回再有投来的游击队分子,就交你发落,我倒省了事。"张团长说:"事情的职责弄清就行了。"岳维山说:"非常时期,大家务必精诚团结,齐心剿共。"

按照各营原先的职责,结合新的剿共任务,张团长重新调整了兵力部署,二营被抽调出来进山剿灭秦岭里的游击队,再由一营白孝文的属下抽出一个排,加强到二营,交焦振国指挥,组成一个加强营;一营再招募一排团丁补充齐全,不仅要守护县府安全,而且要主动出击配合各个联保所清剿地下共匪组织;只有三营黑娃没有太大变动,仍然坚守古关峪口,以防止游击队偷袭县城,因为大炮暂时派不上用场……

黑娃仍然坚持已经形成规律的生活习惯,清早起来,先舞剑,后练太极软功,然后诵读。好久没有领教朱先生了,在二营长焦振国领着团丁进山以后,黑娃于傍晚时分骑马去找朱先生。

黑娃把马拴在书院门外的树上,走进门去。看见朱先生坐在庭院当中,背向大门,面向原坡,破旧的高背藤椅上方露出一颗雪白银亮的脑袋。黑娃打躬作揖之后坐下来。朱先生把倚靠在藤椅上的腰身端直支起来,笑着问:"你还有闲心到这儿来?不是一家老少都忙活起来杀猪逮猫哩吗?"黑娃听不懂解不开就随口支应说:"我还是原马原鞍原样未变咯!"朱先生又说:"你怎么就能轻松呢?不看看这回这风刮得多凶。"黑娃琢磨一阵儿,才解开了朱先生的话,先生把政府对共产党的全面进攻称为刮大风,"一家老少忙活起来"隐喻上自蒋介石下至地方联保大小官员都动员起来,"杀猪逮猫"则清楚不过是指共产党的两位领袖朱德和毛泽东了。黑娃惊奇地问:"先生足不出院,对时局怎么知晓?"朱先生说:"风刮到我耳朵了。"

不久前,发生过一件不寻常的事。也是一个夕阳惨淡的傍晚,国民党滋水县县党部书记岳维山由白孝文陪引着登门造访朱先生。岳维山对朱先生克服包括经费在内的种种困难表示钦佩,一再说明自己是刚刚得知编印县志发生了经费问题,以弥补过失的口吻问:"先生,你说还得多少钱?"白孝文接着说:"岳书记也是文墨人,很关心县志编印的事,只是党务太忙。昨日一听说经费困难,今日就来解决问题。姑父你敞开说吧,岳书记一句话,啥问题都解决了。"朱先生说:"不过是买一两支枪的钱。"岳维山说:"明日就给你送来。"朱先生笑笑说:"不用了。我卖了书院的两棵柏树,石印款交齐了。还是留下钱买枪吧!枪炮当紧。"岳维山还是坚持要把款子送来:"那就把这钱发给诸位先生,先生们编县志劳苦功高啊!"朱先生摇摇头:"先生们早都各回各家了。"岳维山听罢换了话题,大声重气地称赞朱先生发表"抗日宣言"的事,在三秦以至在全国造成了巨大感召力:"先生身上体现着我中华民族的正气。"朱先生却像被人揭了疮疤一样难受:"唔!你怎么又提出一壶没烧开的水来!"岳维山说:"关键不在你去成去不成前线,在于你那一纸声明,胜过千军万马。"朱先生自嘲地说:"连个屁也不顶。我在国人面前发了宣言而不能践行,这张脸可是丢远了丢光了。"白孝文插言解释说:"姑父从来是言行一致的,没有人这样看。"岳维山接着向朱先生讲述了国共两党斗争的局势,说是三个月即可在全国彻底消灭共产党,一个完整的中国和一个政党的大统一局面即将到来。岳维山说:"为了促进全国民众团结反共的大局形成,请先生再一次发表声明——"

"你绕了那么多弯路才归到正宗上。你叫我发表什么声明呢?"

"就像你发表的抗日宣言一样嘛!"

"可倭寇已经投降了。"

"当然,这个声明是支持委员长的剿共声明。"

"我写这样的声明能顶啥用呢?"

"我刚才说了,以先生在学界的声望和先生的品行,将会影响一大批学人团结起来消除内患。"

"我现在才弄清白这是一宗买卖:我写一纸反共声明,你拨一笔经费给我和诸位先生当犒劳……"

"先生过敏了。这是两码事,不能串结一起。"

"可我还没征询八位同仁的意向,不知他们愿意不愿意跟我再一次联合声明?"

"先生起草一份底稿,我让孝文骑马去找各位先生,签上个名字就行了。"

"那好吧!既然是一宗买卖,我得先看看岳书记出多大价钱,你让孝文把钱拿来,咱们是一手交钱一手交货。"

"先生把话说白了嘛……"

第二天早饭后,白孝文竟然真的来到书院。朱先生说:"谁说岳维山说话不算话?这回这事办得好利落。孝文,你把钱掏出来数一数。"白孝文恭敬地从布袋里掏出一摞摞用纸封裹着的银元:"一摞五十,一共十摞,统共五百块。"朱先生做出贪婪的财迷口气说:"你把那些摞子都拆开,给我一个一个当面数清白。我要一个一个检验是不是假货。而今假货比真货还多。"白孝文殷勤小心地解开一摞摞银元的封皮纸,在两只手掌里码数着,银元互相碰撞的声音清亮纯真。白孝文说:"姑父,没错儿,整五百数儿。"朱先生盯着孝文说:"你们那位岳书记是个傻瓜不是?"白孝文笑说:"岳书记精明得很。姑父你在说笑话?"朱先生说:"他掏这么大价钱买我一纸空文,不觉得蚀本?"孝文说:"岳书记很看重姑父的声望。"朱先生又摇头了:"我要是真有声望,那他出的这价码又太小了,五百块现洋能买下我这个大先生的大声望吗?"白孝文连忙说:"我也觉其太少。我回去再给岳书记说说。"朱先生突然歪过头:"其实我连一个麻钱也不值。岳书记的买卖烂包了。"白孝文说:"姑父尽说笑话。你把声明底稿给我吧,岳书记对这事抓得很紧。"朱先生仰起脖子淡淡地说:"我还没写哩!"白孝文说:"姑父,你说个确切时间,啥时候能写成,我再来取。"朱先生说:"你来时再带两个团丁,甭忘了拿一条麻绳。"白孝文不解地问:"带那弄啥?"朱先生两眼如剑,紧紧盯住白孝文说:"你把我绑给岳维山!"白孝文猛然煞黄了脸:"姑父这话说……哪儿去了。"朱先生平静地说:"你快装上现洋走吧!你给岳书记说,五百大洋买我这根老筒子枪的买卖烂包啰……"

朱先生对黑娃叙说完这件不寻常的事,接着说:"我把看守大门的张秀才也打发回去了,只剩下我光独一个了。我从早到晚坐在院子里等着人家来绑我,大门都不上关子。你刚才进来,我还以为孝文领着团丁绑我来了呢!"黑娃默然无语地摇摇头,随后把话题岔开:"先生请你再给我指点一本书。"朱先生说:"噢!你还要念书?算了,甭念了。你已经念够了。"黑娃谦恭地笑着:"先生不是说学无止境吗?况且我才刚刚入门儿。"朱先生说:"我已经不读书不写字了。我劝你也再甭念书了。"黑娃疑惑地皱起眉头。朱先生接着说:"读了无用。你读得多了名声大了,有人就来拉你写这个宣言那个声明。"黑娃悲哀地说:"我只知你总是向人劝学,没想到你劝人罢读。"朱先生说:"读书原为修身,正己才能正人正世;不修身不正己而去正人正世者,无一不是盗名欺世;你把念过的书能用上十之一二,就是很了不得的人了。读多了反而累人。"黑娃不再勉强先生,又把话题转移:"有一句话要转告先生,兆鹏走了。"朱先生表现出诧异的神情:"到哪里去了?"黑娃说:"延安。"朱先生随口说:"唔!归窝儿去了。"

黑娃从坐着的青石凳上站起来,从腰里衬衣口袋掏出一本书来说:"兆鹏走时让我送给你,是毛泽东写的。"朱先生瞅了一眼就摆摆头:"我刚才说过,不读书不写字了,谁的书我都不读了。"黑娃说:"这书我看了,写得好。先生可以了解毛家的治国策略。"朱先生说:"毛的书我看过,书是写得好,人也有才。可孙先生也有才气,书同样写得好,他们都是治国兴邦的领袖。可你瞅瞅而今这个鸡飞狗跳墙的世道,跟三民主义对不上号嘛!文章里的主义是主义,世道还是兵荒马乱鸡飞狗跳……"黑娃悄声说:"听说延安那边清正廉洁,民众爱戴。"朱先生说:"得了天下以后会怎样,还得看。我看不到了,你能看到。"黑娃斗起胆子问:"先生依你看,他们能得天下不能?"万万料想不到,朱先生断然肯定:"天下注定是朱毛的。"在黑娃的印象里,朱先生掐指算卦总是用一种隐晦朦胧的言辞,须得问卜者挖空心思去揣测,从来也不给人直接做出有与无是或否的明确判断,何况如此重大的国家未来局势的预测?于是陡增了兴趣和勇气:"先生的凭证?"朱先生轻松地说:"凭证摆在人人面前,谁都看见过,就是国旗。"黑娃奇怪地问:"国旗?"朱先生爽朗地说:"国旗上的青天白日是国民党不是?是。可他们只是在空中,满地可是红嘛!"黑娃醒悟后惊奇地叫起来:"这个国旗我看了多少回却想不到这个……"朱先生也哈哈笑起来:"兆谦呀,你只当作耍笑罢了。这是我今生算的最后一卦。"

　　黑娃仰慕地瞅着朱先生,老人的头发全部变白,像一顶雪帽顶在头上;眉目豁朗透亮,两只眼睛澄如秋水平静碧澈;瘦削的脸颊上,通直的鼻梁更加突兀高耸;鼻翼和嘴角两边的弧形皱褶从长到短依次递减,恰如以口为中心往两边荡开的水纹;两只耳轮也变得透亮,可以看见纤细的血管;整个面部的肤色显现出白皙透亮的奇异色泽,像是一条排泄净尽秽物正要上蔟吐丝网茧的老蚕。黑娃诚恳地说:"先生的头发白完了,白得奇快。我上次来还没有……"朱先生柔和地笑了:"蚕老一时嘛。"黑娃再三叮嘱朱先生保重:"我过一段再来看先生。"朱先生半是认真半是玩笑地嗔怒说:"免了吧,你甭来了。你再来我就不理识你,不跟你说话了。"

第二天午饭后,石印馆老板送来十套刚刚印出的《滋水县志》。蓝色硬质纸封皮,二十九卷分装成五册。朱先生接住散发着墨香气味的志书,折膝跪拜在地:"请受愚夫一拜。"石印馆老板慌忙搀扶起朱先生,吓得脸都黄了:"天爷爷,我这号俗家弟子咋受得起!"朱先生潸然泪下:"我在这世上的最末一件事办成了,我就等着书出来哩!"

那一天,朱先生走进县府,新任的县长认不得朱先生,朱先生也不认识县长。因为国事频仍,新来滋水的大官小吏多已不再拜望本县贤达绅士,一来就投入急如星火的征粮征捐征丁的军务大事当中。新任县长姓巩,脸上有稀稀拉拉几粒麻点,一看见朱先生,劈头就问:"你是哪个联保所的?壮丁征齐了没?"朱先生笑笑说:"我不在联上,也没在保上,我在书院编县志。"巩县长自觉闹下误会:"那你去编你的县志,到这儿乱串啥哩!"朱先生说:"县志编完了要付印,给编纂先生的工钱也该清了,请你给拨一点经费。"巩县长脖子一仰:"哪里有钱呀?"朱先生说:"用不了多少钱,少买两杆枪就足够了。"巩县长瞪大眼睛问:"你说这话味气怪怪的,倒像是共匪的口气?"朱先生笑着说:"巩县长快甭说傻话,共党要是听见你这话该兴蹦了!"随之用求乞的声调说:"你指缝松一下漏几个零钱给我印书,不过少买两杆枪嘛!"巩县长已不耐烦:"你闲得没事干啦,编什么县志!也不睁眼看看时势?你快走吧,我还忙着。"朱先生红着脸说:"你把我轰出房子,你真是个好县长。我还没给人撵过,今日真是万幸。"

朱先生还不死心,于无奈中找到石印馆,对老板说:"你算一下得多少钱?"老板说:"我印先生的书不赚钱,过去印过几回不赚,这回还不赚。可当今纸张油墨都涨得翻了几个筋斗了。"朱先生说:

"我只印十本,你算算吧。"老板仍然不摸算盘不算账:"印的越少越赔钱。"朱先生便向老板学说了被巩麻子轰撵出来的耻辱,特意说明此稿凝聚着九位先生多年的心血,是一部滋水县最新资料的集结,生怕火烧水淹雨淋鼠啃失传了,现在印出十本留下底本,等到太平盛世时再扩印。朱先生说:"你不算账也好。你算了也是白算。我手里没钱。我伐书院一棵柏树送你百年之后作枋板,在我算是顶账,在你算是义举。"老板左手一挥,就显得干脆豪爽:"不说了,啥话也不说了,我印。"

朱先生花了五天时间,亲自把八套县志分头送给编纂过它的八位先生,终于了却了一件心事。八位先生散居在滋水县的山区河川和原上,朱先生趁送书的机会又一次游览了滋水故地,感受愈加深刻:滋水县境的秦岭是真正的山,挺拔陡峭巍然耸立是山中的伟丈夫;滋水县辖的白鹿原是典型的原,平实敦厚,坦荡如砥,是大丈夫的胸襟;滋水县的滋水川道刚柔相济,是自信自尊的女子。川山依旧,而世事已经陌生,既不像他慷慨陈词、扫荡满川满原罂粟的世态,也不似他铁心柔肠赈济饥荒的年月了。荒芜的田畴、凋敝的村舍、死灰似的脸色,鲜明地预示着:如果不是白鹿原走到了毁灭的尽头,那就是主宰原上生灵的王朝将陷入死辙末路。这一切摆在那里明明白白、清清楚楚,根本无需掐算卜卦。然而朱先生自己再不能有一丝作为了,这毕竟不是犁毁罂粟,更不是放粮赈济那种事。朱先生把第九套县志托人转送给那位"好人难活"的县长,剩下最后一套留给自己。做完这些事,朱先生顿时觉得自己变轻了,对妻子朱白氏说:"我的事办完了。把怀仁怀义和媳妇叫来,咱们一家子在这儿吃顿团圆饭。咱们都该离开书院了。"

朱白氏托人捎话叫来了两个儿子和大儿子的媳妇。媳妇怀里抱着个满身都是乳香的男孩。朱先生把孙子接到手时举到脸前,像是鉴赏一件贵重物品,随后就对着哇哇哭叫的孙子朗声说:"爷爷重见天日就靠你啰!"朱白氏不在意地接过孩子咕哝说:"你对奶娃儿也说些不着天不着地的话。"大儿子怀仁以为父亲对孙子寄予厚望而满心欢悦。二儿子怀义站在后头,不太关注父亲对侄儿的评头论足,有点冷漠地瞅着侄儿被传来接去,又回到嫂子怀里吸吮奶子。午饭时,朱白氏破例炒下四盘菜,两荤两素,主食是黄澄澄的小米干饭,喝的是煮过小米的稠汁汤。朱先生的心情特别好,把盘里的菜先抄给朱白氏又抄给儿媳妇,接着再给大儿子小儿子碗里抄,温情厚爱尽在那双竹筷子上流动。儿媳竟然被公公的举动感动得热泪盈眶。

午饭后的阳光温暖柔和,朱先生和妻儿老少坐在阳坡下晒暖暖,这是难得的一次合家欢聚的机会。大儿子怀仁长到十六岁,朱先生就把他送回老家去操持家务,过二年给他娶下一个媳妇。二儿子怀义也是长到十六岁送回家去,让他和哥哥搭手耕作土地管理牲畜。他让他们在他膝下读书以识礼义,然后送他们回老家去独立生活,做一个自尊自重自食其力的农人,绝不许他们从政从军甚至经商。在大征丁和大征捐税的起始,朱先生只暗示儿子如数交纳粮捐,却把小儿子怀义隐匿在书院里。田福贤的保丁寻到书院,朱先生说:"我那年为打倭寇要当兵,闹得满城风雨沸沸扬扬,结果呢,泡儿闪了去不成了,在国人面前放了空炮,说了假话,丢光了面子,我那阵儿就发誓,我再不当兵,子子孙孙都不当兵了。你去把我的原话端给田福贤,再端给县长书记,我的娃娃不当兵。"怀义果然因此躲避过去,但只能算个半免征户。频频加派的各种捐税,整得怀仁卖牛又卖地,几乎濒临破产。朱先生对儿子说:"够了。咱们一年把往昔十年的皇粮都纳上了,纳够了。咱们对国家仁仁义义纳粮交款,可而今这国家对百姓既不仁也不义了。他们谁再催粮催款时,你叫他到书院来朝我要。"果然再没有人朝怀仁死催硬逼了。怀仁后来把这种变化说给父亲时,不无庆幸和窃喜。

朱先生听罢,却满脸愧疚:"爸用面皮给你蹭掉了丁捐,乡党乡亲该用白眼翻我了……"无论如何,怀仁总算保住了最后五亩土地而没有完全破产,靠精打细算又给空闲许久的牛圈里添进一头小牛犊……现在,静谧的白鹿书院里温柔的阳婆下,坐着一个在兵荒马乱的世事里有幸保存完整的家庭的全部成员。朱先生转过头对妻子说:"你再给我剃一回头。"朱白氏撇撇嘴:"剃就剃嘛,咋说'再剃一回'?这回剃了下回不要我剃了?"朱先生笑说:"了不得了不得!你也学会抠字眼了。"儿媳急忙把孩子塞到婆婆朱白氏怀里,钻进灶房替公公烧热水去了。怀仁说:"爸,让我妈歇着,我来给你剃头。"朱先生温厚地笑笑:"你想在我头上学手艺吗?"怀义争着替哥哥作证:"俺哥剃头一点也不疼,村里人老老少少都焖了头求拜他给剃哩!"朱先生惊讶地说:"这倒不错,给乡亲剃头总比在他们头上'割韭菜'好哇!怀仁你啥时候学成剃头手艺了?"怀义又抢嘴抱屈地说:"俺哥在我头上练刀子练出师了。头一回割下我五道口子,割一个口子沾一撮棉花。我说,哥呀,你甭剃那半边了,留下明年种芝麻……"朱先生放声大笑,笑得前俯后仰眼泪溢出。怀仁厚诚地说:"爸,你这下相信了吧?我来给你剃。"朱先生仍然忍不住笑:"你也想给你爸头上种棉花呀?你把棉花地卖了交了捐款没处种棉花了不是?"怀仁仍然温厚地说:"甭听怀义尽糟践我的手艺。我一搭剃刀你就知道了。"朱先生轻轻摇摇头:"我还是信服你妈的手艺。你妈给我剃了一辈子头,我头上哪儿高哪儿低哪儿有条沟哪儿有道坎,你妈都心里有底儿,闭着眼也能剃干净。"朱白氏用脸偎着孙儿的脸蛋儿,斜过眼丢给朱先生一个慈爱嗔怪的眼色。儿媳端着铜盆放到太阳下说:"爸,你趁水热快来焖头发。"

朱先生走到铜盆跟前低下头去,正要撩水,朱白氏喊了声"等一下甭急",把孙子交给儿媳,一边挪着小脚一边从腰后解开围裙系带儿,把那条蓝色印花围腰布巾围到朱先生脖子上,一只手按着朱先生的头,一只手伸进脸盆撩起水来。朱先生猛乍扬起被妻子按压着的脑袋问:"你看看我还有几根黑头发?"

"没有黑的了,尽是白的。"

"你仔细看看还有没有黑的?"

"我连一根黑头发也寻不见。"

"你没仔细寻嘛!去,把老花镜戴上仔细寻。"

朱白氏从台阶上的针线蒲篮里取来花镜套到眼上,一只手按着丈夫的头,另一只手拨拉着头发,从前额搜寻到后脑勺,再从左耳根搜上头顶搜到右耳根。朱先生把额头扺搭在妻子的大腿面上,乖觉温顺地听任她的手指翻转他的脑袋拨拉他的发根,忽然回想起小时候母亲给他在头发里捉虱子的情景。母亲把他的头按压在大腿上,分开马鬃毛似的头发寻逮蠕蠕窜逃的虱子,嘴里不住地嘟囔着,啊呀呀,头发上的虮子跟稻穗子一样稠咧……朱先生的脸颊贴着妻子温热的大腿,忍不住说:"我想叫你一声妈——"朱白氏惊讶地停住了双手:"你老了,老糊涂了不是?"怀仁尴尬地垂下头,怀义红着脸扭过头去瞅着别处,大儿媳佯装喂奶按着孩子的头。朱先生扬起头诚恳地说:"我心里孤清得受不了,就盼有个妈!"说罢竟然紧紧瞅瞅着朱白氏的眼睛叫了一声,"妈——"两行泪珠滚滚而下。朱白氏身子一颤,不再觉得难为情,真如慈母似的盯着有些可怜的丈夫,然后再把他的脑袋按压到弓曲着的大腿上,继续拨拉发根搜寻黑色的头发。朱先生安静下来了。两个儿子和儿媳准备躲开离去的时候,朱白氏拍了一下巴掌,惊奇地宣布道:

"只剩下半根黑的啦!上半截变白了,下半截还是黑的——你成了一只白毛鹿了……"

朱先生听见,扬起头来,没有说话,沉静片刻就把头低垂下去,抵近铜盆。朱白氏一手按头,一手撩水焖洗头发……剃完以后,朱先生站起来问:"剃完了?"朱白氏欣慰地舒口气,在衣襟上擦拭着剃刀刃子说:"你这头发白是全白了,可还是那么硬。"朱先生意味深长地说:"剃完了我就该走了。"朱白氏并不理会也不在意:"剃完了你不走还等着再剃一回吗?"朱先生已转身扯动脚步走了,回过头说:"再剃一回……那肯定……等不及了!"

朱白氏对儿媳说:"等断了奶,你就把娃儿给我。"婆媳俩坐在阳婆下叙叨起家常,怀仁和怀义坐在一边时不时地插上一句,时光在悠长的温馨的家庭气氛里悄悄流逝。冬日一抹柔弱的阳光从院子里收束起来,墙头树梢和屋瓦上还有夕阳在闪耀。朱白氏正打算让儿媳把孩子抱进屋子坐到火炕上去,忽然看见前院里腾起一只白鹿,掠上房檐飘过屋脊便在原坡上消失了。那一刻,她忽然想到了丈夫朱先生,脸色骤变,心跳不住,失声喊起来:"怀仁怀义快去看你爸——"怀仁怀义相跟着跑到前院去了。朱白氏惊魂不定心跳仍然不止,接着就听见前院传来怀仁怀义丧魂落魄的哭吼。她的心猛地往下一沉,倒不慌跳了,对惊诧不安的儿媳说:"你爸走了。他刚才说'剃完了我就该走了'。我们都没解开他的话。"

朱先生死了。怀仁率先跑到前院,看见父亲坐在庭院里的那把破旧藤椅上,两臂搭倚在藤椅两边的扶栏上,刚刚剃光的脑袋倚枕在藤椅靠背上,面对白鹿原坡。他叫了一声"爸",父亲没有搭理。怀义紧跟着赶到时也叫了一声"爸",父亲仍然没有应声。兄弟俩的手同时抓住父亲的手,那手已经冰凉变硬,便哇啦一声哭吼起来。朱白氏和儿媳急匆匆走来,制止了两个跪伏在父亲脚下哭吼的儿子和刚刚拉开哭腔的儿媳:"这阵儿还能哭?快去搭灵堂。"

灵堂搭在朱先生平日讲学的书堂里,并拢了三张方桌,朱白氏就指点儿子们把朱先生抬进去。两个儿子从两边抓住藤椅的四条腿,就把父亲抬走了,然后小心翼翼地扶上方桌躺下。朱白氏抱来了早已备置停当的寿衣,立即抓紧时间给朱先生换穿;一当通体冰凉下来,变硬的胳膊和腿脚不仅褪不下旧衣裤,寿衣也套不上去。

书院远离村舍，没有乡亲族人帮忙。脱掉棉衣和衬衣，儿媳看见阿公赤裸的胸脯上一条一条肋骨暴突出来，似乎连一丝肌肉也看不见，骨肋上就蒙着一层黄白透亮的皮；棉裤和衬裤抹下来，两条腿也是透亮的皮层包裹着的骨头，人居然会瘦到这种地步，血肉已经完全消耗煎熬殆尽了。儿媳瞥见阿公腹下垂吊的生殖器不觉羞怯起来，移开眼睛去给阿公脚上穿袜子，心里却惊异阿公的那个器物竟然那么粗那么长，似乎听人传说"本钱"大的男人都是有血性的硬汉子，而那些"本钱"小的男人大都是些软鼻脓包。朱白氏察觉到了儿媳的回避举动，平稳而又豁朗地说："你先把腿给抬起来穿裤子，袜子最后再穿。"儿媳得到鼓励，就抬起阿公的腿脚，朱白氏麻利地把衬裤和棉裤给穿上去了……从头到脚一切穿戴齐整，朱白氏用一条染成红色的线绳拴束双脚时，发现朱先生的两条小腿微微打弯而不平展。她使劲揉搓两只膝盖，以为是在藤椅上闭气时双腿弯曲的缘由，结果怎么也揉抚不下去。朱白氏猛乍恍然大悟，对儿媳叫起来："啊呀呀，给你爸把袜子穿错了！"随之颠跑着到后院居屋取来一双家织布缝下的统套袜子，让儿媳脱下错穿的那双白线袜，换上统套布袜，朱先生的双膝立时不再打弯，平展展地自动放平了。朱白氏对儿媳说："你爸一辈子没挂过一根丝绸洋线，从头到脚从里到外，都是我纺线织布做下的土布衣裤。这双白洋线袜子，是灵灵那年来看姑父给他买的，你爸连一回也没上脚。刚才咱们慌慌乱乱拉错了，他还是……"儿媳听罢大为惊异。

怀仁支使弟弟怀义到县城去购置香蜡阴纸和供果，自个这才抽出身来走进父亲的书房，果然看见桌面上用玉石镇纸压着的一纸遗嘱，下附的日子却在此前七日。怀仁看了遗嘱的内容更加惊诧：

  不蒙蒙脸纸，不用棺材，不要吹鼓手，不向亲友报丧，不接待任何吊孝者，不用砖箍墓，总而言之，不要铺张，不要喧嚷，尽早入土。

怀仁拿着这张遗嘱,又奔进灵堂呈给母亲:"我的天呀,俺爸咋给我出下这难题!"朱白氏看了遗嘱却不惊奇:"你爸图简哩,你可觉得难?"她看了遗嘱下端附注的时间,正是丈夫给八位同仁送完县志的那一天。那天晚上,朱先生睡下以后就对她说起了自己死后安置的事情,不要吹鼓手,是他一生喜欢清静而忍受不了吵吵闹闹;不要装棺木不要蒙脸纸,是他出于自在自然豁亮畅快的习性而难以忍受拘盖的限制。朱先生向妻子描述出来为自己设计的墓室,不用砖,只用未经烘烧的砖坯箍砌墓室;墓室里盘垒一个土炕,把他一生写下的十部专著捆成枕头,还有他雕刻的一块砖头,不准任何人撕开包裹的牛皮纸,连纸一起嵌到墓室的暗室小洞口。朱白氏当时并不在意:"没灾没病活得好好的,却唠叨这些出奇事!你大概闲得没啥好想了,尽想这些出奇事!"朱先生笑而不答。朱白氏看见遗嘱就印证了那晚的唠叨在朱先生不是闲话,而是有心专意的叮咛,包括和黑娃的谈话,包括叫来儿子儿媳吃团圆饭,包括剃头,包括寻找黑发,甚至当着儿子儿媳的面把她叫妈……全都证实丈夫对自己的死期早已有预测。朱白氏对儿子怀仁说:"就按你爸给你的遗嘱去办。"

怀义买回了祭物,兄弟俩把点心石榴等供品依样摆置到灵桌上,然后由怀仁发蜡焚香。怀义在瓦盆里点着了阴纸,最后就迫不及待地跪伏到灵桌下尽情放开喉咙吼哭起来。儿媳上罢一炷香后叩拜三匝,坐在灵桌旁侧的条凳上抑扬顿挫地拉开了悠长的哭腔。小孙子在大人们的忙乱中被丢弃在火炕上,已经哭叫得嗓音嘶哑,朱白氏从后院火炕上抱起来重新走回灵前,孩子仍然在委屈地呜咽着。朱白氏偎贴着小孙子的脸,泪珠滚滚却哭不出声,待儿子们哭过一阵子,她就坚决地制止了他们继续哭下去,指令二儿子怀义在书院守灵,让老大怀仁和媳妇回朱家圪去安排丧葬事项。打墓自然是繁杂诸事中最当紧的事情,需得明日一早就动手破土;灵柩也得及早发落回家,下葬之前必须让朱先生的灵魂在祖居的屋院里得到安息。其余诸事须得一一相机安排,总的原则是遵照朱先生的遗嘱行事。怀仁和媳妇抱着孩子即刻起程回老家去了。

朱白氏和儿子们严格恪守朱先生的嘱言,尽管未向任何亲戚朋友报丧,朱先生的死讯仍然很快传开。首先是怀义到县城购买祭物传到县城,随后是怀仁头上的一条白孝布作了昭示。从当天晚上起,白鹿书院就开始有人来吊孝。朱白氏让儿子怀义守在灵前,自己走出书院大门,让怀义从里头插死门闩,对一切前来吊孝的人都一律谢绝,并不断地申述丈夫的嘱言。吊孝者的悲痛得不到宣泄,甚至对朱白氏不近人情的行为激愤起来;人们不愿轻易离去便聚集起来,形成一种巨大的汹涌的气势。朱白氏在感到支撑不住时,扑通跪下去向众人告饶。人们再不好勉强,纷纷抚着大门、抚着墙壁、抚着柏树放声痛哭。

重要亲属中头一个闻讯赶来的是白孝文。他向姑母问讯了姑父的死亡过程后,表示了诚挚的安慰和关切。姑母依然铁硬着心肠不放他进门,孝文只好含着眼泪离开。白嘉轩到来时天已傍晚,看见围聚在书院大门口的人群莫名其妙,随之就对姐姐不近人情的举动大发雷霆,哭着吼着扑上去用头撞击大门门扇,见不到姐夫的遗容就准备碰死。朱白氏对弟弟的行为表示愤恨:"你跟你姐夫往来了一辈子,还不清楚他的脾性?你不遵他的嘱言倒给我在这儿胡来!你撞去,你碰去!你撞死碰死我也不拉你……"白嘉轩冷静下来也软下来,趁势在众人的拉扯劝解下不再扑撞,双手撑住大门门扇放开悲声。黑娃闻讯赶来时天已黑定,他驻守在远离县城的古关峪口,炮营驻地与百姓基本隔绝,两个到县城采买菜蔬的伙夫才把消息带进炮营。黑娃跪伏在朱白氏面前叫了一声"师母"就泪如泉涌。得悉了先生的遗嘱后也不强求,默默地点头并开始劝说众人离开。天上开始飘落雪粒儿,小米似的雪粒击打得枯枝干叶刷刷啦啦响着,许多人开始离去,许多人依然坚持在书院门外为恩师守灵。寒冷和饥饿的威胁终于使朱白氏听从了黑娃的变通办法,由黑娃向众人公布朱先生搬尸移灵的日子就在明天,到明日朱先生的尸首移出书院时可以一睹遗容。这样一说,众人才纷纷离开书院到县城投宿去了,只剩下白嘉轩和黑娃俩人。朱白氏说:"你俩人路远甭走了,歇到书院。"黑娃却摇摇头:"学生不敢违拗先生的遗言。"朱白氏说:"他说过,你是他最好的一个弟子。你去见他,他不会责怪。"黑娃说:"师母,你记错了,先生说过我是他最后一个弟子,没说最好。"朱白氏肯定说:"他对我说过,'没料想我最好的弟子原是个土匪。'"黑娃说:"可先生没有准许我破他的遗言呀!我还是遵守先生的遗言为好。"说罢就谢辞了。只留下白嘉轩和姐姐朱白氏,便叫开了门走进书院。白嘉轩拄着拐杖佝偻着腰在庭院里急匆匆走着,几次跌滑倒地,爬起来奔到灵堂前,顾不得上香,就跌扑在灵桌下,巨大的哭吼声震得房上的屑土纷纷洒落下来,口齿不清地悲叫着:

"白鹿原最好的一个先生谢世了……世上再也出不了这样好的先生了!"

夜里捂了一场大雪,白鹿原坡和滋水河川一色素服。怀仁领着朱家疙的乡亲搬尸移灵时已到正午,牛车停在坡根下。书院门外的场地上和山坡上聚集着黑压压一片人群。怀仁和乡亲族人用一块宽板抬着朱先生遗体走出书院大门,聚集在门外的人群爆发起洪水咆哮似的哭声,拍击着白鹿原坡的沟崖和塬梁。人们跟在后头下到坡根,在移尸到牛车上的时刻人们才先后瞻仰了朱先生的遗容。遵照朱先生的遗嘱,不装棺材也不加盖蒙脸纸,朱先生仰面躺着,依然白皙透亮的脸面对着天空,雪霁后的天空洁净如洗,阳光在雪地上闪射出五彩缤纷的光环。

黄牛拽着硬轮木车在河川公路上悠悠前行,木轮在坑坑洼洼的土石路上吱嘎吱嘎叫着,黄的和白的纸钱在雪地上飘落,没有乐器鸣奏,也没有炮声,灵车在肃杀的冰天雪地里默默地移动,灵车后跟随着无以数计的人群。朱先生的死讯和他留下的遗言不胫而走,这样的遗言愈加激起崇拜者的情绪,以不可抑制的激情要表示衷心的崇拜。从白鹿书院到朱家圪,牛车经过五十多里的滋水河川沿路的所有村庄,村民们早在灵车到来之前就守候在路旁村口,家家户户扶老携幼倾巢而出跪在雪地里,香蜡就插在雪下的干土堆上,阴纸就在雪地上燃烧。临到灵车过来时,人们便拥上前去一睹朱先生的遗容。红日蓝天之下,皑皑雪野之上,五十多里路途之中几十个大村小庄,烛光纸焰连成一片河溪,这是原上原下亘古未见的送灵仪式。

灵车后的人群在不断地续接,不断有人加入到凌乱不齐的送灵人群后头默默前行,无以数计的黑色白色的挽联挽幛撑在空中。黑娃从书院起就跟着灵车走,默默地夹在陌生的和熟悉的人流中间。他昨晚回炮营路经县城时买了两丈白绸,回到炮营驻地,就把一路琢磨好了的挽词写上白绸:

  自信平生无愧事
  死后方敢对青天

牛拉的木轮灵车进入朱家圪,除了帮忙搬尸的人,其他吊孝者仍然不准进入屋子。吊孝的人就把挽联钉在墙上,把挽幛撑挂到树枝上或绳索上;整个小小的朱家圪村的街巷里,是一片黑色和白色的幡幛。许多在省城做官的经商的朱先生的弟子都赶来了,一些远在关中东府西府的弟子也风尘仆仆赶来了,把他们的崇敬挚爱和才华智慧凝结而成的诗词赋文,一齐献给朱先生,直到第七天下葬时形成高潮……而传诵最快也传诵最久的却是土匪黑娃的那一阕挽词。

白嘉轩一直住守在大姐家,直到朱先生下葬。他拄着拐杖,扬起硕大的脑袋,努力用不大聪敏的耳朵捕捉人们的议论。人们在一遍一遍咀嚼朱先生禁烟犁毁罂粟的故事,咀嚼朱先生只身赴乾州劝退清兵总督的冒险经历,咀嚼朱先生在门口拴狗咬走乌鸦兵司令的笑话,咀嚼放粮赈灾时朱先生为自己背着干粮的那只褡裢,咀嚼朱先生为丢牛遗猪的乡人掐时问卜的趣事,咀嚼朱先生只穿土布不着洋线的怪僻脾性……这个人一生留下了数不清的奇事逸闻,全都是与人为善的事,竟而找不出一件害人利己的事来。

白嘉轩亲自目睹了姐夫下葬的过程:躺在木板上,木板两边套着吊绳,徐徐送入墓道;四个年轻人恭候在墓道里,把僵硬的姐夫尸体抬起来进入暗室;暗室里有窄窄一盘土炕,铺着苇席和被褥,姐夫朱先生终于躺在土炕上了,头下枕垫着生前著写的一捆书……无数张铁锨往墓道里丢土,墓坑很快被填平了,培起一个高高的大头细尾的墓堆,最后插上了引魂幡。白嘉轩这时忍不住对众人又一次大声慨叹:"世上肯定再也出不了这样的先生啰!"

几十年以后,一群臂缠红色袖章的中学生打着红旗,红旗上用黄漆标写着他们这支造反队伍的徽号,冲进白鹿书院时呼喊着愤怒的口号,震撼着老宅朽屋。他们是来破除"四旧"的,主要目标是袭击图书,据说这儿藏着一大批历朝百代的封建糟粕。他们扑空了,这儿的图书早在解放初期就被县图书馆收藏了。怒火满胸的红卫兵得不到发泄,于是就把大门上那块字迹斑驳漆皮剥落的"白鹿书院"的匾牌打落下来,架火在院中烧了。

他们过火的举动受到种猪场职工的干预。书院早在此前的大跃进年代挂起了种猪场的牌子,场长是白鹿村白兴儿的后人。那时候国家主席号召发展养猪事业,白兴儿的后人小白连指敢想敢干敢放卫星,就在这儿创办起一座养猪场,这个废墟般的书院是县长亲自拨给小白连指的。小白连指上过初中,又兼着祖传的配种秘诀,真的把种猪场办起来了。那年同时暴起的小钢炉很快就熄火了,公共食堂也不冒烟了,而小白连指儿的种猪场却坚持下来,而且卓有功绩。他用白鹿原上土著黑猪和苏联的一种黑猪交配,经过几代选优去劣的筛选淘汰,培育出一种全黑型的新种系。此猪既吃饲料也吃百草,成为集体和社员个人都喜欢饲养的抢手货,由县长亲自命名为"黑鹿"。小白连指曾被邀到省城上了钟楼参加国庆典礼。

小白连指对围着火堆欢呼狂叫的红卫兵说:"红卫兵小将们,你们的革命行动好得很!我们种猪场全体职工举双手拥护。你们也要相信我们,这儿余下的四旧由我们革命职工彻底来破它。"红卫兵终于走了。

不久,书院住进来滋水县一派造反队,这儿被命名为司令部,猪圈里的猪们不分肉猪或种猪、公猪或母猪、大猪或小猪一头接一头被杀掉吃了,小白连指儿抖着丑陋的手掌,连对红卫兵小将那样的话也不敢说。这一派被认为是保守派,进不了县城夺不上权,却依然雄心勃勃高喊着"星星之火可以燎原"和"农村包围城市夺取城市"的口号继续与县城里夺得大权的造反派对峙。一天深夜,县城里的那个响当当硬邦邦的造反派从四面包围了白鹿书院——种猪场,机枪步枪和手榴弹以及自制的燃烧瓶一齐打响,夺取了保守派的老窝,死了八个男女,带伤的无法计算,烧毁了昔日朱先生讲学的正殿房屋,吓跑了种猪场场长小白连指儿和十几个职工。打死的猪当即被开膛入锅犒劳造反派战士,逃窜的活猪被当地农民拾去发了洋财。

大约又过了七八年,又有一群红卫兵打着红旗从白鹿原上走下原坡,一直走到坡根下的朱家圪。他们和先前那一群红卫兵都出自一个中学,就是白鹿镇南边鹿兆鹏做第一任校长的那所初级小学,现在已经变革成为一所十年制中小学统一的新型学校了。中国又掀起了一个批判林彪加批判孔子的批判运动,因为野心家林彪信奉孔子"克己复礼"的思想体系。这一群红卫兵比冲击白鹿书院的那一群红卫兵注重纪律,他们实际只是十年级的一个班,在班主任带领下,寻找本原最大的孔老二的活靶子朱先生来了。班主任出面和生产队长交涉,他们打算挖墓刨根鞭挞死尸。生产队长满口答应,心里谋算着挖出墓砖来正好可以箍砌水井。

四五十个男女学生从早晨挖到傍晚,终于挖开了朱先生的墓室,把泛着磷光的骨架用铁锨端上来曝光,一堆书籍已变成泥浆。整个墓室确系砖坯砌成,村里的年轻人此时才信服了老人们的传说。老人们的说法又有了新的发展:唔!朱先生死前就算定了要被人揭墓,所以不装棺木,也不用砖箍砌墓室。整个墓道里只搜出一块经过烧制和打磨的砖头,就是封暗室小孔的那一块,两面都刻着字。十年级学生认不全更理解不开刻文的含义,只好把砖头交给了带队的班主任老师。老师终于辨认出来,一面上刻着六个字:

　　天作孽　犹可违

另一面也是刻着六个字:

　　人作孽　不可活

班主任欣喜庆幸又愤怒满腔,欣喜庆幸终于得到了批判的证据,而对刻文隐含的反动思想又愤怒满腔。批判会就在揭开的墓地边召开。班主任不得不先向学生们解释这十二个字的意思,归结为一句,就是"阶级斗争熄灭论",批判会就热烈地开始了。

第三十三章

鹿子霖重新雇回了长工刘谋儿，又一块一块赎回坐监期间被女人卖掉的土地，干涸的牲畜棚圈里重新弥漫起牛马粪尿和草料的混合气味，一只金黄毛色的伢狗在屋院里窜出窜进，屋里院里和牲畜棚里重新焕发出勃勃生机，鹿子霖比以往任何时候都更迫切地要振兴这个屋院。现在又是一个极好的机会，土地牲畜木料砖瓦直至订亲的彩礼都在掉价，只有壮丁这个特殊的时兴的商品一茬涨过一茬，鹿子霖无须算计就抓住了这个机会。拆掉的门房和门楼也一定要重新建筑，而且要比被白家拆迁走了的原有规格和样式更讲究更漂亮，只是得往后拖一拖，得把腾空了的家底垫实起来。

鹿子霖在联上干着一门无异于钦差大臣的工作。田福贤没有给他具体分工，也没有给他封官，对他说："给你加上个股长没啥意思，给你封个联保主任那不能由我，你权当你是主任一满都管上。"田福贤又在保长甲长会上宣布："鹿子霖代我行事，无论到了哪一保哪一村哪一甲，他说的话就是我的话，他要你们做的事就是我要你们做的，诸位都掂掂这个轻重。"鹿子霖成了真正的钦差大臣本原上的无冕王，他每到一个保公所去，果然受到所有保长们的殷勤招待，甚至比对田福贤本人还要殷勤。保长们都很灵醒，在田福贤面前哪怕挨夯受威遭斥责，毕竟是脸对脸眼对眼，而鹿子霖回去给田福贤戳弄起来就摸不清底细也探不来深浅了。鹿子霖天天像过年，保长们见到他就摆宴置酒，都知道鹿子霖爱抿两口；抿了两口以后的鹿子霖回到联上就会把一切不满意的事都化释了。摆宴喝酒请客送礼在联上和保上早已超越了风气而成为习惯,关键在于一茬接一茬的捐税客观上提供了财源,联上和保上的头儿以及干事们都在发财。鹿子霖在牢狱腾空了的皮囊开始充填起来,脑门上泛着亮光,脸颊上也呈现出滋润的气色。

鹿子霖起初却不大满意田福贤对他的安置,窃以为是田某人不放心自己因而不给实权,后来就感觉到这样安排反而倒是好极了。他无职无权却威震原上各个保各个甲,不能如期交付壮丁和捐款他可以不担责任,任何弄坏了搞糟了的事情也追查不到自己,又可以自由地接受这个保那个保的保长们在完成一茬丁或捐的征集任务之后的"分红"。他很快就看透了当今的世态变化和其中的奥秘。鹿子霖的职责是以田主任的名义到各个保上催丁催捐。他给自己划了一个严格的界线,只到保上催促保长,绝不到任何村子去催促甲长,更不会具体揪住某一家农户的领口要粮要钱。无论什么捐什么款最终要由一户一家百姓掏出来,而不是由保长们掏腰包,鹿子霖只催保长,把翻箱倒柜鞭打绳缚的害人差使由保长们去完成。鹿子霖吃了喝了对保长们耍了威风之后回联上去,走在路上就忍不住得意起来:田主任你逛得灵,我比你逛得还灵。你想叫我替你挨骂,还不放心我,我不当你的官只受你的禄真是嫽扎咧!

鹿子霖又雇下一个年轻的长工和刘谋儿搭伙儿替他经营土地和牲畜,从屋院到畜棚再到田地里,开始呈现出一种人欢马叫的蒸腾欢悦的气氛,与整个村巷和阔大的田野上的清冷孤凄的气氛形成明显差异。鹿子霖一想到刚从监牢回到家时的那种日月就不寒而栗,除了女人鹿贺氏扑沙扑沙走路的声音,这个屋院里从早到晚便是空庙古寺一般的沉寂,衰败破落的家户是怎样一副架势?就是自家眼下这种架势。鹿子霖一次又一次在心里凝练这种痛哭的感觉。小孙孙不期而至,一下子给衰败的屋院注入了活力,使情绪跌到谷底的鹿子霖的心里开始荡起一股暖气。鹿子霖大声憨气地对女人说:"你说啥最珍贵?钱吗地吗家产吗还是势吗?都不是。顶珍贵的是——人。"鹿贺氏一时揣不透他的真实心思,默默地应付似的点点头。鹿子霖进一步阐释他新近领悟的生活哲理:"钱再多家产再厚势威再大,没有人都是空的。有人才有盼头,人多才热热闹闹;我能受狱牢之苦,可受不了自家屋院里的孤清!"

鹿子霖雇回来刘谋儿不久,又雇来一个年轻长工就有图得几分热闹的意愿,因为刘谋儿毕竟老了,寡言默语手脚迟钝而掀不起热闹欢蹦的气氛来。新雇佣的年轻长工正好弥补了这种缺陷。鹿子霖对小长工说:"地里活儿紧了你给刘叔帮帮忙,没啥紧活儿你就引上娃娃耍,甭把娃娃跌了摔了就行了。"小长工就引着鹿子霖的宝贝蛋儿孙子玩耍。鹿子霖从联上回到屋里,往往跟小孙子和小长工玩得忘了长幼主仆。小长工是渭北高原上的人,一口奇怪的发音让鹿子霖听来十分开心,小长工把"重"说成"冲",把"读书"说成"头失";更使他莫名其妙的是,小长工把"狼"叫做"骡",而又把真正的"骡"叫成"却"等等等等。鹿子霖一个一个名词跟着小长工学着念着,常常笑得前俯后仰,像跟着洋人学洋话一样,傍晚时屋院里就掀起活跃的声浪。鹿子霖对小长工唯一不满意的一点,是这个小家伙时时处处对他表现的那种巴结讨好,以至自作自贱的神气,于是正言厉色说:"该做活你做活,该吃饭你咥饱,该哭你就哭,该笑你就笑,该骂你就畅快骂,从今往后不准你尽给我说骚情话!"小长工反而愣呆住了,不知如何是好了。

这个小长工是鹿子霖拾来的。

那天晚上,鹿子霖从南原催捐回来时,月亮很好,带着七分酒醉三分清醒甩甩荡荡在牛车路上走着,一路乱弹吼唱过来,引逗得沿路村庄里的大狗小狗汪汪汪乱咬。路过自家的坟园时,从黑森森的墓地树丛里蹿出一个人来,吓得鹿子霖哑了口愣了神。那个人蹿到他跟前,扑通一声跪倒了,一口一声大爷大伯地恳求要给他当长工,声明不要一个麻钱也不要一升粮食,只要给吃黑馍就心满意足了。鹿子霖松了口气,踢了那人一脚又骂了一句,说他把他差点吓死了。跪在地上的人继续乞求雇他当长工,情愿大伯大爷再踢他两脚压惊消气。鹿子霖从稚声嫩气的嗓音判断出这是一个半大小伙儿。他让他再踢两脚的话似乎触动了心头的某一根弦索,就问:"你为啥偏偏缠住我要给我熬活?"小伙子说:"我看你是个好人。"鹿子霖对这种露骨的讨好和巴结很反感:"你凭啥看我是好人?"小伙子说他在这个坟园里躲了三天三夜了,几次看见鹿子霖从这条路上走过。"你娃子鬼得很咧!"鹿子霖说,"你是看我穿得阔,断定我能雇得起你;你是看我像个官人,给我当长工没人敢拉你壮丁,你说是不是龟孙?你不说实话我就把你掐死!"小伙子连连在地上叩头:"是的是的爷!你说的着着的对对的。"鹿子霖又问:"你小小年纪逃出来是因了啥事?偷了人家闺女抢了人家粮食还是逃壮丁?"小伙子哇地哭了:"爷呀,我是逃壮丁哩!俺兄弟三个有两个都给抓壮丁没回来,俺爸叫我逃出来寻个活命……你收下我全当积德行善哩!"鹿子霖大体信下了小伙子的话,他的笨拙的渭北口语可以使人产生信赖,问:"你叫啥名字?"小伙子说:"我叫三娃。"鹿子霖说:"三娃,你起来跟我走。"

鹿子霖把自称三娃的小伙让到前头走,自己在后面和他保持着三五步的间距。小伙子不时回过头来说着讨好巴结诏媚的话。鹿子霖心头的某一根弦索似乎又被撞击了一下,忍不住直言相告说:"你娃子跟谁学的这张糜子面儿乖嘴?你知道不知道我顶讨厌溜尻子的小人?你要是再说这些舔尻子挠脚心的话,我把你马上扭到联保所去,这儿正征一茬壮丁哩!"三娃吓得转过身又跪下了,声音都抖颤着:"好爷哩我没啥瞎心。俺爸俺妈教我出门嘴学乖点……"鹿子霖说:"我的长工可不要乖嘴软舌头。你的嘴能不能学硬?能学硬了跟我走,硬不了嘛,你就滚蛋!"三娃连连应诺:"学乖不容易学硬好办,我再不说骚情话了。"鹿子霖说:"你先站起来。我想当场试验你一回。"三娃站了起来侍候着。鹿子霖说:"你骂我一句。你拣最难听的话骂。你想怎么骂就怎么骂。骂吧——"三娃一听就愣住了:"大伯,我咋能平白无故骂你哩?"鹿子霖脖子一仰朗然笑了:"我一天从早到晚尽听奉承话骚情话,耳朵里像塞满了猪毛,倒想听人当面骂我一句哩。骂吧三娃——"三娃嗅到一股酒气,想到这人肯定喝醉了,我要是当真骂了他,他酒醒后还不把我捶死?于是说:"大伯,你另换一样试验我的方子吧,我一定做到。"鹿子霖往前走了两步躬下身来,把脸拱到三娃胸前:"你抽我两个耳光子。"三娃大惊失色,不由往后退了两步,心想这人不是疯子就是魔鬼,几乎吓得魂不附体,下意识地往后瞅瞅,寻找逃跑的路径,盘算逃跑的机会。鹿子霖却哈哈大笑着仰起头来:"还是不敢吧?那好,我再说第三件,掏出你的家伙来给我脸上尿一泡——"三娃子听罢"妈呀"叫了一声扯腿就跑,鹿子霖跃起一步就拽住了他的后领:"我费了这么些唾沫跟你磨牙,你连我一件事都做不到还想逃跑?我马上把你送到联保所去。"三娃子蹲下身双手捂着脸悲哀地哭起来。鹿子霖急了就骂起来:"你哭你妈个屁!我没打你骂你,叫你骂我打我尿我净占便宜你还哭!凭你这号痴熊闷种鳖蛋贱坯还想给我当长工?"三娃子哭丧着声儿哀求:"大爷,我不敢缠你了,你放我走。"鹿子霖眼一瞪冷笑着:"要来要走都由你了?没有那么容易。我今日个要把你变成个歪熊灵种硬蛋高贵坯子。就是骂、打、尿那三样儿,你任选一样。站起来——"三娃抖抖索索站起来说:"大伯,你先骂我打我尿我吧。"鹿子霖说:"甭啰嗦!我让一步,我闭上眼。我知道我睁着眼阎王也不敢骂我。"三娃子豁出来了,聚足了气跳起来,"啪"的一声抽了鹿子霖一记耳光,双脚落地时骂出一句:"我日你妈!"随之就凝固在地上等待自己的末日。鹿子霖睁开眼睛笑了:"打得好也骂得好哇三娃!好舒服呀!再来一下,让我那边脸也舒服一下。"说着闭上眼睛把那边脸转到三娃迎面。三娃想着反正已经豁出去了,抡开巴掌又抽了一下,跳起来骂:"我日你婆!"鹿子霖猛然扑上来把三娃拦腰抱起来,在原地转了一圈哈哈哈笑着又扔到地上,说:"小伙子有种!"三娃子懵懵地站着。鹿子霖一只胳膊搂住三娃的脖子往前走,竟然哭了说:"三娃,你不知道哩!俺祖先就是挨打受气的角色。我咋也尝不来挨打挨骂是个啥滋味儿,你明白我的意思吗?"三娃怎么也解不开这个疯子这个醉鬼的意思,却应酬道:"明白,我明白。"鹿子霖并不相信地瞪起眼睛:"你明白个腿子!我活到这岁数还没全明白,你牙没扎齐的小犊羔子明白个啥……"

　　从鹿子霖往上数五辈,鹿家的日月已经破落到难以为继的谷底,兄弟三个有两个都出门给财东熬长工去了,刚刚十五六岁的老三是靠讨吃要喝长大起来的,原上远近的大村小庄的男人女人几乎没有不认识这个孩子的。他没学会走路是由母亲抱着讨饭的,学会了走路就自己去讨饭了。他裤带上系着一只铁马勺用来接受施舍,吃完了在水渠涮一涮又系到裤带上,人们不记得他的名字,就叫他马勺娃或勺儿娃。有一晚,长年累月瘫在炕上不能翻身也不能动腿的父亲对他说:"你现在不能要饭吃了。你小着要饭人家可怜你给你吃,你而今长大了再要饭人家就骂你哩!去——自己挣饭吃去。"自己挣饭吃就是像大哥二哥一样去熬长工。马勺娃听了点点头,第二天天未明出了门再没回家,原上人谁也看不到那个倚着街门攥着马勺的孩子了。

　　马勺娃避开熟悉的村庄和熟悉的原上人下了北边原坡,在滋水川道陌生的村庄陌生的人家继续倚靠陌生的门板,沿着滋水弯弯曲曲的河道走下去。有一天走进城门楼子就惊奇地大叫起来："城里比原上好多了！"他不需再哀求任何人,只需瞄准饭馆里进餐的对象,把他们吃剩的面条包子或肉菜扒进马勺就是了。他随后被一家饭馆雇用烧火拉风箱洗碗刷盘子。坐在灶锅下拉风箱时,炉头却一边炒菜一边又用蘸着油花调料的小铁勺子敲他刚刚扬起的脑袋;开头用勺背敲,后来就用勺沿子敲,有两次就敲出了血来。他咋也不明白烧火拉风箱为啥不准抬头扬脸？还以为是炊饮熟食行道的规矩,于是终于记住了就只顾闷住头烧火,在炉头喊了"熄火"的间隙里仍然低垂着脑袋。有一天,他突然茅塞顿开终于想明白了,炉头是怕他得了手艺才不准他扬头看各种炒菜的操作过程。

勺娃弄明白了这个隐秘,反倒滋长起野心来了。妈的,你不敲我脑袋我还没想到学手艺哩！于是他就变得殷勤了：早上给炉头打洗脸水倒尿盆,晚上又打洗脚水提回尿盆;给炉头洗衣裳逮虱子捶背揉大腿;刚一瞅见炉头摸烟袋,就把火勒儿吹旺递到他脸前。炉头一声不吭接受他所有殷勤周到的侍奉,依然用勺子毫不手软地敲他从灶锅下扬起的脑袋,绝不允许他偷瞅一眼炒锅里的菜馔由生变熟的奥秘。这样的打杂活儿干了一年多,为炉头无偿服侍了一年多,马勺娃烧火抹桌子端盘刷碗的技艺完全精通,炒菜的手艺却仍然等于零。

一天晚上,照例在掌柜家楼上睡下后,炉头说："勺娃子,你给我再骚情也不顶啥。你凭你骚情那两下子就想学手艺,门都没有。你知道我学这手艺花了多大血本？"勺娃说："肯定是你花好多钱才学下一手绝活儿。我没钱。等我把钱攒多了再拜你为师。"炉头不屑地笑起来："凭你一月挣那俩铜子,攒到胡子白了也不得够。"勺娃悲哀地说："那我就洗一辈子碟子烧一辈子火。"炉头换一种同情的口吻："看你这娃娃是个灵醒娃,也是个好娃。我不要你钱,你答应我三件事,我就教你手艺。"勺娃忙说："甭说三件,三十件我都答应,只要你肯教我学手艺。"炉头压低声音说:"我骂你一句你不许恼。"勺娃以为炉头要他给他出力帮忙,怎么也料不到是这种事,就沉默不语;想想也不算太难接受,骂一句风刮跑了也没有任何实际损失,于是就"嗯"一声算是接受了。炉头把脑袋凑到勺娃耳旁悄悄骂:"勺娃,我操你妈。"勺娃耳朵里像浇了一勺子滚油,气得浑身都颤抖起来,还是咬牙忍住了。炉头问:"你咋不吭声?"勺娃不无气恨地说:"你骂我我听见了,我没恼嘛!"炉头说:"呃!我骂了你,你得应声愿意不愿意。你不应声,我不操到空里去了吗?"勺娃的手在被窝里攥得嘎巴响,一拳就能把那张喷着烟臭的油嘴打哑,然而他忍着说:"我应声。"炉头嘻嘻骂:"勺娃,我操你奶!"勺娃答:"你操去。"炉头兴奋地连着骂:"勺娃子,我操你姐。"勺娃答:"你操去。"炉头兴奋得格格格笑起来,直至睡在楼下堂屋的饭馆掌柜干涉起来:"还说啥哩笑啥哩?早点歇下明早起早点。"炉头兴犹未尽地收拢嘴巴睡去了。此后许久,几乎每晚入眠以前,炉头都像温习功课一样把勺娃的妈妈奶奶姐姐以至扩大到姑姑姨姨齐操一遍,勺娃已不在意,也无羞辱,只是例行公事似的应着"你操去"的口诀。炉头的"操"瘾很大,不仅晚上入睡以前要操,白天支着一条腿站在锅台前,抓住吃客间断的空闲时间,一双淫气四溢的肉泡眼斜瞅着坐在灶锅下的勺娃说:"啊呀勺娃,我又想操你娘了。"有一天早晨,刚搭着炉火,炉头一边在锅里哧啦哧啦煎油,一边乐不可支地说:"勺娃子,我昨个黑间做梦把你姐操了!你姐模样跟你一样,只是头发辫子很长,也是两只黑窝深眼长眼睫毛。你说你姐是不是跟你相像?"勺娃半恼地说:"我姐俩眼长了一双萝卜花……"

直到炉头再生不出什么骂人的新招儿,他才向勺娃提出第二件事。那是在午饭过后的消闲时间提出的。勺娃渴盼着尽早实施新的折磨,以期实现捉摸炒勺儿的心愿,就说:"你说吧,我听着。"炉头笑说:"第二件事很简单。看镖——"说时已抡出巴掌抽到勺娃脸上,接着问:"好不好?"勺娃被打得晕头转向,清醒过来时就明白第二件事是挨打,于是不假思索说:"好。"炉头又抽那边脸一个耳光,而且给手心吐了唾沫儿,抽击的声音异常响亮,问:"受活不受活?"勺娃已忍不住泪花溢出,仍然硬着头皮答:"受活。"掌柜的在屋里问:"你俩弄啥哩,啪唧啪唧响?"炉头哈哈笑着说:"我跟勺娃子耍哩!"炉头打勺娃的花样也是挖空心思地变换着,抽耳光、顶胸捶、踢屁股属家常便饭,撕耳朵、捏鼻子、拧脸蛋是兴之所至,顶使勺娃难以忍受的是正当睡得极香时,炉头猛然在他脸上咬一口,疼得他合着被子蹦起来时,炉头刚刚撒完尿又钻进被窝。饭馆掌柜终于察觉了勺娃受虐待的事,暗中窥到炉头正在拧勺娃耳朵的时候,便走到他们当面,貌似平和的口气下隐含着愤怒:"你不能打人家勺娃。你看看勺娃给你打成啥样子了?满脸满身都是青疤。"炉头嘻嘻笑着还是那句话:"我是跟勺娃耍哩!"掌柜的再也不相信什么耍的鬼话:"哪有这么耍的?勺娃的红伤青疤给人看见了,还说我手脚残狠哩!我也不是没打过勺娃,他是我雇的相公,我打他他妈他爸没话说。你打不着人家娃娃嘛!"炉头有点尴尬地笑着:"算哩算咧,我往后跟勺娃再不耍了。"掌柜的仍不放松:"你还把打人说成耍?"转过脸问勺娃,"是不是跟你耍哩?"勺娃嗫嚅半天垂下眉:"是……耍哩……"掌柜的转身拂袖而去:"该当挨打……贱坯子!"

这天晚上睡下以后,炉头用胖滚滚的手掌抚摩着勺娃的伤处,绵声细语说:"勺娃,我真的是跟你耍哩!我说操你妈操你奶操你姐全是说着耍的,谁倒真操来?我打你拧你是看你娃子脸蛋奶嘟嘟的好看,打你骂你都是亲着你疼着你。既然掌柜的犯病了咱就不耍了。我看就剩下一件事,你做了就开始学手艺。"勺娃忙说:"你快说吧,我也该熬到头了。"炉头贴着勺娃耳朵说:"我走你的后门。"勺娃愣愣地说:"俺家里只有单摆溜三间厦屋,没有围墙哪有后门？你老远跑到原上走那个后门做啥？"炉头哧哧哧笑着说："瓜蛋儿娃,是这样子……"勺娃惊诧地打个挺坐起来,沉闷半天说："我把我的工钱全给你,你去逛窑子吧？"炉头说："要逛窑子我有的是钱,哪在乎你那俩小钱。"勺娃自作自贱地求饶："那是个屎罐子,有啥好……"接着又可怜地乞求："你另换一件,哪怕是上刀山下油锅我都替你卖命……"炉头当即表示失望地说："那就不说了,咱俩谁也不勉强谁。"勺娃想到前头的打骂可能白受了,立即顺着炉头的心思讨好地说："你甭急甭躁呀……"

五年后,鹿马勺学成了一个真正的炉头,技艺已经超过了师傅。这个小小的一间门面的饭馆生意日见兴隆,掌柜的不失时机地停断了面条油条一类便饭,改为专营各色炒菜的菜馆。城里两三家大门面饭庄菜馆私下出高薪想挖走鹿马勺,掌柜的闻讯十分担心,先自给马勺提了身价。马勺很坦然地对掌柜的说："放心吧,马勺不是贪财无义的小人。凭你对炉头打我时说的那几句话,我不要一分一文身俸至少给你干五年。"掌柜的听了竟然感动得涌出眼泪,又气愤地说："把那个狗东西撵走。"马勺却说："不,就叫他在这儿。"

马勺真是春风得意时来运至。一位清廷大员巡视关中,微服混杂于市民之中,漫步于大街小巷体察民情,看见这家小小门面的菜馆吃客盈门,便走进去点了四样菜要了一壶酒,正吃着就忍不住惊叫："天下第一勺。"随即唤来菜馆掌柜要来笔墨,把"天下第一勺"的感叹书于纸上。吃客中有人看见题辞下款的题名就跪下来,连呼大人。众吃客闻听此人大名,纷纷跪下一片,大员微微笑着走出门去。掌柜的捧着题辞又惊又喜,随后花重金做了匾牌,门楣上挂起"天下第一勺"的金字招牌,生意红火兴盛极了。

鹿马勺扬名古城,达官贵人富商巨头每遇红白喜事,祝寿过生日或为孩子做满月宴请宾客,都以请去"天下第一勺"为荣耀。官府衙门清兵标营遇有重大庆典活动犒劳会餐,也必是请鹿马勺去做菜。勺娃子不仅得到分量沉甸的红包赏银,而且与古城上流社会的人物有了私交。"鹿师傅有啥事用得着时就开口。"有钱的有权的有势的包括死狗赖皮街楦子都这样许诺……勺娃终于有了出气报复的机会。

炉头刚刚洗了手脸准备就寝,两个标营兵勇来传话说,请他去给鹿师傅帮帮忙做菜。炉头丝毫也不敢怠慢,掂上烟袋就走了。炉头跟着兵卒走进军营,又走进一间拐角的屋子,看去像是垒堆马料的一个仓库,里面独自坐着勺娃一人在消停地抽烟,他就奇怪地问:"不是说叫我来给你帮忙吗?"勺娃说:"你先抽袋烟缓缓气儿。"炉头刚坐下装烟点火,勺娃矜持地问:"你还想让我给你做'骂打操'那三件事不?"炉头从嘴里拔出烟袋,从椅子上溜下来就双膝跪倒了,连连求告宽恕。勺娃阴冷地笑笑:"你这膝盖儿很软和,说弯就弯到地上了?"炉头说:"好鹿师,我叫你碎爷!你现在咋样酿制我,我都不吭一声。"勺娃说:"我骂你嫌臭了我的嘴,打你还怕脏了我的手,用你们河南的话不说日说操,操你尻子会贱了我的毯!"炉头虚汗直冒:"我不是人,是猪是狗是王八是畜生……"勺娃说:"你先前怎样骂我,现在就怎样骂你自个;先前怎样打我,现在你就照那样打你。站起来开始——"炉头站起来,左手抽左边耳光,右手抽右边耳光,自己撕自己耳朵,拧自己脸皮,口里连续不断地骂着自己:"我操我妈,操我奶,操我姐,操……"勺娃抽着烟靠坐在椅背上欣赏这个怪物自打自骂,一边说:"使劲骂使劲打,不准停下……"直到炉头抡不动胳膊骂不出声来死猪一样瘫倒在砖地上为止。勺娃说:"好嘛,你就歇一阵儿起来再干。"炉头缓过气歇出了劲,又爬起来重新表演,一直反复表演到后半夜,抽打撕拧得脸皮青红绿紫耳朵淌血,瘫在砖地上再也爬不起来了。勺娃说:"算咧,到这儿为止。现在该做第三件事了。"

勺娃走到门口拉开门，在门前台阶上拍了三下手掌，停不大会儿走进五个人来，全是勺娃托街檀子在城里找来的要饭的，个个都是精壮小伙子。炉头已经吓得蜷在墙拐角。勺娃说："弟兄们，明白到这儿来做啥不？"五个人都面面相觑摇头不晓。勺娃说："我跟弟兄们一样，也是讨吃要喝进城的。墙拐角那个人，见了叫花子就拿勺子砍砸脑袋。弟兄们，今日个出口气吧！"五个人嗷嗷叫着挽袖子伸胳膊。勺娃说："这个人是个尻子客贱种，明白吗？"说罢就把一摞子白光光的银元堆到桌子上。五个人瞪大了眼睛瞅着银元，眉里眼里都活泛起来了，竟然为争先拿到头一块银元而争执起来。勺娃把五个人按个头从高到低排了顺序，说："弟兄们甭争甭抢，银元你们挣不完，我还怕你们挣不完咧。"说罢就退到里间套房里去了……过了许久，勺娃走出套间，桌子上的银元摞子还没消下去一半，炉头已经像死猪一样趴在地上一动不动。勺娃说："弟兄们，把剩下的银元分了，顺手把这人抬出去撂到城墙根完事。"

鹿马勺随后回到原上。他雇了一辆双套马车，车上装着整袋整袋的面粉蔬菜牛羊肉和炒锅炒瓢勺子等等。他请大哥二哥帮忙在豁敞的院子里垒起锅台安上风箱，晚上煮烂了牛羊肉，第二天就到村子里请那些过去给他施舍过饭食的大爷大伯婆婶嫂子来吃一碗羊肉或牛肉泡馍。白鹿村里的施主吃过以后，再邀请到邻近的村庄，随后就成为整个原上所有施主自动赶来享受了。马勺在半个多月的时间里，从早到晚侍立在灶锅旁亲手掌勺，把一碗又一碗煮熟的泡馍送到恩人手里，他们就蹲在院子里吃。马勺没有空闲和人们说话，许多人看着累得皮松眼红的小伙子滴下了眼泪，这个讨饭娃子是个情深义重的君子哩！有个没有施舍过的人也混杂进来捞一碗泡馍吃，用筷子一搅搅出一窝麦草，悄悄放下碗溜了。原来这个人非但没给马勺一块馍，反吆喝狗咬烂了马勺的腿……马勺报答了所有有恩于自己的人，也报复了伤害过自己的人，那个临时垒砌的灶锅才宣告熄火。

　　随之，马勺便开始置田买地修筑房屋，骤然间成为白鹿村的首富。两个哥哥不再出门去熬长工，反而雇用起长工来了。马勺仍然到城里去继续耍勺子，然后把银元不断送回原上，交给两个哥哥扩大耕地、增添牲畜、建筑房舍……那时候，白嘉轩的祖先还在往那只只有进口而无出口的木匣里塞着一枚铜元或两只麻钱。马勺发财的事强烈刺激着原上人，随之出现了一个进城学炊的热潮。穷汉家娃子长到十四五，不再像以往那样全都出门去给人家熬长工打短工，而是背上薄薄的被卷进城学烹调手艺去了，鹿马勺获得的成功成为他们忍受艰辛和凌辱以图出人头地的强大动力。人们尊称开创这条生活新路的鹿马勺为勺勺爷，而后来不断加入到这个行业里的人被称为勺勺客。从此开端一直延续到百余年后的今天，烹调手艺仍然在六十四行谋生手艺中占有主体位置，白鹿原以出勺勺客闻名省内外。

　　鹿马勺无可置疑地成为鹿姓这一门族里产生了巨大影响的一个人。不仅仅是把濒临倒灶的家业振兴起来，重要的是他具有自己的思想和理论，深深地影响着鹿家门族里一代又一代的子孙，显示着与白家迥然相异的家风和气性。鹿马勺用他抡勺子挣来的薪金和赏银在白鹿村置地盖房，仅仅控制到土地房屋牲畜可以在村子里数上头家的程度就适可而止，然后把心力转到孩子的读书上头。马勺靠一把勺子出入官府和上流社会的各种场合，经见的大世面大人物在整个家族的历史上是独一无二的。大世面的气魄豪华和大人物的威仪举止，深刻地烙刻到心头，在他感到幸运的同时又伴随着自卑。那种不断重复的生活经历和越烙越深的印象终于凝结出一个结论，要供孩子念书，通过科举考试进入上流社会坐一把椅子占一个席位，那才是家族真正的荣耀；至于自己嘛，说到底还是个勺勺客，是把一碟一盘精美的菜馔烩炒出来供大人阔人们享用的下人，只能在灶锅前舞蹈而绝对不能进入自己创造的宴席。马勺娶妻生子以后就开始实现这个目标。为此他一胎赶着一胎让女人为他生育后代。女人确也像个爱生蛋的母鸡一共生过十五胎，直到红绝腰干不来经血。他的命里注定儿少女多，十五胎里有十一个女子四个娃子，最后只有五女二男成人。他在孩子启蒙的头一天，就对孩子说："好好念书。中秀才爸给你放草炮，中举人就放铳子演大戏。"两个儿子许是智力平庸，也许是运气不佳，只有老二考中秀才，此后连连再考都不能中举。马勺死时就把遗愿留给后代："记住，孙子曾孙子谁中秀才中举人或者进士，就到我坟上放炮响铳子，我就知道鹿家出了人了。"这个奋斗目标一代一代传下来，竟然连在老马勺坟头放草炮的机会都不再有。鹿子霖对两个儿子兆鹏兆海十分看重，瞅定有实现祖宗遗愿的寄托了，不料中途而废。

  鹿马勺艰难曲折的人生经验是留给鹿姓门族的第二大理论思想。他对两个刚刚懂事的儿子简明扼要地灌输这种思想：无论你将来成龙或是成虫，无论是居官还是为民，无论你是做庄稼还是经商以至学艺，只要居于人下就不可避免要受制于人，就要受欺，你必须忍受，哪怕是辱践也要忍受；但是，你如果只是忍受而不思报复永远忍受下去，那你注定是个没出息的软蛋狗熊窝囊废；你在心里忍着，又必须在心里记着，有朝一日一定要跷到他头上，让他也尝尝辱践的味道……越王勾践就是这样子。"娃子哇，你大我就是原上的勾践。"鹿马勺一句话概括了自己，把一个千古传诵的卧薪尝胆以图复国的越王勾践个性化具体化了。为了加深娃子们的记忆和理解，他把自己酸辛的经历经过适当的改编讲给他们，特别把自己冬天穿着单裤携着讨饭马勺走进省城的经过讲得格外详细，在哪个村子被狗咬，在哪个村子的庙台上过夜都讲得一丝不乱；到饭馆被炉头用勺背勺沿儿敲脑袋打耳光撕耳朵拧脸蛋也都一件不漏地讲了,只是把炉头走自己"后门"的丑事做了重大修改,说那个老畜生把尿撒到他的脸上,那时候他就是卧薪尝胆的勾践。他对后来报复那个老畜生的情节也做了重大修改,说成了皇城里的兵卒成百人一拨接一拨往那个老畜生脸上撒尿,直到淹得半死……那时候,他就是重新复国凌迟吴王的勾践。这个个性化了的勾践精神就一代一代传流下来,成为鹿家在白鹿原撑门立户的精神财富。

鹿子霖在坟园路上拾到小长工时的一番作派是对祖宗精神的一次演示,一种体验,一种发泄或者是一种心灵感应。小长工三娃子乖觉伶俐而又善解人意,使鹿子霖屋院里孤清冷寂的景象有很大改变。鹿子霖很满意这个小长工却仍然不大满足,因为这个古老屋院里的孤清气氛只有外表上的改变而没有根本上的变化。尤其是到了晚上,三娃子和刘谋儿在牲畜棚里就寝以后,鹿子霖躺在炕上久久难以入眠,屋梁上什么地方吱嘎响了一声,前院厦屋什么地方似乎有圬土刷刷溜跌下来,他就有一种天毁地灭的恐惧。那种短暂的恐惧感从心头缓缓退净以后,便是无尽的孤清冷寂。那时候,他的心里连一丝力气也焕发不出来,觉得整个世界整个白鹿原整个白鹿村都没有一处令人留恋,整个熟人生人包括白嘉轩父子、田福贤和岳维山等等,也都一下子变得十分可笑十分没意思了,和这些人争斗或交好都变得没有必要了。在那种心绪里,他甚至安静地企盼,今夕睡着以后,明早最好不要醒来。

每天早晨他都醒来。醒来以后的心境就决然不一样了。冬天披上二毛皮袄,夏天穿上蚕丝黄衫,到联上所辖的各个保去督查丁捐官事。有一天,他路过南桑村时,听见一个妇人叫"叔呔",声音听去很熟悉,却一时记不起来,转过身就看见一个茅厕墙头露出来一个女人的脸,正朝他笑着。他想起来这是一个老相好,多年再未和她重温旧情了。鹿子霖对男女之事已经厌倦,发生这种心性转折的关键是大儿媳的死亡,以及引起与冷先生的关系淡泊。他对那个系好裤腰带走出茅厕的女人支应一声就重新扯开步子,那女人紧走几步挡到路口对他仰起脸噘起嘴唇。鹿子霖还是无法违反众人给他的"见了女人就走不动"的评语。这个女人给他留下永久记念的是那张嘴唇。她的红润的嘴唇薄厚适当细腻光洁,一张一合一努一噘都充满千般柔情万般妩媚,撩逗得他神不守舍心旌摇荡。他看见她已经变得灰白的嘴唇虽然有点失望,然而那种最令人神往的记忆却被勾动起来。鹿子霖无力拒绝那个嘴唇里发出的"到咱屋坐坐嘛"的邀请,于是就跟上她走到院子门口。看见这个熟悉的院子和依旧的鞍间房屋,鹿子霖心里就产生一股燥热,过去出入这个院子和屋子的惊吓和甜蜜一齐活现出来。进屋坐下后,他想向这个女人表示一下关切之情,不料这女人嗔怨中夹着怒气发泄起来:"你日出娃来就不管娃的死活了!"鹿子霖吓得脸色灰白,瞧瞧屋里似乎没有人,当即后悔不该进这个院子,心里也开始鄙视这个女人。他坐监以前,隔三差四地总给她接济一些钱,并没忘记嘛!凡是跟他相好过的女人,都可以证明他不是负义之人。鹿子霖正打算掏俩银元出来了事,那女人接着告诉他,他的娃都过十五岁生日了,常年躲在外边不敢回家,开始躲原上,后来躲到山里,越躲越远,她的男人不放心昨日进山去看娃娃了。鹿子霖一听就噢呀一声慨叹:"噢呀呀,你咋不早说?"女人撩起下襟擦眼泪。鹿子霖断然说:"叫娃回来!回来回来,回来!"女人说:"你光说叫回来。回来了抓壮丁咋办?"鹿子霖斥责说:"我说叫娃回来,就是敢保险嘛!原上的壮丁一个个都从我的手里过,我还没这点把握。"女人说:"我想把娃认到你膝下……给你……做干娃……"鹿子霖惊喜地笑了,把立在旁边的女人揽到怀里说:"这主意好。本来就是我的娃嘛!"他无法控制重新膨胀起来的那种诱惑,紧紧贴住了那张依然柔媚的嘴唇……

鹿子霖从这个女人身上得到了一个重要启示,逐个在原上村庄搜寻干娃,把一个个老相好和他生的娃子都认成干亲,几乎可以坐三四席。干娃们到家里来给他拜年,给他祝寿,自己也得到绝对保护而逃避了壮丁。鹿子霖十分欢喜,一个个干娃长得都很漂亮,浓眉深眼,五官端正。因为和他相好的女人都是原上各村的俏丽女人,孩子自然不会有歪瓜裂枣了。鹿子霖瞧着那些以深眼窝长睫毛为标记的鹿家种系,由不得慨叹:"我俩儿没有了,可有几十个干娃。可惜不能戳破一个'干'字……"他对干娃们说:"有啥困难要办啥事,尽管开口。干爸而今不为自己就为你们活人哩!"干娃们说:"干爸,你有啥事要帮忙也只管说,俺们出力跑腿都高兴。"鹿子霖感动得泪花直涌:"爸没啥事咯。爸而今老了还有多少事嘛!爸只是害怕孤清喜欢热闹,你们常来爸屋里走走,爸见了你们就不觉得孤清,就满足咧……"

白鹿联保所遭到一次沉重的洗劫,田福贤幸免被杀。事后从种种迹象分析,洗劫的重点目标在田福贤,仅田福贤住的那个套间屋子就扔进去三颗手榴弹,然而田福贤却没有睡在里头。田福贤逛得诡,他在套间里安着床铺着被子,只是午间歇息用,晚上就出其不意地敲开某个干事的门挤到一张床上,像皇帝随心所欲进入某一宫院一样,他许久以来就不单独在自己屋子过夜。

洗劫是土匪干的还是游击队干的,众说纷纭。县保安团一营营长白孝文亲自上原来侦察追踪,没有抓到任何确凿的证据,判断不出究竟是什么人干的。联上储存的捐款没有来得及上交被抢掠一空,联上的保丁被打死五个伤了三个,白孝文据此判断保丁们多数都躲起来根本未作抵抗。出于种种利害关系,权衡各方得失,白孝文终于给岳维山汇报说:"土匪干的。"这样做主要是出于安定人心,以免为共党张扬的顾虑。

田福贤对白孝文的结论完全接受,心里却不无疑虑。他装作看病走进镇上的中医堂,接受冷先生号脉望诊时,不在意地问:"这几天有没有谁到你这儿来买刀箭药?"冷先生先愣了一下,随之以素常的冷冷的口气回答:"没有。"田福贤从洒在联保所门外的一摊血判断,洗劫者有人负伤,肯定隐匿在某个村子里。他想从冷先生这儿找到一丝线索,却没有成功。

冷先生被这个询问惊扰得心神不宁,恰恰是白嘉轩来向他要了一包刀箭药。天亮后,白鹿镇上聚集着一堆堆人议论昨晚发生的事情,本原上第一次发生交战的骚乱震惊了从未经历过枪炮的乡民。白嘉轩拄着拐杖佝偻着腰走进来,向他讨要一包刀箭药。冷先生随口问:"谁有伤了?"白嘉轩接过药包揣到怀里说:"甭给谁说我要过这药。"冷先生现在急于想告诉白嘉轩,田福贤追问哩!他在镇子上碰见一个匆匆走过的女人,说:"捎话叫你嘉轩伯来下两盘棋。"

白嘉轩一边下着棋,一边给冷先生叙说刀箭药的来龙去脉。那天晚上,听见有人敲后门,他就起来了。没料到进来的是自己一个已不来往的老亲戚的儿子,他叫他声"老舅爷",就说打劫联保所的事是他干的,他是做游击队的底线儿,因为没打仗经验恰好负了伤。白嘉轩大为震惊之后,就压着声训斥:"你家人老几辈都是仁义百姓,你也是老老诚诚的庄稼人嘛!都四十上下的人了,你咋弄这号出圈子的事?"他却笑着说:"老舅爷,你甭害怕。日子过不成了。不单是我,原上现时暗里进共产党的人多着哩!"白嘉轩暗暗吃惊,连这么老诚的庄稼汉子都随了共产党,怎么辨得出谁在暗里都是共产党呢?他不再过多询问,就把他藏起来,给弄了一包刀箭药⋯⋯白嘉轩对冷先生说:"像这个亲戚一样的庄稼汉,直戳戳走到联保所,谁也认不出他是个共产党。据此你就根本估摸不清,这原上究竟有多少共产党……"冷先生说："这谁能说清。田福贤成天剿共也摸不清……要是有一天共产党真个成了事得了天下,你再看吧,原上各个村子的共产党一下子就蹦出来了,把你把我能吓一跳!"

俩人随之把话题转移到鹿子霖身上,而且收了棋摊儿专门议论起来。白嘉轩说："原上而今只有一个人活得顶滋润。"冷先生说："你说田福贤?"白嘉轩说："他才最不滋润哩!他在原上是老虎,到了县上就变成狗了,黑间还得提防挨炸弹。"冷先生说："那你是说你?"白嘉轩摇头笑了："我啥时候也没滋润过。"冷先生又猜："那么你说是我?"白嘉轩也摇摇头："你还是老样子,没啥变化咯!"冷先生闷住头认真猜想起来。白嘉轩不屑地说："鹿、子、霖嘛!"冷先生反感地说："这人早都从我眼里刮出去了。我早都不说这人的三纲五常了,不值得说。"白嘉轩却说："你看看这人,当着田福贤的官,挣着田福贤的俸禄,可不替他操心,只顾自个认干娃结干亲哩……"冷先生说："我只说从监狱回来,该当蜷下了,没料想在屋蜷了没几天,又在原上蹦跶开了。这人哪……官瘾比烟瘾还难戒。"白嘉轩说："这是祖传家风。鹿家人辈辈都是这式子。"冷先生说："我在这镇子上几十年,没听谁说你老弟一句闲话,这……太难了。"白嘉轩做出自轻自薄的口吻,又很恶毒地说："咱们祖先一个铜子一个麻钱攒钱哩!人家凭卖尻子一夜就发财了嘛!"

第三十四章

农历四月,急骤升高的气温宣告结束了白鹿原本来就短暂的春天,进入初夏季节。满原的麦子从墨绿中泛出一抹蛋白色,一方一绺已经黄熟的大麦和青稞夹缀在大片的麦田中间,大地呈现出类似孕妇临产前的神圣和安谧。从气象和节令上判断,似乎与已往无数个春夏之交时节的景致没有什么大的差异,无论穷的或富的庄稼人,只是习惯性地比较着今年的节令比去年提早了几天或者是推迟了小半月。穷庄稼人总是比富裕庄稼人更多一些念叨和嘟囔罢了,也是因为他们更加迫不及待地要收获小麦,以减少借贷的次数和数量。迎接果实成熟的期待,比以往任何时候都更加迫切。眼巴巴瞅着麦子一天天由绿变黄,急性子的庄稼人提着镰刀拉着独轮小车走到田头,捉住麦穗捏一捏瞅一瞅,麦粒还是鼓胀的小豆儿,惋叹一声"外黄里不黄咯",于是就提上镰刀拉上小推车回家去了。突然一场温腾腾热燥燥的南风持续了一夜半天,麦子竟然干得断穗掉粒了,于是千家万户的男人女人大声叹诵着"麦黄一晌蚕老一时"的古训拥向田野,刷刷嚓嚓镰刀刈断麦秆的声浪就喧哗起来。就在那神秘的短促的一晌里,麦子熟透了;就在那神秘的一时里,蚕儿上蔟网茧了……

公元一九四九年五月二十日,成为白鹿原社会气候里神秘短促的一晌或一时,永久性地改变了本原的历史。

黑娃听到电话铃响,心里一跳;每一次电话铃声响,都好像首先撞击的不是耳膜而是心脏。黑娃抓起话机扣到耳朵上,方知是县西四十里处的麻坊镇哨卡打来的。哨兵的嗓门有点黏涩:"一位少校军官要过哨卡,要到县里找你。鹿营长,你说放不放他过卡子?他不说他的姓名,也不报他的来处,却是叫我问你鹿营长还喜欢不喜欢吃冰糖……"

黑娃搞不清有多长时间自己都处于一种无知觉状态,灵醒过来后,发现话机还扣在左耳朵上,汗水顺着话机的下端滴流到手心里。他已经忘记刚才是怎么回答哨兵的,耳机里早已变成一片冷寂的忙音。他判断不出自己现在比接电话以前更加慌乱,还是更加沉静,却努力回想刚才在电话里自己是怎样回答哨兵问询的,或者根本就没有作任何回答?他颤抖着手摇起搅把儿,直摇得黑色的电话机在桌子上发摆子似的颤抖,终于听到那个不再黏涩的嗓门讨封似的说:"放心吧鹿营长,早已放过了。我给少校挡了一辆道奇卡车,坐上走了半晌了,说不定这阵儿都跷进你的门槛咧!"黑娃放下电话跨出门去,门外一片静寂。旋即又走进屋子,扯下毛巾直接塞进盆架下边的水桶里蘸了水,使劲擦拭汗腻腻的脸颊和脖颈,然后又脱了上衣和长裤,用马勺舀起凉水往身上泼浇。水流在砖地上,流不出多远就渗进蓝色的砖头,发出干燥焦渴已极的吱吱声。这当儿,门外响起卫士的问话声,一个熟悉的声音说:"你甭盘问我,我来盘问你。你只知你们鹿营长官名叫鹿兆谦,你知不知道他的小名叫黑娃?知不知道他敲家伙爱敲'风搅雪'?"黑娃穿着裤衩,急忙跷出门喊道:"我也记着你的小名,我不好意思再叫!"

通身水淋淋的鹿黑娃只穿着一条水淋淋的裤衩,和佩戴着少校肩章一身伪装的鹿兆鹏紧紧搂抱在一起,两个荷枪实弹的卫士看见俩人的真挚和滑稽,却无法体味这两个朋友此刻里的心境。还是黑娃首先松开手臂,拽着兆鹏的胳膊走进门去。他从里头插死了门闩,想想不妥又拉开,只对卫士说了一句:"谁来也不许打扰。"然后又插上门闩,急忙蹬裤穿衣服,转过脸问:"我的你呀,你咋么着蹦到这儿来咧?"鹿兆鹏从桌子上的烟盒里抽出香烟点火抽起来,说:"你甭问,你先给人弄俩蒸馍哐,我大概还是昨个晚上过渭河时吃的饭……"

鹿兆鹏身为十五师联络科长,是和首批强渡渭河的四十八团士兵一起涉过古都西安的最后一道天然水障的。出发前一刻,他肚子里填塞了整整一个小锅盔,这使他联想起锅盔这种秦人食品的古老的传说。这种形似帽盔的食品,正是适应古代秦军远征的需要产生的,后来才普及到普通老百姓的日常生活里。它产生于远古的战争,依然适应于今天的战争。渭北原地无以数计的村庄里数以千万计的柴火锅灶里,巧妇和蠢妇一齐悉心尽智在烙锅盔,村村寨寨的街巷里弥漫着浓郁的烙熟面食的香味。分到鹿兆鹏手里的锅盔已经切成细长条,完全是为了适应战士装炒面的细长布袋;而这种食品的传统刀法是切成大方块,可以想见老百姓的细心。那些细长的锅盔条上,有的用木梳扎下许多几何图案,有的点缀着洋红的俏饰,有的好像刻着字迹,不过都因切得太细太碎而难以辨识。鹿兆鹏掬着分发到手的锅盔细条时,深为惋惜,完整的锅盔和美丽的图案被切碎了,脑子里浮现出母亲在案板上放下刚刚出锅的锅盔的甜蜜的情景。

鹿兆鹏是微明时分涉过渭河的。先遣支队在河里插下好多道芦苇秆儿,作为过河路线的标记,最深处的水淹到胸脯,枪支和干粮袋托到头顶。渡河遇到并不强硬的阻击,掩护他们的火炮和机枪压得对岸的守军喘不过气来。跨上对岸的沙地,才发现守军单薄得根本不像守备的样子,士兵早趁着黑夜潜逃了,统共只抓到三个俘虏,又看不到太多的尸体,机枪和步枪扔得遍地,一个强大的王朝临到覆灭时竟然如此不堪一击。

鹿兆鹏和他的十数个联络科的战士和干部,极力鼓动渡河的营长长驱直入,而违背了到三桥集结的命令,一直闯进西门外的飞机场。守军的阻击不过像一道木桩腐朽的篱笆，很快被攻破。机场上停着几架飞机，全都是残破报废的老鹰似的僵尸。鹿兆鹏用短枪敲一敲铝壳说："胡长官总是撂下伤兵。"这时候，有战士引着一位穿商人服装的人走过来，说他是西安地下党派来的，接应解放大军来了。鹿兆鹏用枪管又敲了敲机壳，郑重地纠正说："老王同志，你务必记住，从现在起，我们从地下走到地上，成为地上党啰！"

老王同志把西安市区地图和国民党守备部队布防情况资料交给他，又把敌人逃亡前夕破坏炸毁电厂面粉厂和屈指可数的几家新兴工厂的计划透露给他。鹿兆鹏和营长只说了一句，就统一了看法:立即进城！老王同志帮他们找来了一位鬓发霜白的火车司机，全营士兵爬上了火车。火车呼啸着开进火车站时，头一次乘坐火车的土八路们惊叫，一支纸卷的喇叭牌香烟才抽掉半截。这营士兵被分成若干小组，赶赴电厂面粉厂和纱厂等要害工厂去了。据说奔到电厂的士兵冲进厂房时，敌特工人员正在垒堆美制炸药铁箱。鹿兆鹏走出火车站的时候，听到西城方向传来一声巨响，等他穿过小巷赶到钟楼时，恰好看见一队冲上钟楼的战士矫健的姿态，领头的战士擎着一面红旗，沿着这座城市中心的明代建筑的四方围栏奔跑着呼叫着，那一刻兆鹏直后悔没有一架照相机。他随之得知，刚才的那一声巨响是本师本团另一个营的士兵攻进西门时放的炮。西门的门洞被砖头堵死了，不得不动用炸药以满足情急的战士的心理。他终于亲自迎接了五月二十日这个早晨，亲眼目睹了一个旧政权的灭亡和一个新政权诞生的最初过程。面对钟楼上迎风招展的红旗，他流下一行热泪，这正是祭奠无数烈士的最珍贵的东西。

他回到飞机场时已是后响，把一大堆情报交给师首长。师长的奖励是："你吃口东西快来。"这时，他才记起渡河的时候身边一个不知姓名的战士被枪弹击中扑跌进水里，他扶他的时候弄湿了干粮袋,那些刻扎着图案和俏饰的锅盔全泡成一堆糊糊。他已经忘记饥饿,巨大的欢愉和紧绷的心弦使他的胃肠全部处于一种休眠状态。直到天黑,鹿兆鹏被师长亲自召见分配新的任务:"回你的老家去,策动滋水保安团起义。"

鹿兆鹏穿上了师长为他准备好的一身国民党军少校军服,只是为缺一双皮鞋而遗憾,随之有人从俘虏的机场守军脚上搜出一双皮鞋送来,稍微显小而夹脚。鹿兆鹏说:"恐怕得有一部汽车。"师长说:"我给你准备了一辆自行车,气儿已经打饱了。你现在就上路。"鹿兆鹏跨上车子就走了。

这是令人舒心的一个难得的夜游的机会。田野里静悄悄,夜风中饱含着成熟期的麦子散发出来的母乳一样令人贪婪的气息。兆鹏可以准确地辨别出麦子和豌豆地里散发的不同气息,借着整修链条的时机,他摸到豌豆地里捋了一把豆荚和蔓梢,连荚儿带叶一起塞到嘴里咀嚼起来。沿途所过的大小村庄几乎看不见一点灯火,只有零星的几声装模作样的狗吠,听起来反倒使人感到安全感到松弛。驱车进入滋水河川,瞅见星光下横亘着白鹿原刀切一样的平顶,心中便跃出了那个尚在识字以前就铸入了的白鹿。这辆破自行车总是掉链儿,迫使他一次又一次跳下来摸黑把链条挂到齿轮上,中断了他诸多的回忆和回忆的情绪。

赶到离县城还有四十里的麻坊镇时,遇到了唯一一次盘查。土石公路上横架着一根粗大的木头,两边站着几个地方武装的团丁,有一间小房子。鹿兆鹏从一个哨兵盘问的口音里听出他是当地人,他把"三"的发音说成"桑",把"伯"的称呼叫做"贝",这是麻坊镇周围十数个村子居民的一种奇特的发音。鹿兆鹏看着这个麻坊镇土著团丁过分认真的态度,反而更加轻视他,小娃娃你正在认真防务的那个政权已经在我手下覆灭,你瓜蛋儿你笨熊还被蒙在鼓里。他轻淡地说:"你给鹿兆谦营长挂电话,他是我表弟,他大我叫桑(三)贝(伯)。"哨兵眼睛一亮,就透出他的全部纯朴和可爱的本性:"哎呀长官,听口音你是咱麻坊镇方圆人?哪个村子的?"鹿兆鹏笑着拍了拍他的肩膀说:"先甭拉扯乡党,快挂电话。你只消问问鹿营长还喜不喜欢吃冰糖?"哨兵问完这句话后,脸色一变举手敬礼,慌急中把电话筒拽掉到地上……整个哨卡的哨兵都忙碌起来,一齐出动挡住一辆道奇卡车,把自行车架到车厢里,把兆鹏搀扶到驾驶楼里以后,那位土著团丁用枪点着司机说:"你要是路上捣乱怠慢了长官,你再回来路过时,我把你舌头拔了喂狗。"

　　鹿兆鹏吃了黑娃临时凑合的饭菜,很简单地介绍了西安解放的消息。黑娃似乎并不惊奇,只是淡淡地说:"你不来我还不知道哩!这儿离西安不到百里,居然没人给我们通报,许是自顾自个跑了。"鹿兆鹏坦率地说:"黑娃起义吧!"

　　黑娃几乎没有思索就重复了一句"起义"。他的口气显得平静,既没有热烈奔放的张力,也不是畏畏缩缩的无可奈何。鹿兆鹏在感情上很不满足,煽动说:"你老早就喊在原上刮起一场'风搅雪',而今到了刮这场'风搅雪'的日子了,我听你的口气怎么不斩劲?"黑娃仍然平静地说:"斩劲不斩劲甭看嘴头子上的功夫。"接着就给鹿兆鹏介绍了保安团的布防情况。黑娃自己的三营是个炮营,驻扎在最远的县东方向的古关峪口,原是为堵截共军从峪口出山进击县城的。二营是步兵营,驻守在县城东边与古关峪口两交界的地方,是防备共军进攻县城的第二道防线。一营驻扎在县城城墙里外,是保护县府的御林军,也是最后一道防线。黑娃进一步深层地介绍了保安团里的关系:二营长焦振国和他也是结拜弟兄,人好,估计有七成的把握,即就他不愿意起事也不会烂事;一营御林军营长白孝文,和他虽说也有过结拜的交情,却是张团长的打心锤儿心腹,恐怕只有四成起事的可能性。鹿兆鹏迫不及待地问:

"张团长那人的把握性有几成?"黑娃坦率地说:"团长那人难估。"

在策动保安团起义的具体办法上,俩人不谋而合,其实这是根据黑娃介绍的情况所能做出的自然的也很简单的选择。鹿兆鹏说:"咱俩先跟二营长接触,二营长愿意起事的话,剩下一营的孝文就好办了。他愿意了一搭干,不愿意的话,就把他的御林军拾掇了。"黑娃对这个策划做了小小的补充:"孝文愿意起事的话,张团长就不再成为一个问题;孝文要是说不通,把他和张团长先拾掇了。掐了谷穗子,谷秆子还不好砍吗?"鹿兆鹏已经吃饱喝足,忙问:"咱们去找二营长吧,事不宜迟。"黑娃稳稳地说:"和二营长交涉你不用去了,等到和孝文摊牌的时候,你再出马。我骑马去二营,你这会儿可以迷糊一会儿解解乏。"

完全是一路凯歌。今日的胜利与十几二十几年的艰难曲折悲壮凄凉一样合情合理。鹿兆鹏听从黑娃的关照躺上床,头一挨枕头就拉起了鼾声,几十年来经历的大大小小的冒险事件磨练了他的性气,可以抓住一切短暂的时机进入睡眠。他听见马靴硌地的声音睁开眼睛,瞧见黑娃旁边站着一位同样装束的汉子,断定策划二营的目的已经达到,从床上翻身跳下来就与那人握手:"焦振国同志,我肯定可以这样称呼你了。"恰在这时电话铃声响起来,黑娃接上电话正好是孝文打来的,询问黑娃西安城里有没有响动?黑娃迟疑一下瞅瞅鹿兆鹏。鹿兆鹏悄声暗示说:"正好把他诱过来。"黑娃对着话筒神秘地说:"准不准的消息我听到了,你过来一下咱俩当面说。"黑娃放下话筒神色紧张起来:"这一锤子砸得响砸不响,我不敢保险。"焦振国说:"你和他先好说好劝,万一说不成,我就把他拾掇了。"鹿兆鹏点点头说:"就这么办。我和焦营长先避开。"黑娃说:"不。咱三人都坐在当面。那人灵得很,一眼瞅见咱仨摆的这个架势肯定就明白了,说不定话倒好说。"焦振国很冷静也很简练:"毯!只要他进这个门,同意不同意起事都好办。"

咯噔咯噔的马靴声响到开门的那一瞬间,便戛然而止。白孝文推门进来,站在门里就再抬不起脚来,脸色刷地一下变黄了。事情的发展正应了黑娃的估计,在最好和最坏的估计中轻而易举地选择了最好的结局。白孝文先瞅见二营长焦振国就顿生疑虑,黑娃没有在电话里提及二营长,二营长在这里就预示着某种阴谋;及至他瞅瞄到坐在黑娃另一边的陌生军官而且迅即辨认出鹿兆鹏的时候,就定格在门口。鹿兆鹏站起来走向门口:"还记得咱们三个给徐先生到柳林里砍柳木棍子的蠢事吗?咱们砍的棍子头一遭就打到咱们三个的头上。"白孝文笑了笑伸出手说:"我明白你来干什么。"随之握住兆鹏的手,"我心里正在盘算这事哩!真没料到你会回咱县来。你来得好!"白孝文进一步证实说:"我给黑娃打电话,就是想商量这事,咱不能一条黑路走到底嘛!"黑娃和焦振国先后站起来,四个人的胳膊互相箍抱着肩膀达成默契。

白孝文说:"我把话敞明了说,兆谦你我跟振国是结拜弟兄,你先跟振国叫通了才跟我说,不说你对我心里有没有隔卡,总是把我看扁了。"黑娃一时反不上话来。焦振国掩饰说:"起事的话是我先对兆谦捅破的。"鹿兆鹏说:"话总有个先说后说的问题,要是最后一个跟焦振国说,他也会觉得把他看扁了吧?现在商量起义的事吧!"白孝文说:"这事万无一失。我派兵先把团长县长书记抓起来就完了。"鹿兆鹏说:"让你的部下卡死城门,甭让他们跑了就行。关键是保安团长。孝文和振国去办,先礼后兵,先动员他一块起义,话说不通再动手抓不迟。岳维山是我的老朋友,我想见他了,让黑娃领我去拜望。"黑娃说:"你甭出去,你在这儿等着,免得出个差错划不着。"

鹿兆鹏坐在椅子上等着,心里难以抑制的激动却又神智不乱,脑子里开始构思选择见到岳维山时说什么话最好。一声枪响又连着一声枪响,接着就再无声息,他难以捉摸枪声里是否隐藏着恶祸？他迅即跳出屋门,问站岗的团丁发生了什么事,团丁惊恐地摇头说搞不清,猜不准。鹿兆鹏突然意识到刚才策划的方案过于简单,甚至不无严重疏漏,完全可能导致另外的糟糕结局;孝文出门以后如果不是去对付团长,而是对黑娃和焦振国突施袭击呢？刚才的枪声又恰恰响了两下。他转到屋子墙侧的隐蔽处装作尿尿,做好了应变的最坏准备。几个团丁急匆匆杂沓沓走来,似乎还拖拽着一个人,咚的一声扔下了。鹿兆鹏看见白孝文和焦振国走到门口,才放下心走过去,看到门口砖台阶下扔着一具死尸。白孝文说:"我把他拾掇了。"鹿兆鹏问:"你把谁拾掇了？"白孝文说:"团长嘛,还能拾掇谁？"鹿兆鹏问:"他拒不接受起义还是反抗？"白孝文不耐烦地说:"他咯咯囔囔拿不定主意。谁这阵儿还有心跟他磨缠！"鹿兆鹏说:"打死了算了,你把尸首拖来弄啥？"孝文轻巧地说:"请你验明正身呀！"

　　三个人重新在屋子里坐下,焦振国说起和张团长谈话的经过。张团长一看见他和白孝文进门就眨眨起眼睛,狐疑满面地问:"有啥重要情况,你俩一搭来？"按说他俩此时谁也不该来,应该驻守在阵地上。白孝文说:"西安已经解放了,咱们起义吧！"张团长张了张嘴没说出话,虚汗一下布满脸孔,更加频繁地眨眨着眼睛,终于咯咯囔囔说:"你们要起事,我不阻挡。看在多年的交情上,让我归还故乡解甲务农。"焦振国还没说上一句话,白孝文的枪声已经响了,正击中张团长的左胸。张团长猛然弯了腰,双手捂住胸口,好久才扬起头来紧紧盯着白孝文。白孝文对着张团长的脸又射了一枪,张团长迅即像一堵孤墙倒下去……

　　这时,黑娃押着岳维山进来了。

　　鹿兆鹏脑子里还在想着张团长被孝文迎面击中的脸孔会是怎样扒皮撕裂的景象,还在想着有无必要迎面放这一枪的事,突然看见了岳维山背缚着双臂站在屋子里的敞亮处。岳维山也显得老了,眼角和额头的皱纹不再细密而变得粗深了,藏青色中山服被麻绳抽拽得再不周正,偏分的头发已经疏朗,也呈现出紊乱,唯有那双眼睛略现懊丧,却绝无一缕畏怯。他很安静地站在屋子中间,沉静的眼神和平静的脸色显示着他的自信。鹿兆鹏依然稳稳坐在椅子上,两只胳膊架在椅子左右两边的扶栏上,十指交叉着一动不动。在岳维山最初进门时,他翻眼瞅了一下,然后就这么坐着不动。对这个人说什么傲慢和蔑视的话,已经没有意义,实施怎样的报复也难使人产生报复的痛快,这个人与他效忠的那个政权已经不可挽回地完蛋了,但不说一句什么话,也难以平复情感,他和他毕竟交手争斗了二十多年哪!鹿兆鹏从椅子上站起来,缓缓走到岳维山当面,紧紧盯住那双眼睛。岳维山并不畏怯也不躲避,沉静地盯着兆鹏,两双眼睛就那么对峙着。鹿兆鹏噏了噏嘴唇说:"我过去在你手里标价是一千块大洋,你而今在我手里连一个麻钱都不值。"岳维山脸颊上的肌肉抽搐了一下。鹿兆鹏一转身重重地甩出一句:"你比我贱!"

黑娃请示说:"我把他先关起来吧?"岳维山这时才开了口:"给我一枪,你们也少了麻烦。"鹿兆鹏摆摆手,招呼黑娃说:"咱们先坐下开会。"随之走到岳维山跟前,解下捆绑着胳膊的细麻绳,拍拍他的肩膀:"你也坐下来旁听。我们要商量滋水县保安团起义的备细事项,你看看你听听,看看我们将怎样摧毁你二十多年来在滋水惨淡经营的那个反动政权吧!"岳维山被鹿兆鹏强按在肩膀上的那只手压坐到一只椅子上,支撑着他身心的那根柱子折断了,歪侧着脑袋闭上了眼睛。鹿兆鹏看了看表,扬起头说:"同志们,我们抓紧开会。现在差三分就到零点,滋水县事实上已经属于人民了……"

多半年后,即滋水县解放后的头一个新年刚刚过罢,副县长鹿兆谦在他的办公室里被逮捕。黑娃那阵子正在起草一份申请恢复自己党籍的申请报告,屋子里走进两个人来,他没抬头,直到来人夺抽手中的毛笔时,他才发觉来人不是向他请示工作。他尚来不及思索,已经被细麻绳捆死了胳膊。黑娃跳起来喊:"为啥为啥!谁派你们来的?"俩人啥话不说,只推着他往门外走。

　　黑娃被囚进县城西角那座监狱。他向送饭的人和看守的人千遍万遍请求:"我要见县长,我要见白孝文,我要见白县长。"他最后忍不住大声嚎叫:"我要见白孝文白县长!"直到嗓子吼出血,连一丝声音也发不出来,突然躺在床板上,把一些不连贯的往事想过一遍再想一遍。

　　起义的仪式是第二天午时举行的,他的炮营打响了起义的礼炮。鹿兆鹏没有参加那个激动人心的起义,他把一切安排妥当,于黎明时分骑着那辆破自行车就回城里去了,说是师部的工作更加紧迫。听说兆鹏回到西安只待了两天,又随着部队一路朝西打去,一直追打到新疆。他没有给他来信,也没有捎过一句话,现在他在哪里,活着还是死了,都搞不清,据说扶眉战役伤亡很大。如果能搞清兆鹏的下落,一切都会烟消云散。

　　白孝文县长不点头,谁敢逮捕鹿兆谦副县长呢?黑娃就拼命吼嚎白孝文,也许他在县政府里能听见他的叫声。他记得起义后的第三天,原保安团二营长焦振国把一张《群众日报》摔到桌上:"你看看。"黑娃看到西北军政委员会主任贺龙签名的一则电讯,是表彰滋水县保安团起义的。电文的称呼为"滋水县保安团一营营长白孝文同志"。黑娃看罢说:"贺龙弄错了,咱们是整个保安团三个营千十个官兵全部参加起义了,不是一营三百多人单独起义的。"焦振国说:"你再看看下面的文章——"黑娃就看到白孝文写给贺龙关于率领一营起义的致敬信。黑娃咂了咂舌头说:"孝文这熊弄事光顾自个,你把咱们全团三个营一同起义的事全都报告给贺主任,贺主任肯定更高兴。"焦振国说:"给贺主任写这个报告也轮不到他嘛！你是起义的发起人，又是大家公推的起义的头儿，这是跟鹿兆鹏当面说定的事，他凭啥先给贺主任报头功？"黑娃不满意地瞅了焦振国一眼："兄弟，不是我说你，你这人心眼儿太窄。这算个啥大不了的事？孝文报了也就报了，他没写上二营三营，难道你我就不算起义？"焦振国撇着嘴角说："黑娃老哥，你给我开一张起义证明条子，我告老还乡务农去呀！"黑娃火了："你这算做啥？咱们刚起义刚解放忙得恨不能长出三个脑袋八双手，你倒要走了？你走了革命工作撂给谁？我能架得住？"焦振国毫无所动地坚持要走。黑娃急了说："你不说清道明，我不开证明，你是不是对我不满？"焦振国说："我总怯着孝文补打到团长脸上的那一枪。"黑娃仍然没有放手焦振国归乡。半月后，中共滋水县县委第一任书记秦继贤同志赴任，焦振国从他手里磨缠到一张起义证明件，终于回陕南那个闭塞的小县去了。临行时，黑娃只是简单地和他握了握手，很不满意甚至瞧不起这个结拜兄弟的狭隘心胸。

　　黑娃在监狱里蹲了不足一月，任何人都没有前来探望，这是有令禁绝的。他只被提审过两次，罪状有三条：一、土匪匪首残害群众；二、围剿红三十六军；三、杀害共产党员。黑娃对自个在土匪山寨做二拇指的罪行全部供认不讳，只是对人民法官提示一句："我后来就学为好人了呀？"关于剿灭红三十六军的罪状，黑娃做了充分的辩解，那是大拇指领人干的，只伤害了房顶的一个哨兵，随后又给其他红军战士分发了银元和烟土作为盘缠出山，而且把政委鹿兆鹏接上山去治好了枪伤……年轻的人民法官没有听完黑娃的辩解就笑得不屑再听，讥笑鹿兆谦的为人处事与名字不符，编排功劳跟编故事一样离奇，未免太不谦虚。至于杀害共产党员陈舍娃的事，黑娃已怒不可遏："那不是共产党员，是游击队的叛徒！他在秦岭游击队里偷偷摸摸侮辱山里女人，事发后害怕受处治逃跑出山，找到我的门下。他并不知道我跟秦岭游击队政委韩裁缝是老交情,后来我问韩政委还要不要这个队员,韩政委说'人家投奔你了,就由你打发吧'！我知道打发的意思。我让部下把他崩咧！"只有这件事法官认真听了他的辩解,而且说:"我们再查查。"

黑娃回到号子里就又想起一件事,知道处治叛徒陈舍娃的人范围很小,事过几天之后,在团部开会时只有白孝文问过他。想到这件事,黑娃心里就疑窦顿生,这条罪状难道是白孝文提供的？但又无法对质,更无法肯定,知道这件事的毕竟不是白孝文一个人。

第二次审判仍是那三条罪状的又一次复核,这一次黑娃激烈而坚决地拒绝第二条和第三条罪状,只对第一条中所列举的土匪行径部分承认。他毫不含糊地向法官申明:"滋水县保安团的起义是鹿兆鹏策划的,由我发起实施的,从提出起义到起义获得胜利的整个过程,都是由我领导的;西安四周距城最近的七八个县里头,滋水县是唯一一个没有动刀动枪成功举行起义的一个县,我从来也没敢说过我对革命有过功劳,我现在提说这件事是想请你们问一问秦书记和白县长,我的起义能不能折掉当土匪的罪过？至于第二第三条列举的罪状,完全是误会……"

黑娃的这一席申辩,事实上加速了他的案子的归结。三天后接连的第三次审讯,只是履行了一个宣判审讯结果的简单程序,三条罪状全部取证充分,黑娃的辩解反而成为可笑的抵赖。黑娃在听到判处死刑的宣判时哑然闭口,法官问他还有什么话说,他摇了摇头。黑娃再被押回监狱后换了一间房子,密闭的墙壁上只开了一个可以塞进一只中号黄碗的洞,脚腕上被砸上了生铁铸成的铁镣。两天后,他的妻子高玉凤领着独生儿子前来探望,这是自他被囚二十多天以来见到的唯一一位探监的人。他透过那个递进取出饭碗的洞孔,只能看见妻子大半个脸孔,脸面上一满是泪水和清涕,嘴巴说不出话,只是张了又合,合了又张,像从水里捞出来扔到沙滩上的鲇鱼的嘴。黑娃说:"你要去寻兆鹏。你寻不着,你死了的话,由儿子接着寻。"高玉凤这时才哇的一声哭出来,随之把儿子抱扶起来。他看见洞孔里嵌着儿子的小脸蛋,叫出了一声"爸爸"。黑娃突然转过身,他不忍心看见那张酷似自己的眉眼,便像一棵被齐根锯断的树干一样栽倒下去。

　　白嘉轩得悉黑娃被囚禁的消息,竟然惊慌失措起来。第二天鸡啼起身,背着褡裢下了白鹿原。佝偻着腰小心翼翼踏上滋水河上的木板桥时,有人认出他是解放后第一任滋水县县长的父亲,恭敬地伸出双手搀扶他过桥。白嘉轩挥动手杖,打开了那双搀扶的手,头也不抬踏上了吱扭作响的独木桥。他走进儿子白孝文的办公室时,扬起脑袋,满脸肃杀,语言端出直入:"我愿意担保黑娃!"白孝文愣怔了一下,又释然笑了。从父亲肩头卸下粗线织成的"白记"褡裢,扶着父亲在椅子上坐下,倒下一杯茶。这是他荣任县长以来第一次在县城接待父亲,倍觉欢悦。正月十五县城用传统的焰火放花欢度新中国第一个元宵节的时候,他曾邀请父亲和弟弟以及弟媳们到县城去观赏,结果父亲没来,也禁住了弟弟和弟媳。白嘉轩捏着茶杯又重复一遍:"我今日专意担保黑娃来咧。"白孝文却哈哈一笑:"新政府不瞅人情面子,该判的就判,不该判的一个也不冤枉,你说的哪朝哪代的老话呀!"白嘉轩很反感儿子的笑声和轻淡的态度:"黑娃不是跟你一搭起事来吗?容不下他当县长,还不能容他回原上种地务庄稼?"白孝文突地变脸:"爸!你再不敢乱说乱问,你不懂人民政府的新政策。你乱说乱问违反政策。"屋子里的干部出出进进,忙忙碌碌向白县长汇报请示。白嘉轩还是忍不住说:"这黑娃学好了。人学好了就该容得。"白孝文对父亲说:"你先到我宿舍歇下,我下班以后再陪你啊爸!"

　　镇压黑娃的集会是白鹿原上乡民现存记忆中最浩大的一次。时间选择在农历二月二龙抬头白鹿镇传统的古会日。消息早在三天之前,就从滋水县人民政府发出,通过刚刚成立的白鹿乡人民政府传达到各个村庄,乡民们迫不及待地掐算着古会会日。遵照县政府的指示,乡政府的几个干部夜以继日奔跑在各个村庄,通知各村的男女老少一律不许自由行动,擅自逛会,要由村干部和民兵队长召集排队前往。村民们从来也没有列队行进过,不是挤成圪垯就是断了序列。胳膊上扎着红袖筒的民兵推推搡搡,把那些扭七翘八站着蹲着的男女推到应该站的位置上去。好多村子还没有置备下红旗,于是仍然把往年给三官庙送香火时用的花边龙旗撑出来,只是撕掉了龙的图形贴上了村庄的名字。会场设在白鹿镇南边与小学校之间的空场上,各个村子的队伍按照灰线划定的区域安顿下来。当一队全副武装的解放军战士押着三个死刑犯登上临时搭成的戏台以后,整个会场便潮涌起来,此前为整顿秩序的一切努力都宣告白费。

　　黑娃在被押到台上的时候,才知道和他一起被处决的还有岳维山和田福贤。他被卸下脚镣,推出那间只有一个洞孔的囚室时,就想到了生之即止。随之又被反缚了胳膊,推上一挂马车,由四个解放军押着半夜里上路。马车驶上白鹿原时,天色微曙。凭感觉,他准确地判断出回到原上了,忍不住说:"能让我躺到我的原上算万幸了!"他站在台口,微微低垂着头,胸脯里憋闷难抑,转过身急嘟嘟地对坐在主席台正中的白孝文说:"我不能跟他俩一路挨枪,请你把我单独执行,我只求你这一件事!"没有人搭理他。他被押解的战士使劲扭过来。黑娃就深深地低下头去。

　　白孝文县长发表了讲话。四名各界代表人物做了控诉发言。最后由军事法庭宣布了死刑判决和立即执行的命令。

　　白嘉轩一反常态地参加了这个声势浩大的集会。他对这类热闹事从来缺乏热情和好奇,宁可丢剥了衣服热汗蒸腾地踩踏轧花机,也不想挤到人窝里去看耍猴的卖大力丸的表演,即使是几十年不遇的杀人场合。镇嵩军枪杀纵火犯时,他没有去;田福贤在小学校西围墙外枪崩鹿兆鹏的那回,他也没有去;这回镇压反革命岳维山田福贤和鹿黑娃的集会他参加了。这个重大活动的地点选择在白鹿原的用意十分明显,被镇压的三个罪犯有两个都是原上的人,只有岳维山是个外乡客;主持这场重大活动的白县长也是原上人。白嘉轩尾随在白鹿村队列最后,因为腰背驼得太厉害,行动迟缓赶不上脚步。他背抄着双手走进会场,依然站在队列后头,远远瞅见高台正中位置就座的儿子孝文,忽然想起在那个大雪的早晨,发现慢坡地里白鹿精灵的情景。在解放军战士押着死刑犯走向戏台的混乱中,他浑身涌起巨大的力量,一下子挤到台前,头一眼就瞅见黑娃焦燥干裂的嘴唇和布满血丝的眼睛。黑娃瞅见他的一瞬,垂下头去,一滴一滴清亮的泪珠儿掉下来。白嘉轩没有再看,转身走掉了。他没有瞧和黑娃站成一排的田福贤和岳维山究竟是何种面目,他跟这俩人没有干系。白嘉轩退出人窝,又听到台上传呼起鹿子霖的声音,白鹿原九个保长被传来陪斗接受教育。他背抄起双手离开会场,走进关门闭店的白鹿镇,似乎脚腕上拴着一根绳子,绳子的那一头不知是攥在黑娃手里,还是在孝文手上?他摇摇摆摆,走走停停,磨蹭到冷先生的中医堂门口,听到了一串枪响,眼前一黑就栽倒在门槛上。

  白嘉轩醒来时发觉躺在自家炕上,看见许多亲人的面孔十分诧异,这么多人围在炕头炕下的脚地干什么?他很快发觉这些人的脸色瞧起来很别扭,便用手摸一下自己的脸,才发觉左眼被蒙住了,别扭的感觉是用一只眼睛看人瞅物的结果。白孝文俯下身叫了一声"爸"。白嘉轩睁着右眼问究竟发生了什么事?孝文只是安慰他静心养息,先不要问。白嘉轩侧过头瞅见坐在椅子上的冷先生:"难道你也瞒哄兄弟?"冷先生说:"兄弟,你的病是'气血蒙目'。你甭怨我手狠。"白嘉轩还不能完全明白:"你把话说透。"冷先生这才告诉他,倒在中医堂门槛上那阵儿,手指捏得掰不开,双腿像两条硬棍子弯不回来,左眼眼球像铃铛儿一样鼓出眼眶,完全是一包滴溜溜儿的血。这病他一生里只见过一例,那是南原桑枝村一个老寡妇得的。她守寡半世,把两个儿子拉扯成人,兄弟俩分家时,为财产打得头破血流,断胳膊坏腿,老寡妇气得栽倒在地气血蒙眼。冷先生被请去时已为时太晚,眼球上薄如蝉翼的血泡儿业已破裂,血水从眼窟窿里汩汩流出来,直到老寡妇气绝。冷先生说:"我来不及跟谁商量就动了刀子。这病单怕血泡儿破了就收拾不住了。"白嘉轩摸了摸左眼上蒙着的布条儿,冷漠地笑笑:"你当初就该让它破了去!"众人纷纷劝慰白嘉轩。白孝文压低声儿提醒冷先生说:"大伯,这件事日后再甭说了,传出去怕影响不大好。"

一月后,白嘉轩重新出现在白鹿村村巷里,鼻梁上架起了一副眼镜。这是祖传的一副水晶石头眼镜,两条黄铜硬腿儿,用一根黑色丝带儿套在头顶,以防止掉下来碎了。白嘉轩不是鼓不起往昔里强盛凛然的气势,而是觉得完全没有必要,尤其是作为白县长的父亲,应该表现出一种善居乡里的伟大谦虚来,这是他躺在炕上养息眼伤的一月里反反复复反思的最终结果。微显茶色的镜片保护着右边的好眼,也遮掩着左边被冷先生的刀子挖掉了眼球的瞎眼,左眼已经凹陷成一个丑陋的坑洼。他的气色滋润柔和,脸上的皮肤和所有器官不再绷紧,全都现出世事洞达者的平和与超脱,骤然增多的白发和那副眼镜更添加了哲人的气度。他自己一手拄着拐杖,一手拉着黄牛到原坡上去放青,站在坡坎上久久凝视远处暮霭中南山的峰峦。

白嘉轩牵着牛悠悠回家,在村外路边撞见鹿子霖就驻足伫立。在一道高及膝头的台田塄坎上,鹿子霖趴在已经返青的麦田里,用一只废弃的镰刀片子,在塄坎的草丛中专心致意地掏挖着羊奶奶的块状根茎。他的棉衣棉裤到处线断缝开,吊着一缕缕一串串污脏的棉花套儿,满头的灰色头发像丢弃的破毡片子苫住了耳朵和脖颈,黄里透青的脸上涂抹着眼屎鼻涕和灰垢,两只手完全变成乌鸦爪子了。他匍匐在地上扭动着腰腿,使着劲儿从草丛中刨挖出一颗鲜嫩嫩的羊奶奶,捡起来擦也不擦,连同泥土一起塞进嘴里,整个脸颊上的皮肉都随着嘴巴香甜的咀嚼而欢快地运动起来,嘴角淤结着泥土和羊奶奶白色的液汁。鹿子霖抬头盯了白嘉轩一眼,又急忙低下头去,用左胳膊圈盖了一片羊奶奶的茎蔓,而且咕哝着:"你想吃你自个找去,这是我寻见的,我全占下咧!"白嘉轩往前凑了凑问:"子霖,你真个认不得我咧?"鹿子霖头也不抬,只忙于挖刨:"认得认得,我在原上就没有生人咯!你快放你的牛,我忙着哩!"白嘉轩判断出这人确实已经丧失了全部生活记忆时,就不再开口。

鹿子霖被民兵押到台下去陪斗,瞧见了即将被处死的岳维山、田福贤和鹿黑娃,觉得那出膛的快枪子弹将擦着自己的耳梢射进那三人的脑袋。耳梢和脑袋可就只差着半寸。他瞅见主持这场镇压反革命集会的白孝文,就在心里喊着:"天爷爷,鹿家还是弄不过白家!"当他与另外九个保长一排溜面对拥挤的乡民低头端立在台子前头时,就听着一个又一个人跳上台子控诉岳、田和黑娃的罪恶,台下一阵高过一阵要求处死这三个人的口号声浪。鹿子霖感到不堪负载,双腿打软几次差点跌跪下去。突然脑子里嘣嘣一响,似乎肩上负压的重物被谁卸去,浑身轻若纸灰。拥挤在鹿子霖近前的人嗅到一股臭气,有人惊奇地嬉笑着叫起来:"鹿子霖吓得屙到裤裆了!"许多人捂鼻掩口,却争着瞧鹿子霖。屎尿顺着棉裤裤筒流下来,灌进鞋袜,流溢到脚下的地上,恶臭迅速扩散到会场。民兵发现后,请示过白孝文,得到允许就把鹿子霖推着搡着弄出会场去了。

冷先生的中药和针灸对鹿子霖全部无能为力,他被家人捆在树上灌进一碗又一碗汤药,仍然在裤裆里尿尿屙屎。他的有灵性的生命已经宣告结束,没有一丝灵性的生命继续延缓下来。女人鹿贺氏也不再给他换衣换裤,只在饭时塞给他一碗饭或一个馍,就把他推出后门,他身上的新屎陈尿足以使一切人窒息。夜晚他和那条黄狗蜷卧在一起,常常从狗食盆里抓起剩饭塞进嘴里。

白嘉轩看着鹿子霖挖出一大片湿土,被割断的羊奶奶蔓子扔了一堆,忽然想起以卖地形式作掩饰巧取鹿子霖慢坡地做坟园的事来,儿子孝文的县长,也许正是这块风水宝地荫育的结果。他俯下身去,双手拄着拐杖,盯着鹿子霖的眼睛说:"子霖,我对不住你。我一辈子就做下这一件见不得人的事,我来生再世给你还债补心。"鹿子霖却把一颗鲜灵灵的羊奶奶递到他眼前:"给你吃,你吃吧,咱俩好!"白嘉轩轻轻摇摇头,转过身时忍不住流下泪来。

农历四月以后,气温骤升,鹿子霖常常脱得一丝不挂满村乱跑。鹿贺氏把他锁在柴火房里,整整锁了半年之久。他每到晚上,便嚎着叫着哭着唱着,村里人已经习以为常。入冬后第一次寒潮侵袭白鹿原的那天夜里,前半夜还听见鹿子霖的嚎叫声,后半夜却屏声静气了。天明时,他的女人鹿贺氏才发现他已经僵硬,刚穿上身的棉裤里屎尿结成黄蜡蜡的冰块……

           1988.4.—1989.1.草拟
           1989.4.—1992.3.成稿
           1997.11.修订于长安